HEYNE

DAS BUCH

Einst waren sie die unumstrittenen Herren des Landes: die Drachen. Doch diese Zeiten sind lange vorbei, denn inzwischen wurden die einst so stolzen Herrscher der Lüfte von den Drachenkönigen und -königinnen gezähmt. Im Land der neun Reiche sind die Drachen jetzt vor allem eines: Reittiere und Machtmittel in den Händen ihrer Reiter, um Einfluss am Hof zu gewinnen. Macht, nach der besonders ein Mann mit aller Kraft strebt – Prinz Jehal, der Sohn des greisen Königs des Unendlichen Meeres. Um selbst zum Sprecher der Reiche gewählt zu werden, zum Herrn über die Drachenfürsten, ist ihm jedes Mittel recht, ob Betrug, Giftmischerei oder Mord. Seine einzige Widersacherin ist Königin Shezira vom Reich des Sandes und Steins. Doch während sich die Königshäuser immer weiter in Intrigen verstricken, geschieht das Eine, Unvorstellbare: ein Drache befreit sich. Ein Ereignis, das das Schicksal der Drachenkönige für immer verändern kann ...

Mit seiner »Drachenthron«-Saga hat Stephen Deas aus den Drachen wieder das gemacht, was sie ursprünglich einmal waren: die geheimnisvollsten, mächtigsten – und gefährlichsten Geschöpfe der Fantasy.

»Stephen Deas' Drachen sind eine Entdeckung!« *Fantasy Book Critic*

DER AUTOR

Stephen Deas wurde 1968 in England geboren. Seine Liebe zum Feuer ließ ihn zunächst Physik studieren und in der Raumfahrtindustrie arbeiten, wo er Raketenbauteile entwickelte, bevor er sich noch flammenderen Themen zuwandte und begann, über Drachen zu schreiben. Seine »Drachenthron«-Saga hat Fantasy-Fans auf Anhieb begeistert. Stephen Deas ist verheiratet, hat zwei Kinder und lebt im Südosten Englands.

Mehr über Stephen Deas und seine Drachen unter:
www.stephendeas.com

STEPHEN DEAS

Drachenthron

Der Adamantpalast

Roman

Aus dem Englischen von
Beate Brammertz

WILHELM HEYNE VERLAG
MÜNCHEN

Titel der englischen Originalausgabe:
THE ADAMANTINE PALACE
Deutsche Übersetzung von Beate Brammertz

Verlagsgruppe Random House FSC-DEU-0100
Das für dieses Buch verwendete FSC®-zertifizierte
Papier *Holmen Book Cream* liefert
Holmen Paper, Hallstavik, Schweden.

Taschenbuchausgabe 6/2012
Redaktion: Babette Kraus
Copyright © 2009 by Stephen Deas
Copyright © 2012 der deutschsprachigen Taschenbuchausgabe
by Wilhelm Heyne Verlag, München,
in der Verlagsgruppe Random House GmbH
Printed in Germany 2012
Umschlaggestaltung: Nele Schütz Design, München
Satz: KompetenzCenter, Mönchengladbach
Druck und Bindung: GGP Media GmbH, Pößneck
ISBN: 978-3-453-52964-9

www.heyne-magische-bestseller.de

Mein Dank geht an K. J. Parker, der mich an John Jarrold empfohlen hat, an John, der mich ertragen hat, bis Simon Spanton auf der Bildfläche erschienen ist, und an Simon für alles, was seitdem folgte. An Peter und Jean für ihre Unterstützung und an viele andere (ihr wisst schon, wen ich meine), die mir auf dem Weg unter die Arme gegriffen haben. An ›Où sont les dragons?‹, Kyle und die Wereducks. An alle, die das hier zur Hand genommen haben und lesen.

Vor allem aber geht mein Dank an meine Frau Michaela, für ihre Geduld, ihr Verständnis und viel, viel mehr.

Und jetzt, Vorhang auf für die feuerspeienden Geschöpfe!

Die Könige und Königinnen des Sandes, Steins und Salzes

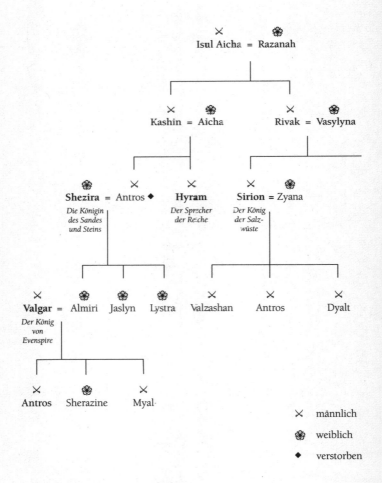

Die Könige des Unendlichen Meeres

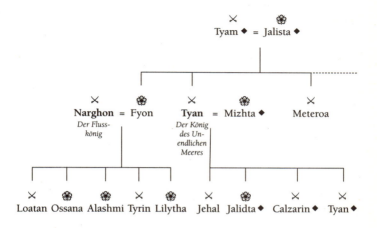

Die Könige und Königinnen der Hochebene

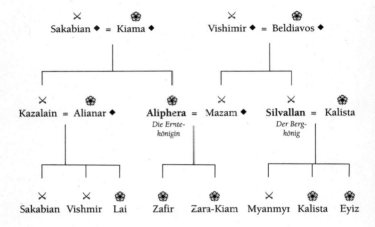

Der König des Weltenkamms

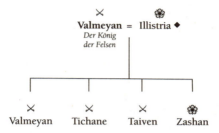

Prolog
Jehal

Prinz Jehal spürte, wie sich der Drache in die Lüfte erhob. Da er zusammengekauert in einer Satteltasche saß, konnte er nichts sehen. Doch das spielte keine Rolle. Vor seinem geistigen Auge sah er alles, klar und deutlich. Er spürte jeden einzelnen Schritt, während der Drache an Tempo gewann. Er wusste ganz genau, wann der Drache einen letzten Satz machen und die Flügel entfalten würde. Als der Drache zum Himmel emporstieg, fühlte Jehal, wie er selbst schwerer wurde.

Die Tasche roch leicht nach verfaultem Fleisch. Jehal wand und streckte sich, so gut er konnte, um es sich in der bedrückenden Enge zumindest etwas gemütlich zu machen. Er zwang sich, ruhig einzuatmen und die aufsteigende Panik niederzukämpfen. Winzige Räume hatten ihm noch nie zugesagt, und der stechende Geruch ließ ein beklemmendes Gefühl in ihm aufkommen. Er fragte sich, wofür die Tasche normalerweise benutzt wurde. Höchstwahrscheinlich, um die Zwischenmahlzeiten der Drachen zu transportieren.

Bin ich das? Der kleine Happen für zwischendurch?

Dieser völlig absurde Gedanke beruhigte ihn wieder. Königin Aliphera war zwar nicht auf den Kopf gefallen, aber sie war besessen. Und Jehal wusste, wie eine solche Vernarrtheit aussah, selbst bei einer Drachenkönigin.

Der Drache kletterte nicht weiter in die Höhe, sondern begann sanft durch den Himmel zu gleiten. Die offizielle Erklärung lautete, dass Jehal unpässlich war. Welch ungeheurer Aufwand um seine angebliche Krankheit betrieben worden war, nur damit er und Königin Aliphera allein und unbeobachtet sein konnten. Jetzt musste er sich nur noch versteckt halten, bis der Königin eine Ausrede einfiel, damit sie sich von den Reitern, ihren Drachenrittern, abseilen konnte. Monatelange Vorbereitungen und dann Tage des Wartens auf das richtige Wetter waren vorausgegangen, und das alles für eine halbe Stunde vollkommener Ungestörtheit.

Schmerzgepeinigt ballte er die Hände zu Fäusten. Er hatte einen Krampf im Fuß. Vorsichtig wackelte er mit den Zehen. Als das keinen Erfolg zeigte, versuchte er das Gewicht zu verlagern und die Füße unter seinen Körper zu schieben. Wieder ohne Erfolg. Doch als er schließlich still verharrte, war der Krampf schon verschwunden. Nach einer Weile nickte er ein.

Als er erwachte, war der Himmel über ihm von einem düsteren Grau. Jeder Muskel in seinen Beinen schmerzte und verlangte danach, gedehnt zu werden. Jehal gähnte, öffnete die Satteltasche und musste grinsen. Sie waren hoch am

Himmel und flogen knapp über den Wolken. Aliphera war für solche Manöver bekannt.

Jehal sah sich prüfend um und suchte den Horizont ab, doch kein anderer Drache war in Sicht. Schließlich ließ er den Blick auf Aliphera ruhen. Sie war immer noch halb in ihrem Sattel festgeschnallt, schaute ihn jedoch grinsend an. Ihre Augen waren weit aufgerissen. Seit vielen Monaten hatten sie miteinander geflirtet, heimlich und verstohlen, hatten zarte Berührungen gewagt, sobald niemand hinsah.

Jehal grinste zurück. Vorfreude, das war der Schlüssel. Und jetzt hatte Aliphera ihn endlich für sich allein.

»Du siehst ein wenig zerzaust aus, Prinz Jehal.«

Vorsichtig zog sich Jehal aus seiner Satteltasche und kletterte zur Königin hinauf, wobei ihm durchaus bewusst war, dass zwischen ihnen und dem Erdboden Hunderte von Metern lagen. Es wäre töricht, so weit gekommen zu sein und dann in den sicheren Tod zu stürzen.

»Ich will dich, hier und jetzt!«

Sie lachte, doch ihm entging nicht, wie ihr vor Erregung die Röte ins Gesicht schoss. »Mach dich nicht lächerlich. Wir würden fallen.«

»Das kümmert mich nicht.« Er ließ ihr keine Zeit zu antworten, sondern bedeckte ihren Mund mit seinem. Seine Hand berührte ihren weichen Hals und glitt dann an ihm hinab, bevor er innehielt.

»Lös den Gurt«, sagte er. »Ich will mit dir reiten. Lass mich dich halten, während du einen Landeplatz suchst.«

»Ja.« Fieberhaft rissen sie an den Schnallen und Riemen,

von denen Aliphera gesichert wurde. Ab und an ließen sie die Finger wandern.

Schließlich löste sich der letzte Gurt. Jehal hob die Königin gerade genug an, um sich hinter ihr auf den Sattel zu schieben. Gemächlich strich er mit den Händen über ihren Körper und spürte, wie sie erbebte.

»Ich kann dir gar nicht sagen, wie lange ich schon auf diesen Augenblick gewartet habe«, hauchte sie.

Mit einem plötzlichen Ruck rammte er ihr den Kopf ins Kreuz. Sie taumelte und keuchte auf, während er sich aufrichtete und sie zur Seite drängte. Vergeblich versuchte sie sich umzudrehen. Einmal, zweimal stieß er sie fest von sich. Sie ruderte verzweifelt mit den Armen, und im nächsten Moment war sie verschwunden. Jehal setzte sich wieder und drückte sich fest in den Sattel, presste die Beine gegen den Drachen und legte rasch die Gurte an. Er konnte kaum glauben, wie leicht es gewesen war.

Der Drache legte die Flügel an und tauchte rasch hinter Aliphera her, aber das war lediglich ein Reflex, den man Jagddrachen antrainiert hatte. Er konnte sie nicht einholen. Alles, was er tun konnte, war, in ihrer Nähe zu landen und dann dort zu warten, wehleidig jammernd und um Hilfe jaulend. Niemand konnte einen solchen Sturz überleben.

Er klammerte sich am Drachen fest und warf einen Blick über die Schulter, lauschte Königin Alipheras Schreien und beobachtete genüsslich ihren Fall, bis sich der Erdboden nach ihr streckte und sie verschlang.

»Genau so hat es sich deine Tochter vorgestellt«, zischte er.

Teil 1

Das Goldene Ei

Wenn ein Drachenreiter einen neuen Drachen für sein Nest wünscht, wird er einen der Drachenkönige oder eine der Drachenköniginnen anschreiben und sie höflichst um diesen Gefallen bitten. Falls der Reiter klug ist, wird dem Brief ein Geschenk beiliegen. Es versteht sich von selbst, dass die Wahrscheinlichkeit einer wohlwollenden Antwort mit der Großzügigkeit des Geschenks wächst. Das Geschenk ist das erste einer Reihe von Entlohnungen und wird überreicht, lange bevor ein passender Drache überhaupt das Licht der Welt erblickt. Dieses Geschenk wird auch das Goldene Ei genannt.

Da Drachen rar und Könige wankelmütig sind, ist der Ausgang der Dinge stets ungewiss.

1

Sollos

Es waren drei Reiter. Sollos hatte sie in der Ferne auf den Feldern jenseits des Waldes landen sehen. Sie waren gemeinsam auf dem Rücken eines einzigen Kriegsdrachen hierhergekommen, und einer von ihnen war zurückgeblieben, um den Drachen zur Ruhe zu bringen. Die anderen beiden waren geradewegs auf die Bäume zumarschiert, hastig und unbeirrt. Sollos beobachtete, wie sie an ihm vorbeigingen, und schlich ihnen dann lautlos hinterher. Sie waren von Kopf bis Fuß in ihre Rüstung aus Drachenschuppen gekleidet, und Sollos dachte amüsiert, dass der Drache sie ruhig hätte begleiten können. Er hätte auch nicht mehr Lärm veranstaltet.

Sollos atmete leise ein und aus und folgte ihnen in gebührendem Abstand. Wenn nur die Männer, die auf die Reiter warteten, nicht plötzlich kalte Füße bekamen.

Nach etwa hundert Metern erhob sich der Waldboden zu einem kleinen Hügel, auf dem ein hochkant aufgestellter Fels thronte. Früher einmal war es eine Kultstätte gewesen, damals, in den Zeiten der alten Götter, doch nun hatte der Wald den heiligen Ort beinahe verschluckt. Die Reiter kletterten zielstrebig auf den Hügel und blieben neben dem Stein stehen.

»Hier ist es doch, oder?«, fragte einer der beiden in ungeschicktem Flüsterton.

Der andere war sogar noch schlimmer. Er lehnte sich an den Stein und holte umständlich seine Zunderbüchse hervor. Sollos konnte nicht glauben, was er da sah, oder besser gesagt, was er da roch. Der Dummkopf rauchte Pfeifenkraut.

»Es kommt fast einer Beleidigung gleich«, hauchte ihm eine Stimme ins Ohr. Sollos erstarrte einen Augenblick, bevor er sich wieder entspannte. Kemir. »Sie sind so geschickt wie ein Elefant im Porzellanladen.«

»Ich wünschte nur, du würdest das lassen, Cousin.« Sollos zischte die Worte durch seine zusammengepressten Zähne, um jegliches Geräusch zu vermeiden. Er konnte förmlich spüren, wie Kemirs Lippen sein Ohr berührten, so nah war er. Es war ihm schrecklich unangenehm. Wie konnte sich Kemir derart nah an ihn heranschleichen, ohne dass er ihn auch nur im Entferntesten bemerkt hätte?

»Keine Sorge. Wir stehen gegen den Wind, und die Männer, die sie erwarten, befinden sich auf der anderen Seite des Hügels. Und das schon seit geraumer Zeit. Sie werden allmählich ungeduldig.«

»Wahrscheinlich fragen sie sich, warum die Kerle nicht einfach auf dem Rücken ihres Drachen durch die Äste geprescht sind.«

»Dasselbe frage ich mich langsam auch.«

»Die Männer auf der anderen Seite des Hügels. Sind es immer noch drei, oder sind inzwischen weitere Männer dazugestoßen?«

»Drei.«

Sollos holte tief Atem und ließ die Luft langsam wieder entweichen. Er war sich einfach nicht sicher, was er von der ganzen Angelegenheit halten sollte. Seine Befehle waren ihm heimlich ins Ohr geflüstert worden, und sie waren unmissverständlich. Zwei von Königin Sheziras Drachenrittern würden hierher in den Wald kommen. Sie würden kommen, um etwas zu kaufen, etwas, das der Königin schaden könnte. Er und Kemir, ein Söldner-Duo, sollten sie aufhalten. Das Gold in ihren Taschen stammte vom königlichen Feldmarschall, doch wenn irgendetwas schieflaufen sollte, gäbe es keinerlei Verbindung zu nichts und niemandem. Das war alles, was Sollos wusste.

»Konntest du sehen, was sie bei sich haben?«

Kemir antwortete nicht.

»Sie müssen doch *irgendetwas* dabeihaben!«

»Vielleicht auch nicht. Vielleicht nehmen sie uns die Drecksarbeit ab und schlitzen den Verrätern die Kehle auf, um an ihr Gold zu kommen. Wenn aber doch, dann ist es klein. Ich habe nichts gesehen.«

Die flüsternde Stimme hatte sich ebenfalls bedeckt gehalten, worum es sich bei dem Etwas handelte, nur dass die Drachenritter allein den Versuch, es zu erstehen, mit dem Leben bezahlen würden. Sollos sollte abwarten, bis die Reiter denjenigen trafen, der den Verkauf tätigte, und dann allesamt schnell und unauffällig töten. Die Reiter hätten Gold bei sich. Das könnte er behalten, hatte ihm die leise Stimme zugeraunt. Was den Rest anging, würde er die Leichen zurücklassen, ohne sie vorher zu durchsuchen. Sie würden am nächsten Morgen gefunden werden, während Sollos längst wieder in seiner Hütte war. Er würde nach seinem Erwachen ebenso entsetzt wie jeder andere reagieren, sobald er erfuhr, dass zwei königliche Reiter ermordet aufgefunden worden waren.

So weit alles schön und gut, aber es waren drei Drachenritter aufgetaucht, nicht zwei.

»Dort ist noch einer«, flüsterte er. »Ein dritter Reiter hat sie begleitet. Er ist beim Drachen zurückgeblieben.«

Eine lange Pause folgte. Er konnte Kemir regelrecht denken hören. »Dann müssen wir den dritten wohl entkommen lassen, oder?«

Sollos nickte. Eigentlich hätten es zwei Reiter sein sollen. Aus nächster Nähe und mit dem Vorteil des Überraschungsangriffs konnten er und Kemir ziemlich sicher sein, beide mit einem Schlag niederzustrecken. Ein dritter Mann hingegen, der vorgewarnt war und noch dazu einen Drachen in der Hinterhand hatte, war eine andere Sache.

»Was hältst du von ihnen? Nicht den Reitern, den anderen. Den Verkäufern.«

»Nervös. Es sind keine erfahrenen Schwertkämpfer. Sie werden abhauen, nicht kämpfen. Wir müssen sie schnell erwischen.«

Sollos erschauderte. Kemirs Lippen kitzelten immer noch sanft an seinem Ohr. Sollos wich zurück. »Sobald die Geldbörse den Besitzer wechselt, werden wir zuschlagen.

Ich kümmere mich um den Reiter, der das Geld übergibt, du erschießt den anderen. Wer auch immer die Börse in Händen hat, gehört mir. Dann kümmern wir uns um den Rest. Immer zuerst diejenigen, die uns am nächsten sind.«

Aus den Augenwinkeln sah Sollos eine Bewegung auf der Kuppe des Hügels. Er scheuchte Kemir fort und kroch näher heran, wobei er den Langbogen aus Drachenknochen behutsam umklammert hielt. Es war eine alte Waffe, größer als er selbst, und allem Anschein nach aus den Flügeln eines riesigen Kriegsdrachen gefertigt. Im Nahkampf zu lang und schwerfällig für seinen Geschmack, würde sie jedoch jede Lage Stahl und Drachenschuppen durchbohren, die ein Mensch tragen und dabei immer noch aufrecht stehen konnte.

»Habt ihr, was wir wollen?«

»Habt ihr unser Geld?«

»Zeigt uns, dass ihr das dabeihabt, was wir wollen.«

Auf der Spitze des Hügels hatten sich drei Männer zu den Drachenrittern gesellt. Als hätte der Lärm, den sie bisher veranstaltet hatten, nicht gereicht, brach nun auch noch ein Streit unter ihnen aus. Sollos schoss der flüchtige Gedanke durch den Kopf, einfach auf sie zuzugehen und herauszufinden, wie viele von ihnen er erstechen konnte, bevor sie seine Gegenwart überhaupt bemerkten.

»Zeigt uns das Gold, Freunde. *Dann* zeigen wir euch, was ihr dafür bekommt.«

»Nein. Ihr zuerst.«

»Ach, zeig ihnen einfach das Geld. Hier …«

Einer von ihnen entzündete eine Fackel. Vorsichtig

23

spannte Sollos einen Pfeil in die Bogensehne. Einer der Reiter hielt etwas in der Hand, das nach einer Börse aussah. Jeden Moment konnte es so weit sein ... Und sie machten es ihnen so verdammt leicht.

Die Geldbörse wechselte den Besitzer. Als Sollos den Pfeil losschnellen ließ, bemerkte er, wie der andere Reiter taumelte. Er nahm sich nicht einmal die Zeit zuzusehen, was sein eigener Pfeil angerichtet hatte, sondern griff unverzüglich nach dem nächsten.

Beide Reiter gingen zu Boden. Der Mann, der die Geldbörse hielt, war wie in der Bewegung erstarrt. Sollos konnte seine Augen sehen, die sich nur langsam von den Reichtümern in seinen Händen losreißen konnten, während der Drachenritter der Länge nach hinfiel.

Die Fackel des Drachenritters lag brennend auf der Erde und erleuchtete die Gesichter der drei Fremden, die reglos auf dem kleinen Hügel verharrten. Sollos schoss erneut, doch dieses Mal zielte er etwas zu niedrig. Der Pfeil traf den Mann mit der Geldbörse am Kiefer und riss ihm das halbe Gesicht weg. *Nicht perfekt, aber wirksam.* Sollos konnte die letzten beiden Männer klar und deutlich sehen. Sie waren immer noch nicht auf den Gedanken gekommen, die Flucht zu ergreifen. Sollos ließ seinen Bogen fallen und stürzte sich auf sie, wobei er erst mit der einen, dann mit der anderen Hand zwei lange Messer aus seinem Gürtel riss.

Derjenige, der ihm am nächsten stand, stolperte auf einmal, mit einem Pfeil von Kemir in der Brust, rückwärts. Endlich drehte sich der Letzte um und versuchte zu fliehen, aber zu diesem Zeitpunkt war Sollos nur mehr wenige Schritte entfernt und stürmte blitzschnell auf ihn zu. Ein Satz nach vorne, und Sollos rammte dem Mann beide Messer in den Rücken, das eine weiter oben, das andere tiefer. Das schien jedoch nicht ganz auszureichen, weshalb er dem Mann sicherheitshalber noch die Kehle aufschlitzte. Dann richtete er sich auf und ließ den Blick an sich herabgleiten. Sein Hemd war nass und glänzte.

»Verdammt! Ich bin ganz blutverschmiert.«

»Dann solltest du dich wohl lieber von dem Drachen fernhalten.« Kemir stand in der Nähe der Fackel und hatte den Langbogen locker, jedoch jederzeit griffbereit, neben sich.

»Bist du sicher, dass das alle waren?« Sollos huschte zurück zu der Stelle, an der er seinen eigenen Bogen fallen gelassen hatte. Ohne seine Waffe fühlte er sich nackt.

Kemir zuckte mit den Schultern. »So sicher, wie ich eben sein kann. Das weiß man nie so genau.«

»Wir sollten verschwinden. Da sind immer noch der dritte Reiter und der Drache, die auf die Rückkehr der beiden warten. Die Geldbörse liegt dort. Heb sie auf!«

Er beobachtete, wie sich Kemir bückte und etwas vom Boden aufsammelte. Ein wohlklingendes Klimpern ertönte, es war wie Musik in seinen Ohren. Sollos lächelte.

Kemir legte die Stirn in Falten. »Das ist viel, Sollos. Bist du sicher, wir sollen alles nehmen?«

»So lautet die Abmachung.«

Diese Worte hätten Kemir unter normalen Umständen gereicht, aber er stand immer noch stirnrunzelnd da. Als

Sollos auf ihn zuging, bückte sich Kemir erneut und hob etwas anderes auf. »Schau dir das mal an!«

»Leg es zurück! Was auch immer es sein mag, es gehört uns nicht.«

»Ja, ja, gleich, aber zuerst will ich, dass du kurz einen Blick drauf wirfst.«

Sollos schüttelte den Kopf. »Vergiss es!« Befolge genau die Anweisungen, nicht mehr und nicht weniger. Eine einfache Regel, mit der es sich gut leben ließ. Kemir hingegen schien das anders zu sehen, und genau wegen solcher Sachen kam er immer wieder in Schwierigkeiten. »Leg es einfach zurück«, fauchte Sollos ihn an, als er ihn erreichte, woraufhin Kemir es natürlich einfach ihm in die Hand drückte.

»Was ist das?«

»Ich weiß es nicht, und es interessiert mich auch nicht.« Was Sollos in Händen hielt, war ein bäuchiges Glasfläschchen, das mit einem Korken verschlossen und mit Wachs versiegelt war. Es lag gut in der Hand, und aufgrund des Gewichts, das sich je nach Lage veränderte, schien es mit einer Art Flüssigkeit gefüllt zu sein. In der Dunkelheit konnte der Söldner es nicht richtig erkennen.

Sollos runzelte nachdenklich die Stirn. Wenn es sich tatsächlich um eine Flüssigkeit handelte, war sie sehr schwer. Dann ermahnte er sich, dass er es tatsächlich nicht wissen wollte. Rasch legte er das Fläschchen dorthin zurück, wo Kemir es gefunden hatte, packte seinen Cousin am Arm und zog ihn fort.

Viel später, als Sollos und Kemir schon längst verschwunden waren, löste sich der Schatten einer Frau aus den Bäumen und bewegte sich vorsichtig um die Leichen herum. Die Frau bückte sich an der Stelle, wo Kemir und Sollos gestanden hatten, hob das Fläschchen auf und schlich lautlos davon.

2
Kailin

Der Drache schwebte in einem weiten Kreis über das Drachennest und setzte schließlich zur Landung an. Kailin unterbrach seine Arbeit und beobachtete das Tier. Er kniff die Augen zusammen, um die Farbe des Drachen oder womöglich ein anderes unverkennbares Merkmal auszumachen. In der unscheinbaren Spitze des Nests würden die anderen Knappen dasselbe tun. Sie würden sich auch alle die Frage stellen: *Ist es eines meiner Tiere? Ist es eines, das ich aufgezogen habe?*

Seine Gestalt ließ darauf schließen, dass es sich um einen Kriegsdrachen handelte, entschied er. Jagddrachen hatten lange Schwänze, schlanke Hälse und riesige Flügel und waren, jedenfalls was Kailins Geschmack anbelangte, sehr viel eleganter. Kriegsdrachen waren stämmig und gedrungen. Von der Schwanzspitze bis zur Schnauze und von einem Flügel zum anderen gemessen, waren sie zwar kleiner, wogen jedoch doppelt so viel und aßen für vier. Selbst ihre Farbe war meist langweilig. Jagddrachen hingegen besaßen leuchtende Schuppen. Ihr Stammbaum wurde fein säuberlich aufgezeichnet, ihre Nahrung von den Alchemisten minutiös überwacht, und bei der Zucht wurden äußerst strenge Regeln befolgt.

Sobald ein Tier das nötige Alter erreicht hatte, gewöhnten es die Zureiter an Sattel und Zaumzeug und brachten ihm die Befehle der Reiter bei. Der Rest der Drachenaufzucht wurde von Menschen wie Kailin übernommen. Solange sie am Leben waren, fiel ihnen die Aufgabe zu, die Drachen zu füttern, ihnen Wasser zu geben, sie zu hegen und zu pflegen – ihnen, den Knappen, deren verunstaltete Haut, narbig und zerkratzt, sie fürs Leben zeichnete. Zu guter Letzt erlagen sie alle der Gefährlichen Brutkrankheit, die sie bei lebendigem Leib versteinerte. Knappen war kein langes Leben beschieden.

Wenn es ein Kriegsdrache war, konnte es keines seiner Tiere sein. Dennoch beobachtete Kailin, wie er herabschoss, in einem steilen, unbarmherzigen Sturzflug, und bei der Landung die Erde zum Erzittern brachte. Dann legte der Drache die Flügel an und schnaubte, blies einen dünnen Feuerstrahl in die Luft. Kailin erkannte ihn nun. Mistral. Königin Sheziras zweitliebster Drache.

Mistral schüttelte sich, machte ein paar Schritte und senkte den Kopf fast bis zum Boden. Er sieht hungrig aus, dachte Kailin. Aber da kamen auch schon mehrere Knappen herbeigerannt, um Mistral zu einem der Futterplätze zu führen. Ihre andere Aufgabe lautete, Mistral unter allen Umständen von den Weibchen fernzuhalten. Ein kleiner Fehler konnte das Ergebnis jahrhundertelangen Züchtens mit einem Schlag zerstören, und niemand auf der Welt wäre verrückt genug, sich zwischen zwei paarungswillige Drachen zu werfen.

Ein einziger Reiter glitt von Mistrals Schultern, tauschte einige wenige Worte mit den Knappen aus und ging dann geradewegs auf Kailin zu. Während sie näher kam, sank Kailin auf die Knie und verbeugte sich. Königin Shezira war ein oft gesehener Gast im Drachennest. In letzter Zeit hatten sich ihre Wege schon des Öfteren gekreuzt.

Sie blieb vor ihm stehen. »Erheb dich, Knappe.«

Mit zitternden Beinen stand Kailin auf, brachte allerdings nicht den Mut auf, den Kopf zu heben.

»Wie geht es meinem Sabre?« Sabre war der Jagddrache der Königin. Vor ein paar Wochen hatte sie ihn mit einer gebrochenen Rippe ins Nest zurückgebracht. Wenn man den Gerüchten Glauben schenken durfte, hatte die Königin Sabre irgendwo in weiter Ferne jagen lassen, und er war am Boden von einer Art gepanzertem Elefanten mit Hörnern angegriffen worden. Sabre, behauptete die Gerüchteküche, hatte dem Tier mit einem einzigen Bissen den Kopf abgerissen.

»Wie ich höre, macht er sich gut«, sagte Kailin und versuchte dabei, das Zittern aus seiner Stimme zu verbannen. »Eure Heiligkeit weiß, dass ich nicht der zuständige Knappe bin.«

»Ja, ja. Wann wird er *deiner* Meinung nach wieder auf die Jagd gehen können?«

»Wenn er sich in meiner Obhut befände, Eure Heiligkeit, würde ich Euch untertänigst ersuchen, ihm noch drei weitere Wochen Ruhe zu schenken.«

Von der Art, wie die Königin mit dem Fuß auf den Boden klopfte, wusste Kailin, dass dies nicht die Antwort war, die sie erhofft hatte. Sie seufzte. »Dann werde ich wohl weiter auf Mistral reiten müssen. Und wie geht es meiner makellos Weißen?«

Schneeflocke, dachte Kailin. *Sie heißt Schneeflocke.*

»Was hast du gesagt, Knappe?«

»Ich … ich …«, stammelte Kailin. »Es tut mir leid, Eure Heiligkeit, das hätte ich nicht sagen dürfen.« Hatte er überhaupt etwas gesagt? Er war sich nicht sicher.

»Was hast du *gesagt*, Knappe?«

Er zitterte. Die Königin war für ihre Wutausbrüche berüchtigt. Jeder wusste, was mit den Menschen geschah, die sie erzürnten. »Wir nennen sie Schneeflocke, Eure Heiligkeit.« Kailin kniff die Augen fest zusammen und wartete auf die feste Ohrfeige, die unwiderruflich folgen würde.

»Nun gut, Knappe. Schneeflocke. Wie geht es ihr?«

»Immer noch … ausgezeichnet, Eure Heiligkeit.« Er spürte ihren durchdringenden Blick, der auf ihm ruhte, konnte sich jedoch nicht überwinden, die Königin anzusehen.

»Du sorgst dafür, dass es auch so bleibt. Und lern, deine Zunge im Zaum zu halten, Knappe. Du und dein Drache werden schon vor dem nächsten Vollmond Prinz Jehal gehören. Er wird ihr den Namen geben, der ihm beliebt, und er ist *nicht* für sein nachsichtiges Wesen bekannt.« Sie lachte. »Wenn du Pech hast, wird er glauben, du seist ein Spion.«

Sie machte auf dem Absatz kehrt und ließ ihn zitternd zurück.

3
Der Drachenmeister

Der Knappe war in dem Moment vergessen, als Shezira ihm den Rücken zuwandte. Nur noch zwei Tage, und sie würden die lange Reise antreten, beinahe von einem Ende des Reichs bis zum anderen. Zwei Wochen später kämen sie dann in König Tyans Palast an. Prinz Jehal wäre dort. Sie würde Jehal ihre makellose Weiße und ihre jüngste Tochter darbieten, und im Gegenzug würde er ihr die Lordschaft über alle Reiche übertragen. Oder besser gesagt, er hätte keine Einwände dagegen, dass sie die Macht an sich riss.

Sie lächelte. Lordschaft? Oder sollte es nicht eher Lady-schaft heißen? Es wäre nicht das erste Mal, dass der Spre-cher eine Königin und kein König war, aber das war schon lange her. Zu lange.

Das Drachennest war an einen Steilhang gebaut. Der Großteil des Nests bestand aus einem riesigen, unterirdi-schen Tunnelsystem, und so wirkte der Bau von außen sehr unscheinbar. Angesengter Stein und verkohlte Erde sowie hier und da Hügel aus dampfendem Drachendung. Jenseits des Steilhangs blickte man, so weit das Auge reichte, auf Felder voll mit Rindern, dazwischen verstreut lagen vereinzelte Gehöfte. Und natürlich waren normalerweise immer ein paar Drachen auf dem Berg zu sehen, die gestriegelt und trainiert, gesattelt und gefüttert wurden oder einfach nur die Sonne genossen.

Das einzige Bauwerk, das aus dem Drachennest herausschaute, war ein mächtiger Turm, der Bergfried. Als die Königin in Richtung der Tore schritt, wurden sie geschwind geöffnet. Soldaten strömten heraus, stellten sich in Reih und Glied auf und salutierten vor ihr. In ihrer Mitte war Isentine, der Drachenmeister, von Kopf bis Fuß in Drachenschuppen und Gold gekleidet. Shezira blieb vor ihm stehen, und er fiel auf die Knie, um ihr die Füße zu küssen. Er wurde allmählich alt. Der gepeinigte Zug um seine Mundwinkel, als er sich mühsam wieder aufrappelte, missfiel ihr. Sie musste Isentine bald ersetzen, was ihr ganz und gar nicht behagte. Er war fähig und treu ergeben, und es würde schwierig werden, einen gleichwertigen Nachfolger zu finden. Aber wenn er sich nicht einmal mehr anständig verbeugen konnte …

»Kommt schon, kommt schon, steht auf!«, zischte sie leise. Alle Soldaten beobachteten sie.

»Eure Heiligkeit.«

Shezira biss sich auf die Lippe, als sie sein Gesicht sah. Er wirkte so müde, beinahe wie erschlagen.

»Drachenmeister Isentine.« Sie rang sich ein Lächeln ab und legte ihm die Hände auf die Schultern. »Eure Augen werden im Laufe der Jahre immer schärfer. Ihr habt mein Kommen aus weiter Entfernung bemerkt.«

Der Drachenmeister verbeugte sich erneut, eine kleine Verneigung von der Hüfte aus, was ihn nicht weiter anzustrengen schien. »Ich lebe allein, um Euch zu dienen, Eure Heiligkeit.«

»Und das gelingt Euch sehr gut.« Sie ging an ihm vorbei. »Wie ich höre, ist ein neuer Drache geschlüpft. Lohnt es sich, dass ich mir die Mühe mache, ihn mir anzuschauen?«

»Leider nicht, Eure Heiligkeit.« Isentine nahm wieder seine normale Haltung ein und folgte ihr in knappem Abstand. »Ein weiteres Junges, das seine Nahrung verweigert und dahinsiecht.«

»Schon wieder?« Ein gereizter Unterton schwang in ihrer Stimme mit, was sie noch mehr verärgerte. Eine Königin sollte niemals ungehalten klingen.

»Es tut mir sehr leid, Eure Heiligkeit.«

»Von den letzten vier Eiern ist also aus dreien nichts geworden. Normalerweise verlieren wir nicht so viele.« Der Drachenmeister konnte sich ihrem Tempo mühelos anpassen, bemerkte Shezira erfreut, also steckte vielleicht doch noch genügend Lebenskraft in ihm. Für den Augenblick.

»Es ist ungewöhnlich, Eure Heiligkeit, aber die Alchemisten versichern mir, dass man von Zeit zu Zeit mit solchen Dingen rechnen muss. Gleichzeitig haben sie mir versprochen, dass sich das Blatt auch wieder wenden wird.«

»Und glaubt Ihr ihnen?« Shezira schüttelte den Kopf. »Antwortet nicht. Einer pro Monat, Isentine. Das erwarte ich von Euch. Ein gutes Ei jeden Monat. Aber das ist nicht der Grund meines Kommens.« Sie waren nun außerhalb der Hörweite der Soldaten und passierten schweigend die Tore, die zum Bergfried führten.

»Hat Eure Heiligkeit einen besonderen Wunsch?«, fragte Isentine. »Wir haben die üblichen Vorbereitungen getroffen. Parfümierte Bäder, ein Festmahl mit den ausgesuchtesten Delikatessen aus dem gesamten Reich, Männer und Frauen, die nichts weiter begehren, als Euch glücklich zu machen.« Er hätte sie eigentlich besser kennen müssen, aber er war alt, und einige Gewohnheiten ließen sich nicht so leicht abschütteln.

»Wenn ihnen mein Glück derart am Herzen liegt, sollten sie ihre Zeit lieber darauf verwenden, meinen Töchtern Manieren und Respekt einzubläuen und ihnen begreiflich zu machen, dass ihr oberstes Ziel im Leben darin besteht, Gehorsam zu zeigen.«

Es dauerte einen Moment, bis Isentine diese scharfen Worte verdaut hatte, was Shezira ein Lächeln entlockte. Der Etikette nach hätte sie so etwas in der Öffentlichkeit nicht sagen dürfen, weshalb es auch keine formelle Erwiderung gab. Sie durchschritten die Große Halle, eine düstere Höhle aus ockerfarbenem Stein, aus dem der Großteil der unteren Ebenen des Bergfrieds bestand.

»Ihr solltet etwas aus dieser Halle machen. Setzt ein paar Fenster ein.« Das Echo ihrer Schritte ließ die Höhle noch leerer, düsterer und trostloser erscheinen. »Vielleicht sollte ich meine Töchter für eine Weile zu *Euch* schicken, hm?«

Sie erreichten das andere Ende des Saals, wo sich ein Gewirr aus ineinander verschlungenen Treppenfluchten in die höher gelegenen Teile der Burg wand.

»Das Arbeitszimmer, Eure Heiligkeit?«, fragte Isentine.

»Ja.« Die Halle war nicht so leer gewesen, wie Shezira anfangs geglaubt hatte. Vereinzelt bemerkte sie Soldaten, die Wache hielten, reglos wie Statuen und gut versteckt in kleinen Wandnischen, in denen sie kaum auffielen.

Als sie den oberen Treppenabsatz zu Isentines Arbeitszimmer erreichten, keuchte der Drachenmeister und war ganz außer Atem. Wie hoch war es? Hundertzwanzig Stufen bis zu diesem Balkon? Kopfschüttelnd musterte sie ihn, während er die Tür öffnete und dann geduldig wartete. Es würde wohl einfach nicht funktionieren.

Sie seufzte, ging hinein und setzte sich. »Ihr seid wirklich steinalt, Meister Isentine.« Sie beobachtete ihn, während sie sprach, und sah, wie ihre Worte ihn trafen. Was gut war. Er wusste, was zwangsläufig kommen musste, und ihre direkte Art würde ihnen beiden die Sache erleichtern.

»Ein wenig mehr als sechzig Jahre.« Er wirkte traurig.

»Ein wenig? Ihr seid schon so lange Drachenmeister, wie mein Erinnerungsvermögen zurückreicht. Fast auf den Tag genau ist es nun fünfundzwanzig Jahre her, dass ich hier ankam.« Lächelnd rief sie sich den Moment ins Gedächtnis, als sie zum ersten Mal im Bergfried gelandet war. »Ich war fünfzehn, König Antros als Gemahlin versprochen, und Ihr wart die erste Person, die ich erblickte. Damals hielt ich Euch für schrecklich gut aussehend.«

Isentines Kehlkopf hüpfte auf und ab, als versuchte er, etwas zu erwidern, aber die Worte schienen in seinem Hals festzustecken.

»Ich habe nie vergessen …«, fügte Shezira hinzu. »Ich habe nie vergessen, dass Ihr es wart, mehr als jeder andere, der mir zur Seite gestanden ist, als Antros so unerwartet verstarb. Wenn Ihr Euch gegen mich gewendet hättet, wäre ich jetzt nicht Königin. In den folgenden Jahren war Euch meine Dankbarkeit gewiss. Und daran hat sich nichts geändert.«

»Dann …« Beide wussten, was er sagen wollte. Gleichzeitig wussten beide, dass sie seine Bitte nicht erfüllen konnte.

»Ihr dürft bestimmen, wer der neue Meister über den Bergfried und meine anderen Nester wird, Isentine. Ich werde Eure Wahl respektieren. Aber Ihr könnt nicht länger Meister über meine Drachen sein. Hyrams Regierungszeit als Sprecher der Reiche neigt sich dem Ende. Ich werde ihm nachfolgen. Hier kann ich Euch verstecken, doch wenn ich vom Adamantpalast aus herrsche, kann ich keinen schwachen alten Mann gebrauchen, der meinem Schritt nur mit Mühe folgen kann. Es tut mir leid.« Beinahe hätte sie seine Hand genommen, denn in vielerlei Hinsicht war er ihr ältester Freund. Aber sie war die Königin, und aus diesem Grund rührte sie sich nicht, nur das Weiß ihrer verkrampften Fingerknöchel verriet ihre wahren Gefühle.

Isentine schluckte. Er machte einen tiefen Atemzug und verbeugte sich langsam. »Ich verstehe, Eure Heiligkeit. Ich werde Euch einen Mann aussuchen, der würdig ist, Euch so zu dienen, wie mir es nicht länger möglich ist. Dann werde ich den Drachensprung antreten.«

Sie saßen so lange schweigend beieinander, bis Shezira die Stille nicht mehr ertrug. Die Königin erhob sich und stellte sich ans Fenster. Vom Arbeitszimmer sah man genau über die Steilklippen, und der Sturz in die Tiefe kam ihr unendlich lang vor.

»Oder ...«

Isentine bewegte sich nicht. Sie wusste, dass er den Atem anhielt.

»Meine Töchter lieben ihre Drachen und sind auch von Euch sehr angetan. Almiri ist meine Nachfolgerin und hat selbst eigene Kinder. Lystra ist Prinz Jehal versprochen und immer noch jung und leicht zu beeinflussen, aber Jaslyn ... Wie mir zu Ohren gekommen ist, verbringt sie viel Zeit hier.«

Isentine sah sie an und schüttelte lächelnd den Kopf. »Meine Königin, Ihr könnt natürlich aussuchen, wen immer Ihr wünscht, aber Jaslyn ist zu jung, um Meisterin über ein Nest zu sein. Sie kennt ihre Drachen wie keine Zweite, das muss ich einräumen, doch sie hat noch keinerlei Erfahrung ...«

Erst in diesem Moment begann er zu verstehen.

»Sie bräuchte einen Lehrmeister.« Sheziras Stimme blieb hart. »Ihr müsstet Eure letzten Jahre hier draußen verbringen, umgeben von all den Geschöpfen. Ich kann Euch erst erlauben, den Drachensprung anzutreten, wenn Ihr vollkommen sicher seid, dass sie eine würdige Nachfolgerin ist.«

»Ja, Eure Heiligkeit. Vielen Dank.«

Shezira sah weg. Vor lauter Dankbarkeit wäre Isentine

beinahe in Tränen ausgebrochen, und diesen Anblick hätte sie nicht ertragen. »Ihr werdet uns nicht in König Tyans Reich begleiten. Ihr seid zu alt. Stattdessen müsstet Ihr hierbleiben und Euch den Kopf darüber zerbrechen, was es noch alles zu tun gibt. Es wird keine leichte Aufgabe mit Jaslyn sein. Sie ist stur und stolz. Wenn ich sie als Mauerblümchen bezeichnen würde, wäre das eine schmeichelhafte Untertreibung, und dennoch rümpft sie über jeden Verehrer die Nase, den ich ihr präsentiere. In Bälde könntet Ihr bereuen, nicht doch den Drachensprung gewählt zu haben.«

»Ich werde sie zu einer Tochter machen, auf die Ihr stolz sein könnt«, flüsterte der Drachenmeister.

Das bin ich längst, dachte Shezira, aber auch das gehörte zu den Dingen, die sie sich niemals laut eingestehen durfte. Mit fester Miene schritt sie im Arbeitszimmer auf und ab, wobei sie geflissentlich Isentines eindringlichen Blick überging. »Ja. Und nun zu Prinz Jehal. Nur noch zwei Tage, Drachenmeister.«

»Alle Vorbereitungen sind getroffen, Eure Heiligkeit.«

»Oh, das bezweifle ich nicht, und dennoch … Schickt den Alchemisten zu mir. Haros? Huros? Wie lautet gleich noch mal sein Name? Er soll mich mit den Einzelheiten *seiner* Vorbereitungen langweilen. Und falls ich einschlafe, unterrichtet ihn bitte davon, dass mein Feldmarschall etwas mit ihm besprechen möchte. Anscheinend hat sie irgendein Fläschchen, dessen Inhalt er für sie bestimmen soll.«

»Ich werde mich sofort darum kümmern, Eure Heiligkeit.«

Shezira sah Isentine nach. Sein Gang hatte eine Leichtigkeit gewonnen, die sie schon seit geraumer Zeit nicht mehr an ihm bemerkt hatte. Beinahe konnte sie sich einreden, ein gutes Werk vollbracht zu haben. Ein zaghafter Sonnenstrahl an einem ansonsten mit Gewitterwolken verhangenen Himmel.

Nur noch zwei Tage bis zu meiner Abreise und dem Versuch, Prinz Jehal mit meinem eigen Fleisch und Blut zu kaufen. Obwohl ich besser als jede andere weiß, dass genau das unser Schicksal als Tochter ist.

4
Der Sprecher der Reiche

Wie«, murmelte Jehal, »kann es jemand *nicht* begehren? Das will mir einfach nicht in den Sinn.«

Neben sich spürte er Zafirs Körper, deren Haut schweißbedeckt war und die sich aufreizend an ihn drängte. Sie sah ihn an. »Was begehren, mein Liebster?«

Jehal warf die Arme in die Luft. Sie lagen in einem reich mit Schnitzereien verzierten, tausend Jahre alten Holzbett, eingewickelt in seidene Laken. An allen vier Wänden waren Fenster mit Blick auf den Himmel eingelassen, die gleichzeitig eine wunderschöne Aussicht auf den Adamantpalast und die Stadt der Drachen gestattete.

»Das hier! Das alles!«

Zafir presste sich an ihn und streichelte ihm über die Brust.

»Das alles«, flüsterte sie. Sie klang glücklich, dachte Jehal, und das war nur recht und billig. Immerhin hatte er sie über weite Strecken der Nacht bis zur Ekstase getrieben.

Seufzend setzte sich Jehal auf. »Ja, das alles. Ist es nicht perfekt? Ach … Nie werde ich den Tag vergessen, als mich mein Vater zum ersten Mal hierher gebracht hat. Ich saß in seinem Sattel, während er die Arme schützend um mich gelegt hatte und wir hoch in den Lüften schwebten. Der Himmel war strahlend blau, die Sonne brannte heiß herab, die Weiden lagen tief unter uns. Dunkel und grün und saftig. In der Ferne konnte ich die Gebirgszüge ausmachen, und dann, gleich daneben, bemerkte ich auf einmal ein Funkeln. Ich deutete in die Richtung und wollte wissen, was es ist. Mein Vater sagte, es sei ein Juwel, das großartigste Juwel, das ich je zu Gesicht bekäme – und er behielt recht. Der Adamantpalast, der in der Sonne glitzert, die Seen, die wie Diamanten funkeln, die Purpurnen Berge, die hinter ihm aufragen. Dieser Anblick hat sich in mein Gedächtnis gebrannt wie der feurige Atem eines Drachen.« Lächelnd schüttelte er den Kopf. »Der Ehrfurcht-gebietende. So hieß der Drache meines Vaters. Schon damals gehörte er zu den alten Reittieren und ist vor langer, langer Zeit von uns gegangen. Manchmal wünschte ich, mein Vater wäre mit ihm gestorben. Nachdem mein umnachteter kleiner Bruder unsere Mutter und den Rest unserer Familie ermordet hatte, war er nie mehr derselbe. Ein solches Schicksal zu erleiden, zu so einem sabbernden und verwirrten alten Mann zu werden, das gehört sich einfach nicht. Ein König sollte ewig leben oder mit Glanz und Gloria sterben.«

Zafir schlang ihm die Arme um die Schultern. »Du hast mich.«

»Ja. Ich habe dich. Und das ist mehr als genug für einen Mann. Die schönste Prinzessin aller Reiche.«

»Königin«, flüsterte sie und knabberte an seinem Ohr. »Meine Mutter ist tot. Ein böser Mensch hat sie von einem Drachen geschubst, erinnerst du dich nicht?«

Jehal umschloss ihre Lippen mit einem feurigen Kuss. »So etwas zu sagen ist sehr gefährlich, meine Liebe. Deine Mutter hatte einen Unfall. Davon bin ich überzeugt. Und du bist immer noch eine Prinzessin, keine Königin. Nicht bis Sprecher Hyram es verkündet.«

»Wird das noch lange dauern?«

»Wahrscheinlich eine Stunde, vielleicht zwei. Dann wird er nach dir rufen lassen.«

Zafir schnaubte verächtlich. »Warum braucht er so lange?«

»Ist dir nicht aufgefallen, wie stark er zittert? Er ist ein alter Mann, und die Abenddämmerung senkt sich bald über ihn.«

»Er ist so langweilig. Wenn er anwesend ist, zieht sich die Zeit immer so fürchterlich.«

Jehal rollte sie sanft auf den Rücken. Er blickte in ihre Augen, die dunkel und weit aufgerissen waren, und fuhr mit der Hand über ihren Bauch. Von den Fenstern her strich eine leichte Brise über seine Haut. Er grinste. »Ich könnte sie wie im Fluge vergehen lassen.«

Zafir kicherte. »Sobald ich Königin bin und du weiterhin nur ein Prinz, musst du dann nicht alles tun, was ich will?«

»Dann gehöre ich ganz dir.«

»Ich weiß schon genau, wie mein erster Befehl als Königin lauten wird.«

»Nämlich, mein Liebling?«

»Sobald ich Königin bin, werde ich dich auf der Stelle hierher zitieren.« Sie umschloss sein Gesicht mit ihren Händen und zog ihn sachte zu sich. »Mehr!«, seufzte sie. »Genau das werde ich von dir verlangen. Mehr ...«

Wenig später beobachtete Jehal, wie sich Zafir wieder anzog und aus dem Zimmer schlüpfte. Nachdem sie verschwunden war, stellte er sich nackt ans Fenster, wartete und fragte sich insgeheim, ob ihn jemand beobachtete. Der Turm der Lüfte war der höchste und prächtigste aller Palasttürme, und Sprecher Hyram hatte ihn Zafir zur Verfügung gestellt, als er von ihrer Ankunft unterrichtet worden war. In den Stockwerken unter ihm wimmelte es von Dienern. Einige gehörten zu Zafirs Gefolge, doch die meisten waren Dienstboten des Sprechers. Es wäre unklug, wenn Hyram erfuhr, wen Zafir in ihr Bett gelassen hatte, und dennoch stand Jehal am Fenster und forderte sein Schicksal heraus.

Sobald Zafir lang genug fort war, warf er sich eine einfache Tunika über, zog eine leicht verschmutzte Hose an und spazierte mit dem Nachttopf in Händen hinaus. In dem Durcheinander an unbekannten Gesichtern bedachte ihn niemand eines zweiten Blickes.

Im Gegensatz zum Turm der Lüfte war Jehals Unterkunft sehr bescheiden, wenn nicht gar die armseligste, die der Palast zu bieten hatte. Wenn es nach Hyram ginge, hätte er ihn wohl am liebsten in eine der heruntergekommenen Hütten außerhalb der Stadtmauern verbannt, dachte Jehal. Eine solch offene Beleidigung wagte der Sprecher zwar nicht, aber die Kränkung traf Jehal dennoch, weshalb er im Gegenzug mit großer Verspätung zu Zafirs Krönungsfeier erschien und laut polternd in die Glaskathedrale stürzte, mitten während Hyrams langweiliger Rede über die Würde, das Dienen und die Pflichten eines Königs. Eines Königs, nicht einer Königin. Jehal speicherte das im Gedächtnis ab, um Zafir das nächste Mal, sobald sie nackt in seinen Armen lag, ganz beiläufig darauf hinzuweisen.

Hyram schwadronierte weiter, und Jehal spielte lustlos an seinen Nägeln herum. Die Kathedrale wirkte riesig und leer. Eine Schar Drachenpriester huschte leise tuschelnd durch die Schatten des Gotteshauses. Einige Lords und Ladys aus Hyrams Gefolge saßen höflich in den Bankreihen, doch die einzige andere Person von Bedeutung war der Elixier-Meister, der artig das Geschehen dokumentierte: Bellepheros, Großmeister der Alchemisten und Erster Lord des Ordens der Drachenschuppen. Gähnend beobachtete ihn Jehal. Sie hätten das alles in zehn Minuten mit einer Flasche gutem Wein in Hyrams Arbeitszimmer über die Bühne bringen können. Oh, aber dann wäre es natürlich nicht mehr *dasselbe* gewesen! Bei der Vorstellung, während der Zeremonie gleichzeitig an Langeweile und Unterkühlung zu sterben, konnte Jehal dem Ereignis sogar noch einen gewissen Hauch von feierlichem Ernst abgewinnen. Er hätte einen Mantel mitbringen sollen, entschied er. Einen warmen, gefütterten Mantel. Und ein Kissen. Unter den gegebenen Umständen musste er sich wohl damit zufriedengeben, Hyram amüsiert zuzusehen, wie er sich zitternd und stotternd durch seine Rede kämpfte.

Schließlich kam Hyram zu einem Ende. Jehal schlüpfte ins Freie und wartete auf Zafir, bereits in Gedanken, wie er ihren ersten königlichen Befehl erfüllen könnte. Aber es war Sprecher Hyram, der als Erster die Kathedrale verließ und zielgerichtet auf Jehal zuschritt.

»S-Sehr freundlich, dass Ihr d-d-doch noch gek-k-kommen seid«, stotterte er. Jedes Körperteil an ihm schien zu zittern.

Jehal verbeugte sich so geringschätzig wie möglich. »Mir ist durchaus bewusst, dass Königin Zafir nur gekrönt werden konnte, wenn wenigstens eine andere Person mit königlichem Blut zugegen ist. Andernfalls wäre ich sicherlich nicht hier. Ist Euch etwa kalt, Eure Hoheit? Heute geht tatsächlich eine steife Brise. Ich könnte Euch einen Mantel bringen lassen, wenn Ihr wünscht.«

»G-Glaubt nicht, Ihr könntet mich zum Narren halten, Prinz J-Jehal«, zischte Hyram.

Jehal lächelte und tippte sich an die Stirn. »Natürlich, Hoheit. Ich habe vergessen. Eure Krankheit. Sie scheint immer weiter fortzuschreiten. Ein schrecklicher Verlust für das Reich. All das Wissen. Wer von den Drachenkönigen könnte Euren Platz auch nur annähernd würdig einnehmen?«

»Und w-wie geht es *Eurem* Vater, Jehal?« Das unaufhörliche Zittern machte Hyram zu einem gebrochenen alten Mann, doch es lag immer noch Feuer in seinen Augen.

Jehal biss sich auf die Lippe. *Vorsicht, Vorsicht. Er ist kein*

Dummkopf. Noch nicht. Er versuchte, einen traurigen Gesichtsausdruck aufzusetzen. »Sein Verstand ist meines Erachtens so scharf wie eh und je. Obwohl es tatsächlich schwer zu sagen ist. Meistens hat ihn seine Lähmung fest im Griff. Wenn das Zittern einsetzt und er den Mund öffnen kann, versteht leider niemand, was er uns zu sagen versucht. Es gleicht einem Wunder, dass wir ihn immer noch füttern können. Seine Krankheit …«

»Krankheit?« Hyram schnaubte. »Jeder w-w-weiß längst, dass Ihr ihn v-vergiftet.«

Jehal biss die Zähne aufeinander. »Dann muss ich Euch wohl ebenfalls vergiften, Eure Hoheit, denn Eure Symptome sind dieselben, die *er* zu Beginn hatte. Ja, es fällt schwer, sich an die Zeit zu erinnern, als er noch reden, eigenständig essen, sich mit Frauen vergnügen und alles tun konnte, wozu der Vater eines Drachenprinzen imstande sein sollte, aber ich würde sagen, Eure Symptome sind *genau* dieselben.« Er spuckte aus und drehte sich um. »Vermutlich wäre es sogar besser, wenn Ihr in Bälde das Zeitliche segnet. Es wäre doch schrecklich, einen Sprecher zu haben, der überhaupt nicht sprechen kann. Und wie geht es eigentlich Eurem Gedächtnis? Werdet Ihr allmählich vergesslich?«

»Jehal.«

Jehal hielt inne, wandte sich jedoch nicht um. »Hoheit?«

»Königin Aliphera. Es heißt, sie sei v-von ihrem Drachen gef-fallen.«

»Das ist mir auch zu Ohren gekommen.« Jetzt endlich drehte er sich wieder um und sah Hyram an, um in seinem Gesicht lesen zu können.

»Ich kannte Aliphera. Sie l-liebte die Jagd und ritt so gut auf ihrem D-Drachen wie ein Mann. Diese Vorstellung – ist a-absurd.«

Jehal zuckte mit den Schultern. »Ja, das ist sie, nicht wahr? Aliphera hat sich allerdings absichtlich von ihrer Eskorte entfernt. Niemand hat gesehen, was anschließend geschehen ist, oder will es zugeben.« Er lachte. »Ihr könntet immer noch den Drachen fragen.«

»Ich frage aber *Euch*.«

»Was genau soll das heißen, Hoheit?«

»Steckt Z-Zafir dahinter?«

»Wenn Ihr das wissen wollt, dann solltet Ihr *sie* fragen, nicht mich.«

»D-Das habe ich. Es waren meine e-ersten Worte, nachdem ich ihr die Krone auf den Kopf ges-setzt habe: H-Habt Ihr Eure Mutter getötet, um die hier zu bekommen?«

Jehal feixte. »Sie muss entzückt gewesen sein. Aber wenn Ihr plötzlich auf meine Meinung Wert legt, so muss ich gestehen, dass mir ein ähnlicher Gedanke durch den Kopf geschossen ist. Auch wenn ich bezweifle, dass Zafir Königin Aliphera ermordet hat. Sie mag den Ehrgeiz besitzen und in der Vorstellung schwelgen, aber ihr fehlt der Mut.«

»E-Euch jedoch nicht.«

»Mir?«, knurrte Jehal. »Da ich anscheinend sogar dabei versagt habe, meinen eigenen Vater zu vergiften – trotz all der vielen Jahre und meiner verzweifelten Bemühungen –, bin ich womöglich kein so guter Mörder wie Ihr denkt. Eure Hoheit.«

»Ich werde W-Wahrheits-Finder in Euer Drachennest schicken. Ebenso wie z-zu Zafirs. B-Bellepheros wurde bereits angewiesen. Wenn Ihr i-irgendeinen Versuch unternehmt, ihren Auftrag zu boykottieren, werde ich w-wissen, dass Ihr schuldig seid.«

»Euer Vertrauen in meinen Charakter ist rührend, Hoheit. Gewiss, schickt wen auch immer Ihr wollt, und natürlich wird Bellepheros alles Notwendige vorfinden. Ich verlange, dass er so sorgfältig und genau arbeitet wie möglich, und wenn er nichts findet, erwarte ich, dass Ihr mir dennoch ebenso sehr misstraut wie bisher. Seid Ihr nun mit mir fertig, alter Mann?«

»D-Das hoffe ich sehr.«

Jehal beugte sich zu Hyram vor und hielt seinen Blick gefangen. »Was wäre, wenn Ihr falschliegt? Wenn ich die letzten Jahre nicht damit verbracht habe, meinen eigenen Vater langsam zu ermorden? Wenn ich stattdessen nach einem Heilmittel gesucht habe? Was wäre, wenn ich tatsächlich eines gefunden habe?«

Für den Bruchteil einer Sekunde war ein Zögern in Hyrams Augen zu lesen. Nur für eine Sekunde, aber Jehal konnte seinen Sieg förmlich schmecken. »Dann w-würde ich mich freuen, ihn bald wieder im S-Sattel zu sehen.«

»So wie ich, Hoheit. So wie ich.« Jehal machte auf dem Absatz kehrt und biss sich mit versteinertem Gesicht auf die Lippe. Als er sicher war, dass ihn niemand beobachtete, wagte er einen Blick zum Turm der Lüfte.

»Also«, flüsterte er, als könne der Wind seine Worte zu Zafir tragen. »Denkst du, ich habe eine gute Vorstellung hingelegt?« Er begann zu kichern und dann zu lachen, bis er weinen musste, und anschließend wusste er nicht mehr, ob es das Gelächter oder die Tränen waren, denen er nicht mehr Einhalt gebieten konnte.

5

Shezira

Das Rudel Schnäpper stob bereits auseinander. Shezira suchte sich eines der Tiere aus und schrie Mistral einen Befehl zu. Gehorsam drehte der Drache ab und tauchte wie ein Falke, die Flügel eng angelegt, durch die Luft und schoss zur Erde hinab. Dennoch war der Schnäpper zu schnell. Er würde die Bäume erreichen, bevor Mistral nah genug an ihn herankam. Shezira fauchte enttäuscht auf. Das also war die Strafe, einen Kriegsdrachen auf die Jagd mitzunehmen. Sie waren zu stämmig, ihre Schultern zu breit und ihre Schwingen zu groß, sodass Shezira die Hälfte der Zeit nicht einmal sehen konnte, was sie gerade tat. Es sei denn, sie vollführte einen Sturzflug wie eben, wobei ihr dann aber der scharfe Wind die Sicht erschwerte. Mit zusammengekniffenen Augen suchte sie die vereinzelt stehenden Bäume tief unter ihr ab.

»Feuer!«, rief sie.

Mistral spannte die Flügel auf. Krampfhaft krallte sich Shezira an den Schuppen des Drachen fest, als sich dieser mit einem Ruck mitten im Flug abfing. Sie schob rasch das

Visier ihres Helms herunter, da hörte sie bereits das Gebrüll und spürte, wie Mistral zitterte und eine Hitzewelle über sie hinwegrollte. Dann erbebte Mistral und näherte sich schlingernd dem Boden, bevor er schwerfällig landete und ins Straucheln kam. Äste und Blätter zerrten an Sheziras Rüstung, ein Baumstamm zerbarst. Die Luft war heiß und vom Geruch nach verbranntem Holz erfüllt. Als Shezira das Visier wieder hochklappte, erwartete sie eine brennende, fast vierzig Meter lange Schneise im Wald. Die Bäume um sie herum waren verkohlt, viele davon durch Mistrals plumpe Landung abgeknickt. Shezira konnte nicht erkennen, ob die Wucht des Feuers den Schnäpper getroffen hatte. Sie schnalzte und ließ Mistral langsam aus dem glimmenden Chaos tapsen.

»Du hast ihn verfehlt, Mutter«, rief Prinzessin Almiri. Ihr Drache war bereits am Boden, etwa fünfzig Meter von Shezira entfernt, und hatte einen kopflosen Schnäpper in den Vorderklauen.

Instinktiv duckte sich Shezira, als etwas Großes so knapp über ihrem Kopf hinwegschoss, dass der anschließende Windstoß sie beinahe aus dem Sattel gerissen hätte. Ein rußbeschmutzter grauer Jagddrache erhob sich in die Lüfte und flog lediglich eine Handbreit über dem Wald, sodass sein Schwanz die Baumkronen absäbelte. Wieder und wieder senkte er ruckartig den Kopf und spuckte einen schmalen Feuerstrahl aus. Dann erklomm der Drache den Himmel, machte eine Kehrtwende, kam blitzschnell zurück und landete neben Shezira, wobei er sich in die schmale Lücke zwischen ihr und Prinzessin Almiri quetschte. Sein Reiter setzte den Helm ab und ballte die Hand zu einer wütenden Faust.

»Das war meine Beute, Mutter!«, brüllte Prinzessin Jaslyn und schleuderte ihren Helm wutentbrannt fort. »Was hast du dir bloß dabei gedacht? Du bist direkt in meine Flugbahn geschossen! Vidar wäre beinahe in dich und dein schwerfälliges Ungetüm geknallt. Du hättest dir einen von Almiris Jägern ausleihen müssen!«

»Der Größere hat Vorrang!«, fauchte Shezira. Sie musste schreien, um sich über dem Lärm Gehör zu verschaffen. Mistral kratzte an einem umgestürzten Baumstamm und rollte ihn weg. Er hatte eine Fährte aufgenommen.

»Der *Verfolger* hat immer Vorrang!«, brüllte Jaslyn zurück. Vidar legte die Flügel an und machte vorsichtig einige Schritte zur Seite, bis er Mistral beinahe berührte. Mistral ließ vom Baum ab, schüttelte sich und zischte böse. Vidar fauchte ebenfalls. Kriegsdrachen hassten es, in die Enge getrieben zu werden. Auf einmal kam sich Shezira sehr klein vor. Normalerweise griffen Drachen einen Reiter nur an, wenn man ihnen den Befahl gab. Zufälligerweise zerdrückt zu werden stand hingegen auf einem ganz anderen Blatt.

»Ich *war* der Verfolger!« Shezira versuchte, Mistral zu beruhigen. Jaslyn hatte recht. Mistral war für diese Art des Fliegens nicht geschaffen, und sie hätte sich einen richtigen Jäger ausborgen müssen.

»Erst nachdem du mich regelrecht aus der Luft gedrängt hast!« Vidar fletschte die Zähne. Der Größenunterschied schien ihn nicht im Geringsten zu stören. *Auf einem Kriegs-*

drachen zu sitzen hat wenigstens den Vorteil, dass ich während unserer Auseinandersetzung auf meine Tochter hinabschauen kann.

»Hast du den Schnäpper erwischt?«, rief Almiri, die ihren Drachen nun nahe genug herangescheucht hatte, um Vidar abzulenken. Als die älteste von Sheziras Töchtern und die einzige, die bereits verheiratet war und eine eigene Familie besaß, hatte Almiri die Rolle der Friedensstifterin übernommen. Dies entlockte Shezira jedes Mal ein Lächeln, da sie sich noch sehr gut an die Zeit erinnern konnte, als Almiri dem aufbrausenden Gemüt Jaslyns in nichts nachgestanden hatte.

»Natürlich!«

Überall um sie herum flogen die restlichen Drachen herbei, und die Erde erzitterte, sobald sie der Reihe nach landeten. Nach einem kurzen Seitenblick schätzte Shezira, dass sie ein Drittel des Schnäpper-Rudels erlegt hatten, was auf keinen Fall ausreichte, um König Valgar zufriedenzustellen. Schnäpper stellten eine echte Bedrohung dar. Sobald sie sich auf die Hinterbeine stellten, waren sie halb so groß wie ein Mann und doppelt so schnell, und wenn sich ihnen die Chance bot, bissen sie einem liebend gern den Kopf ab. Sie waren verschlagen, echte Allesfresser und jagten in Rudeln, wobei sie mit Vorliebe ganze Dörfer abschlachteten. Drachen waren bei Weitem das beste Gegenmittel, und König Valgar hatte die Herde für sie aufgespart, um ihnen eine echte Jagd zu ermöglichen.

Mistral stapfte auf Vidar zu und rempelte ihn fauchend an. Vidar zischte zornig. Die Drachen spürten die angespannte Stimmung ihrer Reiter. Mistral war wahrscheinlich noch dazu hungrig, und die anderen Drachen aßen bereits ihren ersten Fang. Der Geruch von Blut lag in der Luft und wurde untermalt vom Knacken der Knochen, dem Reißen von Fleisch und dem schweren Atmen der Drachen.

»Möchtest du tauschen, Mutter?«, fragte Almiri, die weiterhin laut schreien musste, damit die anderen sie verstanden. »Nimm doch ein richtiges Reittier für die Jagd!«

Das Angebot war verlockend, aber Shezira schüttelte den Kopf. »Die Abenddämmerung wird anbrechen, bevor ihr hier fertig seid, und ich muss zurück zu Valgars Nest. Ich sollte Lystra im Auge behalten, nur für den Fall, dass sie eine Dummheit begeht.«

»Du hättest sie mitnehmen können.«

»Eine Woche, bevor sie Jehal versprochen ist? Du kennst sie, insbesondere wenn Jaslyn sie anstachelt. Ich will sie vorführen, wie sie sein *könnte*, perfekt und wunderschön, und nicht, wie sie normalerweise *aussieht*, voller blauer Flecken und Schrammen. Nein. Es war nett, ein wenig mit euch zu fliegen, doch ich sollte mich auf den Weg machen.«

Almiri lächelte. »Es ist dennoch schade. Ich hätte es schön gefunden, wenn wir vier ein letztes Mal gemeinsam geflogen wären.«

Die Worte trafen Shezira mitten ins Herz, auch wenn Almiri ihre Mutter nicht absichtlich hatte kränken wollen. Es schien, als sei es erst gestern gewesen, als sie Almiri an König Valgar feilgeboten hatte. Dieser Schritt war ihr nicht leicht gefallen, aber wenigstens waren ihre Clans seit Jahrhunderten eng miteinander verbunden, und ihre Reiche lagen nah beieinander. Außerdem war Almiri die Älteste. Sie war die Thronerbin und würde einmal zur Königin des Sandes und Steins gekrönt werden, weshalb es die richtige und angemessene Entscheidung gewesen war, sie gehen zu lassen. Und Shezira hatte immer noch Jaslyn und die kleine Lystra für sich gehabt.

Im Laufe der Jahre hatte sie Jaslyn an ihre Drachen verloren, und jetzt würde sie die Letzte ihrer Töchter an einen Prinzen verlieren, den sie kaum kannte und der in einem mehr als tausend Meilen entfernten Palast wohnte. Ein notwendiges und zweifellos nützliches Arrangement, doch sobald die Hochzeit vonstattengegangen war, wäre Lystra eine Fremde für sie. Und an diesen bitteren Gedanken musste sie sich erst noch gewöhnen.

Almiri musste die Trauer in Sheziras Gesicht gesehen haben, denn sie fügte rasch hinzu: »Sobald du im Adamantpalast bist, kannst du uns alle so oft du willst zu dir rufen lassen. Du kannst so viele Jagden und Turniere veranstalten, wie du willst. Prinz Jehal wird Lystra mitbringen *müssen*, wenn du es ihm befiehlst.«

All das entsprach der Wahrheit, doch Shezira konnte das Gefühl nicht loswerden, dass sich alles von Grund auf ändern würde. Sie seufzte. »Eines Tages, Prinzessin. Eines Tages … Könntest du Mistral die Hälfte deines Fangs abgeben? Er wird allmählich unruhig.«

Die Hälfte eines Schnäppers war für ein Ungetüm wie Mistral nicht viel mehr als eine kleine Zwischenmahlzeit, aber sie genügte, um seinen Missmut zu besänftigen. Mit einem plötzlichen Anfall von Bedauern trennte sich Shezira von der Jagdgesellschaft und überließ sie ihrem vergnüglichen Schicksal. Sie wendete Mistral am Boden. Das Tier bewegte sich schwerfällig und langsam und begann dann, ungelenk zu laufen. Die anderen Drachen richteten sich neugierig auf und schauten hoch, denn die Schritte eines rennenden Kriegsdrachen konnten die Erde derart zum Erzittern bringen, dass ganze Häuser einstürzten, und ein Monstrum wie Mistral benötigte eine Weile, sich in die Lüfte zu erheben. Als er jedoch endlich die Flügel ausbreitete und in den Himmel stieg, war jegliche Plumpheit von ihm abgefallen. Shezira flog einen Kreis über den Jägern und gab Mistral das Kommando, kurz den Flügel zu neigen, um den anderen Glück zu wünschen. Dann ließ sie die Berge und Wälder hinter sich und schoss über die weite Ebene. Sie gestattete Mistral, sein eigenes Tempo zu finden, und genoss den sanften Wind in ihrem Haar und das wundervolle Gefühl, vollkommen allein zu sein. Es kam nicht oft vor, dass sie den Himmel mit niemandem teilen musste, obwohl sie schon vor langer Zeit erkannt hatte, dass sie genau in diesen Momenten am glücklichsten war. Nur dann war sie wirklich frei und konnte sich vorstellen, keinen Titel zu haben, keine Probleme, keine Familie, keine Töchter, die sie verheiraten musste, keine Komplotte schmiedenden Neffen, die es zu überwachen galt, keine Untertanen, keine Bindungen, keine Verpflichtungen …

Als sie sich bei diesen Gedanken erwischte, musste sie lachen. *Und hier bin ich, dazu bestimmt, die nächste Sprecherin der Reiche zu werden. Würde ich das wirklich alles aufgeben, wenn mir jemand das Versprechen gäbe, dass ich eine echte Wahl hätte? Würde ich Mistral besteigen und über die Große Steinwüste zu den Geheimen Tälern fliegen, wo mich niemand erkennt und ich eine Fremde bin?*

Die Antwort kannte sie nur zur Genüge: Sie würde keine einzige Sekunde darüber nachdenken. Was sie wahrscheinlich zu einer Närrin machte, und das wiederum ließ sie noch lauter lachen. Als sie endlich Valgars Nest erreichte, fühlte sie sich zehn Jahre jünger.

Sie hatte gehofft, das angenehme Gefühl würde bis nach der Landung anhalten, doch dem war nicht so. Es erstarb genau in dem Moment, als sie ihren Feldmarschall erblickte, Lady Nastria, die mit raschen Schritten über die versengte Erde auf sie zurannte. Nastria steckte bereits halb in ihrer Rüstung, als wollte sie jede Minute abreisen, und schwenkte etwas in der Hand.

»Eure Heiligkeit! Königin Aliphera ist tot!«

6

Huros

Huros war über alles bestens informiert, denn ohne ihn lief nichts. Er hatte sich mit Isentine, dem Drachenmeister, beratschlagt, und gemeinsam hatten sie Königin Shezira alles bis ins kleinste Detail über die Route erzählt, die sie ausgewählt hatten, um Prinzessin Lystra zu ihrer Hochzeit zu geleiten: die genaue Anzahl der Drachen, die mitfliegen, jeden einzelnen Ort, an dem sie eine Rast einlegen und exakt wie lange sie dort verweilen würden.

Sie verließen König Valgars Nest bei Anbruch der Morgendämmerung. Das war für Huros keine Überraschung, immerhin war das sein eigener Plan gewesen. Heute mussten sie die längste Etappe ihrer Reise hinter sich bringen und würden den ganzen Weg bis zum Adamantpalast fliegen. Sie würden dort genau einen Tag bleiben, nicht kürzer und nicht länger, damit sich die Drachen ausruhen konnten. Im Stillen freute sich Huros darauf. Er würde die Zeit mit den mächtigsten Alchemisten der Reiche verbringen, vielleicht sogar mit Meister Bellepheros höchstpersönlich. Es war eine günstige Gelegenheit, neues Wissen aufzusaugen, und diese verlockende Vorstellung hatte seine Gedanken bis spät in die Nacht erfüllt. Demzufolge war er nicht ganz ausgeschlafen, als es an seiner Tür klopfte.

Noch während die Sonne über den Horizont zu klettern versuchte, stolperte Huros ins Freie und überprüfte dort ein letztes Mal, ob seine Elixiere sicher verpackt waren. Dann wickelte er sich in seinen dicken und kuschlig warmen Flugmantel, schnallte sich auf dem Rücken eines Drachen fest und begann die anderen Personen, die um ihn herum die letzten Vorbereitungen trafen, zu zählen. Als er die Zahl zwanzig erreichte, wurden seine Lider so schwer, dass er ihnen eine kurze Pause gönnen wollte. Das Zählen war sowieso unnötig. Er wusste genau, welche Drachen ihn begleiteten und wohin die Reise ging.

Andere Männer kletterten neben ihm auf das Reittier. Huros spürte, wie der Drache zu laufen begann und sich dann in die Lüfte schwang. Er blickte sich schläfrig um und schloss schließlich wieder die Augen.

Als er zwei Stunden später erwachte, weil sein Magen ihn daran erinnern wollte, dass er ohne Frühstück losgeflogen war, befand er sich am völlig falschen Ort. Die Gebirge des Weltenkamms waren viel zu nah. Und noch schlimmer, neben ihm hätten eigentlich dreißig Drachen am Himmel schweben sollen. Stattdessen konnte er lediglich die makellos Weiße und zwei weitere Kriegsdrachen sehen, doch das war alles.

»Äh … Entschuldigung?«

Zwei Männer befanden sich auf seinem Kriegsdrachen. Einer war der Reiter, der auf den Schultern des Tieres saß, der andere sah wie ein Knappe aus. Huros runzelte die Stirn und versuchte angestrengt, sich an den Namen des Burschen zu erinnern. Derjenige, der sich um die Weiße kümmerte. Kailin.

»He da! Knappe!«

Der Knappe drehte sich um und warf Huros einen ausdruckslosen Blick zu. Der Reiter war zu weit entfernt, um sie über den pfeifenden Wind hinweg zu hören.

»Knappe! Verstehst du mich?«

Der Knappe nickte.

»Wo sind wir?«

Der Knappe zuckte mit den Achseln.

»Hm, das weißt du also nicht? Wo sind die anderen Reiter?«

Der Knappe schüttelte den Kopf und hob erneut die Schultern.

»Also schön. Nun gut. Wer *weiß* es denn dann?«

Der Knappe deutete mit einem Kopfnicken auf den Drachenreiter. Huros rollte mit den Augen und gab entnervt auf. Streng genommen waren die Knappen Huros und den anderen Alchemisten untergeordnet, und alle gehörten dem Orden an. In Wirklichkeit lebten die Knappen jedoch in ihrer eigenen winzigen Welt, die nur aus ihnen, ihren Drachen und wenig mehr zu bestehen schien.

Sein Magen begann zu rumoren. Er wagte einen erneuten Versuch. »Knappe! Ähm. Hast du etwas zu essen?«

Der Knappe nickte und reichte ihm ein Stück Brot. Huros kaute daran und kochte innerlich. Unter *keinen* Umständen durfte sich ein Drachengeschwader aufteilen, ohne dass vorher der ranghöchste anwesende Alchemist befragt wurde. Da Huros der einzige Alchemist war, den Königin Shezira als wichtig genug erachtet hatte, um sie zu begleiten, war das zwangsläufig *er*. Er würde ihnen die Leviten lesen, dachte er ergrimmt. Jawohl, die Leviten. Und zwar klar und deutlich.

Sie flogen viele Stunden, und mit jeder verstrichenen Stunde ballte Huros die Fäuste noch fester zusammen. Schließlich kam ihm der Gedanke, dass Königin Shezira ihre Pläne aufgrund der Neuigkeiten über Königin Alipheras tragisches Ableben geändert haben mochte. Huros konnte sich zwar keinen Reim darauf machen, aber andererseits hatte er der Angelegenheit auch keine besondere Aufmerksamkeit geschenkt. Er hatte seine eigenen Pläne gehabt, die ihn voll und ganz in Beschlag genommen hatten. Außerdem hätte der Umstand trotzdem keine Rolle spielen dürfen. Man hätte ihn zu Rate ziehen *müssen*. So wollte es die Tradition! Er hatte schon längst die Orientierung verloren und wusste lediglich, dass die Gipfel des Weltenkamms zu seiner Rechten lagen und sich vor ihm weitere Gebirgszüge abzeichneten. Was bedeutete, dass sie immer noch Richtung Süden flogen und sich vom Bergfried entfernten. Er runzelte die Stirn. Oder war es anders herum, und die Gebirge hätten sich links von ihm erheben müssen?

Der Druck auf seiner Blase nahm zu. Er presste die Beine zusammen und biss sich auf die Lippe, aber letztlich musste er der Natur freien Lauf lassen. Drachenritter taten das ständig, ermahnte er sich, und begann, die Riemen zu lösen, mit denen er auf den Drachen geschnallt war. Selbst der Knappe war in aller Seelenruhe aufgestanden, hatte sich in eine Flasche erleichtert und dann wieder festgebunden. Doch als Huros es ihm gleichtun wollte, riss der Wind derart an ihm, dass er beinahe fortgeblasen worden wäre, und nun packte ihn eine Todesangst, dass sich alles in ihm verkrampfte und er sein Bedürfnis nicht verrichten konnte. Der Druck verwandelte sich allmählich in einen kaum auszuhaltenden Schmerz, und als sie schließlich landeten, war Huros so mitgenommen, dass er nicht in der Verfassung war, irgendjemandem die Leviten zu lesen. Er vergeudete keine Zeit, um sich die Umgebung näher anzusehen, sondern stolperte taumelnd in Richtung des erstbesten Baums.

Noch bevor er fertig war, machten sich sein Drache und die Reiter schon wieder auf den Weg. Das Tier trampelte über die Ebene und schlug mit den Flügeln, bis es die nötige Geschwindigkeit erreicht hatte, um sich schwerfällig vom Boden zu erheben. Einen kurzen Herzschlag lang fürchtete Huros, man habe ihn ausgesetzt, doch erleichtert erblickte er den Knappen und zwei sonderbar anmutende Soldaten, und als er den Kopf hob, waren die anderen Drachen ebenfalls noch da, wenn auch hoch am Himmel. Der Knappe saß am Rand eines riesigen, mit unzähligen Steinen übersäten Feldes, neben einem Stapel Kisten und Säcke, die wahrscheinlich den Drachenreitern gehörten. Hier und da schlängelte sich ein sprudelnder Bach wie ein funkelndes Band durch die Steinlandschaft und grub sich durch silbrig glänzenden Sand. Dürre Grasbüschel, vielleicht einen Steinwurf entfernt, säumten den Hauptfluss, bevor der Wald ihn verschluckte.

Die beiden Soldaten kamen, eine seltsame Vorrichtung tragend, langsam auf Huros zu. Von der Art, wie sie gingen, musste der Apparat schrecklich schwer sein. Einen kurzen Moment fragte sich Huros, wohin der kostbare weiße Drache der Königin verschwunden war, als er genau über seinem Kopf durch die Luft schoss, sodass der Baum neben ihm erzitterte und der Alchemist durch die Gewalt des Drachen beinahe hochgewirbelt worden wäre. Huros packte einen Ast und hielt sich krampfhaft daran fest. Als sich seine Nerven gerade wieder beruhigt hatten, rollte sich der Drache neben dem Knappen im Flussbett auf den Rücken, schlug mit den Flügeln und spritzte Wasser hoch. Sein Reiter stand in der Nähe, bis auf die Haut durchnässt, fuchtelte mit den Armen und schrie den Knappen wutentbrannt an.

Auch die beiden Soldaten riefen ihm etwas zu und drohten mit der Faust, wandten sich dann jedoch wieder ihrer Arbeit zu. Huros wartete, bis sie in seiner Nähe waren, bevor er zwischen den Bäumen hervortrat. »Ihr seid keine Drachenritter.« Die beiden Soldaten hatten Langbogen auf den Rücken geschlungen. Die Bogen waren weiß, aus Drachenknochen gefertigt. Wertvoll. Der Alchemist fragte sich verwundert, woher sie die Waffen hatten.

Die Soldaten sahen ihn an, tauschten einen raschen Blick aus und schienen selbstgefällig zu grinsen. »Wie clever von Euch«, sagte der Größere der beiden. »Haben wir uns dadurch verraten, dass wir nicht mehrere Tonnen Drachenschuppen tragen, oder lag es daran, dass wir nicht untätig herumsitzen und in der Nase bohren?«

»Wir sind Söldner«, erklärte der andere.

Der Große nickte. »Genau. Zurzeit stehen wir in Diensten Eures Feldmarschalls.«

»Und wir sind auch nicht gerade billig.« Der Kleinere der Männer grinste Huros gehässig an. »Unsere Schwerter sind lang und scharf und steinhart.« Jetzt gab es keinen Zweifel mehr. Er feixte.

»Lady Nastria?« Huros legte die Stirn in Falten. Der Gedanke an den Feldmarschall ließ ihn zusammenfahren. Sie hatte ihm ein Fläschchen mit einer seltsamen Flüssigkeit in die Hand gedrückt, und er hatte noch nicht einmal einen Blick darauf geworfen. Eigentlich hätte er für sie herausfinden sollen, was es war.

»Wenn das ihr Name ist.«

Der Große rülpste laut. »Das ist er. Ich bin Sollos. Das ist mein Vetter, Kemir. Da Ihr nicht der Knappe seid, müsst Ihr der Alchemist sein.«

»Huros«, sagte Huros.

»Also schön, Huros der Alchemist, macht Euch nützlich! Dort unten am Fluss wartet eine halbe Tonne Gepäck. Die hätten wir gerne hier oben bei den Bäumen, bevor die schwere Brigade zurückkehrt.« Der Söldner deutete mit einer abfälligen Geste auf den Reiter, der immer noch bedrohlich vor dem Knappen stand, mit den Armen ruderte und ihn anschrie. »Der wird wohl nicht von großem Nutzen sein.«

»Das war aber trotzdem klasse.« Der Kleinere grinste spöttisch. Kemir. »Die Weiße hat einen Moment vergessen, dass sie einen Reiter auf dem Rücken hat. Wenn er auch nur eine Sekunde später abgesprungen wäre, nachdem sie zur Rolle angesetzt hat …« Er fuhr sich mit der Hand am Hals entlang, als wollte er sich die Kehle durchschneiden. »Eigentlich schade. Hätte mir vor Lachen beinah in die Hose gemacht. Aber andererseits wollen wir ja nicht, dass unser ganzes Gepäck zermalmt wird, nicht wahr?«

Huros schüttelte sich. *Leviten*, ermahnte er sich. Er sollte jemandem die Leviten lesen. Und diese beiden Gesellen hier waren sehr unhöflich. Und er war *Meister* Huros, vielen Dank auch. Allerdings waren sie recht groß. Und bewaffnet. Er biss sich auf die Zunge. »Ähm. Natürlich. Obwohl … Entschuldigt, aber wo genau ist der Rest der Drachen?«

»Ihre Reiter lassen sie jagen«, sagte der Größere. Sollos. Er warf Huros einen mitleidigen Blick zu und schüttelte den Kopf.

»Nach Nahrung«, fügte Kemir hinzu. Ja. Sobald die Ritter zurückkämen, würde sich Huros über die beiden Kerle beschweren. *Und was zum Teufel machten die zwei überhaupt hier?*

»Können es uns ja wohl schlecht erlauben, dass sie hungrig werden. Womöglich könnten sie ansonsten einen Alchemisten als Zwischenmahlzeit verlangen.« Die beiden Söldner wieherten und schüttelten amüsiert die Köpfe. Tagtäglich verbrachte Huros zumindest einen Teil seiner Zeit mit gefräßigen Monstern, die ihn mit einem einzigen

Bissen verschlingen konnten und nur durch die strenge Dressur und die raffinierten Elixiere, die er ihnen in den Trog mischte, davon abgehalten wurden. Diese beiden Söldner hingegen machten ihn nervöser als jeder Drache, der ihm bisher unter die Augen gekommen war.

»Ähm. Klar. Ich meinte die *anderen*. Den Rest. Wo ist die Königin?«

Die Söldner sahen sich achselzuckend an. »Behaltet den Knappen im Auge«, sagte Sollos. »So lautet der Befehl. Wir behalten die anderen Reiter allerdings ebenfalls im Auge. Nur für den Fall, dass einer von ihnen auf den Gedanken kommen könnte, sich die Drachen der Königin unter den Nagel zu reißen.« Grinsend schob er die Unterlippe vor. »Wohin der Rest von ihnen wollte …« Er hob die Schultern. »Keine Ahnung, interessiert mich auch nicht. Ein kluger Mann könnte die Vermutung hegen, sie seien wie geplant zum Adamantpalast weitergeflogen. Ihr seid jedoch ein Alchemist, was wohl bedeutet, dass Ihr ein kluger Mann seid und Euch dieser verwegene Gedanke bereits selbst gekommen ist.«

»Nun ja … Aber warum … warum sind wir nicht mit ihnen geflogen?«

Der Große kicherte. »Wie soll ich das wissen? Vielleicht gab es beunruhigende Neuigkeiten. Vielleicht traut Eure Königin dem Sprecher nicht über den Weg. Ich habe gehört, dass er in letzter Zeit einen richtigen Wanst bekommen hat. Oder vielleicht haben wir auch echt keine Ahnung.« Die Söldner warfen sich wieder amüsierte Blicke zu.

»Hat eigentlich irgendjemand was davon gesagt, dass wir den Alchemisten im Auge behalten sollen?«, fragte der Kleine. Der Große schüttelte den Kopf. Sollos, rief sich Huros erneut ins Gedächtnis. Sein Name war Sollos. Er schien der Anführer zu sein.

»Ich glaube nicht.«

»Nein, ich glaube auch nicht.«

Sollos lächelte das wohl bedrohlichste Lächeln, das Huros je gesehen hatte. »Wir sind bloß Söldner. Wir führen nur Befehle aus und gehen dorthin, wo man uns hinschickt. Niemand gibt uns Gründe, und wir fragen nie nach. Warum nervt Ihr nicht den Reiter dort drüben, sobald er Euren Knappen zusammengestaucht hat. Wahrscheinlich weiß er mehr als wir. Solange Ihr nicht erwartet, dass er beim Gepäck hilft. Wenn *Ihr* jedoch in der Zwischenzeit die Freundlichkeit besäßet, uns zu helfen, wären wir Euch außerordentlich verbunden. Außerdem glaube ich, dass ein Teil davon Euch gehört.«

Der Kleine nickte wissend. »Das Zeug ganz unten. Es könnte ein wenig eingedellt sein. Unter Umständen sogar zerquetscht.« Er sah den anderen Söldner an. »Wenn ich so darüber nachdenke ... Ist dir eigentlich auch aufgefallen, dass da irgendeine Flüssigkeit aus einer der Kisten tropft?«

Seine Elixiere!

Huros rannte, so schnell ihn seine Beine trugen, zum Fluss. Er musste sich nicht umdrehen, um zu wissen, dass ihn die Söldner auslachten.

Ein Schatten glitt vor die Sonne. Huros blieb stehen und

blickte auf. Drachen flogen am Himmel und tauchten im Sturzflug zum Fluss ab. Vier an der Zahl, also mindestens einer mehr als es eigentlich hätten sein dürfen. Und es waren Jagddrachen, keine Kriegsdrachen, was bedeutete …

Der Drache, der die anderen anführte, öffnete den Mund, und der Fluss ging in Flammen auf.

7
Die Glaskathedrale

Allein auf Mistrals Rücken zu sein war einer der Vorteile, den eine Königin genoss. Alle Drachenritter mussten ihre Reittiere mit einer Schar Höflinge aus dem Palast teilen, dem zusätzlichen Aufgebot an Heckenrittern, auf denen Lady Nastria bestanden hatte, und natürlich den Alchemisten und Knappen aus dem Drachennest. Ganz zu schweigen von dem ganzen Gepäck.

Shezira seufzte. Von hier oben sah alles so klein aus. In ihrem Rücken, im Westen der Reiche, erhob sich das vulkanische Weltenkammgebirge und zog sich vom Meer bis zur Wüste, und soweit Shezira wusste, erstreckte es sich bis zum Ende der Welt. Nördlich von Sheziras Nest ging das Drachenland in die unwegsamen Sand-, Stein- und Salzwüsten über. Am anderen Ende der Reiche war König Tyans Hauptstadt am Ufer des Unendlichen Meeres der Stürme gebaut. Wenn sie sich im Gebirge oder in den leeren Weiten der Wüste befand, schien alles so unermesslich groß zu sein. Und dennoch, von hier oben war alles unbedeutend.

»Ich kann das leise Flüstern der Länder jenseits des Meeres hören«, wisperte sie Mistral ins Ohr. »Denkst du, das sind die Geheimnisse von König Tyan, so wie nur wir das Rätsel kennen, das jenseits der Steinwüste liegt?«

Sie seufzte erneut und versuchte, um Mistrals riesigen Kopf zu spähen. Etwas dort unten …

Südlich von König Valgars Nest erstreckten sich die Gipfel der Purpurnen Berge bis tief ins Herz der Drachenreiche. Eingebettet in die Ausläufer des Gebirges und eingeschlossen von den Spiegelseen lag der Adamantpalast. Shezira war schon häufig zwischen seinen Festungswällen gelandet, doch jedes Mal, wenn er in Sicht kam, in der Sommersonne schimmernd und leuchtend wie ein weit entfernter Schatz, setzte ihr Herzschlag für einen Moment aus.

Dort! Ein Funkeln, genau am Fuße des letzten Berges. Und wiederum durchfuhr sie ein köstlicher Schauder, als sei sie zwanzig Jahre jünger.

Glitzer nur schön, dachte sie im Stillen. Denn der Palast *war* ein Schatz, ein Symbol der Macht. Er war ein Ort, an dem Ehen verhandelt und Bündnisse geschlossen wurden, wo Könige und Königinnen ihren steinigen Weg zu Ruhm und Macht beschritten. Er war das Zentrum, das schlagende Herz der Reiche.

Darüber hinaus würde er *ihr* gehören. Bald.

Sie ließ ihr Gefolge in weiten Kreisen um das palasteigene Drachennest kreisen und wartete auf das Signal für ihre Landung. Sie hatte vergessen, wie weitläufig alles hier war.

»Gefällt dir der Palast?« Sie tätschelte Mistrals Hals.

Ein loderndes Feuer flammte unter ihr auf – ihre Lande-erlaubnis. Shezira ließ Mistral im Sturzflug herabtauchen. Wie die meisten Drachen schien er das Gefühl zu lieben, wie ein Stein zwischen den Wolken hinabzufallen. Jedes Mal war sie überzeugt, er könnte die Distanz falsch ein-schätzen, und sie würde im nächsten Augenblick gegen den Fels krachen, doch wie immer, genau in dem Moment, wenn sie das Gesicht verzog und die Augen schloss, ver-nahm sie den Donnerschlag, sobald er die Flügel ausbrei-tete. Die Wucht presste ihr die Luft aus den Lungen und ließ die Erde erbeben. Sie liebte es.

Als sie von Mistrals Schultern glitt, war Hyram bereits gekommen, um sie zu begrüßen. Sein Zittern hatte im Laufe der Monate, in denen sie ihn nicht gesehen hatte, stark zugenommen.

»I-Ihr werdet eines T-Tages einen Unfall h-haben.«

Es kostete Shezira große Mühe, nicht zu grinsen, doch die Arbeit einer Königin war eine ernste Angelegenheit, und es wäre ein Ding der Unmöglichkeit, ausgelassene Freude zu zeigen. Zumindest in der Öffentlichkeit. Sie ver-beugte sich. Hyram streckte ihr eine zittrige Hand entge-gen, und Shezira küsste den Ring an seinem Mittelfinger. *Ihr* Ring, bald.

»Sprecher Hyram. Es ist schön, wieder in Eurer Gegen-wart zu sein.«

Er nickte kurz und winkte ungeduldig seine Diener her-bei. Schweigend gingen er und Shezira aus dem Drachen-nest, und seine Dienerschaft folgte. Von ihren Lippen ergossen sich die köstlichsten Worte, beschrieben der Königin die wundervollsten Genüsse für Leib und Seele, die sie erwarteten, doch Shezira vernahm sie kaum. *Hyram sollte mir diese Dinge sagen, nicht seine Höflinge. Ist seine Krankheit derart fortgeschritten, dass sie ihn seiner Stimme beraubt hat? Wie lange wird es noch dauern, bis er nicht einmal mehr laufen kann?*

Kutschen erwarteten sie, um sie zum Palast zu fahren. Dann mussten sie auf Jaslyn, Lystra, Lady Nastria und die anderen Reiter warten, die Shezira mitgebracht hatte, und darauf folgten endlose Rituale und Zeremonien und schließlich das obligatorische Festmahl zu Ehren der Gäste, wobei nichts davon Shezira auch nur im Geringsten interessierte. Wenigstens hatte sich Hyram bemüht. Winzige, unwirklich anmutende Lampions schmückten den riesigen Audienzsaal. Hunderte, wenn nicht gar Tausende von ihnen waren wie kleine Glühwürmchen auf Schnüre gereiht, und unzählige weitere prangten wie Sterne am Deckengewölbe, sodass es den Anschein hatte, als feierten sie unter freiem Himmel. Überlebensgroße Statuen umringten sie, schweigsame Wächter, in Granit gemeißelt. Alle Sprecher, die jemals über die Reiche geherrscht hatten, sahen auf sie herab. Über ihnen streckten marmorne Drachen die Köpfe aus den Wänden, starrten missmutig und grüblerisch zu ihnen herunter. Kleine Lampions waren in ihren Mäulern versteckt, um sie von innen heraus zu erleuchten. Als die Gäste eintraten, verklangen ihre Gespräche zu einem leisen Flüstern oder erstarben gänzlich, derart eingeschüchtert waren sie von der prunkvollen

Halle des Sprechers. Dann begann das Fest, der Lärm schwoll wieder an, und der Saal füllte sich mit hin und her huschenden Dienern, die Weinkelche, Servierplatten mit geröstetem Fleisch, riesigen Pasteten und glasierten Kuchen in Form von Drachen und Menschen auf den Händen balancierten.

Nun ja, er hatte sich angemessen bemüht.

Die ganze Zeit saß oder stand Shezira neben Hyram, und dennoch konnte sie nicht mit ihm sprechen. Oder zumindest nicht über die Dinge, die ihr auf dem Herzen lagen. Am Ende des Fests, als Hyram sich erhob und verkündete, er werde sich nun zurückziehen, blickte Shezira ihm nach und schlüpfte dann aus dem Saal, um ihm zu folgen. Der Hyram aus ihrer Erinnerung war nach einem Festessen immer früh zu Bett gegangen – es war nur die Frage, in *welches* Bett. Dieses Mal wankte er jedoch taumelnd die Gänge entlang in Richtung der Glaskathedrale. Shezira folgte ihm hinein, beinahe darauf gefasst, ihn in den Armen einer Drachenpriesterin vorzufinden. Stattdessen lag er ausgestreckt vor dem Altar und betete.

Sie kniete sich neben ihn und sah zu dem Drachengesicht empor, das bedrohlich auf sie herabblickte. Hyram stank nach Wein.

»Ich muss Euch für Eure Gastfreundschaft danken«, sagte sie. Hyram schien sie nicht zu hören. Sie schauderte. Aus irgendeinem Grund war es in der Glaskathedrale immer kalt.

»Dieser O-Ort ist eine Lüge«, sagte Hyram unvermittelt.

»Wie bitte?«

»Die G-Glaskathedrale. Sie ist eine Lüge.« Er wandte den Kopf und sah Shezira an. Sein Gesicht war gerötet, und er stand kurz davor, entweder in schallendes Gelächter oder in Tränen auszubrechen.

»Seid Ihr betrunken?«

»Das Z-Zittern wird dann besser. Drei Flaschen Wein, und ich k-kann mir fast einreden, ich sei wieder gesund.«

Shezira hob eine Augenbraue. Hyram schien tatsächlich weniger zu zittern, doch gleichzeitig huschten seine Augen beim Reden unkontrolliert hin und her. »Seid Ihr sicher, dass Euch der Wein nicht nur etwas vorgaukelt?«

»Spielt das denn eine Rolle?«

»Wahrscheinlich nicht.«

Hyram nickte, als sei damit ihr Gespräch beendet. Er drehte den Kopf zum Steindrachen über ihnen, schloss die Augen und seufzte. »Bitte …«

Shezira wand sich nervös. Das hier war nicht der Hyram, den sie kannte, und sie war sich nicht sicher, was sie mit ihm anstellen sollte, außer ihm aufzuhelfen und ihn ins Bett zu bringen.

Er rappelte sich schwankend hoch. Instinktiv streckte sie helfend die Hand aus, doch er wich vor ihr zurück, als habe sie ihm versehentlich eine Schlange gereicht.

»Ich wäre nicht hier, w-wenn mein Bruder … wenn Antros nicht gestorben wäre. Antros hätte dieses Amt bekommen sollen. Ihr und er. E-Er sollte der nächste Sprecher werden, nicht ich. Das war die Abmachung. I-Ich hätte den Thron meines Vaters geerbt, nicht mein Cousin

75

Sirion. Ich wäre zum König gekrönt worden. Eigentlich sollte ich A-Aliphera heiraten. Wusstet Ihr das?«

Aliphera? Shezira packte ein Schauder. Sie hatte nicht den blassesten Schimmer, wovon Hyram da sprach. Ob er es überhaupt selbst wusste? Sie stand auf. »Ihr *seid* betrunken. Lasst uns morgen früh weiterreden.«

»Es musste einer von uns beiden sein, aber jeder mochte A-Antros lieber, nicht wahr? Abgesehen von Euch. Und Aliphera.« Auf einmal sah er sie wieder an. »Ich habe nie herausfinden können, ob I-Ihr Antros getötet habt, oder ob es tatsächlich ein Unfall war.«

Sie verpasste ihm eine Ohrfeige. Er taumelte rückwärts und ging zu Boden. »Ihr seid *zu* betrunken, Hyram. Und habt Eure Manieren vergessen.«

Hyram rieb sich das Gesicht und erhob sich schwerfällig. »Auch Ihr mochtet Aliphera.«

»Ich habe sie respektiert.«

»Nun, ich habe sie *g-gemocht*. Ich hätte sie beinahe geheiratet. Doch dann …« Seine Augen blickten ausdruckslos in die Ferne. Für einen kurzen Moment glaubte Shezira, Hyram würde einfach in ihrer Gegenwart einschlafen. »Sind Dinge passiert. Wir hätten allerdings z-zusammengepasst. Sie war immer die Vernünftigste von dem Pack aus dem Süden. Wenn ich sie geheiratet *hätte*, hätte ich sie jedoch nach mir zur S-Sprecherin erküren müssen, nicht wahr? Und das war nicht die Abmachung. A-Also habe ich das getan, was von mir verlangt wurde. Ich halte mich an den P-Pakt. Deshalb s-seid Ihr doch hier.«

Shezira seufzte. »Ich bin gekommen, um dem Sprecher der Reiche meinen Respekt zu zollen. Ich hatte kein mitternächtliches Treffen mit einem Betrunkenen erwartet.«

Hyram blickte sie forschend an. »Versprecht m-mir etwas!«

»Was versprechen?«

»V-Versprecht mir, die Wahrheit zu sagen. Verratet mir eine Sache, und ich v-verspreche, Euch zu meiner Nachfolgerin zu erklären.«

»Ich bin aus Prinzip keine Lügnerin, Hyram.«

»Als Antros starb, w-wart Ihr es, die seinen Gurt durchgeschnitten hat?«

Shezira ballte die Hände zu Fäusten. »Jeder, der damals dabei war, hat gesehen, was geschehen ist. Wie schon so oft machten wir Jagd auf Schnäpper. Nachdem wir das Rudel aufgespürt hatten, stürzten sich viele der Drachen auf sie – so wie seiner. Antros hatte das Geschirr immer zu locker angelegt, und an diesem Tag trug er den Gurt noch lockerer. Er fiel. Das hätte nicht geschehen dürfen, aber das ist es, und es war auch nicht das erste Mal. Aus irgendeinem unerfindlichen Grund war das Sicherheitsseil zu lang. Es fing seinen Sturz zwar ab, doch er hing nun kopfüber unter seinem Drachen, wurde etwa eine Meile über den Boden und durch die Bäume geschleift, bis wir sein Reittier endlich zur Landung bewegen konnten. Nie zuvor habe ich einen Drachen so aufgeregt erlebt. Antros war bereits tot, als wir zu ihm kamen. Das alles passierte vor einem Dutzend Zeugen. Niemand hat ihn geschubst oder seinen Gurt durchgeschnitten.«

Hyram bedachte sie mit einem vorwurfsvollen Blick. »Ihr habt ihn jedoch n-nie gemocht.«

»Oh, ich war jung, und er war mehr als doppelt so alt wie ich!« Shezira stampfte mit dem Fuß auf. »Eines Tages sollte er der nächste Sprecher werden. Er hatte schon eine Frau vor mir, die ihm keine Kinder gebären konnte. Und genau das erwartete er von mir. Erben. Ich war eine pflichtbewusste Ehefrau, Hyram, und er ein pflichtbewusster Ehemann. Er flößte mir so großen Respekt ein, dass mir keine Zeit blieb, ihn zu *mögen*.« Sie seufzte. »Vielleicht wäre es anders gekommen, wenn ich ihm einen Sohn geschenkt hätte, aber ich brachte lediglich Töchter zur Welt, eine nach der anderen. Lystra hat er sich nicht einmal angesehen.«

»Hmmm.« Unvermittelt setzte sich Hyram. Er klang traurig. »Keine Söhne für Antros, keine S-Söhne für mich. Das Ende unseres Geschlechts.«

»Ihr könnt immer noch Söhne zeugen.«

Zitternd schaute der Sprecher zu ihr auf. Shezira konnte nicht sagen, ob er lachte oder weinte. »S-Seht mich an, Frau! Wer würde mich denn nehmen? Würdet *Ihr* mich nehmen? Das hättet Ihr wirklich tun sollen. Von Rechts wegen wäre es Eure Pf-Pflicht gewesen. Nachdem Antros von uns gegangen ist, hättet I-Ihr mich heiraten müssen.«

Shezira seufzte. »Ja. Aber meine Gebärfähigkeit endete mit Lystra, worauf Ihr mich damals auch freundlicherweise hingewiesen habt.« Kopfschüttelnd blickte sie auf Hyram hinab. Das war nicht der Mann, den sie einmal gekannt hatte. Der alte Hyram hatte sie an ihren verstorbenen Gatten erinnert. Dieser hier … Sie wusste nicht, ob sie ihn verachten oder bemitleiden sollte. Sie wandte sich ab. »Außerdem habt Ihr mir die Schuld an Antros' Tod gegeben. Das tut Ihr immer noch. Tief in Eurem Herzen glaubt Ihr, ich hätte meine Hand im Spiel gehabt.«

Als Hyram wieder zu sprechen ansetzte, waren seine Worte so leise, dass Shezira sie kaum verstand. »Aliphera ist e-ebenfalls von ihrem Drachen gefallen.«

Sie lachte. »Das ist lächerlich.«

»Wenn Antros g-gefallen ist, warum nicht auch sie?«

»Antros war arrogant. Aliphera war die Vorsicht in Person.«

»Ich habe B-Bellepheros zu König T-Tyans Drachennest geschickt, damit er dort Nachforschungen anstellt.« Er verzog das Gesicht. »Ja, d-dort ist es geschehen, und d-dorthin geht Eure Reise. Ich sollte Euch also w-warnen. S-Seid vorsichtig! Die Menschen in der Nähe der V-Viper sterben.«

»Die Viper?«

»Prinz Jehal. E-Er ist eine Schlange. Eine G-Giftschlange. Eine Viper.«

»Dann werde ich auf der Hut sein. *Einige* scheinen zu glauben, dass er seinen eigenen Vater vergiftet. Denkt Ihr, das könnte der Wahrheit entsprechen?«

»W-Warum findet Ihr das nicht heraus? Denn ich w-würde es liebend gerne wissen. Ein G-Geschenk für mich.« Er stand auf und breitete die Arme aus. »Im Tausch gegen all das.«

»Hier drinnen ist es kalt«, sagte Shezira. Sie war müde,

und Hyram in diesem Zustand zu sehen hatte sie all der Freude beraubt, die ihr der Palast für gewöhnlich bereitete. »Ich werde mich in meine Gemächer zurückziehen und über Eure Worte nachdenken.«

»I-Ich erinnere mich an meinen ersten Besuch hier. Ich hatte angenommen, dass die Glaskathedrale ein l-lichtdurchfluteter, farbenfroher Ort sei. Aber das ist sie nicht. Sie ist alt, aus kaltem, toten Stein erbaut, und ihre Fassade ist schon vor so langer Zeit vom Drachenfeuer zu Glas gebrannt worden, dass niemand mehr weiß, wie es geschehen ist.«

Shezira drehte sich langsam um. »Geht zu Bett, Hyram. Ruht Euch aus.« Sie verschwand.

Hyram blieb wie angewurzelt stehen und starrte in das steinerne Gesicht des Drachenaltars.

»D-Dieser Ort ist eine Lüge«, wiederholte er.

8
Der Angriff

Ein Flammenmeer ergoss sich vom Himmel herab und
verschlang den weißen Drachen sowie den Knappen in
seiner unsäglichen Wut. Der Fluss kochte. Steine zerbarsten in der Hitze. Huros stand stocksteif da. Er war fünfzig,
sechzig, womöglich auch siebzig Meter entfernt. Etwas in
ihm, das nicht vor Angst gelähmt war, erkannte, dass das
zu nah war. In letzter Sekunde drehte er das Gesicht weg,
bevor ein Schwall heißer Luft und Dampf seine Haut versengte und ihn zurück in den Wald schleuderte. Er erhaschte einen flüchtigen Blick auf den entsetzten Reiter,
der gerade eben noch den Knappen ausgeschimpft hatte
und nun vom Schwanz des Drachen in die Luft katapul-
tiert und wieder aufgefangen wurde. Vom Knappen selbst
fehlte jede Spur.

»Na los! Unter die Bäume mit Euch!«

Der Erste der angreifenden Drachen stob davon. Noch
während Huros ihm nachblickte, schleuderte das Tier den
Reiter, den es mit seinem Schwanz festgehalten hatte, hoch
in den Himmel. Huros konnte nicht sagen, wo der Mann

aufschlug. Ein zweiter Drachen kam im Sturzflug auf sie zu. Aus den Augenwinkeln sah er den weißen Drachen, der zusammengerollt zwischen den dampfenden Steinen lag, die Flügel schützend wie ein Zelt über seinem Kopf ausgebreitet. Als Huros auf seine Finger hinabschaute, war die Haut auf seinen Handrücken glühend rot und begann bereits zu schmerzen. Er konnte versengte Haare riechen. *Seine* Haare.

Der zweite Drache öffnete den Mund. Huros blieb nicht länger wie gebannt stehen, sondern drehte sich um und rannte mit eingezogenen Schultern los, als wollte er in seinem Mantel versinken. Eine weitere Hitzewelle traf ihn im Rücken. An den Stellen, an denen seine Haut bereits verbrannt war, schrien seine Nerven gequält auf. Als er einen Blick zum Himmel wagte, sah er mehrere Drachen, die sich eine erbitterte Schlacht lieferten.

»Kommt schon! Kommt schon!« Die beiden Söldner warteten am Waldrand auf ihn.

»Was? Was?«, keuchte Huros. Der Schmerz traf ihn nun mit voller Wucht. Er hatte sich schon früher Verbrennungen zugezogen. Am Handrücken, am Gesicht, am Hals. Das war das Schicksal eines jeden Alchemisten. Er versuchte sich einzureden, dass die Verbrennungen nicht tief waren, und er konzentrierte sich allein auf diesen Gedanken. Die Haut würde Blasen werfen und sich schälen, aber sie würde heilen …

Es funktionierte nicht. Der Schmerz war entsetzlich. An seinen Händen war es am schlimmsten. Sie fühlten sich an, als stünden sie immer noch in Flammen.

Die Söldner packten ihn an den Armen und zerrten ihn regelrecht in die Bäume. Vor einer Minute waren sie so selbstsicher gewesen. Jetzt waren sie aschfahl vor Angst. Dieser Anblick ließ Huros die eigene Panik so weit vergessen, dass er wieder vernünftig denken konnte.

Wir werden von Drachenrittern angegriffen. Wer auf Erden würde …? Wer? Wer könnte dahinterstecken?

Das bedeutete Krieg. Wenn die Königin davon erfuhr, gäbe es Krieg. Unwiderruflich, unumstößlich. Außer … Außer es gäbe keine Zeugen, die den Angriff bestätigen konnten.

Er schüttelte die Hände der Söldner ab und begann mit aller Kraft zu rennen, tiefer und tiefer in den Wald hinein. Eine weitere Hitzewelle erfasste ihn von hinten, dieses Mal jedoch schwächer. Rauch stieg ihm in die Nase. *Wir werden sterben! Sie werden uns bei lebendigem Leib verbrennen!*

»Anhalten! Anhalten!«

Einer der Söldner packte ihn am Arm.

Huros schlug ihm die Hand weg. »Warum? Wir müssen laufen. Sie werden uns umbringen!« *O Gott, o Gott, es tut so weh …*

»Dreht Euch um!«

Huros warf einen Blick zurück. In weiter Ferne, in der Nähe des Flusses, quoll dicker Rauch aus dem Wald. Flammen schossen empor.

»Seht nur! Wir sind tief genug im Wald. Das Drachenfeuer kann uns im Moment nichts anhaben.«

Huros schüttelte den Kopf. Jede Faser seines Körpers brüllte: *Lauf, lauf, lauf, bis du umfällst vor Erschöpfung!*

Die Söldner sahen sich an. »Wir sollten uns aufteilen«, sagte Kemir. »Ist schwieriger für sie, uns zu verfolgen, wenn wir uns aufteilen.« Irgendwo hoch über ihnen, verborgen hinter dem dichten Blätterdach, stießen die Drachen markerschütternde Schreie aus.

Sollos nickte. »Feuer von oben. So lautet die Strategie, um die Beute aus dem Schutz der Bäume ins Freie zu zwingen. Hast du gesehen, wie viele es sind?«

Kemir zuckte mit den Schultern. »Denkst du, sie schicken Männer in den Wald, um uns aufzuspüren?«

»Bezweifle ich. Kann man allerdings nie ausschließen.«

Huros spürte, wie er erneut von Panik ergriffen wurde. Beide Söldner sahen ihn an. Was wusste er schon über das Jagen auf einem Drachenrücken? Nicht viel. Liefen Schnäpper immer in einer geraden Linie, sobald sie die Bäume erreicht hatten? War es den Jägern deshalb möglich, sie zu erlegen? »Aber, aber … Es wird bald dunkel.«

»Ja. Seid dankbar. So sind wir schwerer zu finden.«

»Drachen können Wärme sehen«, platzte es aus Huros heraus. Er verzog das Gesicht. Seine Hände hatte es am schlimmsten getroffen. Er hätte alles gegeben, um zurück zum Fluss zu laufen und sie in das köstlich kalte, fließende Wasser zu tauchen.

Die Söldner tauschten wiederum Blicke aus. »Schlamm«, sagte Kemir. »Gut gegen Verbrennungen.« Er zeigte zu den Bergen. »Ich gehe dort lang. Mal sehen, ob ich nicht die eine oder andere falsche Fährte legen kann.«

Sollos nickte und schaute Huros an. »Ihr bahnt Euch einen Weg noch tiefer in den Wald hinein. Ich gehe flussabwärts. Bleibt immer in Deckung, das ist das Wichtigste. Um alle, die uns zu Fuß folgen sollten, kümmern wir uns. Sobald es dunkel ist, können sie Euch nicht finden, wenn Ihr Euch ruhig verhaltet. Wir treffen uns morgen, nachdem sie verschwunden sind. Eine Meile flussaufwärts. In der Richtung, in die Kemir geht.«

Huros öffnete den Mund, um etwas zu erwidern, doch die Worte blieben ihm im Hals stecken. *Nein, nein! Nicht! Lasst mich mit euch kommen!* Aber die Söldner hatten sich bereits weggedreht. Sprachlos sah er ihnen nach, wie sie ihn einfach zurückließen. Am liebsten hätte er geweint. Seine Hände, seine wunderschönen Hände …

Es sind bloß Schmerzen, ermahnte er sich. *Und die werden vergehen.*

Dennoch …

Er begann zu rennen. Er hatte nicht den blassesten Schimmer, ob er in die richtige Richtung lief, nur dass es nicht derselbe Weg war, den die beiden Söldner eingeschlagen hatten. Kemir hatte recht. Schlamm. Dicker, kühler, schleimiger Schlamm. An diesen Gedanken klammerte er sich. Schlamm half bei Verbrennungen. Woher wusste das der Söldner? Dumme Frage – Drachen waren Bestandteil seines Lebens, also kannte er sich natürlich damit aus.

Er versuchte, die Drachen auszublenden, die womöglich über seinem Kopf kreisten, ebenso wie die Reiter, die zwischen den Bäumen ihre Verfolgung aufgenommen haben mochten. Sobald er außer Atem war, blieb er stehen und ruhte sich an einen Baumstamm gelehnt aus, wobei er

achtgab, sich seine Verbrennungen nicht an der Rinde auf-
zukratzen. Der Wald lag still da. Huros dachte eine Weile
über diesen Umstand nach und entschied schließlich, dass
es ein gutes Zeichen war. Er wusste nicht, wo er sich befand, doch mit etwas Glück erging es seinen Verfolgern
nicht anders. Außerdem brach die Dunkelheit an. Er versuchte, weder an Wölfe noch Schnäpper oder andere
Monster zu denken, die seine Fährte aufgenommen haben
konnten. Einen sicheren Unterschlupf, das war es, was er
brauchte. Einen sicheren Unterschlupf und Wasser. Nahrung käme ebenfalls nicht ungelegen, auch wenn das wohl
etwas zu viel verlangt wäre.

Huros dachte über all diese Dinge nach, bis es sich in
seinem Kopf zu drehen begann, und verlor sich dann
noch ein wenig länger in seinen Gedanken darüber. Sie
waren eine schwache und brüchige Rüstung, hielten jedoch die grauenvollen Bilder in Schach. Als er sich damit
schließlich nicht mehr ablenken konnte, grub er die Fin-
gernägel in die verbrannte Haut seiner Hände, bis der
Schmerz so überwältigend wurde, dass er alles andere
überdeckte.

Am Leben bleiben ...

Sobald das Licht schwand und es zu dunkel wurde, um
irgendetwas zu sehen, fand er einen Unterschlupf und
schmiegte sich in die Vertiefung eines riesigen Baums. Er
versuchte zu schlafen. Als das nicht funktionierte, versuchte er sich einzureden, es sei Sommer, und die Nächte
seien kurz und warm, selbst hier in den Ausläufern des

Weltenkamms, und die Sonne ginge schon bald wieder auf. Er würde sich einen Weg zum Fluss bahnen, die Söldner wären dort, die Königin und die Reiter kämen zurück, und alles würde gut enden.

Mitten in der Nacht setzte der Regen ein.

9
Der Feldmarschall

Lady Nastria, Feldmarschall und Herrin über Königin Sheziras Drachenreiter, schaute auf und erhaschte einen Blick ihrer Selbst im Spiegel. Sie sah, was sie immer sah. Eine kleine, mausgraue, unscheinbare Reiterin, aus der eigentlich nie etwas hätte werden können, die aber dennoch zum Feldmarschall der mächtigsten Königin der Reiche aufgestiegen war. Ein Rätsel. Manchmal konnte nicht einmal sie *selbst* sagen, wer sie in Wirklichkeit war.

Heute war sie allerdings, Rätsel hin oder her, sehr verärgert. Ihre Stiefel wollten nicht so, wie sie wollte. Egal wie fest sie mit den Füßen aufstampfte, die Schuhe passten einfach nicht richtig. Es schien, als seien sie über Nacht geschrumpft.

»Also? Hat er oder hat er nicht?« Königin Shezira hatte es sich in einer Ecke des Ankleidezimmers ihres Feldmarschalls bequem gemacht.

Sie sieht geistesabwesend aus, dachte Nastria. Mit den Gedanken weit weg. »Kurze Antwort: Ich weiß es nicht.« Da. Endlich glitt ihre Ferse in den Stiefel. *Einer geschafft.* »Wenn er es war, hat er es gut versteckt.«

»Vielleicht lagen wir falsch, was Sprecher Hyram anbelangt. Er ist nicht mehr er selbst. Vielleicht hätten wir die Weiße *doch* mitbringen sollen, damit er sie sieht, bevor wir sie Jehal zum Geschenk machen.«

Lady Nastria schnaubte verächtlich. »Eure Heiligkeit, Hyram hasst Prinz Jehal. Und außerdem ist er engstirnig und rachsüchtig. Ihr habt die Weiße über die Purpurnen Berge geschickt, denn wenn Ihr sie in den Adamantpalast mitgebracht hättet, hätte er einen Weg gefunden, ihre Reinheit zu besudeln, und das aus reiner Boshaftigkeit.«

»Ich glaube nicht, dass Lystra oder Jaslyn viel von unserem Sprecher halten.« *Nein. Sie waren beide zu sehr damit beschäftigt gewesen, Valmeyans Botschafter, Prinz Tichane, schöne Augen zu machen. Wenn sie nicht gerade über den einfältigen Prinz Tyrin und seine Brüder gekichert hatten. Der, unsere Vorfahren mögen uns gnädig sein!, zweifellos in wenigen Tagen in Furia auf uns warten wird.*

»Das kann man ihnen doch nicht verübeln, Eure Heiligkeit, jedenfalls nicht mehr. Früher einmal war er ein starker Mann. Nicht wirklich ein guter oder gar ein gerechter Mann, aber stark genug, um seinen Willen durchzusetzen. Und nicht einmal mehr das ist er nun. Die Reiche werden erleichtert aufatmen, sobald Ihr seinen Platz einnehmt.«

Shezira erhob sich und ging im Zimmer auf und ab. »Der Hyram aus meiner Erinnerung, damals als wir alle noch viel jünger waren, hätte einfach meine Weiße mit einem seiner männlichen Drachen gedeckt, während wir schliefen. Oh, er hätte sich im Nachhinein entschuldigt und Reue geheuchelt, doch er hätte einen Anspruch auf die Eier erhoben, wenn es welche gegeben hätte, das steht außer Frage. Aber er ist nicht mehr der Mann, der er früher einmal war. Wenn Ihr ihn letzte Nacht gesehen hättet, könntet Ihr mich verstehen.«

»Allein schon nach Eurer kurzen Beschreibung bin ich heilfroh, dass mir dieser Anblick erspart geblieben ist. Ich hätte mich womöglich verpflichtet gefühlt, ihn auf der Stelle von seinem Leid zu erlösen. Geschafft!« Nastria nahm einen tiefen Atemzug und seufzte, als ihr zweiter Fuß endlich in den anderen Reitstiefel glitt. »Nein, ich denke, es war eine weise Entscheidung, Jehals Geschenk nicht hierher mitzubringen. Ich habe nichts Verräterisches in Hyrams Drachennest gefunden, aber dennoch ... Prinz Jehal wäre wahrscheinlich nicht besonders erfreut, wenn wir sein Hochzeitsgeschenk nicht in einwandfreiem Zustand liefern würden.« Sie rümpfte die Nase und grinste hämisch. »Meine Nachforschungen haben lediglich ans Licht gebracht, dass Hyram in letzter Zeit eine Vorliebe für kleine Jungen an den Tag gelegt hat. Man munkelt, dass man ihn seit Monaten nicht mehr mit einer Frau gesehen hat und seine Kammerpagen auf mysteriöse Weise verschwinden.«

Die Königin seufzte, und Nastria runzelte überrascht die Stirn. Shezira war an diesem Morgen kaum wiederzuerkennen. Sie war nachdenklich und aufgewühlt, und das allein aus dem Grund, weil Sprecher Hyram tatsächlich endlich das Zeitliche segnen könnte.

»Denkt Ihr, ich hätte nochmals heiraten sollen, nach Antros' Tod?«

»Nein!« Nastria wandte sich rasch ab und nestelte an einer ihrer Schnallen, bevor die Königin ihren Blick bemerken konnte.

»Nein. Wahrscheinlich nicht. Es spielt sowieso keine Rolle.« Dann lachte Shezira und zeigte zur Tür. Die beiden Frauen machten sich auf den Weg und ritten schweigend zu Hyrams Drachennest.

»Das hier ist ein gutes Nest«, murmelte die Königin, als sie wieder abstiegen. »Ich werde die Zeit genießen, sobald es mir gehört.«

»Mir gefällt der Bergfried besser, Eure Heiligkeit«, sagte Nastria, doch Shezira hatte sich bereits abgewandt und suchte nach Mistral und ihren Töchtern, ohne sich weiter um sie zu kümmern.

Den Feldmarschall störte das jedoch nicht im Geringsten. Das Alleinsein war ihr zur zweiten Natur geworden.

Später, als sie alle hoch in den Lüften schwebten, den Adamantpalast weit hinter sich ließen und die thermischen Auftriebe nutzten, um im Segelflug über die Purpurnen Berge zu gleiten und den Treffpunkt mit Jehals weißem Drachen und ihrer kleinen Eskorte zu erreichen, machte sich Nastria Gedanken über ein gewisses Söldner-Pärchen und fragte sich, wie *ihnen* das Alleinsein bekam. Vermutlich nicht so gut, entschied sie.

Nach ein paar Stunden hatten sie die Südseite der Purpurnen Berge mit ihren hohen Gipfeln umflogen und steuerten nun auf die Drotanhöhe zu, ein kuppelförmiges Bergmassiv mit flachem Rücken, der groß genug war, dass ein ganzer Schwarm Drachen darauf landen konnte. Die

Drotanhöhe beendete das Hoheitsgebiet des Adamant-palasts. Im Westen war das Land noch zerklüfteter und er-streckte sich bis zum Weltenkamm – hier begann die Herr-schaft von Valmeyan, dem König der Felsen. Im Süden grenzte das Bergmassiv an Königin Alipheras Reich, das Reich der Erntekönigin.

Nein, verbesserte sich Nastria. *An Königin Zafirs Reich.*

Die Drotanhöhe war kein echtes Drachennest, doch Sprecher Hyram hatte dort vor langer Zeit eine kleine Feste mit eigenen Pferchen bauen lassen. Dieser Teil des Landes war auch für seine legendären Jagden berühmt. Sobald Nastria ihr Reittier in guten Händen wusste, begab sie sich auf die Suche nach der Königin. Sie wusste genau, wo sie Shezira finden würde. Hyram hatte an der Nordseite der Drotanhöhe einen Aussichtsturm errichtet, von dem man einen hervorragenden Blick auf die Landschaft hatte, die steil in den riesigen Talkessel mit dem reißenden Furien-strom abfiel und sich anschließend zu den höchsten Gip-feln der Purpurnen Berge aufschwang, die sich viele Mei-len entfernt erhoben. Shezira war tatsächlich dort und starrte gebannt über das Tal, die Augen fest nach Norden gerichtet.

»Ich wusste, ich würde Euch hier finden.« Nastria trat neben ihre Königin. »Haltet Ihr Ausschau nach der Wei-ßen, Eure Heiligkeit?«

»Natürlich.«

»Sie müssen das Gebirge überfliegen. Sie hatten heute eine viel härtere Route als wir.«

»Das weiß ich. Und ja, mir ist durchaus bewusst, dass

sie wahrscheinlich erst in einigen Stunden ankommen werden. Dennoch möchte ich auf sie warten. Ich fürchte, ich wäre nicht besonders gesprächig, bis ich meine kostbare Weiße wohlbehalten zurückhabe.«

Nastria gestattete sich ein verstohlenes Lächeln, da die Königin ihr Gesicht nicht sehen konnte. »Ich bin ein wenig überrascht, dass Ihr nicht auf Mistrals Rücken sitzt, um ihnen entgegenzufliegen.«

Shezira schnaubte. »Wir beide wissen, wohin das führen würde. Der Himmel ist riesig. Wir fliegen durch verschiedene Täler, um unterschiedliche Berge herum, ohne einander je zu Gesicht zu bekommen. Jeder verirrt sich. Nein. Ich ertrage das Warten. Nur mit Müh' und Not, aber ich ertrage es.«

»Eure Heiligkeit, darf ich mit Euch über Königin Aliphera sprechen?«

»Wenn es sich nicht vermeiden lässt. Ich hatte sie eingeladen, hierherzukommen und mit uns zusammen auf die Jagd zu gehen, bevor wir zur Hornspitze weiterfliegen.« Ihr Gesicht verfinsterte sich. »Wie schrecklich, dass sie von uns gegangen ist. Ich habe mich gefragt, ob ihre Tochter wohl stattdessen kommt. Die neue Königin. Welche ist die Ältere?«

»Zafir, Eure Heiligkeit.«

»Ja.« Shezira lächelte. »Eine weitere Königin, der es nicht vergönnt war, Söhne zu bekommen. All die Könige dort draußen mussten geglaubt haben, wir hätten einen Geheimpakt geschlossen. Diese Zafir. Ich habe sie einmal getroffen, aber das ist schon viele Jahre her. Sie und ihre

Schwester wirkten sehr unscheinbar. Was wisst Ihr über die beiden?«

»Nicht mehr als Ihr, Eure Heiligkeit.«

»Wirklich, Feldmarschall?« Shezira hob eine Augenbraue. »Das sieht Euch überhaupt nicht ähnlich.«

Nastria spürte, wie sie errötete. »Wir sollten einen Reiter ausschicken, Eure Heiligkeit, zum Drachennest der neuen Königin. Wir sollten ihren Segen für unsere Reise einholen. Wenn sich der Drache auf der Stelle auf den Weg macht, wird es uns nur einen Tag kosten. Falls wir bis morgen abwarten, dauert es zwei Tage, bis wir ihre Antwort erhalten.«

Die Königin nickte. »Trefft alle nötigen Vorbereitungen. Schickt Hyrkallan. Er ist der passende Kandidat, immerhin musste er seinen Jagddrachen die ganze Zeit über zügeln. Für seinen Geschmack fliegt Mistral nicht schnell genug.«

Der Tonfall in der Stimme der Königin verriet Nastria, dass sie sich nun zurückziehen sollte. Sie biss sich auf die Lippe. An der Tür zögerte sie einen Moment. »Ich könnte bleiben, wenn Ihr das wünscht, Eure Heiligkeit. Es wird noch ein paar Stunden dauern.«

Shezira schüttelte den Kopf. »Nein, Feldmarschall. Lasst mich eine Weile allein. Mir gefällt es hier. Die Weite erinnert mich ans Fliegen, und außerdem will ich die Erste sein, die meine Weiße erblickt. Ihr habt doch sicherlich tausend Sachen zu erledigen?«

»Nur eine, Eure Heiligkeit.« Nastria lächelte traurig beim Hinausgehen. »Euch zu dienen, meine Königin.«

10

Der tote Drache

Sollos verbrachte die Nacht zusammengekauert in einem riesigen hohlen Baumstamm. Er hatte sich gegen die Kälte mit herabgefallenen Blättern zugedeckt und zu guter Letzt überraschend gut geschlafen, selbst nachdem der Regen eingesetzt hatte. Niemand war ihm gefolgt, und als er erwachte, redete er sich sogleich ein, dass alle Drachen längst weggeflogen waren. Vorsichtig bahnte er sich einen Weg zurück zum Fluss, für den Fall, dass einer von Königin Sheziras Reitern überlebt hatte, aber alles, was er vorfand, waren die verkohlten Gepäckstücke. Der weiße Drache war verschwunden, auch sonst war niemand dort, und sogar von der Leiche des Knappen fehlte jede Spur. *War er etwa vom Fluss weggeschwemmt worden?*, fragte er sich. Doch obwohl der Fluss sehr breit war, war das Wasser nur knietief und mit Sandbänken und Steinen durchzogen.

Vielleicht ist der Knappe überhaupt nicht gestorben.

Er zuckte mit den Achseln, wusch sich und trank einen Schluck, bevor er – wenn auch ohne große Hoffnung – in den Überbleibseln ihrer Habseligkeiten nach etwas Essbarem kramte.

»Hab dich!«

Beinahe wäre Sollos das Herz stehen geblieben. Kemir stand direkt hinter ihm.

»Irgendetwas gefunden, das auch nur im Entferntesten nach Frühstück aussieht?«

»Nein.« Sollos funkelte Kemir böse an. »Alles verbrannt.«

»Sie hatten es auf die Weiße abgesehen, nicht wahr?«

»Wer auch immer *sie* waren.«

Kemir hob die Schultern. »Irgendwelche Lords auf Drachen. Kann die Typen einfach nicht auseinanderhalten.«

»Es ist aber wichtig.« Sollos seufzte. »Auf solche Dinge müssen wir achten.«

»Nun, ich habe keine Farben erkennen können, wenn das weiterhelfen sollte.«

Sollos bedachte ihn mit einem finsteren Blick. »Nicht wirklich. Konntest du sehen, was mit dem weißen Drachen passiert ist?«

»Nach der ersten Angriffswelle ist er zum Himmel emporgeschossen. Ich hab aber nicht gewartet, um zu sehen, wohin er fliegt.«

»Nach Süden. Er ist nach Süden.«

»Hat auch alles mitgenommen, was vom Knappen übrig geblieben ist.«

»Wirklich?« Sollos blinzelte überrascht.

»Der Junge ist von einer seiner Klauen herabgebaumelt. Vielleicht war der Drache hungrig. Immerhin ist er nicht gefüttert worden. Der Knappe muss tot gewesen sein. Er hat die erste Feuersalve voll abbekommen.«

Sollos seufzte. Das erklärte, warum er die Überreste des Knappen nicht gefunden hatte. »Wir sollten nicht zu lange am Fluss bleiben. Falls sie zurückkehren, werden sie als Erstes hier nach uns suchen.«

»Königin Shezira würde ebenfalls hier als Erstes nach uns schauen.«

Sollos dachte eine Weile nach und versuchte auszurechnen, wie lange es wohl dauerte, bis die Königin bemerkte, dass ihr kostbarer weißer Drachen verschwunden war. »Sie werden frühestens morgen Leute nach uns ausschicken. Ich meine, *unsere* Leute. Wie dem auch sei, wir sollten uns auf die Suche nach dem Alchemisten machen.«

Kemir wirkte wahrlich überrascht. »Wirklich? Denkst du echt, dass der noch am Leben ist?«

Sollos zuckte mit den Schultern. »Es wäre doch möglich. Oder hast du was Besseres vor?«

Schweigend kletterten sie den Berghang hoch, bewegten sich im Schutz der Bäume und suchten vorsichtshalber immer wieder den Himmel ab, bis Sollos glaubte, eine Meile zurückgelegt zu haben. Den ganzen Vormittag über durchstreifte er die Gegend und rief, so laut er es eben wagte, nach Huros. Aber der Alchemist blieb unauffindbar. Letztlich gab Sollos die Suche auf. Für einen kurzen Moment fragte er sich, ob es die richtige Entscheidung gewesen war, den Alchemisten mutterseelenallein fortzuschicken. Niemand war ihnen gefolgt, trotz seiner Bedenken. Sie hätten zusammenbleiben können. Der Mann war noch dazu verwundet gewesen.

Nein, ermahnte er sich. Sobald Drachen im Spiel waren, war jeder Mensch auf sich selbst gestellt, und sich aufzuteilen war die einzig richtige Entscheidung gewesen. Kemir hätte ihm zugestimmt, hätte ihm genau das Gleiche gesagt, und Kemir hätte recht gehabt. Sollos verschwendete keinen weiteren Gedanken mehr auf den Alchemisten.

Als er zum Treffpunkt zurückkehrte, fand er Kemir an einen Baum gelehnt vor. Neben ihm lag etwas Pelziges auf der Erde, das Sollos irgendwie an eine Ratte erinnerte, nur dass es die Größe eines kleinen Rehs hatte.

Kemir grinste. »Mittagessen«, sagte er. »Denkst du, wir können ein Feuer machen?«

»Auf gar keinen Fall.« An einem schönen Tag wie diesem wäre der Rauch meilenweit zu sehen.

»Hm, heute macht es mit dir irgendwie keinen Spaß. Sie kommen nicht zurück. Außerdem könnte es der Alchemist sehen. Vielleicht hat er sich bloß verlaufen.«

Sollos schüttelte den Kopf. »Morgen. Morgen um diese Uhrzeit wird die Königin nach uns suchen. Dann werden wir ein Feuer entzünden.«

Kemir hob mürrisch die Schultern und machte sich mit dem Messer über den Tierkadaver her. Rohes Fleisch war besser als gar kein Fleisch. Der Fluss versorgte sie mit Trinkwasser. Im Großen und Ganzen hätte Sollos die Zeit im Grünen genießen können, hätte er nicht ununterbrochen den Himmel absuchen müssen.

Ja. Und genau das ist der Haken!

Er stand auf, versuchte sich abzulenken und die Zeit totzuschlagen. Schließlich ging er zum Fluss und den Überresten ihrer Habseligkeiten zurück, nur für den Fall, dass er etwas übersehen hatte.

Und das hatte er. Die Kisten und Taschen, die aufgetürmt neben dem Gewässer herumlagen, waren immer noch zerstört, und es gab nicht das Geringste, was sich zu bergen gelohnt hätte, doch als er sich umdrehte und den Blick über die Böschung der Berghänge schweifen ließ, bemerkte er, was ihm entgangen war. Eine große schwarze Schneise zwischen den Bäumen. Heute Morgen bei Sonnenaufgang hatte diese Seite des Tals im Schatten gelegen. Jetzt stand die Sonne im Zenit, und damit war die Wunde deutlich zu sehen, die in den Wald geschlagen worden war.

Er starrte blinzelnd hinüber, und als er ganz sicher war, hastete er zurück zu Kemir und zerrte ihn zum Fluss, damit auch er sich ein Bild von der Sache machen konnte.

»Da!«

Kemir sog scharf die Luft ein. »Ist es das, wofür ich es halte?«

»Das kann kein Feuer angerichtet haben.«

Kemir schüttelte den Kopf. »Nein. Zu groß.«

»Viel zu groß.«

»Dort oben liegt ein toter Drache, nicht wahr?«

Sollos nickte bedächtig. »Und es gibt nur einen Weg, das herauszufinden.«

»Uns bleiben noch vier Stunden Tageslicht. Denkst du, wir schaffen es rechtzeitig hoch?«

»Nein. Aber wir wären viel näher dran, als wir es jetzt im Moment sind.«

Sie sahen sich grinsend an. Ein toter Drache bedeutete Drachenschuppen. Und Drachenschuppen bedeuteten Gold, kübelweise Gold, viel mehr, als Königin Sheziras Feldmarschall ihnen je in die Taschen gesteckt hatte. Auf einmal waren sie wieder einfache Soldaten. Einfache Soldaten, die zu Reichtum gelangen wollten.

Der Aufstieg kostete sie den restlichen Tag und einen Großteil des folgenden Vormittags. Schließlich führte der Geruch sie zu ihrem Ziel, der Gestank nach verbranntem Holz und etwas anderem, etwas Süßlichem, Fleischigem. Der Drache war dort, verkeilt in den Bäumen, die er bei seinem Aufprall mit sich gerissen hatte. Seine Flügel waren verdreht und gebrochen, doch größtenteils war er unversehrt und immer noch so warm, dass Sollos die Hitze des Tieres aus großer Entfernung spüren konnte. An manchen Stellen waren die Schuppen rußgeschwärzt. Seine Augen waren längst zu Holzkohle versengt. Winzige Rauchsäulen kräuselten sich aus seinem Mund und den Nüstern.

Kemir zog ein Messer aus der Tasche, rannte zu dem Drachen, berührte eine Schuppe und sprang dann jaulend zurück.

»Verdammt! Aua! Das ist heiß! *Richtig* heiß!«

Ein kaum hörbares Geräusch war unter einem der gebrochenen Flügel zu vernehmen. Augenblicklich spannte Sollos seinen Bogen.

»Wer ist da?«

Langsam tauchte eine verschmierte schwarze Gestalt auf. Einige Sekunden starrte Sollos sie einfach an. Dann wischte sich der Mann den Schlamm aus dem Gesicht, und Sollos atmete erleichtert aus. Der Alchemist.

»Lady Nastrias Söldner.« Der Alchemist sank auf die Knie. »Den Flammen sei gedankt! Ich habe mich … nun ja … ich habe mich nämlich verlaufen. Und dann hat es zu regnen begonnen, und mir war kalt, und ich konnte nicht schlafen, also bin ich den Berg hochgeklettert, auf der Suche nach einem trockenen Unterschlupf. Ich habe den Schein des Feuers hier oben zwischen den Bäumen hindurch gesehen. Mir war klar, dass ein Drache während des Kampfes abgestürzt sein musste, wenn die Flammen trotz des Regens nicht erloschen. Was bedeutete, dass es hier warm wäre und ich Zuflucht finden könnte. Als die Sonne dann aufging, bin ich hierhergekommen, anstatt mich zum Fluss zu begeben. Ähm. Tut mir leid, wenn ich euch Umstände bereitet habe. Wie habt ihr mich eigentlich aufgespürt?«

»Das haben wir gar nicht«, sagte Kemir und zeigte auf den toten Drachen. »Wir haben den dort gefunden. Ihr wart nur zufällig zur selben Zeit am selben Ort, aber da Ihr nun mal hier seid, könntet Ihr Euch auch gleich nützlich machen. Ich würde nämlich gern den Drachen von ein paar seiner Schuppen befreien. Nennt es von mir aus einen Bonus für die Rettung des Alchemisten der Königin.«

Huros schüttelte den Kopf. »Das geht nicht. Jedenfalls noch nicht. Er ist noch nicht heiß genug.«

Sollos sah, wie Kemir die Stirn runzelte. »Der Drache wirft Blasen. Man könnte Spiegeleier auf ihm braten.«

»Hm. Ja. Wo wir gerade beim Thema sind, habt ihr etwas dabei? Ich bin ein wenig … Nun ja, ich habe nichts mehr gegessen seit … ihr wisst schon.«

Kemir schoss auf den Alchemisten zu. Er hatte immer noch das Messer in der Hand. »Verflucht noch mal! Ich will die Schuppen. Ihr könnt auch welche haben. Es ist genug für alle da. Ihr kennt Euch mit Drachen aus, also verratet Ihr mir jetzt sofort, wie ich es am besten anstelle. Ich kenne mich mit Messern aus und werde das hier ganz sicher benutzen. Entweder wetze ich es an Euch oder am Drachen.«

Unverblümter konnte Kemir dem Alchemisten nicht drohen, dachte Sollos, doch Huros schien schwer von Begriff zu sein. »Das geht nicht«, sagte er. »Das geht beim besten Willen nicht.«

»Und warum verdammt noch mal?«

»Der Drache ist nicht heiß genug. Er ist erst seit einundhalb Tagen tot. Allmählich beginnt er, von innen heraus zu brennen, aber es dauert Tage, bis die Haut verschmort ist. Kommt in ein paar Wochen mit einem großen Hammer zurück. Dann könnt ihr das arme Ding in Stücke hauen. Unter den Schuppen wird nichts als Asche übrig sein. Wenn ihr ein Hackbeil mitbringt, das scharf und schwer genug ist, könntet ihr euch wohl sogar an die Flügelknochen heranwagen. Obwohl ich bezweifle, dass ihr mit einem Messer sehr weit kommt.«

»In ein paar *Wochen*?«

»Leider ja.«

»Aber der Feldmarschall und all ihre Reiter werden dann längst hier sein.«

Der Alchemist nickte, und auf einmal kam Sollos nicht umhin sich zu fragen, ob der Mann wirklich so einfältig war, wie sie angenommen hatten. »Ja, das hoffe ich inständig.«

11

Ein kriegerischer Akt

Als sich herausstellte, dass sie auf der Drotanhöhe vergebens auf die Weiße und ihre Eskorte warteten, versuchte Shezira, in den Schlaf zu finden. Doch sobald der Morgen dämmerte, gab die Königin den Versuch auf. Die Suchtrupps brachen auf, noch bevor die Sonne zögerlich die Berge erhellte. Am Nachmittag erspähte der erste Jäger eine Rauchwolke, die von einem nahegelegenen Flusstal emporstieg. Drachenschreie hallten in den Gebirgstälern wider, und in den frühen Abendstunden saß Königin Shezira am Flussufer, wenige Meter von der Stelle entfernt, wo der Angriff auf ihre Reiter stattgefunden hatte. Ein Dutzend Reiter zogen zur Sicherheit hoch am Himmel ihre Kreise. Shezira hatte bereits einen ihrer Kriegsdrachen gesehen, Orcus, der tot am bewaldeten Berghang lag. Laut Lady Nastria hatten die Jäger ein weiteres Tier gefunden. Also fehlte nur noch eines, und das war natürlich ihre Weiße.

Schneeflocke.

Sheziras Hände zitterten, derart verärgert war sie. Nastria verhörte inzwischen die Überlebenden. Drachen stampften schwerfällig und unbeaufsichtigt umher, zerschmetterten Gesteinsbrocken und Bäume, ließen die Schwänze durch die Luft sausen und breiteten die Flügel aus, was jeden Menschen das Leben kosten konnte, der sich unvorsichtigerweise in ihrer Nähe aufhielt. Shezira ertrug es nicht länger. Niemand sprach mit *ihr*. Niemand verriet ihr, wer dieses Massaker angerichtet hatte, wer für den Tod ihrer Drachen verantwortlich war, wer es *gewagt* hatte …

Sie erhob sich. »Feldmarschall!«

Ihre Stimme durchschnitt die Luft wie ein Peitschenhieb, und Lady Nastria zuckte zusammen, als sei sie getroffen worden.

So ist es gut. Komm hergelaufen, wenn deine Königin dich ruft …

Nastria verbeugte sich, tief und lang, bedacht darauf, das Protokoll strikt einzuhalten und ihr jegliche Ehrenbezeugung zu erweisen. Dann machte sie einen Kniefall. Shezira wollte ihr für ihre Umsicht eine Ohrfeige geben. Vielleicht wollte sie auch einfach nur jemanden verprügeln, *irgendjemanden*, der ihr gerade in den Weg kam.

»Wer hat überlebt, Feldmarschall?«

Nastria hielt den Blick gesenkt. »Euer Alchemist und zwei Söldner, Eure Heiligkeit. Sie befanden sich zusammen mit dem Knappen und Eurem weißen Drachen am Boden, als sie angegriffen wurden.«

»Haben sie gesehen, wer es war?«

Nastria schüttelte den Kopf. »Nein, Eure Heiligkeit.«

Unbezähmbare Wut packte Shezira. Sie zückte ein Messer und drückte die scharfe Klinge an Lady Nastrias Hals. »Habt Ihr sie gefragt, wie sie es wagen können, noch am Leben zu sein, wo meine Drachen tot sind?«

»Eure Heiligkeit, es ist nicht …«

»*Habt Ihr sie gefragt?*«, knurrte sie.

»Nein, Eure Heiligkeit.« Nastria schüttelte kaum merklich den Kopf. Shezira spürte, wie ihre Hand mit dem Messer regelrecht danach verlangte, ins Fleisch schneiden zu dürfen.

»Wer hat die Drachenreiter ausgesucht, die meine Weiße eskortiert haben, Feldmarschall?«

»Ich, Eure Heiligkeit.«

»Wer hat die Söldner ins Spiel gebracht?«

»Ich, Eure Heiligkeit.«

»Wer hat die Route festgelegt? Wer hat die Anzahl der mitfliegenden Drachen bestimmt? Wer hat gesagt, ich soll nicht auf meiner Weißen zum Palast fliegen, aus Angst, was Hyram mit ihr anstellen könnte?«

Eine kurze Pause folgte. »Ich habe die Route festgelegt, Eure Heiligkeit.«

»Wer hat gesagt, ich soll meine Weiße nicht in Sprecher Hyrams Nest bringen?«

Nastria schwieg.

»Antwortet mir, Feldmarschall, oder Ihr bezahlt hier und jetzt mit Eurem Kopf dafür.«

»Dann soll es so sein, Eure Heiligkeit, denn diese Idee stammt von Euch, nicht von mir.«

Shezira erstarrte. Für eine Sekunde war sie wie betäubt. Dann steckte sie das Messer wieder ein. »Ja, das stimmt.

Ihr habt die Reiter ausgesucht, aber wahrscheinlich hätte ich dieselbe Wahl getroffen. Ich hätte allerdings keine Söldner mitgeschickt, auch wenn sie meinen Drachen sicherlich nicht gestohlen haben. Also schön. Jemand hat mich verraten, Feldmarschall, und die Schuldigen werden für ihr Verbrechen sterben. Steht auf!«

Nastria erhob sich. Sie zitterte, was Shezira nicht entging. *Gut so. Das solltest du auch.*

»Ich werde sie finden, Eure Heiligkeit.«

»Ja. Das werdet Ihr. Und nun, wo ist meine Tochter?«

»Lystra steht auf der Drotanhöhe unter Bewachung.« Nastria runzelte die Stirn, war für einen Moment verwirrt. »Wie Ihr befohlen habt. Zusammen mit unseren Vorräten und so vielen Reitern, wie wir entbehren konnten.«

»Nicht sie. Jaslyn.«

»Schiebt Wache, Eure Heiligkeit.« Sie blickten beide zu den Drachen, die hoch über ihren Köpfen kreisten.

»Bringt sie zu mir. Ich habe mit ihr zu reden.«

Shezira sah sich mit ausdruckslosem Blick um, während ihr Feldmarschall davontaumelte. Sie befanden sich am Ende der Welt, mitten in wegloser Wildnis, auf die drei Könige ihren Anspruch hätten geltend machen können, es aber natürlich nicht taten. Die steilen Talhänge waren mit Bäumen überwuchert, und abgesehen von der Möglichkeit im Fluss konnte kein Drache hier landen. Niemand lebte so weit draußen.

Zwei Könige und ein Sprecher. Valgar, Valmeyan und Hyram. Jeder von ihnen hätte unbemerkt Drachen herschicken können.

Ich darf Alipheras Erbin nicht außer Acht lassen. Sie hätte lediglich die Drotanhöhe umfliegen müssen, was keine besondere Schwierigkeit darstellt. Doch wer von ihnen ist für den Angriff verantwortlich?

Sie strich Valgar sofort von der Liste. Unter keinen Umständen könnte er einen weißen Drachen vor ihr oder Almiri verstecken. Also Hyram? Sie misstraute ihm so sehr, dass sie die Weiße nicht zum Adamantpalast mitgenommen hatte. Dem alten Hyram wäre so etwas zuzutrauen gewesen …

Aber …

Sie schüttelte den Kopf und versuchte, das Bild des gebrochenen und bemitleidenswerten Geschöpfes zu verdrängen, das sich als Sprecher der Reiche ausgegeben hatte. Vielleicht doch nicht Hyram. Die neue Königin Zafir? Äußerst verwegen, einen Krieg anzuzetteln, und das wenige Tage nach ihrer Krönung, doch sie wäre nicht die Erste. Oder Valmeyan, der König der Felsen?

Sie schritt unruhig auf und ab. *Valmeyan. Ja. Wie einfach, einem Einsiedler-König die Schuld zuzuweisen, der seine Bergfeste seit mehr als zwanzig Jahren nicht verlassen hatte und keinerlei Interesse an den Angelegenheiten der anderen Reiche zeigte. Allerdings nicht so einfach zu beweisen. Und wie sollte man an einem König Vergeltung üben, der mehr Drachen besaß als zwei von ihnen zusammen?* Shezira schnaubte verächtlich. Sie wusste nicht einmal genau, wo sich Valmeyans Drachennest befand. Den einen Gerüchten zufolge tief im Süden, nahe dem Meer und König Tyans Reich. Andere Stimmen behaupteten, es läge viel näher, am Quell des

Furienstroms, nur eine Tagesreise von der Drotanhöhe entfernt. Sie würde es wohl herausfinden müssen.

»Mutter!«

Shezira brachte sich mit einem Ruck in die Gegenwart zurück. Jaslyn stand wie versteinert vor ihr und sah genauso wütend aus wie immer.

»Jaslyn.«

»Du hast Vidar herunterrufen lassen. Was willst du, Mutter?«

Shezira funkelte sie finster an. »Reit zurück zu unserem Drachennest«, fauchte sie. »Mach dich sofort auf den Weg und leg keine Pause ein, bis du dort bist. Sag ihnen, dass Orcus tot ist, höchstwahrscheinlich auch Titan und Thor. Ansonsten erzählst du ihnen *nichts*. Dann bringst du jeden verfügbaren Jagddrachen her. Jehal kann sich als Hochzeitsgeschenk einen aussuchen, und es interessiert mich nicht, welcher es ist oder wem er gehört. Den Rest werde ich hierher zurückschicken, und sie werden das Gebirge durchkämmen. Wir werden einen weiteren Alchemisten brauchen und Vorräte, damit das Dutzend Drachen und ihre Reiter so lange, wie es nötig sein wird, hier draußen in der Wildnis bleiben können.«

Jaslyn schüttelte den Kopf. »Schick deinen Feldmarschall. Ich geh hier erst weg, sobald all unsere Drachen gefunden sind.«

»Das kannst du dir aus dem Kopf schlagen! Ich bin deine Königin, Jaslyn, und das solltest du niemals vergessen! Du wirst tun, was ich befehle, und wenn du vom Bergfried zurückkehrst, wirst du mich begleiten und der Hochzeit deiner Schwester beiwohnen! Du wirst dich nicht an der Suche beteiligen.«

Mutter und Tochter starrten sich an, und ohnmächtige Wut brachte die Luft zwischen ihnen zum Kochen. Schließlich ließ Jaslyn den Blick zu Boden gleiten. »Wenn du diejenigen findest, die Orcus das angetan haben, will ich, dass sie brennen«, zischte sie. »Ich will *zusehen*, wie sie verbrennen.«

Shezira nickte. »Endlich einmal etwas, bei dem wir gleicher Meinung sind. Befolg meinen Befehl, und ich werde dir deinen Wunsch erfüllen.«

Jaslyn marschierte zurück zu ihrem Reittier, und Shezira sah ihr nachdenklich nach. *Du hast alle guten Eigenschaften von Antros geerbt, aber nicht seine verbohrte Dummheit. Wie schade, dass du darauf bestehst, deine ganze Zeit mit Drachen zu verbringen. Du hättest jemandem eine hervorragende Königin sein können. Du hättest meinen Thron erben können, sobald ich Hyrams Ring erhalte. Du würdest es besser machen als Almiri es je könnte.*

Seufzend ballte sie die Hände zu Fäusten. Überall um sie herum waren ihre Reiter damit beschäftigt, ein Lager zu errichten. Normalerweise liebte sie diese Nächte mit den hellen Sternen über ihrem Kopf und ohne Zofen, die ihr auf Schritt und Tritt folgten. Doch nicht diese Nacht. In dieser Nacht würden ihre Drachenritter verbissen ihre Bahnen ziehen, während sie schlief – wenn sie überhaupt ein Auge zumachen konnte –, und hoch am Himmel nach einem geheimnisvollen Feind Ausschau halten, der höchstwahrscheinlich nie auftauchen würde.

Die Sonne ging unter, und Shezira verkroch sich in ihr Zelt. Aufgewühlt warf sie sich hin und her und ergatterte einige wenige Stunden unruhigen Schlaf. Als die Königin aufstand, hätte sie all ihre Reiter beinahe wieder zur Drotanhöhe zurückgeschickt. Hier draußen zu bleiben, in der ungeschützten Wildnis, war gefährlich. *Antros hätte es getan.* Vielleicht war das der Grund, weshalb sie blieb. Sie wusste es nicht.

Zwei Tage später fanden sie Thor, ohne Reiter, aber unversehrt. Am darauffolgenden Tag spürten sie Titan auf. Die Weiße war jedoch weiterhin spurlos verschwunden, und als Jaslyn mit einem Dutzend neuer Drachen zurückkehrte, hatte sich Shezira mit dem Verlust abgefunden. Die Weiße war verschollen. Inzwischen hätte sie überall sein können. Eines Tages würde sie den Verantwortlichen finden, und dann gäbe es Blut und Feuer und Schmerz, doch im Moment war ihre makellos Weiße verloren.

Eine winzige Kleinigkeit bereitete ihr Kopfzerbrechen, während sie sich wieder nach Süden wandten, in Richtung von König Tyan und Prinz Jehal, Furia und dem Meer. Es war ihnen nicht gelungen, den Leichnam des Knappen aufzuspüren.

12

Lystra

*E*ndlich!«

Jehal gähnte und streckte sich. Er hatte sich ein Nachmittagsschläfchen angewöhnt, nur damit die Zeit schneller verflog. Königin Shezira und ihr Gefolge hätten vor fünf Tagen ankommen sollen. Pflichtbewusst, wenn auch auf die allerletzte Sekunde, hatte er die Sinnesfreuden seines väterlichen Palasts in Furia hinter sich gelassen und war dem Besuch entgegengeritten, um sie im Klippennest zu begrüßen. Doch dann war sie einfach nicht erschienen, und das Nest lag eine ganze Tagesreise zu Pferd von der Hauptstadt entfernt, und es gab absolut nichts zu tun, außer die Drachen zu beobachten und den Wellen zu lauschen, die sich an den Klippen brachen.

Er war schon im Begriff gewesen, unverrichteter Dinge wieder abzureisen, als die Königin des Nordens zu guter Letzt doch noch gekommen war. Entweder sie oder jemand anderer, der mit gut dreißig Drachen sein Nest ansteuerte.

Vielleicht waren es auch bloß weitere Alchemisten.

112

Während er sich ankleidete, konnte er sich ein Grinsen nicht verkneifen. Hyram hatte zwölf von ihnen geschickt, einschließlich des alten Zauberers höchstpersönlich, Bellepheros. Sie waren überall in seinem Nest herumgeschlichen, hatten seine Männer herbeigezerrt, seine Soldaten, seine Diener, seine Knappen, sogar ihresgleichen, die Alchemisten, die für König Tyans Drachen verantwortlich waren. Jeden Tag fand Jehal eine andere Ausrede, ihnen bei der Arbeit zuzusehen. Jeden Tag schnappten sie sich ein paar Dutzend seiner Leute und füllten ihre Lungen mit Wahrheitsrauch, bevor sie ihre Fragen stellten: *Was weißt du über Königin Alipheras Tod? Weißt du, wie sie gestorben ist? Warst du daran beteiligt?* Jeden Tag erhielten die Alchemisten dieselben Antworten. Sie waren sich ihrer Sache so sicher gewesen, und dennoch hatten sie seit dem Tag ihrer Ankunft nichts herausgefunden. Während Jehal sie beobachtete, lächelte er viel und fragte ununterbrochen, wie er ihnen sonst noch behilflich sein könnte, wobei es ihn große Mühe kostete, ihnen nicht direkt in ihre enttäuschten Gesichter zu lachen. In wenigen Tagen wäre ihre Arbeit im Drachennest beendet, und sie würden sich auf den Weg zum Palast in Furia machen. Ihre Anwesenheit war eine unerträgliche Zumutung, die Jehal jedoch stoisch ertrug und dadurch belohnt wurde, Hyrams Gesandte scheitern zu sehen.

Die Alchemisten des Sprechers verfügten über beinahe grenzenlose Macht, doch es gab einige wenige Dinge, die ihnen untersagt waren. Beispielsweise ihre Elixiere jemandem von königlichem Blute einzuflößen. Was jammerschade war, denn wenn es ihnen nicht gelang, Alipheras Geist heraufzubeschwören und dann zu befragen, würden sie niemals herausfinden, was tatsächlich geschehen war. Jehal hatte Alipheras Tod genauestens geplant und nichts dem Zufall überlassen, und so erfüllte es ihn mit einem Gefühl der Genugtuung, die Alchemisten straucheln zu sehen.

Aber nur bis zu einem gewissen Punkt. Sie hier zu wissen war eine Beleidigung, die er nicht einfach wegstecken würde. Hyram würde für diese Demütigung bezahlen.

Jehal zog seine Stiefel an, besah sich im Spiegel und strich sorgfältig über seine Kleidung, damit alles genau so saß, wie es sollte. Eigentlich konnte er sich nicht wirklich beschweren, dachte er insgeheim. Durch die Sache mit den Alchemisten würde es ihm noch ein klein wenig leichter fallen, das zu tun, was er ohnehin getan hätte.

Also bitte! Er war gerissen genug, seine eigene Eitelkeit zu durchschauen, und sah mehr als passabel aus, wenn er wollte. Er nickte sich im Spiegel zu und eilte zu der Treppe, die hinunter zu den Landefeldern führte. Es würde ihm nicht genügen, Hyram einfach zu ermorden, entschied er. Da müsste ihm schon noch etwas Besseres einfallen. Ihm schwebte eher eine Art Vivisektion vor.

Er trat durch die sperrangelweit geöffneten Tore des Klippennests hinaus ins Freie. Hunderte von Soldaten stellten sich gerade hastig in Position auf, bildeten eine keilförmige Phalanx. Jehal war nicht ganz sicher, ob es eine Darbietung seiner Stärke oder eine Respektbezeugung war. Er schob den Gedanken beiseite, so wie sich wohl auch

Shezira keinen Kopf deswegen machen würde, und blickte hoch. Dutzende von Drachen kreisten am Himmel. Vier von ihnen waren bereits im Landeanflug und stürzten beinahe im senkrechten Fall auf die Landefelder. Jehal verbannte Hyram aus seinem Bewusstsein. Im Moment hatte er ein viel erbaulicheres Problem zu lösen.

Die vier Drachen breiteten die Flügel aus – drei waren schlanke, elegante Jagddrachen, während der letzte ein grobschlächtiges Kriegsungeheuer war. Sie trafen hart und exakt zur gleichen Zeit am Rand des Landefelds auf. Trotz der großen Entfernung erzitterte die Luft, und der Erdboden unter Jehals Füßen bebte. Alle vier blieben genau an der Stelle stehen, wo sie gelandet waren, ohne einen einzigen Schritt nach vorne zu wanken. Was ihm wahrscheinlich beweisen sollte, welch geschickte Reiter sie waren. *Nun, das tut es aber nicht. Die Drachen haben die Arbeit vollbracht, nicht ihr. Alles, was ihr mir damit beweist, ist, dass eure Zureiter und Knappen so fähig sind, wie sie sein sollen.*

Er erwartete fast, dass die vier Reiter aus ihren Sätteln glitten und im vollkommenen Gleichschritt auf ihn zumarschierten. Doch stattdessen schienen sie zu streiten.

Dann übernahm einer von ihnen – es musste sich um Königin Shezira handeln – die Führung, und die anderen trotteten gehorsam hinterher. Jehal und sein Drachenmeister, Lord Meteroa, gingen hinaus aufs Feld, um sie zu begrüßen. Nur nebenbei bekam Jehal all die anderen Dinge mit, die sich um ihn herum abspielten: die Ehrenwache, die sich gewissenhaft formiert hatte und genau dort stand, wo sie hingehörte, die Knappen, die die Drachen ihrer

Gäste zum Füttern auf die Koppeln führten, während seine besten Tiere zur Begutachtung aufgereiht waren, glänzend und mit auf Hochglanz poliertem Geschirr und schimmernden Sätteln. Nichts von all dem spielte eine Rolle, es sei denn, ihnen unterlief ein Fehler, aber da Meteroa niemals einen Fehler beging, verschwendete Jehal keinen weiteren Gedanken daran. Stattdessen schenkte er seine gesamte Aufmerksamkeit der Königin, deren Tochter er in Bälde heiraten würde.

Shezira kam erst knapp vor Jehal zum Stehen. Sie begegnete seinem Blick mit einem ihr eigenen Starren. Ihre Augen waren nicht wirklich kalt, dachte er, in ihnen lag jedoch auch keine Wärme. Sie wirkten vor allem unnachgiebig. Das jedenfalls war der Eindruck, den sie auf ihn machte.

Gut. Endlich ein ebenbürtiger Gegenspieler. Lächelnd ging er einen Schritt auf sie zu. Königin Shezira streckte die Hand aus, und Jehal verbeugte sich, um den Ring an ihrem Mittelfinger zu küssen. Noch während er ihr seinen Respekt zollte, sah er an ihr vorbei zu den drei Frauen in ihrem Rücken, bei denen es sich höchstwahrscheinlich um ihre Töchter handelte. Eine mit einem unscheinbaren, platten Gesicht, kleinen Knopfaugen und einem wütenden Ausdruck, die zweite sehr ansehnlich, offensichtlich die Jüngste, schüchtern und nervös, aber nicht *zu* schüchtern und nervös, denn sie warf ihm unter ihren Wimpern einen verstohlenen Blick zu. Und diejenige ganz hinten, die am ältesten aussah, farblos und bescheiden, die Augen zu Boden gerichtet und mit einem viel dunkleren Teint als die anderen. Sie hatte etwas Aufbrausendes an sich, als wollte sie jeden Moment handgreiflich werden. Sie jagte Jehal einen Schauder über den Rücken.

Gütige Götter und Drachen, lasst es die Junge sein, die sie mir zur Frau geben will!

»Königin Shezira.« Jehal verbeugte sich erneut, dieses Mal noch tiefer. »Herzlich Willkommen im Klippennest.«

Er beobachtete, wie sie sich umsah. Sie sagte kein Wort, aber ihr Gesicht verriet ihm alles, was er wissen musste. *Angemessen*, dachte sie wohl gerade. *Angemessen.* Er spürte, wie sich Lord Meteroa hinter ihm ärgerte. Anscheinend hatte er in ihrem Gesichtsausdruck dasselbe gelesen.

Jehal wartete geduldig. An dieser Stelle schrieb das Protokoll vor, dass Königin Shezira ihre Töchter vorstellen und er herausfinden würde, welche von ihnen noch vor Ende dieses Monats sein Bett teilen würde. Und dann müsste sie ihm erklären, was sie so lange aufgehalten hatte und warum er all die unnötigen Tage hier im Niemandsland verbringen musste, wo er doch längst zurück in Furia hätte sein, jede zweite Nacht in Königin Zafirs Schlafgemach schlüpfen und sich ansonsten mit einer seiner vielen Cousinen hätte vergnügen können.

Schließlich nickte Königin Shezira.

»Wir haben uns«, sagte sie, »vor langer Zeit schon einmal getroffen. Als Hyram zum Sprecher ernannt wurde. Erinnert Ihr Euch? Euer Vater hatte Euch stolz herumgezeigt.«

Jehal verbeugte sich lächelnd und biss die Zähne zusammen. *Als wenn ich das jemals vergessen könnte.* »Ja, Eure Heiligkeit, daran erinnere ich mich sehr gut.«

Shezira trat zur Seite. »Das ist meine mittlere Tochter, Jaslyn.« Sie zeigte auf die unscheinbare Frau. Jehal stieß einen leisen Seufzer der Erleichterung aus. »Wahrscheinlich werdet Ihr Euch nicht an sie erinnern, da sie bei ihren Drachen bleiben wollte und sich die ganze Zeit über im palasteigenen Nest versteckt hat.«

Jaslyns Gesichtsausdruck wurde hart. Jehal machte eine Verbeugung in ihre Richtung. »Ihr seid zu einer wunderschönen Prinzessin herangewachsen. Drachen sind unser Leben, Prinzessin Jaslyn. Sie allein untermauern unsere Macht, und ohne sie sind wir nichts. Ihr dürft natürlich so viel Zeit im Klippennest verbringen, wie Ihr wünscht. Während Eures Aufenthalts werden wir Euch hier Räumlichkeiten in der Nähe der Drachen zur Verfügung stellen.«

Ein sanfter Zug legte sich über Jaslyns Gesicht, wenn auch nur für den Bruchteil einer Sekunde. Sheziras Miene blieb weiterhin ausdruckslos. »Die Dame dort hinten ist mein Feldmarschall, Lady Nastria.«

Ah, die gefährlich Aussehende. Gut. Zu der muss ich also nicht nett sein.

»Und das ist meine jüngste Tochter, Prinzessin Lystra.«

Lystra verbeugte sich vor ihm, doch ihre Augen lösten sich keinen Moment von seinen. Jehal versuchte, ein selbstgefälliges Grinsen zu unterdrücken. *Lieblich, mit einer Prise Pfeffer. Ist das dein wahres Ich, oder hast du dir etwa die Mühe gemacht, meinen Geschmack herauszufinden?*

»Prinzessin Lystra.« Jehal ließ sich absichtlich ein oder zwei Sekunden Zeit, bevor er die Verbeugung erwiderte. »Ich … ich … bin überwältigt. Mir ist viel von der Schön-

heit und Eleganz der Damen des Nordens zu Ohren gekommen, doch Ihr seid zweifelsohne die Entzückendste,
Lieblichste und Hübscheste unter ihnen … Nun, ich bin
nicht sicher, ob ich Euch heiraten kann, denn falls mir dieses Glück zuteilwerden sollte, wärt Ihr die schönste Frau
im Reich meines Vaters, und jede Dame in Furia würde vor
Neid platzen.«

Eine reizende Röte schoss Prinzessin Lystra ins Gesicht.
*Also schön … Sie ist klug genug, um meine Schmeichelei zu
durchschauen, aber sie gefällt ihr dennoch. Gut.*

»Wäre das nicht immer der Fall, egal wen Eure Hoheit
ehelicht?«

Jehal blinzelte. Königin Shezira hieß die Unverblümtheit
ihrer Tochter offensichtlich nicht gut, auch wenn Jehal sie
genoss. *Anscheinend bin ich ebenfalls dem einen oder anderen
Kompliment nicht abgeneigt. Wer hätte das gedacht?*

»Ihr seid zu gütig, Hoheit.« Er lächelte und seufzte leise,
bevor er zu den Mauern des Drachennests zeigte. »Sollen
wir die Landebahn räumen, Eure Heiligkeit?« Er hatte sich
nun an Königin Shezira gewandt, die seinen Vorschlag mit
einem Kopfnicken quittierte. Das Beste am Leben eines
Prinzen war, dachte Jehal, dass man nur die interessanten
Dinge tun muss. Um all die lästigen Pflichten kümmerte
sich ganz allein Lord Meteroa, weshalb der Prinz die Drachen und Reiter in Königin Sheziras Gefolge sowie ihre
Dienerschaft und Alchemisten einfach seiner Obhut überließ.

Beim Gehen spähte Jehal verstohlen zum Himmel, auf
der Suche nach Sheziras legendärem, makellos weißem

Drachen. Doch er vergeudete nur seine Zeit. Die noch folgenden Tiere waren zu weit weg, als dass er ihre Farbe ausmachen konnte – es waren lediglich Kreise ziehende Silhouetten und dunkle Schatten. Es brannte ihm auf den Nägeln, nach dem Drachen zu fragen, doch ein solch unverhohlenes Interesse wäre unverschämt gewesen.

An den Toren des Klippennests blieben sie eine Weile stehen. Königin Shezira war gezwungen, seine Männer zu begutachten, die alle in ihren schimmernden Uniformen aus Drachenschuppen herausgeputzt waren. Für einen Moment war alles ruhig, abgesehen von den weit entfernten Wellen, die gegen den Fuß der Klippen krachten.

»Eure Reiter machen Eurem Vater alle Ehre, Prinz Jehal«, verkündete Königin Shezira, und Jehal konnte nicht einschätzen, ob sie es ernst meinte oder nur das sagte, was das Protokoll von ihr verlangte.

Wie dem auch sei, es gab nur eine korrekte Erwiderung. Er verbeugte sich und sagte: »Ihr sei zu gütig, Eure Heiligkeit. Mein Vater wird entzückt sein, Euer Lob zu vernehmen. Eure eigenen Reiter sind in allen Reichen für ihre Stärke und ihr prächtiges Auftreten bekannt.« Was natürlich vollkommener Unsinn war. Wenn überhaupt waren die Reiter der nördlichen Reiche genau für das Gegenteil berüchtigt.

Königin Shezira zuckte nicht einmal mit der Wimper, doch Jehal fing einen verächtlichen Blick von Prinzessin Jaslyn auf. *Die dort kocht geradezu vor Wut. Sie ist die personifizierte Strenge, Spaß ist für sie ein Fremdwort. Ich muss meinen Vorfahren danken, dass ich nicht sie heiraten muss. Sie wird bei der Hochzeit eine echte Stimmungskanone sein.* Bei dem Gedanken lief ihm ein Schauder den Rücken hinab. Es gab gewisse Pflichten, die älteren Schwestern in diesen besonderen Zeiten oblagen. *Arme Prinzessin Lystra …*

»Entschuldigt, Eure Hoheit, aber dürfte ich fragen, was dieses Geräusch verursacht?«

Verwirrt runzelte er die Stirn. »Wie bitte?«

Lystra sah ihn wieder eindringlich an. »Woher kommt dieses Geräusch, Eure Hoheit?«

Jehal legte den Kopf schief. »Es tut mir leid, Prinzessin Lystra, aber ich höre nichts.«

»Sie meint das Meer«, murmelte Shezira.

Für einen Moment hätte sich Jehal beinahe vergessen. »Habt Ihr …?« *Noch nie das Meer gesehen?*

Lystra senkte verlegen den Kopf. »Ich habe das Sandmeer und das Salzmeer gesehen, Eure Hoheit.«

Jehal lächelte. »Und ich habe keines der beiden bisher zu Gesicht bekommen, und sie sind zweifelsohne gewaltig und großartig. Wir haben eine andere Art Meer hier, und ich werde es Euch auf der Stelle zeigen.« Er warf Königin Shezira einen Blick zu. »Wenn Eure Heiligkeit erlaubt.«

Shezira nickte kaum merklich. Lord Meteroa und die Stewards des Klippennests würden sich zweifelsohne wegen der Abweichung vom strikt vorgegebenen Zeremoniell die Haare raufen, aber Jehal konnte nicht anders. *Sie hat noch nie das Meer gesehen!*

Er führte sie ums Klippennest herum zum Rand der Felsen, wo das von einer unvorstellbaren Kraft zerklüftete Land steil abfiel.

»Seid vorsichtig, Eure Hoheiten. Die Klippen sind gefährlich. Es geht tief hinab, und viele Menschen sind hier im Laufe der Jahre schon zu Tode gekommen. Dem Meer scheint eine unwiderstehliche Anziehungskraft innezuwohnen.« Er blieb einen Meter vor dem Abgrund stehen und reichte Prinzessin Lystra die Hand. »Das Meer, Eure Hoheit. Das Unendliche Meer der Stürme.«

Lystra nahm seine Hand, und geschwind drückte er sie sanft, in der Hoffnung, Königin Shezira bekäme nichts davon mit.

»Es ist … atemberaubend.« Die Steilklippen fielen dreißig Meter schroff zum Wasser ab, während sich am Grund der Bucht tosende Wellen gegen den Stein brachen. Das Meer war endlos, ein aufgewühltes Gewirr aus weiß gekrönten Wellen, die so weit reichten, wie das Auge blicken konnte, und sich mit dem grauen Dunst des weit entfernten Horizonts vermischten. Ein riesiges Monster, das manchmal selbst einen Drachen klein und zahm erscheinen ließ. Jehal lächelte Lystra an. Hier oben am Rand der Klippen konnte man die Gischt spüren und die salzige Luft schmecken. Lystra starrte mit weit aufgerissenem Mund auf das Naturschauspiel. »Es scheint kein Ende zu haben! Wie das Sandmeer, nur dass es aus Wasser besteht!«

Jehal bedachte sie mit einem nachsichtigen Lächeln. »Die Taiytakei behaupten, wenn man lang genug segelt und den schrecklichen Stürmen standhält, erreicht man auf der anderen Seite des Meeres fremde Länder, die so weit entfernt liegen, dass man erst einmal von einem Ende der Reiche zum anderen reisen müsste, um auch nur eine

leise Ahnung von der gewaltigen Distanz zu bekommen.«
Im Stillen beglückwünschte er sich. *Da! Das hat doch kein
bisschen herablassend geklungen.*

»All das Wasser ...« Lystra wagte sich noch einen Schritt
näher an den Felsrand. Jehal packte ihre Hand nun fester,
und sie blieb stehen. Die Klippe stürzte senkrecht hinab
ins Meer.

»Es gibt einen Fußpfad auf der anderen Seite des Klippennests, der bis zum Wasser führt«, sagte er. »Die Stufen
sind ausgetreten und rutschig, und der Weg ist tückisch,
doch dort unten gibt es eine Höhle, die man nur über
diese Treppe erreicht. Um ein echtes Gefühl für die un-
bändige Kraft der Wellen zu bekommen, die gegen den
Fels krachen und die Gischt hoch in die Luft spritzen, gibt
es keinen besseren Ort als diese Höhle. Eines Tages werde
ich Euch dorthin bringen.«

Auf einmal schritt Jaslyn bis zum Felsrand und blickte
hinab. Einen Moment lang kam es Jehal vor, als würde sie
schwanken und vom Wind erfasst werden, der die Klip-
penwand heraufpeitschte. Doch selbst wenn dem so war,
hatte sie sich rasch wieder im Griff, und im nächsten
Augenblick ließ Lystra seine Hand los und stellte sich
lachend neben ihre ältere Schwester.

13

Furia

Shezira hatte keine andere Wahl, als sich auf die Zunge zu beißen und ihren Ärger hinunterzuschlucken. Sobald sie das Klippennest betraten, setzte das wahre Zeremoniell erst ein. Zunächst das Brechen von Brot mit Prinz Jehal und seinen Lords, um den Hunger zu stillen, den ein Tag auf dem Rücken eines Drachen mit sich brachte. Dann gab es parfümierte Bäder und Massagen, damit sich ihre schmerzenden Muskeln erholten. Anschließend musste sich die Königin ankleiden, und nun folgte das offizielle Festessen, das von Sonnenuntergang bis tief in die Nacht andauerte. Einige Anwesende würden womöglich noch feiern, wenn Shezira bei Sonnenaufgang wieder erwachte.

Am Morgen musste sie sich für die Reise nach Furia fertig machen. Und genau hierin lag die Schwierigkeit begründet, eine Königin zu sein. Sie musste immer irgendwo sein oder irgendetwas tun, was bedeutete, dass ihr nicht genügend Zeit blieb, um ihre Töchter im Auge zu behalten, und es allein in Lady Nastrias Hand lag, dass sie so aussahen, wie sie auszusehen hatten, und zum richtigen

124

Zeitpunkt am richtigen Ort erschienen. Ohne Nastria, davon war Shezira überzeugt, hätte Jaslyn längst Prinz Jehals geheimnisvolle Treppe ausfindig gemacht und ihre gesamte Zeit in seiner Höhle verbracht. Und höchstwahrscheinlich wäre Lystra ihr gefolgt.

Schließlich standen die Kutschen nach Furia zur Abfahrt bereit. All ihre Reiter hatten aufgesessen und würden sie zum Schutz eskortieren. Es gab für Shezira nichts mehr zu tun, und sie hatte ihre Töchter wieder ganz für sich allein.

»Was ist nur in euch gefahren!«, fauchte sie, sobald sich die Räder in Bewegung setzten. »In euch beide! Einfach mit ihm zu reden! Seine *Hand* zu halten!«

Lystra senkte den Kopf und spähte durch ihre Wimpern zu ihrer Mutter hoch, doch es war Jaslyn, die statt ihrer antwortete: »Er hat sie genommen. Du solltest dir lieber *ihn* vorknöpfen.«

»Und das werde ich auch.« Shezira funkelte böse zurück. »Aber das entschuldigt noch lange nicht, dass sie sie gehalten hat. Abgesehen davon sollte Lystra für sich selbst eintreten und es nicht wie üblich dir überlassen. *Du* wirst in einem Monat nicht mehr hier sein.«

Jaslyns Augen blitzten zornentbrannt auf. »Nein, und ich sollte auch jetzt nicht hier sein. Ich sollte in den Bergen sein, auf der Jagd nach demjenigen, der Orcus getötet und unsere Schneeflocke geraubt hat.«

Schneeflocke. Das war doch der Name, den der Knappe ihr gegeben hatte, oder? Shezira schnaubte verärgert. »Du bist eine königliche Prinzessin, ob dir das nun gefällt oder

nicht. Du gehst dorthin, wohin dich deine Pflicht ruft.
Und du führst dich hier nicht wie ein einfältiger Bauerntölpel auf.«

»In diesen Teilen der Reiche sind sie ... offenherziger«,
sagte Lystra leise.

Jaslyn und Shezira sahen sie überrascht an. »Was hast
du gesagt?«

»Da es mir in all den langen Monaten vor unserer Abreise verboten war, zum Bergfried zu gehen, habe ich
einen Großteil meiner Zeit in der Bibliothek verbracht.
Ich wollte etwas mehr über das Land herausfinden, das
meine neue Heimat wird.« Sie beugte sich zu Shezira und
senkte die Stimme. Die Kutsche gewann an Fahrt. »Ich
denke, sie sind ... äh ... Mutter, weißt du eigentlich, wie
eine Hochzeit im Süden abläuft? Warst du schon mal auf
einer?«

Shezira schüttelte den Kopf. »Feldmarschall Nastria hat
mir jedoch versichert, dass sich ihre Bräuche kaum von
den unseren unterscheiden.«

»Hat Lady Nastria erwähnt, was du in der Hochzeitsnacht tun musst?«

»Ich?« Shezira blinzelte.

»Ja, Mutter. Du. Und Jaslyn.«

Mit einem Schlag verging Jaslyn das Grinsen. »Wovon
redest du, kleine Schwester?«

Lystra beugte sich noch ein Stück weiter vor, und alle
drei drängten sich nun in der Mitte der Kutsche zusammen. »Von der Vollziehung der Ehe«, flüsterte sie.

»Lystra!« Nervös rutschte Shezira auf dem Polster hin

und her. Sie ermahnte sich, dass sie eigentlich wütend auf ihre Töchter sein sollte.

»Mutter, ich *weiß*, was in der Hochzeitsnacht geschieht. Ich sehe bei der Paarung von Drachen zu, seit ich fünf bin.«

Shezira krümmte sich innerlich. Das war nicht die Art von Konversation, die sie im Sinn gehabt hatte. »Kleine Prinzessin, es ist nicht ganz dasselbe ...«

»Sei nicht albern, das *weiß* ich natürlich! Immerhin gibt es viele Bücher in unserer Bibliothek.«

Antros. Antros und seine Bibliothek ...

»*Bebilderte* Bücher, Mutter.«

»Lystra!«

»Das hast du nun davon, dass du mich nicht mit Jaslyn auf den Drachen hast fliegen lassen.« Einen Moment lang lächelte sie versonnen, dann sah sie ihre Schwester an. »Und du kannst mit Lachen aufhören, große Schwester, denn du und Mutter werdet Prinz Jehal nackt ausziehen und zu meinem Brautzimmer geleiten, und davor ist es eure Aufgabe sicherzustellen, dass er auf jeden Fall seinen ehelichen Pflichten nachkommen kann.« Sie kicherte.

»Lystra! Wie kommst du nur auf eine solche Idee! Das ist doch absurd.« Shezira ballte die Hände zu Fäusten und ließ sich ins Polster zurückfallen. Sie war erbost und gleichzeitig wie erstarrt vor Empörung.

»Das habe ich aus den Büchern in der Bibliothek. Und es gibt *Bilder*.«

»Lächerlich.« Die Königin blickte wütend von einer Tochter zur anderen. *Verfluchter Antros! Das kann doch nicht wahr sein. Oder etwa schon? Unterscheiden sie sich hier so sehr von uns?* »Du solltest nicht alles glauben, was in Büchern steht. Welche Bräuche auch immer sie in diesem Teil der Welt haben, ihr seid meine Töchter, und ihr werdet euch so benehmen, wie *ich* euch erzogen habe. Wenn Jehal dich nach der Hochzeit wie eine Hure herumzeigen will, ist das seine Sache. Aber bis dahin werdet ihr euch wie wahre Prinzessinnen verhalten, oder – das schwöre ich bei allen Vorfahren – ihr werdet nie wieder einen Fuß in eines meiner Drachennester setzen. Verstanden?«

Nach dieser Standpauke wurde nicht mehr viel gesprochen, und ein trotziges Schweigen senkte sich über die Kutsche. Am Mittag hielten sie für eine Weile an einer ruhigen, steinigen Bucht. Eine kleine Armee von Dienern, die offensichtlich dort genächtigt hatte, um alles für die Adeligen vorzubereiten, erwartete sie bereits. Ein Gang nach dem anderen mit kalten Fleischspezialitäten, Brot und einer unüberschaubaren Vielzahl an in Öl eingelegtem Gemüse wurde gereicht, bis Shezira glaubte, sie müsse platzen. Zumindest benahmen sich ihre Töchter dieses Mal vorbildlich. Und auch Prinz Jehal zeigte sich untadelig, flirtete elegant, ohne jemals die Grenzen des Anstands zu übertreten. Wenn sie einen Moment ehrlich mit sich war, konnte Shezira nachvollziehen, warum Lystra so von ihm angetan war. Jehal war zugleich gut aussehend und charmant.

Nur jammerschade, dass er seinen Vater vergiftet! Oh, mein kleiner Goldschatz, in welche Lage habe ich dich da bloß gebracht?

»Ich habe mit unserem Feldmarschall gesprochen«, sagte Shezira, als sie am Nachmittag wieder aufbrachen. »Wie es scheint, hat unsere liebe Lystra nur teilweise recht. Glücklicherweise steht es uns frei, ob wir an dem Ritual teilnehmen wollen. Wir können also unseren Vorfahren für diese Wahlmöglichkeit danken.«

Lystra kicherte, und Shezira konnte ein Lächeln nicht unterdrücken. Selbst Jaslyn grinste. Die Stimmung in der Kutsche hob sich nach dieser Offenbarung schlagartig.

»Was haben dir deine Bücher sonst noch verraten?«, erkundigte sich Jaslyn.

»Vorzugsweise diejenigen ohne Bilder«, fügte Shezira hinzu.

»Ich weiß, dass König Tyans Reich das wohlhabendste ist.«

»Dafür hättest du keine Bibliothek gebraucht.«

»Ihr Drachennest liegt sehr weit von Furia entfernt.«

»Noch etwas, das kein großes Geheimnis ist. Haben dir die Bücher auch den Grund verraten?«

Sie runzelte die Stirn. »Schiffe. Drachen mögen sie nicht. Zu Zeiten von König Tyans Ur-ur-urgroßvater wurden ein paar Schiffe der Taiytakei-Händler niedergebrannt. Die Überlebenden erklärten, dass die Taiytakei erst wieder zurückkämen, sobald die Drachen aus der Stadt verbannt worden sind, und genau das hat der König getan.«

»Er hat sein Drachennest verlegt?« Jaslyn wirkte entsetzt.

Selbst Shezira hob eine Augenbraue. »Schwer vorstellbar«, sagte sie, »und eine Geschichte, die mir so zum ersten Mal zu Ohren kommt. Und was ist mit den Taiytakei? Was schreiben deine Bücher über sie?«

Lystra zuckte mit den Schultern. »Anscheinend handelt es sich um Zauberer.«

Es gab nichts, was Shezira darauf erwidern konnte. Antros hatte seine Bibliothek mit allem möglichen Müll gefüllt. Shezira hatte sich der Sinn nie ganz offenbart, denn soviel sie wusste, hatte er in seinem Leben kein einziges Buch gelesen. Ihr war es ähnlich ergangen, auch sie war zu beschäftigt damit gewesen, ihre Töchter aufzuziehen, auf Drachen zu fliegen und nach dem Tod von Antros das Reich zu regieren.

Vielleicht hätte ich der Bibliothek doch irgendwann einen Besuch abstatten sollen. Dann hätte ich alles über die Hochzeitsriten des Südens gewusst. Der Gedanke entlockte ihr ein Lächeln. *Vielleicht wenn ich zu alt zum Reiten bin …*

Draußen rollte die Landschaft vorbei – Sandstrände, kleine Bauernhöfe und Dörfer, Felder mit Vieh und Korn, Fuhrwerke und Ochsenkarren, Männer, die am Stock gingen und mit offenem Mund zu ihnen herüberstarrten, während die Wagen vorbeifuhren. *Heiß*, kam es Shezira in den Sinn, während ihre Augenlider immer schwerer wurden. *Ich hatte vergessen, wie heiß es im Süden ist.*

Sie döste ein. Als sie wieder erwachte, war die Sonne dunkler, und das Geräusch der Wagenräder auf der Straße hatte sich verändert. *Kopfsteinpflaster.*

Mit einem Schlag war sie hellwach, setzte sich auf und blickte aus dem Fenster. Sie fuhren nun zwischen Häusern hindurch, die sich so dicht aneinanderdrängten, dass sie wie übereinandergestapelt aussahen. Die Gebäude neigten sich gefährlich weit zur Straßenmitte und schienen immer näher zu kommen, bis sich die Dächer beinahe berührten und die Sicht auf den Himmel versperrten. Hier und da wurde die Düsternis von Straßenkreuzungen durchbrochen, und helle Sonnenstrahlen berührten den Boden, während die Wagen durch die Stadt rumpelten. Die Straßen führten bergab, schlängelten sich in Richtung des Meeres, und bei jeder Kurve erhaschte Shezira einen kurzen Blick auf den Hafen, auf Masten, sich kräuselnde Wellen und die Sonne, die das Wasser zum Funkeln brachte. Das Meer, das durch die gewundene Bucht vom Wind geschützt war, lag still und ruhig da. Lystra konnte sich von dem herrlichen Anblick nicht losreißen.

»Hier sieht es aus wie bei den Spiegelseen!«

Shezira nickte. Die Aussicht von König Tyans Palast, der auf einer Bergkuppel oberhalb der Stadt erbaut worden war, übertraf das hier sogar noch. Eine dunkle Erinnerung stieg in ihr hoch, wie sie, auf den Schultern eines anderen sitzend, über die Mauer gelugt und sich über die unbekannte Fremde gewundert hatte. Die Schiffe mit ihren Flaggen und Masten und gehissten Segeln waren ihr wie sonderbare Meeresungeheuer vorgekommen, und all die Kräne um die Hafenmauern waren für sie wie ein Wald voll seltsam anmutender Bäume ohne Blätter gewesen. Und der Geruch, der Geruch des Meeres, der trotz des überwältigenden Gestanks der Stadt in ihre Nase gestiegen war … Sie war damals fünf, vielleicht sechs Jahre alt gewesen.

»Du wirst hier viele eigenartige Wunderdinge zu Gesicht bekommen, Lystra. Lass dich überraschen, aber lass es dir nicht anmerken, denn ansonsten wird man dich für einen Einfaltspinsel halten.«

Jaslyn schnalzte missbilligend mit der Zunge und verdrehte die Augen, aber Shezira wusste, dass Lystra sie verstanden hatte.

»Deine Augen müssen bei allem, was du siehst, funkeln vor Verblüffung, doch kein Laut darf über deine Lippen kommen. Wenn du diesen Ratschlag befolgst, wird Prinz Jehal alles tun, was du befiehlst.« Sie lachte beim Gedanken an Antros. »Und er wird es nicht einmal wissen.«

»Solange du schön brav die Beine breitmachst, wenn ihn die Lust überkommt, und ihm viele Söhne schenkst«, murmelte Jaslyn, und am liebsten hätte Shezira ihr eine Ohrfeige verpasst. Sie hielt sich jedoch zurück, da der Wagen allmählich langsamer wurde. Im nächsten Augenblick wurde die Tür geöffnet, und Prinz Jehal stand vor ihnen.

»Eure Hoheiten.« Er verbeugte sich und reichte ihnen die Hand. »Willkommen in Furia.«

Sie standen am Fuß der Treppe zu König Tyans Palast, und die Aussicht aufs Meer war ungetrübt. Im Hafen schaukelten Dutzende Fischerboote auf dem Wasser. Weiter draußen lagen drei riesige Schiffe vertäut.

»Eigentlich sollten hier natürlich Drachen sein, Eure Heiligkeit«, sagte Jehal. »Ich habe den Taiytakei erklärt, dass die nächste Sprecherin der Reiche zu Besuch kommt und ihre Tochter hier verheiratet, und dass unzählige Drachen die Luft mit ihrem Feuer erfüllen müssten. Als

Entschädigung bieten die Taiytakei Euch zu Ehren das hier, Königin Shezira. Ein Anblick, der nie zuvor in irgendeinem der Reiche zu sehen war.«

Als Shezira hinaus aufs Meer schaute, wurden von den drei Schiffen winzige Feuersäulen in die Luft geschossen. Hoch am Himmel zerbarsten sie in prächtige, vielfarbig schillernde Fontänen. Shezira kam nicht umhin, die Luft anzuhalten und gebannt emporzustarren. Nie zuvor hatte sie so etwas gesehen. Sie hatte noch nicht einmal von so etwas *gehört*.

Das Spektakel dauerte vielleicht eine Minute. Als es vorüber war, verbeugte sich Jehal vor Lystra. »Ein blasser, kurzlebiger Abklatsch Eurer Schönheit, meine Prinzessin. Ihr werdet den Palast meines Vaters zum Strahlen bringen, wie die Taiytakei den Himmel erstrahlen ließen.«

»Ich hoffe, wir werden die Gelegenheit haben, Euren Gästen für ihr außergewöhnliches und höchst beeindruckendes Willkommen zu danken?« Shezira drängte sich besorgt zwischen Lystra und Prinz Jehal.

Jehal lächelte. »Natürlich. Ein Botschafter der Taiytakei wird bei der Hochzeit zugegen sein. Ich bin überzeugt, dass er mit Euch reden wird, wenn Ihr ihm eine Audienz gewährt.« Er rückte näher heran, und seine Stimme senkte sich zu einem leisen Flüstern. »Ihr solltet wissen, Eure Heiligkeit, dass sie nur einen Wunsch hegen. Sie legen schon seit hundert Jahren an unseren Küsten an. Wir verkaufen ihnen Sklaven und Drachenschuppen, doch das ist nicht der wahre Grund ihres Kommens. Sie werden Euch Honig ums Maul schmieren und Euch mit Geschenken überhäufen, so wie sie es mit Sprecher Hyram und meinem Vater getan haben, aber sie wollen nur eines.«

»Vielleicht ein Drachenei?«

»Die meisten Eier gedeihen nicht, und das wissen sie. Einen lebenden Drachen, Eure Heiligkeit. Ein Jungtier. Das wollen sie, das haben sie schon immer gewollt, und sie würden alles tun, um eines zu bekommen. Einfach alles. Warum liegt das Klippennest so weit vom Hafen weg? Um unsere Drachen von den taiytakischen Schiffen fernzuhalten?« Er lachte. »Nein, Eure Heiligkeit, das soll die *Taiytakei* von unseren *Drachen* fernhalten.«

14

Der Suchtrupp

Sollos stocherte mit einem Stock im Feuer und spähte zu der Talseite mit der schwarzen Narbe zwischen den Bäumen, wo der tote Drache lag. Manchmal stieg Rauch von ihm auf. Manchmal, mitten in der Nacht, sah Sollos das Flackern von Flammen. Dann regnete es, und der Rauch und das Feuer erloschen, und wenn der Regen anhielt, glühte die Wunde im Wald von innen heraus. Heute war jedoch alles ruhig. Leise und langweilig.

»Du schaust schon wieder hin«, grunzte Kemir.

»Ich weiß, ich weiß.« Die Königin war nun schon vor sechs Tagen abgereist. Was bedeutete, dass seit dem Angriff zwölf Tage verstrichen waren. Zwei Wochen, hatte der Alchemist gesagt. Zwei Wochen und ein großer Hammer. Nun, er hatte jetzt einen großen Hammer.

»Hey! Ihr beiden! Haltet das Feuer am Laufen und bringt das Wasser zum Kochen!«

»Zu Befehl, Mylord.« Was er ebenfalls hatte, war die Gesellschaft von einem Dutzend Drachenrittern, sieben Jagddrachen und dem Alchemisten. Sollos schürte das Feuer und warf einige Scheite in die Glut. Als sich der Drachenritter wieder umdrehte, warf Sollos ihm leise murrend eine Beleidigung hinterher. Die Drachen würde es wahrscheinlich nicht interessieren, was mit ihrem toten Bruder geschah, die Reiter und den Alchemisten hingegen schon. Und während sich die Hälfte von ihnen tagein, tagaus auf die Suche nach der Weißen machte, hatte die andere Hälfte nichts Besseres zu tun, als faul herumzusitzen und das Lager zu bewachen.

»Bist du sicher, dass wir sie nicht einfach im Schlaf ermorden können?«, zischte Kemir. »Vielleicht könnten wir sie vergiften.«

Bevor Sollos eine Antwort einfiel, hallte ein durchdringender, schriller Schrei im Tal wider. Der erste Drache war zurückgekehrt. Jeden Tag flogen sechs der Tiere los und hielten Ausschau nach dem verschwundenen Drachen der Königin, während der siebte hoch über ihren Köpfen Wache hielt. Seit dem Überfall hatten sie keine anderen Drachen als ihre eigenen gesehen, und Sollos war überzeugt, dass sie nur ihre Zeit vergeudeten. Inzwischen war die Weiße längst auf und davon.

Dennoch, wenn es bedeutete, dass sie hier abwarteten, bis der tote Drache oben am Berghang abgekühlt war und es auch nur die kleinste Chance gab, ein paar Drachenschuppen stibitzen zu können ...

»Er ist ein bisschen zu früh dran.« Kemir beobachtete, wie der ankommende Drache in Richtung des Flusses schwebte. Sollos löste den Blick vom Wald und sah dem Drachen ebenfalls bei der Landung zu. Noch bevor das

136

Tier zum Stehen gekommen war, sprang der Reiter auf seinem Rücken bereits auf, löste die Gurte und glitt aus dem Sattel.

Kemir rülpste und warf einen Stein in den Fluss. »Du denkst doch nicht wirklich, dass sie etwas gefunden haben, oder?«, fragte er. »Normalerweise kommen« sie erst viel später zurück.«

Sollos schüttelte den Kopf. »Und da hab ich mich auf einen weiteren friedvollen Nachmittag gefreut, an dem ich genüsslich an Grashalmen kauen und mich am Hintern kratzen kann.«

»Ja, und an dem du zu dem toten Haufen Drachenschuppen und Kohle hochglotzen kannst.«

»Wir werden nichts davon abbekommen. Das ist dir doch hoffentlich klar, oder?«

»Ein *Teil* von mir weiß das. Wir könnten Land kaufen. Unser eigenes kleines Dorf mit unseren eigenen kleinen Untertanen. Unser eigenes kleines Herrenhaus. Mit einer Brauerei.«

»Und einem Bordell.«

»Ganz genau.« Kemir seufzte. »Wie schon gesagt, bist du sicher, dass wir sie nicht vergiften können?«

»Selbst wenn wir uns einen Titel kaufen würden, wären wir immer noch der Königin verpflichtet.«

»Die kann mich mal! Wir könnten uns irgendwo hier draußen niederlassen, in einem der Gebirgstäler.«

»Und stattdessen König Valmeyan dienen?«

Sollos schnaubte. »Das kommt nicht in Frage. Nicht ihm.«

Kemirs Stimme verwandelte sich in ein leises Knurren. »Nein. Nicht ihm. Ihm auf gar keinen Fall. Denkst du ...?«

Der Reiter, der gerade auf dem Drachen gelandet war, kam in ihre Richtung gelaufen. Einige Wachen folgten ihm dicht auf den Fersen.

»Mmh.« Sollos ließ die Hände an den Seiten herabgleiten und spielte unbewusst mit den Messern an seinem Gürtel. Kemir bückte sich und hob seinen Bogen auf.

»Ihr beiden!« Der Reiter blieb nur wenige Zentimeter vor ihnen stehen. »Söldner!«

»Söldner mit Namen«, murmelte Kemir. Sollos atmete tief ein, biss die Zähne zusammen und verbeugte sich höflich.

»Reiter Semian. Womit können wir behilflich sein?« Semian war der dritt- oder viertgeborene Sohn von Lord Semian. Sollos konnte es sich einfach nicht merken, und es war ihm eigentlich auch egal. Außerdem gab es da noch ein paar Schwestern. Sie alle lebten in der riesigen, unfruchtbaren Einöde, die unter dem Namen Steinwüste bekannt war, und dienten Königin Shezira als Hüter des Nordens. Sollos konnte nicht so recht sagen, wovor der Lord das Reich dort oben eigentlich schützen sollte – vielleicht vor dem verschwenderischen Umgang mit Vornamen? Dieser Semian hier war um die zwanzig, spindeldürr und hatte ein Pferdegebiss. Wäre er nicht der Sohn eines Lords, dachte Sollos, wäre er wohl der Dorftrottel geworden. Da er jedoch ein Semian war, hatte er sich zu einem Idioten entwickelt, der auf einem Drachen ritt.

»Wir haben ein Dorf entdeckt, oder etwas in der Art. Es liegt in einem der Bergtäler versteckt.«

138

Sollos und Kemir tauschten heimliche Blicke aus. »Dann gehört es wahrscheinlich zum Hoheitsgebiet König Valmeyans, Reiter Semian.« *Kein Wunder, dass Königin Shezira dich nicht in den Süden mitgenommen hat.* Der Helm des Drachenreiters war ein wenig zu groß für seinen Kopf und rutschte ständig nach vorne. *Warum hält sie dich dann aber für geeignet, dass du bei der Suche nach ihrer kostbaren Weißen teilnimmst? Außer sie weiß bereits, dass das hier reine Zeitverschwendung ist.*

Wenn *das* kein Gedankenblitz war! Wäre es möglich, dass die Königin höchstpersönlich hinter dem Überfall steckte?

»Es liegt am Ufer eines Sees. Es gibt keine Möglichkeit, mit einem Drachen dort zu landen. Als ich tief über die Ortschaft flog, haben sie mich *beschossen*.«

»Und was habt *Ihr* getan, Reiter Semian?«, erkundigte sich Kemir. »Habt Ihr sie niedergebrannt?«

Der Drachenritter machte einen Schritt zurück, offensichtlich verunsichert von dem scharfen Unterton in Kemirs Stimme. »Natürlich nicht, Söldner.«

»Reiter Semian, es gibt hier im Weltenkamm vereinzelt Dörfer, die sich von den Drachenkönigen und -königinnen losgesagt haben.« Sollos suchte seine Worte mit Bedacht aus. »Sie beherbergen Jäger, Fallensteller und andere, die von den Früchten des Waldes leben. Im Großen und Ganzen sind sie harmlos.«

»Da muss ich dir aber widersprechen, Söldner. Mir ist durchaus bewusst, dass solche Orte existieren und sie eine Brutstätte des Lasters und Verbrechens sind. Die Menschen dort leben wahrlich nicht vom Wald allein. Sie leben davon, die Reiche mit Seelenstaub ins Verderben zu stürzen und das Leben aus ihren unglückseligen Opfern zu saugen.«

»Reiter, es stimmt, dass Seelenstaub von diesen Bergen kommt, aber es wird nicht an Orten wie jenem hergestellt, den Ihr gesehen habt. Es wird in geheimen Lagern produziert, die Ihr vom Rücken eines Drachen aus nicht sehen könnt.«

»Womöglich hast du recht, Söldner, aber wie gelangt es dann in unsere Reiche? Durch Dörfer wie jenes, das ich heute gesehen habe!«

Sollos entschied, dass er seine Meinung über Reiter Semian überdenken musste. Vielleicht war er nur dem *Anschein* nach ein Idiot. Der Söldner verneigte sich. »Ihr mögt bei einigen Siedlungen recht haben, Reiter, nicht jedoch beim Großteil. Und wenn etwas in Bezug auf die Dörfer in die Wege geleitet werden *sollte*, so ist das König Valmeyans Aufgabe.«

»Die Königin hat uns beauftragt, ihre Weiße zu finden, und genau das werden *wir* auch tun. Diese Gesetzlosen könnten etwas gesehen haben. Sie könnten etwas gehört haben. In Gegenden wie dieser verbreiten sich Neuigkeiten wie ein Lauffeuer, nicht wahr?«

Sollos nickte bedächtig. »Ich verstehe, worauf Ihr hinauswollt, Reiter. König Valmeyan brennt solche Dörfer gelegentlich nieder, und die Frage, ob sie ehrliche Menschen oder Gauner beheimaten, scheint ihn nicht zu interessieren. Die Leute sehen einen Drachen und rennen tief in die Wälder. Sie sehen einen Ritter und verstecken sich. Ein Söldner hingegen ...«

Reiter Semian nickte. Sollos hörte Kemir verärgert aufseufzen.

»Sollos, du weißt, dass sie uns niemals ...«

Sollos hob eine Hand und brachte seinen Gefährten zum Schweigen. »Reiter Semian, wir sind treue Diener der Königin. Wir kennen unsere Pflicht.«

»Feldmarschall Nastria hat sich in dieser Hinsicht sehr klar ausgedrückt. Ihr kennt diese Berge und seine Dörfer.«

Sollos nickte erneut. »Ja.« *Und woher wusste sie das schon wieder?*

»Es gibt eine Belohnung, falls ihr die Weiße finden solltet.«

Jetzt brach Sollos in ein breites Grinsen aus. »Ja«, sagte er. »Davon bin ich überzeugt.« Und er musste seine ganze Willenskraft aufbieten, um nicht zum Berghang zu blicken, wo der tote Drache lag und nur auf sie wartete.

15

Geschenke

Zafir glitt mit den Fingern an Jehals Brust herab. »Wie ist nun das Mädchen, das du heiraten musst?«

Jehal lächelte. Sie lagen in einem der Sonnenpavillons, Seite an Seite, während die Sonne ihre nackte Haut liebkoste. Im Laufe der Jahre hatte Jehal ein paar dieser Liebesnester überall im Palast errichtet. Abgeschiedene Orte, zu denen sich er und eine Handvoll anderer durch versteckte Geheimgänge unbeobachtet Zutritt verschaffen konnten. Kleine Räume, jedoch mit hohen Fenstern, die Licht und Luft hereinließen. Den Großteil dieses Sonnenpavillons nahm ein riesiges, prächtiges Bett ein. Andere Zimmer dienten delikateren Zwecken.

»Ein Mädchen, wie du schon sagst.« Müßig streichelte er Zafirs Oberschenkel. Der Sonnenpavillon war mit dem Duft von Räucherstäbchen erfüllt. »Naiv. Voll Staunen über die Welt, ohne sie auch nur im Geringsten zu kennen.«

»Also einfältig und dumm.«

Überhaupt nicht. »Ja. Höchstwahrscheinlich ist sie das. Natürlich durfte sie kaum den Mund aufmachen.«

»Königin Shezira wird dir nicht im Vorhinein verraten wollen, was für eine Närrin du heiratest. Du könntest deine Meinung sonst noch ändern.«

Jehal lachte. »Stünde es in meiner Macht, diese Hochzeit zu vermeiden, spielte es keine Rolle, ob sie die klügste Prinzessin aller Reiche wäre. Sie wäre auf keinen Fall die begehrenswerteste.« Er drehte sich zu Zafir und nahm ihren Kopf in beide Hände. »Sie hat sogar etwas gesagt, wenn auch unpassendes, albernes Zeug. Ich wage zu behaupten, dass Königin Shezira sie scharf zurechtgewiesen hat, sobald sie mit ihrer Tochter allein war.«

»Ist sie hübsch?«

Ja. »Nicht besonders. Sie war hübsch zurechtgemacht, aber sie hat ihre feinen Kleider nicht zu ihrem Vorteil getragen.« Was der Wahrheit entsprach, dachte er. Auch wenn sie ihn unglückseligerweise ungemein faszinierte.

»Sag mir, dass sie hässlich und missgestaltet ist.«

»Leider kann ich das nur von ihrer Schwester behaupten.«

»Dann wünschte ich, du würdest ihre Schwester nehmen. Warum kannst du nicht stattdessen sie heiraten?«

»Meine Teuerste, das alles ist arrangiert worden, als mein Vater noch wohlauf war. Meine Familie hat ein Versprechen gegeben, und ich muss es einlösen.«

»Du könntest dennoch ihre Schwester heiraten.«

»Wenn du wünschst, werde ich nachfragen, ob ich die Wahl habe. Ich bezweifle allerdings, dass Königin Shezira einwilligen wird.«

»Du magst sie, nicht wahr?«

Jehals Gesicht blieb völlig ausdruckslos. »Ich kenne sie kaum, meine Liebste. Sie ist ein Püppchen. Schön herausgeputzt, damit sie so lieblich wie möglich aussieht, aber nichtsdestotrotz ein Püppchen.« *Dennoch müsste ich lügen, wenn ich behaupte, nicht an ihr interessiert zu sein.*

»Und du kannst nicht erwarten, sie zu entkleiden, oder?« Für einen kurzen Augenblick war Jehal überzeugt, dass Zafir sich verärgert aufsetzen, einen Schmollmund ziehen und ihm schrecklich auf die Nerven gehen würde. Stattdessen zog sie ihn näher zu sich. »Leider werde ich dir wohl deine Hochzeitsnacht verderben müssen. Ich kann zwar nichts dagegen tun, dass du mit dem Püppchen vögeln musst, aber du wirst dabei immerzu an mich denken.«

Jehal knurrte zufrieden. Dann zögerte er jedoch kurz. »Ich muss los. Lord Meteroa wartet bereits mit irgendwelchen Neuigkeiten von meinem Drachennest auf mich.«

»Was begehrst du mehr? Mich oder Königin Sheziras weißen Drachen?«

»Dich, meine Liebste. Natürlich dich.«

»Dann lass ihn warten.«

»Er ist kein Idiot. Wenn wir nicht vorsichtig sind, wird er uns noch auf frischer Tat ertappen.«

»Aber er ist doch einer *deiner* Männer, oder etwa nicht?«

»Ja«, erwiderte er mit einem leisen Anflug von Zweifel.

»Dann lass ihn warten.«

Jehal ließ ihn warten, und dann noch ein bisschen länger. Der Geheimgang aus eben diesem Sonnenpavillon führte ihn durch den ganzen Palast zurück zu seinem eigenen Schlafgemach. Jehal begann zu rennen, und als er schließlich in seinem Zimmer ankam, war er völlig außer Atem.

Er sprengte durch die Flügeltüren in sein privates Vorzimmer. »Lord Meteroa! Ich habe geruht. Entschuldige vielmals, dass ich dich warten ließ. Du hättest klopfen sollen.« Er kam nicht umhin, auf den Boden zu blicken, um festzustellen, ob ihn Lord Meteroa durch sein Auf-und-Abgehen bereits abgewetzt hatte.

Meteroa rümpfte die Nase. Er machte sich nicht einmal die Mühe, sich vor Jehal zu verbeugen. »Geruht? Du stinkst nach einer Frau, Hoheit. Soll ich etwa raten, wen du dort drin versteckt hältst?«

»Sieh selbst nach, wenn du willst.«

Meteroa, der Drachenmeister, hielt seinem Blick stand. Seine Augen hatten etwas an sich, das den Prinzen aus der Fassung brachte. Sie hatten irgendeinen Farbton zwischen blau und grau, waren wässrig und unglaublich hell, und der Mann schien niemals zu blinzeln. Es war, als starrte man in die hypnotischen Augen einer Schlange. »Ach. Du warst also in einem der Sonnenpavillons? Wen hast du dort oben? Eine Prinzessin oder eine Königin?«

Jehal schürzte die Lippen. »Vielleicht habe ich mich ja mit beiden auf einmal vergnügt.« Er schnappte sich eine Pflaume und warf sie in die Luft. »Versuch mal etwas Süßes, um deine scharfe Zunge zu besänftigen.«

Meteroa fing die Frucht auf und schleuderte sie zurück. »Vielen Dank, Hoheit, aber ich hatte zu meiner Zeit genug Süßes.«

»Da du heute Morgen so dermaßen gewitzt bist, Onkel, erklär mir doch bitte, wie es sein kann, dass selbst eine blinde Frau die raffiniertesten Lügen durchschaut als seien sie aus Glas, sobald ihr Liebhaber auch nur für einen Moment die Gedanken schweifen lässt?«

Der Drachenmeister lachte verbittert auf. Ein barsches Bellen. »Und das willst *du* von *mir* wissen?«

»Ich bin bei einem wahren Meister zur Schule gegangen.«

Meteroas Gesicht wurde ausdruckslos, wie jedes Mal, wenn er sich an Dinge aus längst vergangenen Zeiten erinnerte. »So sind Frauen nun einmal«, sagte er. »Überhäuf sie mit schönen Worten, und sie werden unempfänglich für alles andere sein. Wie kommt das? All ihr Denken ist dann allein darauf gerichtet, jeder Bewegung deiner Augen zu folgen und jede noch so kleine Nuance in deiner Stimme auszumachen, auf der Suche nach dem Beweis für deine Untreue, von der sie insgeheim überzeugt sind. Behandle sie wie Hunde, und sie werden vor dir im Staub kriechen. Wirf ihnen ab und an einen Knochen zu, und sie werden dir viel mehr Dankbarkeit zeigen.«

Jehal grinste. »Dein Rat ist wie immer unbezahlbar. Und jetzt berichte mir von den Alchemisten. Sind sie endlich fertig? Nein!« Jehal ballte die Hände zu Fäusten. »Aber erzähl mir erst von meinem weißen Drachen. Ist sie so wunderschön, wie sie sein sollte? Ist sie makellos?«

»Bislang, Hoheit, ist sie unsichtbar.«

»Sie ist was?«

»Da ist kein weißer Drache, Hoheit.«

»*Was?*«

Meteroa hob eine Augenbraue, und ein süffisantes Lächeln umspielte seine Lippen. »Königin Shezira hat dir nichts gesagt?«

»Hat mir *was* gesagt?«

»Anscheinend ist das Hochzeitsgeschenk, auf das du spekuliert hast, nicht angekommen. Königin Shezira hat mehrere Jagddrachen im Klippennest, aber keiner von ihnen ist auch nur im Entferntesten weiß.« Meteroa legte den Kopf schief und hob die andere Augenbraue. Einen Moment lang verspürte Jehal den beinahe überwältigenden Drang, seinen Onkel zu verprügeln. Behutsam löste er seine Fäuste.

»Der beste Drache ihres Nests. Das wurde mir versprochen.«

Der Drachenmeister verbeugte sich. »Ich habe Erkundigungen eingezogen. Wie immer geben die Alchemisten am gefügigsten Auskunft. Anscheinend hat es auf dem Weg hierher einen Vorfall gegeben. Wie mir gesagt wurde, ist Königin Shezira über den Adamantpalast gereist. Die Weiße hat sie jedoch nicht begleitet, und jemand muss die Gelegenheit beim Schopfe gepackt haben, um sie zu stehlen, während sie so schlecht bewacht war. Obwohl es Überlebende gab, darunter auch den Alchemisten, der mit Ihrer Heiligkeit aufgebrochen war, ist keiner von ihnen hierher nachgekommen. Ein Bericht aus erster Hand wird allerdings noch schmerzlich vermisst. Du gaffst ja mit offenem Mund, Hoheit.«

Jehal schloss den Mund. »Kein Wunder, denn was du da erzählst, Lord Drachenmeister, ist absurd.«

Meteroa schnaubte. »Wenn ich nicht mit *absoluter* Sicherheit wüsste, dass keiner deiner Drachen fort war, Hoheit, wäre mein erster Gedanke, dass das *unser* Werk ist.«

»Ja, aber da du weißt, dass ich meine Hände in Unschuld wasche, stehen wir nun vor einem wahrlich verblüffenden Rätsel! Ich hoffe, du kannst es bald lösen, Meteroa. Die Weiße gehört mir.« Er legte die Stirn in Falten. »Außerdem, warum sollte ich mein eigenes Geschenk stehlen?«

»Eine gute Frage. Sollen wir uns nun um die Alchemisten kümmern, Hoheit? Wie mir zu Ohren gekommen ist, haben sie ihre Arbeit beinahe beendet.«

Jehal spuckte aus. »Vergiss die Alchemisten! Ich will wissen, was mit meinem Drachen geschehen ist. Außer ...« Er grinste. »Außer Königin Shezira hat sich selbst bestohlen, damit sie die Weiße nicht herausrücken muss.«

Meteroa schüttelte den Kopf. »Sie ist nicht wie du, Hoheit. Das halte ich für unwahrscheinlich.«

»Wer war es dann?«

Jehal kratzte sich am Kopf. Um sich um einen Drachen zu kümmern, brauchte man ein Drachennest, und niemand konnte so dämlich sein zu glauben, dass man einen vollkommen weißen Drachen lange geheim halten konnte, wo auch immer er versteckt wurde. Also würde der Drache schon bald wiederauftauchen. Meteroa hatte wahrscheinlich recht, was Shezira anbelangte. Und was nun? Sollte er Königin Shezira den Krieg erklären? Wäre das nicht schrecklich gefährlich? Außerdem ein großes Risiko, und wozu? Was könnte ein solches Wagnis rechtfertigen? Welchen Gewinn könnte jemand daraus ziehen?

Eine plötzliche Kälte schien den Raum zu erfüllen. Was wären seine Alternativen, wenn man ihn mit dieser Neuigkeit konfrontieren würde? Nun, jemand, der ihn nicht so gut kannte, könnte womöglich annehmen, dass er die Hochzeit absagen würde ...

Nein. Nein, das würde sie niemals tun ...

Er wandte Lord Meteroa den Rücken zu und gab ihm mit einer Handbewegung zu verstehen, dass er sich nun zurückziehen durfte.

»Die Alchemisten, Hoheit? Großmeister Bellepheros wünscht eine geheime Audienz.«

»Ja, ja, ja. Gewähr sie ihm. Und geh jetzt. Ich muss nachdenken.«

»Ja, Hoheit.« Jehal spürte, wie sich Meteroa verbeugte und davonschlich. »Sobald du deine Grübeleien beendet hast, Hoheit, vertraue ich darauf, dass du jegliches neu gewonnene Wissen mit mir teilst?«

16

Die Outsider

Sollos watete mit Kemir im Schlepptau durch den Schlamm. Zu seiner Rechten wurde er tiefer und pappiger, bis er schließlich in einen Bergsee überging. Zu seiner Linken schien der Morast ebenso unwegsam zu sein. Hier war der Wald dichter bewachsen, und es gab sogar noch mehr Wurzeln und abgestorbene Äste, die ihnen den Weg versperrten. Die Sonne war bereits hinter einem der Gipfel verschwunden, die den See umrahmten, und in einer halben Stunde wäre es dunkel. *Und dann*, dachte Sollos griesgrämig, *sind wir verratzt.*

Vor ein paar Stunden hatte es sich nach einem vernünftigen Plan angehört. Reiter Semian hatte sie tief in die Berge geflogen. Sollos schätzte, dass sie sich etwa fünfzig Meilen südwestlich ihres eigenen Lagers befanden, als der Drache an Höhe verloren und in einem Halbkreis um das Seeufer geschwebt war. Das Dorf war nur zu deutlich zu sehen gewesen, und Semian hatte am Ufer, nur etwa eine Meile entfernt, einen Ort zum Landen gefunden. Der Tag hatte sich bereits seinem Ende geneigt, doch der Weg bis zur Siedlung war nicht weit, und Sollos war zuversichtlich gewesen, dass sie das Dorf vor Anbruch der Dunkelheit erreichen würden.

Aber sie hatten nicht mit dem Schlamm gerechnet.

»Wir bräuchten Bretter«, grummelte Kemir. »Lange, breite Bretter. Unseren eigenen beweglichen Pfad. Mit ein paar durchgebohrten Löchern, an denen ein Seil durchgefädelt ist, könnte man sie dann wieder aus dem Schlamm ziehen. Erinnerst du dich?«

»Sicher. Auch wenn das schon ein wenig zurückliegt.«

»Ja. Das kommt davon, dass wir wieder hier draußen sind. Ich kann es gar nicht erwarten, diesen beschissenen Bergen endlich den Rücken zuzukehren. Warum warst du eigentlich so erpicht darauf, hierher zurückzukommen?«

Sollos zuckte mit den Achseln. In gewisser Hinsicht widersprach es auch seinem eigenen gesunden Menschenverstand.

»Obwohl es jetzt wahrscheinlich keine Rolle mehr spielt.«

Sie trotteten weiter. Die Sonne versank am Horizont, der Himmel verdunkelte sich, und der Morast wurde nicht trockener. Das Dorf konnte nicht mehr als eine Viertelmeile entfernt liegen, und dennoch begannen Sollos Beine vor Müdigkeit zu schmerzen.

»Ich stecke mit den Stiefeln fest. Darf ich dich jetzt schon hassen?«

Sollos hörte Kemirs Beschwerde nur mit halbem Ohr zu und hielt mitten in der Bewegung inne. Ihn beschlich das ungute Gefühl, dass er beobachtet wurde.

»Oh …« Zwischen den Bäumen sah er eine kaum wahrnehmbare Bewegung. Etwas beobachtete ihn *tatsächlich*! Ein Schnäpper. Ganz vorsichtig ließ Sollos den Langbogen aus Drachenknochen von der Schulter rutschen und begann ihn zu spannen.

Der Schnäpper näherte sich ihnen langsam. Einer seiner Füße versank im Morast. Er machte einen Schritt zurück und begab sich wieder auf seinen Beobachtungsposten.

»Hast du …?«

»Ja«, murmelte Kemir. »Ich hatte nur geglaubt, der einzige Vorteil von diesem Schlamm wäre, dass kein Tier, das groß genug ist, uns zu fressen, so bescheuert wie wir ist und hier entlangkommt.«

»Dort, wo er ist, gibt es festen Boden.«

»Oh, gut. Dann lass uns halt einfach in Richtung des riesigen, menschenfressenden, gefräßigen Monsters spazieren.«

Der Schnäpper betrat wieder den Sumpf. Dieses Mal wich er jedoch nicht zurück. Stattdessen machte er einen weiteren Schritt und schließlich noch einen. Sollos sah sich nervös um, aber wegzulaufen wäre zwecklos. Die meisten Menschen, die es mit einem Schnäpper zu tun bekamen, landeten in seinem Magen. Denjenigen, die überlebten, gelang dieses Kunststück für gewöhnlich nur, weil sie auf einen Baum kletterten und so lange nicht verhungerten, bis die Schnäpper vor Langeweile aufgaben.

Allerdings besaß Sollos einen derart mächtigen Langbogen, dass er selbst einen Drachenritter niederstrecken konnte. Wenn er den Schnäpper an der richtigen Stelle traf … Falls das Monster sich nicht schon auf ihn stürzte, bevor er seinen Bogen durchspannen konnte. Seine Hände glitten an seiner Hüfte hinab zu den zwei langen Messern, die er bei sich trug. Obwohl es reine Zeitverschwendung war, einem Schnäpper mit etwas anderem als einer Lanze entgegenzutreten. Dann würde ihm auch seine Rüstung nichts nützen. Ein Schnäpper konnte durch alles, was nicht aus Stahlplatten bestand, wie durch Butter beißen, und seine Hinterklauen waren sogar noch schlimmer. Und dennoch konnte sich Sollos einfach nicht dazu überwinden, einfach aufzugeben und zu sterben. Er hatte immer noch eine Chance. Mit ein bisschen Glück …

Sie jagen in Rudeln, denk dran!

Der Schlamm würde den Schnäpper wohl etwas ausbremsen. Von so schnell wie der Blitz zu lediglich sehr, sehr schnell.

Verdammt. Ich werde sterben.

Der Schnäpper riss das Maul auf und stürmte los. Die Zeit schien sich unendlich zu dehnen. Selbst durch den Morast konnte Sollos spüren, wie der Boden bei jedem Schritt erzitterte. Er ließ den Bogen fallen und zog seine Messer. Das Tier kam auf ihn zu. Für den Bruchteil einer Sekunde war Sollos wie festgefroren.

Im allerletzten Augenblick erinnerten sich seine Arme und Beine endlich an ihre eigentliche Bestimmung. Er versuchte erst gar nicht, dem Schnäpper auszuweichen, sondern ließ sich zur Seite fallen, aus der Bahn des Ungeheuers, und drehte sich gleichzeitig beim Sprung. Ein Messer jagte er dem Schnäpper zur Ablenkung ins Gesicht. Das andere stieß er ihm mit einer ergrimmten Rückhandbewegung an die Stelle, wo er seine Kehle vermutete.

Vergebens. Vielleicht, wäre da nicht der Sumpf gewesen …

Das erste Messer verfehlte sein Ziel. Das zweite traf etwas und wurde Sollos aus der Hand geschlagen. Im nächsten Moment krachte der Schnäpper gegen ihn, und die ungeheure Wucht riss den Söldner aus dem Schlamm und schleuderte ihn hoch in die Luft. Zähne zerrten an seiner Schulter. Ein scharfer Schmerz durchzuckte seine Knöchel, und dann landete er auf dem Rücken, so hart, dass es ihm die Luft aus den Lungen presste. Der Schnäpper flog auf ihn zu, schien nur noch aus Zähnen und Klauen zu bestehen. Und dennoch, irgendetwas stimmte nicht mit dem Untier …

Mit beiden Händen streckte Sollos dem Schnäpper das Messer entgegen und schloss die Augen. Das Raubtier fiel mit weit aufgerissenem Maul auf ihn herab. Sollos durchströmte ein brennender, höllisch beißender Schmerz, und dann senkte sich eine gütige Schwärze über ihn.

Er befand sich in einem kleinen See, tief in einer Höhle, unterhalb des Weltenkamms. An einem geheimen Ort, den nur die Outsider kannten. Das Wasser war eiskalt. Die Dunkelheit undurchdringlich, die Stille absolut. Er war allein. Er war allein, da dies zum Ritual seines Clans gehörte, in dem ein Junge zum Mann wurde. Außer dass sein Clan fort war und er so mutterseelenallein wie noch nie jemand zuvor. Da waren nur er und Kemir …

Irgendetwas zerrte an seinem Bein. Er hatte nicht gespürt, wie es gekommen war, und es zog ihn so schnell unter Wasser, dass ihm nicht einmal genug Zeit für einen letzten Atemzug blieb. Er tauchte unter und sank wie ein Stein, wobei sich der See kaum kräuselte. Das Wasser wurde immer kälter, bis es zu brennen begann, und dann verwandelte sich die Dunkelheit in Licht, und das Wasser war gar kein Wasser, sondern glühend heißes Feuer, das sein Fleisch versengte und seine Knochen zu Asche zerfallen ließ, und da war ein Gesicht, das Gesicht eines Drachen.

Irgendetwas prallte mit voller Wucht gegen ihn. Er öffnete die Augen, und die Welt und der Schmerz kehrten mit einem Schlag zurück. Er lag auf der feuchten, schmutzigen Erde. Jede Faser seines Körpers schmerzte. Die Spitze eines Stiefels bohrte sich in seine Wange.

»Guten Morgen«, sagte eine Stimme, die zu laut und gleichzeitig zu weit entfernt klang. Sollos' Kopf pochte wie wild. Er begann zu würgen, doch dabei durchfuhr ein solch stechender Schmerz seine Rippen, dass er innehielt. Er hatte einmal beobachtet, wie jemand in Königin Sheziras Nest zufällig von einem herabsausenden Drachenschwanz getroffen worden war. Der Unglückselige war dreißig Meter in die Luft geschleudert worden und nicht mehr aufgestanden. Wenn er sich jedoch noch einmal hochgerappelt hätte, dachte Sollos, hätte er sich wahrscheinlich genauso gefühlt wie er jetzt.

Außer …

Was passiert eigentlich, wenn man stirbt? Er konnte sich nur zu gut an den Schnäpper erinnern, also musste wohl sein letztes Stündchen geschlagen haben. Die Drachenpriester behaupteten, dass jeder zum Großen Drachen im Himmel gerufen wurde, um im kosmischen Feuer zu einer neuen Seele geformt zu werden. Aber die Drachenpriester waren verrückt.

»Willst du etwa den ganzen Tag hier liegen bleiben?«

»Kemir?« Er versuchte sich zu bewegen. Eine schlechte Idee. »Der Schnäpper …«

»Hat einen Pfeil in den Kopf bekommen. Wie auch sein Freund.«

»Das tut richtig weh.« Für einen Moment verspürte Sollos das überwältigende Bedürfnis, aufzustehen und sich aufmerksam zu betrachten, um auf Nummer sicher zu gehen, dass keine wichtigen Gliedmaße fehlten. Ein einziger Biss genügte immerhin, um einen Arm oder ein Bein zu verlieren.

Doch allein der Gedanke ließ eine neue Welle des Schmerzes durch seinen Körper peitschen. »Meine Rippen …«

»Die gute Neuigkeit lautet, dass nichts gebrochen ist. Du hast allerdings eine böse Wunde an der Schulter. Die muss versorgt werden. Der Rest von dir sieht in Ordnung aus. Es hat jedoch kräftig gerumst, als das Tier mit dir zusammengestoßen ist. Du hast wahrscheinlich überall blaue Flecken. Du kannst von Glück reden, dass er nicht direkt auf dir gelandet ist.«

»Das ist er aber doch. Oder?«

»So würde ich das nicht sagen. Er ist irgendwie an dir abgeprallt und schließlich auf der Seite gelandet. Andernfalls wüssten allein unsere Ahnen, wie ich dich aus dem Schlamm hätte ziehen sollen. Üble Sache!«

Ganz langsam rollte sich Sollos auf den Rücken. Er wollte schon einen tiefen Atemzug nehmen, besann sich dann jedoch eines Besseren. »Mein Kopf tut weh. Hast du Wasser?« Er runzelte die Stirn. Instinktiv glitten seine Hände zu seinen Messern, um festzustellen, ob sie noch dort waren. Fehlanzeige. »Wo sind wir?«

»In der Outsider-Siedlung, mein Freund. Ja, ja, trautes Heim, Glück allein.«

»Wo sind meine Messer?«

»Also schön. Wir sind *Gefangene* in der Outsider-Siedlung. Das trifft es wohl besser.«

Sollos blinzelte. Behutsam blickte er sich um. Wände aus schlecht eingepassten Holzbrettern umgaben ihn. Mattes Sonnenlicht sickerte durch die Ritzen. »Gefangene? Weshalb?«

Kemir scharrte mit den Füßen. »Es sind … Worte gefallen.«

»Was hast du gesagt?«

»Nichts, was sie derart auf die Palme hätte bringen dürfen. Irgendwann in den frühen Morgenstunden bin ich in das Dorf gestolpert, was vielleicht nicht gerade hilfreich war, und da ich dich auf den Schultern getragen habe, war ich schlecht in der Lage, groß mit ihnen zu diskutieren. Sie wollten wissen, ob wir irgendwas mit dem Drachen zu tun haben, den sie am Abend zuvor gesehen hatten, und ich sagte Ja, und dann haben sie gefragt, ob die Drachenreiter zurückkommen und das Dorf niederbrennen würden, und da habe ich gesagt: ›Ja, wahrscheinlich‹, denn das tun sie doch für gewöhnlich. Entweder das, oder der Reiter war lediglich auf der Suche nach einem Ort, um getrockneten Fisch zu kaufen, was – seien wir mal ehrlich – das Einzige ist, womit die Leute hier Handel treiben könnten. Sie haben es nicht besonders gut aufgenommen.«

Sollos verdrehte die Augen. Immerhin das konnte er ohne große Schmerzen tun.

»Sei nicht gleich so sauer! Wie schon gesagt, es war mitten in der Nacht, und ich habe sie alle aufgeweckt, weshalb sie nicht gerade in Hochstimmung waren. Na schön, vielleicht habe ich sie auch ein wenig angeschrien, aber ich habe dich stundenlang durch dieses verdammte Sumpfgebiet getragen. Ich konnte gar nicht mitzählen, wie oft ich der Länge nach hingefallen bin, und hatte einfach die Schnauze voll. Der verfluchte Schlamm war schlimm genug, als ich mich nur um mich selbst kümmern musste.«

»Ist ja schon gut.« Sollos zwang sich, den Schmerz auszublenden. Er nahm einen tiefen Atemzug, setzte sich auf und wollte aufstehen. Und wäre beinahe im selben Moment wieder zu Boden gestürzt.

Kemir fing ihn auf.

»Verdammt! Du hast mir nicht gesagt, dass ich mir das Fußgelenk gebrochen habe!«

»Wirklich?« Kemir bückte sich. »Das hab ich gar nicht bemerkt. Lass mal sehen.«

»Nein! Hör auf …!« Er hüpfte auf und ab, um das Gleichgewicht zu halten. »Aua!«

»Das ist nicht gebrochen. Nur verstaucht.«

»Woher willst du das wissen? *Aua!* Hör auf!«

»Hab ich doch gesagt. Keine gebrochenen Knochen. Leg einen Verband an, und dann wird's schon wieder. Nun, vielleicht in ein paar Tagen.«

Auf einem Bein zu stehen funktionierte nicht. Sollos wollte sich wieder hinsetzen, doch da machten sich seine

Rippen bemerkbar. Also legte er sich schließlich flach auf den Rücken, genau in die Position, in der er sich zu Anfang befunden hatte. »Wir haben zwar das Dorf gefunden, aber jetzt stecken wir hier fest.«

»Ganz genau.« Kemir zuckte mit den Achseln und rüttelte an den Wänden. Die Hütte schien kurz vor dem Einstürzen zu stehen. »Nun ja, wir stecken nicht wirklich fest. Wir können verschwinden, wann immer wir wollen, und ich bezweifle, dass sie uns aufhalten würden. Ohne Bogen, ohne Messer, ohne Rüstung und mit dir in deinem jetzigen Zustand würden wir allerdings nicht sehr weit kommen. Außerdem haben wir nicht den blassesten Schimmer, in welche Richtung wir gehen müssten.«

»Wie aufbauend, Kemir. Vielen Dank.«

Kemir schnaubte. »Aber immer noch besser, als von Schnäppern aufgefressen zu werden.«

»So könnte man es natürlich sehen.«

»Und auch weniger langweilig, als mit diesem hochnäsigen, selbstgefälligen Ritterpack das Tal zu durchwandern.«

»Wenn du es so ausdrücken möchtest.«

Kemir legte sich auf den Boden neben Sollos. Gemeinsam starrten sie an die Decke. »Ich habe etwas aufgeschnappt, während wir uns gegenseitig beschimpft haben.«

»Und das wäre?«

»Reiter Semians Drache war nicht der erste, den sie in letzter Zeit in dieser Region gesehen haben.«

»Wirklich?«

»Wäre möglich, dass sie noch einen anderen gesehen haben. Wäre möglich, dass er weiß gewesen ist.«

»Wäre es auch möglich, dass sie unsere Sachen rausrücken und uns dann zeigen, wo er ist?«

»Glaub ich eher nicht.«

Sie lagen eine Weile schweigend da und blickten hoch zum strohgedeckten Dach.

»Dort oben krabbeln viele Spinnen«, sagte Kemir schließlich. »Wir könnten doch …«

»Nein.«

»Aber wir könnten jederzeit …«

»Auf gar keinen Fall!«

»Na schön.«

Sollos hörte, wie sich Männer draußen unterhielten. Größtenteils waren es die lauten Stimmen von Menschen, die ihren alltäglichen Geschäften nachgingen, aber er konnte auch ein leises Flüstern ausmachen, das viel näher war. Jemand belauschte sie. Er wusste ganz genau, was Kemir dachte, doch das war ihr letzter Rettungsanker, etwas, das sie erst preisgäben, wenn sie keine andere Wahl mehr hatten und ihnen das Wasser bis zum Hals stand. Wenn man ihn an einen Pfahl band und den Scheiterhaufen um seine Knöchel anzündete. *Dann* erst würde er ihnen vielleicht von dem toten Drachen erzählen.

17

Bellepheros

Bellepheros, Großmeister der Alchemisten, verbeugte sich tief. Prinz Jehal saß auf König Tyans Thron, mit Königin Zafir auf der einen und Königin Shezira auf der anderen Seite. Dann folgten König Narghon und König Silvallan. Beide Töchter von Königin Shezira waren anwesend, und Bellepheros zählte mindestens ein weiteres Dutzend Prinzen und Prinzessinnen, ganz zu schweigen von jedem Lord und jeder Lady von Bedeutung aus König Tyans Reich, die alle wegen der Hochzeit angereist waren.

Und das versteht er also unter einer geheimen Audienz?

Streng genommen war Bellepheros allein dem Sprecher der Reiche unterstellt. Streng genommen hatte niemand in dem Saal Macht über ihn. Streng genommen ...

»Eure Heiligkeiten.« Er verbeugte sich vor jedem König und jeder Königin. »Eure Hoheiten.« Jetzt waren die Prinzen und Prinzessinnen an der Reihe. »Ich bin vom Sprecher der Reiche beauftragt worden, meiner heiligen Pflicht nachzukommen. Meine Aufgabe ist erledigt, und jetzt ist

es meine Pflicht, Euch Bericht zu erstatten, Eure Hoheit.«
Eine weitere Verbeugung, diesmal vor Jehal.

Prinz Jehal lächelte und setzte eine gelangweilte Miene
auf. »Wir platzen alle vor Neugierde, Meister Bellepheros.
Sagt mir jedoch zuerst, sodass wir es auch alle hören können – ist Euch jegliche Unterstützung vonseiten meines
Drachenmeisters zuteilgeworden?«

Bellepheros verneigte sich erneut. »Ja, Eure Hoheit. Jegliche Unterstützung.«

»War es Euch möglich, jeden einzelnen Mann zu befragen, der ihm dient?«

»Ja, Eure Hoheit.«

»Fehlte irgendjemand? Gab es eine Person, die Ihr gesucht, jedoch nicht gefunden habt?«

»Nein, Eure Hoheit.«

»Und wie sieht es mit Königin Zafirs Männern aus? Ihre
Heiligkeit ist seit dem Tod ihrer Mutter unser Gast. Sie hat
keinem einzigen Reiter, Hüter, Mann oder Drachen erlaubt, in ihr eigenes Nest zurückzukehren. Hat sie Euch
ebenfalls ihre unumschränkte Hilfe angeboten? War es
Euch auch möglich, jede einzelne Person zu befragen, die
ihr dient?«

»Ja, Eure Hoheit.«

Prinz Jehal verschränkte die Hände vor der Brust und
beugte sich vor. »Kurz gesagt, Meister Bellepheros, Ihr
habt keinen Stein auf dem anderen gelassen und wurdet
bei Euren Ermittlungen nicht behindert?«

»Die einzigen Menschen, die ich ohne den Rauch befragen musste, wart Ihr und Euer Drachenmeister.«

Jehal nickte. »Da wir von königlichem Blut sind. Aber Ihr habt uns doch selbst befragt, ohne den Rauch, und habt nichts gefunden, was unseren Angaben widerspricht?«

»Das ist richtig, Eure Hoheit.« Bellepheros befiel ein quälendes Unbehagen. Jehal versuchte, ihn in die Enge zu treiben.

»Also schön. Und jetzt zu Euren Erkenntnissen. Der Sprecher hat Euch hierher geschickt, weil er der Ansicht ist, dass Königin Alipheras Tod kein Unfall gewesen sein kann. So ist es doch, nicht wahr?«

Bellepheros lächelte. »Nun, das kann ich nicht bejahen, Eure Hoheit, denn damit wurde ich vom Sprecher *nicht* beauftragt. Meine heilige Pflicht hier lautete herauszufinden, ob irgendeinen Mann oder eine Frau am Tod der Königin eine Mitschuld trifft.«

»Gibt es da einen Unterschied?«

»Einen feinen, Eure Hoheit. Und ich werde dem Sprecher berichten, dass Königin Aliphera an ihrem Todestag ihrem Drachen das Geschirr eigenhändig angelegt und ihn beladen hat. Alle Gurte und Schnallen wurden von einem ihrer Knappen überprüft. Ich habe den Mann selbst unter Einfluss des Wahrheitsrauchs vernommen, und ihm ist keinerlei Fehlverhalten nachzuweisen. Ich bin überzeugt, dass sich vor dem Abflug niemand an Königin Alipheras Reittier zu schaffen gemacht hat. Allerdings schien die Verstorbene ausgesprochen erpicht darauf zu sein, sich an jenem Tag allein um ihren Drachen zu kümmern.«

»Wurde sie nun ermordet oder nicht?«, blaffte ihn Prinz Jehal an.

»Es ist mir ein Rätsel, Eure Hoheit. Ich habe jeden Grund anzunehmen, dass Königin Aliphera sicher angeschnallt war, als sie das Klippennest verließ. Wenn es ein Unfall war oder gar ein Verbrechen, so ist es nicht auf Euer Drachennest zurückzuführen, Hoheit. Ich versichere Euch, dass ich dies dem Sprecher mit allem Nachdruck erklären werde. Außerdem kann die Möglichkeit ausgeschlossen werden, dass Königin Aliphera in der Luft angegriffen wurde. In dieser Hinsicht ist die Beweislage eindeutig. Ihre Gurte wurden weder zerschnitten noch zerrissen oder angesengt. Sie wurden einfach gelöst.«

Jehal legte den Kopf schief. »Im Grunde habt Ihr meine Frage immer noch nicht beantwortet, Meister Bellepheros. Wurde sie ermordet?«

Bellepheros zuckte mit den Schultern. »Das kann ich beim besten Willen nicht sagen. Es gibt keine Zeugen. Sie hatte ihre Reiter weggeschickt. Es steht mir nicht zu, Spekulationen darüber anzustellen, warum sie allein geritten ist oder was sie kurz vor ihrem Sturz getan hat.« Er hatte fast jedem Mann und jeder Frau im Klippennest den Wahrheitsrauch eingeflößt und lediglich herausgefunden, dass die Königin darauf bestanden hatte, alle Vorbereitungen für den Abflug selbst zu treffen. Er ließ den Blick durch den Saal schweifen, um in den Gesichtern der versammelten Drachenkönige und -königinnen irgendwelche Hinweise zu finden. Doch da war nichts. Überhaupt nichts. Er seufzte und verbeugte sich erneut, dieses Mal vor Königin Zafir. »Es tut mir leid, Eure Heiligkeit.«

Königin Zafir nickte ihm kurz zu.

Prinz Jehal wirkte verärgert. »Ihr wollt Euch also nicht festlegen, ob es Mord oder ein Unfall gewesen ist. Im Grunde sagt Ihr ja überhaupt nichts und wart somit Eurer Aufgabe trotz jeglicher angebotener Hilfe nicht gewachsen.«

Bellepheros verneigte sich tief. »Entschuldigt vielmals, Eure Hoheit.« *Es ist verständlich*, dachte der Großmeister, *dass der Prinz einen Schlussstrich unter diese unschöne Geschichte ziehen will. Am liebsten wäre es Jehal, wenn ich einfach aufstehe und verkünde, dass es ein Unfall war.* Das wäre auch die einfachste Lösung, und dennoch konnte er sich nicht dazu durchringen. *Ich mag ein Perfektionist sein, aber irgendetwas stimmt da nicht.* »Wenn der Sprecher unzufrieden sein sollte und eine Stellungnahme von mir verlangt, die ich allerdings nicht mit Beweisen untermauern kann, Eure Hoheit, werde ich aussagen, dass sich Königin Aliphera das Leben genommen hat.«

Königin Zafir spuckte ihn regelrecht an. »Und warum sollte sie so etwas tun?«

Bellepheros verbeugte sich ein weiteres Mal. »Das kann ich nicht sagen. Was ich hingegen sagen kann, ist, dass Königin Alipheras Verhalten vor ihrem Abflug in mir die Vermutung aufkommen lässt, dass sie etwas mitgenommen hat und nicht wollte, dass jemand davon erfährt.« Er blickte zu Prinz Jehal. »Viele Reiter sind an jenem Tag in die Lüfte gestiegen. Selbst Euer Drachenmeister, Hoheit, und Drachenmeister verlassen meines Erachtens ihr Nest nicht, wenn sie Besuch haben. Jedenfalls nicht ohne dringenden Grund. Lord Meteroa machte an jenem Tag einen

Ausritt, und als er zurückkehrte, scheute er ebenfalls keine Mühe, um etwas zu verbergen. Man könnte annehmen, dass sich Königin Aliphera in aller Heimlichkeit mit jemandem treffen wollte und etwas sehr Wertvolles bei sich trug.«

Jehal grinste ihn spöttisch an. »Und was könnte das gewesen sein, Großmeister der Alchemisten?«

»Hierzu möchte ich keine Mutmaßungen anstellen, Eure Hoheit.«

»Dann solltet Ihr Eure Andeutungen lieber mit Bedacht wählen, Alchemist. Ein Stelldichein? Ein geheimes Treffen? Selbstmord? Als Nächstes wollt Ihr wohl noch behaupten, dass mein Onkel und Königin Aliphera ein Liebespaar waren.« Diese Worte entlockten den weniger höflichen Gästen leises Gelächter, denn es war ein offenes Geheimnis, dass Lord Meteroas Vorlieben ganz anderer Natur waren. Jehal winkte Bellepheros fort, und der Alchemist war froh, den Saal zu verlassen.

Für den Augenblick konnte er nicht sehr weit weg. Jehals Hochzeit fand in wenigen Tagen statt, und die traditionellen Bräuche mit Festen und Spielen und rauschhaften Banketten waren bereits in vollem Gange. Bellepheros wäre viel lieber zum Klippennest und den Drachen verschwunden oder hätte eine Kutsche gerufen, um zu seinen Laboratorien im Adamantpalast zurückzukehren. Aber er war der Großmeister, und das bedeutete, dass Prinz Jehal ihn entweder einladen musste oder das Risiko einging, unhöflich zu erscheinen. Was wiederum bedeutete, dass Bellepheros nicht ablehnen konnte, wenn er den Prinzen nicht beleidigen wollte. Ihm blieb gerade einmal genügend Zeit sich umzuziehen, bevor er schon wieder von denselben Königen und Königinnen, Prinzen und Prinzessinnen umgeben war wie zuvor, nur dass sie sich jetzt in einem völlig anderen Teil des Palasts aufhielten und tanzten. Hier schenkte ihm niemand auch nur die geringste Aufmerksamkeit, was ihm sehr gelegen kam. Er würde ein wenig abwarten, entschied er, bis er sich verabschieden und in seine Gemächer zurückziehen konnte. Am morgigen Tag würde er sich eine Kutsche leihen, die ihn zurück zum Adamantpalast brachte. Er war nicht völlig sicher, ob die Einladung die Hochzeitszeremonie mit einschloss, aber er konnte jederzeit unaufschiebbare Verpflichtungen gegenüber dem Sprecher anführen.

»Großmeister. Welch eine Freude, Euch zu sehen.« Bellepheros zuckte zusammen und sah sich überrascht um. Königin Shezira stand neben ihm, gemeinsam mit einer Ritterin, die ihm irgendwie bekannt vorkam. Vielleicht ihr Feldmarschall?

Er verbeugte sich tief. »Eure Heiligkeit.«

»Wie gefallen Euch die Festlichkeiten?«

»Ich bin sehr beeindruckt, Eure Heiligkeit.« Von allen Menschen im Saal war Königin Shezira die Letzte, mit der er reden wollte. Sie würde die nächste Sprecherin werden und war somit diejenige, der der Orden schon bald zur Treue verpflichtet war. Die Geschichte hatte gemeinhin gelehrt, dass sich Großmeister zurückhaltend benehmen sollten, wenn die Wahl eines neuen Sprechers bevorstand.

167

»Ihr schient sehr selbstsicher zu sein, als Ihr Prinz Jehal Bericht erstattet habt. Bis zu einem gewissen Punkt. Dann wart Ihr auf einmal sehr *unsicher*.«

Er verbeugte sich erneut. »Ich bin überzeugt, Eure Heiligkeit, dass in Prinz Jehals Drachennest nichts Unrechtmäßiges vorgefallen ist. Was jedoch geschehen ist, *nachdem* Königin Aliphera das Klippennest verlassen hat, weiß ich nicht.«

»Nun, zweifellos ist dies nicht die Antwort, die Prinz Jehal hören wollte. Insbesondere nicht diesen Unfug am Ende. Und Sprecher Hyram wird es ebenso wenig hören wollen.«

Bellepheros blinzelte. »Ich verstehe nicht recht, Eure Heiligkeit.«

»Ich bitte Euch, Großmeister. Prinz Jehal wünscht, dass Ihr Königin Alipheras Tod als Unfall bezeichnet. Sprecher Hyram will hören, dass es Mord war, vorzugsweise mit Jehal als Täter, der über ihren blutigen Leichnam gebeugt gefunden wurde, das Messer noch in Händen. Ihr haltet Euch allerdings bedeckt.«

Bellepheros lief es eiskalt den Rücken herab. Selbst in einem freundschaftlichen Gespräch wäre er nie so direkt gewesen. Zum zweiten Mal in wenigen Stunden fühlte er sich in die Enge getrieben. Er verbeugte sich erneut. »Ich kann nur das wiedergeben, was ich herausgefunden habe, Eure Heiligkeit.«

Shezira nickte, schien jedoch bereits das Interesse an ihm verloren zu haben. »Und wir müssen selbst entscheiden, was wir glauben wollen – als hätten wir das nicht sowieso getan. Ich bin sicher, Ihr habt Euer Bestes gegeben, Großmeister.«

Ihr Tonfall war herablassend, und Bellepheros hatte schon einige Gläser Wein getrunken. »Eine Sache beunruhigt mich allerdings. Und darüber würde ich gern mit Euch reden.« Da. Die Worte waren gesagt. Jetzt gab es kein Zurück mehr.

»Und das wäre, Großmeister?«

»Mir ist zu Ohren gekommen, dass einer Eurer Drachen verschwunden ist.«

Es dauerte einen Moment, bis Königin Shezira begriff, dass sie nicht länger über Königin Aliphera sprachen. Bellepheros genoss den Augenblick. Shezira nickte kaum merklich. »Ja. Das stimmt.«

»Eure Heiligkeit, Ihr seid die Königin eines Drachenreichs und kennt somit die wahre Bestimmung unseres Ordens. Wir sind in jedem Drachennest zu finden. Wir führen akribisch Buch über die Stammbäume der Drachen und mischen die nötigen Elixiere, um die unterschiedlichen Rassen zu züchten. Doch unsere wichtigste und gleichzeitig streng geheime Aufgabe in Bezug auf die Drachen ist von ganz anderer Natur. Eure Heiligkeit, ich interessiere mich nicht für die politischen Machtkämpfe innerhalb der Reiche, doch nach allem, was ich gehört habe, ist es keineswegs bewiesen, dass sich Euer Drache in einem anderen Nest befindet. Anscheinend ist sein Knappe ebenfalls verschwunden.«

»Ja«, sagte Shezira säuerlich. »Einer der Euren.«

»Eure Heiligkeit, die Drachenlords mögen ihre Spielchen

spielen, aber uns Alchemisten obliegt die uralte Pflicht, die Drachen in Schach zu halten. Selbst ein einziger Drache, der sein wahres Potenzial ausschöpfen darf, stellt eine Bedrohung für jeden König und jede Königin der Reiche dar. Ich sehe mich gezwungen, den Sprecher zu benachrichtigen.«

»Großmeister, worauf wollt Ihr hinaus? Falls der Drache tatsächlich ausgebüxt sein sollte, so verfüge ich über Nester mit unzähligen weiteren Drachen, die ihn zur Strecke bringen können. Insgesamt gibt es in allen Reichen mehr als siebzehnhundert Tiere. Das wisst Ihr doch ganz genau. Wie könnte ein einziger ungezähmter Drache eine solche Bedrohung für die Reiche darstellen?«

Bellepheros verneigte sich erneut. »Ich will darauf hinaus, Eure Heiligkeit, dass mein Orden zu Eurer Verfügung steht, um Euch in jeder nur erdenklichen Weise zu helfen, und dass ich in Kürze zum Adamantpalast zurückkehren werde. Da ich jedoch gezwungen bin, auf dem Landweg zu reisen, werde ich erst mit einiger Verzögerung ankommen.«

Königin Shezira nickte. »Euer Angebot in Ehren, Großmeister. Ich versichere Euch, bereits eine eingehende Suche in die Wege geleitet zu haben. Ich *werde* meine Weiße finden, und wenn es so weit ist – und ich den Schuldigen habe, der sie gestohlen hat –, wird Blut fließen. Guten Tag.«

Die Königin entschwand. Bellepheros wischte sich den Schweiß von der Stirn. Nach dem Verlauf dieses Gesprächs, dachte er, konnte er gleich mal darüber nachdenken, wen sie als seinen Nachfolger bestimmen würde. Erst nach einigen Sekunden bemerkte er, dass Lady Nastria ihrer Königin nicht gefolgt war.

Sie beugte sich vor und flüsterte ihm leise ins Ohr: »Großmeister. Wenn ich kurz unter vier Augen mit Euch sprechen dürfte?«

Er verließ Furia am folgenden Morgen in einer Kutsche, die Prinz Jehal zur Verfügung gestellt hatte und die von einer ganzen Kompanie Soldaten eskortiert wurde. Die anderen Alchemisten im Klippennest mussten sich ihre Rückreise zum Adamantpalast selbst organisieren. Unter seinem Sitz, behutsam in Stroh gebettet, befand sich ein bäuchiges Glasfläschchen, das mit einem Korken verschlossen und mit Wachs versiegelt war. Es lag gut in der Hand, und aufgrund des Gewichts, das sich je nach Lage veränderte, schien es mit einer Art Flüssigkeit gefüllt zu sein. Einer sehr schweren Flüssigkeit. Im Gegensatz zum Feldmarschall wusste Bellepheros ganz genau, worum es sich da handelte. Allerdings wusste er nicht, woher es stammte oder wie mehrere dieser Flakons in den Besitz von Sheziras Feldmarschall gekommen sein mochten. Es war jedoch eine lange Heimfahrt, mit viel Zeit zum Nachdenken und unzähligen Gasthäusern mit Wein, die ihm bei dieser Aufgabe helfen würden.

Doch dazu kam es erst gar nicht. Zwei Tage, nachdem er Furia verlassen hatte, wurde seine Kutsche aufgehalten. Maskierte Männer mit Messern rissen die Tür auf. Blut glitzerte auf ihren Klingen. Bellepheros sah Leichen draußen auf dem Erdboden liegen. Er öffnete den Mund, aber bevor er nach Hilfe schreien konnte, krallte sich eine Hand in sein Gesicht.

18

Der Preis

Zweimal am Tag wurde die Tür zu ihrer Hütte aufgerissen, und ein halbes Dutzend Outsider, bewaffnet mit Speeren und Messern, versammelte sich draußen. Einer von ihnen setzte dann sehr vorsichtig einen Eimer Wasser auf den Boden, zusammen mit etwas getrocknetem Fisch und angefaultem Obst. Am ersten Tag erklärte ihnen Sollos, dass in sechs Tagen die Drachenreiter zurückkämen. Jeden Morgen erinnerte er sie, dass sie nun einen Tag weniger Zeit hatten, um sie freizulassen. Doch erst, als ihnen nur noch zwei Tage blieben, kamen die Outsider zu einer Entscheidung. Mitten am Tag öffnete sich erneut die Tür, und dieses Mal waren fast zwanzig von ihnen erschienen. Einer trat vor, ein stämmiger Mann mittleren Alters mit einem dichten, gelockten schwarzen Bart.

»Was wollt ihr?«

»Etwas zu essen wäre toll, bei dem ich nicht sofort Dünnpfiff bekomme«, murmelte Kemir. Sollos brachte ihn mit einem scharfen Blick zum Schweigen.

»Erst einmal möchten wir euch für eure Gastfreundschaft danken.« Sollos lächelte. »Außerdem hätte ich gerne meinen Bogen und meine Messer und meine Rüstung zurück. Und dann würde ich gerne erfahren, was ihr über den weißen Drachen wisst.«

»Und was dann?«

»Wir finden den Drachen, verschwinden und lassen euch in Ruhe.«

»Seit eurer Ankunft haben wir jeden Tag Drachen gesehen.« Der Lockenbart sah müde aus. Er hatte Angst.

»Sie sind alle auf der Suche nach dem weißen Drachen. Ihr habt sie nicht besonders freundlich empfangen, als sie vorbeikamen, und deshalb haben sie uns stattdessen geschickt. Sobald sie haben, was sie wollen, sind sie weg. Sie fliegen nicht für den König der Felsen, ebenso wenig wie wir.«

Kemir spuckte aus. »Was aber nicht heißt, dass sie euch nicht abfackeln, wenn sie mit leeren Händen nach Hause gehen müssen.«

»Und wenn wir euch helfen sollten, den weißen Drachen zu finden? Was springt für uns dabei heraus?«

»Nicht als Grillfleisch zu enden?«

Sollos funkelte seinen Cousin böse an. »Was wollt ihr?«

»Geld.« Der Lockenbart setzte einen trotzigen Gesichtsausdruck auf. »Hundert Golddrachen.«

»Ihr habt ihn also gesehen.«

Der Lockenbart nickte. »Schon möglich. Könnte sein, dass wir jemanden kennen, der ihn gesehen hat.«

»Also schön. Hundert Golddrachen. Aber jetzt sollte ein

echter Knaller kommen.« Sollos spürte, dass sich Kemir hinter ihm kaum mehr zurückhalten konnte.

»Ich will das Geld im Voraus.«

Sollos schnaubte verächtlich. »Du glaubst wohl, ich bin ein Idiot.«

»Der weiße Drache ist ein paarmal draußen in den Tälern gesichtet worden. Nicht hier, sondern woanders. Ich kann euch dort hinbringen, wo sie ihn gesehen haben. Aber das ist alles, was ihr bekommt, bis ich das Gold in Händen halte.«

»Wenn du lügst, wird euer Dorf niedergebrannt. Das ist dir doch sicher klar?«

»Das passiert vielleicht sowieso. Also nehme ich lieber zuerst das Gold, wenn das in Ordnung ist.«

Sollos zuckte mit den Achseln. »Na gut. Ist ja eh nicht meins.«

Zehn Minuten später waren sie frei. Eine weitere halbe Stunde, und sie saßen in einem Boot und ruderten mit Lockenbart und zwei seiner Freunde über den See. *Diese Outsider sind schon ein verwahrloster Haufen*, dachte Sollos. Ihre Kleidung war schäbig und zerschlissen, eine Mischung aus Tierfellen und billigem Stoff, der durch die andauernde Feuchtigkeit modrig roch. Alles, was sie besaßen, sah abgenutzt und alt aus. Das Heft ihrer Messer war speckig und glatt, und ihre Handabdrücke hatten sich in die Oberfläche eingegraben. Ein paar Männer besaßen Gürtel, doch das Leder war hart und eingerissen, die Schnallen matt und verbogen. Andere mussten sich mit Stricken behelfen. Die meisten der Outsider, bemerkte Sollos, waren durch

Narben entstellt oder anderweitig versehrt: Einigen fehlten Finger, anderen ganze Gliedmaße, und selbst die Gesichter mancher waren zum Teil deformiert und verunstaltet. Das Leben als Outsider war offensichtlich brutal. Brutaler als er in Erinnerung hatte.

Sollos war irgendwo hier draußen geboren und aufgewachsen. Eigentlich hätte er Verständnis für die Menschen haben müssen, aber das hatte er nicht, da er sich mit aller Gewalt dagegen sträubte. Was würde es auch bringen, wo doch alles vor langer Zeit zerstört und niedergebrannt worden war?

Lockenbart ruderte sie zu der Kiesbank, auf der Sollos und Kemir gelandet waren. Sie warteten den halben Vormittag, standen geduldig im gleichmäßigen Regen, bis Lockenbart um die Mittagszeit zum Himmel zeigte. Ein Drache schoss über den See auf sie zu. Im nächsten Moment waren die drei Outsider verschwunden, brachten sich unter den Bäumen in Sicherheit. Sollos stand da und beobachtete den Drachen. Dann winkte er.

»Ich hoffe, es ist einer von unseren«, murmelte Kemir mit einem sehnsüchtigen Blick zum Wald, in dem sich die Outsider verbargen. »Jetzt wäre der passende Augenblick, denjenigen zu treffen, der uns das alles eingebrockt hat.«

Der Drache flog einen weiten Kreis über ihren Köpfen, blieb jedoch nah genug, sodass Sollos ihn erkannte, und setzte dann zur Landung an. Durch den Flügelschlag stob eine Kieselwolke in die Luft. Reiter Semian winkte sie zu sich. Er machte sich nicht einmal die Mühe abzusteigen.

»Ich hab euch schon beinahe aufgegeben«, brüllte er

ihnen durch den Regen zu. Sollos entging nicht, dass der Drache ein wenig dampfte.

»Nun, wir sind froh, dass Ihr es nicht getan habt«, rief Sollos zurück. Erst jetzt fiel ihm ein, dass er sich zu verbeugen hatte.

»Und? Gibt es Neuigkeiten?«

»Sie behaupten, die Weiße gesehen zu haben. Sie behaupten, sie wüssten, wo sie ist.«

»Wo?«

»Nicht hier, aber sie behaupten, sie können uns zu ihr führen.« Sollos zögerte. »Sie wollen Gold.«

»Wie viel?«

»Zweihundert Drachen.«

Reiter Semian zuckte nicht einmal mit der Wimper, doch sein Drache schnaubte auf einmal und schnappte nach Sollos, der in aller Hast beiseitesprang und dabei der Länge nach auf den Boden fiel. Der Drache starrte ihn böse an.

»Du verlangst viel, Söldner.«

»Ich verlange gar nichts, Reiter«, schrie Sollos, rappelte sich wieder auf und beäugte misstrauisch den Drachen. »Das ist der Preis, den die Leute hier verlangen.«

»Sag ihnen, wir gehen nicht auf ihre Forderung ein.«

»Dann werdet Ihr den Drachen der Königin nie finden, Reiter Semian.«

Der Drache fletschte die Zähne. Sein Schwanz war hoch in die Luft gereckt und schnalzte wie eine tödliche Peitsche vor und zurück. Unter ihren Artgenossen ließen die Drachen den Schwanz herabsausen, wenn sie verärgert waren. Es sollte eine Warnung sein. Aber wenn sie es bei Menschen taten … Sollos schloss die Augen und versuchte, nicht darüber nachzudenken.

»Morgen«, rief Semian. »Wir treffen uns morgen wieder hier.« Der Drache drehte sich jäh um und begann schwerfällig über die Kiesbank zu laufen. Die Steine knirschten und hüpften bei jedem seiner riesigen Schritte, und Sollos glaubte, der ganze See erzittere und schlage Wellen. Dann breitete das Ungetüm die Flügel aus, hievte sich mit einem lauten Donnergrollen in die Lüfte und war im nächsten Augenblick hoch am Himmel. Sollos sah ihm nach. Mit jedem Flügelschlag entfernte er sich weiter, doch dann machte der Drache eine scharfe Kurve und tauchte wieder zu ihnen herab.

»Du hättest tausend Golddrachen verlangen sollen«, sagte Kemir, der auf einmal neben ihm auftauchte.

»Du hast recht.« Sollos zuckte mit den Achseln. »Immerhin ist es auch nicht sein Geld.«

19
Die Taiytakei

Jeder andere Drachenlord, sinnierte Jehal, hätte nicht mit dieser Art von Schwierigkeiten zu kämpfen. Jeder andere Drachenlord wäre einfach in sein Nest gegangen, hätte die Drachen gemustert und wäre dann zu seinem Palast zurückgekehrt. Jeder andere Drachenlord hätte sein Nest aber auch der Bequemlichkeit wegen ein wenig *näher* an seinen Palast gebaut. *Er* hingegen musste zu einem Feld außerhalb der Stadt reiten, um Königin Sheziras Drachen zu mustern. Ihm hätte der Ausflug nichts ausgemacht, aber da *er* ging, musste ihm jeder andere folgen, und das bedeutete, dass sein ganzer Hofstaat in Kutschen verfrachtet werden musste. Was eigentlich ein zwanzigminütiger Ritt auf dem Rücken eines Pferdes war, hatte sie nun geschlagene eineinhalb Stunden gekostet, und nun verzögerte sich auch noch die gesamte Hochzeit. Zu wissen, dass der Drache, den er besitzen wollte, überhaupt nicht dort wäre, machte die Sache nicht gerade erträglicher.

Er vertrieb sich die Zeit, indem er die Gäste vor seinem geistigen Auge entkleidete. Zafirs kleine Schwester, Prinzessin Zara-Kiam, entschied er, war sogar die Mühe wert, ihr schon sehr bald nicht nur in Gedanken die Kleider vom Leib zu reißen. Es gab ein paar Cousinen und andere unwichtige Verwandte, um die er sich womöglich auch kümmern sollte: zum Beispiel Königin Fyons Jüngste, Prinzessin Lilytha, falls ihr Bruder, Prinz Tyrin, sie nicht zuerst in die Finger bekam. Jehal verengte die Augen zu Schlitzen, betrachtete sie der Reihe nach und versuchte, eine Entscheidung zu treffen.

Er seufzte. Alle hatten ihm vorgeschwärmt, dass Hochzeiten wunderschöne Tage seien, voller Freude und Glückseligkeit, doch wenn er sich so umsah, konnte er nichts davon entdecken. Seine Gäste waren übel gelaunt, vollgefressen mit unzähligen kleinen Köstlichkeiten und traten ungeduldig von einem Bein aufs andere. Königin Shezira wirkte angespannt. Sie hatte ihm nicht direkt gesagt, dass die Weiße verschwunden war, also bestand die Möglichkeit, dass es auch sonst niemand getan hatte. Jehal hatte längst beschlossen, diesen Umstand genüsslich auszukosten. In Königin Zafirs Gesicht hatte sich ein wütend-grimmiger Ausdruck geätzt. Jehal selbst konnte das Gefühl nicht abschütteln, dass die gesamte Angelegenheit eine einzige Zeitverschwendung war. Der einzige Mensch, der sich zu amüsieren schien, war Prinzessin Lystra.

Sie saßen nebeneinander auf ihrem Hochzeitsthron, beschattet von einer notdürftigen Markise, während alle anderen in der Sommersonne brutzelten. Wenn er gewollt hätte, hätte er nach der Hand seiner Braut greifen können, aber anscheinend ziemte sich das noch nicht. Sie befanden

179

sich in einer sonderbaren Übergangszeit zwischen nicht-verheiratet und bald-verheiratet. Sie hatten bereits das Morgendämmerungsritual und dann das Morgenfest hinter sich gebracht. Nun gab es die Geschenke, und anschließend würden alle bis zum Abend Däumchen drehen. Es würde ein weiteres Fest folgen, das Abenddämmerungs-ritual, bis der demütigende Teil kam, bei dem sie vor die versammelte Hochzeitsgesellschaft gezerrt und splitter-fasernackt ausgezogen wurden. Weshalb nur? Aus Rache, weil die anderen den ganzen lieben, langen Tag blöde he-rumgestanden sind und sich zu Tode gelangweilt haben?

Schließlich, nachdem die Ehe vollzogen und die ganze Sache vorüber war, müssten sich die beiden nie wieder eines Blickes würdigen, falls sie das wünschten. Vielleicht war das alles *tatsächlich* eine Prüfung. Eine Warnung für das, was folgen würde? Eine Art Belastungsprobe?

Jemand ließ zwei Pferde vor ihm auf und ab stolzieren. Nun ja, streng genommen ließ man sie vor König Tyan auf und ab stolzieren, der sabbernd und schnarchend auf sei-nem Thron neben Jehal saß. Trotz allem war immer noch er der König. Jehal lächelte. Es waren prachtvolle Tiere, vollkommen weiß, mit einem Zaumzeug aus Gold und Sil-ber. Ein Hengst und eine Stute. Jehal unterdrückte ein Gähnen.

»Sehr schön«, sagte er. »Sie werden die besten Tiere in meinen Stallungen sein. Richtet ...« Oh, das war ein Prob-lem! Er hatte seine Gedanken derart schweifen lassen, dass er überhaupt nicht mitbekommen hatte, von wem das Ge-schenk stammte, und jetzt würde er blöd dastehen und gleichzeitig jemanden beleidigen. »Ich bin ganz erschlagen vor Bewunderung. Bringt sie näher heran.« Er blickte sich, in der Hoffnung auf brauchbare Hinweise, verstohlen um. *Pferde. Wer mag Pferde? Die Menschen verschenken immer das, was sie selbst gerne bekommen würden.*

»König Valgar ist zu gütig«, sagte Prinzessin Lystra leise. Zum ersten Mal seit Beginn der Hochzeitsfeierlichkeiten lächelte sie nicht. »Sie sollten zum Drachen passen. Um uns zu deinem Nest und wieder zurück zu kutschieren.«

Sie nimmt demnach an, dass ich es weiß. Sie weiß jedoch nicht, dass ihre Mutter mir nichts erzählt hat. Daraus könnte er sich ebenfalls einen Spaß machen.

»König Valgar ist wirklich zu gütig.« Mit einem Lächeln auf den Lippen winkte er die Pferde fort. Valgar war nicht anwesend, also war es unnötig, kostbare Zeit darauf zu verwenden, seine Geschenke in höchsten Tönen zu loben. »Richtet König Valgar aus, dass es die prächtigsten Pferde in meinem Reich sind und dass Prinzessin Lystra und ich das ganze nächste Jahr auf dem Weg zum Klippennest und wieder zurück auf ihnen reiten werden, als Zeichen unserer Dankbarkeit für sein großzügiges Geschenk.« Er beugte sich zu Prinzessin Lystra. »Ist der Drache von einem ebenso strahlenden Weiß?«

Sie wandte sich erschrocken zu ihm um. Ein köstlich entsetzter Ausdruck lag auf ihrem Gesicht. »Du weißt es nicht?«

»Was weiß ich nicht?« Er lächelte erneut sein engelsgleiches Unschuldslächeln, während seine Gattin sichtbar von Panik ergriffen wurde.

Lystra drehte sich zu ihrer Mutter um, die auf der anderen Seite saß, und begann im Flüsterton auf sie einzureden.

Jehal tippte Lystra auf den Handrücken. »Tut mir leid, meintest du den Diebstahl eures weißen Drachen? *Das* weiß ich natürlich. Eine furchtbare Sache. Aber nicht weiter schlimm, oder?« Sie zitterte, war völlig fassungslos, einem Kaninchen gleich, das dem Bauern in die Falle getappt war. Jehals Lächeln war ungebrochen, warm und gewinnend. Er warf ihr von Zeit zu Zeit einen raschen Blick zu und versicherte sich, dass sie ihn ebenfalls ansah. *Eine furchtbare Sache?* Das war noch gelinde ausgedrückt. *Aber nicht weiter schlimm, oder?* Natürlich war es schlimm, und wie! Jeder, der auch nur im Geringsten etwas mit dem Diebstahl zu tun hatte, würde sterben. Mit etwas Glück würde ein echter Krieg ausbrechen. Im Adamantpalast würden Gerichtsverhandlungen und Tribunale stattfinden. Wie leicht könnte ein ganzes Reich zugrunde gehen! Nun, zumindest *das* wäre mal eine hübsche Abwechslung.

Doch aus irgendeinem ihm unerfindlichen Grund empfand er beim Quälen von Prinzessin Lystra nicht die Art von Befriedigung, die es ihm eigentlich hätte bereiten sollen. Lystra sah immer noch blass und besorgt aus, als die Drachen ihrer Mutter schließlich auf das Feld geflogen kamen und Jehal aufstand, um sie genauer in Augenschein zu nehmen. Er wählte rasch einen aus, ließ etwas Nettes über das Tier fallen und winkte den Rest fort. Es war ihm gelungen, dass sich seine Braut in ihrem Sitz wand, und anstatt sich an ihrem Unbehagen zu laben, fühlte er sich …

nun ja, irgendwie schuldig. Da stimmte etwas nicht. Da lief etwas grundlegend falsch!

Vielleicht lag es an der Hitze. Er seufzte, erhob sich und hielt eine hübsche Rede darüber, wie dies der Beginn einer neuen Ära sei und mit welchem Stolz und gleichzeitig mit welch großer Demut es ihn erfülle, nun einem solch mächtigen Clan anzugehören. Als er mit der Ansprache geendet hatte, hoffte er, dass ihr wenigstens ein paar seiner Gäste mehr Aufmerksamkeit geschenkt hatten als er selbst.

Der Ritt zurück zum Palast war wenig hilfreich. Eine Ehefrau zu haben hatte in der Theorie schrecklich einfach geklungen, und alles war schon vor so langer Zeit arrangiert worden, dass Jehal die Hochzeit nie in Frage gestellt hatte. Seine Gattin jedoch *in natura* zu treffen, war irgendwie … befremdlich. Eines Tages wäre sie seine Königin, vielleicht sogar schon früher als später. Was in Ordnung war, solange sie die *richtige* Königin war. Eine einfältige Königin mit einer sonderbaren Besessenheit für Filethäkelei oder Sticken oder etwas Ähnlichem, die den ganzen Tag in ihrem Turm blieb, keinerlei Interesse am Weltgeschehen zeigte und nur von ihrer Handarbeit aufsah, um einen stetigen Strom an Erben zu gebären, vorzugsweise des männlichen Geschlechts. Das war die Art Königin, die er brauchte.

»Eine furchtbare Sache«, murmelte eine Stimme neben ihm. Mit einem Schlag wurde Jehal aus seinem Tagtraum gerissen. Lord Meteroa hatte sein Pferd neben seines gelenkt. »Aber nicht weiter schlimm, oder, Hoheit?«

»Was *willst* du?«

»Ich fürchte, du musst einen kleinen Umweg einplanen, Hoheit. Immerhin darf niemand die feierliche Geschenk-übergabe verlassen, bis du und König Tyan aufgebrochen seid, und dennoch wird auf wundersame Weise erwartet, dass jeder Gast für das Hochzeitsfest zurück ist, bevor du ankommst. Normalerweise würde es reichen, wenn du einen besonders umständlichen Weg von einem Teil des Palastes zum anderen wählst, vielleicht sogar noch mit einem kleinen Aufenthalt in den Gärten, um etwas Zeit totzuschlagen. Doch wie die Dinge stehen …«

Jehal hob eine Augenbraue. »Du meinst, mit mehreren hundert Verwandten, die alle so schnell wie möglich zu-rück zum Palast stürmen und sich gegenseitig auf die Füße steigen? Und das ist allein Tante Fyons Familie.«

Meteroa nickte lächelnd. »Deine Ankunft muss ein wenig hinausgezögert werden.«

»Und du hast bereits etwas Bestimmtes im Sinn, Drachen-meister?«

»Wie der Zufall so will, ja, Hoheit.« Meteroa warf Jehal einen vielsagenden Blick zu und trieb sein Pferd zum Trab an. Im nächsten Moment folgte ihm Jehal. Sie bogen von der Straße ab und galoppierten einen schmalen, mit Bäu-men gesäumten Pfad entlang, bevor sie aufs offene Feld preschten. Hinter ihnen ritten ein Dutzend von Jehals Dra-chenrittern, die stets einen gemessenen Abstand wahrten, jedoch nie zu weit zurückfielen.

»Du hast keinen einzigen Gedanken an die Drachen ver-schwendet, als du einen ausgewählt hast, nicht wahr?«, rief Meteroa.

»Ganz im Gegenteil«, sagte Jehal. »Ich habe mir die ganze Zeit darüber den Kopf zerbrochen, dass keiner von ihnen weiß ist.«

»Wirklich? Ich hätte schwören können, dass du mit den Gedanken ganz woanders warst. Ich an deiner Stelle hätte sicherlich eine andere Wahl getroffen.«

Jehal spürte, wie ein Anflug von Ärger in ihm hochstieg. Lord Meteroa war klug und treu ergeben und führte das Klippennest so reibungslos wie eine Maschinerie, und seine unverblümte Offenheit war für gewöhnlich eine erfrischende Abwechslung von der unerträglichen Speichelleckerei, die dem restlichen Hofstaat von König Tyan zu eigen war. Manchmal schien der Drachenmeister allerdings zu vergessen, dass Jehal schon lange nicht mehr König Tyans kleiner Junge war.

»Nun, die Entscheidung lag allein bei mir. Königin Shezira kann mir dankbar sein, dass ich mir nicht ihr bestes Tier unter den Nagel gerissen habe.« Innerlich schlug sich Jehal an die Stirn. Eigentlich hatte er natürlich den Aschgrauen nehmen wollen, den Drachen von Prinzessin Lystras älterer Schwester. Er hatte es völlig vergessen, und jetzt wusste er nicht einmal, welcher von Sheziras Rittern ohne ein eigenes Reittier nach Hause fliegen würde. Er seufzte. Er sollte es herausfinden. Zweifelsohne hatte er sich heute einen neuen Feind gemacht.

Der Boden wurde allmählich steinig. Lord Meteroa tauchte in einen weiteren Pfad ab, wo die Bäume und das Gebüsch so dicht am Wegesrand standen, dass sich Jehal immerzu ducken musste, und Dornen seinen Umhang zerrissen. *Ich muss mich wohl umziehen, sobald wir im Palast ankommen. Das wird allen noch ein paar Extraminuten schenken.* Nach einer Weile ging der Wald in ein felsiges Gebiet voller Gesteinsbrocken über, und der Schlamm verwandelte sich in Sand. Sie hatten den Steinernen Wald erreicht, ein Labyrinth aus spitzen Steinen und gewaltigen Geröllwänden, das mit unzähligen Wegen und Pfaden, Lichtungen, Höhlen und Tunneln durchdrungen war. Jehal kannte ihn wie seine Westentasche. Es war der perfekte Ort für ein geheimes Treffen.

Und der perfekte Ort für einen Hinterhalt.

Er verlangsamte das Tempo, brachte dann das Pferd zum Stehen und warf einen Blick über die Schulter. »Wohin *genau* führt dein Umweg, Drachenmeister? Ich bin mir nicht sicher, ob mir die Sache gefällt.«

»Warte hier, wenn du willst, Hoheit. Ich werde sie zu dir bringen.«

»Und *wen* willst du zu mir bringen?« Etwas in Meteoras Verhalten beunruhigte Jehal.

»Niemand, der dir Böses will, Hoheit.«

Jehal sah sich erneut um. Seine Ritter ließen gerade den Wald hinter sich und drängten sich durch eine Felsspalte zwischen den Steinwänden.

»Das ist kein guter Ort für eine Rast, Drachenmei…« Er verstummte. Aus den Schatten zwischen den Gesteinsbrocken schälten sich drei Reiter. Ihre Pferde trippelten langsam durch den Sand. Es war ein seltsam anmutendes, dunkelhäutiges Volk. Ihre Kleidung war üppig geschmückt, mit Gold und Juwelen und hell leuchtenden Federgestecken besetzt. Die Männer blieben wenige Meter vor Lord Meteroa stehen, stiegen ab und verbeugten sich.

Taiytakei.

Der Mittlere, der die prächtigste Kleidung trug, kam einen Schritt näher und kniete sich dann vorsichtig in den Sand.

»Eure Hoheit«, sagte er. »Wir wollen Euch an diesem Glück verheißenden Tag unsere Ehrerbietung erweisen.«

Wie eine Katze, die sich an ihre Beute heranschlich, saß Jehal mit langsamen, wohlüberlegten Bewegungen von seinem Pferd ab. Er ging auf den Mann zu, ohne ihn für eine Sekunde aus den Augen zu lassen.

»Seehändler«, flüsterte er und warf Meteroa einen raschen Blick zu. »Was wollt Ihr?«

»Wir bringen Euch ein Geschenk«, sagte der dunkelhäutige Mann. »Ein Geschenk für Euch, o mächtigster aller Prinzen, zu Ehren Eures Hochzeitstages.«

Jehal rang sich ein Lächeln ab. »Vergebt mir, aber es wird gesagt, dass die Taiytakei keine Geschenke machen, sondern nur Geschäfte, und dass das, was anfangs wie ein Geschenk aussehen mag, immer auch seinen Preis hat.«

Der vor ihm kniende Mann winkte einen seiner Gefährten herbei, der etwas brachte, das unter einem Tuch verborgen war, und dann sofort wieder zurückwich. »Wir haben nichts weiter im Sinn, als Euch das zu schenken, was Ihr Euch sehnlichst wünscht, und von Euch das zu erhalten, wofür Ihr keinerlei Nutzen habt.« Behutsam legte der Mann den Gegenstand auf den Boden und rutschte dann auf den Knien zurück. Sobald er die anderen erreichte, stand er auf und drehte sich weg. Alle drei saßen auf und ritten gemächlich davon.

Jehal sah ihnen nach, und erst, als sie schon lange außer Sicht waren, glitten seine Augen zögerlich zu dem Gegenstand, den sie zurückgelassen hatten. Dann machte er einen Schritt darauf zu.

Meteroa sprang von seinem Pferd.

»Lass mich, Hoheit!«

»Warum hast du mich hierher geführt?«

»Vergib mir, mein Prinz, aber ich werde es dir zeigen. Die Taiytakei wollten dir das Geschenk nur persönlich und im Geheimen geben. Den Grund wirst du gleich verstehen.« Meteroa riss das Tuch weg. Darunter verbarg sich eine prunkvolle, aus schwarzem Holz gefertigte Schatulle, die mit zinnoberroten und goldenen Einlegearbeiten verziert war.

»Öffne sie!«

Meteroa hob den Deckel an. Im Innern lagen drei schmale Streifen einfachster Seide, zwei schwarz und einer weiß, ebenso wie zwei winzige goldene Drachen mit Augen aus roten Rubinen.

»Hübsch.« Jehal zuckte abschätzig mit den Schultern. Er wollte noch mehr sagen, doch einer der goldenen Drachen drehte den Kopf und sah ihn an.

Meteroa nahm einen Seidenschal heraus und ließ die Schatulle zufallen. »Es ist besser, wenn die anderen nichts davon mitbekommen«, murmelte er. »Hier.« Er reichte Jehal die schwarze Seide. »Verbinde dir damit die Augen. Du wirst nicht enttäuscht sein.«

Jehal lächelte. Meteroa schien es todernst zu meinen, und ihm zuliebe band sich der Prinz die schwarze Seide um die Augen. Unvermittelt drehte sich die Welt um ihn herum, und alles begann zu schimmern. In seinem Kopf konnte er Stimmen hören: *Du wirst dereinst Sprecher sein, und wir sind das Geschenk der Taiytakei.*

Für einen Moment glaubte er, sich selbst zu sehen, als blickte er durch die Augen eines anderen. Er riss sich die Seide vom Gesicht. Meteroa hielt immer noch die Box in seinen Händen, doch jetzt war sie einen Spalt geöffnet. Vier glitzernde Rubinaugen starrten zu ihm herauf.

»Im Sonnenlicht können sie fliegen. Oder wenn du es ihnen befiehlst«, flüsterte Meteroa. »Trag den Seidenschal, und sie werden deinen Gedanken gehorchen. Sie werden sehen und lauschen und deine Augen und Ohren sein. Es wird keine Geheimnisse geben, die dir verborgen bleiben.« Er schloss die Schatulle und lächelte. »War es ein Fehler, Hoheit, dich zu den Taiytakei zu führen, damit du ihr Geschenk in Empfang nehmen kannst?«

»Nein.« Jehal schüttelte verblüfft den Kopf. »Nein, Drachenmeister, es war kein Fehler.«

Er betrachtete die Schatulle, und ein Grinsen umspielte seine Lippen. *Du wirst dereinst Sprecher sein …*

20

Ritter

Als Reiter Semian am nächsten Tag zurückkehrte, brachte er nicht nur das Gold mit. Drei Drachen begleiteten ihn, und auf dem Rücken eines jeden Drachen saßen drei Ritter. Semian hatte außerdem den Alchemisten mitgenommen. Sie landeten in einer Wolke aus Flügelschlägen und aufstäubender Gischt auf der Kiesbank. Sollos sah zu, wie der Alchemist und die Reiter abstiegen und sich formierten. Ein Großteil der Ritter blieb am Boden und duckte sich vorsichtshalber hinter einen Schutzwall aus Schilden, mit dem Alchemisten in ihrer Mitte. Anschließend schossen die Drachen wieder zum Himmel empor.

Bogenschützen. Sie fürchten sich vor Bogenschützen. Das erinnerte Sollos an den Tag vor nicht allzu langer Zeit, als er einen Drachenritter beobachtet hatte, wie er einem geheimnisvollen Fremden einen Beutel voll Gold überreicht hatte.

Sollos wich nicht von der Stelle, blieb mitten auf der Kiesbank stehen und wartete. Kemir war an seiner Seite. Lockenbart und seine Freunde hatten sich flink wie die

Wiesel zwischen den Bäumen versteckt und ließen sie nicht aus den Augen. Semian tauchte zwischen seinen Männern auf und näherte sich ihnen vorsichtig, dabei blickte er sich nervös um und suchte das Seeufer ab. Hoch über ihren Köpfen kreisten die Drachen.

Sollos verbeugte sich. »Reiter«, begrüßte er die Männer. Er kannte einige der Drachenritter nur vom Sehen. Trotz der zwei gemeinsam verbrachten Wochen hatten sie nie nach seinem Namen gefragt und ihn immer nur mit ›Söldner‹ angeredet. Sie hatten ihn nur angesprochen, um Befehle zu erteilen und ihn herumzuscheuchen.

Semian bedachte ihn mit einem abfälligen Blick. »Wo sind deine abtrünnigen Freunde, Söldner?«

»Sie verstecken sich und warten ab, was Ihr vorhabt. Wo ist das Gold, Reiter?«

»Hier. Einhundert Münzen. Die andere Hälfte bekommen sie, sobald wir den Drachen gefunden haben.«

Sollos ballte unbemerkt die Hände zu Fäusten. »Das wird nicht funktionieren, Reiter. Sie wissen ganz genau, dass Ihr einfach ihr Dorf niederbrennen würdet, falls sie Euch zu bestehlen versuchen. Eigentlich glauben sie ja sowieso, dass Ihr es abfackelt, bevor Ihr wieder verschwindet.«

»Ich werde mich an unsere Abmachung halten, falls sie dasselbe tun.«

»Das bezweifle ich nicht, Reiter, aber diese Leute haben sich an König Valmeyans Männer gewöhnt, und der König der Felsen ist hier verhasst. Sie erwarten nichts weiter als Hinterhältigkeit und Verrat, und sie sind zu weltfremd, als dass sie einen Ritter vom anderen unterscheiden könnten. Womöglich haben sie noch nicht einmal von Königin Shezira gehört.« Sollos seufzte. »Wir müssen wohl warten, bis die Drachen morgen zurückkehren, und dann noch einen weiteren Tag, bis der Rest des Goldes auftaucht.«

»Söldner, sie werden uns entweder *heute* zum Drachen führen, oder ihr Dorf wird tatsächlich in Schutt und Asche gelegt. Das ist das einzige Angebot, das ich ihnen unterbreiten kann. Einhundert Goldmünzen bedeuten für die meisten Menschen ein wahres Vermögen.«

Sollos biss die Zähne aufeinander. *Ja, das hätte es tatsächlich.* Kopfschüttelnd streckte er die Hand aus. »Dann gebt mir das Gold, und ich werde sehen, was ich tun kann.«

»Nein, Söldner, ich werde es ihnen persönlich geben, sobald sie uns zurück zu ihrer Siedlung gebracht haben.«

»Bei allem Respekt, Reiter, so war das nicht abgesprochen.«

»Dann rede mit ihnen.«

Sollos hob die Schultern. »Wenn das Euer Wunsch ist. Aber ich werde sicherlich nicht mit Euch kommen. Ich sage es noch einmal, Reiter: Diese Menschen sind fest davon überzeugt, dass Ihr das Dorf niederbrennt, egal ob sie sich an die Abmachung halten oder nicht. Sobald sie Euer Gold in Händen halten, wäre es gut möglich, dass sie uns alle einfach im Schlaf umbringen. So oder so werden Eure Drachen ihre Häuser zerstören.«

Semian schien über seine Worte nachzudenken. »Und welche Vereinbarung schlägst du vor?«

»Die Männer und Frauen im Dorf haben Euren weißen Drachen nicht gesehen, Reiter, aber sie haben von Leuten gehört, die es haben, und sie werden uns zu ihnen bringen. Wir müssen zu einer anderen Siedlung, einer kleineren, die etwa zehn Meilen von hier entfernt ist. Wir gehen direkt dorthin. Sie werden uns begleiten und den Weg zeigen. Morgen früh, wenn wir irgendwo zwischen hier und unserem Ziel sind, gebt Ihr ihnen das Gold. Einer oder zwei von ihnen werden bei uns bleiben, um uns zu dem Mann zu führen, der die Weiße gesehen hat.« Es hatte Sollos fast einen ganzen Tag gekostet, um mit Lockenbart eine Abmachung zu treffen, mit der beide Seiten zufrieden waren.

Reiter Semian verengte die Augen zu Schlitzen. »Und dieser andere Mann, wird er ebenfalls einhundert Golddrachen verlangen?«

Er wird, und wenn es das Letzte ist, was ich in meinem Leben anstelle, dachte Sollos. »Ich bin sicher, Ihr findet einen Weg, ihn zu überreden, Reiter.« *Ja. Zweifellos mit der Schwertspitze.*

Mit einem kurzen Kopfnicken drehte sich der Drachenritter um. »Sag ihnen, dass wir einverstanden sind. Aber *ich* werde ihnen das Geld geben, nicht du, und es werden einhundert Golddrachen sein, nicht zweihundert. Und noch etwas, Söldner.«

»Reiter?«

»Wir reisen unter freiem Himmel, wo die Drachen uns sehen können. Sorgt dafür, dass sie das verstehen. Ihnen soll bewusst sein, dass jeder unserer Schritte von oben beobachtet wird.«

»Sie sind keine Idioten, Reiter.«

Sobald Sollos und Kemir auf das Dickicht zugingen, in dem sich Lockenbart verbarg, wichen die Ritter so weit wie möglich vom Waldrand zurück. Sollos blickte auf. Die Drachen waren immer noch dort, weit entfernte Punkte am Himmelszelt. Was jammerschade war, da schon die fünf Minuten in Reiter Semians Gesellschaft ausgereicht hatten, um ihn auf den Gedanken zu bringen, ob er nicht mit Lockenbart einen Deal aushandeln konnte, bei dem sechs tote Ritter und ein Beutel voll Gold heraussprangen.

Wahrscheinlich nicht. Lockenbart würde ihn und Kemir ebenso bedenkenlos töten wie einen Drachenritter. Entweder gehörte man zu den Outsidern oder eben nicht, so war es nun mal.

»Das ist doch ganz gut gelaufen«, murmelte Kemir. »Ich dachte schon, du würdest *ihn* einen Idioten nennen. Wirst du Lockenbart sagen, dass es nur fünfzig sind?«

»Er würde es nicht akzeptieren. Nein, er bekommt seine hundert.«

»Dann bleibt also nichts für uns übrig. Hurra! Du hättest wirklich eintausend verlangen sollen.«

Sollos zuckte mit den Achseln. »Da warten immer noch die Drachenschuppen auf uns.«

»Vergiss es! Die kriegen wir nie in die Finger.«

»Und eine Belohnung, weil wir die Weiße gefunden haben.«

»Falls wir sie finden«, grummelte Kemir. »Und falls sie dann etwas rausrücken.« Er schnaubte. »Warum haben sie den Alchemisten mitgebracht?«

Sollos hob die Schultern. »Keine Ahnung. Ist mir auch egal. Wir müssen nur dafür sorgen, dass sich Lockenbart und Reiter Rotznase an die Abmachung halten und nicht plötzlich anfangen, sich gegenseitig an die Gurgel zu gehen. Das allein sollte uns schon ganz schön auf Trab halten.«

»Lass sie sich doch gegenseitig abmurksen. Ich könnte ihnen auch dabei helfen, wenn du willst. Und sobald sie fertig sind, können wir das Gold einsacken. Klingt für mich nach einem guten Plan.«

Sollos schürzte die Lippen. »Führe mich nicht in Versuchung!«

»Aber wir *haben* vor langer Zeit einen Eid geschworen. Wir könnten immer noch …«

»Nein!« Sollos blieb abrupt stehen und atmete tief ein. »Nein, Kemir. Die Reiter dienen Königin Shezira, nicht dem König der Felsen.«

Kemir zuckte mit den Schultern. »Ein Ritter ist ein Ritter. Sie halten sich alle für kleine Götter. Wir könnten …«

»Ich sagte Nein!« Sollos stampfte mit dem Fuß auf.

»Hör mal, ich sage nicht, dass wir den Versuch unternehmen sollten, König Valmeyan zu stürzen. Ich sage bloß, dass es mich mit einem Gefühl der Befriedigung erfüllen würde, ein paar Drachenrittern ein Messer in die Brust zu rammen, das ist alles.«

»Diese Tage sind vorbei, Kemir. Der Eid …« Er hob die Achseln. »Es war ein dummer Eid. Außerdem sind es sechs gegen zwei, und ihre Drachen beobachten uns.«

Kemir blickte zum Himmel und verzog das Gesicht. »Wir müssten warten, bis sie schlafen.«

Und das tun sie. Ja, das tun sie. Sollos schüttelte den Kopf. Obwohl ein Teil von ihm Kemir beipflichtete, wusste er doch, dass es die Welt nicht grundlegend verändern würde, wenn sie einen oder gar zehn Drachenritter ermordeten. Solange es Drachen gab, gab es Männer und Frauen, die auf ihnen ritten.

Solange es Drachen gab.

21

Die Hochzeit

Meteroa hatte natürlich alles perfekt geplant. Als Jehal zurück zum Palast kam, wartete bereits die gesamte Hochzeitsgesellschaft auf ihn. Er eilte mit beschwingtem Schritt und Prinzessin Lystra an seiner Seite in den Festsaal. *Du wirst dereinst Sprecher sein …*

»Trinkt!«, rief er, noch bevor er den Thron neben dem seines zusammengesackten Vaters erreicht hatte. »Trinkt! Ich bringe einen Toast aus! Nicht auf mich und meine Gemahlin, sondern auf uns alle! Auf einfach alle! Auf das Leben!« Unvermittelt wirbelte er Prinzessin Lystra herum, küsste sie und warf dann einen raschen Blick über die Tische, um sicherzustellen, dass Zafir ihn auf jeden Fall beobachtete. »Trinkt!«, rief er erneut in die erschrockene Stille. »Trinkt auf die Liebe! Auf das Peitschen eines Flügelschlages und das Speien von Feuer! Auf das Klirren der Schwerter, auf den Todesstoß, auf die trunkene, nicht zu bändigende Leidenschaft! Trinkt und jauchzt vor Freude oder schnaubt vor Wut, das ist mir gleich, aber erfüllt meinen Festsaal nicht mit Schweigen!«

Er setzte sich und knallte seinen Kelch auf den Tisch. Alle Augen waren auf ihn gerichtet. Für gewöhnlich begann ein Hochzeitsfest nicht mit einer solch ausgefallenen Rede, aber Jehal war einfach nicht nach unzähligen Stunden voller langweiliger Höflichkeitsfloskeln zumute. Am liebsten wäre es ihm, wenn sich jeder bis zum Umfallen betrank.

Er lugte an Prinzessin Lystra vorbei zu ihrer Mutter. »Ich dachte, das wäre ganz nach Eurem Geschmack, Eure Heiligkeit«, sagte er grinsend.

Königin Sheziras Miene blieb betont ausdruckslos. »Eure Ausgelassenheit würde in meinen Hallen womöglich mehr gewürdigt werden als in Euren.«

»Ich wollte Eure Tochter lediglich willkommen heißen.«

Shezira schwieg.

»Bin ich ein Monster?«, fragte er sie viel später, nachdem das Essen abgeräumt und er zu viel Wein getrunken hatte. »Haltet Ihr mich etwa für eines?«

Sie sah ihm direkt in die Augen. »In wenigen Stunden werdet Ihr mein Sohn sein«, erwiderte sie kühl. Und das war alles.

Nachdem sich jeder den Wanst vollgeschlagen hatte, schlug eine Musiktruppe ihre Instrumente an, und der Tanz begann. Prinzessin Lystra war natürlich als Erste an der Reihe, mit ihren großen, weit aufgerissenen Augen, gebogenen, dichten Wimpern und dem erschrockenen Gesichtsausdruck, den sie seit Tagesbeginn nicht abschütteln konnte. Darauf folgte ihre Mutter, mit der es sich anfühlte, als tanzte man mit einer Eisenstatue, schwerfällig und seltsam und wahrlich nicht empfehlenswert. Und auf einmal, wie aus dem Nichts, glitt Zafir in seine Arme, seidig und sinnlich, drängte sich eng an ihn und berauschte ihn mit ihrem lieblichen Duft. Jehal bebte vor Erregung. Ihre Hand glitt sanft zu seinem Nacken, da spürte er auf einmal einen brennenden Stich. Er fuhr zusammen.

»Was tust du da?«

Zafir sah auf ihre Hand. Einer ihrer Ringe besaß einen winzigen Dorn, an dem ein kleiner Blutstropfen hing. Sie führte ihn an ihre Zunge und schlang dann wieder ihre Arme um Jehal. »Das soll dich daran erinnern, dass du nicht unsterblich bist«, flüsterte sie.

»Ich *fühle* mich aber unsterblich.« Er zog sie noch näher, aber nun sträubte sie sich.

»Ich bin eine Drachenkönigin, Prinz Jehal, und keine Kurtisane. Außerdem werden wir beobachtet.«

»Trägst du etwa einen Giftring?«

»Natürlich.«

»Werde ich bald sterben?«

Zafir lächelte. Als er sie erneut an sich ziehen wollte, wehrte sie sich nicht. »Nicht heute, mein Geliebter.« Sie lehnte sich für einen kurzen Moment an ihn, und er spürte ihren warmen Atem an seinem Ohr. »Mir ist nicht entgangen, wie du sie heute angesehen hast, deine kleine, zuckersüße Braut«, murmelte sie. »Genieß den Reiz des Neuen, aber denk immer daran, dass allein *ich* es bin, die dir das geben kann, was du begehrst. Wenn du mich ihretwegen beiseiteschieben solltest, könntest du ebenso gut deinen Dolch zücken und ihn mir in den Leib rammen, sodass wir beide hier und jetzt sterben.«

Eifersüchtig? Sie war *eifersüchtig*? Für eine Sekunde musste er über ihre Worte nachdenken. »Wenn du wissen willst, nach wem von euch beiden es mich gelüstet, dann lass uns von hier verschwinden, und ich werde es dir zeigen«, sagte er mit belegter Stimme.

Sie schob ihn entschieden, jedoch mit einem spröden Lächeln, von sich weg. »Deine kleine Braut kann dich heute haben. Danach ... werden wir weitersehen.« Sie winkte mit den Fingern vor seinem Gesicht, um ihn an den Ring zu erinnern, der immer noch feucht glänzte.

Du wirst dereinst Sprecher sein ...

Er blickte ihr nach. Bevor er ihr allerdings nacheilen konnte, packte ihn ein weiteres Paar Arme.

»Prinzessin Jaslyn!« Jehal rang sich ein Lächeln ab.

»Prinz Jehal.«

»Ich kann Euch nicht sagen warum, aber ich hätte nicht gedacht, dass Ihr eine Schwäche fürs Tanzen habt.« Ihre Bewegungen waren kantig und aggressiv, nicht wie die ihrer Schwester und das genaue Gegenteil von Zafirs.

»Ich tanze lieber am Himmel.«

»Zweifelsohne mit einem schuppigeren Partner.« Jehal lächelte. »Mir ergeht es ähnlich. Also haben wir ja doch etwas gemein.«

Jaslyn sah ihn voller Verachtung an. »Wir haben jetzt auch meine Schwester gemein. Ich tanze lediglich mit Euch, damit ich ungestört und unter vier Augen mit Euch reden kann: Welches Leid auch immer Ihr Lystra zufügt, ich werde es Euch zehnfach heimzahlen.«

»Und wenn ich ihr Freude bringe?«

»Dann habe ich Euch falsch eingeschätzt.« Sie verbeugte sich und wirbelte herum.

»Das scheint mir kein fairer Tauschhandel zu sein«, rief er ihr nach, aber sie drehte sich nicht wieder um. *Arme Lystra!* Er hatte erwartet, dass sie bei der Aussicht, ihre Familie verlassen und sich einem Mann hingeben zu müssen, den man ihr zweifelsohne als ein Monster beschrieben hatte, in Tränen ausbrechen würde. Doch das war sie nicht. Ganz im Gegenteil, sie schien beinahe mit freudiger Erwartung erfüllt zu sein.

Und jetzt verstehe ich auch langsam den Grund.

Eine weitere Prinzessin tauchte vor ihm auf. Jehal schloss für einen Moment die Augen, um sich ihren Namen ins Gedächtnis zu rufen. Eine aus König Silvallans Sippe, dachte er, während er sie durch die Menschenmenge manövrierte. Aus einer Ecke, über die Musik hinweg, drang aufgewühltes Stimmengewirr zu ihm herüber. Der Alkohol hatte die Oberhand über zwei Ritter gewonnen, doch die beiden Streithähne wurden rasch getrennt. Jehal glaubte, das unverwechselbare Geräusch eines Schwertes zu hören, das aus einer Scheide gezogen wurde, aber es gab keine Schreie, und auch die Musik hielt nicht inne, weshalb er annahm, dass nichts Tragisches passiert war. Er versuchte, sich tanzend einen Weg zu Zafirs Schwester zu bahnen, um einen ersten Annäherungsversuch zu wagen, aber alles, was er zu Gesicht bekam, war ein endloser

Strom von Verwandten, die ausnahmslos alle etwas von ihm wollten.

Auf einmal war er unendlich erleichtert, dass sich der Tag langsam seinem Ende neigte. Morgen würden die Drachenlords zusammen mit ihrem jeweiligen Hofstaat zum Klippennest reisen, wo sie für die Nacht Lord Meteroas Problem waren, und dann endlich zu ihren eigenen Palästen aufbrechen. Er schlüpfte aus dem Tanzsaal. Sein Kopf war wie benebelt, und als er ihn schüttelte, um wieder klar zu denken, wurde es nur noch schlimmer. *Zu viel Wein? Oder hat mich Zafira doch vergiftet?*

Meteroa tauchte neben ihm auf. »Es ist allmählich an der Zeit, Hoheit.«

»Ich bin froh, wenn der ganze Spuk vorbei ist.«

»Ich hätte angenommen, dass du das Spektakel genießen würdest, Hoheit. Prinz Tyrin und Prinzessin Jesska sind plötzlich verschwunden, vermutlich in einen deiner Sonnenpavillons. Prinz Loatan und Prinzessin Kalista haben sich mit Messern bedroht, bevor deine Wachen einschreiten konnten, und das sind nur die Glanzlichter. Ich werde dir umgehend einen detaillierten Bericht zukommen lassen, sobald du dich von deiner Braut lösen kannst.«

Meine Braut. »Apropos meine Braut, Drachenmeister. Wie sehe ich sie eigentlich an?«

Meteroa runzelte die Stirn. »Ich würde sagen, mit einem Ausdruck voll fasziniertem Interesse. Eine schauspielerische Meisterleistung.«

Dabei habe ich mich gar nicht verstellt. »Hm. Und wie

202

viele Königinnen und Prinzessinen können der Versuchung widerstehen, einen betrunkenen Prinzen zu begrapschen, der splitterfasernackt ist?«

»Die Königinnen Shezira und Zafir haben beide dankend abgelehnt und werden sich um Prinzessin Lystra kümmern. Königin Fyon hingegen hat begeistert zugesagt. Ihren Töchtern hat sie allerdings verboten, sie zu begleiten.«

Jehal stöhnte auf. Königin Fyon – *Tante* Fyon – war Narghons Frau. Sie war grauhaarig und faltig und mindestens zehn Jahre älter als Aliphera. Damals waren Gerüchte im Palast umgegangen, dass sie und König Tyan nicht nur Bruder und Schwester, sondern auch Geliebte waren. Die Anzahl der Erben, die sie König Narghon geboren hatte, war ein deutlicher Beweis für ihren ungetrübten Enthusiasmus auf diesem Gebiet.

»Prinzessin Jaslyn wird wohl ebenfalls anwesend sein.«

Jehal musste husten. »Du musst dich täuschen.«

Meteroa wirkte verletzt. »Ich bin ein wahrlich unvollkommener Diener, Hoheit. Aber nur gelegentlich.«

»Sie hat unmissverständlich klargemacht, dass sie mich hasst.«

»Ich werde dafür sorgen, dass sie dich nicht vergiftet, Hoheit.«

Jehal schnaubte. »Sorg bitte lieber dafür, dass Königin Zafir meiner Braut nichts antut. Lystra soll bei klarem Verstand sein, wenn ich sie nehme. Zafir trägt einen Giftring. Behalt sie im Auge.« Er glaubte, ein hämisches Grinsen auf Meteroas Gesicht zu sehen, doch bevor er ihn scharf zurechtweisen konnte, setzte eine Glocke ein. Meteroa schlug ihm auf den Rücken.

»Es ist so weit.«

»Vor langer Zeit haben Könige und Königinnen auf dieselbe Art geheiratet wie jeder andere auch.« Jehal atmete tief ein und rieb sich die Augen. Sein Kopf drehte sich immer noch. Hoch oben am Himmelszelt leuchteten die Sterne. Ein silberner Halbmond hing am Horizont, weit draußen auf hoher See. Eine leichte Brise wehte vom Hafen herauf, die eine eigenartige Mischung verschiedenster Gerüche mit sich brachte: das salzige Aroma des Meeres, verfaulter Fisch und Ammoniak, Rosen-, Myrrhen- und Sandelholzduft von den Räucherpfannen, die überall in den Palastgärten verteilt waren.

»Das war vor den Sieben Prinzen und dem Dornenkrieg.« Meteroa führte Jehal in Richtung des Festsaals zurück.

»Ich weiß, ich weiß, und Sprecher Vishmir sperrte Prinz Halim und Königin Lira schließlich in den Turm der Lüfte ein und ließ sie erst wieder heraus, als Lira mit einem Erben schwanger war, und das war das Ende der Geschichte. Sosehr ich Vishmirs nüchternen Ansatz bewundere, glaube ich nicht, dass er es als allgemeine Praxis einführen wollte.«

»Erben sind wichtig.« Für einen kurzen Moment war jeglicher Ausdruck aus Meteroas Gesicht wie weggewischt. Dann lächelte er höflich. »Frag Hyram.«

Jehal lachte. »Erben sind gefährlich. Frag Aliphera. Oh, warte, das kannst du ja nicht. Sie ist tot.« Er rümpfte die

Nase. »Wer auch immer für die Räucherpfannen verantwortlich ist, sollte ausgepeitscht werden. So funktioniert das nicht. Hast du die Duftreben wie abgesprochen um das Ostfenster des Hochzeitszimmers angebracht?«

Meteroa nickte und schob Jehal in den Festsaal. Niemand tanzte. Prinzessin Lystra stand in der Mitte der Tanzfläche. Jeder starrte ihn an, doch ihm blieb keine Zeit, Genaueres wahrzunehmen, bevor sich auch schon eine Meute Ritter auf ihn stürzte. Im nächsten Augenblick wurde er gepackt und auf den Schultern getragen. Die Menschen jubelten und klatschten Beifall. Jehal musste sich regelrecht den Hals verrenken, um gerade noch einen flüchtigen Blick auf Prinzessin Lystra zu erhaschen, die von zwei Königinnen aus dem Raum geleitet wurde, ihrer Mutter auf der einen und Zafir auf der anderen Seite.

Er schloss die Augen. Die drei Frauen waren noch nicht einmal aus dem Festsaal verschwunden, als ihn unzählige Hände betatschten und an seiner Kleidung rissen. Über die derben Witze der Reiter hinweg konnte er Königin Fyons schrilles Lachen hören. Er erschauderte. Die Frauen waren immer die Schlimmsten.

Wie bei einer Prozession wurde er hoch über den Köpfen durch die Gänge bis zum Sonnenturm im Zentrum des Palasts getragen. Dort hätten sie ihn beinahe bei dem Versuch fallen lassen, ihn die schmale Wendeltreppe hinaufzuschleppen, doch anscheinend nahmen sie eher dieses Risiko in Kauf, bevor sie ihm gestattet hätten, selbst zu gehen. Als sie endlich den oberen Treppenabsatz erreichten, fühlte er sich wie benommen, aber er hatte keine Zeit, sich darüber Gedanken zu machen. Jemand drückte ihm bereits einen Kelch in die Hand. Eine von Silvallans Nichten. *Wie lautet gleich noch mal ihr Name?*

»Jungfrauenreue!«, rief eine Stimme über einen Chor aus schallendem Gelächter hinweg. »Die Jungfrau!«

Jehal trank das Gebräu in einem Zug leer, wie es sich dem Protokoll nach gehörte, und sandte leise ein Stoßgebet gen Himmel, dass die Reiter um ihn herum nicht so betrunken waren, wie es den Anschein machte. Im Stillen listete ein Teil von ihm alle Drachenkönige und -königinnen auf, die in ihrer Hochzeitsnacht vergiftet worden waren. Der andere Teil begann langsam zu zählen und strich die Sekunden ab, bis die Jungfrauenreue ihn völlig übermannt hätte. Ihm bliebe mehr Zeit als vielen anderen, dafür hatte er gesorgt.

Sie zogen ihn bis auf die Haut aus und streiften ihm das Hochzeitsgewand über, eine hauchdünne Wickeltunika, die bei der geringsten Berührung von den Schultern glitt. Zu diesem Zeitpunkt drehte sich der Raum bereits, doch Jehal hatte noch einige Minuten, bis ihm der Trank gänzlich die Sinne rauben würde.

Die Reiter, Prinzen und Prinzessinnen kamen der Reihe nach mit ihren dem Ritus folgenden Ratschlägen für die bevorstehende Nacht zu ihm und verschwanden dann aus dem Zimmer.

»Die Jungfrauenreue löst die Zunge!«, rief eine Stimme. *Richtig*, dachte er. *Das Zeug haben die Alchemisten meinen Knappen und Soldaten eingeflößt, zusammen mit dem Wahrheitsrauch.* Er grinste. *Welche Verschwendung! All die Män-*

ner und Frauen, die halb verrückt vor Lust gewesen sein mussten.

»Es löst noch mehr.« Weiteres Gelächter erscholl.

*Meteroa muss entzückt gewesen sein. Ich muss Hyram
schreiben und ihm im Namen aller Huren im Klippennest
danken.* Er begann zu lachen.

»Vergiftet Ihr Euren Vater?« Jehal blinzelte. Die Frage
sickerte in sein Bewusstsein wie Honig, der von einem Löffel tropfte. Jaslyn. Es war ihre Stimme. Prinzessin Jaslyn.
Hatte Lord Meteroa nicht gesagt, dass sie kommen wollte?
Und er konnte sich nicht erinnern, sie bisher gesehen zu
haben.

Warum denn nicht?, stachelte ihn eine innere Stimme an.
*Warum sagst du ihr nicht einfach die Wahrheit und bringst es
hinter dich? Jeder will es doch wissen. Dann wird sie auch
verschwinden.*

Er öffnete den Mund, aber eine Hand schloss ihn wie-
der. »Raus, kleine Hexe! Wie könnt Ihr es wagen! Sch!
Sch!« Die Hand ließ ihn wieder los. »Es tut mir so leid,
Neffe. Seid nett zu Eurer Braut, aber nicht zu nett. Ich wet-
te, die Kleine wird gern ein bisschen härter rangenommen.
Ist das nicht bei den meisten der Fall?«

Jehal blickte lächelnd auf. Es war Königin Fyon, doch
auch sie wandte sich bereits wieder um und ging aus dem
Zimmer. Hatte er nicht gerade etwas sagen wollen? Was
auch immer es gewesen sein mochte, es war ihm ent-
fallen.

Er schien zu blinzeln, und im nächsten Moment waren
auch seine Ritter fort. *Es stimmt. Die Jungfrauenreue bringt*

das Zeitgefühl durcheinander. Ich habe nicht mehr lange, bis mich das Elixier völlig überwältigt. Nicht mehr lange.

Dort war eine Tür. Das war seine Aufgabe. Durch die Tür zu gehen. Und noch bevor er den Gedanken zu Ende gedacht hatte, war es bereits vollbracht. Dann noch eine weitere Wendeltreppe hinauf, wobei das verfluchte Hochzeitsgewand bereits von seinen Schultern rutschte und er auf einmal nackt war und in einem achteckigen Zimmer stand, das fast nur aus weit aufgerissenen Fenstern bestand und dessen Boden mit Kissen, Decken und Matratzen ausgelegt war, die mit allen möglichen Materialien von weichen Daunen bis Stroh gefüllt waren. Da bemerkte er Lystra, die genau vor ihm stand. Die Jungfrauenreue hatte bereits Besitz von ihr ergriffen. Lystra schwankte leicht, und ihre Augen waren pechschwarz und riesig.

Ein winziger Feuerfunke schien sich in seinem Innern zu entzünden und eine sanfte Explosion zu entfachen. Prinzessin Lystra öffnete den Mund und streckte die Hand nach ihm aus. Er taumelte auf sie zu.

Noch nicht noch nicht noch nicht!

Ihm blieben nur wenige Sekunden, bis er das Bewusstsein verlor und sein Handeln nicht mehr steuern konnte. Mit dem letzten kümmerlichen Rest seines Verstandes zählte er die Fenster. *Das zweite von links, neben der Tür. Das nach Osten zeigt. Das ...*

Er drängte Prinzessin Lystra ans Fenster. »Sterne«, murmelte er. »Sieh dir die Sterne an.« Er stand hinter ihr, hatte die Arme um sie geschlungen und spähte an ihr vorbei zu einem anderen Turm und einem anderen Fenster. Das

Fenster war dunkel. Königin Shezira war noch nicht in ihre Gemächer zurückgekehrt. Wie jammerschade, denn eigentlich wollte er von ihr dabei beobachtet werden, wie er ihre Tochter nahm. Eine Art Vorspiel für alles, was er sich noch nehmen würde, und jetzt war sie nicht einmal da.

Doch dann übermannte ihn die Jungfrauenreue, und Lystra rieb sich verführerisch an ihn, und es gab kein Zurück mehr.

22

Verbrannte Erde

Sie benötigten den ganzen restlichen Tag und einen Großteil des darauffolgenden, bis sie ihr Ziel erreichten. Ihr beschwerlicher Weg führte sie dabei durch eine Talsohle mit Hunderten kleiner, murmelnder Rinnsale, die sich um ein Meer aus Gesteinsbrocken, Sand- und Kiesbänke schlängelten. Zu beiden Seiten erhoben sich bewaldete Berghänge, die in scharf aufragende Gipfel übergingen. Es regnete ununterbrochen. Hin und wieder verlor einer der Reiter das Gleichgewicht und rutschte aus. Am Ende des ersten Tages gab es niemanden unter ihnen, der nicht humpelte.

Was ihnen ganz recht geschieht, weil sie nicht auf ihre schwere Rüstung verzichten wollen, dachte Sollos.

Am Abend saßen Lockenbart und die anderen Outsider in griesgrämigem Schweigen beieinander und kauerten sich unter den dichtesten Bäumen zusammen, um so viel Schutz wie möglich vor dem Regen zu finden. Wenn sie die Drachenritter ansahen, glitzerten ihre Augen mit einer Mischung aus Gier und Hass. Die Ritter funkelten ebenso finster zurück. Sollos und Kemir wechselten sich mit ihren Nickerchen ab, doch ansonsten bekam niemand viel Schlaf. Sonderbarerweise schien der Alchemist am nervösesten von ihnen allen zu sein.

Sobald die Morgendämmerung anbrach, war Lockenbart auf den Beinen und verkündete, ihre Wege würden sich nun trennen. Äußerst widerwillig reichte ihm Reiter Semian das versprochene Gold. Lockenbart verschwand zusammen mit dreien seiner Freunde sowie dem Beutel voll Münzen flussabwärts und ließ zwei der Outsider zurück, die die Reiter zu ihrem eigentlichen Ziel führen sollten.

»Wenn wir ihnen folgen, könnten wir sie immer noch einholen«, murmelte Kemir.

Es dauerte keine Stunde, bis die anderen beiden Outsider sie im Stich ließen. Der erste verdrückte sich still und heimlich in den Wäldern, als einer der Ritter stolperte und sich die Hand brach. Nachdem der andere bemerkte, dass er nun der Letzte war, rannte er einfach los und vertraute blind seinen geschickten Füßen auf dem felsigen Gestein – in dem Wissen, dass die Ritter ihn sowieso niemals einholen konnten. Reiter Semian nannte den Mann einen Verräter und gab den Befehl, ihn zu erschießen. Doch als Sollos seinen Bogen gespannt hatte, war der Outsider längst über alle Berge. Dennoch schickte er dem Mann mehrere Pfeile nach, um Semian zufriedenzustellen, und gab dann vor zuzuhören, während der Ritter ihm Vorhaltungen machte, welch ein miserabler Schütze er sei.

Allmählich begriff Sollos, dass die Ritter nicht wussten, was sie nun tun sollten. Er beobachtete, wie sie aufgeregt hin und her überlegten, und fragte sich, welchen Nutzen er daraus ziehen konnte, sie einfach ihrem Schicksal zu überlassen. Sechs Reiter und ein Alchemist, allein in den Bergen …

Er blickte auf. Doch da, hoch über ihnen, sah er einen Punkt am Himmel. Die Ritter wurden auf Schritt und Tritt bewacht.

»Du! Söldner!«

Sollos hob den Kopf. Er hatte angenommen, einer der Ritter habe ihn gerufen, doch es war der Alchemist, der mit dem Finger auf ihn zeigte.

»Meister Huros. Amüsiert Ihr Euch?«

»Ich, äh … natürlich nicht. Ich brauche deine Hilfe. Ganz offensichtlich wäre nun die adäquate Vorgehensweise, in die Richtung weiterzugehen, in die wir geführt wurden. Bitte erklär das Reiter Semian.«

Sollos legte den Kopf schief. »Warum erklärt Ihr es ihm nicht selbst, Meister Huros?«

»Weil mir Lady Nastria unmissverständlich klargemacht hat, dass ihr zwei diese Berge in- und auswendig kennt.« Der Alchemist räusperte sich. »Äh. Er wird auf euch hören, und wir müssen dringend weiter.«

»Tatsächlich? Ich dachte, wir kehren um und fackeln die ungezogenen Outsider ab, weil sie sich so ungehobelt aufgeführt haben.«

»Nein, Söldner Sollos, wir *müssen* weiter. Wenn … äh, wenn die Männer die Wahrheit gesagt haben, ist der Drache nicht weit weg. Umzukehren wäre reine Zeitverschwendung. Ich wiederhole, wir *müssen* weiter, bevor …«

»Bevor was, Meister Alchemist?«

»Hm. Geht dich nichts an. Es ist einzig und allein von Bedeutung, dass wir den Drachen so schnell wie möglich finden.«

Sollos dachte eine Weile nach. Er schien keinen Profit daraus schlagen zu können, die Reiter einfach ihrem Schicksal zu überlassen, doch letztlich gab der Alchemist den Ausschlag, da er ihn mit seinem Namen angesprochen hatte. Laut seufzend rappelte sich Sollos auf. Er machte sich nicht die Mühe, den Reitern zu verraten, wohin er ging, oder einen Blick zurückzuwerfen, als sie ihm nachriefen, sondern gab ihnen lediglich ein Zeichen, ihm zu folgen. Zögerlich kamen sie seiner Aufforderung nach.

Kemir bemerkte den Geruch als Erster. Der Regen hatte mitten am Tag aufgehört, und während der letzten paar Stunden waren sie bei herrlichstem Sonnenschein gewandert. Bis auf seine Füße war Sollos beinahe getrocknet, als Kemir unvermittelt stehen blieb und in die Luft schnupperte.

Sollos blieb ebenfalls stehen und rümpfte die Nase. Da war etwas … etwas, das ihm irgendwie bekannt vorkam.

»Seelenstaub«, murmelte Kemir so leise, dass die Ritter ihn nicht verstanden, die sich ein paar Meter hinter ihnen befanden.

Sollos schüttelte den Kopf. »Nein. Da ist etwas, aber kein Seelenstaub. Seelenstaub riecht anders.«

»Er riecht so, wenn man ihn verbrennt.«

Sollos zuckte mit den Schultern. »Das ist unmöglich.

Wer sollte hier Seelenstaub verbrennen?« Er machte eine ausladende Handbewegung über die leere Landschaft. »Oder siehst du etwa jemanden, der Seelenstaub verbrennt?«

Kemir funkelte ihn böse an. »Nein, natürlich nicht, denn wenn ich es täte, hätte ich ihn dir längst gezeigt. Aber nur, weil du die Scheiße an der Sohle deines Stiefels nicht sehen kannst, bedeutet das nicht, dass es nicht stinkt, und ich versichere dir, das hier ist der Geruch von verbranntem Seelenstaub.«

Fünf Minuten später schnüffelte Sollos erneut. Dieses Mal roch er Rauch.

Die beiden Söldner tauschten besorgte Blicke aus. Dann begann Kemir, so gut es ging, über die rutschigen Felsen zu laufen. Die Reiter riefen ihm aufgeregt nach. Sollos wartete lang genug, um ihnen zuzubrüllen, dass sie die Luft riechen sollten, und folgte dann seinem Cousin. Bei der nächsten Flussbiegung kamen sie schlitternd zum Stehen.

Kemir deutete auf die verbrannte Fläche am Waldrand. »Denkst du, das ist das Dorf, zu dem sie uns bringen wollten?« Einige verkohlte Holzstücke glimmten immer noch. Der ganze übrige Rest lag in Schutt und Asche, doch das war es nicht, was Sollos ins Auge sprang.

»Vergiss das verdammte Dorf!« Er zeigte mit dem Finger flussaufwärts.

Auf den ersten Blick hätte man annehmen können, dass es ein riesiger weißer Gesteinsbrocken war, aber dafür war es viel zu symmetrisch und zu glatt. Als Sollos die Augen zu Schlitzen verengte, sah er, dass der Gesteinsbrocken

Augen hatte, die zu ihm herblickten. Noch während er ihn betrachtete, entfaltete der Gesteinsbrocken seine Beine, Flügel und den Schwanz und verwandelte sich in einen Drachen.

Kemir stieß einen leisen Freudenschrei aus. »Finderlohn!«

Sollos berührte Kemir warnend am Arm. »Etwas stimmt nicht. Da ist kein Reiter.«

»Natürlich gibt es keinen. Wir waren doch dort, erinnerst du dich nicht? Als die anderen Drachen angegriffen haben? Feuer, lautes Geschrei, Lebensgefahr? Kommt dir das irgendwie bekannt vor?«

Sollos machte langsam einen Schritt zur Seite, versuchte die Mitte des Flusses hinter sich zu lassen und den sicheren Wald zu erreichen. Der Drache beobachtete sie, und etwas erschreckend Intelligentes lag in der Art, wie er sie ansah. »Wir haben den Knappen nicht gefunden.«

»Weil er tot ist.«

»Und warum dann das hier?« Sollos bewegte sich schneller. »Drachen speien nur Feuer, wenn man es ihnen befiehlt.«

»Vielleicht war er hungrig.«

»Vielleicht ist er es immer noch.«

Der Drache rührte sich. Sollos packte Kemir und rannte los.

Teil 2

Das Trinkgeld der Knappen

Zehn Jahre lang, während der Drache heranwächst, folgen weitere Geschenke, und all jene Reiter, deren Geschenke keinen großen Anklang finden, werden womöglich eine herbe Enttäuschung erleben. Vielleicht sind die Schuppen des Drachen nicht so glänzend, oder er ist nicht so schnell und wendig, wie sie es sich erhofft haben. Sobald der Drache vollkommen ausgewachsen ist, wird der Reiter dem Nest einen abschließenden Besuch abstatten. Ein allerletztes Geschenk wird überreicht, und dann werden Reiter und Drache einander bekannt gemacht. Der Drache gehört nun dem Reiter.

Bevor der Reiter abreist, ist eine letzte Entlohnung üblich: ein kleiner Obolus für den Knappen, den Mann oder die Frau, die den Drachen seit seinem Schlüpfen gefüttert, dem Tier Wasser gegeben und ihn aufgezogen hat. Die Drachenprinzen nennen dieses Geschenk das Trinkgeld der Knappen.

23

Schneeflocke

Ein Flammenmeer ergoss sich vom Himmel herab und umfing sie und den Kleinen neben ihr. Der Fluss dampfte. Steine zerbarsten in der Hitze.

Sie spürte die Gegenwart der anderen Drachen hoch in der Luft lange, bevor sie sie erblickte. Unterschiedliche Bewusstseinsströme, unterschiedliche Gedanken, die aus unterschiedlichen Geräuschen und Farben bestanden, aber das hatte sie anfangs nicht beunruhigt. Andere Drachen kamen und gingen ständig, und der Kleine schien nie besorgt zu sein. Und dann hatte sie gespürt, wie sich ihre Gedanken veränderten, wie die Farben dunkler und schärfer geworden waren und sich mit Feuer gefüllt hatten. Sie wusste, was als Nächstes folgen würde.

Einen Wimpernschlag bevor die Flammen auf sie herabprasselten, breitete Schneeflocke die Flügel aus und beschirmte ihren Kopf und den des Kleinen neben ihr. Instinktiv. Beschützte ihre Augen und den Kleinen. Der andere Kleine, der wütend gewesen war und laut gezetert hatte, der auf ihrem Rücken geritten und ihr gesagt hatte, was sie tun sollte, war zu weit weg. Sie konnte ihn nicht retten. Da spürte sie, wie seine Gedanken erstarben, und das erfüllte sie ein wenig mit Traurigkeit. Die Kleinen verbrannten so leicht.

Ein zweiter Flammenstrahl traf sie. Das Feuer wärmte sie, jagte ihr jedoch keine Angst ein. Der Kleine hingegen fürchtete sich. War plötzlich von grenzenloser, unsäglicher Verzweiflung erfüllt. Sie konnte sie bei allen spüren, aber besonders bei dem Kleinen neben ihr. Und Schmerz. Der Kleine hatte Schmerzen. Und Panik. Und Todesangst. Die Gefühle des Kleinen überrollten sie förmlich. Sie wusste nicht, was sie machen sollte. So etwas hatte sie noch nie gefühlt. Schlimme Dinge, vor denen sie am liebsten weggelaufen wäre.

Die neuen Drachen waren immer noch in ihrer Nähe. Sie konnte ihre Gedanken spüren, stechend heiß und erbittert. Die Drachen kreisten über ihnen. Sie wollten zurückkommen.

Sie hob den Kleinen behutsam in ihre linke Vorderklaue und stürzte sich den Fluss hinunter. Mit jedem Schritt gewann sie an Tempo. Einer der anderen Drachen stürzte zu ihr herab. Sie spürte seine Gedanken und hielt den Kleinen eng an sich gepresst, während der Drache über ihr Feuer spuckte.

Die Flammen schossen über ihren Kopf hinweg. Im nächsten Moment erhob sie sich in die Lüfte und schnappte nach seinem Schwanz, drückte den Kleinen aber weiterhin fest an ihre Brust. Er war wie von Sinnen, schrie und strampelte wild. Seine Gedanken waren ein einziges

Durcheinander, zusammenhanglos und befremdlich, und weckten ein sonderbares Gefühl in ihr. Als ein anderer Drache an ihr vorbeijagte, biss sie auch nach diesem und schlug mit dem Schwanz nach ihm. Sie spürte seine Überraschung, als er erschrocken ausscherte.

Hoch, hoch, hoch. Schneller und schneller. Weg. Manchmal hatte sie das Gefühl, als wollte der Kleine ihr sagen, dass sie ihn loslassen sollte, aber seine Gedanken waren das reinste Chaos, planlos und wirr und schienen sich zu widersprechen. Drei der neuen Drachen folgten ihr. Sie waren größer als sie. Und wirkten älter. Sie hatten Kleine auf ihren Rücken, die ihnen Befehle gaben. Sie konnte ihre Entschlossenheit spüren, ihre Feindseligkeit.

Ein weiterer Drache tauchte am Himmel auf. Ein Drache, den sie kannte, einer der starken. Einer der Drachen, der aus ihrem Nest stammte. Er schoss wie ein Pfeil herab und prallte in den Drachen, der Schneeflocke am nächsten war, sodass beide in Richtung Erdboden trudelten. Sie hörte die Schreie der anderen Drachen, die im Tal widerhallten, und mit ihnen wallte eine fieberhafte Aufregung in ihr auf. Die Drachen hinter ihr waren alle verschwunden, stürzten spiralförmig in die Tiefe, schnappten und schlugen nach ihrem Nestgefährten.

Auf einmal erspürte sie einen entsetzten Schrei, der im nächsten Augenblick verhallte. Es war einer der Kleinen gewesen. Dann waren sie alle fort, zu weit zurückgefallen, als dass Schneeflocke ihre Gedanken noch hören konnte.

Ihre Aufregung erstarb. Der Kleine in ihrer Klaue war nun ruhiger, und ihre eigenen Gedanken waren nicht mehr so wirr. Ein Teil von ihr wollte zurückkehren und mit den neuen Drachen spielen, aber die Gedanken des Kleinen waren eindeutig: Er wollte weg. Weit, weit weg. Er wusste nicht, welchen Weg sie einschlagen sollte, und es kümmerte ihn auch nicht, also ließ sie sich einfach treiben, flog durch Täler, zwischen Bergketten hindurch und über Seen. Sie hatte ein solches Land noch nie zuvor zu Gesicht bekommen, mit all seinen sonderbaren Formen und Farben und funkelnden, rauschenden Gewässern. Sie zog ihre Schwanzspitze durch schimmernde Spiegel, schoss in die Höhe, tauchte wieder hinab und schnappte nach Wasserfällen, bevor sie um Gebirge sauste und sich auf Steigwinden zum Himmel emportragen ließ.

Allmählich verblasste das Licht, die Sonne versank, und die Gedanken des Kleinen verstummten. Schneeflocke spürte, wie sie langsam zu glühen begann, aber die Landschaft war einfach zu neu und berauschend, und sie flog weiter, bis die Hitze in ihrem Körper unerträglich wurde. Dann landete sie in der Nähe eines Sees. Behutsam setzte sie den Kleinen an einer Stelle ab, die sie gut im Auge behalten konnte, und hüpfte in das köstlich kalte Wasser. Sie planschte und spielte unter den Sternen, bis sie wieder abgekühlt war, rollte sich dann vorsichtig um den Kleinen und glitt in den Schlaf.

Sie träumte. In weiter Ferne geschahen Dinge. Wichtige Dinge. Irgendwie war sie ein Teil davon, doch die Dinge ereigneten sich in so großer Entfernung, dass sie sie nicht sehen, nicht hören, sich nicht daran erinnern konnte. Sie versuchte, auf sie

zuzufliegen, aber sie wichen ihr ständig aus, entschlüpften ihr,
huschten davon, sobald sie sich auf sie stürzen wollte.

Schlagartig war die Sonne wieder am Himmel und kroch über die sie umgebenden Bergspitzen. Schneeflocke gähnte, streckte den Schwanz aus und drückte den Rücken durch. Der Kleine war ebenfalls erwacht. Sie konnte seine Gedanken spüren. Er war hungrig.

Ja. Hungrig. *Sie* war auch hungrig. Sie sah zum Kleinen und entblößte die Zähne, wie immer, wenn die Fütterungszeit gekommen war.

»Tut mir leid, Schneeflocke. Du wirst dir dein Frühstück wohl selbst fangen müssen.«

Sie ließ den Blick schweifen. Sie verstand nur wenige der Geräusche, die der Kleine von sich gab, aber manchmal genügten seine Gedanken. Er hatte kein Essen für sie. Und er litt Schmerzen. Außerdem hatte er Angst. Ihr gefielen diese Gedanken nicht. Sie beunruhigten sie, weshalb sie sie einfach ausblendete. Stattdessen dachte sie an ihren eigenen Hunger und wartete darauf, dass der Kleine etwas unternahm. Als er nichts tat, fletschte sie erneut die Zähne.

»Geh auf die Jagd«, sagte er. »Du musst jagen.«

Jagen. Sie kannte dieses Geräusch. Es bedeutete fliegen und ein Tier verfolgen und, ja!, fangen und töten und essen.

Sie ließ sich auf alle viere fallen, senkte den Kopf und lud den Kleinen ein, auf ihren Rücken zu klettern.

»Ich kann nicht, Schneeflocke. Ich bin ein Knappe, kein Reiter. Das darf ich nicht.«

Die Geräusche machten keinen Sinn. *Jagen* bedeutete, dass ein Kleiner auf ihrem Rücken saß und ihr befahl, wohin sie fliegen sollte. Sie senkte den Hals noch weiter und rieb mit dem Kopf über die Steine am Boden.

»Sie würden mich zum Tode verurteilen, wenn sie davon erfahren.« Der Kleine begann im Kreis zu gehen. Seine Gedanken waren durcheinander und immer noch mit Schmerz verwoben. Immer noch voller Angst. »Nur Reiter reiten auf Drachen. So lautet das Gesetz. Wir sollten zurückkehren. Was ist geschehen? Wurden wir angegriffen?« Er schüttelte den Kopf. »Oh, ich wünschte, du könntest sprechen. Was, wenn sie noch dort sind? Die Königin kann noch nicht gekommen sein, oder? Oh, was soll ich nur tun? Ich kann nicht auf dir reiten, Schneeflocke. Es gibt keinen Sattel. Ich würde fallen. Aber hier können wir auch nicht bleiben, und allein findest du niemals den Weg nach Hause. Ich habe nicht den blassesten Schimmer, wo wir sind. Weißt *du*, wo wir sind?«

Sie rieb den Hals am Boden und entblößte wiederum die Zähne. *Jagen. Hungrig.*

»Du willst essen. Ja, du musst hungrig sein. Oh, aber hier gibt es keine Alchemisten. Du musst das Wasser trinken, das sie für dich zubereiten. Andernfalls wirst du krank. Wir müssen zurück.«

Jagen. Hungrig. Sie wiederholte die Gesten. Allmählich wurde sie ärgerlich, und die Gedanken des Kleinen verwirrten sie. Sie leuchteten ihr einfach nicht ein.

»Ich kann nicht auf deinen Rücken klettern, Schneeflocke. Es gibt kein Geschirr. Es geht nicht.« Der Kleine ging zu ihrer linken Vorderklaue und versuchte, sie zu öffnen. Schneeflocke verstand nicht, was er vorhatte, doch dann erhaschte sie ein Bild aus seinem Bewusstsein, wie sie nachts durch die Luft geflogen war und ihn getragen hatte.

Ja. Genauso, wie sie hergekommen waren. Vorsichtig verlagerte sie ihr Gewicht auf die Hinterbeine und streckte ihre Vorderklauen aus. Der Kleine nickte und machte Geräusche, und in seinen Gedanken sah sie, dass sie ihn verstanden hatte. Er stieg in ihre Klaue, und behutsam schloss sie ihre Krallen um ihn.

»Jagen!«, sagte er.

Jagen. Endlich ein Geräusch, das sie verstand.

24

Eine Erinnerung
an Flammen

Sie jagte. Sie aß. Der Kleine aß ebenfalls, und dann erhoben sie sich wieder gemeinsam in die Lüfte. Der Kleine hatte ein Ziel vor Augen, wusste jedoch nicht, wie man dorthin gelangte, weshalb sie weiterhin nach Lust und Laune herumflog, in eine weglose Wildnis aus Felsen und Gesteinsbrocken von der Größe von Burgen. Sie versuchte, auch dort auf die Jagd zu gehen, aber das Land war unwirtlich und leer. Als die Nacht anbrach, fand sie einen Platz zum Landen und schlief ein. Die Träume waren wieder da, so weit entfernt wie eh und je.

Am nächsten Tag kehrten sie zurück, durch Täler und entlang der Flüsse. Es regnete. Sie mochte es, mochte dieses Gefühl. Der Kleine begann allmählich, ihr zu befehlen, in welche Richtung sie fliegen sollte. Sie verstand seine Gedanken: *Links, geradeaus, rechts, hoch, runter.* Sie kannte auch die Geräusche, aber wenn sie durch die Luft sausten, verloren sie sich im Wind, und sie musste die Gedanken aus dem Kopf des Kleinen fischen. Sie fragte sich langsam, ob irgendetwas mit dem Kleinen hier nicht stimmte. Die Gedanken der anderen Kleinen, die auf ihrem Rücken gesessen hatten, waren viel klarer gewesen.

»Wir haben uns verirrt«, sagte der Kleine. Sie verstand ihn nicht, doch sie konnte Besorgnis in seinen Gedanken lesen. Irgendetwas plagte ihn andauernd. Meistens blendete sie diese Gedanken aus.

Sie hielten nach Drachen Ausschau, fanden jedoch keine. Der nächste Tag brachte nichts Neues. Ebenso wenig der übernächste. Aber nachts, wenn Schneeflocke schlief, begann sich etwas zu verändern. Die Träume rückten näher. Anfangs bemerkte sie es kaum, doch nach ein paar Tagen überkam sie ein sonderbares Verständnis. Sie wollte diese Träume. Mehr als alles andere auf der Welt. Sie waren wichtig. Wichtiger als Nahrung oder Schutz oder selbst als der Kleine. Sie kannte den Grund nicht, sie waren es einfach. Auf diese Offenbarung folgte die nächste. Die Träume würden bleiben, solange sie hier war, weg von den anderen, allein.

Am folgenden Tag wählte sie ihre eigene Flugroute. Ihr Instinkt führte sie in die höheren Berglagen. Der Kleine war noch aufgebrachter als normalerweise. Er schrie sie an. Er war wütend auf sie, und das wiederum machte sie traurig. Eigentlich sollte sie das tun, was der Kleine wollte, und dieser Kleine war ein ganz besonderer Kleiner, weil er seit dem Tag bei ihr war, als sie zum ersten Mal die Augen aufgeschlagen hatte.

In dieser Nacht waren die Träume realer als sonst. Sie konnte sie regelrecht riechen und beinahe anfassen. Sie waren voller Feuer und Asche und verbranntem Fleisch. Am Morgen, nachdem sie erwacht war, ließ sie den Kleinen zurück und ging allein auf die Jagd. Sie spürte seine schreckliche Verzweiflung, während er ihr ängstlich nachblickte. Als sie zurückkehrte, wartete er noch genau an derselben Stelle. Freude durchströmte ihn bei ihrer Rückkehr, und er machte viele Geräusche, die sie nicht verstand. Im Schlaf gelang es ihr endlich, die Träume zu berühren.

Sie war ein winziger Teil von etwas Großem. Sie konnte weder sehen noch hören, aber sie konnte die Gedanken Hunderter Drachen spüren, hell und klar. Sie konnte auch andere Lebewesen erspüren, die riesig und mächtig waren. Tief unter ihnen vernahm sie das Summen von weniger entwickelten Geschöpfen. Erstaunt erkannte sie, dass es die Kleinen waren, aber das machte eigentlich keinen Sinn, da die Kleinen im Vergleich mit den anderen Drachen dumpf und beschränkt wirkten, wo es doch in Wirklichkeit andersherum war.

Sie versuchte, den Traum zu verstehen, ihn zu entschlüsseln, aber er verpuffte, und der nächste schob sich an seiner Stelle in ihr Bewusstsein.

Sie flog. Die Luft um sie herum war mit Drachen erfüllt, und auf jedem Rücken saß ein einziger, in Silber gewandeter Reiter. Sie drehte scharf ab, ließ sich fallen und sah, dass der Boden tief unter ihr zu Leben erwacht war. So weit das Auge reichte, erhob er sich kriechend, wogte dahin, bewegte sich mit unzähligen Kleinen. Abertausenden. Abermillionen.

Pfeile. Sie schloss die Augen und spürte, wie sie gegen ihre Schuppen schlugen.

Sie flog über ihre Köpfe hinweg, als würde sie sanft über einen Wald gleiten. Die Kleinen steckten in primitiven Metallhäuten. Speere und Äxte kratzten an ihren Schuppen. Sie öffnete das Maul und ließ das Feuer aus sich herausströmen, erfüllte die Welt mit Schreien und ihr eigenes Herz mit köstlicher Freude. Überall taten die anderen Drachen dasselbe. Sie spürte das Gefühl von Macht, das von dem in Silber gekleideten Mann auf ihrem Rücken ausging. Unaufhörlich stachelte er sie an, trieb sie an, damit sie tötete, tötete …

Es waren so viele Kleine. Sie verbrannte sie zu Hunderten, und sie starben, und die Toten wurden von der Horde verschluckt, als hätten sie nie existiert.

Auf einmal erwachten die Toten zum Leben, waren verkohlt und gekrümmt, wandten sich gegen die Lebenden, kratzend und reißend. Das silberne Geschöpf auf ihrem Rücken befahl es ihnen. Es lachte, und sie tat es ihm gleich.

Und dann geschah etwas, und das silberne Geschöpf auf ihrem Rücken war verschwunden, und ihre Flügel wollten nicht fliegen, und sie konnte sich weder bewegen noch denken, als habe eine riesige Klaue ihren Geist gepackt und zerdrückte ihn ganz langsam.

Sie erinnerte sich, wie sie zu Boden stürzte und die Kleinen um sie herum auseinanderstoben, während die Krallen immer tiefer in ihr Bewusstsein sanken, und dann erinnerte sie sich an nichts mehr.

Nein. Nicht an nichts. Sie war wieder ein Ei. Sie war ein winziger Teil von etwas Großem. Sie konnte weder sehen noch hören, aber sie konnte die Gedanken Hunderter Drachen spüren, hell und klar.

Sie erwachte. Der Himmel war in Dunkelheit gehüllt, obwohl die ersten Schimmer der Morgendämmerung über die Berggipfel glitten. Schneeflockes Kopf war immer noch mit Träumen erfüllt – Hunderten von ihnen. Sie fühlten sich längst nicht mehr wie Träume an, sondern wie echte Erinnerungen. Aber das konnte nicht sein. Es gab keine hundert anderen Drachen in ihrem Nest, geschweige denn tausend. Außerdem hatten die anderen auch nie solche Gefühle gehabt. Die Drachen in ihren Träumen hatten Gedanken, die wie Brillanten funkelten. Die Drachen in ihrem Nest waren farblos und langweilig.

Sie war nie weit von ihrem Nest weggekommen. Das wusste sie. Sie war nie an den Orten gewesen, an die sie sich nun erinnerte. Sie hatte nie die Gegenwart dieser silbernen Männer gespürt, deren Bewusstsein wie die Sonne brannte. Ganz zu schweigen vom Schweben über ein Meer aus Kleinen, das Feuerspucken, das Verbrennen …

Die Erinnerung war jedoch geblieben. Sie hatte es genossen. Mehr als das. Es war das Erhabendste, das sie je vollbracht hatte.

Aber sie hatte es nicht getan. Sie konnte es nicht getan haben. Es waren Träume, keine Erinnerungen, und sie konnten nicht real sein. Mühsam versuchte sie, einen Sinn hineinzulesen, doch es war viel zu kompliziert, und sie war schon wieder hungrig. Hier draußen in den Bergen wurde sie oft hungrig. Es gab allerdings genug Nahrung, wenn man wusste, wo man danach suchen musste.

Als die Sonne aufging, erhob sie sich in die Lüfte und ließ den Kleinen erneut zurück. Sie spürte seine Traurigkeit. Es gefiel ihm gar nicht, allein zurückzubleiben. Das konnte sie nicht nachvollziehen. In ihrem Nest hatte es immer andere Drachen und auch andere Kleine gegeben. Selbst nachts, in der Dunkelheit, hatte sie das Schwirren ihrer Gedanken gespürt. Niemals zuvor war sie so allein gewesen wie hier, und dennoch hatte sie sich noch nie so sonderbar glücklich gefühlt.

Ohne den Kleinen, der ihr nur ein Klotz am Bein war, wagte sie sich bei ihren Jagdausflügen in immer fernere Gefilde vor. Sie suchte nach Flusstälern und folgte ihnen dann, schoss hoch in den Himmel, ließ den Blick schweifen und wartete darauf, dass ihre Beute zum Trinken aus den Wäldern herauskam. Manchmal war es ein Bär, manchmal ein Reh, manchmal eine Herde Schnäpper. Sie musste vorsichtig vorgehen, da die Tiere stets in der Nähe des Waldrands blieben, und sobald sie den Schutz der Bäume erreichten, waren sie so gut wie gerettet. Also beobachtete sie ihre Beute eine Weile, bis sie sicher war, dass sie am Fluss ihren Durst stillen wollte, bevor sie die Flügel anlegte und hinabtauchte. Wenn möglich packte sie sie mit den Klauen und biss ihnen den Kopf ab. Falls sie sie kommen sahen und wegliefen, schlug sie mit dem Schwanz nach ihnen, schlang ihn um ihre Leiber und riss sie mit sich in die Lüfte, um sich an ihnen zu laben, solange sie noch benommen waren. Schlimmstenfalls verbrannte sie die Tiere. Roh schmeckten sie allerdings besser.

Heute war der Himmel grau, und ein stetiger Regen prasselte herab. Regen und Wolken waren gut. Sie konnte viel tiefer fliegen, bevor ihr Kommen bemerkt wurde, was bedeutete, dass den Tieren weniger Zeit blieb, sich zu verstecken, während Schneeflocke vom Himmel herabfiel und sich auf sie stürzte. Sie aß sich stets satt, und dennoch trieb sie etwas an, und sie segelte immer weiter und weiter die Täler entlang, als wüsste ein Teil von ihr, dass irgendwo dort draußen etwas auf sie wartete.

Und da war etwas. Sie war einen halben Tag geflogen und hatte vielleicht hundert Meilen hinter sich gelegt, als sie das Surren vereinzelter Gedanken spürte. Da waren Kleine. Als sie den Blick nach unten senkte, konnte sie sie nicht sehen, nur die endlosen Baumwipfel und den kleinen Fluss, der sich wie eine Narbe durch das Tal schlängelte. Sie flog in kreisförmigen Schleifen zu den Bäumen hinab, landete schließlich im Fluss und spähte in den düsteren Wald. Ihre Augen fanden nichts, aber sie wusste es dennoch. Die Kleinen waren so nah, dass sie ihre Gedanken spüren konnte, jeden einzelnen von ihnen. Und sie hatten nicht einmal mitbekommen, dass sie hier war.

Einen Moment lang überlegte sie, was sie tun sollte. Dann stieg sie ein weiteres Mal in den Himmel.

25

In Schutt und Asche

Der Drache trottete einige Meter den Fluss hinab, und bei jedem Schritt purzelten Gesteinsbrocken mit einem lauten Platschen ins Wasser. Dann blieb das Tier stehen und besah sich die beiden Neuankömmlinge. Die Luft stank nach feuchter Holzkohle. Während sie in den schützenden Wald flüchteten, musste Sollos immer wieder über verkohlte Leichen steigen. Outsider, die von einem Drachen verbrannt worden waren. Der Anblick ließ zu viele schreckliche Erinnerungen wach werden. Ihm graute.

»Elender Mistkerl«, grunzte Kemir.

Sollos schüttelte den Kopf. »Es muss einen Reiter geben. Wie schon gesagt, Drachen speien nicht Feuer, außer jemand befiehlt es ihnen, und sie fackeln ihre Beute nicht ab. Sie lieben rohes Fleisch.«

Sie spähten durch die Bäume. »Sollen wir umkehren und Reiter Rotznase warnen?«, fragte Kemir. »Oder macht es mehr Spaß, einfach abzuwarten und zuzuschauen, was passiert?«

»Spielt keine Rolle.« Sollos schnalzte mit der Zunge. »Er

trollt sich«, sagte er und rannte zurück durch die Bäume zum Fluss. Sobald er dort ankam, hatte sich der Drache längst in die Lüfte erhoben. Der Söldner sah ihm nach, wie er knapp über den Baumspitzen durch die Talsohle flog und hinter der nächsten Biegung aus seinem Blickfeld verschwand. *Süden*, dachte er. *Richtung Süden.*

Er drehte sich um und schaute flussabwärts, wo sich die Reiter und ihr Alchemist einen Weg über die Steine bahnten.

»Sollos!«

Er konnte Kemir in dem Meer aus Bäumen nicht ausmachen, doch ihm war die Dringlichkeit in seiner Stimme nicht entgangen. Er stürzte zurück in den Schutz des Waldes. »Was?«

»Ein Überlebender. Oder so was in der Art.«

Als Sollos seinen Gefährten fand, kniete dieser neben einem Baum, an dem ein Outsider lehnte. Wenn man bedachte, welch schwere Verbrennungen sich der Mann zugezogen hatte, war es ein Wunder, dass er nicht tot war.

»Verdammt! Gib ihm Wasser!«

Kemir grunzte. »Schon getan. Er wird's nicht mehr lang machen. Der Schmerz hat ihn wohl um den Verstand gebracht. Er redet die ganze Zeit dummes Zeug und behauptet, der Drache hat mit ihm gesprochen.«

Der Mann nickte stöhnend. »Der Drache redet. Er war in meinem Kopf.«

»Siehst du?« Kemir zuckte mit den Schultern. »Völlig plemplem.«

»Geh und hol den Alchemisten. Vielleicht kann er noch was tun.«

»Geh doch *du* und hol den Alchemisten!«

»Hol den Alchemisten!« Sollos schubste Kemir fort und ging neben dem sterbenden Mann in die Hocke. »Wir haben den Drachen gesehen. Einen weißen Drachen. Er ist davongeflogen, als wir gerade gekommen sind. Ist er für all das hier verantwortlich?«

»Nein, das war ein unachtsamer Kerl mit seiner Pfeife«, murmelte Kemir. »Was soll der Blödsinn?«

Sollos stand auf. Dieses Mal stieß er Kemir unsanft in Richtung des Flusses und schrie ihn aufgebracht an: »Geh und hol den verfluchten Alchemisten!«

Verdrossen machte sich Kemir auf den Weg. Sollos setzte sich wieder neben den Mann.

»Wir holen Hilfe. Hat der weiße Drache das getan?«

Der Outsider nickte. Er flüsterte etwas, zu leise, als dass Sollos es verstanden hätte, bis er sich über ihn beugte und sein Ohr regelrecht auf die verbrannten Lippen des Mannes legte. »Er hat gesprochen. Ich haben ihn reden gehört.«

»Wer ist auf ihm geritten?«

Der Mann schüttelte den Kopf.

»War es ein Drachenritter?«

Der Mann schüttelte erneut den Kopf. »Kein Reiter«, hauchte er.

»Dann also ein einfacher Mann. Kein Ritter, sondern ein Mann.« *Der Knappe. Wir haben seinen Leichnam nie gefunden.*

Ein weiteres Kopfschütteln. »Kein … Reiter … nur … Drache … allein.«

Sollos war so etwas Abstruses noch nie zu Ohren gekommen. Womöglich hatte Kemir recht. Angesichts der Verbrennungen musste der Mann unglaubliche Schmerzen durchleiden. Vielleicht war sein Verstand *tatsächlich* benebelt.

»Er hat geredet.« Der Mann seufzte und schloss die Augen, und für einen kurzen Moment glaubte Sollos, er habe den Löffel abgegeben. Da bewegten sich seine Lippen wieder. »Ich habe ihn in meinem Kopf gehört. Ich habe ihn wirklich gehört. Er kam wegen Maryk.«

»Maryk? Wer ist Maryk?«

Der Mann gab keine Antwort. Seine Brust hob und senkte sich zwar noch, sein Atem ging jedoch schnell, flach und stoßweise. Sollos stand auf. »Kemir!« *Wo ist bloß der verfluchte Alchemist?*

Der Alchemist kam natürlich zu spät. Sollos beobachtete, wie sich die Brust des Outsiders ein letztes Mal hob, bevor er völlig reglos dalag. Er war bereits einige Minuten tot, als Kemir endlich mit dem Alchemisten und den Drachenrittern erschien.

»Er hat's nicht geschafft«, sagte Sollos und blickte zu Kemir. »Du hast ihnen erzählt, was wir gesehen haben?«

»Ich habe ihnen gesagt, dass sie uns einen Beutel voll Gold schulden.«

Semian grinste spöttisch. »Alles, was wir gesehen haben, sind die Folgen eines Feuers. Woher sollen wir wissen, dass ihr nicht lügt? Vielleicht war die Weiße überhaupt nie hier?«

»Wenn Ihr Euch ein bisschen beeilt hättet«, fauchte Sollos, »hätte Euch der Mann die Geschichte bestätigen können.«

Kemir zeigte zu den Baumwipfeln. »Wenn Eure Drachenreiter dort oben ihn nicht gesehen haben, dann haben sie keine Augen im Kopf.«

»Äh … Wie lange ist der Mann denn schon tot?«, fragte der Alchemist.

»Unsere Drachenreiter sind kurz verschwunden, wie ihr sicherlich bemerkt habt. Und was diesen Mann angeht, so sollte ich ihn wohl lieber nach Wunden absuchen, nur für den Fall, dass ihr ihm ein Messer in die Rippen gerammt habt, damit er euch nicht widersprechen kann.« Reiter Semian legte den Kopf schief.

»Es passt also gerade niemand auf Euch auf?« Kemir sah aus, als wollte er sich auf den Ritter stürzen. Der Alchemist kniete nun neben dem verbrannten Mann.

»Pass gut auf, was du da sagst, Söldner. Bevor du die Hand gegen mich erhebst, sollte ich dich daran erinnern, dass es sechs gegen zwei steht.«

Kemir warf ihm einen finsteren Blick zu. »Ich würde nicht im Traum dran denken, mein Schwert mit Eurem Blut zu besudeln, *Reiter*. Warum sollte ich das auch, wo ich doch einfach bloß tatenlos zusehen muss?«

Der Alchemist hob die Hand des toten Mannes am Handgelenk hoch und hielt es an seine Wange.

»Ihr seid weit weg von Eurem Drachennest, Reiter. Ich muss Euch lediglich aus sicherer Entfernung zusehen und werde lachen, während Ihr …«

Sollos riss Kemir heftig am Arm. »Genug. Lass sie in Ruhe!«

Kemir schnaubte verächtlich. »Nichts wäre mir lieber.«

»Ich benötige einen … äh … Assistenten«, sagte der Alchemist. Er kauerte jetzt über dem toten Mann und zog Gegenstände aus seinem Bündel.

»Ach, tatsächlich?«, spottete Reiter Semian. »Dann sollten sich unsere Wege wohl am besten trennen. Ihr seid sowieso wertlos geworden. Wir werden unsere Suche von der Luft aus fortsetzen. Und dann werden wir *euch* nicht aus den Augen lassen.«

»Deine, äh, *Hilfe*, Söldner.«

Der Alchemist reichte Sollos ein kurzes, gebogenes Messer, das man normalerweise zum Schälen von Obst benutzte. »Und was soll ich damit tun?«

Der Alchemist faltete ein rechteckiges Wachspapier auseinander, in dem sich ein schwarzes Pulver befand, und schüttete es in eine kleine Tonschale. Nun hielt er sie Sollos hin. »Das Messer.«

Sollos nahm die Schale und gab ihm das Messer. Mit schmerzverzerrtem Gesicht fuhr der Alchemist mit der Klinge über die Haut an seinem Arm.

»Halt die Schale so, dass das Blut aufgefangen wird.« Der Alchemist ballte die Faust. Blut rann an seinem Arm zum Ellbogen hinab. Als es in die Schale tropfte, zischte das Pulver.

»Was ist das?« Sollos runzelte die Stirn.

»Geht dich … äh … nichts an, Söldner.«

»Sieht nach Zauberei aus«, murmelte Kemir und wich

einen Schritt zurück. Selbst den Drachenrittern hatte es die Sprache verschlagen.

»Er ist tot«, sagte Sollos. »Ein Elixier kann ihm da auch nicht mehr helfen. Wärt Ihr allerdings früher gekommen ...«

Der Alchemist funkelte ihn finster an. »Woher hast du deinen Namen, Söldner? Sollos. Das ist ein Name für einen ... äh ... Alchemisten und keinen Soldaten. Offensichtlich ein ... äh ... Fehler. Oder hast du ihn dir etwa selbst gegeben?« In der Schale hatten sich Pulver und Blut zu einer zähflüssigen Paste vermischt. Der Alchemist hob den Arm und wickelte einen Streifen weißes Leinen fest um die Wunde. »Äh. Du hast recht. Es ist zu spät, um ihm das Leben zu retten. Aber nicht zu spät, um ihn zum Reden zu bringen.«

»Meister Huros?« Semian wirkte angespannt. »Mir ist nicht wohl bei der Sache. Blutmagie ist ...«

»Ist was?«

»Die Königin befürwortet solche Praktiken nicht. Sie sind gesetzlich verboten.«

»Vielleicht in ... äh ... ihrem Reich. Hier nicht.« Der Alchemist seufzte leise. »Wenn ich ihm das hier auf die Zunge streiche, wird er reden. Hm ... Wenn Euch meine Vorgehensweise nicht gefällt, Reiter, dann tut mir das leid.« Er riss Sollos die Schale aus der Hand. »Verbrennt das Zeug, wenn Euch das lieber ist.«

Semian zappelte verlegen herum. Als einige Sekunden verstrichen und er die Schale nicht an sich nahm, zuckte der Alchemist mit den Schultern. Er tauchte die Finger in die Paste, und noch bevor ihn jemand aufhalten konnte, schmierte er sie dem toten Mann in den Mund.

26

Zeit des Erwachens

Tag für Tag beobachtete Kailin die Veränderungen in Schneeflocke. Drachen, so hatte man ihm erklärt, waren wie kleine Kinder. Wenn das stimmte, dann wurde Schneeflocke direkt vor seinen Augen erwachsen. Sie war furchterregend, und dennoch stieg bei ihrem Anblick ein sonderbares Gefühl des Stolzes und der Bewunderung in ihm auf. Nie zuvor hatte es einen Drachen wie Schneeflocke gegeben, nicht mit dieser makellos reinen Farbe. Sie war geschmeidig und perfekt, und allmählich verwandelte sie sich in etwas Neues. Häufig flößte sie ihm schreckliche Angst ein, doch gleichzeitig war er ihr Knappe. Er hatte sich um sie gekümmert, seit sie aus ihrem Ei geschlüpft und in die Welt gekommen war, und nun lebte er schon beinahe zehn Jahre mit ihr zusammen. Allmählich begann er zu verstehen. Ihre Rollen hatten sich vertauscht. Er hatte sie umsorgt, gepflegt und gefüttert, und jetzt tat sie dasselbe für ihn.

Sie entwickelten eine Routine. Jeden Tag, sobald die Sonne über das Gebirge kroch, entfaltete Schneeflocke die Flügel und erhob sich in die Lüfte. Kailin sah ihr nach und starrte noch lange, nachdem sie längst verschwunden war, zum Himmel empor. Dann setzte er sich ans Feuer, trank einen Schluck warmes Wasser und aß ein wenig von dem übrig gebliebenen Fleisch. Danach gab es nicht wirklich viel zu tun, außer auf Schneeflockes Rückkehr zu warten und sich besorgt zu fragen, ob heute der Tag war, an dem sie nicht zurückkam. Normalerweise wanderte er den Gebirgshang hinab und stapfte durch den tiefen Schnee zum nächstgelegenen Wäldchen, um Feuerholz zu sammeln. Wenn der Wind wehte, der so eisig war, dass es Kailin regelrecht die Haut vom Leib zog, kauerte er sich in den Windschatten eines Felsens und wartete einfach ab. Sobald Schneeflocke wiederauftauchte, wusste sie immer ganz genau, wo er zu finden war. Sie glühte dann und war so brennend heiß, dass Kailin sie kaum berühren konnte, und ihre Wärme brachte den Schnee zum Schmelzen, trocknete seine Kleidung und das Feuerholz und sorgte dafür, dass er nachts nicht fror. Jeden Tag ging sie für ihn auf die Jagd und brachte den Kadaver eines Tieres mit, das sie gefangen hatte. Er briet es über dem Feuer, und sie beobachtete ihn. Nachdem er seine Mahlzeit beendet hatte, verschlang sie den Rest des Fleisches mit einem einzigen Bissen. Kailin war sich durchaus bewusst, dass er ohne Schneeflocke längst verhungert oder erfroren wäre.

Wenn sie bei ihm war, redete er mit ihr. Natürlich erwartete er keine Antwort, doch im Gebirge war es so kalt und einsam, und Kailin fühlte sich besser, sobald er seine eigene Stimme vernahm. Manchmal, wenn sie ihn mit ihrem verständigen Gesichtsausdruck ansah, fragte er sich, ob sie ihm lauschte.

Er erhielt eine Antwort darauf, als er über loses Gestein trottete, das Gleichgewicht verlor und stolperte. Die Welt um ihn herum schien einzustürzen und traf ihn am Kopf. Er blieb auf der Seite liegen, matt und wie benommen.

Verletzt?, fragte eine Stimme in seinem Kopf.

Er versuchte sich zu bewegen, aber für einen Moment gelang ihm selbst das nicht. *Ja*, stellte er fest. *Ich bin verletzt.*

Dann stand auf einmal Schneeflocke über ihm, das Gesicht nur Zentimeter von seinem eigenen entfernt. Sie verdeckte den Himmel, und ihr sengend heißer Atem drückte ihn zu Boden. Er hob eine Hand, krabbelte rückwärts, und sie wich einen Schritt zurück.

Ist er verletzt?, fragte die Stimme erneut.

Stöhnend setzte sich Kailin auf. Sein Kopf begann zu pochen. Als er ihn berührte, waren seine Finger anschließend blutverschmiert. Langsam sah er zu Schneeflocke hoch.

»Hast du etwas gesagt?« Er lachte und verzog dann schmerzgepeinigt das Gesicht. Drachen konnten nicht sprechen – höchstens in Sagen und Märchen.

Sein Kopf ist gebrochen. Wird er …?

Werde ich was? Ein Gedanke formte sich unwillkürlich in seinem Kopf, doch der letzte Teil schien keinen Sinn zu machen. Es hatte etwas damit zu tun, dass ihm immer heißer und heißer wurde, er einschlief und sich dann zusammengekauert in einem Ei wiederfand.

Schneeflocke beäugte ihn und legte den Kopf schief. *Sterben?*

Kailin kam es vor, als habe ihn eine riesige Hand geohrfeigt. Er war wie betäubt. Der Schmerz in seinem Kopf verebbte. Er stand auf und taumelte von Schneeflocke weg. »Du … du … ich kann deine Gedanken hören.«

Schneeflocke schnaubte und schüttelte den Kopf, genau, wie sie es immer tat, wenn sie aufgeregt war. *Er hört! Versteht!*

Kailin zitterte. »Du verstehst mich! Du verstehst Kailin!«

Kailin? Ein Gefühl der Verständnislosigkeit traf ihn.

»Das ist mein Name.«

Name? Was ist ein Name?

Kailin wusste nicht, was er darauf antworten sollte, doch Schneeflocke schien sich nicht daran zu stören. Sie sog die Antwort einfach aus seinem Kopf.

Alle Kleinen haben Namen. Habe ich einen Namen?

»Schneeflocke.«

Schneeflocke. Weshalb?

Kailin schaufelte eine Handvoll Schnee auf. »Weil du weiß bist.« Er hielt ihn hoch, um ihn ihr zu zeigen, und presste ihn dann gegen die Wunde an seiner Schläfe.

Verletzt? Er spürte die Anspannung in ihren Gedanken.

»Ein bisschen.«

Sie führten ihre beschwerliche Unterhaltung bis tief in die Nacht fort, bis die Sonne längst untergegangen war und die Sterne den Himmel bedeckten. Die meiste Zeit über konnte sich Kailin weder einen Reim auf die Bilder ma-

243

chen, die in seinem Kopf aufblitzten, noch schien Schneeflocke ihn zu verstehen, egal wie sehr er sich beim Denken
konzentrierte. Er spürte, wie sich bittere Enttäuschung in
ihr zusammenballte, doch dann schien etwas zu explodieren, und ihrer beider Gedanken befanden sich auf einmal
in Einklang. Dieser Zustand währte einige Sekunden, vielleicht ein wenig länger, bevor sie wieder auseinanderdrif-
teten. Irgendwann schlief Kailin völlig erschöpft und über-
müdet ein. Das Letzte, was er von ihr erspürte, war ihr
hellwacher Zustand und mit welch ehrfurchtsvoller Ver-
wunderung sie erfüllt war.

Noch mehrere Tage waren Schneeflockes Gedanken, die
in seinem Kopf auftauchten, sonderbar und fremd. Sie
machten nur höchst selten Sinn, und er musste fort-
während nachhaken und sich alles mehrmals erklären lassen. Aber im Laufe der Zeit nahmen sie an Schärfe zu, wurden eindeutiger, klarer. Kailin redete auf Schneeflocke ein,
sobald sie zurück war, und sie antwortete. Jeder Tag brachte eine Veränderung in ihr, und es gab immer neue Ent-
deckungen zu machen. Sie sprach deutlicher, verständli-
cher, intelligenter als noch am Tag zuvor. Ein tiefes Gefühl
von Erstaunen und unersättlicher Neugierde durchdrang
jeden ihrer Gedanken, und dem konnte sich auch Kailin
nicht entziehen. Kein Knappe hatte je erlebt, was er sah –
das Erwachen des Geistes.

*Es ist wie ein Schleier, der jede Nacht in meinem Kopf gelüf-
tet wird*, erklärte sie ihm eines Tages, bevor sie auf die Jagd
ging. Den restlichen Tag grübelte Kailin darüber nach, wie
ein Schleier einem Drachen von Nutzen sein konnte, bis er

endlich begriff: Sie hörte längst seine Worte nicht mehr, sie blickte direkt in sein Bewusstsein. Und wenn sie ihm antwortete, suchte sie in seinem Innern nach Dingen, die *er* verstehen würde.

»Wir müssen nach Hause«, empfing er sie, als sie vom Jagen zurückkehrte und immer noch frisches Blut an ihren Klauen klebte. »Ich muss dich den anderen zeigen.«

Ich bin nicht wie sie. Weshalb?

»Das weiß ich nicht, Schneeflocke. Es ist ein Wunder.«

Wunder? Er spürte ihre Verwirrung. *Nein. Kleiner Kailin, es kommt mir so vor, als sei ich aus einem Traum erwacht, der schon Hunderte Leben währte. Ich verstehe weder, wie ich erweckt wurde, noch weiß ich, wie ich in diesen Schlummer gesunken bin.*

»Wir fliegen nach Hause. Wir können Meister Huros oder einen der anderen Alchemisten fragen, oder sogar den Drachenmeister Isentine ...«

NEIN! Fauchend schnappte sie nach ihm. Kailin krabbelte, von einer plötzlichen Todesangst erfüllt, hastig weg, bevor sie mit dem Kopf den Boden berührte, ein Zeichen der Unterwürfigkeit bei Drachen. *Ich wollte dich nicht ängstigen, Kleiner Kailin. Ich werde dir nicht wehtun, doch genauso wenig werde ich zurück an diesen Ort gehen.*

»Warum nicht?« Kailin beobachtete sie argwöhnisch.

Meine Brüder und Schwestern dort sind gleichzeitig wach und schlaftrunken. Ich könnte es nicht ertragen, wieder in diesem Zustand dahinzuvegetieren.

»Aber alle Drachen sind so! Außer dir. Du bist ein Wunder.«

Nein, Kleiner Kailin. Das glaube ich nicht. Wir alle waren so, vor langer Zeit. Ich habe es in Träumen gesehen. Erinnerungen aus anderen Leben, die ich gelebt habe. Viele, viele Leben, doch alle aus längst vergangenen Zeiten. Ich erinnere mich, wie meine Artgenossen zu Hunderten flogen. Ich erinnere mich an die silbernen Götter und das Auseinanderbersten unserer Welt, dann an hundert Leben voll köstlich schöner Gedanken und Freiheit. Und dann, Kleiner Kailin, hat sich etwas verändert, und alles ist seitdem in einem endlosen, dumpfen Nebel verschwommen, der grau und undurchdringlich ist. Außerhalb meiner Reichweite. All meine Artgenossen führen ihre Leben wie Schlafwandler. Irgendwie ist es dir gelungen, mich aufzuwecken. Wie hast du das geschafft, Kleiner Kailin? Wie hast du mich geweckt? Ich werde erst zu meinen Artgenossen zurückkehren, wenn ich eine Antwort auf diese Frage habe. Wenn ich ihnen dieses Wissen schenken kann.

»Ich weiß es nicht.«

Aber ich weiß es. Deine Gedanken sprechen für sich. Es gibt andere Kleine, die über ein größeres Wissen verfügen, die vielleicht die Antworten haben. Du kennst sie. Du möchtest mich zu ihnen bringen.

»Du wärst das Wundergeschöpf der Reiche.«

Da bin ich mir nicht so sicher, Kleiner Kailin. Möchtest du meine Erinnerungen an deine Artgenossen sehen, die ich in meinen früheren Leben gesammelt habe?

»Natürlich.«

Visionen stürzten auf ihn ein. Er sah ein Meer aus Armeen, Hunderttausende Soldaten, mehr als er sich in seinen kühnsten Träumen hätte vorstellen können. Er sah, wie er zwischen ihnen landete, mit dem Schwanz durch ihre Reihen peitschte, sie wie Blätter auseinanderwirbelte, sie in ihren kleinen Metallhüllen zu Brei zermalmte. Er spürte das Feuer, das sich in seiner Kehle bildete und in einem explosionsartigen Schwall aus ihm herausbrach. Die Luft war erfüllt vom Gestank nach verbranntem Fleisch. Und er spürte, wie der Appetit in ihm wuchs. Nach mehr, mehr, mehr …

Kailin schrie. Die Vision verschwand schlagartig.

Verstehst du jetzt? In meinem Traum sind deine Artgenossen nichts weiter als Beutetiere, und eure Gedanken waren stets von hoffnungsloser Angst erfüllt. Warum nur möchtest du eine solche Welt wiederherstellen?

»Nein, nein, nein!« Kailin schüttelte den Kopf. »Drachen und Menschen haben jahrhundertelang friedlich nebeneinanderher gelebt. Wir haben euch geholfen. Ihr wart vom Aussterben bedroht. Wir haben uns um euch gekümmert. Wir haben uns immer um euch gekümmert. Nein!« Er schüttelte erneut den Kopf. »Geh zurück in dein Nest, Schneeflocke. Unsere Königin ist gut und weise. Sie wird wissen, was zu tun ist.«

Der Drache legte den Kopf schief. *Du hast gesehen, was wir waren, und dennoch fürchtest du diese Königin mehr als uns? Wie seltsam. Ich weiß, dass du jedes Wort wahrhaftig ernst meinst. Vielleicht …* Schneeflocke hob den Kopf vom Boden. Sie setzte sich auf die Hinterläufe und schlug einige Male mit den Flügeln. Ein Zeichen der Warnung.

Nein, sagte sie schließlich. *Ich werde nicht zu dem Ort zurückkehren, den du das Nest nennst, Kleiner Kailin. Jedenfalls noch nicht.*

27

Der verbrannte Mann

Die Lippen des toten Mannes bewegten sich auf einmal. Er stieß einen leisen Seufzer aus. Die Drachenritter wichen zurück, traten nervös von einem Bein aufs andere. Sollos hörte, wie sie leise miteinander tuschelten.

»Er gehört ... äh ... ganz Euch«, sagte der Alchemist. »Ich weiß allerdings ... äh ... nicht, wie lange er durchhalten wird. Er ist noch nicht lange tot, also habt Ihr, nun ja, vielleicht eine halbe Stunde.«

Reiter Semian betrachtete den Toten mit einer Mischung aus Entsetzen und Ekel. »Fragt ihn, was hier geschehen ist.«

»Ihr könnt ihn selbst fragen, wenn Ihr wollt, Reiter.«

Semian verzog angewidert das Gesicht. »Nein, Meister Huros. Ihr habt diese Abscheulichkeit begonnen. Ihr werdet sie auch zu Ende bringen. Die Söldner werden Euch beschützen. Wir gehen zum Fluss zurück.«

Der Alchemist zuckte mit den Achseln und schenkte seine gesamte Aufmerksamkeit dem Toten.

»Er hat andauernd davon gefaselt, dass der Drache zu

248

ihm gesprochen hat«, sagte Sollos, als die Ritter verschwunden waren. »Es war die Weiße. Er hat behauptet, dass es keinen Reiter gegeben hat. Und dann sagte er etwas über jemanden namens Maryk. Keine Ahnung, wer das ist.«

»Lasst mich mit ihm allein, Söldner Sollos. Das ist nicht für eure Ohren bestimmt.«

Sollos schnaubte. »Ihr habt Ritter Semian gehört. Wir sollen auf Euch aufpassen.«

»Vielen Dank, doch das ist unnötig.«

»Meister Huros, die *Wahrscheinlichkeit* ist zwar gering, dass hier nach einem Drachenangriff Schnäpper und Wölfe herumlungern, aber man kann ja nie wissen. Mir persönlich würde es herzlich wenig ausmachen, wenn Ihr von einem Raubtier gefressen werdet, ich bin aber überzeugt, dass Reiter Semian hocherfreut wäre, uns die Schuld dafür in die Schuhe zu schieben.«

Der Alchemist hob die Schultern. »Dann bleibt in Gottes Namen.« Er setzte sich und sah den Leichnam an. »Äh. Wie ist dein Name, Toter?«

»Biyr«, sagte der tote Mann. Sollos erschauderte. Der Tote sprach völlig normal. Er klang jetzt sogar viel klarer als vor einer halben Stunde, als er noch am Leben gewesen und von seinen schmerzhaften Verbrennungen gequält worden war.

»Nun, Biyr, was ist hier geschehen?«

»Ein Drache ist wie aus dem Nichts aufgetaucht. Wir waren völlig überrumpelt. Er hat alles niedergebrannt. Ich war ein Stück von unseren Hütten entfernt, als das Feuer herabprasselte.«

»Hast du den Drachen gesehen?«

»Ja.«

»Und ... äh ... welche Farbe hatte er?«

»Weiß.«

Der Alchemist nickte erfreut. »Konntest du sehen, wer auf ihm geritten ist?«

»Niemand ist auf ihm geritten.«

Huros runzelte die Stirn und schüttelte den Kopf. »Ah. Da muss doch ... äh ... ein Reiter gewesen sein. Vielleicht ist er dir bloß nicht aufgefallen? Hm ... Wann hast du den Drachen bemerkt? Als er in der Luft war? Ist er gelandet?«

»Er ist im Fluss gelandet, nachdem er alles in Schutt und Asche gelegt hat. Da habe ich ihn dann auch gesehen, zwischen den Bäumen hindurch.«

»Hast du ihn in der Luft gesehen?«

»Nein.«

Der Alchemist nickte. »Na also. Äh ... wer auch immer den Drachen geritten hat, hatte wahrscheinlich längst abgesessen. Außerdem ist die Sicht von hier durch die Bäume zum Fluss nicht besonders gut. Ich bin sicher, dass du etwas in der Größe eines ... äh ... Drachen klar und deutlich erkennen konntest, aber es wäre sehr leicht, einen Mann zu übersehen.«

»Niemand ist aufgestiegen, bevor er wieder losgeflogen ist«, flüsterte Sollos.

»Das liegt daran, dass er kein Geschirr hatte«, murmelte Kemir grummelnd. »Ich sag doch die ganze Zeit ...«

»Er hat gesprochen«, murmelte der Tote.

250

Huros schüttelte den Kopf. »Drachen können nicht sprechen.«

»Er war in meinem Kopf. Ich habe ihn gehört. Er war auf der Suche nach Maryk.«

»Äh, nein. Du musst dich irren. Das kann nicht sein. Drachen können nicht sprechen.« Die Fingerknöchel des Alchemisten waren kreideweiß geworden.

»Wer ist Maryk?«, wollte Sollos wissen.

»Einer von uns«, erwiderte der Tote. »Der Drache ist seinetwegen gekommen.«

»Woher weißt du das?«

»Das hat er behauptet. Er ist wegen Maryk gekommen. Ich habe seine Stimme in meinem Kopf gehört. Sie war voller Hass und Wut.«

Der Alchemist rutschte nervös hin und her und legte die Stirn in Falten.

»War dieser Maryk hier?«, fragte Kemir.

»Ja. Er war in einer der Hütten«, sagte der Tote.

Der Alchemist hob eine Hand. »Genug. Äh … Söldner, geht und bringt Reiter Semian zu mir!«

»Dann ist er also wahrscheinlich tot.« Sollos verzog das Gesicht. »Wie schade!«

»Ihr solltet jetzt gehen«, sagte der Alchemist.

Kemir grunzte. »Ich will aber mehr über diesen Maryk erfahren. Woher kommt er? Warum hat ihn der Drache gesucht?«

»Ich möchte, dass ihr uns jetzt … äh … allein lasst, Söldner. Holt Reiter Semian. Äh, sofort!« Der Alchemist kaute vor Erregung auf der Lippe.

251

»Können Tote lügen?«

Der Alchemist drehte sich um und sah Kemir an. Für einen furchtsamen Mann lag ein bedrohlicher Ausdruck in seinen Augen. Und Angst. »Genauso gut wie die Lebenden, Söldner. Ich sagte: Verschwindet!«

Kemir verdrehte die Augen. »Ich frag ja bloß! Wenn Reiter Rotznase zurückkommt, könntet Ihr dann bitte unseren knusprigen Freund hier fragen, ob wir ihn erstochen haben? Nur um auf Nummer sicher zu gehen.«

»Es gibt ... äh ... keine Wunden«, sagte Huros mit zusammengebissenen Zähnen. »Ihr habt ihn hundertprozentig nicht getötet. Und jetzt *los*!«

Sollos wandte sich um, verschwand und zog Kemir hinter sich her.

Kemir lachte still in sich hinein.

»Nun, er schien nicht besonders erfreut zu sein.«

»Musst du sie *dermaßen* ärgern?«

»Ärgere ich sie etwa?«

»Geht die Sonne im Osten auf? Irgendwann wird einer der Drachenritter die Beherrschung verlieren und seine Wut an dir auslassen.«

»Soll er nur! Ich werde ihn mit einem Pfeil durchbohren, noch bevor er sich erinnern kann, an welcher Seite sein Schwert steckt.«

»Ja. Und was stellst du mit den anderen fünf an?«

»Da muss ich dann wohl ganz schnell die Beine in die Hand nehmen.« Kemir lachte erneut und klopfte Sollos auf den Rücken.

»Ich finde das nicht besonders lustig.« Sollos rümpfte

die Nase und entwand sich aus Kemirs Griff. »Irgendetwas stimmt hier nicht.«

»Du wiederholst dich. Meiner Meinung nach stimmt hier bloß nicht, dass wir für Drachenritter arbeiten.«

»Wir arbeiten schon seit Monaten für Drachenritter!«

»Dann lass es mich so formulieren: Mir gefiel die Arbeit besser, als wir Drachenrittern geholfen haben, andere Drachenritter abzumurksen. Die sind dermaßen blöde. Die haben den Tod verdient.«

Sollos schüttelte den Kopf und ging hastig zum Fluss.

»Genau das *sind* sie!«, rief ihm Kemir hinterher. »Keine sichtbare Wunde? Das ist einfach. Öffne einem Mann gewaltsam den Mund, ramm einen Spieß in den weichen Gaumen und stocher ein bisschen herum. Oder durch den Hintern, wenn er bewusstlos ist. Oder durch die Nase, wie ich es liebend gerne bei Reiter Rotznase tun würde.«

»Hältst du endlich mal die Klappe!« Sollos war mit seiner Geduld am Ende. Was auch immer sie beide von den Drachenrittern hielten, so ein Kampf würde niemandem von ihnen helfen, und Kemir musste das früher oder später einsehen. Nach Möglichkeit besser früher.

»Söldner!«

Sollos trat aus den Schatten der Bäume. Reiter Semian wartete schon auf ihn. Sollos seufzte. Er brachte es nicht über sich, eine Verbeugung zu machen, sondern beließ es bei einem zögerlichen Kopfnicken.

»Reiter. Meister Huros verlangt nach Euch. Vermutlich hat er Informationen, die Ihr hören solltet.«

Semian warf ihm einen misstrauischen Blick zu, und

Sollos wappnete sich gegen die unausweichliche, spöttische Schimpftirade, die dann jedoch ausblieb. »Also schön, Söldner. Derweilen kannst du dich hier nützlich machen. Ich brauche ein Feuer.«

Sollos betrachtete amüsiert die glimmende Asche, die überall um sie herum verteilt lag. »Das dürfte kein Problem sein.« *Selbst für einen Drachenritter.*

»Ich brauche Rauch, Söldner, und zwar viel Rauch. Schluss mit dem ziellosen Herumwandern durch dieses verfluchte Flussbett. Wir beenden die Suche auf die Art, wie sie auch hätte begonnen werden sollen. Auf dem Rücken eines Drachen.«

28

Nadira

Die Outsider kamen, während Schneeflocke auf der Jagd war. Sie hatte Kailin vom schneebedeckten Hochgebirge in den Regen und die immerwährende Feuchtigkeit der Talsohlen gebracht. Überall war Wasser. Winzige Bäche schlängelten sich die bewaldeten Berghänge hinab und mündeten in wild rauschenden Flüssen und lang gezogenen, ruhigen Seen. Auf allem, was kein Fluss, See oder scharfkantiger Felsbrocken war, wuchs ein Baum. Kletterpflanzen überzogen die Bäume, und Grasbüschel wucherten auf den Kletterpflanzen, und alles wogte hin und her und lebte.

Kailin sonnte sich gerade auf einem Felsblock neben einem Fluss, als er den ersten Schrei vernahm. Er schaute auf und sah eine Frau, die, von einem Stein zum nächsten springend, durch das Wasser in seine Richtung lief. Als er sich aufsetzte und sie überrascht anstarrte, bemerkte er, dass sie nicht allein war. Ein halbes Dutzend Männer folgten ihr in knappem Abstand.

»Hilf mir!«, rief sie.

Die Fremde rannte genau auf ihn zu. Als sie seinen Felsblock erreichte, fiel sie vor Kailin auf die Knie und umklammerte seine Hand. Sie sah erschöpft und verängstigt aus. »Ich weiß nicht, wer du bist, aber hilf mir, bitte! Sie werden mich umbringen.« Dann blickte sie zu ihm auf, nahm ihn genau in Augenschein, sah seine vernarbte, schuppige Haut und begann zu schreien.

Kailin verzog das Gesicht und dachte an Schneeflocke, spürte jedoch nichts. Der Drache musste meilenweit weg sein. Der Knappe war wie versteinert. Als die Männer näher kamen, verlangsamten sie ihr Tempo. Sie waren zu sechst und mit Schlagstöcken und Messern bewaffnet. Ein boshaftes Grinsen breitete sich auf ihren Gesichtern aus. Kailin starrte sie an, unfähig sich zu bewegen.

Einer der Männer beäugte ihn mit unverhohlener Abscheu von oben bis unten. »Wer zum Teufel bist du?« Dann machte er einen Satz nach vorne und ließ den Stock auf Kailins Kopf herabsausen. Kailin hob die Hände, um den Schlag abzuwehren. Der Stock prallte von seinem Ellbogen ab. Ein höllischer Schmerz durchzuckte jeden Zentimeter seines Arms, bevor alles taub wurde. Kailin wimmerte. Im nächsten Moment stürzte sich auch der Rest der Männer auf ihn, schlug ihn mit roher Gewalt zu Boden, bis alles in einer Woge aus Schmerz verschwamm.

»Gut gemacht, Maryk«, hörte er jemanden sagen.

Kailin kehrte nur widerwillig und ganz allmählich in die Welt zurück. Seine Arme fühlten sich an, als seien sie ausgekugelt. Seine Rippen schmerzten schrecklich. In seinem Kopf schien ein Unwetter zu wüten.

Kailin schlug die Augen auf. Er baumelte etwa drei Meter über dem Boden, an einem Seil, das die Männer um seine Handgelenke geknotet hatten. Ein dichtes Dach aus Blättern und Ästen versperrte den Blick auf den Himmel über ihm und verwandelte das Sonnenlicht in düstere Schatten. Er konnte den Fluss mit dem Felsen sehen, wo ihn die Männer bewusstlos geprügelt hatten. Sie waren immer noch dort und vergingen sich abwechselnd an der Frau. Ihr Gesicht war geschwollen und rot, und ihr Rücken mit frischen Narben übersät. Sie beschimpften sie und fluchten mit einer solch gehässigen Bosheit, dass Kailin die Worte kaum verstand. *Hure. Diebin.* Das war alles, was er erkannte.

Als sie schließlich von ihr abließen, drückten sie zwei Männer zu Boden, während ein dritter ein verknotetes Seil hervorzog und sie auszupeitschen begann. Sie spuckte und trat nach ihnen, doch es war ein kurzer, einseitiger Kampf, und am Ende konnte sie ihnen nichts weiter entgegensetzen als ihre Schreie. Zuletzt verstummten auch diese. Ihr Rücken war eine einzige blutige Wunde, aber der Mann mit dem Seil hörte erst auf, als einer der anderen ihm die Hand auf den Arm legte.

»Lass sie in Ruhe. Sie ist so gut wie tot.«

Der Mann mit dem Seil wischte es sauber und benutzte es dann, um der Frau die Füße zusammenzubinden. Kailin schloss die Augen, als sie sich von ihr abwandten und in seine Richtung sahen.

»Hast es wohl genossen, uns zuzuschauen, nicht wahr, du Krüppel?«, rief einer von ihnen.

»He! Dieb! Wach auf!« Ein Stein traf Kailin am Bauch, und dann ein weiterer, diesmal an der Schulter. Er versuchte mit aller Gewalt, nicht zu zucken.

»Ach, lass ihn doch. Der wird nirgendwo mehr hingehen.«

»Sieh ihn dir an! Er hat die Pest.«

»Nun, *ich* fass ihn jedenfalls nicht an.«

»War es das wert, Dieb? Monster? Was auch immer du bist? Schau her! Schau her, was sie dir mitgebracht hat! Fast nichts. Hier, das kannst du haben. Gib deiner Hure aber ja die Hälfte ab. Immerhin hat sie dafür gearbeitet.« Kailin hatte nicht den blassesten Schimmer, wovon sie redeten.

»Vergiss nicht, die Beine anzuziehen, sobald die Schnäpper vorbeikommen. Sie könnten zu dir hochspringen, falls der Hunger groß genug ist. Deine Hure wird ihnen jedenfalls nicht reichen.«

»Wahrscheinlich würden sie ihn einfach links liegen lassen. Seht ihn euch doch an! Er hat die Pest, das schwör ich.«

Laut lachend gingen sie fort. Als ihre Stimmen längst verklungen waren, öffnete Kailin die Augen. Die Frau war noch da, gefesselt, reglos. Seine Arme fühlten sich an, als würden sie brennen.

»Hallo? Du da?«

Sie antwortete nicht, doch er sah, wie sie sich bewegte, wenn auch kaum merklich.

»Du da! Du da!«

Nach einer Weile gab er es auf. Er verzog das Gesicht und stählte sich gegen den Schmerz in seinen Schultern, um sich dann einzureden, er befände sich an einem ganz anderen Ort. Vielleicht tat die Frau genau dasselbe und beachtete ihn deshalb nicht. Eine große Hilfe hätten sie einander sowieso nicht sein können. Kailin blieb nichts weiter übrig, als auf Schneeflockes Rückkehr zu warten.

Als sie endlich kam, war er derart mit seinem eigenen Elend beschäftigt, dass er sie erst bemerkte, nachdem sie gelandet war und die Schreie der Frau sein leises Wimmern übertönten.

Mein Kleiner Kailin! Sie hastete den Fluss hinab, rannte aufgeregt auf ihren Hinterläufen, schlug mit den Flügeln, um schneller voranzukommen, und hielt genau auf den Knappen zu. Mit ihren ausgebreiteten Schwingen nahm Schneeflocke fast die gesamte Breite des Flusses ein, ungefähr dreißig Meter.

Die Frau schrie immer lauter und hysterischer, bis sie in ein schrilles, markerschütterndes Wehklagen verfiel.

Du bist verletzt!

»Hol mich vom Baum runter!«, rief Kailin.

Wie ist das geschehen? Schneeflocke kam schlitternd zum Stehen und schüttelte die Flügel aus, wobei Steine von der Größe von Kailins Kopf durch die Luft flogen. Ihr Kopf schoss nach vorne. Ihre Zähne schlossen sich um den Ast über Kailin. Sie biss das Holz durch, als handelte es sich um Watte, und setzte Kailin behutsam auf der Erde ab.

Kailin presste die Arme an die Brust. Ein himmlisches Gefühl der Erleichterung durchströmte ihn.

Ich kann dich nicht losbinden. Schneeflocke blickte Kailin forschend an und beschnupperte dann die Frau. *Woher kommt dieses Kleine? Warum ist es gefesselt? Ist es Nahrung?*

Das Wehklagen der Frau verwandelte sich in leises Schluchzen.

»Schneeflocke, lass sie in Ruhe. Tu ihr nicht weh! Sie hat schreckliche Angst.«

Ich weiß. Es fühlt sich gut an. Genau wie in meinen Erinnerungen.

»Sprich zu ihr!« Kailin rappelte sich mühsam auf die Beine und ging langsam zurück zu den Bäumen. »Gib ihr zu verstehen, dass du ihr nicht wehtun wirst.«

Du hast große Schmerzen, Kleiner Kailin. Das spüre ich. Ich kann dir aber nicht helfen. Warum hast du das getan?

Er konnte die Verwirrung in Schneeflockes Gedanken erspüren. Der Drache konnte sich keinen Reim auf die Sache machen.

»Andere Männer haben uns das angetan. Böse Männer, Schneeflocke. Ich weiß nicht, warum sie es getan haben.« Er sah die Frau mit schräg gelegtem Kopf an. »Sie weiß es vielleicht.« Er verzog das Gesicht und schlich vorsichtig zwischen den Steinen umher, bis er einen fand, der scharf genug war, sodass er das Seil an seinen Handgelenken durchtrennen konnte. Es war eine langwierige Arbeit, doch zu guter Letzt, als es endlich geschafft war, schrie die Frau nicht mehr, sondern starrte Schneeflocke mit fassungslosem Entsetzen an. Kailin ging zu ihr und bearbeitete ihre Knoten. Sobald sie befreit war, sackte er vor einem Felsblock zusammen. Die Frau umschlang ihre Knie. Sie zitterte am ganzen Leib. Er wollte ihr seinen Flugpelz geben, doch als er sich ihr näherte, wich sie erschrocken zurück. Er legte den Mantel neben die Frau auf den Boden und trat beiseite. Ihr Rücken war blutverkrustet.

»Ich bin Kailin«, sagte er. »Das ist Schneeflocke. Sie ist mein Drache.«

Die Frau sah ihn an, als wäre er verrückt. Sie schien beinahe genauso viel Angst vor ihm zu haben wie vor dem Drachen.

Ihr Name ist Nadira. Sie fürchtet sich vor dir. Sie glaubt, du wirst ihr wehtun. Sie sieht dich in einer Rüstung, mit einem Schwert und einer Lanze, so wie sich die meisten Männer kleiden, die einen Drachen reiten. Und sie denkt, dass mit dir etwas nicht stimmt.

Kailin setzte sich auf einen Stein und betrachtete die Frau eingehend. »Ich bin kein Reiter. Ich bin nur ein Knappe. Weißt du, was das ist? Ich kümmere mich um Drachen. Ich füttere und striegle sie. Wie ein Stalljunge. Mein Äußeres habe ich ihr zu verdanken. Wenn ein Drache aus seinem Ei schlüpft, trägt er eine Krankheit in sich. Und die hat sie auf mich übertragen. Selbst die Elixiere der Alchemisten können nichts dagegen tun. Hab keine Angst. Das ist vor langer Zeit geschehen. Die Krankheit schlummert in mir und wird erst wieder ausbrechen, wenn mir das nächste Ei zur Pflege übergeben wird. Ich darf übrigens nicht auf ihr reiten. Sie sagt, dein Name lautet Nadira.«

Sie ist verwirrt. Sie versteht nicht, wie wir hierhergekommen sind. Sie glaubt weiterhin, dass wir ihr Böses wollen.

»Wir haben uns verflogen«, sagte Kailin. »Wir kommen von Königin Sheziras Drachennest. Du hast wohl noch nie etwas von ihr gehört, oder?«

Nein.

»Königin Sheziras Tochter wird König Tyans Sohn heiraten. Schneeflocke und ich waren ihr Hochzeitsgeschenk. Wir wurden von anderen Drachenrittern angegriffen. Ich weiß nicht, wer sie waren. Wir sind ihnen jedenfalls entkommen und fortgelaufen. Jetzt irren wir schon seit Wochen in diesen Bergen umher. Vermutlich weißt du nicht, wo wir uns befinden?« Kailin spannte die Schultern an und zuckte vor Schmerzen zusammen.

Sehr zögerlich schüttelte die Frau den Kopf.

Mein Kleiner Kailin, was ist Seelenstaub?

»Das weiß ich nicht.« Kailin sah zu der Frau. »Was ist Seelenstaub?«

Erschrocken blickte sie weg, und Kailin bemerkte, wie sich ihre Augen auf etwas hefteten, das zwischen den Steinen lag. Ein winziger Lederbeutel.

Männer, die es herstellen, haben sie zu ihrem Vergnügen gekauft. Sie will es. Sie braucht es wie Essen oder Trinken. Sie hat etwas genommen und ist weggelaufen. Aus diesem Grund ist sie bestraft worden. Strafe. Rache. Vergeltung. Ja, das verstehe ich. Es ist sinnlos. Dumm.

»Sie haben ihr das angetan, weil sie die Männer bestohlen hat?«

Das lese ich in ihrem Bewusstsein. Ein anderer Kleiner,

Maryk, ist derjenige, der das hier getan hat. Ich sehe diesen Namen auch in deinen Gedanken.

»Sie haben sie vergewaltigt und geschlagen und dann zum Sterben zurückgelassen. Sie haben auch mich zum Sterben zurückgelassen. Warum?«

Wir sind uns ähnlich. Wir vermissen beide unsere Artgenossen auf dieselbe Weise. Wir vermissen, was sie sein könnten oder sein sollten, aber nicht, was sie in Wirklichkeit sind. Ich muss jetzt gehen, mein Kleiner Kailin. Für heute ist meine Jagd noch nicht zu Ende. Ich bin bald wieder zurück.

Schneeflocke drehte sich um, und Kailin beobachtete, wie sie sich flussabwärts wandte, in die Richtung, in der die Männer verschwunden waren. Das hätte purer Zufall sein können, doch etwas an dem Tonfall ihrer letzten Gedanken verstörte ihn. Sie hatte sich aufgemacht, um die Männer zu finden. Sie blickte sich nicht um, und als Kailin sich hastig aufrappelte und ihr hinterherrief, war sie schon zu weit weg, um ihn zu hören.

Nach ihrer Rückkehr wollte er sie eigentlich fragen, was sie getan hatte, und ihr erklären, dass es falsch war. Aber dafür blieb keine Zeit. Noch während sich die Gedanken in seinem Kopf formten, drängte sich Schneeflocke mit aller Gewalt in sein Bewusstsein.

Viele Drachen sind auf dem Weg hierher.

29

Jäger und Gejagte

Die Rückkehr des weißen Drachen kam völlig überraschend. Sollos hatte kaum das Feuer entfacht, als sich ein riesiger Schatten am Himmel abzeichnete. Die Ritter blickten auf und starrten den Drachen an, der über ihren Köpfen weite Kreise zog. *Das Tier hält etwas in seinen Klauen*, bemerkte Sollos erstaunt. Sie spreizte die Flügel und streckte die mächtigen Hinterkrallen aus, bevor sie wie ein Adler auf sie herabschoss. Während sie im Flussbett landete und ein paar Schritte machte, um das Gleichgewicht zu finden, schienen die Berge regelrecht zu erzittern. Dann stand sie da, starr, majestätisch, auf den Hinterläufen, hatte die Schwingen nicht wieder vollständig angelegt, den Kopf ein wenig vorgereckt, den mächtigen Schwanz zum besseren Halt nach hinten ausgerollt.

Sollos wich langsam von der Feuerstelle zurück und schlich in den Wald. Es war nicht das erste Mal, dass er einen nervösen Drachen gesehen hatte. Auch den Rittern, die vom Fluss in alle Himmelsrichtungen stoben, war der Anblick offensichtlich nicht fremd.

»Wie lange dauert es, bis Eure eigenen Drachen hier sind, Reiter Semian?«, murmelte Sollos. Doch Semian war längst verschwunden, und das sagte Sollos alles, was er wissen musste. *Zu lange.*

Behutsam streckte der Drache einen Vorderlauf aus und öffnete eine Klaue. Auf einmal war ein Mann zu sehen, der dort zusammengekauert hockte.

Heilige Vorfahren!, dachte Sollos, als der Mann aufstand. *Es ist der Knappe.* Er sah überraschend gut aus. Vielleicht ein bisschen steif und mitgenommen, und auch sein Gang war ein wenig sonderbar, aber für einen Burschen, der sich einen Monat allein im Weltenkamm herumgetrieben hatte, war er bemerkenswert lebendig. *Vermutlich ist es in dieser Hinsicht ganz hilfreich, eine steinharte Haut zu haben, die sich wie bei einer Schlange schuppt.*

Reiter Semian und Meister Huros rannten zwischen den Bäumen hervor. Sie schenkten dem Knappen keinerlei Beachtung, sondern gingen direkt auf den Drachen zu. Kemir folgte ihnen und blieb bei Sollos stehen.

»Also schön! Das vereinfacht die Sache natürlich.« Er grinste.

»Sie ist sehr angespannt.«

»Wer?«

»Der Drache, du Idiot. Schau sie dir doch an!«

»Hmm.« Kemir nickte. »Als wollte sie sich gleich wieder aus dem Staub machen. Aber kann man ihr das denn verübeln? Denkst du, sie erinnert sich nach all der langen Zeit überhaupt noch an ihre Ritter? Woher weißt du eigentlich, dass sie eine Sie ist …?«

Sollos brachte ihn mit einem tadelnden Blick zum Schweigen. Der Knappe ging nun langsam auf die Drachenritter zu. Er schien sehr verunsichert zu sein.

»Das reicht!« Reiter Semian hielt eine Hand hoch, und der Knappe blieb gut sechs Meter von ihm entfernt stehen. Der Alchemist und ein Ritter hatten sich neben Semian aufgebaut. Die restlichen Reiter waren weiter auf dem Rückzug und bahnten sich langsam einen Weg in Richtung der Bäume. Sollos folgte ihrem Beispiel.

»Äh, wie lautet dein Name, Knappe?«, rief der Alchemist.

Der Knappe gab eine Antwort, aber Sollos verstand ihn nicht.

»Knappe Kailin. Wir … äh … sind hier, um dich nach Hause zu bringen. Dich und deinen Drachen.«

»Königin Shezira wird dir persönlich danken«, sagte Reiter Semian mit lauter Stimme. »Ihr Drache ist unversehrt und nicht verschollen. Sie wird hocherfreut sein. Vielleicht gibt es sogar eine Belohnung.«

Der Knappe erwiderte etwas. Sollos verengte angestrengt die Augen zu Schlitzen und lehnte den Oberkörper vor, als könnte er dann besser verstehen, was der Knappe sagte.

Da legte ihm Kemir eine Hand auf die Schulter und zog ihn zurück zu den Bäumen. »Mir gefällt die Sache nicht.«

»Hast du gehört, was er gesagt hat?«

»Er sagte Nein.«

Kemir hatte recht. Sollos konnte das an der Körpersprache des Alchemisten und des Reiters ablesen.

»Das ist keine Bitte, Knappe«, rief Ritter Semian. »Das ist ein Befehl!«

Kemir schlich Schritt für Schritt tiefer in den Wald hinein und spannte den Bogen.

Auf einmal trat der Alchemist vor und ging beherzt auf den Knappen zu. Sollos hatte nicht den blassesten Schimmer, was sie da besprachen, nur dass der Alchemist fest entschlossen aussah und der Knappe … nun ja … wenn überhaupt, verblüfft. Zutiefst entsetzt.

Schlagartig veränderte sich die Atmosphäre. Sollos spürte, wie eine unbegründete Wut in ihm aufstieg. Der Knappe redete wild gestikulierend auf den Alchemisten ein und versuchte, ihn dazu zu bringen … stehen zu bleiben? Der Drache hatte sich auf alle viere fallen lassen und war vollkommen still. Eine fiebrige, hitzige Anspannung ging von ihm aus.

Kemir legte Sollos erneut eine Hand auf die Schulter. »Weißt du was? Ich denke, wir sollten noch ein Stück weiter weggehen.«

»Ja.« Sollos machte einen Schritt zurück. Dann einen zweiten. »Ja, das denke ich auch.«

Als sich der Drache bewegte, ging alles so schnell, dass Sollos kaum etwas mitbekam. Kopf und Körper des Tieres blieben genau in der Position, in der sie waren, doch sein Schwanz mit seinen stolzen dreißig Metern schnalzte wie eine Peitsche durch die Luft. Im nächsten Augenblick sauste er nach vorne über den Kopf des Drachen. Die Spitze umschlang den Alchemisten, riss ihn in die Luft und ließ ihn nur Zentimeter vor den gefletschten Zähnen des Drachen baumeln. Für lange Sekunden war jeder wie erstarrt. Allein der Knappe sank auf die Knie und legte sich schützend die Arme um den Kopf. Dann brach das Chaos los.

30

Der Wortmeister

Die Stadt der Drachen erhob sich hinter dem Adamantpalast und lag eingekeilt zwischen den Purpurnen Bergen und den Diamantwasserfällen. Im Vergleich zu anderen Städten der Reiche war sie sehr klein, aber reich, sie strotzte geradezu vor Juwelen und Rittern, Lords und Ladys. Zu beiden Seiten der Stadt und des Palasts lagen die schimmernden Spiegelseen. Im Südwesten, dem einzigen direkten Zugang zum Reich des Sprechers, schlossen die weiten Ebenen der Hungerberge an, der fruchtbare Kornspeicher der in der Mitte gelegenen Reiche. An einem schönen Tag konnte man von den oberen Fenstern des Turms der Lüfte bis zum Furienstrom sehen, der hundert Meilen südlich der Stadt entlangfloss. Heute hatte allerdings jemand einen provisorischen und sehr hohen Holzturm nicht weit von den Palasttoren erbauen lassen, und die Luft dahinter war diesig und voll grauer Schlieren. Ein scharfes Paar Augen hätte vielleicht zwei Gestalten ausgemacht, die auf dem Dach des Turms standen. Sie hätten womöglich ebenfalls gesehen, dass der Dunst, der über dem Tal hing, Staub war, der von den zehntausend marschierenden Männern der Adamantinischen Garde hochgewirbelt wurde, die die letzten Vorbereitungen für die Zeremonien der folgenden Wochen trafen.

Man hätte jedoch über außergewöhnliche Sehkraft verfügen müssen um zu erkennen, dass die Gestalten auf dem Dach der Sprecher selbst, nämlich Hyram, und ein Meisteralchemist des Ordens der Drachenschuppen waren. Oder dass sich das Zittern des Sprechers verschlimmert hatte, sein Gesicht vor Aufregung oder noch wahrscheinlicher vor Wut gerötet war und der Meisteralchemist ausgesprochen blass aussah.

»N-Nichts?«

Bei dem Alchemisten handelte es sich um Großmeister Jeiros, Zweiter Lord des Ordens der Drachenschuppen. Die Aussicht, dass er bereits zum Ersten Lord aufgestiegen sein könnte, war zum Großteil für sein Unbehagen verantwortlich. Er verbeugte sich so tief wie möglich, ohne umzufallen.

»Nichts, Eure Heiligkeit. Großmeister Bellepheros gab seine Ergebnisse vor dem gesamten Hofstaat König Tyans preis. Niemand hat sich vor Königin Alipheras Abflug an ihrem Drachen zu schaffen gemacht, und sie wurde in der Luft nicht angegriffen. Falls ein Mord verübt worden ist, gibt es keinen Hinweis darauf, dass König Tyans Nest in die Tat verwickelt ist.«

»U-Und das ist alles?«

»Prinz Jehal hat ihm vor vielen Zeugen stark zugesetzt. Meister Bellepheros wollte sich nicht festlegen, ob Königin

Alipheras Tod ein Mord oder ein Missgeschick war, obwohl er auf ein heimliches Techtelmechtel zwischen Aliphera und Tyans Bruder anspielte. Prinz Jehal war äußerst ungehalten.«

Der Sprecher spuckte. »Tyans Bruder? Dieser kastrierte Meteroa? Unsinn! W-Was ist mit Königin Zafir?«

»Wir haben nichts Belastendes gefunden.«

Hyram knurrte verärgert. »U-Und dann ist B-Bellepheros verschwunden.«

Der Zweite Lord verbeugte sich wieder tief. »Entführt worden. Prinz Jehal berichtet, dass all seine Wachen tot aufgefunden wurden. Den meisten wurde die Kehle durchgeschnitten. Was den Meister betrifft ...« Jeiros zuckte die Schultern.

»P-Prinz Jehal!«, fauchte Hyram. »G-Glaubt dieser Sch-Schlange kein Wort.«

»Eure Heiligkeit, Meister Bellepheros hat seine Worte am Hofe von König Tyan mit großem Bedacht gewählt. Seine Schlussfolgerungen gab er nicht durch die Dinge preis, die er sagte, sondern dadurch, was er *nicht* sagte. Er sagte *nicht*, dass Königin Alipheras Tod ein Unfall war, Eure Heiligkeit.«

»N-Natürlich war er das nicht!« Hyram stampfte ungeduldig mit dem Fuß auf. »S-Setzt alle Hebel in Bewegung und findet h-heraus, wer hinter der Entführung steckt, Jeiros. Und j-jetzt zu der anderen Angelegenheit. S-Seid Ihr dahintergekommen, wie Prinz Jehal seinen Vater e-ermordet?«

Jeiros wand sich. »Eure Heiligkeit, es gibt immer noch

keinen Beweis, dass König Tyan überhaupt vergiftet wird.«
Er schürzte die Lippen. »In den Gerüchten, Eure Heiligkeit, die behaupten, Prinz Jehal habe etwas gefunden, das
den Zustand seines Vaters verbessert, könnte womöglich
ein Fünkchen Wahrheit stecken. Es ist ein bisschen …« Er
runzelte die Stirn. »Es ist nicht sicher, Eure Heiligkeit. Es
gibt … es gibt Hinweise darauf, dass er im Besitz eines
solchen Elixiers ist.«

Hyram schnaubte verächtlich. »W-Wenn es ein Elixier
ist, stammt es von einem Eurer Leute. K-kommt zum
Punkt!«

»Eure Heiligkeit, genau das ist der Punkt. Der Orden hat
nichts damit zu tun. Wir …« Er zögerte, doch nun gab es
kein Zurück mehr. »Wir vermuten, es wurde außerhalb der
Reiche erworben.«

Hyrams Gesicht verdunkelte sich. Er begann zu husten,
und sein Zittern schien heftiger zu werden. Es dauerte
einen Augenblick, bis Jeiros erkannte, dass der Sprecher
ihn auslachte.

»I-Ihr habt kläglich versagt, Meister Jeiros. I-Ihr habt
keine einzige Antwort für mich, u-und jetzt auch noch
das? Also schön. Geht, M-Meister Jeiros. Ich werde Königin Zafir und P-Prinz Jehal zu mir bestellen und *selbst*
h-herausfinden, wer Aliphera ermordet hat, und dann
werde ich E-Euch sagen, welcher Alchemist die E-Elixiere
für Jehal zubereitet.«

Der Alchemist verschwand, jedoch nicht, ohne sich
noch ein Dutzend Mal zu verbeugen. Es war ein langer
Weg über schmale Treppen und wackelige Leitern bis zum

Fuß des Turms. Hyram gab sich der Hoffnung hin, dass sein Zweiter Lord ausrutschen und hinfallen würde. Ein gebrochenes Handgelenk oder etwas ähnlich Unangenehmes – nichts Schlimmeres. Obwohl Hyram das stumpfsinnige Gequassel seines Zweiten Lords auf die Nerven ging, käme es ihm äußerst ungelegen, nach Bellepheros auch noch Jeiros zu verlieren.

Sobald Hyram endlich wieder allein war, ließ er den Blick seufzend über die Hochebene gleiten. Seine Legionen hatten ihre Stellung bezogen, zwanzig Phalangen mit je fünfhundert Mann. Sie würden jeden Tag dort draußen ihre Kampfformation wahren, bis alle Drachenkönige und -königinnen im Palast versammelt waren und der Zeremonie beiwohnten, in der Hyram seine Macht auf jemand anderen übertrug. Ein Teil des Erbes, das jeder Sprecher seinem Nachfolger hinterließ, waren diese zehntausend hervorragend ausgebildeten Soldaten, die nur zum Kämpfen geboren waren. Während er ihnen zusah, mutete es ihn seltsam an, dass so viele Männer jeden Augenblick ihres Lebens dieser Perfektion opferten, und dennoch zufrieden waren, womöglich niemals in die Schlacht zu ziehen. Ihr Gehorsam – so war ihm jedenfalls versichert worden – war blind und unerschütterlich und ihnen von klein auf eingeimpft worden. Sie waren außerdem für ihre Stärke und Furchtlosigkeit bekannt, auf die sie in den Jahren ihrer unbarmherzigen, brutalen Ausbildung gedrillt und die dann von den alchemistischen Elixieren intensiviert wurden, die ihr Bewusstsein von jeglichem Zweifel befreite, der womöglich noch zurückgeblieben war. In ihren

Legenden konnten selbst Drachen sie nicht aufhalten. Aber hassten sie ihn nicht im Stillen? Verachteten sie ihn? Sahen sie nicht ihre eigene Manneskraft im Vergleich zu ihm und fragten sich: *Wer ist dieser schwache, klägliche König? Wie ist es möglich, dass so jemand uns befehligt?*

Er blickte weg. Vor einem Jahr hätte er solche Gedanken mit einem Lachen abgetan. Vor einem Jahr war er aber auch ein anderer Mensch gewesen. Damals, als er noch stark war und dem Irrglauben verfallen, er sei jünger als sein Alter. Damals, als er noch voller Träume steckte und glaubte, dass seine Tage als Sprecher ewig währten, dass er Shezira dazu bewegen könnte, im Gegenzug für seine Nachfolge in eine Heirat einzuwilligen. Oder, alte Abmachungen und verstaubte Pergamente hin oder her, dass er Aliphera ehelichen und sie stattdessen als neuen Sprecher benennen würde. Damals, als er noch mit jeder Frau nach Lust und Laune schlafen konnte, anstatt hilflos in seinen Laken zu liegen und nach seinen eigenen Exkrementen zu stinken, weil er mal wieder einen seiner Anfälle erlitten hatte und nach seinen Kammerpagen schreien musste, damit sie ihn säuberten.

Jetzt war Aliphera tot, Shezira wollte ihn nicht, und selbst die Kammerpagen liefen ihm in Scharen davon. In ein oder zwei Jahren würde ihn dasselbe Schicksal ereilen wie König Tyan, der sabbernd und nutzlos herumsaß. Welch Ironie des Schicksals! Zwei alte Feinde, die Seite an Seite, von jedermann vergessen, in ihrer eigenen Speichellache liegen würden. Nein, lieber wollte er einen schnellen Tod sterben. Man sollte ihn in Stücke schneiden und an seine eigenen Drachen verfüttern, wie man es mit den früheren Sprechern getan hatte, bevor Sprecher Narammed den Drachenpriestern die Flügel stutzte.

Auf einmal vernahm er das Knarzen der Treppe hinter ihm und drehte sich um. Ein Kopf tauchte aus den Tiefen des Turms auf und schob sich ins Sonnenlicht. Auf dem Schädel waren nicht mehr viele Haare zu sehen, und was noch übrig war, war weiß. Das Gesicht darunter sah schmerzgezeichnet und außer Atem aus.

»Ihr habt mich rufen lassen, Eure Heiligkeit?«

Hyram schüttelte den Kopf. »N-Nein, Wortmeister Herlian.«

»Dann werde ich mich zurück in den kühlen Schatten begeben, Eure Heiligkeit, und Ihr könnt unserem lieben Zweiten Lord von mir ausrichten, dass ich ihn eines Tages, sobald er sich mal hinsetzt, kriegen und seine Knöchel mit meinem Stock bearbeiten werde. Ich bin zu alt, um diese verfluchten Treppen zu steigen. Er schien der festen Meinung zu sein, Ihr wolltet die eine oder andere Angelegenheit mit mir besprechen.«

»In B-Bezug auf Prinz J-Jehal und Königin Z-Zafir, aber das hätte warten können. Doch d-da Ihr nun schon mal hier seid, k-können wir es auch gleich hinter uns bringen.«

»Wenn es sein muss, Eure Heiligkeit.« Der Wortmeister zog sich mühsam aufs Dach. »Aber Ihr solltet mir lieber sagen, was es da zu sehen gibt. Meine Augen sind genauso alt wie der Rest von mir.«

»I-Ich möchte wissen, W-Wortmeister: Was werden die B-Bücher über mich berichten?«

»Ha!« Herlians gackerndes Lachen klang, als zerbrächen alte, trockene Zweige. »Falls ich sie schreibe, wird darin stehen, dass Ihr ein übellauniger, kleiner Junge gewesen seid, der ständig seinen Unterricht schwänzte, den Älteren nicht den gebührenden Respekt entgegenbrachte und das Leben seines Lehrers zu einer einzigen Höllenqual machte.« Der Wortmeister humpelte zum Rand des Turms und blickte hinab. »Geht ganz schön weit hinunter. Hm. Vermutlich würde ich wohl auch erwähnen, wie ein dickköpfiger Drachenritter eine Bürde auf sich nahm, die eigentlich für seinen Bruder bestimmt war. Ich weiß, Ihr habt es nie gewollt. Und ich meine jetzt nicht nur das Amt des Sprechers. Ich meine, der Älteste zu sein.«

»G-Geschichte, Wortmeister, mehr will ich nicht.«

»Ich bestehe aus nichts weiter als Geschichte, mein junger Meister Hyram. Wenn Ihr Euch nach Schmeicheleien sehnt, dann holt Euch einen Speichellecker, der all die Stufen hochkommen soll. Ich weiß, was Ihr denkt. Ihr denkt, dass es unzählige Bücher über das Leben von Vishmir und den anderen verstorbenen Sprechern gibt. He! *So* vergesslich bin ich noch nicht. Ich erinnere mich, wie Eure Augen vor Freude geleuchtet haben, sobald ich mich breitschlagen ließ, Euch etwas aus ihnen vorzulesen. Eure Geschichte wird viel kürzer ausfallen, Eure Heiligkeit. Zehn Jahre Frieden und Wohlstand, in denen nichts von Bedeutung vorgefallen ist, sodass die kleinen Leute in allen Reichen ein zufriedenes Leben führen und alt und fett werden konnten. Die Geschichte eines wahrlich guten Sprechers sollte genau so aussehen. Das muss Euch genügen.«

»M-Muss es das wirklich?«

Herlian zuckte mit den Achseln. »Für den Rest von uns ist es genug. Falls es Euch jedoch nicht ausreichen sollte, müsst Ihr es mir nur sagen. Ich werde Euch Kriege erdichten, wenn es das ist, was Ihr wünscht. Bedeutende Siege, epische Schlachten, reihenweise Prinzessinnen, die Euch zu Füßen liegen. Was immer Euch gefällt. So viel Ruhm, wie Ihr wollt.«

»N-Nein, Wortmeister, das w-wird nicht nötig sein.« Hyram schüttelte den Kopf und versuchte, die erdrückende Last der Hoffnungslosigkeit wegzuschieben, die ihn in letzter Zeit niederdrückte. *Das ist es also? Ich werde als guter Sprecher in Erinnerung bleiben, weil sich niemand die Mühe gemacht hat, etwas anderes über mich zu schreiben? Aber warum sollte man sich dann überhaupt an mich erinnern?* Er setzte sich, da es Herlian nur so gestattet war, sich ebenfalls ein wenig auszuruhen. »H-Habt Ihr Eure Feder bei Euch? Lasst uns mit dem Schreiben an P-Prinz Jehal beginnen, in dem ich ihn zu mir zitiere. V-Vielleicht springt ja sogar doch noch eine Hinrichtung heraus, die Ihr dann in einer F-Fußnote abhandeln könnt.«

31

Königin Alipheras Gärten

Ich habe ein Geschenk für dich.« Jehal setzte sein verführerischstes Lächeln auf. Zafir sah ihn durch ihre Wimpern an. Sie gingen gemeinsam spazieren, Seite an Seite, zwischen vielfarbigen Büschen und Blumenbeeten, die in allen Regenbogenfarben leuchteten. Die strahlende Sommersonne war warm und angenehm, und eine leichte Brise umspielte Jehals Nase mit sonderbaren Gerüchen, einer berauschenden Mischung aus feinsten Duftessenzen und kräftigen Gewürzen.

»Gefallen dir meine Gärten?«, fragte Zafir. »Meine Mutter hat sie angelegt.« Die beiden hielten beim Gehen einen keuschen Abstand, damit sie sich keinesfalls berührten, nicht einmal unabsichtlich. Hinter ihnen folgte ein Tross aus Zafirs Hofdamen, zwar in gebührendem Abstand, jedoch nie so weit weg, als dass sie sie aus den Augen verloren hätten. Für den Fall, dass sie als Zeugen gebraucht wurden, um zu bestätigen, dass nichts Unschickliches vorgefallen war.

»Sehr, Eure Heiligkeit.« Er *hasste* es, sie mit Heiligkeit ansprechen zu müssen, nur weil sie jetzt eine Königin war und er ein einfacher Prinz. Das musste sich schnellstmöglich ändern. »Königin Alipheras Gärten sind zu Recht in allen Reichen bekannt. Selbst im hohen Norden …« Er beendete den Satz nicht.

»Du meinst, selbst unsere liebe Prinzessin Lystra hat von ihnen gehört? Das ist kaum vorstellbar.« Ihre Worte waren scharf wie Rasierklingen. »Ist sie wohlauf, deine Frau?«

Jehal gab vor, Zafirs Gehässigkeit überhört zu haben. »Bei meiner Abreise strotzte sie vor Gesundheit und Langeweile.«

»Du hättest sie mitbringen können. Es wäre mir eine wahre Freude gewesen, sie als Gast in meinem bescheidenen Heim willkommen zu heißen.«

Ja. Insbesondere jetzt, wo sie mit meinem Thronerben schwanger ist. Natürlich konnte er nicht mit Gewissheit sagen, dass Zafir davon wusste. In Wahrheit wusste er es selbst nicht einmal genau, doch die Anzeichen sprachen für sich, und seines Wissens stellten Zafirs Spione sicher, dass sie ebenso gut informiert war wie er. *Vielleicht sollte ich sie fragen, ob es ein Junge oder ein Mädchen wird.*

Er lächelte. »Sie wäre außer sich vor Freude gewesen. Aber angesichts ihres Zustands musste ich dafür sorgen, dass sie innerhalb der Palastmauern bleibt. Aus Gründen der Gesundheit, wenn du verstehst. Das Risiko einer Fehlgeburt.« Zafir zuckte nicht einmal mit der Wimper. *Also doch. Sie weiß es.*

Zafir schnaubte verächtlich. »Mir wurde gesagt, dass

meine Mutter noch drei Tage vor meiner Niederkunft geflogen ist. Königin Shezira brachte wahrscheinlich eine ihrer Töchter im Sattel zur Welt.«

Das Risiko einer Fehlgeburt, wenn ich sie in deine Nähe ließe. »Liebste Königin Zafir, es sollte für dich kein Geheimnis sein, dass ich schon vor meiner Heirat nach Ausreden gesucht habe, um meine verehrte Gattin wegsperren zu können. Gönnst du mir meine Freiheit etwa nicht?«

Zafir zögerte einen Augenblick. Dann blieb sie stehen und wandte sich ihm zu. Ihr Gesicht erhellte sich. »Macht dich deine Ehe denn so unglücklich?«

»Todunglücklich.«

»Ich könnte dir helfen, sie zu beseitigen«, sagte sie leise. »Immerhin schulde ich dir einen Gefallen.«

»Später einmal, meine Liebe.« Jehal sah zu den Damen, die ihnen auf Schritt und Tritt folgten. Sie waren acht, neun Meter entfernt, plauderten miteinander und warfen ihrer Königin vorsorglich ab und an Blicke zu. Blieben jedoch immer außer Hörweite.

»Aber nicht, bevor sie dir einen Thronfolger geschenkt hat?«

»Dann ist sie wenigstens beschäftigt und stört nicht, meine Liebste.«

»Gerade dir sollte es nicht schwerfallen, einen Weg zu finden, dass ihre Kinder niemals das Licht der Welt erblicken. Welche Verkettung von Tragödien deine arme Gattin noch erwartet!«

»Eigentlich war mir sogar der Gedanke gekommen, sie in aller Abgeschiedenheit entbinden zu lassen und die Kinder dann mit den Taiytakei fortzuschicken, wo sie an einem geheimen, weit entfernten Ort aufgezogen werden.«

Sie lächelte. »Damit sie in zwanzig Jahren zurückkommen und dir den Thron streitig machen? Wie romantisch! Und dumm! Entledige dich ihrer, Jehal. Ihrer und Lystras.«

»Sobald mir das möglich ist, meine Liebe. Wenn ich das richtige Elixier gefunden habe.«

Sie drängte sich näher an ihn, berührte ihn beinahe. »Woher bekommst du sie? Hast du einen geheimen Lieblingsalchemisten? Er muss sehr gut sein.«

Jehal verbeugte sich. »Nun, ich stelle sie selbst her, Eure Heiligkeit.«

»Nein, das glaube ich nicht!« Sie lachte.

»Ich habe einen neuen Trank. Einer, der die Krankheit meines Vaters lindert – wenigstens für eine kurze Weile. Ich habe einige Fläschchen von dem Zeug bei mir, um sie Sprecher Hyram unter die Nase zu reiben. Zweifellos will er mich erneut des Mordes an deiner Mutter bezichtigen, ohne auch nur den geringsten Beweis in Händen zu haben. Er wird schon sehr bald sehr dumm dastehen. Wenn er mit seinen Beschuldigungen fertig ist, werde ich ihn von meiner in Flaschen abgefüllten Erlösung kosten lassen, damit er merkt, wie viel besser es ihm gehen könnte, und dann wird er *nie* mehr wieder davon zu trinken bekommen.« Er schüttelte den Kopf und lachte ebenfalls. »Nun ja, außer er ernennt mich zum nächsten Sprecher, was wohl sehr unwahrscheinlich ist.«

»Ich denke, er würde sich eher freiwillig den Drachenpriestern ausliefern.«

»Ja.« Jehal kratzte sich am Kinn. »Würde er wirklich lieber ganz allmählich den Verstand verlieren? Wahrscheinlich schon, aber es könnte ganz spaßig sein, ihm dabei zuzusehen.«

»Lass ihn leiden. Nach meiner Krönung hat er mich beiseitegenommen und gefragt, ob *ich* sie ermordet habe. Ich habe meinen Ohren nicht getraut. Und dann hat er gefragt, ob du es gewesen bist.«

Jehal setzte eine gespielt erschrockene Miene auf. »Nun, ich hoffe, du hast dementiert.«

»Natürlich. Dennoch war seine geheime Schwäche für meine Mutter größer, als ich angenommen hatte.«

»Meines Wissens war sie nie besonders *geheim*.« *Eigentlich überhaupt nicht geheim. Nur unerwidert.* »Mach dir keine Sorgen, meine Liebe, er will mich hängen sehen, nicht dich. Schenk ihm ein hübsches Lächeln, und er wird wie Butter in der Sonne schmelzen.«

»Etwa so?«

»Genau so. Ich spüre bereits, wie mein Blut in Wallung gerät.« Er blickte zu den Höflingen, die sie nicht aus den Augen ließen, und seufzte. »Könnten wir nicht …«, flüsterte er.

Zafirs Lächeln verflog. Traurig schüttelte sie den Kopf. »Nein. Nicht bis die Sache vorüber ist. Das hast du doch selbst gesagt.«

»Ich weiß, aber …« Er grinste und bleckte die Zähne. »Jetzt, wo ich hier bin, bereitet es mir körperliche Schmerzen, dich nicht anfassen zu dürfen.«

Sie errötete und sah zu ihren Füßen. »Gefällt dir das Kleid?«, fragte sie.

»Da du es trägst, ist es perfekt.«

»Es gehörte meiner Mutter. Soviel ich weiß, hat sie es an dem Tag getragen, als sie Sprecher Hyram zum ersten Mal getroffen hat. Natürlich musste ich ein paar Änderungen vornehmen lassen. Ich habe mit einigen der alten Dienstboten meiner Mutter gesprochen und erfahren, wie sie sich gab, kleidete, das Haar frisierte. Wenn Hyram mich sieht, wird er nicht mich sehen – sondern meine Mutter, in die er sich damals Hals über Kopf verliebt hat. Ich werde ihm den Dolch tief ins Herz rammen und dann so lange drehen, bis die Klinge abbricht.«

»Oh, das ist grausam!« Jehal grinste. »Wenn wir ihn uns beide vorknöpfen, sollten wir ihn schon bald in die Knie gezwungen haben.«

Zafir zuckte mit den Schultern. »Er hat mich des Mordes beschuldigt, und zwar kurz nachdem er mich *gekrönt* hat!«

Jehal grinste noch breiter. »Nun, er hatte nicht ganz unrecht.«

Sie warf ihm einen prüfenden Blick zu und zog einen Schmollmund. »Du hast von einem Geschenk gesprochen und bist dann in allerhand unschöne Nebensächlichkeiten abgedriftet. Ist es ein *schönes* Geschenk? Wird es mir gefallen?«

»O ja, ich bin sicher, dass es dir ausgezeichnet gefallen wird.«

Sie drohte ihm scherzhaft mit dem Finger. »Wir haben doch eine Abmachung getroffen.«

»Meine Liebste, ich biete nicht *mich* an. Nun ja, eigentlich schon, aber nicht hier und jetzt. Obwohl …« Er blickte sich erneut zu den Hofdamen um. »Ich habe auch ein echtes Schwert, abgesehen von dem, mit dem du so gerne spielst. Ich könnte sie alle niedermetzeln, und dann …«

»Jehal!«

»Aber die sind doch sicherlich alle schrecklich langweilig!«

Zafir lachte, und Jehal spürte, wie die Anspannung in ihm nachließ und verpuffte. Sie war ihm immer noch verfallen. Und allein das spielte eine Rolle. Wie sehr sie ihn auch dafür hasste, dass er Prinzessin Lystra geheiratet hatte, so war sie ihm immer noch verfallen. Lächelnd reichte er ihr einen schwarzen Streifen Seide.

»Mit dem«, sagte er, »musst du dir die Augen verbinden. Nein! Nicht hier!« Er senkte die Stimme, bis er vollkommen sicher war, dass ihn niemand belauschte. »Aber es ist keine einfache Augenbinde, meine Liebe. Wenn du dir die Seide umlegst, wirst du Dinge sehen, und du wirst nicht wollen, dass jemand anderes davon erfährt. Also probier es aus, wenn dich niemand beobachtet.« Er reichte ihr eine Schatulle. Sie war nicht so hübsch wie diejenige, die Jehal von den Taiytakei geschenkt bekommen hatte, war ihr jedoch sehr ähnlich. In dieser hatte allerdings nur *ein* kleiner goldener Drache mit rubinroten Augen Platz.

Zafir strich mit den Fingern über die Schnitzarbeit. Er konnte die Gier in ihrem Antlitz sehen. »Was ist es?«

»Öffne die Schatulle, sobald du allein bist. Schau dir den Inhalt genau an und verbinde dir anschließend die Augen. Dann wirst du es verstehen. Ich könnte dir noch viel mehr erzählen, aber wo bliebe dann der Spaß bei der Sache?« Er zwinkerte ihr zu, und seine Stimme wurde noch leiser. »Vorfreude ist manchmal die größte Freude.«

»Oh, wirklich?« Sie gurrte beinahe. »Wirst du in der Stadt der Drachen bleiben, nachdem du mit dem armen alten Hyram fertig bist?« Er konnte das Verlangen spüren, das in ihr aufwallte. *Wie jammerschade, dass wir nicht ...* Er biss sich auf die Lippe. *Noch nicht, noch nicht. Nicht solange Hyram uns so streng überwacht.*

»Natürlich. Auch wenn niemand davon erfahren wird.«

»Wie kannst du das mit einer solchen Gewissheit behaupten?«

»Lass das mal meine Sorge sein. Vertraust du mir, meine Liebe?«

Er wusste nicht genau, wie er den Blick deuten sollte, den sie ihm zuwarf, doch er entschied, ihn als ein zögerliches Ja zu werten. Er lächelte, als sich ihm die Haare im Nacken aufstellten. Sie hatten zu lange getrödelt, und die Anstandsdamen der Königin kamen nun unaufhaltsam näher. Langsam und vorsichtig und ihre Anwesenheit mehrmals ankündigend, und dennoch mit derselben erbarmungslosen Beharrlichkeit wie eine feindliche Armee.

Später, als sie alle längst schlafen sollten und Jehal allein in seinem gut bewachten Schlafgemach war, öffnete er die Fensterläden, holte den zweiten schwarzen Streifen Seide hervor und verband sich damit die Augen.

Also schön, meine Teuerste, mal sehen, wie weit du gekommen bist.

32
Die Adamantinische Garde

Es war köstlich, Zafir zuzusehen, wie sie sich mit ihrem neuen Spielzeug die Zeit vertrieb, und sobald sie herausgefunden hatte, dass sie den kleinen Drachen auf ihr Geheiß hin fliegen lassen konnte, schickte sie ihn natürlich zum Spionieren durch Jehals Fenster. Er löste die seidene schwarze Augenbinde und gestattete Zafir, ihn ein wenig zu beobachten, während er sich im Schlaf unruhig hin und her warf, bevor er vorgab, allmählich zu erwachen. Der winzige Drache flatterte zu seinem Gesicht hoch, als wollte er sich ankündigen. Jehal versuchte, überrascht zu wirken.

»Du bist sehr ungezogen«, flüsterte er dem Drachen ins Ohr, »und wenn du hier wärst, würde ich dir zeigen, *wie* ungezogen du bist.«

Der winzige Drache tanzte um ihn herum, neckte ihn und schoss dann zum Fenster.

»Zafir«, zischte er, und der Drache hielt in der Luft inne. »Nichts, was ich Lystra gegeben habe, kommt deinem

Geschenk auch nur im Entferntesten nahe. Schick ihn doch zu uns, damit du dich mit eigenen Augen überzeugen kannst.«

Der Drache verharrte einen Moment und verschwand schließlich. Jehal schloss die Fensterläden und legte die schwarze Seide über die Augen.

Beide erwachten spät am nächsten Morgen, und als Zafir mit Jehal zu ihrem Drachennest ritt, strahlte sie vor Aufregung.

»Ich bin sicher, du hast ebenfalls einen«, flüsterte sie ihm ins Ohr, während er sich anschickte, auf seinen Drachen mit Namen Geisterschwinge zu steigen. »Wir können uns also sehen, selbst wenn wir voneinander getrennt sind.«

Oder ich könnte ihr von der zweiten Seidenbinde erzählen, dachte er. *Und ihr sagen, dass wir gleichzeitig durch die Augen ihres kleinen Spions sehen können, dass ich sie jederzeit durch seine Augen beobachten kann, sobald er in ihrer Nähe ist.*

Verführerisch, sehr verführerisch, doch nicht der Grund, weshalb er ihn ihr geschenkt hatte. »Warte auf mich, meine Liebste«, sagte er mit belegter Stimme. »Ich werde zu dir eilen, sobald wir beide mit Hyram fertig sind.«

»Hm.« Ihre Augen blitzten auf. »Das rate ich dir auch.«

Er kletterte in den Sattel und wischte sich über die Augenbraue. *Vielleicht können mir die Taiytakei noch ein paar beschaffen.* Dieser Gedanke brachte ihn zum Lachen, während er zusah, wie sich Zafir und ihre Höflinge von seinem Drachen entfernten. *Soviel ich weiß, sind diese beiden Tier-*

chen die einzigen ihrer Art, und ich würde allein deshalb um
Nachschub bitten, um meine Geliebte beobachten zu können,
wenn sie nicht in meinem Bett ist. Die Taiytakei würden zwar
nie von meinen Beweggründen erfahren, aber dennoch ...

»Flieg los!«, rief er und spürte augenblicklich, wie sich
die riesigen Muskeln des Drachen unter ihm anspannten.
Geisterschwinge hob den Kopf, setzte sich auf die Hinterläufe und begann, über die Ebene zu rennen. Jehal schloss
die Augen. Er konnte jeden Schritt fühlen, während der
Drache an Tempo gewann. Jehal wusste ganz genau, wann
das Tier den letzten Sprung machen und seine Flügel ausbreiten würde. Er spürte, wie er schwerer wurde, als der
Drache in die Lüfte emporschnellte, und seufzte. Nichts,
aber auch gar nichts war mit diesem Moment zu verglei-
chen, der Sekunde, wenn ein Drache vom Boden abhob.
Wie jammerschade, dass dieses Gefühl nur für einen Wimpernschlag andauerte! Dann war es wie weggewischt, und
alles, was folgte, wirkte schal und langweilig. Jehal überlegte, die schwarze Seide erneut herauszuholen und seine
Augen mit einem Drachen fliegen zu lassen, während sein
Körper auf einem anderen ritt, aber es wäre töricht, das
Seidentuch im Wind zu verlieren. Stattdessen versuchte
er, über Hyram nachzudenken, doch Zafir drängte sich
immer dazwischen. Manchmal fragte er sich, ob es nicht
besser gewesen wäre, hätte er Prinzessin Lystra zurückge-
wiesen und lieber Zafir zu seiner Frau genommen, auch
wenn das all seinen Plänen einen Strich durch die Rechnung gemacht hätte. Es war auf jeden Fall sehr schade,
denn eines Tages würde ihm Lystra wegen der Dinge, die

er getan hatte, im Weg stehen. Vielleicht hätte er ihnen beiden einen Korb geben sollen. Das hätte er gekonnt. Er hätte Lystra abweisen können, weil Königin Shezira ihm nicht wie versprochen den makellos weißen Drachen als Geschenk dargeboten hatte.

Er lächelte. Stattdessen würde er sich in einigen Tagen dem Suchtrupp nach der verschwundenen Weißen anschließen, obwohl er fest überzeugt war, dass der Drache in irgendeinem weit entfernten Nest weggesperrt war. Shezira zog eine sehr überzeugende Show ab. Sie hatte sie nun schon seit zwei Monaten aufrechterhalten, und alle möglichen kleinen Gerüchte sickerten aus ihrem Lager.

Ein weiterer Gedanke kam ihm auf einmal in den Sinn. Womöglich *war* das alles ein abgekartetes Spiel, nur nicht das, wofür er es gehalten hatte. Shezira hatte zwei Dutzend Drachen und hundert Reiter auf die Suche angesetzt, und alle von ihnen befanden sich in *allernächster* Nähe des Adamantpalasts. Viel zu nah.

Ja, dachte er. *Das sollte ich wahrlich im Gedächtnis behalten.* Und damit ließ er sich die unzähligen Möglichkeiten durch den Kopf gehen, während Geisterschwinge durch die Luft pflügte. Sie flogen viele Meilen über sanfte, grün bewaldete Hügel. Dann wurde die Landschaft immer steiler und schroffer, und schließlich segelten sie in die Felsschlucht hinab, durch die der Furienstrom floss und die Reiche in zwei Teile trennte. Im Süden herrschte Königin Zafir. Im Norden der Sprecher. Jehal dachte auch darüber nach, trieb seinen Drachen in die Schlucht hinab und schoss über den reißenden Fluss hinweg. So knapp wie möglich sauste er über die natürliche Grenzlinie, während Geisterschwinge den Schwanz ins Wasser tauchte und eine Gischtwolke hinter sich herzog.

Etwa eine Stunde folgte er der Schlucht und stieg dann wieder auf, in Richtung Norden über die schrecklich langweiligen Ebenen der Hungerberge. Er ließ Geisterschwinge hoch am Himmel fliegen. *Es macht keinen Sinn, all den Bauern einen Schrecken einzujagen.* Er schloss die Augen und döste eine Weile, doch als sich die Purpurnen Berge langsam aus den Nebelschwaden schälten, erhaschte er bereits das erste Funkeln des Adamantpalasts und bemerkte, dass noch andere Drachen in der Luft waren. Jagddrachen, wie es den Anschein machte, etwa ein halbes Dutzend. Zuerst fragte sich Jehal verwundert, was sie dort taten. Aber dann sah er, dass Hyram seine Legionen hinausbefohlen hatte.

Alle fein säuberlich in Reih und Glied aufgestellt, damit er mit ihnen angeben kann, bevor er sein Amt als Sprecher niederlegt. Jehal stupste Geisterschwinge an und ließ ihn in einem spiralförmigen Steilflug zwischen den anderen Drachen zu den Männern am Boden hinabtauchen. Als er fast senkrecht auf sie zustürzte, drängten sich die Legionen jeweils eng zusammen und präsentierten einen nahtlosen Wall aus schimmernden Schilden. Die Schilde waren aus Drachenschuppen gefertigt und groß genug, um einen Mann dahinter zu verstecken. Falls er Geisterschwinge den Befehl gegeben hätte, eine gewaltige Flammenexplosion auf sie herabregnen zu lassen, wäre das Feuer einfach an ihrem Schildwall abgeprallt. Während er über die Köpfe der Soldaten hinwegsauste, wurden auf einmal die Schilde gesenkt, und ein Meer aus Skorpionarmbrüsten tauchte stattdessen auf. Jede konnte einen Bolzen von der Größe eines Speeres abfeuern, der mächtig genug war, um Drachenschuppen zu durchbohren, aber es war nicht der Drache, auf den sie zielten. Es war der Reiter.

Nachdem Jehal an ihnen vorbeigeflogen war, stieg Geisterschwinge wieder in die Höhe und neigte auf Kommando kurz den Flügel – eine Art Ehrenbezeugung. *Es ist besser, nett zu ihnen zu sein. Immerhin werden sie eines Tages mir gehören.*

Jehal landete im adamantinischen Drachennest. Fast hätte er damit gerechnet, Sprecher Hyram vorzufinden, der mit einem Trupp Wachen auf ihn wartete und ihn auf der Stelle in den Kerker werfen ließ. *Nicht dass der alte Bock einen solchen Frevel ohne einen schlagkräftigen Beweis wagen würde.* Nicht, wenn Jehal mit der Tochter der nächsten Sprecherin verheiratet war. *Ach Lystra, wie sehr du mir noch von Nutzen sein wirst. Es ist nur jammerschade, dass ich mich am Ende deiner entledigen muss.*

Er runzelte die Stirn. Solche Gedanken hinterließen bei ihm ein seltsam ungutes Gefühl, weshalb er sie beiseiteschob und sich auf seine Umgebung konzentrierte. Anstatt die bewaffnete Eskorte vorzufinden, lag das Nest beinahe verlassen da. Zwei Jagddrachen machten sich genüsslich über einen Berg frisch geschlachtetes Vieh her. Einige Knappen gingen ihren Pflichten nach. Einer kam herbeigerannt, half Jehal beim Absitzen und kümmerte sich um Geisterschwinge. Es waren auch Soldaten zugegen, aber nicht besonders viele, und höchstwahrscheinlich hatte Jehal den Großteil der Adamantinischen Garde auf dem Weg über die Hochebene bereits gesehen. Für alle Fälle hatte er ein Dutzend Reiter und halb so viele Drachen zur Verstärkung mitgebracht. Jetzt erschien ihm die Vorsichtsmaßnahme fast ein wenig übertrieben. Alles in allem konnte er sich nicht des Eindrucks erwehren, dass der Drachenmeister, als er schließlich aus seinem kleinen Turm auf ihn zugerannt kam, nichts von seinem Kommen gewusst hatte.

»Prinz Jehal!«

»Copas.« Jehal lächelte. Der Mann wirkte entsetzt, völlig überrumpelt. »Hat der Sprecher meine Ankunft etwa nicht angekündigt?«

»Äh, natürlich, Eure Hoheit. Wir haben Euch jedoch erst morgen erwartet.« *Lügen.* Jehal durchschaute sie auf Anhieb. *Wie sonderbar! Warum sollte Hyram annehmen, dass ich seiner Aufforderung nicht nachkomme? Denkt er etwa, ich habe* Angst *vor ihm?*

Und selbst wenn dem so wäre, müsste sich der Sprecher auf eine gesalzene Überraschung gefasst machen. Jehal lächelte noch breiter, sodass noch ein paar Zähne mehr zu sehen waren. »Das ist mir wahrlich ein Rätsel, denn es war und wird auch immer ein dreitägiger Flug von Furia aus sein, und als der Sprecher mich herbat, waren seine Worte sehr eindringlich und unmissverständlich. ›Auf der Stelle‹, lautete sein Befehl, wenn ich mich recht entsinne.« *Ich darf ihm nicht die Schuld daran geben. Ein Großteil der Männer hier ist dem Orden unterstellt, nicht Hyram. Eines Tages wird auch Copas mir gehören.*

292

»Eure Hoheit, ich weiß nicht, was ich sagen soll. Wollt Ihr sofort zum Palast weiterreiten? Ich könnte Euch hier eine Unterkunft anbieten, wenn Euch das lieber wäre.«

»Für den Fall, dass mich auch im Palast niemand erwartet?« Jehal legte den Kopf schief. »Nein, vielen Dank, Copas. Es ist wohl kaum Eure Schuld, wenn Euch die Dienstboten des Sprechers nicht benachrichtigt haben. Ich bin überzeugt, dass ihnen ein solcher Fehler nicht zweimal unterlaufen ist. Meine Reiter werden jedoch hierbleiben, wenn das nicht zu große Umstände macht.« *Wenn Hyram etwas gegen mich im Schilde führt, sind sie mir im Palast keine große Hilfe.*

Die Knappen luden sein Gepäck auf mehrere Karren. Einige Minuten lang fragte sich Jehal verwundert, ob er auf eine der Rückbänke gezwängt zum Palast fahren musste. Schließlich brachte Copas mit hängendem Kopf eines seiner eigenen Pferde.

»Es tut mir schrecklich leid, Eure Hoheit. Wir haben Schande über uns gebracht.«

»Nicht Ihr, jemand anderes. Ich bin sicher, dass es nicht Eure Schuld ist.«

Copas hatte zumindest die Höflichkeit besessen, einen Reiter vorauszuschicken, sodass die Palasttore offen standen und die Dienerschaft und Wachen vorgeben konnten, nicht völlig überrumpelt zu sein. Doch das alles nahm weit mehr Zeit in Anspruch als üblich, und nachdem Jehal endlich allein war, musste er sich eingestehen, dass egal, welch verrücktes Spiel Hyram mit ihm trieb, es allmählich Wirkung zeigte. *Was in aller Welt lässt Hyram annehmen, dass ich verspätet ankomme? Was weiß ich da nicht?*

Es stellte sich heraus, dass es zwei Dinge waren. Das erste offenbarte sich ihm, als er seine wertvollen Elixiere auspackte und feststellen musste, dass alle bis auf eines fehlten. Das zweite begriff er, als die Adamantinische Garde mitten in der Nacht in sein Zimmer stürzte.

33
Der Alchemist und der Drache

Kailin war zu Tode erschrocken. Er hatte nicht den blassesten Schimmer, was er tun oder sagen sollte. Und vor ihm hatten sich die Drachenritter aus Königin Sheziras Drachennest aufgebaut. Er kannte ihre Namen nicht, doch einige Gesichter waren ihm vertraut. Und natürlich der Alchemist. Er kannte Meister Huros. Sie alle würden von ihm verlangen, dass er Schneeflocke zurück nach Hause brachte, und ein Knappe gehorchte stets. Daraus bestand sein Leben. Sich um die Drachen zu kümmern und das zu tun, was ihm befohlen wurde. Doch hinter ihm befand sich ein Drache, der nicht nach Hause wollte. Kailin watete durch den seichten, rauschenden Fluss, als hätte er Bleigewichte an den Füßen.

»Das reicht!« Der Drachenritter neben Meister Huros hob eine Hand. Kailin blieb stehen. Sie waren immer noch gut sechs Meter voneinander entfernt. Die anderen Reiter wichen zurück und schlichen langsam in Richtung der Bäume.

Er hörte Schneeflockes Stimme in seinem Kopf. *Du musst ihnen klarmachen, dass ich nicht zurückkomme. Jedenfalls noch nicht. Sie sollen ihre Jagd auf uns einstellen.*

Kailin zuckte zusammen. *Ich weiß nicht, wie mir das gelingen soll. Sie werden mir nicht zuhören.*

»Äh, wie lautet dein Name, Knappe?«, rief Meister Huros.

Kailin blickte auf seine Füße, zu sehr war er daran gewöhnt, seinen Meistern nicht direkt ins Gesicht zu sehen. »Kailin«, sagte er.

»Knappe Kailin. Wir … äh … sind hier, um dich nach Hause zu bringen. Dich und deinen Drachen.«

»Königin Shezira wird dir persönlich danken«, rief der Ritter. »Ihr Drache ist unversehrt und nicht verschollen. Sie wird hocherfreut sein. Vielleicht gibt es sogar eine Belohnung.«

Kailin wusste nicht, was er erwidern sollte. Er schüttelte den Kopf. Die Worte wollten ihm einfach nicht über die Lippen kommen. Sobald er ihnen freien Lauf ließe, würden die Reiter ihn töten. Sie würden ihn zurück zum Bergfried bringen, ihn vor allen anderen Knappen aufknüpfen und dann ganz langsam hinrichten. *Das geschieht mit einem Knappen, der nicht gehorcht.*

Sag ihnen, dass wir nicht mitkommen!

Zitternd und mit flehenden Augen sah er den Drachenritter und Meister Huros an. »Das kann ich nicht. Ich weiß nicht, wie mir das gelingen sollte. Was wäre … Schneeflocke will nicht …«

»Das ist keine Bitte, Knappe«, rief der Ritter. »Das ist ein Befehl!«

Meister Huros trat vor, schritt auf Kailin zu und legte ihm eine Hand auf die Schulter. »Äh ... hör mir zu, Knappe. Was auch immer hier draußen geschehen ist, spielt keine Rolle. Egal welch nichtiges Verbrechen du begangen haben solltest, es wird dir verziehen. Die Regeln, nach denen wir leben, beziehen sich nicht auf außergewöhnliche Vorkommnisse wie diese. Du hast deine Pflicht getan und dein Bestes gegeben. Der Drache ist unversehrt, aber ... äh ... er *muss* augenblicklich zurück ins Nest.«

Kailin konnte sich immer noch nicht überwinden, dem Alchemisten in die Augen zu schauen. »Ich kann nicht. Sie will nicht.«

Sag ihnen, dass wir nicht mitkommen! Oder ich *werde es tun.*

»Knappe, du verstehst das nicht. Es gibt ... äh ... Dinge, die du nicht weißt. Sie muss zurück in ein Nest. Wenn sie nicht mitkommt, wird sie sich verwandeln. Womöglich sind dir bereits erste Veränderungen in ihrem Verhalten aufgefallen. Wir müssen sie zurückbringen.«

Veränderungen? Kailin spürte, wie Schneeflockes Neugierde geweckt war.

»Ich hätte dir nicht einmal so viel verraten dürfen, Knappe. Es sind die Geheimnisse unseres Ordens, aber du musst mir glauben, dass sie sich ohne das Elixier, das ich und die anderen Alchemisten im Nest für sie zubereiten, *verändern* wird. Sie wird sich in ein wildes Tier verwandeln. Sie würde eine Gefahr darstellen, nicht nur für dich, sondern für uns alle.«

Was genau meint er damit? Frage ihn, was genau er meint!

Kailin spürte den schrillen Unterton in Schneeflockes Gedanken, den Argwohn, das Entsetzen, die aufkommende Wut. Ebenso wie in sich selbst. »Nein! Aufhören!« Er war nicht sicher, ob die Warnung an Meister Huros oder Schneeflocke gerichtet war.

Der Alchemist sah auf einmal sehr überrascht aus. »Ja«, sagte er. »Ja, das stimmt. Intelligenter. Eigenständiger. Woher weißt du das?«

Kailin erstarrte. »Meister, Meister Huros, bitte …!«

Lass ihn!

»Woher weißt du das, Knappe?« Die Stimme des Alchemisten senkte sich zu einem Flüstern, und er warf den Rittern hinter sich einen raschen Blick über die Schulter zu. »Ja. Sie erinnern sich an Dinge. Genau das geschieht, und das darf nicht sein, das dürfen wir einfach nicht *zulassen*! Aber, aber das dürftest du eigentlich gar nicht wissen. *Woher* weißt du das?«

Schlagartig veränderte sich die Atmosphäre. Die Wut in Kailins Kopf wuchs, tobte in ihm, fraß ihn auf. »Meister Huros! Sie ist in Eurem Kopf! Sie kann Eure Gedanken lesen! Sie weiß alles!«

Er erhaschte einen Blick auf das abgrundtiefe Entsetzen in den Augen des Alchemisten, und dann bewegte sich Schneeflocke so blitzschnell, dass Kailin nicht mitbekam, was genau um ihn herum geschah. Im einen Moment stand der Alchemist noch vor ihm, im nächsten wurde er in die Luft geschleudert, und die Spitze von Schneeflockes Schwanz wickelte sich um ihn herum. Hilflos baumelte Meister Huros vor Schneeflockes Gesicht – schreiend, kreischend, flehend –, während alle anderen wie erstarrt zuschauten. Vereinzelte Gedankenfetzen zuckten durch Kailins Bewusstsein, Gedanken, die nicht ihm gehörten und mit solch unsäglichem Zorn erfüllt waren, dass er im Wasser in die Knie sank und sich mit beiden Händen die Ohren zuhielt. *Elixiere? Erinnerungen? Wie? Wie lange schon? Wie lange tust du das schon? WIE LANGE?*

Kailin sah den Moment nicht kommen, als Schneeflocke plötzlich den Knoten in ihrem Schwanz zusammenzog und das Leben aus dem Alchemisten herausquetschte, ihn regelrecht in zwei Teile riss. Er sah jedoch den Leichnam, der wie von einem Katapult geschleudert durch die Luft flog und mit einer solchen Wucht gegen einen der Ritter prallte, dass dieser vom Boden gerissen wurde und beide schließlich wie Puppen mit verrenkten Gliedern im Wasser liegen blieben. Der Himmel verdunkelte sich, als Schneeflocke mit einem Satz über Kailins Kopf sprang und genau dort landete, wo gerade noch der Ritter gestanden hatte. Beim Aufsetzen erzitterte die Erde, und im nächsten Augenblick schlug sie mit den Klauen nach einem neuen Reiter. Der Mann schrie entsetzlich, während sie ihn zermalmte, und Kailin hörte, wie sich die Metallplatten seiner Rüstung verbogen und zersplitterten. Die anderen Ritter suchten Schutz unter den Bäumen. Schneeflocke zielte mit dem Schwanz nach ihnen und schleuderte dabei mannshohe Gesteinsbrocken durch die Luft. Sie erfasste einen weiteren Reiter und knallte ihn gegen einen Baum. Der Mann stand nicht mehr auf.

Dann kam das Feuer. Schneeflocke warf den Kopf von

einer Seite zur anderen und ertränkte den Waldrand in einem wahren Flammenmeer. Alle Ritter, die schnell genug waren, kauerten sich hinter ihre Schilde aus Drachenschuppen, sodass ihnen die Hitze nichts ausmachte.

Doch solange sie sich hinter ihren Schilden zusammenkauerten, konnten sie nicht weglaufen. Schneeflocke sprang aus dem Fluss und erklomm in Windeseile die Böschung bis zum Wald. Sie spuckte wieder Feuer, und dieses Mal schnalzte ihr Schwanz in die Baumreihen. Sie packte einen Ritter, schleuderte ihn dreißig Meter in die Luft, bevor sie sich dem nächsten zuwandte, den sie mit dem Kopf nach unten gegen die Steine im Flussbett knallte. Kailin wimmerte und hielt sich die Augen zu. Er konnte sich nicht überwinden, dem Massaker zuzusehen. Männer schrien, Äste knackten, Baumstämme zerbarsten.

Hastige Schritte platschten durchs Wasser auf ihn zu. Da hörte er eine Stimme: »Was tust du da? Bist du verrückt?«

Arme zogen ihn unsanft hoch und hielten ihn fest umklammert. Kalter Stahl berührte seine Kehle.

»Du befiehlst deinem Drachen, mit diesem Mist aufzuhören, verstanden?«

Dann eine andere Stimme: »Kemir! Lass ihn in Ruhe, du Idiot!«

Kailin verzog das Gesicht. »Das kann ich nicht.« *Ich kann sie nicht aufhalten. Sie hört nicht auf mich.*

»Kemir! Sie läuft Amok! Du kannst sie nicht aufhalten!«
»Er hat recht.« *Schneeflocke. Hör auf! Hilf mir!*
Der Mann, der ihm das Messer an die Kehle drückte, er-

starrte, als wollte er ihm im nächsten Moment den Todesstoß versetzen. »Na schön, dann kommst du eben mit
uns.« Er begann, Kailin aus dem Fluss zu zerren. »Wenn
sie uns abfackelt, wird sie dich ebenfalls töten müssen, du
kleiner Mistkerl.«

In dieser Sekunde war sein Schicksal besiegelt. Ihrer
aller Schicksal war besiegelt. Kailin wusste es. Er spürte,
dass Schneeflocke seinen Hilferuf gehört hatte. Sie war mit
den anderen Rittern noch nicht fertig, doch sobald sie das
wäre …

»Verdammt!«

Sie hatten es fast geschafft, da schoss Schneeflocke aus
dem Flammeninferno auf der anderen Seite des Flusses
auf sie zu und ließ Asche und Glut und brennende Äste
auf sie herabregnen. Das Feuer loderte wieder auf, und der
andere Mann kreischte.

»Sollos!« Kailins Entführer stolperte, und beide fielen
gemeinsam ins feuchte Gras. Der Mann ließ ihn jedoch
nicht los, sondern rollte sich auf den Rücken und hielt
Kailin wie ein Schutzschild über sich. Sie starrten zu
Schneeflocke hoch, die zornig auf sie herabsah. Ihre
Zähne waren blutig, ihre Augen blitzten, und sie hielt wieder jemanden in ihren Schwanz gewickelt. Durch die
Rauchschwaden und das Durcheinander dieses Grauens
glaubte Kailin einen von Feldmarschall Nastrias Söldnern
zu erkennen.

»Lass ihn los!«, knurrte der Mann mit dem Messer.
»Lass ihn los, oder ich töte deinen Reiter.«

Wo sind die Alchemisten? Der Gedanke traf Kailin wie ein

Hammer. *Wo sind sie? Verbrennen! Ich werde sie alle verbrennen!*

Ich weiß es nicht! Ich weiß es nicht! Tief in seinem Inneren rollte sich Kailin zu einem kleinen Ball zusammen und wollte einfach sterben.

Wo sind die anderen? Wo sind sie?

»Ich weiß, wo sie sind!«, rief der Mann mit dem Messer. »Ich weiß, wie man sie finden kann.«

Das Feuer in Schneeflockes Augen erstarb. Sie fauchte und wedelte mit dem Mann, den sie fest mit ihrem Schwanz umschlossen hielt, in der Luft. Kailin konnte ihn jetzt deutlich erkennen, und es war tatsächlich einer von Nastrias Söldnern. Sollos. An den Namen des anderen konnte er sich nicht erinnern.

Dann mal los!

Kailin blinzelte. Hoch am Himmel glaubte er ein oder zwei schwebende Punkte auszumachen, die sich dunkel gegen die Wolken abzeichneten.

34
Jehals Heiltrank

Es waren sieben oder acht Männer, die alle das Gesicht hinter Schleiern verbargen. Sie zerrten Jehal aus dem Bett und durch den gesamten Palast. Er schrie wie am Spieß, doch sie ignorierten ihn. Als er sich wehrte, schlug ihn einer von ihnen so fest, dass seine Lippe aufplatzte und ein Zahn wackelte. Sie brachten ihn hinaus in den Innenhof, stießen ihn in die Glaskathedrale und zu einer verborgenen Treppe hinter dem Altar. Tief unten zogen sie ihn durch dunkle, mit Rauch verhangene Gänge in einen düsteren, höhlenartigen Raum. Ein paar Fackeln spendeten gerade genug Licht, damit Jehal die Folterwerkzeuge an den Wänden erkennen konnte. Hyram saß genau in der Mitte der Kammer. Eine kleine Kohlenpfanne glühte neben ihm.

»Seid Ihr verrückt, alter Mann?«, rief Jehal. »Habt Ihr völlig den Verstand verloren?«

Hyram erwiderte nichts, sondern sah schweigend zu, wie die verschleierten Wachen Jehal an ein Rad ketteten.

»Niemand wird das widerspruchslos hinnehmen – weder Narghon noch Silvallan, Zafir, Königin Shezira oder König Valgar. Selbst die Syuss werden sich aus dem Sand erheben und Euch mit der Faust drohen.«

Hyram, der leicht zitterte, schaute ihn nur an. Die verhüllten Wachen beendeten ihre Arbeit und verschwanden in der Dunkelheit. Jehal und Hyram waren allein.

»I-Ihr habt jemanden vergessen.«

»Ja, sogar der König der Felsen wird von seinem mächtigen Thron steigen, falls er jemals herausfinden sollte, dass Ihr einen Drachenprinzen eingesperrt habt.«

»I-Ich hatte einfach nicht geglaubt, dass I-Ihr kommen würdet.« Hyram stand schmerzgepeinigt auf und schnippte mit den Fingern. »I-Ich sperre Euch nicht ein, Jehal. Ich f-foltere Euch. Und wenn ich fertig bin, k-könnt Ihr gehen.« Zwei Männer tauchten aus den Schatten der Zimmerecke auf. »Ich h-habe Briefe von Königin Z-Zafir erhalten. S-Sie behauptet, Ihr und Königin Aliphera h-hattet ein Verhältnis.« Jehals Herz setzte für eine Sekunde aus. *Briefe von Zafir? Verflucht noch mal! Was hatte sie nur getan?*

Hyram schritt in der Kammer auf und ab. Die zwei vermummten Männer standen geduldig da und warteten ab. »Z-Zafir beschuldigt Euch. Sie denkt, dass ihre M-Mutter Selbstmord begangen hat, weil Ihr eine a-andere heiraten wolltet. Hattet Ihr ein Verhältnis mit A-Aliphera?«

Jehal spuckte ihn an. »Rührt Euer Interesse an meinem Bett daher, dass Eures schon lange leer ist, alter Mann?«

»Hattet Ihr ein V-Verhältnis, Jehal?«

»Das geht Euch eigentlich nichts an, Sprecher, aber ja, ich vögelte sie in nur jeder erdenklichen Stellung. Sie konnte einfach nicht genug kriegen.« Selbst in dem fahlen Dämmerlicht konnte er sehen, wie sich Hyrams Gesicht verkrampfte. Der Sprecher nickte kaum merklich, und die beiden Folterknechte machten sich an die Arbeit. Einer riss Jehal den Kopf nach hinten, damit er nicht sehen konnte, was der andere tat. Doch er spürte sie, die Wellen des Schmerzes, die durch ihn hindurchschossen.

»Nein!«, kreischte er. »Nein, wir hatten kein Verhältnis!«

Hyram nickte erneut. Die Folterknechte ließen den Prinzen los und traten beiseite. Jehals Kopf hing schlaff herab. Erst allmählich kam er wieder zu Atem, während der Schmerz verebbte. Schweiß rann ihm das Gesicht herab. Er wusste nicht einmal, was der zweite Folterknecht mit ihm angestellt hatte. *Haben sie mich gebrandmarkt? Entstellt? Wenn ja, werde ich es ihnen tausendfach heimzahlen.*

»Nein. K-Königin Aliphera war zu k-klug, um Euch nicht zu durchschauen, V-Viper. Ich will w-wissen, warum Ihr jemanden auf sie a-angesetzt habt. Und wie er sie u-umgebracht hat.«

»Ich habe nichts dergleichen getan.«

Die Folterknechte machten sich wieder über ihn her. Dieses Mal ließen sie erst nach langer Zeit von ihm ab. Jehal biss die Zähne aufeinander, doch am Ende schrie und weinte er so erbärmlich wie jeder andere vor ihm. Es gab nur eine Sache, an die er sich festklammern konnte: *Ich habe niemanden auf sie angesetzt.*

Schließlich hörte es auf. Jehal sackte erschöpft in sich zusammen. Hyram besah ihn sich von Kopf bis Fuß.

»K-Könnt Ihr mich noch hören, Viper?«

Jehal gab keine Antwort. Das Beste wäre wohl vorzugeben, er sei bewusstlos. Da ohrfeigte ihn Hyram.

»Z-Ziert Euch nicht so, mein Junge. Meine Männer w-wissen ganz genau, was sie da tun. Ich weiß, dass I-Ihr mich hören könnt. Wollt Ihr eine P-Pause, Jehal?« Hyram zog die Kohlenpfanne näher heran. Seine Hände zitterten.

»Ihr solltet Euch damit helfen lassen, alter Mann«, hauchte Jehal. »Bevor Ihr Euch noch selbst verletzt.«

»M-Meister Bellepheros hat jedem in E-Eurem Drachennest den W-Wahrheitsrauch verabreicht.«

»Meister Bellepheros erklärte vor dem gesamten Hofstaat meines Vaters, vor König Silvallan, Königin Shezira, König …«

»Ja, ja. Er hat n-nichts gefunden. K-Königin Shezira hat nichts gefunden. Sie hat s-sogar ihre Tochter losgeschickt, damit sie Euch a-ausfragt, während Ihr unter dem Einfluss der J-Jungfrauenreue gestanden seid, und hat n-nichts gefunden.«

Ach so! Das steckte also dahinter! »Weil es da nichts zu finden gibt, alter Narr!«

Hyram schob die Kohlenpfanne näher an Jehal heran und streute Staub über die Asche. Weiße Rauchfähnchen kringelten sich in die Luft. »Ich werde ihnen zeigen, w-wie man es richtig macht. Meister Bellepheros konnte den R-Rauch nicht zu Euch bringen. V-Verboten. Aber ich kann es. Atmet tief ein, Prinz V-Viper. Die Folter war nur zu m-meinem Vergnügen. Jetzt werdet Ihr alles g-gestehen und hängen. Ich g-gewinne.« Hyram trat auf wackeligen Beinen zur Seite.

»Ihr zettelt einen Krieg an, Sprecher. Jeder wird sich gegen Euch wenden. *Jeder*!«

»N-Nein, das werden sie nicht.« Hyram schien beinahe zu lächeln, doch sein unkontrolliertes Zucken verzerrte sein Gesicht zu einer spöttischen Fratze. »Selbst wenn ich mich i-irren sollte. N-Niemanden würde es kümmern. Warum sollte ich mir S-Sorgen machen? In ein paar M-Monaten verabschiede ich mich s-sowieso, auf die eine oder andere Art.«

»Wenn das Wahrheitsrauch ist, alter Mann, dann fragt mich nach dem Elixier, das ich mitgebracht habe. Das die Schmerzen meines Vaters lindert. Das Euer Leiden kurieren könnte. Fragt mich danach, alter Krüppel, und dann fragt mich, was es Euch kosten würde, damit ich es Euch *irgendwann* einmal gäbe. Fragt mich, was Ihr mir bieten müsstet. Ihr seid krank. Ihr liegt im Sterben, und es ist der langsamste, demütigendste Tod, den man sich nur vorstellen kann. Ich werde jeden Tag Eures erniedrigenden Todeskampfes in vollen Zügen genießen. Nun fragt mich schon, Hyram!«

Hyram schien leise zu lachen. »W-Wie kommt Ihr zu der Annahme, dass ich *Euch* überhaupt irgendetwas g-geben müsste?« Er ging fort, und Jehal blieb allein zurück. Der Rauch, der von der Kohlenpfanne aufstieg, wurde immer dichter. Er roch süßlich, mit einer sonderbar widerwärtigen Note. Wahrheitsrauch.

Und jetzt? Wahrheitsrauch war nicht unfehlbar. Die Alchemisten gaben gerne vor, dass es so war, doch ein gerissener und willensstarker Mann konnte einen unerfahre-

307

nen Menschen zum Narren halten. *Oder verbreiten die Alchemisten absichtlich diese Gerüchte, damit wir sie für das Wahrheitssuchen bezahlen, anstatt es einfach selbst in die Hand zu nehmen? Egal. Ich bin gerissen. Ich bin willensstark. Ist Hyram unerfahren? Nein. Er ist ebenfalls gerissen. Aber was wäre, wenn … Ich muss ihn dazu bringen, dass er sich tölpelhaft anstellt. Aber wie? Wie kann ich das erreichen? Mal sehen …*

Der Rauch zeigte seine Wirkung. Jehals Kopf wurde leicht, und er verlor jegliches Zeit- und Raumgefühl. *Ich habe Aliphera nicht umbringen lassen. Sie ist vom Drachen gefallen. Es war ein Unfall. Ich war nicht dort. Ich lag krank im Bett.* Er hielt inne. Er konnte sich nicht mehr erinnern, worüber er gerade nachgedacht hatte. Es befand sich noch jemand im Raum. Er konnte sich nicht bewegen, wusste aber nicht, weshalb. Und er war verletzt. Er konnte sich auch nicht erinnern, wie das passiert war.

»I-Ihr habt leise vor Euch h-hergemurmelt«, sagte die Stimme.

Jehal zwang sich, sein Gegenüber in Augenschein zu nehmen. *Ach ja! Hyram.* »Ihr seid alt«, kicherte er.

»Es wird behauptet, dass die W-Worte, die ein Mann vor sich hermurmelt, während er den R-Rauch einatmet, die Lügen sind, die er später erzählen will. Denkt I-Ihr das auch?«

Jehal grinste. »Das hört sich vernünftig an.« Ein weit entfernter Teil seiner Selbst, erkannte er, wusste ganz genau, wo er war und was mit ihm geschah. Es kam ihm vor, als sei dieser Teil tief in ihm eingeschlossen gewesen, hüpfte nun aufgeregt auf und ab und versuchte verzweifelt, ihm laut brüllend etwas zuzurufen, das er jedoch nicht hören konnte.

»Also schön. B-Beginnen wir mit den Dingen, die Ihr gesagt habt. I-Ihr habt Aliphera nicht umbringen lassen. Ist das die W-Wahrheit?«

»Ich habe sie *nicht* umbringen lassen.« Jehal gähnte. »Ich war dort. Warum kann ich meine Hände nicht bewegen?« Der weit entfernte Teil seiner Selbst schrie und kreischte. Wenn er sich noch etwas mehr Mühe gäbe, könnte er es *beinahe* verstehen.

»Weil Ihr an ein Rad g-gefesselt seid. Ihr wart dort? Was wollt Ihr d-damit sagen, Ihr wart d-dort?«

»Ich war bei ihr.« Er starrte Hyram an. »Auf dem Rücken ihres Drachen, als sie fiel. Ich war an dem Tag nicht krank. Euer Alchemist ist der Wahrheit so nahe gekommen. Sie hat tatsächlich etwas versteckt, als sie vom Klippennest wegflog, und Prinz Meteroa ebenfalls, als er zurückkam. Nämlich mich. Wir haben uns so große Mühe gegeben, sie und ich, damit nie jemand erfahren würde, dass ich mit ihr zusammen war. Wochenlang haben wir Pläne geschmiedet. Und jetzt kommt Ihr mit Eurem blöden Rauch daher und wisst alles.«

»Ihr w-wart mit ihr zusammen?«

»Aber, aber, Sprecher Hyram, Ihr seht auf einmal blass aus. Ich war in ihrer Satteltasche. Ich hatte sie schon seit Monaten umworben. Verstohlene Blicke, zarte Berührungen. Sie wollte mich, alter Mann. Oh, sie *verzehrte* sich regelrecht nach mir. Ich musste sie nur anschauen, und sie wurde ganz feucht. Also hat sie mich heimlich auf ihren Drachen geschmuggelt, damit wir wegfliegen und es den ganzen Tag miteinander treiben können.« Jehal grinste anzüglich.

»Nein!«

»Doch, alter König.«

»Ich habe Euch g-gefragt, ob Ihr ein V-Verhältnis hattet. Ihr habt N-Nein gesagt!«

»Ihr habt mich gefoltert. Ich habe gelogen, damit Ihr endlich aufhört. Ihr wolltet es nicht hören, aber Ihr hättet Königin Zafir Glauben schenken sollen. Obwohl sie eine kleine, verschlagene Schlange ist.«

Hyrams Zittern wurde schlimmer. Er ballte die Hände zu Fäusten und löste sie wieder, schritt aufgeregt vor der Kohlenpfanne auf und ab. Die weit entfernte Stimme in Jehals Kopf schrie ihm immer noch Dinge zu. Etwas über Hyram. Jehal runzelte die Stirn.

»Stört Euch das, alter Mann?«, fragte der Prinz. »Quält Euch dieser Gedanke?« Er verrenkte den Kopf von einer Seite zur anderen und versuchte zu verstehen, welchen Rat die Stimme ihm gab. *Ihn reizen? Ihn wütend machen?* Er sah wieder zu Hyram. »Seid Ihr etwa wütend?«

Hyram schlug ihn. »Ja. H-Habt Ihr sie getötet?«

Gut. Jehal schmeckte Blut. »Das war der Erdboden. Als sie stürzte. Wollt Ihr wissen, weshalb sie vom Drachen gefallen ist? Das wollt Ihr doch unbedingt wissen, nicht wahr? Wollt Ihr wissen, weshalb ihre Gurte gelöst waren? Könnt Ihr es Euch denn nicht denken? Wollt Ihr wissen, ob sie nackt war, als man sie schließlich fand?«

Hyram schlug ihn erneut.

»Ist sie gefallen, oder habe ich sie gestoßen? Das wollt Ihr doch wissen, nicht wahr? Oder geht es nur darum, ob sie gestorben ist, bevor oder nachdem ich mit ihr gevögelt habe?«

Diesmal boxte ihm Hyram in den Magen. »Seid still!«

»Vielleicht wollt Ihr auch wissen, wie oft sie bei mir gekommen ist?«

»*Seid still!*«

Jehal hustete. »Nein. Ihr wolltet die Wahrheit wissen, alter König, und genau die werde ich Euch liefern. Wir hatten ein Verhältnis. Ich war bei ihr, als sie starb. Ich wollte es auf dem Rücken ihres Drachen mit ihr treiben. Habt Ihr jemals während eines Fluges mit jemandem geschlafen, alter Mann? Es ist berauschend, aber töricht. Menschen fallen herunter.« Er legte den Kopf schief. *Immer weiterreden.* »Wollt Ihr wissen, wie sie war, unsere liebe Aliphera? Wollt Ihr wissen, wie laut sie geschrien hat, wenn sie bei mir kam? Wollt Ihr wissen, welche Vorlieben sie hatte? Dass sie am liebsten von hinten genommen wurde? Wollt Ihr wissen, was sie mir zugeflüstert hat, wenn ich mit den Fingern in sie eindrang? Geht es nur darum? Weil Ihr sie nie bekommen habt und jetzt wissen wollt, wie es wäre? Fragt ruhig, alter Mann. Ich werde Euch *alles* erzählen.«

Weiter kam er nicht. Hyram stieß blind vor Wut einen lauten Schrei aus. Er fluchte und brüllte und schlug wild auf Jehal ein. Als der Sprecher endlich von ihm abließ, beschlich Jehal die vage Vermutung, dass er dies allein den verschleierten Männern zu verdanken hatte, die Hyram von ihm wegzogen. Die ganze Zeit über grinste der Prinz still in sich hinein.

Ich gewinne.

35

Kemir

Er lag auf dem Rücken, war bis auf die Haut durchnässt und fror erbärmlich. Eiskaltes Wasser rauschte an ihm vorbei. Die angeschwemmten Steine im Flussbett bohrten sich ihm in den Rücken. Er bedrohte einen Mann mit dem Tod, den er kaum kannte, drückte ihm ein Messer an die Kehle, während ein wutentbrannter Drache finster zu ihnen herabsah. Er hatte Sollos gefangen und zerdrückte ihn mit seinem Schwanz. Kemirs Verstand setzte aus. Er konnte nicht mehr klar denken. Er würde sterben.

Wo sind die Alchemisten? Die Worte kamen von irgendwoher. Kemir starrte wie gebannt auf das Maul des Drachen, wartete auf den Moment, wenn er Feuer speien würde. Das Maul des Tieres bewegte sich nicht, doch die Worte waren dennoch zu hören. *Wo sind sie?* Die Worte durchdrangen Kemir und verankerten sich in seinem Innern, ließen ihn nicht mehr los. *Wo sind die anderen? Wo sind sie?* Er glaubte, sein Kopf müsse jeden Augenblick explodieren. *Alchemisten! Wo?*

Die Haut des Knappen, die Kemir berührte, war an den

Stellen, an denen sie sich schuppte, hart und spröde wie Glas, und erst in tieferen Schichten weich. *Würde ein Messer ihn überhaupt verletzen?* »Ich weiß, wo sie sind!«, rief er, wenn auch nur, um das schreckliche Dröhnen in seinem Kopf zu verscheuchen. »Ich weiß, wie man sie finden kann.«

Die blindwütige Raserei des Drachen, die sich in seinen Augen spiegelte, flaute ein wenig ab. Das Ungetüm blickte den Söldner prüfend an und fauchte, schleuderte Sollos hoch in die Luft und fing ihn mit dem Schwanz wieder auf, bevor er ihn mit dem Kopf nach unten, nur wenige Zentimeter vor Kemirs Gesicht, baumeln ließ.

Dann mal los!

»Verrat es nicht!«, krächzte Sollos und schrie auf, als sich der Schwanz enger um ihn zog.

Kemir presste den Arm an die Kehle des Knappen. »Wenn ich es dir verrate und den hier laufen lasse, wirst du mich verbrennen.«

Berge. Ich sehe Berge in deinem Kopf. Sie sind ganz in der Nähe. Sag es mir, oder ich werde euch beide verbrennen!

»Hier sind überall Berge um uns herum, Drache. Fackel mich ab, und du wirst nie erfahren, wo sie sich verstecken.« Über ihm verzog Sollos schmerzgepeinigt das Gesicht, als der Drache den Schwanz erneut anspannte. Dann blickte das Monster hoch. Unvermittelt ließ er Sollos los, drehte sich blitzschnell um und rannte den Fluss hinab. Wenige Sekunden später erhob er sich in die Lüfte. Kemir erkannte hoch am Himmel zwei schwebende Punkte, die sich dunkel gegen die Wolken abzeichneten. Widerwillig gab er den Knappen frei und rannte auf Sollos zu.

»Geht's dir gut?«

Sollos setzte sich auf. Sein Gesicht war blutverschmiert, er hatte eine klaffende Wunde am Schädel und hielt sich die linke Hand. »Wird schon wieder verheilen.«

»Sind deine Beine in Ordnung?« Kemir warf einen Blick über die Schulter. Der Knappe war aufgestanden, sah benommen und ein wenig verloren zum Himmel empor. Sollos erhob sich.

»Geht schon.«

»Das ist gut. Ich schnapp mir den Kleinen. Dann mal los.«

»Warte! Die Reiter.«

Kemir verzog das Gesicht. »Was soll schon mit ihnen sein? Die sind alle tot.«

»Nein, sind sie nicht.« Sollos deutete zur Flussmitte, wo sich eine Gestalt in Rüstung mühsam auf die Beine rappelte. Kemir grinste. *Reiter Semian. Welche Freude!*

»Nun, das lässt sich leicht berichtigen.« Er erhob die Stimme. »He! Reiter Rotznase! Hier drüben.«

»Warte mal.«

»Ich beeil mich. Wir verschwinden, bevor seine Freunde zurückkommen.«

»Warte!«

Kemir knurrte. »Was?« Reiter Semian kam stolpernd durchs Wasser und über die Steine auf sie zu.

»Wer hat dem weißen Drachen gesagt, was er tun soll?«

»Ich denke, dass ihm *niemand* gesagt hat, was er zu tun hat.«

»Aber das kann doch nicht sein!«

Kemir zuckte mit den Schultern. »Gut möglich. Ich weiß nichts über Scheißdrachen. Ich weiß nur, was sie tun, wenn sie einen Reiter auf dem Rücken haben.« Er spielte mit dem Messer in seiner Hand. Semian kam immer näher. Er sah verwirrt aus, als hätte er nicht den blassesten Schimmer, was geschehen war. *Leichte Beute.*

»Lass mich mit ihm reden.« Sollos bahnte sich einen Weg über die Steine zu dem benommen wirkenden Drachenritter. Von weit oben hallte eine Serie von markerschütternden Schreien durchs Tal. Kemir zuckte zusammen.

»Reiter! Reiter Semian! Geht es Euch gut?«

Semian schwieg beharrlich. Sein Gesicht glich einer sonderbaren Maske. Kemir spürte, wie sich ihm die Haare im Nacken aufstellten. *Gefahr!* Er machte einen Schritt auf sie zu. »Sollos!«

Semians Mund stand halb offen, seine Augen waren leer und ausdruckslos, doch als er sich bewegte, geschah es mit einer unerwarteten Schnelligkeit und unbändiger Entschlossenheit. Im Bruchteil einer Sekunde hatte er sein Schwert gezogen und Sollos durchbohrt. Sollos stieß ein leises Grunzen aus und krümmte sich. Als Semian sein Schwert wieder herauszog, sackte Sollos in sich zusammen und fiel ins Wasser. Kemir war so entsetzt, dass er sich nicht rühren konnte.

»Sollos!«

Semian hob sein Schwert und ließ es wieder herabsausen, rammte die Spitze in die freigelegte Haut an Sollos' Kehle.

»*Sollos!*«

Semian drehte sich um und blickte Kemir an. Der leere Ausdruck in seinen Augen war verschwunden.

»Du *Bastard!*« Kemir zögerte. Wut und Rachegefühle ergriffen ihn, verlangten nach sofortiger, blutiger Vergeltung. Doch Semian trug eine Rüstung. Er war ein Ritter. Und er hatte sich so überraschend schnell bewegt.

Ich habe Angst vor ihm. Die Erkenntnis war erschreckend, beinahe ebenso schlimm wie der Anblick seines sterbenden Cousins. *Wenn ich mit ihm kämpfe, könnte er womöglich gewinnen. Ich habe Angst vor ihm. Und er hat keinerlei Angst vor mir.*

Semian kam langsam näher. Seine Absicht ließ keinerlei Zweifel mehr offen. Er wusste genau, wo er war und was er gerade tat.

»Du und ich, Söldner. Das wolltest du doch immer.«

»Er hatte nicht mal sein Schwert gezogen. Er wollte dir helfen. Du bist Abschaum. Du und deinesgleichen.«

»Jetzt wird alles klar.« Semians Augen funkelten wild. »Du warst die ganze Zeit Teil dieses abgekarteten Spiels. Ihr beide. Ständig hast du dich über mich lustig gemacht, aber jetzt werde ich es dir heimzahlen.« Er schwang das Schwert durch die Luft. »Nun da meine Klinge mit dem widerwärtigen Blut eines Verräters besudelt ist, kostet es mich große Überwindung, die Waffe überhaupt in Händen zu halten. Bringen wir es rasch hinter uns, du Hund, bevor ich den Gestank nicht mehr ertragen kann. Der Kampf soll beginnen. Töte mich, wenn du kannst, oder füge dein Blut seinem hinzu.«

Kemir wich einen Schritt zurück, um einen gebührenden Abstand zwischen ihnen zu wahren. »Dich hier und
jetzt zu töten, das ginge mir viel zu schnell. Ich will zusehen, wie du langsam krepierst.«

»Bist du etwa zu feige, um mit mir zu kämpfen, Söldner?«

Brennende Wut wallte wieder in Kemir auf, doch seine
Angst hielt sie in Schach. »Eines Tages wird ein Schatten in
einer Gasse auf dich warten, und ich werde dieser Schatten
sein, zusammen mit meinem Bogen. Du wirst mich nicht
kommen sehen. Dein Tod wird dich völlig unvorbereitet
treffen!« Kemir lief durch das rauschende Wasser und
sprang flink über die Steine. Semian in seiner Rüstung aus
schweren Drachenschuppen könnte ihn niemals einholen,
und er versuchte es erst gar nicht. Der Ritter stand einfach
da und schaute ihm nach.

»Feigling!«

»Du wirst mich nicht kommen sehen!« Kemir drehte
sich um und rannte weiter. Als er den Fluss überquert und
die Bäume erreicht hatte, sah er sich noch einmal um.
Semian stand immer noch da, wie festgefroren, völlig un-
geschützt. Ein perfektes Ziel. Kemir schob seinen Bogen
von der Schulter und begann die Sehne zu spannen. *Zwanzig, dreißig Meter. Ein Mann in Rüstung. Wenn er so dumm ist,
dort stocksteif stehen zu bleiben, kann ich ihn womöglich treffen. Ich werde ihn nicht töten. Dann kann ich mich in aller
Ruhe um ihn kümmern. Ja, das wäre perfekt.*

Er hatte die Drachen beinahe vergessen, als ein weiterer
Schrei die Stille durchschnitt, diesmal so laut und nah,
dass Kemir zusammenzuckte. Einen Augenblick später

explodierte der Fluss. Wasser spritzte in die Höhe, Steine flogen durch die Luft, als zwei Drachen, die Zähne und Klauen ineinandergeschlagen, ins Flussbett stürzten. Der eine war die Weiße. Der andere war dunkelbraun, mit grün schillernden Schuppen an den Innenseiten seiner Beine. Ein Reiter saß auf seinem Rücken, doch er suchte rasch das Weite, während die Drachen mit den Flügeln schlugen und sich im Wasser rollten. Dann endete der Kampf, und die Drachen ließen voneinander ab. Der weiße Drache humpelte. Das dunklere Tier erhob sich, schnüffelte im Wasser herum und brüllte. Einer seiner Flügel war offensichtlich gebrochen, und der Drache schien nun kaum noch Notiz von der Weißen zu nehmen.

Sie war jedoch im Weg und behinderte seine Schussbahn. Kemir rannte ein paar Meter in den Wald hinein und folgte dann dem Flusslauf, doch Reiter Semian war verschwunden.

Der Knappe war noch am Leben. Wie auch immer ihm das gelungen sein mochte. Der Bursche stolperte blind über die Steine. Der weiße Drache packte ihn mit einer Klaue, drehte sich um und lief los.

Kemir sah ihnen nach. In seinem Innersten zerbrach etwas.

36

Die Drachenkönigin

Hyram trat ins Freie, um Zafirs Drachen zuzusehen, die eben im Nest des Adamantpalasts landeten, doch mit seinen Gedanken war er immer noch bei Jehal. Nach der Katastrophe mit dem Wahrheitsrauch blieben ihm drei Möglichkeiten. Am verlockendsten wäre es, Jehal einfach umbringen zu lassen, solange sich ihm noch die Gelegenheit bot. Aber das bedeutete Krieg, und die oberste Pflicht eines Sprechers lautete, alles in seiner Macht Stehende zu tun, damit nie wieder ein Drachenkrieg ausbrach. Den Prinzen im Kerker schmoren zu lassen hatte ebenfalls einen gewissen Reiz, würde Hyram jedoch nichts bringen. Sobald Shezira seine Nachfolge als Sprecherin antrat, würde sie ihm die Freiheit schenken, egal wie sehr sie von seiner Schuld überzeugt war. Geschickter war es also, ihn lieber früher als später freizulassen und dann zu beobachten, was er vorhatte.

Das hingegen hatte ebenfalls nicht funktioniert. Anstatt nach Süden zu fliegen, was Hyram die Möglichkeit gegeben hätte, ihn im Auge zu behalten, war Jehal nach Westen

320

aufgebrochen, zur Drotanhöhe. Von dort war er nach Norden geflogen, wahrscheinlich um sich Königin Sheziras langwieriger und sinnloser Suche nach dem verschwundenen Drachen anzuschließen. Shezira kannte ihre Ritter viel zu gut, als dass Hyram einen Spion hätte einschleusen können, und somit war die Viper wieder auf freiem Fuß. Irgendwann würde er wiederauftauchen, doch Hyram wäre wohler in seiner Haut, wenn er wüsste, was Jehal im Schilde führte. *Er will Sprecher werden. Er weiß, dass ich eher sterben würde, als Shezira wegen einem wie ihm zu verraten, also denkt er womöglich bereits an ihren Nachfolger. Wen würde sie auswählen? Höchstwahrscheinlich Valgar, oder? Wenn er dann noch am Leben sein sollte.*

Königin Zafirs Drachen landeten der Reihe nach. Ein Zucken machte sich in Hyrams Wange bemerkbar und ließ sich nicht unterdrücken. *Valgar ist auch nicht mehr der Jüngste. In zehn Jahren ist er ebenso alt wie ich heute, und Jehal wäre im perfekten Alter. Womöglich ist das sein Plan.*

Nach allem, was er im Laufe der letzten Tage erfahren hatte, war er unsicher, wie er Königin Zafir begegnen sollte. Sie hatte behauptet, dass Aliphera und Jehal ein Verhältnis hatten, und recht behalten. Sie hatte behauptet, dass Jehal nicht für den Tod ihrer Mutter verantwortlich war, und vielleicht lag sie auch in dieser Hinsicht richtig. Er war sich nicht einmal mehr sicher, ob es ihn überhaupt noch interessierte. Ausgerechnet Aliphera hatte sich mit der Viper eingelassen und dadurch ihre Ehre besudelt. Sie verdiente den Tod. Wenn ihr Ableben ein Unfall gewesen war, bereute Hyram lediglich, dass sie Jehal nicht mit sich in die Tiefe gerissen hatte. *Ich muss sie aus meinen Gedanken verscheuchen. Selbst wenn Jehal sie nicht auf dem Gewissen hat, bringt er immer noch seinen eigenen Vater um. Und für dieses Vergehen könnte er hängen. Am besten vergesse ich sie ein für alle Mal.*

Doch da war sie, stand in Fleisch und Blut vor ihm, ganz genauso, wie sie vor zwanzig Jahren ausgesehen hatte, anmutig, strahlend, unvergleichlich schön. Er kam sich wie ein törichter Narr vor und schämte sich plötzlich. Fühlte sich alt und verkrüppelt. Wie konnte er es wagen, sich überhaupt in ihrer Gegenwart aufzuhalten?

»Eure H-Heiligkeit.« Er verbeugte sich. *Das ist nicht Aliphera. Sie ist tot! Das ist ihre Tochter. Wenn auch ihr Ebenbild. Warum ist mir das nie zuvor aufgefallen, wo sie ihr doch zum Verwechseln ähnlich sieht?*

Königin Zafir verbeugte sich und küsste seinen Ring. »Sprecher. Welche Ehre.«

Er starrte sie an, konnte die Augen nicht von ihr lassen. Sie glich Aliphera zu deren Glanzzeit, mit dem am Hinterkopf aufgetürmten Haar, das ihren schwanengleichen Hals bestens zur Geltung brachte, derselben roten Reitkleidung, demselben geschnitzten, bernsteinfarbenen Drachen an der Kehle, derselben rostbraunen Pelzstola zum Schutz gegen den kalten Wind. Alles an ihr schien zu strahlen.

»I-Ihr tragt den Pelz Eurer M-Mutter.«

Zafir senkte den Kopf. »Seit ihrem Tod habe ich mir angewöhnt, immer etwas zu tragen, das ihr gehört hat. Um ihr Andenken zu ehren. Ich hoffe, ich habe Eure Gefühle nicht verletzt.«

»K-Kommt.« Hyram reichte ihr den Arm, den sie mit einem Lächeln nahm. »I-Ich muss mich bei Euch entschuldigen, Königin Z-Zafir. Vor langer Zeit habe ich Eure Mutter s-sehr geliebt. Ich hätte die D-Dinge, die ich nach Eurer Krönung gesagt habe, niemals sagen dürfen.«

Sie sah ihn mit traurigen Augen an. »Nein, Sprecher, das hättet Ihr nicht. Prinz Jehal hat meine Mutter auf dem Gewissen. Das wissen wir doch jetzt beide.«

Er wich ihrem Blick aus und biss sich auf die Lippe. »Ich w-weiß nicht so recht. Es könnte ein U-Unfall gewesen sein.«

»Soviel ich weiß, befand er sich auf ihrem Drachen, als sie starb.«

»Das w-weiß ich.«

Zafir erstarrte für einen kurzen Moment. »Ihr wisst davon?«

»J-Ja. Er hat es mir erzählt. Ich h-habe mich ihm gegenüber nicht von meiner königlichsten Seite gezeigt, aber ich habe v-viel herausgefunden.«

»Ihr müsst mir alles erzählen!« Sie wirkte immer noch angespannt. Hyram war leicht verwundert.

»Ich weiß, dass j-jedes Eurer Worte der Wahrheit entsprach. Ich w-weiß jetzt, dass ich Eure B-Briefe hätte beherzigen müssen. Ich weiß, ich h-habe Euch Unrecht getan. B-Bitte verzeiht mir. Wie geht es Eurer restlichen F-Familie?«

Sie schien sich zu beruhigen. »Meine Schwester ist immer noch zu Tode betrübt. Onkel Kazalain hat mit Vergeltung gedroht. Er wütet und schreit und trinkt und giert nach Krieg, hat jedoch nicht den leisesten Schimmer, gegen wen er kämpfen soll.« Sie bedachte Hyram mit einem gedankenvollen Blick. »Seine Wut richtet sich insbesondere gegen Königin Shezira. Ihm will die törichte Idee nicht aus dem Kopf, dass Ihr den alten Pakt missachtet und Aliphera zu Eurer Nachfolgerin erkoren haben könntet. Seine Söhne sind ihm ein großer Trost, aber das ist auch schon alles. Was den Rest anbelangt, so ist das ganze Reich mit unendlicher Trauer erfüllt.« Dann lächelte sie ihn an, und er zerschmolz förmlich.

»I-Ihr seid ebenso schön wie Eure M-Mutter, Königin Zafir. Ich hoffe, das w-wisst Ihr.«

»Ihr seid zu gütig. Aber erzählt mir mehr von Jehal. Ich bin in dem Glauben hergekommen, Ihr würdet mir unzählige Fragen stellen wollen, und hoffte, Euch zu beeindrucken, indem ich bereits einige Antworten kenne. Doch Ihr wisst weit mehr als ich.«

Er führte sie aus dem Drachennest hinaus, wo eine Reihe Kutschen darauf wartete, Zafir und ihr Gefolge zum Palast zu bringen. Dort verließ er sie, während hundert Dienstboten umherschwirrten, Kisten, Säcke und Schachteln in alle vier Ecken des Palasts trugen. Hyram hatte ihr erneut den Turm der Lüfte zugewiesen, in der Hoffnung, sie würde verstehen, welche Ehre er ihr damit machte. Als er Zafir zu sich gerufen hatte, hatte er sie eigentlich erneut beschuldigen wollen. Womöglich hätte er ihr dieselbe Behandlung zukommen lassen wie Jehal, ein kleines bisschen Folter und der Wahrheitsrauch. Jetzt erfüllte ihn allein die Vorstellung mit Grausen. Was hatte er sich nur dabei gedacht? Die Viper verdiente es wegen tausenderlei Dingen, aber Königin Zafir?

Sie war das Ebenbild ihrer Mutter. Ihre Kleidung, ihr Haar, der Schmuck, die Art, wie sie sprach und sich benahm, erinnerten ihn so sehr an Aliphera. Es war ihm zwar bewusst, dass sie die Ähnlichkeit absichtlich unterstrichen hatte, doch das kümmerte ihn nicht weiter.

Am Abend speisten sie in der großen Halle des Palasts, wo die aus Gold gegossenen Köpfe der vergangenen vierundvierzig Sprecher auf sie herabsahen. Zafir trat mit einem Dutzend schimmernder Drachenritter im Schlepptau ein. Gekleidet war sie in dem Tiefrot und den herbstlichen Brauntönen, die Aliphera besonders gemocht hatte. Sie trug sogar Alipheras Lieblingskleid, und bei ihrem Anblick schossen Hyram die Tränen in die Augen. *Ich bereue so viel.*

Beim Abendessen erzählte er ihr unter dem Mantel der Verschwiegenheit, was er Jehal angetan und aus ihm herausgepresst hatte. Sie lauschte ihm schweigend, doch ihre Augen schienen ihm sagen zu wollen, dass er genau das Richtige getan hatte.

»Es spielt keine Rolle, ob er sie gestoßen hat oder ob sie gefallen ist«, sagte Zafir leise, nachdem er seine Ausführung beendet hatte. »Er ist verantwortlich, und ich hasse ihn. Früher mochte ich ihn. Es gab eine Zeit ...« Sie senkte den Blick. »Es gab eine Zeit, da hoffte ich, er würde mich anstelle von Prinzessin Lystra heiraten. Aber jetzt ...« Sie schauderte. »Sie soll ihn ruhig behalten. Ich hätte damals auf Euren Rat hören sollen, ebenso wie meine Mutter. Es wird keinen Krieg geben, Sprecher, das verspreche ich Euch. Aber ich werde auf Vergeltung sinnen. Das verspreche ich Euch ebenfalls.«

Allmählich stieg ihm der Wein zu Kopf. Der Rausch überdeckte die Symptome seiner Krankheit, doch das war nur eine Ausrede. Hauptsächlich überdeckte der Alkohol die Verbitterung und die Reue und den Schmerz, die andere Krankheit, die ihn von tief innen heraus auffraß. Allerdings nicht an diesem Abend. An diesem Abend machte der Wein alles nur noch schlimmer und erfüllte Hyram mit einer rührseligen Gefühlsduselei, die ihn dazu brachte, Zafir alles zu verraten. Wenn er es nicht getan hätte, wäre er auf der Stelle in Tränen ausgebrochen. Vor all seinen Rittern und ihren Gefolgsleuten hätte das zweifellos sein Ende bedeutet. Die ganze Zeit sah sie ihn eindringlich an. Sie sprach kein Wort, aber in ihren Augen glaubte er Verständnis und Anteilnahme zu lesen. Er hatte angenommen, dass sie ihn einen Narren nennen würde, einen Dummkopf, der durch sein Verhalten Jehal gegenüber den Frieden der Reiche bedrohte, dass es idiotisch war, eine Frau zu betrauern, die er kaum gekannt hatte, und dass der Tod nun einmal der Tod war und er sich über die Jahre freuen sollte, die ihm vergönnt gewesen waren. Doch stattdessen beugte sie sich zu ihm und flüsterte ihm zu.

»Ich kann meine Mutter nicht zurückbringen, Hyram«, wisperte sie sanft. »Aber bei Eurer Krankheit – falls es sich tatsächlich um die gleiche handeln sollte wie bei König Tyan – kann ich vielleicht helfen.«

»Die V-Viper behauptet, einen H-Heiltrank zu besitzen«,

lallte Hyram. »Die A-Alchemisten wissen nichts davon. Ihr sagtet, Ihr hättet I-Informationen. In Eurem Brief.«

Sie beugte sich noch näher zu ihm. »Er bekommt die Tränke von den Taiytakei, aber ich habe ihm ein Schnippchen geschlagen.« Lächelnd holte sie ein kleines Glasfläschchen hervor. »Er hatte eine Probe bei sich, als er auf Euer Geheiß hin zum Palast kam. Ich wage zu behaupten, dass er Euch damit verhöhnen wollte.« Sie kicherte. »Ich habe es gestohlen, als er auf dem Weg hierher eine Nacht in meinem Drachennest verbracht hat.« Sie öffnete den Flakon und schüttete Hyram und sich selbst einige Tropfen in den Wein. »Ich wollte meine Alchemisten beauftragen herauszufinden, was es mit dem Elixier auf sich hat, doch Ihr kennt sie ebenso gut wie ich. In einem Jahr haben sie vielleicht eine Antwort, vielleicht aber auch nicht. Ich ließ es testen.« Sie hob ihren Kelch und trank. »Es ist kein Gift, das weiß ich. Es ist …« Sie kicherte erneut. »Es ist eine milde Version der Jungfrauenreue. Natürlich weiß ich nicht, ob das Elixier bei Eurer Krankheit hilft, aber ich bin sicher, dass es völlig ungefährlich ist. Wenn Ihr Jehals Worten Glauben schenken wollt, dann kuriert es nicht die Krankheit, sondern hält sie lediglich so lange in Schach, wie Ihr den Trank einnehmt. Wenn Ihr aufhört, kehren die Symptome zurück.«

Hyram starrte auf seinen Wein. Dann schnupperte er an dem Kelch.

»Es schmeckt widerlich, besonders in Verbindung mit Wein. Brandy ist besser.«

»I-Ihr habt schon einmal davon gekostet?«

Zafir zuckte mit den Schultern. »Ich wollte auf Nummer sicher gehen, bevor ich es Euch anbiete. Selbstverständlich habe ich erst davon probiert, als ich völlig überzeugt war, dass es kein Gift ist.«

»A-Aber es kommt von der V-Viper.« Hyram schüttelte den Kopf. Der Raum verschwamm vor seinen Augen. »Es hätte s-sonst was sein können.«

Sie lehnte sich im Stuhl zurück und rückte ein wenig von ihm ab. »Ihr müsst es nicht trinken, Sprecher. Wenn Ihr es jedoch tut, und es Wirkung zeigen sollte, so habe ich mehr.«

»Wie v-viel mehr?«

Jetzt musste sie lachen. »Genug für ein paar Monate. Genug für Eure restliche Zeit hier. Außerdem weiß ich, woher er das Zeug bekommt. Ich kann es Euch verraten.« Sie beugte sich wieder zu ihm. »Trinkt, Hyram. Lasst Jehal nicht gewinnen. Seid wieder jung und stark, so wie meine Mutter Euch in Erinnerung bewahren wollte.«

Ihre Nähe und die Wärme, die durch ihre Kleidung strömte, ließen ihn erzittern.

»Was habt Ihr zu verlieren?«

Er starrte auf seinen Wein. Er starrte immer noch darauf, als sich das Fest allmählich seinem Ende neigte. Als Hyram schließlich in sein Bett torkelte, nahm er den Kelch, der noch fast bis zum Rand gefüllt war, mit sich. *Morgen früh*, entschied er. *Morgen früh werde ich sie um eine weitere Dosis bitten. Dann gebe ich es Jeiros. Er wird mir sagen können, worum es sich handelt. Er wird mir sagen können, ob es ungefährlich ist. Morgen früh.* Er stellte den Kelch auf den Nachttisch und versuchte zu schlafen, doch der Schlaf wollte nicht kommen, und der Kelch schien ihn unentwegt anzusehen.

Wärst du Antros, würdest du mich trinken, schien er zu sagen. *Wärst du noch du selbst, würdest du mich trinken. Wenn du es nicht tust, wer bist du dann? Königin Zafir hat recht. Was hast du zu verlieren?*

»Alles«, flüsterte er, in der Hoffnung, dass der Kelch ihn verstehen und in Ruhe lassen würde, aber stattdessen schien er ihn auszulachen.

Alles? Du hast doch schon alles verloren. Und hier bin ich und biete dir an, dir das alles zurückzugeben, und du weist mich ab? Wer bist du? Was bist du? Bist du bereits ein Geist?

Zitternd streckte er den Arm aus und nahm den Kelch in die Hand. *Sie hat auch etwas davon in ihren eigenen Wein geschüttet, nicht wahr? Und es getrunken.* Das hatte er mit eigenen Augen gesehen. *Sie hatte recht, oder nicht?*

Das stimmt, murmelte der Kelch, als Hyram ihn an die Lippen führte. *Trink mich aus. Sei wieder ein Mann. Sei ein Mann.*

Sei ein Mann!

37
Die Übereinkunft

Kemir schlich sich im Schutz der Bäume heran. In der Mitte des Flusses hielt der verwundete Drache mit seinem Geheul inne und drehte sich zu ihm um. Rasch wich Kemir zurück, doch das Tier schien kein übermäßiges Interesse an ihm zu haben. Reiter Semian war nirgends zu sehen.

Vielleicht ist er beim Kampf zerquetscht worden.

Doch das wäre wohl zu viel des Glücks. Kemir folgte dem Wald bis zur nächsten Flussbiegung, wo der Drache ihn nicht mehr im Blickfeld hatte. Dann überquerte er den Strom und kroch wieder zurück. Immer noch keine Spur von Semian. Der Drache hatte sich keinen Zentimeter bewegt. Kemir beobachtete ihn eine Weile und sprach sich Mut zu, um sich bis zu der Stelle ins Wasser vorzuwagen, wo Sollos lag.

Als er seinen Cousin endlich erreichte, fragte er sich, warum er sich überhaupt die Mühe gemacht hatte. Sollos war tot, und das wusste er bereits seit dem Moment, als Reiter Semian ihn mit seinem Schwert durchbohrt hatte.

Er nahm Sollos' Bogen, seine Pfeile und restlichen Habseligkeiten an sich.

»Auf Wiedersehen, Cousin.« Er drehte Sollos auf den Rücken und streifte ihm vorsichtig ein Amulett über den Kopf, bevor er auf dem Absatz kehrtmachte und sich einen Weg zu den Bäumen bahnte. Behutsam begrub er das Schmuckstück im Wald und hielt anschließend Ausschau nach Spuren, die von Reiter Semian stammen könnten. Seine Suche blieb erfolglos, doch als die Sonne hinter den Berggipfeln verschwand, schossen zwei Drachen lautlos ins Tal herab und landeten im Fluss. Kemir beobachtete sie von seinem Versteck zwischen den Bäumen aus. Er spannte den Bogen und schlich sich näher heran, bis er sie deutlich sehen konnte. Die Drachen planschten im Wasser und genossen das kühle Nass, während ihre Reiter am Ufer die Köpfe zusammensteckten. Vier Drachenritter. Nein, fünf.

Er ballte die Hände zu Fäusten. Da war Semian! Er hatte also doch überlebt. Kemir spitzte die Ohren, um sie zu verstehen. Er hatte Glück, und der Wind trug ihm ihre Worte zu.

»Auf dem Weg hierher haben wir Sturmschatten gesehen«, sagte einer der anderen. Kemir konnte sein Gesicht nicht sehen. »Mias ist doch auf ihr geritten, nicht wahr? Aber jetzt ist er verschwunden. Was ist geschehen?«

»Wir hatten die Weiße aufgespürt. Der Knappe war bei ihr. Er wollte sie nicht hergeben. Er hat sie auf uns angesetzt.« Semian schüttelte den Kopf. »Alle anderen sind tot. Der Alchemist ebenfalls. Alle außer einem der Söldner. Irgendwie haben sie mit dem Knappen unter einer Decke gesteckt.«

Kemir legte einen Pfeil in die Sehne. Die sanfte Brise trug den Geruch der Drachen zu ihm, einen Hauch von Asche und verbrannter Kohle. Er sog den Duft förmlich in sich ein. Wenn er sie riechen konnte, dann konnten sie ihn nicht riechen. *Du verlogener, mordender Bastard! Ich könnte dich gleich hier töten. Sofort.*

»Mias und Arakir sind zurückgekehrt, bevor sie verwundet wurden. Die Weiße hat sie noch in der Luft angegriffen. Ich konnte nicht sehen, was mit Mias geschehen ist. Die Weiße muss ihn erwischt haben.« Semian blickte zu dem Drachen mit dem gebrochenen Flügel. »Arakir war auf Sturmböe. Ich habe beobachtet, wie er und die Weiße im Fluss gelandet sind und sich einen erbitterten Kampf geliefert haben. Arakir wurde zerquetscht, Sturmböe hat einen gebrochenen Flügel und wahrscheinlich einen gebrochenen Lauf. Die Weiße ist ebenfalls verletzt. Sie ist flussaufwärts entkommen. Sie ist gehumpelt, und ich habe sie nicht wegfliegen sehen. Der Knappe ist immer noch bei ihr, und der überlebende Söldner hat auch die Flucht ergriffen. Wahrscheinlich ist er längst über alle Berge.«

Nein, ich bin genau hier. Mit zusammengekniffenen Augen spähte Kemir den Pfeil entlang. *Wohin soll ich zielen, Reiter Rotznase? Ins Gesicht? In den Hals, wie du es bei Sollos getan hast? Nicht ins Herz, denn dort schlägt schon lange nichts mehr.* Langsam senkte er den Bogen. Dieser Weg wäre zu einfach. Semian könnte hier und jetzt sterben. Dann wäre

Vergeltung geübt worden, aber Sollos würde es nicht zurückbringen.

Außerdem gab es da dieses klitzekleine Problem mit den vier anderen Drachenrittern. Sie trugen allerdings ebenfalls Rüstungen, und Kemir war sicher, im Wald verschwinden zu können, bevor sie ihre Drachen auf ihn hetzen konnten. Doch Semian einfach nur mit einem Pfeil zu durchbohren genügte Kemir nicht. Er lechzte danach, ihm Schmerzen und Leid zuzufügen. Den Ritter sollte ein langsamer und qualvoller Tod ereilen.

»Wir haben die Weiße gesehen. Ein paar Meilen flussaufwärts«, sagte einer der anderen Reiter. »Wir haben auch Sturmschatten kurz gesehen und dann Sturmböe. Verdammt noch mal! Was tun wir jetzt nur? Sollen wir uns auf die Fährte der Weißen begeben? Es wird schon dunkel.«

Langsam und qualvoll. Kemir spannte erneut den Bogen.

»Nein.« Semian verzog das Gesicht. »Ja. Nein. War Sturmschatten verletzt?«

»Schwer zu sagen.«

»Geh und find es heraus. Falls Sturmschatten fliegen kann, bringst du sie zurück zum Lager. Erzähl ihnen, was geschehen ist, und dass wir einen neuen Alchemisten brauchen. Sag ihnen, dass wir die Weiße gefunden haben. Dann kommt ihr alle hierher zurück. Jemand muss bei Sturmböe bleiben. Der Rest von uns ...«

Der erste Pfeil traf Semian im Bein, genau oberhalb des Knies. Semian heulte auf, taumelte und fiel rücklings ins Wasser. Der zweite Pfeil bohrte sich in den Rücken eines der anderen Reiter. Der dritte Pfeil traf den verwundeten Drachen am Hals, doch das Tier zischte lediglich und versuchte, nach ihm zu schnappen. Kemir machte sich nicht die Mühe, einen vierten abzuschießen. Stattdessen trottete er ein Stück tiefer in den Wald, machte dann eine Kehrtwende und folgte dem Flusslauf. Die Ritter würden ihm nicht ins Unterholz folgen, davon war er überzeugt, und die Drachen könnten ihn in der Dunkelheit niemals finden. Reiter Semian nicht zu töten, stellte er überrascht fest, erfüllte ihn mit einem Gefühl der Genugtuung. Töten könnte er ihn nur ein einziges Mal. Kemir lächelte still in sich hinein. *Pfeile hingegen kann ich immer und immer wieder in seine Arme und Beine schießen.*

Es kostete ihn die halbe Nacht, bis er den weißen Drachen und den Knappen endlich fand. Der Drache lag zusammengerollt am Wasser und schlief. Der Knappe hatte sich an ihn geschmiegt. Als Kemir näher herankroch, bemerkte er eine weitere Gestalt, die leise schnarchte. Er schlich lautlos zum schlafenden Knappen, hockte sich neben ihn, zog ein Messer hervor und schob vorsichtig den Umhang des Burschen zur Seite.

»Knappe!«, zischte er und warf dem Drachen einen misstrauischen Blick zu. Dann rüttelte er den Kerl sanft. »Knappe!«

Der Knappe rührte sich. Der Atem des Drachen blieb unverändert.

»Knappe!«

Der Knappe öffnete die Augen. Kemir drückte ihm die Messerspitze an den Mund. »Sei leise, Knappe! Hätte ich dir etwas antun wollen, wärst du jetzt schon nicht mehr am Leben. Aber wenn du den Drachen aufweckst ...«

»Wer bist du?« Der Knappe blickte schlaftrunken und verständnislos zu ihm hoch.

»Mein Name ist Kemir. Ich bin ein Söldner, der für deine Königin gearbeitet hat, bis einer ihrer Ritter meinen Cousin ermordet hat. Ich will dir helfen.«

Der Knappe blinzelte und rieb sich übers Gesicht. Er wirkte zu Tode erschrocken und gleichzeitig leicht überrascht. Anstatt Kemir direkt anzusehen, starrte er auf einen Punkt über seiner Schulter. Da spürte Kemir eine Kälte in sich aufsteigen. Noch während er sich umdrehte, erhaschte er aus den Augenwinkeln heraus einen flüchtigen Blick auf die Schwanzspitze des Drachen, die auf ihn niederpeitschte. Fluchend tauchte er darunter hinweg, aber der Schwanz war zu schnell. Im nächsten Moment baumelte Kemir in der Luft.

»Knappe! Verdammt noch mal! Pfeif sie zurück! Ich bin hier, um euch zu helfen.«

Helfen? Was bedeutet das?

Der Gedanke schien von außerhalb seiner Selbst zu kommen, doch diese Vorstellung war lächerlich, und Kemir verwarf sie auf der Stelle. »Du hast einen Drachenritter übersehen. Jetzt gibt es mehr von ihnen. Sie folgen euch. Ich habe versucht, sie ein wenig aufzuhalten, aber sie sind euch auf der Spur. Pfeif den Drachen zurück!«

Wie viele kommen?

»Vier Ritter. Nein, fünf. Aber zwei von ihnen sind so schwer verletzt, dass keinerlei Gefahr von ihnen ausgeht.«

Dieses Mal gab es keinen Zweifel. Die Frage war plötzlich in seinem Kopf aufgetaucht, ohne dass der Knappe ein Wort gesagt hätte. »Wie …?«

Der Boden erzitterte. Der Drache baute sich zu seiner vollen Größe auf, hob den Kopf und riss gleichzeitig Kemir höher in die Luft. Der Söldner hing hilflos da, während der Drache schnaubte und knurrte. Ein Schwall warmer, abgestandener Luft umhüllte Kemir.

Wie viele Drachen kommen?

Ganz langsam ließ Kemir den Blick zum Knappen gleiten, der sechs Meter unter ihm am Flussufer stand. Jetzt sah er, dass es sich bei dem Schlafenden um eine Frau handelte, die nun ebenfalls zu ihm hochstarrte. Ihr Gesicht wirkte im Mondschein aufgedunsen und blass. Sie zitterte.

»Knappe. Ich glaube, dein Drache redet mit mir.« *Habe ich etwa den Verstand verloren?*

Nein. Wie viele Drachen?

»Schneeflocke!« Der Knappe rang verzweifelt die Hände. »Tu ihm nicht weh! Hör auf! Bitte!«

Die Gedanken purzelten so schnell durch Kemirs Bewusstsein, dass sie sich regelrecht überschlugen. *Der Drache kann denken.* Allein die Vorstellung war Furcht erregend. *Der Drache kann hören, was ich denke.* Das war noch viel schlimmer. *Der Drache hat ein halbes Dutzend Ritter getötet.* Das war schon besser. *Er hat es getan, weil er es wollte, und nicht, weil es ihm jemand befohlen hat.* Das war entweder das Beste oder Schlimmste an der ganzen Sache. Kemir konnte sich nicht entscheiden.

Er betrachtete den Drachen. Eine tiefe Ruhe erfüllte ihn

auf einmal, eine Mischung aus Hoffnung und Resignation. Sich einfach in die Hose zu machen würde ihm im Moment jedoch auch nicht weiterhelfen. »Zwei neue Drachen. Einen haben sie dir hinterhergeschickt. Um dich zu überwachen. Der andere holt Hilfe. Morgen Vormittag werden wahrscheinlich ein Dutzend Drachen nach dir suchen. Du willst doch entkommen, oder?«

Ich will meine Artgenossen befreien.

»Mein Name ist Kemir. Ich will dir helfen.«

Nein, Kleiner Kemir, das willst du nicht. Alles, was ich in dir sehe, ist Tod und Vergeltung. Du willst Drachenreiter töten. Ich bin nur Mittel zum Zweck.

»Keine Drachen, keine Drachenritter.«

Der Schwanz drückte ein wenig fester zu. *Deine Angst hat einen stechenden, köstlichen Beigeschmack. Wie willst du mir helfen, Kleiner Kemir?*

Kemir versuchte, sich aus dem festen Griff des Drachen zu winden. Er konnte zwar die Arme bewegen, doch all seine Bemühungen waren vergebens. Allerdings hatte er immer noch das Messer, mit dem er den Knappen bedroht hatte. *Wenn ich es dem Drachen in den Schwanz ramme, würde er mich dann fallen lassen? Würde er es überhaupt bemerken?*

Ich würde dich zerquetschen, noch bevor du mit der Wimper zuckst, Kleiner Kemir. Noch einmal: Wie willst du mir helfen?

»Ich werde dir helfen, Drachenritter zu töten. Auf jede erdenkliche Art.«

Ich will keine Drachenritter töten. Ich will meine Artgenossen befreien.

337

»Dann werde ich dir helfen, Alchemisten zu töten. Du hast mich gefragt, wo sie sind. Ich kann es dir verraten.«

Der Drache sah ihn lange an und setzte ihn schließlich behutsam auf die Erde. *Dann haben wir eine Übereinkunft, Kleiner Kemir. Alchemisten. Abgemacht.* Der Drache drehte sich um und blickte zum Knappen, doch Kemir hörte weiterhin die Stimme in seinem Kopf. *Mehr Drachen kommen, Kleiner Kailin. Wir müssen los. Auf der Stelle.*

38

Die Spiegelseen

Die Spiegelseen, die wie ein Gürtel um die Stadt der Drachen lagen, wurden gemeinhin als vollkommen rund und unendlich tief beschrieben. Der Boden fiel nicht sanft und geschmeidig zum Wasser hin ab, sondern bildete plötzlich einen steilen Krater. In den Mythen der Drachenpriester hatte der Heilige Drache die Welt aus Lehm geformt und sie dann in den Flammen seines Atems gebrannt. Die Menschen in der Stadt waren nicht besonders gläubig, doch in einem Punkt waren sie sich grundsätzlich einig: Wenn die Priester recht hatten, mussten die Spiegelseen dadurch entstanden sein, dass der Drachengott bei seiner Arbeit die Klauen genau an dieser Stelle in den Lehm gegraben hatte. Gerüchten zufolge bewohnten sonderbare und abscheuliche Kreaturen die Seen, tauchten manchmal mitten in der Nacht an die Oberfläche des Wassers, verschlangen mit einem Bissen ganze Boote und sanken dann wieder in die Tiefe hinab, wo sie spurlos verschwanden.

Von der Stelle aus, an der Jehal saß – oberhalb des Diamantwasserfalls –, konnte man sehen, dass die Seen keineswegs vollkommen rund waren. Er war außerdem überzeugt, dass sie weder unendlich tief noch von Ungeheuern heimgesucht waren, doch niemand hatte weder für das eine noch für das andere je einen Beweis erbracht. Verschwundene Schiffe, dachte Jehal, waren wohl eher das Werk von Dieben, und jegliches Ungeheuer, das in den Seen hauste, war höchstwahrscheinlich menschlicher Natur.

Die Stadt und der Adamantpalast, die etwa eine halbe Meile unter ihm lagen, waren ebenfalls zu sehen, wenn auch nur verschwommen durch einen Schleier aus feinem Dunst.

Das alles wird eines Tages mir gehören. Mir!

Hinter ihm planschte Geisterschwinge in der Strömung des Diamantflusses. Ein Schatten glitt über sie hinweg, und wenige Augenblicke später setzte ein weiterer Drache zum Landeanflug an. Die beiden Drachen beäugten sich neugierig. Der Neuankömmling tauchte ins Wasser ein und begann gierig zu trinken. Sein Reiter sprang auf Jehal zu und nahm den Helm ab.

»Ich habe mich schon gefragt, ob du unsere Verabredung überhaupt einhältst. Du schuldest mir ein paar Erklärungen«, sagte Jehal. Er musste sehr laut sprechen, um sich über das Tosen des Wasserfalls Gehör zu verschaffen.

Zafir lächelte. Sie erwiderte nichts, sondern setzte sich neben ihn und starrte über den Felsrand in die Tiefe hinab.

»Du solltest vorsichtig sein«, sagte Jehal. »Du könntest fallen.«

»Wir könnten beide fallen.«

»Ich habe beobachtet, wie du vom Drachennest aus hierher geflogen bist. Du hast keine Reiter mitgebracht. Niemand weiß, wo du bist. Niemand weiß, mit wem du dich triffst.«

Sie legte ihm eine Hand auf den Arm. »Hast *du* Reiter mitgenommen, Prinz?«

»Natürlich nicht. Man kann nie wissen, wer ihre Taschen mit Gold füllt.«

»Wie tief ist meine Mutter gefallen?«

Jehal zuckte mit den Schultern. »Wir sind jetzt höher. Du hast meine Elixiere gestohlen. Und du hast Hyram Briefe geschrieben.«

Sie sah ihn nicht an. »Du hast deine neue Familie besucht. Wie geht es Königin Shezira?«

»Fühlst du dich bedroht, meine Liebe?«

»Überhaupt nicht. Du etwa?«

»Nicht im Geringsten.«

»Ich habe deine Elixiere nicht gestohlen. Ich habe sie an mich genommen, weil du es mir aufgetragen hast.«

»Ich habe dich gebeten, *eines* zu nehmen.«

»Hyram hat sie jetzt.«

»Ich weiß.«

Sie sah ihn an, und ein zaghaftes Lächeln umspielte ihre Mundwinkel. »Und ich weiß, dass du es weißt. Ich habe deinen kleinen goldenen Drachen auf dem Fensterbrett bemerkt, der uns aus seinen rubinroten Knopfaugen beobachtet hat. Wie viele dieser Drachen hast du noch?«

»Nur diesen einen und den, den ich dir geschenkt habe. Es war ein Hochzeitsgeschenk der Taiytakei.«

341

Zafir hob eine Augenbraue. »Dann hat es sich für dich ja fast gelohnt, deine kleine, süße Braut zu heiraten. Und was wollen die Taiytakei im Gegenzug?«

Jehal zuckte mit den Achseln. »Sie wollen mich wohl glücklich sehen.«

»Das hört sich nicht nach den Taiytakei an.«

»Sie wollen, was sie immer wollen und nie bekommen werden. Ein Ei.« Für einen kurzen Moment starrte Jehal ins Leere und ließ dann den Blick über die Stadt unter ihnen schweifen. Hier oben zu sitzen und die Füße über dem Abgrund baumeln zu lassen gab ihm beinahe das Gefühl, fliegen zu können. Ohne Drachen, nur er ganz alleine. Es wäre so einfach, oder nicht? Loszulassen und emporzusteigen und sich all der Probleme zu entledigen. Dann gäbe es keinen Hyram mehr, keine Shezira. Keinen Vater, der den eisigen Weg des Todes hinabkroch. Keine andauernde geistige Auseinandersetzung mit den Taiytakei und all den anderen Schmarotzern, die ihm Honig ums Maul schmierten, während sie gleichzeitig vergiftete Dolche hinter dem Rücken verbargen. Keine …

Keine Zafir. Er drehte sich um und blickte ihr tief in die Augen. »Nun?«

»Nun was?«

»Hat dir Hyram erzählt, dass er mich gefoltert hat?«

»Nein. Er sagte, er habe sich dir gegenüber nicht gerade von seiner königlichsten Seite gezeigt.« Sie spuckte aus. »Als wäre das etwas Neues!«

»Nun, er ist kein König, also sollte uns das nicht allzu sehr überraschen. Er war außerdem kein besonders guter

Foltermeister. Vielleicht sollte ich ihm das nächste Mal einen von meinen vorbeischicken. Vielmehr war er derart unbeholfen, dass ich ihm zeigen musste, wie man es richtig anstellt. Wir haben uns nun nichts mehr zu sagen, er und ich. Ich denke, ich werde meine Drachen zusammentrommeln müssen, sobald ich zurück in den Süden reise.« Er schüttelte den Kopf. »Ich bin verblüfft. Eine solche Dreistigkeit hätte ich ihm nie zugetraut.« Jetzt lachte er. »Für einen kurzen Moment flößte er mir sogar Respekt ein. Doch dann ließ er mich laufen. Hätte er mich ohne viel Federlesens getötet und die Konsequenzen auf sich genommen, hätte ich ihm vielleicht sogar applaudiert. Und dann muss ich daran denken, wie er es nach meiner Abreise mit dir getrieben hat, und ich will einfach nur den Palast mit seinem Blut tränken.«

»Nicht!« Zafir schauderte. »Er verdient es nicht einmal, dass du überhaupt einen Gedanken an ihn verschwendest.«

»Ach.« Er nahm ihre Hand und küsste sie. »Du bist sehr süß, meine Geliebte.«

Zafir zog ihre Hand weg. »Fass mich nicht an! Ich will von niemandem berührt werden. Ich habe versucht, an dich zu denken, als ich mich ihm hingegeben habe, und jetzt muss ich bei deinem Anblick an ihn denken.« Sie erzitterte. »Es ist schrecklich.«

»Antros wurde nachgesagt, dass er ein sehr guter Liebhaber gewesen sein soll. Hyram hat dieses Talent wohl nicht geerbt?«

»Er war betrunken, egoistisch, linkisch und erbärmlich.

Ich musste alles selbst machen. Hast du uns mit deinem taiytakischen Spielzeug etwa nicht beobachtet?«

»Ich habe gesehen, wie du dich gewunden und geschlängelt hast. Außerdem habe ich dich stöhnen gehört. Du hast eine bemerkenswerte Show abgezogen.«

»Die glücklicherweise nicht lange gedauert hat.« Sie verzog das Gesicht. »Wenn du aber sowieso alles gesehen hast, brauchst du nicht weiter in mich zu dringen. Was führt Shezira in den Purpurnen Bergen im Schilde? Sie macht Hyram nervös, und deine Reise zu ihr hat ihn nicht gerade beruhigt.«

Jehal lachte. »Wirklich? Das wäre mir *niemals* in den Sinn gekommen. Ja, ein bisschen Misstrauen zwischen den beiden kann nicht schaden, aber leider war Königin Shezira bereits zu ihrem eigenen Drachennest zurückgekehrt. Stattdessen habe ich meinen Charme an ihre entzückende Tochter vergeudet.«

»Almiri?«

»Nein, nicht die Nette, sondern diejenige, die aus demselben harten Holz wie ihre Mutter geschnitzt ist. Diejenige, die sich für einen Drachen hält, der fälschlicherweise in Menschengestalt zur Welt gekommen ist. Jaslyn. Diejenige, die mich gefragt hat, ob ich meinen Vater vergifte, während die Jungfrauenreue meine Sinne benebelt hat.« Er lachte. »Ich sollte mich noch bei Königin Fyon bedanken. Sie ist eine Spur klüger, als ich ihr zugetraut habe. Nein, gelinde gesagt wurde mir ein frostiges Willkommen zuteil. Vielleicht habe ich aber auch die eine oder andere unpassende Bemerkung von mir gegeben. Wer weiß, womöglich hat sie das meinen Strapazen der vergangenen Tage zuge-schrieben.« Er lachte erneut. »Sie sind immer noch auf der Suche nach dem vermissten Drachen, und jetzt haben sie einen zweiten verloren.«

Zafir hob erstaunt eine Augenbraue.

»Anscheinend haben sie die Weiße aufgespürt, und das Tier hat sie attackiert. Prinzessin Eiszapfen hat alles daran-gesetzt, dass ich nichts weiter herausfinde, aber dort im Gebirge gibt es einen Drachen mit einem gebrochenen Flü-gel. Sie haben einen Alchemisten verloren, und ich habe einen Reiter in einem ziemlich ramponierten Zustand gesehen. Jemand hat ihm einen Pfeil ins Bein geschossen, also fliegt die Weiße nicht ziellos und allein umher, so viel steht jedenfalls fest.« Nicht *die* Weiße. *Seine* Weiße. »Als ich mich wieder auf den Rückweg gemacht habe, überleg-ten sie gerade fieberhaft, wie sie den verletzten Drachen am besten einschläfern sollten.« Jehal kratzte sich am Kinn. »Jetzt wo ich darüber nachdenke, muss ich zugeben, dass dort ziemlich viele Alchemisten herumgelaufen sind. Mehr als ich erwartet hatte. Und natürlich weiß ich jetzt genau, wie viele Drachen sie dort draußen hat, und habe auch in etwa eine Ahnung, wie viele Reiter es sind. Der Prinzessin gefiel es gar nicht, dass ich mich für solche Dinge interessiert habe.« Er zuckte mit den Schultern. »Dennoch bin ich beeindruckt. Sie haben irgendetwas vor, und ich habe nicht den blassesten Schimmer, was es ist.«

Königin Zafir schüttelte den Kopf und blickte weg. »Prinz Jehal, das funktioniert so nicht. Die Drachen mögen Hyram nervös machen, aber mich stören sie ebenfalls – zu viele Tiere in zu großer Nähe.« Sie verstummte und spähte zur Stadt hinab. In der Ferne erhob sich die winzige Gestalt eines Drachen vom Nest des Adamantpalasts aus in die Lüfte. »Du musst verschwinden.« Sie stand auf.

»Wie schade! Ich hatte gehofft, dich noch ein bisschen länger für mich allein zu haben.«

»Welche Überraschung!« Zafir stieß einen Pfiff aus. Ihr Drache, der mit Jehals Geisterschwinge im Fluss herumgetollt hatte, blickte auf. »Aber wir können das Risiko nicht eingehen, von irgendjemandem zusammen gesehen zu werden. Du musst weg sein, bevor der Drache hoch genug ist, um Geisterschwinge und Smaragd zusammen zu sehen.«

Widerstrebend rappelte sich Jehal auf. Er würde seinem Drachen erklären müssen, dass er sich nicht einfach vom Wasserfall stürzen und seine Flügel ausbreiten konnte, sondern die weitaus umständlichere Methode wählen musste, um sich in die Lüfte zu schwingen. Er seufzte, und zu seiner großen Überraschung warf sich Königin Zafir in seine Arme und drückte sich an ihn.

»Ich wünschte, wir hätten mehr Zeit«, murmelte sie.

Jehal strich ihr das Haar aus dem Gesicht und säuselte: »Ich dachte, du musst bei meinem Anblick an Hyram denken.«

Zafir zog einen Schmollmund. »Das war auch so, bis ich hierhergekommen bin. Jetzt kann ich nur noch daran denken, wie du ohne deine Kleidung aussiehst.«

Er küsste sie und glitt mit den Händen unter ihr Kleid. »Du musst dich nicht mehr lange gedulden, meine Liebste.«

»Gib mir die Kraft, dass ich ihn nicht in seinem Bett ermorde, Jehal.«

»Gib mir die Geduld, dass ich die Zeit ohne dich überstehe.«

»*Ich* muss mit diesem verkrüppelten Dummkopf schlafen! Und alles, woran ich denken kann, seid ihr beide, du und deine kleine Braut, und dann will ich erst ihm die Kehle durchschneiden und anschließend ihr und die Sache endlich hinter mich bringen.«

Nur widerwillig ließ Jehal sie los. »Den Gedanken schiebst du erst einmal hübsch beiseite, meine Königin, und kümmerst dich ausschließlich um Hyram.«

Sie schnaubte verächtlich. »Keine Sorge. Solange ich es ertragen kann, wird er an nichts anderes denken als an deine Elixiere, das Gesicht meiner Mutter und den Spalt zwischen meinen Beinen.«

Jehal streichelte ihr ein letztes Mal das Gesicht, bevor er sich zu seinem Drachen umwandte. Dann winkte er ihr über die Schulter hinweg zu. »Sobald er dich heiratet und zur nächsten Sprecherin ernannt hat, kannst du so viele Kehlen durchschneiden, wie du möchtest.«

»Ich werde dich an dein Versprechen erinnern, Jehal«, rief sie ihm nach. »Er wird der Erste sein. Du kannst dir aussuchen, wer als Zweites folgen wird, du oder deine süße Braut.«

39
Die tiefe Schlucht

Der Drache war verletzt. Kemir war das nicht sofort aufgefallen, als sie sich mitten in der Nacht in die Luft erhoben hatten. Genau genommen hatte er überhaupt nichts mitbekommen, während er zusammengekauert in einer der Klauen des Drachen gehockt und in halsbrecherischem Tempo durch die Nachtluft gesaust war. Der Erdboden war im Mondlicht unter ihm vorbeigerast, nicht sehr tief unter ihm, aber tief genug, dass sich Kemir alle Knochen im Leib gebrochen hätte, hätte der Drache ihn fallen gelassen. Die Schwingen des Ungeheuers peitschten durch die Luft und dröhnten wie Donnerschläge. Zum zweiten Mal in seinem Leben sprach der Söldner ein Gebet.

In der zweiten Vorderklaue des Drachen klammerte sich der Knappe an die Frau fest – wer auch immer sie sein mochte –, während sie im Gegenzug so laut kreischte, dass sie schon bald heiser war.

Die Luft wurde kälter. Schließlich landete der Drache in einem Schneefeld und überschlug sich mehrmals in einer weißen Wolke aus Eiskristallen, während Kemir zum hundertsten Mal in dieser Nacht glaubte, sterben zu müssen. Das Tier brachte sie zum Rand einer schmalen Schlucht, sprang hinein und schwebte in die undurchdringliche Dunkelheit. Als sie die Talsohle erreichten, ließ der Drache sie los und schlief beinahe augenblicklich ein. Kemir schmiegte sich an das warme Tier und war ebenfalls im nächsten Moment eingeschlafen, vollkommen erschöpft und entkräftet.

Als er erwachte, wusste er, dass etwas nicht in Ordnung war. Der Atem des Drachen kam stoßweise, und der Knappe saß neben seiner Schnauze und streichelte sie liebevoll. Aus der Nähe und bei Tageslicht betrachtet, schien der Drache sogar noch größer zu sein als in der Nacht zuvor. Sein riesiger Kopf ließ den Knappen winzig erscheinen. Seine bernsteinfarbenen Augen waren größer als Kemirs gespreizte Hand. Seine Zähne …

Er wollte nicht an die Zähne denken. Stattdessen blickte er nach oben. Die Schlucht war steil und eng – so eng, dass er sich kaum vorstellen konnte, wie es dem Drachen überhaupt gelungen war, hier herunterzufliegen. Kemir war sich nicht sicher, ob sie jemals wieder hinauskämen, und er hatte Hunger. Und wäre da nicht der Drache, würde ihnen schon sehr bald sehr kalt werden. Der Knappe besaß keine warmen Flugpelze, und die Frau hatte allem Anschein nach gar nichts bei sich.

»Du kommst mir irgendwie bekannt vor«, sagte er zum Knappen. »Wie heißt du?«

»Kailin.« Der Knappe blickte nicht auf.

»Und sie?«

»Ihr Name ist Nadira.«

»Was ist los mit ihr?« Wenn sie nicht schrie, starrte sie ausdruckslos ins Leere. Sie schwitzte und zitterte.

Der Knappe gab keine Antwort.

»Wer ist sie?« Der Knappe schwieg wiederum. Kemir zuckte mit den Schultern. »Und was ist mit dem Drachen?«

»Ihr Name ist Schneeflocke. Sie ist verwundet.«

»Ist es schlimm?«

»Keine Ahnung. Sie muss sich verletzt haben, als sie mit Sturmböe in den Fluss gestürzt ist. Wenn ich mich nicht täusche, hat sie Sturmböe den Flügel gebrochen.« Kailin schüttelte traurig den Kopf und sah Schneeflocke nervös an. »Wenn das stimmt, werden sie das arme Tier wohl einschläfern müssen.«

»Armes Tier?« Kemir kratzte sich am Kopf. »Wie soll das überhaupt möglich sein, einen Drachen einzuschläfern?«

Der Knappe warf ihm einen warnenden Blick zu. »Pass auf, was du sagst. Sie schläft, aber du hast doch gesehen, was im Fluss passiert ist. Ich bin mir nicht ganz sicher, aber ich habe gehört, dass die Alchemisten ihnen etwas ins Essen geben. Sie schlafen ein, und dann verbrennen sie von innen heraus.«

»Ich hab das schon mal gesehen.« Kemir nickte. »Dasselbe geschieht, wenn sie sterben.«

»Das kann ich nicht sagen. Ich habe noch nie einen toten Drachen gesehen.«

»Nun, wenn es Schneeflocke treffen sollte, werden wir uns wenigstens für eine Weile keine Sorgen um eiskalte

Nächte machen müssen.« Er ließ den Blick an den steilen Wänden der Schlucht hinaufgleiten. *Nein. Nur darum, nicht zu verhungern.* »Ich nehme mal an, dass du nicht weißt, wo wir sind?«

Der Knappe schüttelte den Kopf. Es dauerte nicht lange, bis Kemir begriff, dass der Knappe weder Nahrung, Wasser, Decken, Ersatzkleidung noch sonst irgendwelche nützlichen Dinge dabeihatte, um in der Wildnis zu überleben. Er hatte jedoch einen Drachen. Anscheinend genügte das.

Kemir machte auf dem Absatz kehrt und kletterte den Abhang weiter hinab, wobei er den schmalen Wasserläufen folgte, die sich sprudelnd einen Weg über den Erdboden bahnten. Allmählich wurde die Schlucht noch steiler und schmaler. Er kam an unzähligen Höhlen vorbei. *Das ist also der Weltenkamm. Durchlöchert wie eine Honigwabe. Klaffende Löcher, die groß genug sind, eine ganze Armee zu beherbergen, und winzige Hohlräume, in die sich ein Mann kaum zwängen kann.* Je tiefer er kam, desto ausladender wurden die Bäume, die über alles ihre Schatten warfen. Die Felswände drängten sich immer näher aneinander. Die Rinnsale vereinten sich zu einem reißenden Fluss, der immer schneller und tiefer um jede Biegung rauschte. Unvermittelt öffneten sich die schroffen Berghänge zu beiden Seiten, und Kemir befand sich nun inmitten eines schräg abfallenden Waldes. Mühsam kletterte er die steile Böschung hinauf, setzte sich dann an den Rand der Schlucht und blickte durch eine Lücke zwischen den Bäumen. Das Tal erstreckte sich tief unter ihm und sah genauso aus wie jedes andere im Weltenkamm.

Na großartig! Das hat mir echt weitergeholfen. Sollen wir jetzt den ganzen Weg wieder zurücklaufen?

Er blieb lange dort sitzen und starrte in die Ferne, bis er schließlich etwas murmelte und Sollos keine Antwort gab und ihn plötzlich die schmerzhafte Erkenntnis traf, dass sein Cousin für immer von ihm gegangen war. Die beiden hatten einen Großteil ihres Lebens nur in Gesellschaft des anderen verbracht, obwohl es nicht immer so gewesen war. Sie hatten die Reiche durchstreift und sich als Söldner verdingt, aber hier waren sie geboren, hier im Weltenkamm. Sie hatten vermutlich ein Dutzend Drachenritter auf dem Gewissen, allerdings nur, weil andere Drachenritter sie dafür bezahlt hatten.

Und jetzt war Sollos fort. Die Abmachung mit Feldmarschall Nastria war hinfällig geworden, und er war wieder genau an dem Punkt angelangt, an dem alles begonnen hatte. Er hatte seinen Bogen, seine Messer und seinen Verstand, was eigentlich ausreichen sollte, um in diesen Tälern zu überleben. Er war den armen Narren nichts schuldig, die er in der Schlucht zurückgelassen hatte. Es stand ihm vollkommen frei, das zu tun, was er wollte.

Und dennoch war er gefangen. Er konnte nicht vor dem weglaufen, was er und Sollos gewesen waren. Jedenfalls nicht allein. Nicht solange Reiter Rotznase am Leben war. Und dann war da noch der Drache, und es gab einen Hoffnungsschimmer, den er nicht in den Wind schlagen konnte, egal wie unwahrscheinlich es war. Gefangen. Ganz und gar gefangen. Er wollte Rache üben. Rache, nicht nur für Sollos, sondern für all die anderen, für jeden Outsider, der je seinen Tod in den Flammen gefunden hatte. Was bedeutete, dass er bei dem Drachen, dem Knappen und der unbekannten Frau bleiben musste.

Was bedeutete, dass er sich um sie kümmern und ihnen Nahrung beschaffen musste.

»Verdammt!«

Sein Schrei hallte im Tal wider und verklang, einsam und ungehört. Kemir seufzte, stieg von seinem steinernen Hochsitz und spannte den Bogen. Er brauchte ein paar Stunden, um ein anständiges Essen zu erjagen, und eine weitere, bis er das Tier gehäutet und ausgenommen hatte. Die Schlucht hinaufzuklettern dauerte doppelt so lang wie der Hinweg, und als Kemir die anderen erreicht hatte, war er erschöpft und hungrig. Soweit er das beurteilen konnte, war er etwa zehn Stunden fort gewesen, und in dieser Zeit hatte sich keiner der drei gerührt. Vielleicht hatte sich die Frau kaum merklich gedreht, aber das war auch schon alles. Er warf sich auf den Boden und schloss die Augen.

»Ist dein Drache in der Lage, ein Feuer für uns zu entfachen?«, fragte er.

Der Knappe schüttelte den Kopf. »Sie befindet sich in einer Art Kältestarre. Sie fallen in diesen Zustand, wenn sie verletzt sind. Sie wird so lange schlafen, bis es ihr besser geht.«

»Wie lange wird das dauern?«

»Bei einer gebrochenen Rippe zwei oder drei Wochen.«

Kemir schlug die Augen auf und blickte zum Himmel hoch, der von den Felswänden der Schlucht eingerahmt wurde. Er lachte. »Zwei oder drei Wochen?«

»Ja.«

»Also müssen wir uns in der Zwischenzeit bloß vor Königin Sheziras Reitern verstecken und dürfen nicht verhungern. Oh, und wir können nicht von diesem Ort weg, weil ihr beide ansonsten an Überanstrengung sterben würdet.« Er schloss kopfschüttelnd die Augen. »Hol dich der Teufel, Drache. Hol dich der Teufel wegen allem, was passiert ist!« Und dann machte er sich daran, die anderen am Leben zu halten.

Der Knappe war nutzlos. Er saß den ganzen Tag neben Schneeflocke und streichelte ihr über die Schuppen. Die Frau verbrachte ihre Zeit damit, mit offenem Mund in die Leere zu starren. Oder sie zitterte und schüttelte sich schreiend und murmelte wirre Dinge, die keinen Sinn ergaben. Ein Fieberanfall, dachte der Söldner, doch er hielt so lange an, dass Kemir überzeugt war, sie läge im Sterben. Aber das tat sie nicht, und letztlich fiel das Fieber. Als es ihr endlich wieder besser ging, hatte sie zumindest eine gewisse Vorstellung davon, was zum Überleben vonnöten war. Nach den ersten paar Tagen im Delirium fing sie zögerlich an, Kemir zu begleiten. Sie trug nicht einmal Schuhe, aber es schien ihr nichts auszumachen, barfuß über Steine und Moos zu laufen. Tagtäglich folgte sie ihm bis zum Ende der Schlucht und wartete dann, während er auf die Jagd ging. Sobald er ein Tier erlegt hatte, entfachte er ein Feuer, und sie ließen sich für gewöhnlich davor nieder und betrachteten die Flammen. Sie wechselten kein Wort, doch zwischen ihnen wuchs eine Art stille Verbundenheit. Beide wollten überleben, koste es, was es wolle. Jeden Tag gab er ihr das beste Stück Fleisch, und anschließend legten sie sich nebeneinander und dösten eine Weile. Nadira sprach nicht viel und schien oft in Gedanken versunken zu sein, sie befand sich dann an einem weit entfernten Ort, entrückt und selbstvergessen. Oder sie erlitt einen Anfall und schrie wie am Spieß. Sie schien allerdings zu wissen, wann Kemir allein sein wollte. Manchmal, wenn er sie berührte, zuckte sie zusammen und erstarrte. Und manchmal, wenn er sich gerade wieder ins Gedächtnis rief, dass Sollos tot war, sah er in ihren Augen dieselbe wilde Gier nach Rache, die er in sich verspürte.

Sie passte zu ihm, entschied er. Er hatte nichts dagegen, sie am Leben zu halten.

Sobald die Dunkelheit einsetzte, kehrten sie langsam wieder um, wobei sie als Wegzehrung an einem Stück rohem Fleisch kauten. Der Knappe hockte immer an derselben Stelle und wartete auf sie. Jeden Tag kamen sie ein bisschen später als am Vortag zurück, doch er erwähnte es mit keiner Silbe. Er aß auch nicht besonders viel. Er schien regelrecht dahinzusiechen und lediglich auf den Moment zu warten, in dem sein Drache endlich erwachte.

Zweimal sah Kemir andere Drachen in weiter Ferne. Er beobachtete die winzigen Punkte am Himmel, bis sie verschwunden waren. Schneeflockes Schlucht wurde nicht gefunden.

Schneeflocke schlief vier Wochen, nicht zwei. Inzwischen bestand der Knappe nur noch aus Haut und Knochen. Kemir und Nadira hatten ihn wie gewöhnlich am Morgen beim Drachen zurückgelassen. Als sie zurückkamen, lange nach Sonnenuntergang, war er fort. Der Drache war wach. In der Luft hing der Geruch von Blut.

Fleisch!

Kemir erstarrte einen kurzen Moment, dann schob er Nadira den Weg zurück, den sie gekommen waren. »Lauf! Schnell!« Er legte die Reste des Wildschweins, das er erjagt hatte, auf den Boden. Er konnte Schneeflocke in seinem Kopf spüren, die beinahe verrückt vor Hunger war, und sah, wie sie ihn scharf beäugte.

»Alchemisten«, sagte Kemir laut. »Ich bringe dich zu den Alchemisten. Erinnerst du dich? Friss mich, und du wirst sie nie finden.« Er trat vom Schwein weg. Der Drache stürzte sich auf das Tier und schlang es mit einem einzigen Bissen hinunter.

Hunger! Essen! Ein verärgerter Unterton schwang in ihren Gedanken mit.

»Wo ist Kailin?«

Der Drache wich einen Schritt zurück. Kemir erspürte etwas in seinem Bewusstsein, das sich nach Scham anfühlte.

Kleiner Kemir, ertönte die Stimme des Drachen nun sanfter in Kemirs Kopf, *ich war lange fort. Ich bin sehr, sehr hungrig. Ich brauche Nahrung und kann erst jagen, wenn die Sonne aufgeht. Es wäre besser, wenn ihr geht.*

Kemir kletterte die Schlucht hinab und verbrachte die Nacht neben Nadira, zitternd und dicht an sie gedrängt. Ohne die Hitze des Drachen war eine Nacht in den Bergen – selbst an einer windgeschützten Stelle –, unangenehm kalt.

Am nächsten Morgen war der Drache verschwunden. Sie suchten kurz nach Kailin, aber es gab keine Spur von ihm, und Kemir war nur halbherzig bei der Sache. Als Schneeflocke am späten Nachmittag zurückkehrte, waren ihre Schnauze und Klauen blutverschmiert, und ihr Atem stank faulig. Sie sah fett aus, dachte Kemir.

Sie flogen nach Norden, da sich die Alchemisten dort versteckt hielten. Der Drache erwähnte Kailin mit keiner Silbe, und Kemir bohrte nicht nach.

Teil 3

Der Zehnt des Drachenkönigs

Falls der Reiter mit seinem Goldenen Ei der Gunst des Drachenkönigs teilhaftig wird, kommt er wahrscheinlich noch viele Male zu Besuch, bevor ein passender Drache schlüpft. Bei jedem Besuch bringt er dem Drachenmeister ein Geschenk mit, und diese Geschenke sind von allergrößter Wichtigkeit, denn ihre Qualität und Großzügigkeit bestimmen die Fürsorge, die dem ausgewählten Drachen zuteil wird. Sobald der passende Drache letztlich schlüpft, wird der Preis vom Drachenkönig festgesetzt. Dieser Preis wird auch der Zehnt des Drachenkönigs genannt.

Normalerweise wird der Zehnt lange im Vorhinein verkündet, doch bis die vereinbarte Summe tatsächlich bezahlt wird, kann der Reiter nie ganz sicher sein, ob sich der Preis nicht doch noch im letzten Moment ändert. Manchmal verschlingt der Zehnt alles, was der Reiter besitzt; manchmal wird überhaupt nichts verlangt.

40
Abschied

Jehal erwachte aus unruhigem Schlaf. Seine Träume hatten ihn aufgewühlt – die ganze Zeit war er gerannt, war beobachtet und gejagt worden, hatte sich ständig umdrehen müssen – und überall, egal, wohin er rannte, brannten die Mauern, die Bäume, selbst die Flüsse zerschmolzen, und die Hitze zwang ihn erneut zum Weiterlaufen.

Er schlüpfte aus dem Bett und tappte zum Fenster. Kazah, sein Kammerpage, war auf seinem Stuhl zusammengesackt und schnarchte lautstark. Jehal öffnete die Fensterläden, um Licht hereinzulassen. Kazah rührte sich nicht. Und genau diese Eigenschaft schätzte der Prinz besonders an dem Jungen. Abgesehen davon, dass er taubstumm war und von einer Ergebenheit gesegnet, die Jehals Jagdhunde vor Scham erbleichen ließ, schlief Kazah wie ein Toter. Jehal könnte eine nächtliche Orgie feiern, und der Junge würde nichts davon mitbekommen.

Draußen kroch die Sonne allmählich über den Horizont. Schiffe schaukelten an der Flussmündung des Furienstroms. An manchen Stellen schien das Wasser zu brennen, in der frühmorgendlichen Sonne zu lodern. Jehal erschauderte und drehte sich um. Der Anblick erinnerte ihn zu sehr an seine Träume. Doch eines war seiner Aufmerksamkeit nicht entgangen: Auf dem Fensterbrett kauerte kein kleiner goldener Drache mit rubinfarbenen Augen.

Er trottete zurück ins Bett, setzte sich, zog einen weißen Seidenstreifen unter dem Kopfkissen hervor und verband sich damit die Augen. Seine Sicht verschwamm, schimmerte und drehte sich, und dann war er auf einmal an einem anderen Ort. Er war im Turm der Lüfte im Adamantpalast. In Zafirs Schlafgemach, versteckt unter ihrem Bett.

Er lauschte. Und hörte leises Atmen. *Ihr* Atmen. Entspannt und ruhig, als schliefe sie. Er hörte kein Schnarchen. Wäre Hyram bei ihr, hätte er Schnarchen hören müssen. Doch Hyram kam nur selten zu ihr, und wenn er es tat, blieb er nie lange. Normalerweise ging Zafir zu ihm und schlüpfte dann in ihr eigenes Bett, sobald er eingeschlafen war. Gelegentlich, wenn sie mitten in der Nacht in ihr Schlafgemach zurückkehrte, barfuß, die Kleider an den Körper gepresst, sah sie unendlich traurig aus. Zuweilen wütend. Und dann wiederum schaute sie sich im Zimmer um und suchte nach dem kleinen goldenen Drachen, stellte sich nackt vor ihn hin und warf ihm eine Kusshand zu oder tat so, als müsse sie sich übergeben oder würde jemandem die Kehle aufschlitzen. Ob es ihm oder Hyram galt, konnte Jehal nicht mit Sicherheit sagen.

Manchmal suchte sie auch am Morgen nach ihm, und wenn sie beide allein waren, flüsterten sie geheime Botschaften in kleine goldene Ohren und beobachteten einander durch kleine rubinrote Augen.

Aber erst später. Jetzt war es noch viel zu früh für Zafir. Unter ihrem Bett reckte der kleine goldene Drache den Kopf und trippelte über den Fußboden. Dann schlug er so schnell mit den Flügeln, dass sie nur mehr als verwischte helle Wölkchen wahrnehmbar waren, und erhob sich in die Lüfte, bevor er sich am Kopfende des Bettes, nur ein paar Zentimeter von Zafirs Gesicht entfernt, niederließ und auf sie hinabstarrte. Jehal holte tief Luft. Sie schlief fest. Manchmal war sie im Schlaf atemberaubend schön. Er konnte sie stundenlang ansehen.

Doch stattdessen schüttelte er sich, zog die weiße Seide von den Augen und stopfte sie zurück unters Kopfkissen. Anschließend nahm er den anderen Seidenschal zur Hand, den schwarzen.

Nun, meine Liebste, lass uns mal sehen, wem du heute nachspionierst.

Die Antwort überraschte ihn nicht. Zafirs taiytakischer Drache hatte sich in Lystras Zimmer versteckt, wo er sich für gewöhnlich befand. Zafir hatte anscheinend nichts Wichtigeres im Sinn, als herauszufinden, wie oft er sich in Lystras Bett herumtrieb. Was natürlich schön vorhersehbar war. Jehal grinste in sich hinein und stieß gegen Kazahs Stuhl. Das Problem mit Zafirs Eifersucht war, dass sie eine Herausforderung für ihn war. Er wollte unbedingt wissen, wie oft er mit seiner Gattin schlafen konnte, ohne dass seine Geliebte und ihr Drachenspion ihn dabei erwischten.

Andererseits war es erschreckend einfach. Hätte sie es

ihm jedoch schwerer gemacht, hätte er sich womöglich noch öfter mit seiner Frau vergnügt.

Er trat erneut gegen Kazahs Stuhl. Der Kammerpage schreckte auf und kippte dann zur Seite, bevor er sich wieder aufrappelte, sich stocksteif hinstellte und salutierte.

Nachricht an meine Frau. Jehal und Kazah besaßen ihre eigene Zeichensprache, eine Mischung aus den Gesten, die die Drachenritter benutzten, wenn sie zusammen flogen, den Zeichen, der sich viele Diebe bedienten, und einigen Gebärden, die sie sich selbst ausgedacht hatten. Jehal hatte dem Jungen zwar auch das Lesen und Schreiben beibringen lassen, aber er war so langsam, dass einer von ihnen wahrscheinlich tot umfiele, bevor sein Befehl ausgeführt wurde.

Kazah nickte. Eine Geheimsprache zu haben hatte den Vorteil, dass kein Außenstehender verstand, was Jehal dem Jungen auftrug. Schon mehrmals hatte er Kazah zu Lystra geschickt, um eine Verabredung mit ihr zu vereinbaren, obwohl er ganz genau wusste, dass Zafir ihn beobachtete.

Weck sie. Ich will sie in meinem Bett. Sag ihr, dass ich sie begehre. Kazah feixte, und Jehal grinste zurück. *Diese* Geste war nicht besonders schwer zu übersetzen. *Sag ihr, sie soll zuerst alle Fenster und Türen schließen. Sag ihr, dass der Palast Augen und Ohren hat.* Er gab Kazah einen Tritt, der daraufhin aus dem Zimmer hastete. Dann machte er die Fensterläden zu, sperrte die Morgendämmerung aus und legte sich seufzend zurück ins Bett.

Er musste nicht lange warten. Auf dem Gang hörte er Schritte und leises Kichern, und im nächsten Augenblick schlüpfte bereits Kazah zusammen mit Lystra ins Zimmer, die mit nichts weiter als einem Nachthemd bekleidet war.

Jehal grinste. »Hat dich jemand gesehen?«

Kazah schüttelte den Kopf. Ebenso wie Lystra. »Nur die Wache, die du vor meiner Tür postiert hast.« Sie schlang ihm die Arme um den Hals und schmiegte den Kopf an seine Brust. Er zuckte immer kurz zusammen, wenn sie das tat. Es rief ihm nur zu deutlich ins Gedächtnis, dass er Zafir eines Tages ihren Willen lassen musste.

Aber jetzt noch nicht. Er schob sie sanft von sich weg und legte eine Hand auf ihren Bauch. Sie trug seinen Erben in sich, und das machte sie zurzeit zum am besten geschützten Menschen der Welt. Er musste sich wohl noch ein paar Monate gedulden, bis er die Bewegungen seines Kindes spüren konnte, das hatte man ihm zumindest gesagt, doch er streichelte ihr dennoch über den Unterleib. Nach diesem Morgen würden sie sich wahrscheinlich eine Weile nicht sehen.

Sie drückte seine Hand für eine Sekunde und zog sie dann zu ihrer Brust. »Ich verstehe immer noch nicht, weshalb ich nicht mit dir kommen kann.«

Natürlich nicht. Er lächelte sie nachsichtig an. »Du musst dich ausruhen.«

»O Jehal, ich weiß nicht einmal mit Sicherheit, ob ich schwanger bin.«

»Dir ist jeden Morgen übel. Versuch mir ja nicht weiszumachen, es wäre nicht so.«

Sie verzog das Gesicht. »Das ist doch nicht der Rede wert.«

»Außerdem ist es hier sicherer.«

»Aber warum? Im Palast hätte ich dich und meine Mutter und meine Schwestern und all ihre Reiter um mich.«

Er lachte. »Du kennst meine Antwort. Es könnte Menschen geben, die es vorziehen würden, wenn deine Mutter nicht Hyrams Platz einnimmt.« *Mich zum Beispiel.*

Das war das Problem. Sie wollte einfach nicht einsehen, dass irgendetwas geschehen, dass jemand sein Wort brechen könnte, dass die Drachenkönige und -königinnen keine Busenfreunde waren, die gemeinsam für das Gute kämpften. Weshalb es ihm gelegentlich sehr schwerfiel, ihr direkt in die Augen zu schauen. Und wenn sie wirklich glauben sollte, dass dort draußen eine *echte* Gefahr lauerte, hätte sie entweder darauf bestanden, an der Seite ihrer Mutter zu sein, oder darauf beharrt, dass er nicht abreiste, damit er ebenfalls in Sicherheit war. Sie beharrte nicht sehr häufig auf Dingen, doch wenn sie es tat, war es eine sanfte Erinnerung daran, aus welch einflussreichem Hause sie stammte.

Er gab ihr einen Kuss. »Ich will dir keine unnötige Mühe machen.«

»Ich denke eher, dass du von mir gelangweilt bist.«

Innerlich rollte Jehal mit den Augen. Schon *wieder* diese alte Kamelle. *Wie oft* hatte er diesen Satz im Laufe seines Lebens gehört? Und von *wie vielen* verschiedenen Frauen? »Wenn ich von dir gelangweilt wäre, meine Liebste, wäre ich dann etwa bei Morgengrauen aufgestanden und hätte dich vor meiner Abreise ein letztes Mal in mein Bett geholt?«

Lystra schob ihre Unterlippe vor, nahm dann seine andere Hand und legte sie mit einem Lächeln auf ihre zweite Brust. »Wahrscheinlich nicht.«

Sie drängte sich näher an ihn, bis er die Hitze spürte, die von ihrem ganzen Körper Besitz ergriffen hatte. Jehal schluckte hart. Er sah zu Kazah und zeigte mit einem Kopfnicken zur Tür. Der Junge war gewitzt und wusste, wann seine Anwesenheit unerwünscht war.

»Ich reise am frühen Vormittag zum Klippennest«, sagte Jehal mit belegter Stimme. »Alles ist bereits gepackt. Ich werde …«

Lystra legte ihm einen Finger auf die Lippen. »Ich weiß, mein Gatte, ich weiß.« Sie nannte ihn häufig so, und aus irgendeinem Grund wurde ihm jedes Mal ganz schwindelig, wenn sie es sagte. »Vier Tage, um den Palast zu erreichen, eine Woche als Gast bei Sprecher Hyram, und dann noch einmal eine Woche, nachdem meine Mutter seine Nachfolge angetreten hat. Anschließend vier Tage zurück zum Klippennest und einen weiteren, um hierherzukommen. Beinahe ein Monat. Ich kenne deine Reiseroute auswendig, mein Prinz. Ich weiß, wo du jeden Tag sein und was du tun wirst.« Sie schenkte ihm ein breites Lächeln. »Ein sehr langer und langweiliger Monat. Vielleicht fahre ich dir entgegen, um dich bei deiner Rückkehr im Klippennest zu empfangen.«

»Das solltest du nicht.«

»Ja, aber du wirst nicht hier sein, um es mir zu verbieten.« Sie schmiegte sich an ihn und küsste ihn, und er schob sie auf sein Bett.

»Ich werde dich sehr vermissen«, sagte er und stellte überrascht fest, dass die Worte nicht gelogen waren.

»Aber nicht so sehr, wie ich dich vermissen werde.«

Er rollte sie zu sich und brachte sie mit einem Kuss zum Schweigen. Es wäre besser, wenn sie nichts weiter sagte. Manchmal, wenn sie wie jetzt zusammen waren, ließ sie ihn an seinem ganzen Plan zweifeln, und das durfte nicht sein. Stattdessen machte er sich an die Arbeit, um sicherzustellen, dass sie ihn *wirklich* an jedem einzelnen Tag seiner Abwesenheit vermissen würde. Während der nächsten Stunde schien die Zeit stehen zu bleiben.

Nachdem sie sich völlig verausgabt hatten, schlief Lystra in seinen Armen ein, was sie jedes Mal tat, wenn er es ihr gestattete. Zu seiner Überraschung nickte er ebenfalls ein. Und im nächsten Moment hörte er, wie Lord Meteroa gegen die Tür hämmerte und ihm mit lauter Stimme verkündete, er müsse los. Lystra gähnte und streckte sich genüsslich. Dann stand sie auf und sah Jehal mit einem benommenen Lächeln an.

»Muss ich nun gehen?«

»Leider ja.« Jehal rief Meteroa zu, dass er sie noch einige Minuten allein lassen sollte, und machte sich anschließend auf die Suche nach seiner Kleidung. »Geh nicht gleich zurück in deine Gemächer. Mach einen Ausritt. Oder nimm ein Bad. Schick jemanden, der einmal durchlüftet, während du fort bist.«

»Weshalb?«

»Weil ich dich darum bitte.«

»Aber ich wollte …«

368

Er blickte sie scharf an. »Tu mir den Gefallen. Sozusagen als kleines Dankeschön für die Zeit, die ich dir gerade geschenkt habe.«

Für einen Moment sah sie verletzt aus, und ihn beschlich das Gefühl, als wolle sie ihm am liebsten ein Messer in die Brust rammen. Doch dann lächelte sie. »Wenn es das ist, was du wünschst.«

»Es würde mich sehr glücklich machen. Hör zu!« Er nahm ihr Gesicht in beide Hände. »Du kannst Meteroa vertrauen, während ich fort bin. Aber nicht Prinzessin Jesska, Prinz Iskan, Prinz Mazmamir oder irgendeinem anderen aus dem Clan. In unseren Adern mag das gleiche Blut fließen, aber wir streben auch nach denselben Dingen. Du kannst auf Königin Fyon zählen, nicht jedoch auf ihre Söhne, insbesondere Tyrin.«

Als Lystra gegangen war, rief er Meteroa herbei, damit er ihm beim Ankleiden half. »Pass während meiner Abwesenheit gut auf sie auf. Was auch immer mit ihr geschehen sollte, wird auch dein Schicksal sein, mein Freund. Verstanden?«

Meteroa bedachte ihn mit einem skeptischen Blick. »Dann werde ich dir zuliebe viel essen und fett werden, aber sei bitte wieder zurück, bevor die Geburt einsetzt, Hoheit.«

»Da besteht immer die Möglichkeit, dass ich überhaupt nicht zurückkehre.«

Meteroa legte den Kopf schief. »Dann muss ich mir ja auch keine Sorgen um sie machen. Aber sag schon, Hoheit, welche der beiden gefällt dir besser? Deine Frau oder Königin Zafir?«

Jehal spürte, wie sich seine Brust zusammenkrampfte. »Verschwinde!«, fauchte er.

»Hoheit …«

»Ich sagte, *verschwinde*! Bevor ich etwas Scharfes finde.«

Nachdem Jehal wieder allein war, zog er sich in aller Gemütsruhe zu Ende an. Meteroa wurde ein wenig übermütig. Dem Mann mussten die Flügel gestutzt werden, sobald diese Geschichte vorbei war.

Obwohl er nicht ganz Unrecht hat. Es ist eine Frage, die eine Antwort verlangt, und ich habe keine.

Kurz vor seiner Abreise holte er das schwarze und das weiße Seidenband unter seinem Kopfkissen hervor und knotete sie um seine Handgelenke. Die südlichen Ritter banden sich häufig Stoffstreifen um die Arme. Links getragen waren sie ein Zeichen des Sieges, rechts drückten sie eine Verpflichtung aus, was Jehal gestattete, die taiytakischen Seidenbänder in greifbarer Nähe zu haben, ohne einen Verdacht auf sich zu ziehen. Normalerweise trug Jehal das schwarze ums linke und das weiße ums rechte Handgelenk. Irgendwie schien das zu passen.

Beinahe unbewusst band er den schwarzen Seidenschal noch einmal auf und legte ihn sich auf die Augen. Der kleine goldene Drache war immer noch in Lystras Zimmer, schwirrte wie verrückt von einer Ecke zur anderen und suchte verzweifelt nach einem Weg ins Freie.

Jehal lächelte. Als er hinausging, begann er leise zu pfeifen.

41

Kriegskünste

Jaslyn ließ Vidar eine scharfe Kurve nehmen und tauchte ab. Fünf von Königin Sheziras Reitern, die in einer geschlossenen Formation neben ihr flogen, stoben plötzlich und scheinbar zufällig auseinander. Der Boden lag nun direkt unter ihr und schoss auf sie zu. Genau in der Mitte ihres Blickfelds riss eine Traube von Soldaten ihre Schilde aus Drachenschuppen in die Höhe. Vidar spuckte Feuer auf sie hinab, breitete die Flügel aus und fing den Sturzflug ruckartig ab. Eine riesige Hand schien Jaslyn gegen den Hals des Drachen zu drücken und presste ihr die Luft aus den Lungen. Sie hatte keine Möglichkeit nachzusehen, ob das Feuer großen Schaden angerichtet hatte, aber sie bezweifelte es. Bei den Soldaten handelte es sich um eine halbe Legion der Adamantinischen Garde, und ihnen war genügend Zeit geblieben, um ihre Schilde ineinander zu verkanten. Andererseits war der Sinn des Abtauchens nicht der gewesen, sie zu verbrennen. Es war nur ein Ablenkungsmanöver gewesen, damit ihre Ritter ins Kampfgeschehen eingreifen konnten und sie dabei nicht getötet wurde.

Hinter ihr nahmen die fünf Ritter die Soldaten aus fünf verschiedenen Richtungen gleichzeitig unter Beschuss, drehten ab und flogen davon. Sie hatten Jahre darauf verwendet, dieses Manöver zu vervollkommnen, und das alles für diesen einen Tag.

Sobald sich Jaslyn vor den Soldaten am Boden und ihren gefährlichen Skorpionen in Sicherheit gebracht hatte, ließ sie Vidar ein wenig an Höhe gewinnen und warf einen Blick über die Schulter, um nach ihren Reitern zu sehen. Drei von ihnen folgten ihr, die anderen beiden waren bereits gelandet. Was bedeutete, dass es den Soldaten gelungen war, einen Treffer zu erzielen, nachdem die Ritter ihr Feuer versprüht und sich aus dem Staub gemacht hatten. Was bedeutete, dass sie nun tot wären, wäre dies ein echter Kampf gewesen.

»Zwei?« Jaslyn tätschelte Vidar den Hals. »Sie haben zwei getroffen. Hast du das gesehen? Denkst du, Mutter wird verärgert sein?« Sie lächelte in sich hinein, während sie Vidar über die Soldaten schweben ließ und vor ihnen salutierte. »So viel zu unserem tollen Plan, hm? Glaubst du, wir haben welche von ihnen erwischt?« Von hier oben war es schwer zu sagen, ob einer der Soldaten verbrannt war. Doch selbst wenn ihr Schildwall sie im Stich gelassen hätte, hätte ihre Rüstung aus Drachenschuppen das Schlimmste verhindert.

Die restlichen Legionen der Garde hatten sich um die Hungerberge verstreut angeordnet, damit alle Drachenkönige und -königinnen ihr Können in der Schlacht unter Beweis stellen konnten. Jaslyn zog eine Weile ihre Kreise und beobachtete die Umgebung, für den Fall, dass einer der Angreifer mit einer originellen Idee aufwartete, aber soweit sie das beurteilen konnte, war das niemandem gelungen. In weiter Ferne sah sie eine Gruppe Ritter, die genau denselben Trick versuchten, den sie angewendet hatte. Doch ihnen unterlief ein Schnitzer. Als der erste Ritter das Feuer eröffnete und seinen Drachen senkrecht nach oben steigen ließ, hätten die anderen fünf zur Stelle sein sollen, was sie jedoch nicht waren. Sie hatten sich nur um ein paar Sekunden vertan, aber das reichte aus, damit die Legion ihren Schildwall neu bilden und das Feuer abwehren konnte. Vor hundertsechzig Jahren, als Prinz Lai – der Meister des Krieges – diese Technik zum ersten Mal vorgeführt hatte, waren hundert tote oder verletzte Männer zu beklagen gewesen.

Jaslyn seufzte. Für jede Angriffsformation hatten die Legionen einen passenden Konterschlag. Nichts veränderte sich je. Es glich beinahe einem rituellen Tanz, bei dem alle Anwesenden jede einzelne Bewegung in- und auswendig kannten. Angeblich hatte Prinz Lai vier der fünfzehn anerkannten Taktiken erfunden. Die anderen elf waren sogar noch älter.

Sie wendete Vidar, kehrte dem Schlachtfeld den Rücken zu und ließ den Drachen spiralförmig hinabsausen. Inmitten der Legionen befand sich Sprecher Hyrams Turm, auf dem er und die Drachenkönige und -königinnen standen, die an der nachgestellten Schlacht nicht teilnahmen, und dem Spektakel zusahen. Jaslyns Mutter war dort, ebenso wie Almiri. Lystra war im Süden geblieben und wurde

immer runder, während Prinz Jehals Erbe in ihr heran-
wuchs. Im Vorbeifliegen suchte sie den Turm nach Prinz
Tichane ab, konnte ihn jedoch nicht ausmachen. Bei dem
Gedanken an König Valmeyans Botschafter durchströmte
sie ein sonderbares Gefühl, das normalerweise allein den
Drachen vorbehalten war.

Sie schob all das beiseite, landete Vidar am Fuße des
Turms und übergab ihn an die Alchemisten und Knappen,
die ein provisorisches Nest um den Turm herum erbaut hatten. Dann sprang sie leichtfüßig die Stufen hinauf. Draußen,
hoch über der Ebene, kreisten nun die restlichen Drachen,
warteten darauf zurückzukehren, und beobachteten die
Handvoll derer, die sich der Legion noch widersetzten.

»Du hast zwei meiner Reiter verloren«, sagte Shezira,
sobald Jaslyn das Dach erreicht hatte.

»Prinz Lais Formation der Herbstblätter.« Sprecher
Hyram lächelte sie an. »Ehrgeizig. Die korrekte Ausführung ist sehr schwer.«

»Und dir auch nicht besonders gelungen«, fügte Shezira
hinzu.

Jaslyn biss die Zähne fest zusammen. »Was willst du
damit sagen?«

»Du warst zu schnell. Die Ritter hinter dir waren zu
langsam. Die Legion hatte Zeit, sich neu zu formieren.« Sie
schüttelte den Kopf. »Aber mach dir nichts draus. Noch
ein anderer hat dieselbe Taktik versucht und es ebenfalls
vermasselt.«

»Prinz Jehal.« Hyram spuckte den Namen regelrecht
aus. »Eure Ausführung war besser.«

Shezira schüttelte den Kopf. »Da muss ich widersprechen. Sie haben sich beide gleich schlecht angestellt.«

Jaslyn blickte sich um und musterte die Anwesenden. Da waren zwei Männer – Cousins von Sprecher Hyram –, die sie noch nie zuvor gesehen hatte, und ein Haufen Berater, die sich um ihn scharten. Neben ihrer Mutter starrte Feldmarschall Nastria scheinbar selbstvergessen über die Ebene. Hinter ihr saß König Tyan in einem Sessel. Seine Zunge hing heraus, sein Kopf rollte schlaff hin und her, und seine Augen stierten hoch zum Himmel, wobei er ununterbrochen zitterte. Einige der Umstehenden erkannte sie von Lystras Hochzeit wieder. Königin Fyon, die sie freundlich anlächelte, während ihre Augen sie am liebsten erdolcht hätten. Und natürlich Valgar und Almiri.

Almiri packte sie am Arm. »Die Signalgeber auf dem Schlachtfeld haben bei deinem Angriff sieben Verwundete angezeigt. Ihr Schildwall war wohl nicht vollkommen geschlossen.«

»Und Prinz Jehal?«

»Vier.«

Aus irgendeinem Grund hob dieser Umstand ihre Laune. »Es ist doch sonderbar, Männer, die ich überhaupt nicht kenne, allein zum Zweck der Unterhaltung zu verbrennen. Ich hoffe, keiner von ihnen ist gestorben.«

»Der Signalgeber hat nur Verwundete angezeigt.«

»Wer gewinnt?« Jaslyn versuchte, so unbekümmert wie möglich zu klingen.

Almiri lachte. »Du jedenfalls nicht. Königin Zafir. Sechs Tote, dreißig Verwundete.«

»*Was?*«

»Sie hat jeden ihrer fünf Reiter verloren. Sie hat sie angreifen lassen. Am Boden.«

»Sie hat *was* getan?«

»Sie hat ihre fünf Ritter auf den Drachen landen lassen, und sie haben die Legion angegriffen, als seien sie die Kavallerie. Sie sind geradewegs in die Soldaten hineingestürmt. Haben die Männer auseinandergejagt. Und ihren Schildwall vollkommen zerstört. Dann ist sie hinter ihnen hergeflogen und hat sie verbrannt. Sie haben zwar alle Ritter am Boden geschnappt, sie jedoch nicht.«

»Aber das ist *Betrug*!«

»Sprecher Hyram sieht das anders. Er lässt es gelten.«

Jaslyn ballte die Hände zu Fäusten und knirschte mit den Zähnen. »Was ist aus den Traditionen geworden? Kein Kontakt. Niemand würde seine Drachen landen lassen, um einen echten Feind zu attackieren. Sie würden auf der Stelle getötet werden! Das dürfen sie nicht.«

»Die Reiter am Boden sind alle tot. Da Königin Zafirs Drache den ganzen Schaden angerichtet hat und sie unversehrt entkommen konnte, lässt Sprecher Hyram den Punktestand gelten.« Almiri legte einen Arm um Jaslyns Schulter und führte sie zur anderen Ecke des Turmdachs, weg von den neugierigen Blicken. »Wenn du meinen Ratschlag hören willst, dann schweigst du lieber.«

»Es ist *Betrug*«, zischte Jaslyn erneut.

Almiri zwang ihre Schwester auf einen Stuhl. »Es ist nur Betrug, wenn der Sprecher das behauptet, und das hat er nicht. Wann hast du Sprecher Hyram zum letzten Mal gesehen? Vor heute, meine ich?«

Jaslyn spuckte über die Brüstung des Turms. »Auf dem Weg zu Lystras Hochzeit. Als Mutter unsere Weiße den Dieben regelrecht aufgedrängt hat.« Sie runzelte die Stirn. »Wenn Prinz Jehal König Tyan auf den Rücken eines Drachen verfrachten kann, warum bringt er dann nicht auch Lystra mit? Das ist unfair.«

Almiri überging ihren Einwand. »Ist dir in Bezug auf Sprecher Hyram nichts aufgefallen?«

»Nicht wirklich.« Jaslyn zuckte mit den Schultern.

»Hast du nicht bemerkt, dass sein Zittern und Stottern verschwunden ist?«

Jaslyn warf einen Blick auf den Sprecher. »Oh. Hat er das denn früher?«

»Kleine Schwester, bist du *blind*?« Almiri lachte. »Sprecher Hyram ist im vergangenen Jahr ganz langsam dahingesiecht. Die Alchemistenkrankheit. Weißt du, was das ist?«

Jaslyn schüttelte den Kopf.

»Das Gleiche, was König Tyan hat. Sieh ihn dir an.«

»Ich weiß, dass er krank ist.«

»Es beginnt mit einem unkontrollierbaren Zittern. Im Laufe der Jahre verschlimmert es sich, und man verliert die Kontrolle über seinen Körper. Zu guter Letzt stirbt man wahrscheinlich. Normalerweise verhungern die Menschen einfach, weil sie nicht mehr alleine essen können, oder ihre Familien schicken sie still und heimlich fort. König Tyan ist vor fast zehn Jahren an diesem Leiden erkrankt.«

Almiri schüttelte es. »Wie dem auch sei. Was ich dir zu erklären versuche, ist, dass Sprecher Hyram ebenfalls krank war, doch jetzt geht es ihm besser, und es ist Königin Zafir, die das Heilmittel gefunden hat. Außerdem wird viel über Sprecher Hyram und Königin Zafir getuschelt, also würde ich mich an deiner Stelle lieber nicht bei ihm beschweren.«

Jaslyn rümpfte die Nase. »Betrug ist Betrug.«

Almiri packte Jaslyn am Arm und drückte fest zu. »Hör mir zu, kleine Schwester. Du wirst nichts tun, was den Sprecher verärgern könnte. Du lässt keinen Ton über Königin Zafir verlauten. Verstanden?«

»Warum?«

»Weil Mutter dir ansonsten den Kopf abreißen würde. Sie ist nervös. So habe ich sie schon seit Langem nicht mehr erlebt. Hyram könnte seine Meinung in Bezug auf seinen Nachfolger noch ändern.«

»Aber das darf er nicht.«

Almiri bohrte ihre Finger noch tiefer in Jaslyns Arm, bis es schmerzte. »Doch, das kann er. Er ist der *Sprecher*.«

»Wir haben eine Abmachung!«

»Die ohne Weiteres gebrochen werden kann.«

»Aber ...«

Almiri ließ sie los. Ihre Mundwinkel zuckten amüsiert. »Kleine Schwester, das hier sind Könige und Königinnen, nicht deine Drachen. Sie tun nicht immer das, was du ihnen befiehlst.«

42

Könige und Königinnen

Hyram stellte seinen Kelch ab und erhob sich. Dann ließ er den Blick über den riesigen zehneckigen Tisch mit den Königen und Königinnen, Lords, Meisteralchemisten und Priestern schweifen. Er konnte sich nicht erinnern, wann er sich zum letzten Mal so jung, so stark, so mächtig gefühlt hatte. Sein Kopf schwirrte von Zafirs Elixieren. Sie machten ihn nervös, hyperaktiv und lüstern, doch sein Zittern und das Stottern waren verschwunden – und allein das zählte. Er trug die Robe des Sprechers und hielt den Speer des Sprechers in Händen, und er spürte die Macht dieser Waffe. Er konnte sich nicht ins Gedächtnis rufen, wann er sich zum letzten Mal so stark gefühlt hatte.

Um den Tisch herum unterbrachen die Herren und Herrinnen der neun Reiche – die Drachenkönige und -königinnen –, die jeweils an einer Seite des Tisches thronten, ihr Festmahl und schenkten Hyram ihre Aufmerksamkeit. Neben ihm, an seiner Tischseite, saß Sirion, sein treu ergebener Cousin, der seine Krone geerbt hatte, nachdem

Hyram zum Sprecher aufgestiegen war. An der zehnten Seite, ihm gegenüber, saßen die Großmeister der Alchemisten und die Drachenpriester, die seinen Nachfolger salben würden. Wie erwartet war eine Seite des Tisches fast leer: Der König der Felsen hatte sich nicht dazu herabgelassen, an ihrem Treffen teilzunehmen. *Also auch hier keine Überraschungen.*

Er knallte den Kelch auf den Tisch und räusperte sich. »Diese Worte werden nur einmal alle zehn Jahre gesprochen. Ihr werdet sie heute hören. Einige von Euch haben sie schon einmal vernommen. Andere haben sie bereits zwei- oder dreimal gehört. Es sind alte und weise Worte. Es sind nicht meine Worte, sondern die Worte aller Sprecher, die über die Jahrzehnte überliefert und geschliffen wurden. Ihr werdet sie jetzt hören, und dann erst wieder in zehn Jahren, also bitte ich Euch, mir zu lauschen und sie Euch gut einzuprägen.« Er sah jedem am Tisch der Reihe nach ins Gesicht. Einige hörten ihm tatsächlich zu, andere täuschten es nur vor. Es spielte keine Rolle. Seine Stimme war durchdringend und kräftig, und er fragte sich, ob einer der Anwesenden die einfache Freude nachvollziehen konnte, endlich wieder normal sprechen zu können, die Worte klar und deutlich über die Lippen zu bringen, nicht verstümmelt und abgehackt durch das Zucken, das ihn gequält hatte. Insbesondere sah er König Tyan an, seinen alten Freund und Feind. Dort war auf jeden Fall ein König, der nicht lauschte. Tyan war eingeschlafen. Er zitterte ein wenig, rührte sich ansonsten jedoch nicht.

Prinz Jehal, der neben Tyan saß, fing Hyrams Blick auf und legte den Kopf schief.

Hyram bleckte die Zähne und fuhr fort: »Heutzutage führen wir akribisch Buch über unsere Drachen.« Er nickte den Alchemisten am anderen Ende des Tisches zu. »Wir wissen, wann sie geboren wurden und kennen ihre Stammbäume. Wir züchten sie nach unserem Gutdünken, aber das war nicht immer der Fall. Früher einmal waren es wilde Tiere. Wir haben keine Überlieferungen aus dieser Zeit. Nicht, weil es damals keine Tinte oder Bücher gegeben hätte, sondern weil alles niedergebrannt wurde. Es gab keine Dörfer, keine Städte. Nicht, weil es keinen Ziegel oder Mörtel gegeben hätte, sondern weil alles niedergebrannt wurde. Es gab vielleicht sogar Könige und Armeen, doch sie sind längst vergessen, weil alles niedergebrannt wurde. Wir haben uns in den Wäldern versteckt, da sie unserer dort nicht habhaft wurden. Wir lebten so, wie die Outsider heute noch leben, im Dreck und am Hungertuch nagend.«

Er ließ erneut die Augen über ihre Gesichter wandern und schlug dann ein zweites Mal den Kelch auf den Tisch. Dieses Mal knallten die Könige und Königinnen ihre Becher ebenfalls auf das Holz. »Das war, bevor die Alchemisten kamen.« Er hob seinen Kelch in Richtung des anderen Endes des Tisches, wo ihm Jeiros verlegen zunickte. »Jetzt sind die Drachen zahm, und wir sind ihre schwachen Meister. Ihr, meine Könige und Königinnen der Neun Reiche. *Ihr* seid ihre Meister. Euch mangelt es an nichts, und Ihr seid niemandem zur Rechenschaft verpflichtet. Außer ...«

Jetzt war die Zeit gekommen. Er nahm den Ring des Sprechers, der einem schlafenden Drachen nachgebildet war, vom Finger und legte ihn behutsam auf die Tischplatte. Sein Finger fühlte sich sonderbar nackt an. Dann legte er den Adamantspeer daneben.

»Außer dem hier«, sagte er. In seinen Träumen hatte er dieses Szenario schon so viele Male durchgespielt, und es war ihm immer wie das Ende seines Lebens vorgekommen, als sei dies das Einzige, das ihn zusammenhielt. Er hatte geglaubt, er würde den Ring abnehmen und den Speer weglegen und sich augenblicklich in Luft auflösen. Doch jetzt, als der Moment Wirklichkeit geworden war, fühlte sich Hyram beschwingt, als sei dies ein Anfang und kein Ende.

Er hob den Ring wieder auf und hielt ihn hoch, damit ihn jeder sehen konnte. »Hier. Dieser Ring bindet Euch. Bindet Euch an die uralten Abkommen, die vor ewigen Zeiten zwischen den Vorfahren all unserer Clans getroffen wurden. Alle zehn Jahre sollt Ihr einen unter Euch auswählen, der diesen Platz einnimmt. Der zum Richter Eures Handelns und zum Schlichter Eurer Streitigkeiten wird. Vor zehn Jahren habt Ihr und Eure Väter und Mütter mich auserkoren. Meine Zeit ist nun vorüber. In einer Woche werdet Ihr jemand anderen bestimmen. Ich werde Euch beratend zur Seite stehen, aber die Entscheidung liegt letztendlich bei Euch.«

Da. Geschafft. Die Rede, die sie alle schon einmal gehört hatten, die Rede, die seit Urzeiten von jedem Sprecher gehalten wurde. Seine letzte Aufgabe. Von nun an gab es keinen Sprecher Hyram mehr. Er musste nicht einmal mehr mit ›Eure Heiligkeit‹ angeredet werden. Er war nichts weiter als ein Drachenlord, der am Tisch des Sprechers saß. Er legte den Ring wieder hin und knallte ein letztes Mal seinen Kelch auf den Tisch.

Jemand begann zu klatschen. Sehr langsam. Jehal. Es konnte niemand anderes als Jehal sein.

»Welch ausgezeichnete Rede.« Die Viper grinste ihn höhnisch an. »Wie schade, dass ich das alles schon einmal gehört habe. Aber überraschend klar und deutlich artikuliert. Ich muss gestehen, mir hat es ein wenig vor diesem Augenblick gegraut. D-D-Das l-l-lange, q-q-qu-qu-qualvolle W-Warten auf jedes Wort. Wirklich, die Elixiere, die mir Eure entzückende Geliebte gestohlen hat, haben Wunder bewirkt.«

Jeder am Tisch erstarrte. Einige hielten jedoch nur für einen kurzen Moment inne und aßen dann in aller Seelenruhe weiter. Andere warteten gespannt ab. Niemand sagte etwas. Alle Augen waren auf Hyram gerichtet. Sein Fest, sein Saal, sein Palast, seine Aufgabe, solch rüdes Verhalten zu maßregeln. Selbst wenn die Beleidigung gezielt gegen ihn gerichtet war, machte sich Jehal mit seiner unverfrorenen Art über sie alle lustig.

Hyram setzte sich langsam. Lächelnd verschränkte er die Arme. »Was hat Euch nur geritten, dass Ihr tatsächlich geglaubt habt, ich müsste Euch etwas für die Elixiere geben?« Er fühlte sich stark. Stark genug, um Jehal zu einem Duell mit Schwert und Axt herauszufordern. Das war ihm jetzt gestattet. Einer der Vorteile, wieder ein einfacher Dra-

383

chenritter zu sein. Ja, und ein weiterer Vorzug lag darin, dass er nicht länger den Diplomaten spielen musste. Es war nicht mehr seine Aufgabe, dafür zu sorgen, dass niemand aus der Reihe tanzte. »Ach, was soll's! Verschwindet von hier. Meinetwegen könnt Ihr Euren Vater auch weiterhin vergiften.« *Ich darf das sagen. In der Öffentlichkeit. Vor ihnen allen.*

Mit diesen Worten hatte er jegliche Aufmerksamkeit auf sich gezogen. Selbst Zafir, selbst Shezira, die versucht hatten, so zu tun, als habe Jehal nichts gesagt, selbst sie konnten diese Anschuldigung nicht übergehen. Sie starrten ihn in stummem Entsetzen an. Alle außer der Viper natürlich, dessen Mund wahrscheinlich noch lange, nachdem der Rest von ihnen das Zeitliche gesegnet hatte, Gift und Galle spucken würde.

»O nein, das könnte ich nicht. Da Ihr allem Anschein nach noch ein Weilchen länger lebt, habe ich plötzlich wieder etwas, das meine Langeweile vertreibt. Ich werde Eure Gastfreundschaft nicht vergessen, Hyram. Vielleicht werde ich mich eines Tages sogar bei Euch revanchieren können.« Jehal drehte sich um und streichelte den Kopf seines Vaters. »Oder vielleicht auch nicht. Die Elixiere haben König Tyan wenig geholfen. Bei ihm ist die Krankheit zu weit fortgeschritten. Wie lange wird es wohl dauern, bis Ihr sein Schicksal teilt?«

»Womöglich ginge es ihm besser, wenn Ihr *aufhören* würdet, ihn zu vergiften?«

Nun erhob sich Jehal sehr langsam. Einige andere folgten seinem Beispiel: Narghon, Shezira, ein paar von Hyrams eigenen Cousins. Der Rest war so fassungslos, dass sie wie festgefroren auf ihren Plätzen saßen. Jehal beugte sich über den Tisch. »Verleumdet mich noch ein einziges Mal, alter Mann, und ich werde Euch zu den Turnierplätzen ziehen. Ich werde Euch nicht töten, aber Ihr werdet wünschen, ich hätte es getan.«

»Verleumden?« Hyram stand ebenfalls auf. »Oder die Wahrheit sagen?«

»Wenn es die Wahrheit sein sollte, warum präsentiert Ihr dann all diesen edlen Lords und Ladys keine Beweise? Oh!« Jehal schlug sich gegen die Stirn. »Was bin ich doch nur für ein Dummkopf. Natürlich. Das liegt daran, *dass Ihr keine habt*. Nicht einmal den klitzekleinsten.«

»Dann fordert mich heraus. Ich akzeptiere. Axt und Schwert. Ach, bitte, *bitte*, kleine Viper, lasst uns spielen.«

Jemand schlug mit der Faust auf den Tisch. Es kostete Hyram einen Moment, bis er erkannte, dass es Shezira war. »Genug ihr beiden. Hyram, seid kein Narr. Prinz Jehal, Ihr habt mit diesem kindischen Benehmen angefangen. Vielleicht solltet Ihr jetzt besser gehen.«

Jehal warf Shezira einen hasserfüllten Blick zu. »Natürlich, Eure Heiligkeit. Wie unverschämt von mir, dass ich in Verruf gebracht werde.« Er trat einen Schritt zurück und verbeugte sich. »König Narghon, König Silvallan, König Valgar, ich wünsche Euch und den Euren einen angenehmen Abend. Der Rest von euch kann von mir aus ersticken.«

Schweigend sah der gesamte Tisch zu, wie Jehal und

seine Reiter samt König Tyan verschwanden. Die Tür wurde zugeknallt, und Königin Shezira nahm wieder Platz. König Narghon stand immer noch und schüttelte den Kopf, sodass die Fettschwarten an seinen Wangen hin und her schwangen.

»Lord Hyram, Prinz Jehal hat recht. Ihr solltet uns Eure Beweise zeigen oder Euch mit Euren Anschuldigungen zurückhalten. Und Königin Shezira, warum wurde Prinz Jehal des Raumes verwiesen, wo er doch derjenige ist, dem Unrecht getan wurde?«

»Weil alle, bis auf diejenigen unter uns, die sich absichtlich blind stellen, wissen, dass ich recht habe«, zischte Hyram.

Shezira trommelte mit den Fingern auf den Tisch. »König Narghon, das ist immer noch Hyrams Palast, bis einer von uns den Ring an sich nimmt. Er kann nicht aus seinem eigenen Saal verwiesen werden, und einer von ihnen musste gehen. Hyram, Ihr mögt recht haben, dass es mehrere Personen an diesem Tisch gibt, die einen gewissen Verdacht hegen. Dennoch habt Ihr keinen Beweis. Ich weiß nun mit ziemlicher Sicherheit, wer für den Raub meines weißen Drachen verantwortlich ist.«

»Ach, der König der Felsen. Wie schade, dass er es nicht für nötig befunden hat, hierherzukommen. Wo ist eigentlich Tichane, der für ihn sprechen müsste, hä? Ebenfalls nicht anwesend.« Hyram feixte. Die Elixiere und der Wein benebelten seine Sinne, doch zum ersten Mal seit langer Zeit spielte das keine Rolle. Er musste seine Worte nicht auf die Goldwaage legen.

»Nimmt er denn überhaupt an irgendwelchen Treffen teil?«, fragte König Valgar.

»Ich bin nicht einmal mehr sicher, ob er überhaupt noch am Leben ist. Wie würden wir das auch erfahren?«

Shezira räusperte sich. »Wenn ich einen *Beweis* habe, werde ich sie, *wer auch immer* sie sein mögen« – sie funkelte Hyram zornig an –, »bis ans Ende der Welt verfolgen. Bis dahin werde ich schweigen, und ich schlage vor, Ihr tut dasselbe.«

»Ich habe genug vom Schweigen.«

Er hielt inne. Zafir beugte sich vor, um seinen Blick zu erhaschen, und schüttelte sanft den Kopf. »Der Wein macht Euch unbesonnen«, sagte sie leise genug, damit es nur wenige mitbekamen. »Und die Elixiere.«

Hyram blinzelte. »Königin Zafir hat recht: Ich habe einen Narren aus mir gemacht. Vielleicht ist es das Vorrecht eines Mannes, der gerade von einer solch großen Bürde entbunden wurde, aber König Narghons Einwand ist ebenfalls zutreffend. Wenn die Viper meinen Tisch und alle, die daran sitzen, beleidigt hat, so habe ich es ebenfalls. Königin Shezira, Ihr hättet *mich* fortschicken müssen, nicht Prinz Jehal.«

Shezira schürzte die Lippen, ohne etwas zu erwidern.

»Oh, ich denke, beide hätten bleiben sollen«, sagte Königin Zafir beschwingt. »Ich hatte mich schon darauf gefreut zuzusehen, wie das Blut der mörderischen Schlange vergossen wird.«

Narghon sprang erneut auf. »Ich werde diese Anschuldigungen nicht länger tolerieren!«

Zafir hob eine Augenbraue. »Wisst Ihr es etwa nicht? Prinz Jehal war mit meiner Mutter zusammen, als sie starb. Sie haben sich für ein kleines Stelldichein davongeschlichen, und nur einer ist zurückgekehrt. Ich habe meine eigenen Schlussfolgerungen gezogen. Ihr könnt dasselbe tun.« Sie legte die Stirn in Falten. »Vielleicht ist sie gefallen, vielleicht ist sie geschubst worden. Wer kann das schon sagen? Er ist jedoch verantwortlich. Egal, was geschehen ist, Prinz Jehal hat Blut an seinen Händen. Wenn er sie gestoßen hat, frage ich mich nach den Gründen. Warum sollte er so etwas getan haben? Wenn Aliphera an meiner Stelle hier wäre, was wäre dann geschehen? Hätte Lord Hyram den Pakt seines Bruders gehalten? Natürlich. Deshalb wundere ich mich, welcher Wahnsinn in den Köpfen all jener vorgeht, die andeuten, dass Prinz Jehal sie ermordet hat, um eine mögliche Kandidatin für die Nachfolge Hyrams aus dem Weg zu schaffen.« Sie sah Königin Shezira geradewegs in die Augen. »Oder um seine Heirat um keinen Preis vereitelt zu sehen. Oder sicherzustellen, dass er eines Tages zum Sprecher ernannt wird.«

Die Luft schien mit einem Schlag abzukühlen. Es dauerte einige Sekunden, bis Hyram Zafirs Worte entschlüsselt hatte. Als es ihm endlich gelang, war Shezira bereits leuchtend rot geworden.

»*Wer* deutet so etwas an?«, zischte sie.

Zafir schüttelte den Kopf. »Völliger Wahnsinn. Vielleicht wurde Aliphera nicht gestoßen. Vielleicht ist sie einfach gefallen, aber ich nenne ihn dennoch …« Sie hustete und würgte. »Ich nenne ihn …«

388

Sie versuchte aufzustehen, taumelte und fiel zu Boden, wo sie sich krampfhaft an die Kehle fasste. Als was auch immer sie Jehal bezeichnen wollte, fanden die Drachen-könige und -königinnen niemals heraus.

43
Gift und Lügen

Das adamantinische Drachennest war voll. Es war mehr als voll. Provisorische Pferche waren an den Hungerbergen errichtet worden, wenn auch eher für das Vieh, das als Futter der Drachen diente, denn für die Drachen selbst. Der Sprecher hatte ein Zeltdorf erbauen lassen, um die zusätzlichen Arbeiter unterzubringen, die nun beschäftigt wurden. Einige Drachenlords hatten außerdem ihre eigenen Männer mitgebracht. Und mit den Leuten, die im Nest arbeiteten, den Handwerkern und Fuhrmännern, kamen auch die Händler, Wahrsager und Glücksjäger, die Betrüger, Taschendiebe und Verzweifelten, die alle wie Ratten aus ihren Löchern krochen, angezogen von dem Wissen, dass überall dort, wo sich Drachen befanden, Reichtümer nicht fern waren. Das Zeltdorf war zu einer Zeltstadt angewachsen, lange bevor die ersten Drachen gelandet waren. Es war ein heilloses Durcheinander, und überall die Gesichter von Fremden.

Zwei Reitern in sehr geheimer Mission kam das gerade recht. Sie sahen nicht wie Reiter aus, sondern wie einfache

Soldaten, vielleicht sogar Söldner oder Schwertkämpfer der Adamantinischen Garde, die gerade einen dienstfreien Tag hatten. Zielstrebig bewegten sie sich zwischen den Marktbuden und Händlern hindurch, mitten ins Herz der provisorischen Stadt, überzeugt, dass sie unerkannt blieben und sich niemand an sie erinnern würde.

Doch damit lagen sie falsch. Ein Junge, noch nicht ganz zum Mann herangewachsen, in einem ausgewaschenen braunen Umhang und mit schmutzigem Gesicht, war ihnen seit geraumer Zeit gefolgt und hatte sich geschickt durch die Menschenmenge geschlängelt. Die Reiter hatten nichts mitbekommen, jedenfalls noch nicht.

In der Mitte des Marktplatzes setzten sie sich an einen kleinen Tisch vor einem winzigen Zelt, das so niedrig war, dass ein Mann darin kaum aufrecht stehen konnte. Doch dort drinnen *war* ein Mann, ein sonderbarer Kerl mit ungewöhnlich dunkler Haut. Seine Kleidung war zerschlissen und ausgebleicht, auch wenn sie früher einmal festlich und aufwendig geschmückt gewesen war. Die Goldverzierungen und jegliche Juwelen waren längst verschwunden, nur ein Kranz aus farbenfrohen Federn war geblieben. Die Reiter schienen von seiner Fremdartigkeit unbeeindruckt zu sein. Der Junge hielt sich im Hintergrund und beobachtete die drei mit einem Ausdruck verwunderten Interesses.

Ein Geldbeutel wechselte den Besitzer. Dem Anschein nach ein schwerer. Der dunkelhäutige Mann verschwand in seinem Zelt und tauchte wenige Sekunden später wieder auf. Er hielt einen Lederbeutel in Händen. Der größere der beiden Ritter nahm ihn entgegen, und sie zogen hastig weiter. Zu hastig. Jedenfalls zu hastig, um unschuldig zu wirken. Der Junge folgte ihnen bis an den Rand des Marktes und in ein großes Bierzelt. Mitten am Tag befanden sich dort nicht viele Menschen. Der Junge warf den Reitern einen unauffälligen Blick zu, trottete dann über das schmutzige Stroh und setzte sich an einen Tisch.

»Hey! Du da! Verzieh dich!«

Es dauerte einen Moment, bis der Junge verstand, dass er gemeint war. Er sah nicht auf, sondern angelte in seiner Tasche nach einer Münze und legte einen Silbertaler auf den Tisch vor sich. Aus den Augenwinkeln heraus beobachtete er die beiden Männer, denen er gefolgt war. Der größere griff in den Beutel, zog etwas heraus und stopfte es sich in den Umhang.

»Und wie ist das Silber in deine schmutzigen Finger gekommen?«

Der Junge blickte immer noch nicht hoch. Auf der anderen Seite war der Beutel in den Besitz des kleineren der beiden Männer übergegangen.

»Gestohlen, nicht wahr? Hast die Taschen eines reichen Schwachkopfs geleert, oder?«

Der Große erhob sich langsam. Wollte gehen. Der Junge rührte sich nicht.

»Ach, was soll's.« Ein Krug mit einer bitter riechenden Flüssigkeit landete vor dem Jungen und spritzte über den ganzen Tisch. Der Junge griff nach dem Krug und nippte daran. Schließlich stand auch der andere Reiter auf und verschwand. Der Junge folgte ihm. Dieses Mal wagte er sich näher heran, schob sich immer tiefer in den Schatten des Mannes, bis sie Seite an Seite gingen. Dann passte er genau den richtigen Moment ab.

Er riss dem Reiter den Beutel von der Schulter, tauchte in eine schmale Lücke zwischen den Zelten ein und sprang über die Seile, mit denen sie am Boden verankert waren. Laut fluchend nahm der Mann die Verfolgung auf, lief ihm nach und schrie um Hilfe. Der Junge war der geschicktere der beiden, doch der Reiter war schneller und stark und ließ sich nicht so leicht abschütteln. Da lockte der Junge ihn von der Zeltstadt fort zu den Viehpferchen, die sie umgaben.

In einem abgelegenen Teil der Stallungen bog der Junge um die Ecke. Anstatt blind weiterzulaufen, kauerte er sich in die dunklen Schatten. Als der Reiter wenig später an ihm vorbeirannte, ließ der Junge ihn passieren und schlich sich von hinten an ihn heran.

Im Bruchteil einer Sekunde war alles vorüber. Die Schritte des Mannes wurden zögerlich, während er sich verunsichert fragte, welchen Weg er einschlagen sollte. Eine Klinge, geschwärzt, um das Sonnenlicht nicht zu reflektieren, schoss aus dem Ärmel des Jungen und landete in einer einzigen geschmeidigen Bewegung in der Seite des Reiters. Der Junge rannte bereits wieder los, bevor der Mann überhaupt bemerkte, dass er niedergestochen worden war.

Der Reiter stürzte dem Jungen nach, machte ein paar Schritte. Seine Hand glitt an seiner Seite herab, und dann blieb er stehen. Er blickte auf seine Hand und das Blut, das aus ihm herausströmte. Innerlich brannte plötzlich alles. Er brachte keinen Laut über die Lippen. Der Schmerz wurde qualvoller, breitete sich unaufhaltsam von seinem Herzen über die Fingerspitzen bis zu den Zehen aus, und immer noch konnte der Mann nicht sprechen, konnte sich nicht bewegen, konnte nicht einmal schreien. Als der Schmerz seinen Kopf erreichte, wurde zum Glück erst alles weiß und dann dunkel.

Der Junge ließ das Messer fallen und schob es mit dem Fuß beiseite. Vorsichtshalber schlängelte er sich im Zickzackkurs durch das Labyrinth aus hölzernen Pferchen, doch kein Schrei ertönte hinter ihm. Er begann schneller zu laufen. Er hatte den Ort sehr sorgfältig ausgewählt, um den Ritter zu töten, aber nun arbeitete die Zeit gegen ihn. Er rannte zum Ende der Stallungen, wo ein weiterer Reiter, von Kopf bis Fuß in Drachenschuppen gekleidet, mit zwei Pferden auf ihn wartete. Als Reiter Semian den Jungen sah, nickte er und kletterte in den Sattel.

»Ist alles nach Plan verlaufen?«

Der Junge nickte kurz und bestieg das zweite Pferd.

»Was ist mit dem anderen?«

»Den konnte ich erkennen. Einer von Jehals Männern.« Der Junge riss sich den Umhang von den Schultern. Als er den Hut absetzte, kam langes dunkles Haar zum Vorschein. Er wischte sich den Schmutz vom Gesicht und war auf einmal gar kein Junge mehr, sondern Lady Nastria, Feldmarschall der Königin des Nordens. »Na los! Wir müssen uns beeilen.«

Nastria wendete ihr Pferd und trieb es über die schlammigen Pfade zwischen den Pferchen, um den gleichen Weg zurückzureiten, den sie gekommen war. Als sie sich dem toten Drachenritter näherten, sprangen zwei alte Frauen auf und stoben davon. Sie hatten gerade einmal genügend Zeit gehabt, um die Geldbörse des toten Mannes zu stehlen, und Nastria gönnte ihnen diesen kleinen Zuverdienst. Die beiden stiegen ab und warfen den Leichnam über den Rücken von Nastrias Pferd. Gemeinsam galoppierten sie in Richtung des Adamantpalasts und der Stadt der Drachen. Kurz bevor sie in Sichtweite kamen, stieg Nastria erneut ab, warf ihren dreckigen Umhang über, setzte den Hut auf und führte beide Pferde zu den Palasttoren.

»Reiter Semian, im Dienste von Königin Shezira«, erklärte der Ritter. Die Palastwachen beäugten ihn eingehend, besahen sich dann den Leichnam auf dem anderen Pferd, nickten und gewährten ihm Einlass. Nastria starrte die ganze Zeit über auf ihre Stiefel. Die Wachen bemerkten sie kaum.

Sie bahnten sich einen Weg zum Turm der Abenddämmerung in der Westmauer des Palasts. Viele Türme waren über den gesamten Palastbereich verteilt, und jeder war für die Zeit der Wahl des neuen Sprechers einem anderen Drachenkönig oder einer Drachenkönigin zugewiesen worden. Königin Zafir wohnte im Turm der Lüfte. König Valgar war im Turm der Morgendämmerung an der Ostmauer untergebracht. König Tyan war im kleinsten einquartiert worden, dem Turm der Demut. Die Könige Narghon und Silvallan bewohnten den Turm des Wassers und den Stadtturm im nördlichen Teil des Palasts. Der Turm der Abenddämmerung war für Königin Shezira reserviert. Nastria führte die Pferde direkt zu den Toren des Turms. Reiter

Semian öffnete sie, und sie huschten hinein, den Leichnam des toten Ritters hinter sich herziehend.

Im Innern warteten bereits mehrere von Königin Sheziras Reitern auf sie. Sobald sich die Tore hinter ihnen schlossen, entledigte sich Nastria ihrer Verkleidung und zeigte auf den Leichnam. »Bringt den hier runter in den Keller. Wo ist die Königin?«

»Die Königin ist beim Sprecher.«

Die Männer wichen zur Seite, als sich Lady Nastria zwischen ihnen hindurchdrängte. Widerwillig hoben zwei der Reiter den Leichnam an Armen und Beinen hoch. »Eure Ladyschaft, dieser Mann ist gar nicht tot.«

Lady Nastria blieb einen Moment stirnrunzelnd stehen. »Bringt ihn einfach runter. Lasst Meister Kithyr wissen, dass seine Anwesenheit erwünscht ist.«

Die Ritter tauschten nervöse Blicke aus, während Nastria die Männer die Treppe hinabscheuchte. In einem der Weinkeller und Vorratskammern räumten sie einen schweren Holztisch frei und legten den leblosen Körper darauf. Nastria besah ihn sich. Sie hatten recht. Der Mann lebte tatsächlich noch.

Sie verpasste ihm eine harte Ohrfeige. »Kannst du mich hören, du Verräter?«

Der Mann rührte sich nicht, woraufhin Nastria um den Tisch herumging und einen Finger in die Wunde an seiner Seite bohrte. Stöhnend schlug er die Augen auf.

»Das tut weh, nicht wahr?« Sie schob den Finger noch tiefer ins Fleisch. Der Mann heulte auf und verzog schmerzgepeinigt das Gesicht. »Reiter Tiachas. Vor ein paar Monaten bist du zusammen mit deinen beiden Brüdern auf deinem Drachen vom Bergfried zum Rand der Barnanwälder geflogen und hast dort Verrat geübt. Ihr habt Euch mit Gesetzlosen getroffen. Ihr wolltet etwas kaufen. Du hast sie zum Waldrand gebracht, und sie sind nie zurückgekehrt. Willst du wissen, was mit ihnen geschehen ist? Sie wurden umgebracht. Für diese Arbeit habe ich zwei Söldner bezahlt. Ich habe mich oft gefragt, was dir durch den Kopf gegangen sein muss, als sie nicht zurückgekommen sind. Hattest du Angst? Und dann, allmählich, als die Wochen in Monate übergingen und sich niemand nach dir erkundigte, muss Hoffnung in dir aufgekommen sein. Eine törichte, trügerische Hoffnung, Tiachas, denn du wurdest die ganze Zeit über beobachtet. Hörst du mir überhaupt zu?« Sie stocherte mit dem Finger noch tiefer in der Wunde, und Tiachas kreischte auf. »Ich möchte lediglich wissen, Tiachas, wer deine Seele vergiftet hat. Ich war dort, gerade eben, als du das Gift von dem taiytakischen Tölpel gekauft hast. Ich habe dich mit einem von Prinz Jehals Männern gesehen. War es Jehal?« Sie riss ihm die Augen auf und hielt ihm den Beutel hin. »Was ist das, Tiachas? Eine Art Gift? Hat dich Jehal bezahlt, damit du unsere Königin ermordest?«

Tiachas rollte den Kopf von einer Seite zur anderen. Seine Zunge hing ihm schlaff aus dem Mund. Blut quoll erneut in Strömen aus der Wunde an seiner Seite und sammelte sich in einer Lache am Boden unter dem Tisch. Geräusche gurgelten in seiner Kehle, doch selbst wenn der Reiter tatsächlich zu sprechen versuchte, machten die Laute keinen Sinn.

»Nein? Willst du mir etwa sagen, ich habe unrecht?«
Nastria zog ein Messer aus ihrem Gürtel und begann damit
herumzuspielen. »Ich glaube dir nicht, Tiachas, aber es
interessiert mich auch nicht. Du versuchst vorzugeben,
dass immer noch Mut und Ehre durch deine Adern fließen, und das ist gut so. Also werde ich dir entgegenkom-
men. Alles, was ich wissen möchte, ist der Name, Tiachas.
Wer hat dich gekauft?«

Das Kopfschütteln wurde heftiger.

»Ich *werde* dich foltern, Tiachas, und du *wirst* mir den
Namen verraten. Und anschließend werde ich den Rest von
dir in jedem Hof eines jeden Reiches an den Pranger stellen,
bevor ich dich schließlich hängen lasse. Ich werde deine
Familie mit Stumpf und Stiel ausrotten. Sie werden alles
verlieren, und sie werden dich hassen, weil *du* der Verräter
bist, der dafür verantwortlich ist. Verstehst du mich?«

Tiachas wollte sich auf sie stürzen, doch er war schwach
und langsam, und Lady Nastria wich ihm mühelos aus.
Die beiden Reiter fingen ihn auf und drückten ihn auf die
Tischplatte.

Nastria drehte sich weg. »Ihr könnt ihn loslassen und
dann gehen. Gebt Meister Kithyr bei allem gebotenen
Respekt zu verstehen, dass er sich beeilen soll.«

Die Reiter gaben Tiachas frei. Ihnen schien unbehaglich
zumute zu sein, und sie verließen nur zögerlich den Keller.
Nastria sah ihnen nach.

»Du weißt, warum sie derart beunruhigt sind, nicht wahr?
Nein, vielleicht nicht. Meister Kithyr ist kein Folterknecht,
sondern ein Blutmagier. Du wirst mir also zwangsläufig

verraten, was ich wissen will. Und wenn du gehofft hast zu sterben, bevor ich es herausgefunden habe, muss ich dich leider auch in dieser Hinsicht enttäuschen.«

Nastria durchschritt langsam das Kellergewölbe. Alle Vorräte hier waren von Sprecher Hyrams Verwaltern für Königin Shezira und ihre Ritter aufgestockt worden. Hyram musste dasselbe für alle Drachenkönige und -königinnen veranlasst haben. Wie leicht es wäre, einen ganzen Clan zu vergiften!

Sie schob den Gedanken beiseite. Kein Sprecher der letzten zweihundert Jahre hatte einen König oder eine Königin ermordet, während sie bei ihm zu Gast waren, und Nastria bezweifelte, dass Hyram mit dieser Tradition brechen würde. Sie wählte eine Flasche Wein, öffnete sie und goss sich ein Glas ein. Kurz darauf hörte sie Kithyrs watschelnde Schritte über den Steinboden auf sie zukommen, doch sie blickte sich nicht um.

»Tiachas ist nur das Instrument«, sagte sie leise. »Ich will wissen, wer die Fäden zieht.«

Der Zauberer benötigte eine Stunde. Es gab keine Schreie, aber das war auch nicht Meister Kithyrs Art. Bei ihm ging alles stets leise vonstatten. Während der gesamten Prozedur wandte sich Nastria nicht um. Sie stand starr da, wie eine Statue, nippte an ihrem Wein, und am Ende war die Flasche leer. Sie fühlte sich kein bisschen beschwipst. Stattdessen war ihr kalt. Blutmagie. Ein weiteres notwendiges Übel. Wie Söldner.

Als der Blutmagier seine Arbeit beendet hatte, hörte Nastria, wie er leise auf sie zutappte.

»Nun? Habe ich recht? Ist es Jehal?«

»Nein«, flüsterte der Zauberer. »Die Taiytakei.«

Sie dachte einen kurzen Moment nach. Der Magier rührte sich nicht.

»Er hat einen von ihnen getroffen, der ihm etwas gegeben hat«, sagte Lady Nastria nach einer Weile. »Ein Fläschchen. Mit einer silbernen Flüssigkeit. Wie das letzte. Ich will immer noch wissen, was es ist und wofür man es benutzen kann.«

»Fragt Eure Alchemisten. Es gibt doch so viele von ihnen. Ihr wisst, dass es nur eine einzige Flüssigkeit gibt, die mich interessiert, und die ist nicht silbern.« Die Verachtung in der Stimme des Zauberers war nicht zu überhören.

Nastria spuckte aus. »Jedes Mal, wenn ich das versuche, verliere ich einen Alchemisten. Huros, Bellepheros …« Ein kurzes Schweigen breitete sich zwischen ihnen aus.

»Was soll ich mit dem Leichnam anstellen?«, wollte der Zauberer wissen. »Soll ich ihn hierlassen?«

»Nein, Meister Kithyr. Er muss verschwinden und darf nie wieder gesehen werden.«

Sie seufzte, als sich der Magier an die Arbeit machte. So viel zum Thema ›ihn in jedem Hof eines jeden Reiches an den Pranger stellen‹. Es wäre einfach nicht dasselbe, wenn von dem Mann nichts weiter als ein paar unkenntliche Hautfetzen übrig waren.

44

Ein Riss im Stein

Hoch über der Stadt, auf einem winzigen Steinplateau mit Blick auf das Tal des Diamantwasserfalls, standen Hyram und Königin Shezira Seite an Seite und sahen dem Wasser nach, das sich in unzähligen Kaskaden Hunderte von Meter in die Tiefe stürzte.

»Königin Zafir. Wie geht es ihr?« Shezira stand nur wenige Zentimeter vom Abgrund entfernt. Hyram befand sich sogar noch näher am Felsrand. Seine Stiefelspitzen ragten ins Leere. Ein leichter Stoß, und beide wären verloren.

»Erholt sich zusehends.«

»Das sind gute Nachrichten. Wurde sie nun vergiftet oder nicht?«

»Ihr ist in letzter Zeit häufiger ein wenig unwohl.«

Shezira legte den Kopf schief. »Ein wenig? Hyram, als sie zusammenbrach, dachte jeder, sie sei tot.«

»Sie hatte sich verschluckt. Das ist alles.«

»Nun, dann tut es mir leid, dass sie den Rest Eures Fests ruiniert hat.«

Hyram lachte. »Wir wissen beide, dass es längst ruiniert war. Als Königin Zafir in Ohnmacht gefallen ist, konnten die meisten von Euch gar nicht schnell genug aus meinem Saal fliehen. Sie hat euch allen einen Gefallen getan. Durch sie hattet ihr einen wunderbaren Vorwand, euch eiligst zu verabschieden.«

»Sehr freundlich von ihr, das muss man sagen.« Shezira taumelte leicht, als ein Windstoß durchs Tal pfiff. »Ich würde nun lieber wieder zurück zum Pavillon gehen.«

Hyram rührte sich nicht. »Das hier war einer meiner Lieblingsorte, als ich noch jünger war. Von hier oben kann man in alle Reiche blicken.«

»Ich ziehe einen Drachenrücken vor.«

»Ich weiß. Aber hier oben zu stehen ist mir immer wieder eine Warnung, wie tief unsereiner fallen kann. Ein einziger Fehltritt kann uns zum Verhängnis werden. Es ist schon über zwei Jahre her, seit ich das letzte Mal hierherkam. Während meiner Krankheit hätte ich nicht einfach so dastehen können. Ich wäre hinuntergestürzt.«

»Hyram, wenn wir reiten, tragen wir Gurte, die uns an den Rücken unseres Drachen schnallen. Dann fallen wir nicht, egal was wir tun. Dafür sind Drachen da. Wir können so töricht sein, wie wir wollen, aber unsere Drachen retten uns.«

»Sie haben Aliphera nicht gerettet. Oder Antros.«

»Sie retten uns nicht, wenn wir uns weigern, das Geschirr anzulegen.« Shezira drehte sich um. »Wenn Ihr lange genug dort am Rand steht, Hyram, *werdet* Ihr fallen. Lernt aus den Fehlern Eures Bruders.«

Etwas abseits gelegen stand ein kleiner Pavillon, der vor rund zweihundert Jahren von Sprecher Mehmit erbaut worden war. Die Purpurnen Berge waren mit kleinen Zierbauten wie diesem regelrecht übersät. Die meisten waren im Laufe der Jahre eingestürzt, doch dieser hier hatte den nachfolgenden Sprechern gefallen. Vom Fuß des Berges aus war er nicht zu sehen, und selbst von hoch oben war es beinahe unmöglich, ihn auszumachen, außer man kannte bereits seine genaue Lage. Er war zu einem sorgsam gehüteten Geheimnis geworden, das ein Sprecher an seinen Nachfolger weitergab, sobald dieser gewählt worden war. Das Plateau war außerdem eine ausgezeichnete Stelle, um die Diamantwasserfälle auszuspähen, die eine beliebte Rückzugsmöglichkeit für die Drachenlords und -ladys boten, die sich danach sehnten, den Augen und Ohren des Palasts zu entfliehen.

Shezira ging in den Pavillon. Das Gebäude an sich war nichts Besonderes, lediglich ein einziger luftiger Raum mit offenen Rundbögen anstelle von Fenstern. Gegenüber der Tür befanden sich zwei breite Wandnischen, die großzügig mit üppigen Fellen und weichen Kissen ausgepolstert waren. Es war nicht schwer zu erraten, wofür die Sprecher *diesen* Luxus brauchten. *Hat er Königin Zafir hierher gebracht?* Shezira schürzte die Lippen. *Selbstverständlich.*

Sie hörte, wie Hyram hinter ihr eintrat, und drehte sich um. »Es ist schön, dass sich Euer Gesundheitszustand wieder gebessert hat, Hyram.«

»Ich kann Euch versichern, niemand ist darüber glücklicher als ich.«

»Werdet Ihr sie heiraten?«

Die Worte ließen Hyram für einen Moment erstarren. »Ich denke, Königin Zafir hat die geheimnisvollen Elixiere von der Viper gestohlen, um ihn zu ärgern. Sie weiß, was ich von ihm halte.«

»*Jeder* weiß, was Ihr von ihm haltet.« Shezira legte den Kopf schief. »Aber ich bin nicht sicher, ob ich Eure Gründe verstehe.«

»Er vergiftet seinen eigenen Vater.«

»Tut er das? Tut er das wirklich?«

»Davon bin ich felsenfest überzeugt.« Hyram runzelte die Stirn. »Könnt Ihr es nicht spüren? Seine Kälte? Er ist kein menschliches Wesen. Er ist boshaft, hartherzig, arrogant, selbstverliebt ...«

»Diese Beschreibung trifft auf jeden von uns zu.« Sie lächelte sanft.

»Ihr wollt mich nicht verstehen, nicht wahr?« Hyram zuckte mit den Schultern. »Fragt Königin Zafir. Sie weiß genau, was ich meine. Wahrscheinlich könnte sie es besser beschreiben.«

Sheziras Lächeln verschwand. »Ja. Werdet Ihr sie nun heiraten?«

Hyram lächelte nicht. »Ja, Shezira, das werde ich.«

»Und werdet Ihr sie zur Sprecherin ernennen, damit Ihr im Hintergrund weiterhin die Fäden ziehen könnt?«

Daraufhin erwiderte er nichts.

»Ist ihr bewusst, dass sie ihren Thron und ihre Krone aufgeben müsste? Hat sie einen Erben zur Hand, der diese Bürde auf sich nimmt?«

Er musste lachen. »Ihr etwa?«

»Wir haben einen Pakt geschlossen, Hyram. Falls Ihr Zafir anstelle meiner zur Sprecherin ernennt, werde ich sie herausfordern. Und Ihr werdet Euch einen erbitterten Feind machen. Reicht Euch Jehal etwa nicht?«

Er sah sie an. Nach einigen Sekunden senkte er den Blick.

»Ich werde jetzt gehen.« Shezira stürmte an ihm vorbei ins Freie und gab den Drachenrittern, die hoch über ihr am Himmel kreisten, ein Zeichen, um zurück zum Palast gebracht zu werden. Beinahe augenblicklich legte einer der Drachen die Flügel an, fiel fast senkrecht vom Himmel und vollführte auf dem ebenen Felsplateau vor dem Pavillon eine gelungene Landung. Der Reiter warf eine Strickleiter herab, rührte sich ansonsten jedoch nicht vom Fleck. Shezira runzelte die Stirn. Ihre Reiter hätten es besser gewusst. Sie wären auf der Stelle zur Seite gerutscht, damit sie die Zügel übernehmen konnte.

Als die Königin einfach ruhig stehen blieb, nahm der Reiter den Helm ab. »Kommst du nun hoch oder nicht, Mutter?«

Jaslyn. Shezira kletterte auf den Rücken des Drachen und setzte sich hinter ihre Tochter.

»Ich würde Vidar gerne selbst zurück zum Palast fliegen.«

Jaslyn sah ihre Mutter an, als sei sie verrückt, und bewegte sich keinen Zentimeter. Shezira schluckte ihren Ärger hinunter und schnallte sich mit dem zweiten Geschirr an. Jaslyn schnalzte mit dem Zügel. Vidar trottete gemächlich zum Rand der Klippen, erhob sich träge in die Lüfte und schwebte dann elegant über das Tal der Diamanten, die Wasserfälle und in die unendliche Weite über der Stadt der Drachen.

»Du bist verstimmt, Mutter«, rief Jaslyn.

Shezira kniff die Lippen fest zusammen. *Verstimmt? Verstimmt?! Ich bin wütend, du dummes Gör. Mehr als wütend, und das wärst du ebenfalls, wenn du von Hyrams Plänen wüsstest. Würde auch nur das kleinste Fünkchen Ehrgeiz in dir stecken, würdest du vor Wut kochen!* Allerdings hätte es keinen Sinn, mit Jaslyn darüber zu reden. *Ich sollte wahrscheinlich dankbar sein, dass sie überhaupt etwas bemerkt hat.*

»Mutter, du machst Vidar nervös.«

Für einen kurzen Moment wurde alles rot. Shezira rutschte unruhig im Sattel hin und her. Sie wollte sich am liebsten auf ihre Tochter stürzen und sie erwürgen, doch gleichzeitig war sie wild entschlossen, die Kontrolle über sich nicht zu verlieren. Unter ihr spürte sie, wie der Drache ebenfalls zuckte und plötzlich einen Satz nach vorne machte.

»Mutter!«

Shezira ballte die Hände zu Fäusten. Jaslyn wusste, dass etwas nicht stimmte, weil ihr *Drache* spürte, dass etwas nicht in Ordnung war. *Das* sah ihrer Tochter ähnlich.

»Bring mich unverzüglich zum Palast«, fauchte Shezira.

Jaslyn gab Vidar mit einem kleinen Stupser zu verstehen, dass er einen Sturzflug machen sollte. Der Drache presste die Flügel an den Körper und sauste kopfüber und mit ausgestrecktem Schwanz zum Palast hinab. Sie fielen wie ein Stein etwa eine Meile senkrecht durch die Luft. Der

Wind war ohrenbetäubend und erstickte jedes Gespräch im Keim. Zu guter Letzt, als der Palast auf sie zuschoss, war es sogar beinahe unmöglich, irgendetwas anderes zu *fühlen* als das Rauschen des Windes und die entsetzliche, aber gerade noch im Zaum gehaltene Angst, dass sie zu schnell flogen, dass sie unmöglich anhalten konnten ...

Da breitete Vidar die Flügel aus. Shezira wurde nach vorne gerissen, war dem Drachen völlig hilflos ausgeliefert, der ruckartig das Tempo drosselte. Sie bekam keine Luft. Wahrscheinlich war sie kurz ohnmächtig gewesen, denn einen Moment hatte ein ungeheures Gewicht auf ihr gelastet, und alles war grau geworden, und im nächsten war der Druck plötzlich verschwunden, und sie schwebten in weit ausladenden Kreisen über den Palasttürmen. Nach der Landung warf Jaslyn die Leiter hinab. Shezira kletterte sehr langsam und vorsichtig hinunter. Sie zitterte. Sobald sie sicheren Boden unter den Füßen hatte, sah Jaslyn sie mit einem breiten Grinsen auf dem Gesicht an.

Shezira lächelte nicht. »Hyram wird Königin Zafir als nächste Sprecherin vorschlagen«, sagte sie. »Warum machst du mit ihr keinen Ausritt und quetschst *ihr* das Leben aus dem Leib?«

Sie drehte sich um und eilte mit ausladenden Schritten zum Turm der Abenddämmerung.

45

Semian

Reiter Semians Bein schmerzte immer noch. Äußerlich war die Wunde vernarbt und schon vor Wochen verheilt. Innerlich tat sie jedoch höllisch weh. Sobald er rannte, wurde der Schmerz schlimmer. Wenn er im Turm der Abenddämmerung die Treppe hinaufsteigen musste, wurden die Qualen unerträglich. Selbst wenn er einfach nur dastand, wurde das Pochen mit der Zeit so heftig, dass er sich hinsetzen musste. Der Pfeil des Söldners hatte sich tief in seine Hüfte gebohrt. Die Knochen mussten gesplittert oder gebrochen sein und würden nie wieder richtig zusammenwachsen. Semian versuchte zwar, sich nichts anmerken zu lassen, aber den anderen Drachenrittern entging nicht, dass er ein Krüppel war.

Er stand stocksteif da, als Lady Nastria erschöpft die Kellertreppe heraufkam. Sie sah sehr müde aus, mitgenommener, als Semian sie je zuvor erlebt hatte. Ein seltsamer Geruch waberte von unten herauf. Bitter und scharf. Dann setzten die Geräusche ein. Anfangs war es ein leises Reißen, dann das Knacken von Knochen. Semi-

an erschauderte und wollte nicht weiter darüber nachdenken.

Genau in dem Moment, als Lady Nastria aus den Keller-
gewölben auftauchte, landete ein Drache draußen im Hof.
Semian erkannte ihn auf der Stelle. Vidar. Die Torflügel
wurden geöffnet, und Königin Shezira stürmte herein. Sie
wirkte aufgewühlt und wütend.

»Eure Heiligkeit.« Lady Nastria stellte sich ihr in den
Weg. »Ich habe herausgefunden …«

Königin Shezira scheuchte sie mit einer Handbewegung
fort. »Hyram wird Königin Zafir als nächste Sprecherin
vorschlagen.«

Alles im Saal hielt inne. Die Menschen erstarrten. Das
Flüstern erstarb. Jeder starrte die Königin an.

Shezira legte den Kopf schief und blickte Lady Nastria
an. »Was wolltet Ihr sagen?«

Nastria verbeugte sich tief. »Einer Eurer Ritter hat Euch
hintergangen. Er wurde gekauft.«

»Ach.« Die Königin presste die Lippen aufeinander.
»Ein weiterer Versuch, mich zu vergiften, Feldmarschall?«

Lady Nastria nickte. »Das vermute ich, Eure Heiligkeit.
Ich habe das Gift. Ich muss es zur Feste der Alchemisten
bringen, damit sie herausfinden, worum genau es sich
handelt.«

»Ausgeschlossen.« Shezira schüttelte nachdrücklich den
Kopf. »Jetzt, da Hyram unser Abkommen gebrochen hat,
brauche ich Euch hier. Ich werde seine Entscheidung an-
fechten und muss sicher sein, dass ich genügend Drachenlords hinter mir weiß. Ich möchte nicht, dass aus dieser

409

Angelegenheit ein Krieg wird.« Sie machte eine kurze Pause und wirkte auf einmal nachdenklich. »Schickt Prinzessin Jaslyn zu mir. Sie soll es tun.« Ein leises Lächeln umspielte ihre Mundwinkel. »Ja. Es wäre besser, wenn sie in den nächsten paar Tagen nicht hier ist.«

Reiter Jostan, der an der Tür gestanden hatte, rannte bereits hinaus in den Hof und winkte laut rufend, um Vidar aufzuhalten, bevor sich der Drache und die Prinzessin wieder in die Lüfte schwangen. Er kam zu spät. Semian beobachtete das Gesicht des Feldmarschalls. Sie sah keineswegs glücklich aus. Doch sie schluckte ihre Zweifel hinunter und verneigte sich erneut.

»Natürlich, Eure Heiligkeit. Ich würde gerne eine Eskorte mitschicken.«

Shezira runzelte die Stirn. »Aber wir haben ein Lager in den Bergen. Es liegt nur ein paar Stunden entfernt.«

Dieses Mal beharrte Nastria auf ihrem Standpunkt. »Dennoch.«

»Also schön.« Die Königin seufzte. »Zwei Reiter, nicht mehr. Sorgt dafür, dass wir vom Lager Ersatz erhalten.«

Das käme keinem der Ritter ungelegen, dachte Semian kläglich. Seit dem Tag, als er von dem Söldner angeschossen worden war, hatten sie weder eine Spur von dem weißen Drachen noch von dem Knappen gefunden, der bei ihr gewesen war. Sehr wahrscheinlich waren sie längst über alle Berge, und die Suche war reine Zeitverschwendung. Niemand hatte jedoch gewagt, dies der Königin offen ins Gesicht zu sagen, und so wurde die Suche einfach fortgeführt.

Die Königin rümpfte die Nase. »Was riecht hier eigentlich so erbärmlich?«

Lady Nastria erbleichte. »Es ist der Keller, Eure Heiligkeit. Etwas muss verfault sein. Es wird in Bälde beseitigt.«

»Zusammen mit dem Gestank, hoffe ich.« Shezira ging entschlossenen Schrittes weiter und hatte bereits die breite Wendeltreppe erreicht, die sich genau in der Mitte des Turms der Abenddämmerung emporwand. »Jemand soll meinem Verwalter ausrichten, dass er Vorbereitungen für Gäste treffen soll. Und eine Einladung verschicken. Ich werde wohl heute Abend ein wenig Zeit mit meinem Schwiegersohn verbringen und herausfinden, welchen Eindruck Lystra auf ihn macht. Sobald es ihm genehm ist. Feldmarschall, zu mir. Ihr seht wie ein Bauerntölpel aus, und ich brauche Euch herausgeputzt in Eurem besten Gewand. Und da wir Gäste erwarten, sollte sich *wirklich* jemand um den Gestank kümmern.«

Shezira verschwand hinter der nächsten Windung der Treppe. Lady Nastria folgte der Königin, doch bevor sie es tat, drückte sie Semian etwas in die Hand. »Bringt das zu Prinzessin Jaslyn ins Nest, und zwar schnell.«

Semian starrte sie mit aufgerissenem Mund an. *Sie ist eine Prinzessin. Wie kann ich es wagen, ihr aufzutragen, was sie zu tun hat?*

»Nehmt Reiter Jostan zur Verstärkung mit. Die Prinzessin hat ein Auge auf Euch beide geworfen.« Und dann zwinkerte der Feldmarschall ihm zu, was ihn noch sprachloser zurückließ.

Zu Pferde galoppierte er mit Jostan zum adamantinischen Drachennest, wobei die Schmerzen in seinem Bein stetig zunahmen. Als sie dort ankamen, verließ Prinzessin Jaslyn gerade das Nest und lief zu einer von Königin Sheziras Kutschen.

»Eure Hoheit!« Semian sprang hastig vom Pferd. In der Eile hätte sein Bein beinahe unter ihm nachgegeben. Jaslyn bedachte ihn mit einem eisigen Blick, der keineswegs mit dem vereinbar war, was Lady Nastria angedeutet hatte.

»Semian?« Sie blieb nicht einmal stehen.

»Eure Hoheit, Ihre Heiligkeit bittet Euch, zur Feste der Alchemisten zu fliegen.«

Jaslyn warf den Kopf in den Nacken und brach in lautes Gelächter aus. Sie riss die Wagentür auf.

»Eure Hoheit! Lady Nastria hat Reiter Tiachas wegen Verrats hinrichten lassen. Er gehörte einer Gruppe Verschwörern an, die die Königin vergiften wollten.«

Jaslyn kletterte in die Kutsche und wollte die Tür schließen.

»Prinz Jehal ist ebenfalls darin verwickelt.«

Diese Worte ließen die Prinzessin innehalten. Atemlos erklärte Semian, was die Königin ihnen befohlen hatte. Jaslyn verengte die Augen zu Schlitzen.

»Mutter schickt mich also fort?« Sie spuckte aus, und ihre Augen blitzten zornig auf. »Wird das genügen, um Jehal das Genick zu brechen, Reiter Semian?«

Semian senkte den Blick. »Das kann ich nicht sagen, Eure Hoheit.«

Die Prinzessin schnaubte verächtlich und stieg langsam wieder aus der Kutsche. »Warum schickt sie mich, Reiter

Semian? Warum nicht Euch? Seid Ihr etwa unfähig, einen solchen Auftrag auszuführen?«

Klugerweise schwieg Semian.

»Oder *Ihr*, Jostan?« Sie brach erneut in ein raues Lachen aus.

»Reiter Nastria wollte eigentlich höchstpersönlich gehen, Eure Hoheit«, sagte Jostan leise. »Die Königin hat sich jedoch umentschieden.«

»Natürlich.« Jaslyn fletschte die Zähne. Ohne ein weiteres Wort zu verlieren, schritt sie zurück zum Drachennest.

Zu dem Zeitpunkt, als sie wieder in der Luft waren, versank die Sonne bereits am Horizont. Die Dunkelheit machte Drachen nervös, aber Jaslyn trieb sie unbarmherzig voran. Auf der Suche nach dem weißen Drachen hatten sie alle viele Monate zwischen den Tälern der Purpurnen Berge verbracht. Selbst mit verbundenen Augen hätte Semian ihr Ziel erreicht.

Ein Dutzend Drachen und dreimal so viele Reiter, zusammen mit mehreren Alchemisten und unzähligen Handlangern hausten immer noch draußen im Weltenkamm. Im Laufe der Monate waren die Zelte verschwunden und von einer fein säuberlichen Reihe Blockhäuser ersetzt worden. Große Teile des Waldes wurden weiterhin gerodet, um Platz für das Vieh zu schaffen, das von den nahegelegenen Tälern aus König Valgars Reich zu ihnen getrieben wurde.

Ein Leuchtfeuer, entzündet am höchsten Punkt des Lagers, wies ihnen den Weg. Die Drachen flogen weite

Kreise und stießen zu ihrer Ankündigung Feuersalven aus, bevor sie zaghaft zum Fluss herabglitten und mit den Schwanzspitzen den sicheren Boden suchten. Sobald sie die Wasseroberfläche berührten, rissen sie den Kopf nach hinten, breiteten die Flügel aus, hielten mitten im Flug inne und ließen sich die letzten paar Meter auf die Gesteinsbrocken im Flussbett fallen. Reiter Semians Drache schlingerte und wäre beinahe zur Seite gekippt. Semian verzog das Gesicht und schloss die Augen, doch Matanizkan gewann das Gleichgewicht zurück und rappelte sich wieder auf.

Als Semian abgesessen hatte, war Prinzessin Jaslyn bereits in derselben Hütte verschwunden, in der sie den Großteil der letzten beiden Monate verbracht hatte. Semian und Jostan sahen sich an, zuckten mit den Schultern und gingen zu Bett.

Beim ersten Morgenlicht waren sie schon wieder im Sattel, durchquerten in nördlicher Richtung König Valgars Reich und umflogen den Rand des Weltenkamms. Am Nachmittag erreichten sie ein scheinbar provisorisches Drachennest, das nicht viel mehr als ein Feld mit einem kleinen Wehrgehöft war. Anfangs hielt es Semian fälschlicherweise für den Wohnsitz eines adligen Hinterwäldlers, einen günstig gelegenen Ort, um kurz anzuhalten und sofort wieder weiterzureisen. Doch schon bald sah er seinen Irrtum ein. Das Haus wurde vom Orden der Drachenschuppen geführt und beherbergte eine Menge Alchemisten. Es wimmelte hier auch von Soldaten, und nicht irgendwelchen Soldaten, sondern Männern des Adamantpalasts. Soldaten des Sprechers.

Gespannt lauschte Semian dem Gespräch zwischen Prinzessin Jaslyn und den Alchemisten, und allmählich verstand er. Irgendwo einige Meilen östlich begann ein alter versteckter Pfad, der tief in den Weltenkamm führte. Am anderen Ende befand sich die verborgene Feste der Alchemisten, die Quelle ihrer Macht – ein Tagesritt auf dem Drachenrücken und anschließend eine Woche oder noch länger zu Fuß oder auf dem Ochsenkarren, auf denen die Fässer mit den Elixieren der Alchemisten transportiert wurden. Jede Woche und bei jedem Wetter verließ ein Konvoi die Feste, um die Drachennester der Reiche zu speisen. Das Geheimnis ihrer Elixiere war ein kostbares Gut, das vom Orden sorgsam gehütet und nur mit den Königen und Königinnen der Reiche geteilt wurde. Semian war schlau genug, nicht nachzufragen, was *genau* die Aufgabe der Alchemisten war, doch er wusste, dass es etwas mit dem Zähmen der Drachen zu tun hatte. *Jeder* wusste das.

Prinzessin Jaslyns Wut war noch immer nicht verraucht, und die Alchemisten waren schweigsam und argwöhnisch. Als die drei endlich wieder aufbrachen, war Semian erleichtert. Und auch gelangweilt. Neben der Prinzessin zu fliegen war eine Ehre und sicherlich besser, als sich einen Turm mit einem Blutmagier zu teilen, doch nach einer Weile sahen alle Berge gleich aus. Im Palast würden schon bald die Turniere und Spiele beginnen. Dort konnte man zu Ruhm und Ehren gelangen und noch dazu Gold gewinnen. Hier draußen gab es nichts. Nichts zu tun und nichts zu sehen.

Überhaupt nichts.

46

Der Valeford-Pfad

Schneeflocke tauchte aus der Sonne. Auf dem Gebirgspfad reihten sich fünf Wagen auf. Ein paar Männer auf Pferden ritten vorneweg, vielleicht ein Dutzend Soldaten bildeten die Nachhut.

»Verbrenn zuerst die Soldaten«, rief Kemir in dem Versuch, sich über dem heulenden Wind bemerkbar zu machen. Sie hatten seit Kurzem einen Sattel, und er und Nadira saßen nun auf Schneeflockes Rücken, anstatt in ihren Klauen befördert zu werden.

»Du musst nicht brüllen«, schrie Nadira ihm ins Ohr. Kemir schloss die Augen. Er hatte sich immer noch nicht daran gewöhnt, dass Schneeflocke die Gedanken regelrecht aus seinem Kopf pflückte.

Nein.

Schneeflocke würdigte die Soldaten keines Blickes. Stattdessen zielte sie mit ihrer ersten Feuersalve auf die Reiter weiter vorne. Die Männer hatten womöglich den Windstoß gespürt, denn genau in dem Moment, als Schneeflocke sie angriff, glaubte Kemir zu bemerken, wie einer von ihnen hochblickte und sich dann umdrehte. Ein Schwall heiße Luft traf Kemir im Gesicht, und er klammerte sich an Schneeflockes Hals fest.

Sie haben deinen Schrei gehört.

Schneeflocke landete. Die Luft roch verbrannt. Kemir setzte sich wieder aufrecht hin und sah, dass der Drache rittlings auf dem Gebirgspfad saß und den Soldaten den Weg versperrte. Der erste Wagen brannte bereits lichterloh. Zu beiden Seiten des Pfades stiegen Rauchwolken von angesengtem Heidekraut und Stechginster empor. Schneeflocke ließ sich auf alle viere fallen und gab den Blick auf Kemir und Nadira frei. Dann spuckte sie einen zweiten Feuerschwall zu den übrigen Wagen und Soldaten. Unvermittelt packte sie ein totes Pferd und riss es in zwei Teile, bevor sie das Endstück mit einem Bissen verschlang.

Einem Reiter war es irgendwie gelungen, am Leben zu bleiben. Schwankend zog er sich aus der Asche hoch und begann zu schreien. Seine Kleidung hatte sich ihm ins Fleisch gebrannt, jeder Teil seines Körpers war entweder geschwärzt oder aufgeplatzt und rot. Und er war offensichtlich blind. Kemir gab ihm mit einem Pfeil den Gnadenschuss.

Der Rauch und die Flammen von Schneeflockes Feuersturm lichteten sich. Alle Wagen loderten vor sich hin. Die Soldaten weiter hinten waren jedoch verschont geblieben. Sie hatten sich hinter einer Mauer aus übereinanderlappenden Schilden formiert, und noch während Kemir sie betrachtete, glitt die erste Reihe an Schilden für einen kurzen Moment nach unten. Hinter den Schilden hatten die Soldaten eine Armbrust postiert. Eine riesige.

Und sie zeigte auf *ihn*.

»Verdammt!« Kemir presste sich flach an Schneeflockes Hals, doch was ihn in Wahrheit rettete, war der Drache selbst. Sie hob genau in dem Augenblick den Kopf, als die Armbrust abgefeuert wurde. Anstatt Kemir zu treffen, bohrte sich der Bolzen in Schneeflockes Schulter. Kemir spürte den Schock, die Überraschung, den unerwarteten Schmerz. Der Bolzen musste so lang wie sein Arm sein, und die Armbrust war mächtig genug, um Schneeflockes Schuppen zu durchstoßen und das Geschoss tief in ihr Fleisch zu rammen.

Dann kam die Wut. Sie wuchs tief in Schneeflockes Innern, ballte sich und breitete sich in einer Hitzewelle in ihr aus, bis sie nicht mehr klar denken konnte. Und während der ohnmächtige Zorn den Drachen erfüllte, erfüllte er auch gleichzeitig Kemir. Der Söldner begann hastig die Gurte zu lösen, um mit seinen Messern auf die Soldaten losgehen zu können. Dann hielt er mitten in der Bewegung inne. Schneeflocke machte einen riesigen Satz nach vorne, zerschmetterte die fünf Wagen und schleuderte die brennenden Trümmerteile in alle Himmelsrichtungen. Die Soldaten stoben auseinander. Einige kämpften sich durch den Stechginster, der zu beiden Seiten des Pfades wuchs, doch der Großteil lief einfach den Weg hinab. Eine Handvoll rannte sogar auf Schneeflocke zu und duckte sich zwischen ihren Beinen hindurch. Der Drache ließ den Schwanz über die Erde sausen und spie gleichzeitig eine Feuersalve den Pfad entlang. Kemir warf einen Blick über die Schulter. Ein Soldat war tödlich getroffen und flog in hohem Bogen durch die Luft. Ein anderer rettete sich in den Stechginster und war immer noch am Leben. Ein dritter hatte auf wundersame Weise Schneeflockes Schwanz ausweichen können, aber der Drache schnappte ihn sich, als er fast schon in Sicherheit war, und schnalzte mit der Schwanzspitze so hart gegen seinen Hals, dass der Mann regelrecht geköpft wurde.

Hinter ihm stieß Nadira einen markerschütternden, schrillen Schrei aus. Kemirs Finger machten sich wieder am Geschirr zu schaffen und rissen an den Riemen, die ihn auf Schneeflockes Rücken festschnallten. Der wilde Zorn war schier überwältigend. Er *musste* einfach kämpfen.

Schneeflocke stellte sich auf die Hinterläufe, trampelte den Pfad hinunter und schnappte sich im Vorbeigehen die Soldaten. Einen zermalmte sie, schleuderte den nächsten hoch in die Luft und stopfte sich den dritten ins Maul, wobei sie so heftig zubiss, dass seine Rüstung zersplitterte.

Zu guter Letzt schaffte es Kemir, sich zu befreien. Er schlitterte an Schneeflockes Flügel und dann an ihrem Bein hinab, bevor er mit einem dumpfen Aufprall am Boden landete, beinahe zertrampelt wurde und unter Schneeflockes peitschendem Schwanz hindurchtauchte. Doch nichts davon spielte eine Rolle. Die Wut des Drachen hatte ihn gepackt, und keine anderen Gefühle waren mehr wichtig. Kemir rappelte sich wieder auf, sprang in die Ginsterbüsche und setzte einem flüchtenden Soldaten nach. Sein Bogen war immer noch an Schneeflockes Sattel festgeschnallt, und auch das störte ihn nicht. Er wollte die Männer nicht von hinten erschießen. Er wollte sich nicht um die köstliche Freude bringen, ihnen seine Messer ins Fleisch zu jagen.

Der Stechginster war unwegsam, und die Soldaten trugen schwere Rüstung. Der Mann, auf den es Kemir abgesehen hatte, strauchelte. Der Söldner brüllte und warf sich auf ihn, rang ihn nieder und hackte mit dem Messer auf ihn ein. Die Rüstung des Soldaten bestand aus Drachenschuppen, denen ein Messer nichts anhaben konnte, egal wie fest man zustieß, aber jede Rüstung wies Spalten auf. Am Schritt, hinter den Knien und Ellbogen, am Hals. Der Soldat taumelte auf die Beine, hob einen Arm, um Kemir abzuwehren und wollte mit dem anderen sein Schwert ziehen. Kemirs erstes Messer traf die Achsel des Soldaten und bohrte sich tief in seine Schulter. Der Soldat öffnete entsetzt den Mund, und Kemir rammte ihm sein anderes Messer in die Kehle. Als der Soldat zu Boden ging, riss Kemir beide Klingen wieder heraus, jubelte vor Entzücken und sah sich nach einem neuen Opfer um. Schneeflocke war jetzt etwa hundert Meter den Pfad hinabgetrottet. Sie blieb stehen und spie eine Feuersalve über die Büsche.

Da erinnerte sich Kemir an den Soldaten, der in den Stechginster gesprungen war, um Schneeflockes Schwanz auszuweichen.

Lebend. Wir brauchen einen lebend. Nur mit größter Not bekam er diesen Gedanken durch den Schleier aus Mordlust zu fassen, der seinen Verstand benebelte.

Nadira war ebenfalls von Schneeflockes Rücken gesprungen. Kemir entdeckte sie im Ginsterbusch, wo sie einen schweren Stein hob und ihn mit aller Gewalt hinabsausen ließ. Er sah nicht, was sie da zertrümmerte. *Höchstwahrscheinlich einen Kopf.*

Jetzt waren keine weiteren Soldaten mehr zu sehen. Sie waren alle irgendwo zwischen den Dornbüschen verschwunden, die meisten zerschmettert oder durch Schneeflockes ohnmächtigen Zorn verbrannt. Wenn einer von ihnen noch am Leben sein sollte, versteckte er sich. Aber einem Drachen konnte man nicht entkommen.

»Sie kann eure Gedanken hören«, rief Kemir. »Ihr könnt euch nicht vor ihr verstecken.«

Der Drache hatte aufgehört, die Soldaten abzufackeln. Mit stampfenden Schritten kam Schneeflocke den Pfad herabgetrottet, brachte die Erde zum Erzittern, und polterte an Kemir vorbei zu den Überresten der brennenden Wagen.

Alchemisten. Wo sind sie? Der Drache gab keinen Laut von sich, doch der Gedanke dröhnte so laut in Kemirs Kopf, dass er gepeinigt zusammenfuhr. Er ging ebenfalls zurück zu den Wagen. Schneeflocke durchwühlte die Büsche, zog mit den Klauen die halb verbrannten Leichen der Kutscher heraus, die einfachen Arbeiter, die einfach zur falschen Zeit am falschen Ort gewesen waren. Sie besah sich jeden von ihnen mit einem raschen Blick und schleuderte sie dann hoch in die Luft.

Tot.

Als die leblosen Körper wieder herabstürzten, fing Schneeflocke sie mit dem Maul auf und schluckte sie in einem Stück hinunter.

Tot.

Nadira taumelte aus dem Ginsterbusch zum Pfad zurück. Ihre Hände waren blutverschmiert, ihr Gesicht eine Maske aus Euphorie und Entsetzen. Sie kam auf Kemir zu. Ihre Augen waren weit aufgerissen.

Tot.

»Ich habe jemanden getötet!« Sie klang erstaunt. »Nie zuvor habe ich jemanden getötet, aber ich habe es getan. Ich habe seinen Kopf mit einem Stein zertrümmert.«

Tot.

Der Blutrausch hatte sich noch nicht verflüchtigt, er war immer noch stark, jedoch nicht mehr so beherrschend. Kemir packte sie an den Händen. »Weißt du, wer diese Soldaten waren?« Sie schüttelte den Kopf. »Die Garde des Adamantpalasts. Die Männer des Sprechers. Die besten Soldaten aller Reiche – das jedenfalls wird ihnen nachgesagt. Sie werden ausgebildet, um gegen Drachen zu kämpfen.«

Tot.

Kemir besah sich das Gemetzel und musste lachen. So viel zum Thema unbesiegbare Garde! Aber was hatten sie sich auch dabei gedacht? Wie sollte ein Mensch einen Drachen besiegen können? Wie sollte selbst eine Armee von Menschen einen Drachen besiegen können?

Tot.

Er ließ Nadira zurück, um die Leichen nach allem zu durchsuchen, was sich zu stehlen gelohnt hätte, und besah sich die Waffe, mit der sie auf ihn gezielt hatten. Sie war zerschmettert, zertrümmert durch Schneeflockes Klauen, doch die Überreste zeigten ihm genug. Er hatte recht behalten – es *war* eine Armbrust, und zwar die größte, die er je zu Gesicht bekommen hatte. Wahrscheinlich waren zwei Männer nötig, um sie zu tragen. Die Ladevorrichtung war bis zur Unkenntlichkeit zerstört, aber Kemir vermutete, dass sie mit einer Art Kurbel versehen war und drei oder vier Soldaten gleichzeitig benötigt wurden, um die Waffe zu bedienen. Widerwillig musste er den Soldaten Respekt zollen. Es grenzte an ein Wunder, dass sie überhaupt schnell genug gewesen waren, um sie einzusetzen.

Am Leben! Kemir, da ist einer am Leben. Frag ihn! Er soll dir verraten, wo die Alchemisten stecken!

Ein Schrei hallte in den Bergen wider. Ein dunkler Schatten schoss vom Himmel herab. Kemir rutschte das Herz in die Hose.

Verdammt! Der Aschgraue.

47

Der Aschgraue

Nachdem sich Kemir mit Schneeflocke auf die Suche nach den Alchemisten begeben hatte, musste er sich schon bald eingestehen, dass er im Grunde keineswegs genau wusste, wo sie lebten. Er wusste lediglich, dass sich die Blutmagier, die die Drachen als Erste unterworfen hatten, irgendwo im Norden des Weltenkamms niedergelassen hatten und dass die Alchemisten ihre Feste genau an diesem Ort erbaut hatten. Es war Kemir allerdings nie in den Sinn gekommen, wie riesig der Weltenkamm war. Sie hatten tagelang gesucht, aber die Berge zogen sich schier unendlich in alle Richtungen hin. Die Tage gingen in Wochen über, und alles, was sie fanden, waren trostlose, schneebedeckte Gipfel, üppig bewaldete Täler und – sobald sie in die Nähe der Reichsgrenzen kamen – ab und an Siedlungen der Outsider.

Du hast mich belogen. Du weißt gar nicht, wo die Alchemisten wohnen.

Kemir blieb nichts anderes übrig, als Schneeflocke in seine Gedankenwelt spähen zu lassen, damit sie sich selbst davon überzeugen konnte, dass er sie auf keinen Fall zum Narren hatte halten wollen und immer angenommen hatte, sein Wissen reichte aus. Manchmal, wenn sie wütend auf ihn war, war sie schrecklich Furcht erregend. Es war schwierig, mit einem Geschöpf zu leben, das ihn ohne Weiteres zermalmen konnte und über das er keinerlei Macht besaß.

Wegen deiner Alchemisten sind meine Artgenossen völlig hilflos, hatte sie geantwortet.

Kemir hatte mit seinen Waffen und dem Geld, das sie Königin Sheziras Rittern gestohlen hatten, einige der Outsider-Lager besucht. Im ersten Dorf hatten sie ihn verhalten willkommen geheißen und seine Geschenke gierig an sich gerissen, doch sie konnten ihm nichts über die Alchemisten sagen. Im zweiten hatten sie ihn gefangen genommen. Wahrscheinlich hätten sie ihn getötet, wäre ihm Schneeflocke nicht zu Hilfe geeilt. Sie hatte das gesamte Dorf zerstört und jeden umgebracht, der nicht schnell genug zwischen den Bäumen verschwunden war. Sie war erbarmungslos. Egal ob Mann, Frau oder Kind, sobald sich jemand bewegte oder auch nur dachte, wurde er verbrannt. Ein paar von ihnen hatten sich retten können, und Kemir musste Schneeflocke regelrecht anflehen, damit sie ihnen nicht nachsetzte. Sie hatte ihm einen neugierigen Blick zugeworfen und einen Gesichtsausdruck aufgesetzt, den Kemir als eine Mischung aus Unverständnis und Gleichgültigkeit zu deuten wusste. Letztendlich hatte sie die Überlebenden verschont, doch die Erinnerung an das Massaker ließ ihn erschaudern. Es waren Outsider, was sie sozusagen zu *seinen* Leuten machte. Schneeflocke kümmerte das nicht. Sie hatte die Menschen mit dem Mitgefühl eines Kleinkinds zerquetscht, das allein des Spaßes wegen Ameisen zerdrückt.

Sie waren wieder gen Süden geflogen, tief hinein in den Weltenkamm, immer noch auf der Suche nach den Alchemisten. Und dort hatte Schneeflocke in weiter Ferne einen einsamen Drachen gesichtet. Zuerst hatte ihn Kemir nicht ausmachen können, doch dann hatte er einen meilenweit entfernten, winzigen schwarzen Fleck am Himmel gesehen.

Da ist ein Drache, Kleiner Kemir. Allein.

»Wo ein Drache ist, gibt es auch einen Reiter. Vielleicht weiß ja *der*, wo sich die Alchemisten verstecken.«

Schneeflocke kletterte höher und sauste durch die Luft. Der Drachenritter sah sie zwar kommen, schien jedoch nicht besonders besorgt zu sein, bis Schneeflocke herabschoss und beinahe auf dem Rücken des Drachen landete. Im nächsten Moment riss sie den Ritter aus dem Sattel. Der andere Drache kreischte erschrocken auf und tat, was die Tiere immer taten – er tauchte ab, um möglichst schnell den Boden zu erreichen. Schneeflocke folgte in halsbrecherischem Tempo, stürzte in einem senkrechten Spiralflug hinter ihm her. Der neue Drache war kleiner als Schneeflocke, aber schwerer, gedrungen und schwerfällig. Ein Kriegsdrache, entschied Kemir. Außerdem ein eher minderwertiges Exemplar: Seine Schuppen glänzten nicht und waren von einem matten Dunkelgrau, das an manchen Stellen sogar beinahe schwarz wirkte.

Alchemisten! Wo sind die Alchemisten?

Es kostete Kemir ein paar Sekunden, bis er begriff, dass sich Schneeflocke mit ihren Gedanken nicht an ihn gewandt hatte, sondern an den Reiter, den sie in ihren Klauen hielt. Die beiden Drachen wirbelten in Richtung Erdboden. Kemirs Finger bohrten sich in Schneeflockes Schuppen. Nadira, die hinter ihm saß, hatte die Arme wie einen Schraubstock um seine Hüften geschlungen und quetschte ihm die Luft aus den Lungen. Der peitschende Wind schlug ihm ins Gesicht. Nadira kreischte, doch Kemir hörte sie nicht nur, sondern spürte den Schrei mit jeder Faser seines Körpers.

Wo?

Sein Herz setzte für einen Schlag aus, als der Erdboden gefährlich nah auf ihn zuschoss – Kemir glaubte schon, Schneeflocke sei zu sehr damit beschäftigt, eine Antwort auf ihre Frage zu erhalten, als dass sie es bemerkte –, doch wie immer, im allerletzten Moment, breitete sie die Flügel aus, und Kemir wäre fast von ihrem Rücken gestürzt. Und dann waren sie plötzlich gelandet.

Der fast schwarze Drache beäugte sie mit traurigem Blick. Schneeflocke warf ihm den Reiter zu. Das Tier roch an dem leblosen Körper und rollte schließlich den Schwanz um ihn herum, wobei er den Kopf die ganze Zeit über aufrecht und wachsam hielt. Er blinzelte kein einziges Mal, stellte Kemir fest.

Deine Artgenossen sind einfach nicht robust genug, grummelte Schneeflocke.

»Hast du eine Antwort erhalten?« Kemir zitterte, und

Nadira schluchzte erbärmlich. Er wollte unbedingt von Schneeflockes Rücken absitzen und wieder festen Boden unter den Füßen spüren, doch beim Anblick des anderen Drachen blieb er lieber genau dort, wo er war. Es konnte genauso gut sein, dass Schneeflocke einfach fortflog und ihn hier allein ließ.

Vielleicht, räumte Schneeflocke ein. *Du warst mir allerdings keine große Hilfe.*

Kemir versuchte, nicht über die unterschwellige Bedeutung dieser Worte nachzudenken. »Nun, hat er dir nun was gesagt oder nicht?«

Nein. Er hatte große Schmerzen und Angst und ist dann gestorben. Ich habe in seinem Bewusstsein einen Ort aufblitzen sehen. Er befindet sich irgendwo in dem Reich eines deiner Artgenossen namens Valgar.

»König Valgar.«

Du kennst den Mann?

Kemir musste lachen. »Er ist ein König, Drache. Er kümmert sich nicht die Bohne um mich, und natürlich kennt *er* mich nicht. Aber ich weiß, wo er zu finden ist. Wir müssen wieder nach Norden. Wo wir bereits alles abgesucht haben.«

Dann werden wir uns dort noch einmal umschauen.

Kemir seufzte und stellte sich darauf ein, dass Schneeflocke auf der Stelle losfliegen würde, um die Alchemisten noch vor Sonnenuntergang aufzuspüren. Und wenn ihr das nicht gelänge, würde sie wütend werden und die Beherrschung verlieren, und er und Nadira würden sich zusammenkauern und zu allen möglichen Göttern beten, die einen rachsüchtigen Drachen im Zaum halten konnten, und er würde sich inbrünstig wünschen, dass Sollos bei ihm wäre, denn Sollos hatte sonderbarerweise immer gewusst, was zu tun war.

»Ich sollte weglaufen und dich einfach im Stich lassen«, murmelte er.

Ich würde dich nicht ziehen lassen, Kleiner Kemir. Noch nicht.

Aber Schneeflocke erhob sich nicht in die Lüfte, sondern ging vorsichtig zu dem anderen Drachen.

Verschwindet und versteckt euch eine Zeit lang im Wald. In dem dort brodelt ein unbändigerer Zorn als in mir.

Sie flogen weder an diesem Tag noch am nächsten oder übernächsten weiter. Stattdessen stellte Schneeflocke ihre Suche fürs Erste ein und blieb einen Monat bei dem dunklen Drachen. Manchmal würdigte sie Kemir tagelang keines Blickes. Sie ging allein auf die Jagd und brachte dem anderen Drachen Futter. Kemir jagte ebenfalls, wenn auch mit dem Bogen, und hielt sich und Nadira am Leben. Die Bergtäler waren kalt und nass und gefährlich. Gewöhnliche Menschen starben an einem Ort wie diesem, doch es gab Nahrung und Wasser in Hülle und Fülle, und wenn man wusste, wo man zu suchen hatte, sogar einen sicheren Unterschlupf.

Schließlich entschied Kemir, dass sie lange genug gewartet hatten. Er hatte Schneeflocke seit vier Tagen kaum mehr zu Gesicht bekommen, und die beiden Drachen flogen nun gemeinsam.

»Sie brauchen uns nicht mehr«, sagte er zu Nadira. »Sie

haben uns vergessen. Und sobald sie sich an uns erinnern, werden sie uns fressen.«

Sie packten ihre spärlichen Habseligkeiten zusammen und machten sich nach Westen auf. Kemir wusste nicht, wo sie sich befanden, doch der Weltenkamm verlief von Norden nach Süden, also mussten sie zwangsläufig früher oder später in eines der Reiche gelangen, wenn sie sich immer nach Westen wandten.

Drei Tage später spürte Schneeflocke sie auf. Sie landete so nah wie möglich neben ihnen, während der andere Drache über ihren Köpfen kreiste.

Wir sind jetzt zu zweit. Sie schien nicht wütend zu sein, aber Kemir spürte, mit welch unerschütterlicher Überzeugung sie ihm diesen Gedanken präsentierte.

»Also bekommt jeder von uns einen von euch?« Er konnte sich einfach nicht zurückhalten.

Es gibt ein Geschirr für deinesgleichen. Es stört mich nicht, dass du es mir anlegst.

»Und was geschieht, falls ich mich weigern sollte, auf dir zu reiten?«

Dann wird der Aschgraue Feuer spucken und dich töten.

»Der Aschgraue?« Kemir hob den Kopf. Von hier unten sah der Kriegsdrache schwarz aus.

Der Aschgraue. Das ist der Name, den deine Artgenossen ihm gegeben haben, und nun, da er erwacht ist, hat er wie ich Rache geschworen. Also, Kleiner Kemir, wirst du mit uns kommen?

»Habe ich eine Wahl?«

Du hast immer die Wahl zu sterben.

Erschöpft kletterte Kemir die Strickleiter hinauf und

setzte sich auf Schneeflockes Rücken. Es kostete ihn fast einen ganzen Tag, bis er den Sattel und das Zaumzeug des Aschgrauen so justiert hatte, dass es Schneeflocke gut passte und er nicht jedes Mal aus den Gurten flog, wenn sie sich in die Lüfte erhob. Erneut wandten sie sich nach Norden, und der Aschgraue flog andächtig neben ihnen her. Allein beim Gedanken an den schwarzen Drachen stellten sich Kemir die Nackenhaare auf. Schneeflockes Gleichgültigkeit war schwer genug zu ertragen – aber für den Aschgrauen existierten Kemir und Nadira überhaupt nicht. Wenn der Drache mit Schneeflocke kommunizierte, war seine Botschaft eindeutig: Männer und Frauen waren Nahrung, weiter nichts.

Sie setzten die Suche fort. Ein ereignisloser Tag reihte sich an den anderen, doch dann, mitten in der unberührten Wildnis, erspähte Schneeflocke eine Wagenkolonne, die einen versteckten Pfad entlangfuhr.

Zwischen den brennenden Trümmern stellte sich Schneeflocke auf die Hinterläufe. In den Vorderklauen hielt sie einen Menschen. *Am Leben! Kemir, da ist einer am Leben. Frag ihn! Er soll dir verraten, wo die Alchemisten stecken!*

»Dann setz ihn ab, bevor du ihn noch zerquetschst«, rief Kemir. Während er auf sie zuging, schoss der Aschgraue tief über den Pfad hinweg.

Hungrig!

Schneeflocke umschlang mit dem Schwanz einen der leblosen Körper und schleuderte ihn hoch in die Luft. Der Aschgraue fing ihn im Flug auf.

Du hättest auf mich warten sollen, dachte der Aschgraue vorwurfsvoll. *Der Geruch nach verbranntem Fleisch hat meinen Appetit geweckt, aber du hast nichts übrig gelassen, womit ich ihn stillen könnte. Jedenfalls nichts Lebendiges, das ich jagen könnte.*

Kemir zitterte.

Bald. Schneeflocke legte den Kopf schief, als Kemir näher kam, und setzte den zuckenden Soldaten sanft auf den Boden.

»Ich hab doch gesagt, du sollst ihn nicht zerquetschen«, knurrte Kemir. »Wenn du etwas erfahren willst, musst du lediglich einen hochheben und in seine Gedanken schauen. Sobald sie nicht mehr vor Todesangst schreien, werden sie dir alles verraten, was du wissen willst. Selbst wenn sie dich anlügen sollten, würdest du an deine Informationen gelangen. Du darfst ihnen bloß nicht den Brustkorb zermalmen, während sie sich noch vor Panik in die Hose machen.« Er besah sich den Mann und fluchte. »Du bist so ungeduldig wie ein Zweijähriger.«

Schneeflocke fauchte ihn an. *Ich bin vor sieben Jahren geschlüpft, Kemir.*

»Du bist so ungeduldig wie ein *menschlicher* Zweijähriger. Du musst abwarten, bis der, den du dir geschnappt hast, überhaupt kapiert, was mit ihm geschieht. Erst *dann* darfst du deine Fragen stellen.« Er drehte sich rasch um und kniete sich neben den Soldaten. Wenn sich Schneeflocke entscheiden sollte, dass es jetzt an der Zeit war, ihn zu fressen, wollte er sein Schicksal lieber nicht kommen sehen. »Hast du sonst noch einen gefunden? Der hier ist wohl hinüber.«

Nein. Er soll mir sagen, was ich wissen will!

Der Soldat hustete hellrotes, schaumiges Blut. Schneeflocke hatte die Hälfte seiner Brust eingedrückt. Es war ein Wunder, dass der Mann überhaupt noch am Leben war.

»Soldat?« Kemir kauerte sich neben den Mann, um ihm leise ins Ohr flüstern zu können. »Soldat? Kannst du mich hören? Wie heißt du?«

Der Soldat murmelte etwas, das Kemir nicht verstand.

Iyan. Er nennt sich Iyan aus dem Hause Liahn. Der Aschgraue war auf einmal neben Schneeflocke aufgetaucht. Der Kriegsdrache sah verwirrt aus. Dann schien er spöttisch zu grinsen und wandte seine Aufmerksamkeit dem Bolzen zu, der immer noch in Schneeflockes Schulter steckte.

»Iyan? Die Drachen hier sind ihre eigenen Herren. Sie wollen die Alchemisten verbrennen. Jeden einzelnen. Sie werden die Alchemisten daran hindern, weitere Elixiere herzustellen. Alle Drachen werden frei sein. Sie werden uns töten. Jeden Mann, jede Frau, jedes Kind, bis keiner von uns mehr übrig ist. Egal, was es kostet, wir dürfen nicht zulassen, dass die Drachen den Aufenthaltsort der Alchemisten erfahren. Hast du mich verstanden? Wenn du weißt, wo sie sich versteckt halten, darfst du nicht einmal einen Gedanken daran verschwenden, wie man sie …«

Weiter kam er nicht, bevor sich eine Klaue herabsenkte und der Aschgraue den Armbrustbolzen in die Brust des Soldaten rammte und ihn an den Boden nagelte. Der Soldat keuchte auf und blieb reglos liegen.

Geschickt, Kleiner Kemir. Sehr geschickt.

»Nun, ich hoffe, er hat brav über all die Dinge nachgedacht, die er dir nicht hätte verraten sollen, bevor du ihn aufgespießt hast.« Kemir wich vom toten Soldaten zurück. Nie zuvor hatte der Aschgraue ihn direkt angesprochen.

Sobald ihr uns nicht mehr von Nutzen seid, werden wir euch ebenfalls aufspießen. Der Drache deutete mit einem Flügel den Pfad hinab. *Hier entlang. Ich habe in seinem Bewusstsein einen Ort gesehen.*

Der Aschgraue wartete nicht auf sie, was jedoch keine Rolle spielte, da ihm Schneeflocke in der Luft haushoch überlegen war.

Während sich Kemir und Nadira auf Schneeflockes Rücken anschnallten, drang der Drache in seine Gedanken ein. *Als du mit dem verletzten Mann gesprochen und ihm von den Dingen erzählt hast, die in der Zukunft passieren werden, als du ihm befohlen hast, uns nicht zu helfen, konnte ich nicht mit Gewissheit sagen, ob du ihn austricksen wolltest oder jedes einzelne Wort ernst gemeint hast. Was davon trifft zu, Kemir?*

Kemir grunzte. »Ich weiß es nicht. Ich weiß es wirklich nicht.«

48

Bündnisse und Betrügereien

Das Problem ist«, lallte Prinz Jehal, »dass ich einfach nicht wichtig genug bin.« Er lehnte gegen die Zinnen des Turms der Abenddämmerung und amüsierte sich köstlich, wenn auch still für sich.

Die Nachtluft war frisch, kühl und klar. Wenn er über die Brüstung blickte, konnte er die Nachtwachen in der Stadt der Drachen am Schein ihrer Laternen erkennen. Jenseits der Stadt glitzerte der Mond am Himmel und tief unten in den Spiegelseen. Die Purpurnen Berge erhoben sich wie eine massive schwarze Mauer, dehnten sich vom Horizont bis hoch in den Himmel aus und fraßen auf ihrem Weg die Sterne auf. Königin Sheziras Festessen war köstlich gewesen, viel besser als das von Sprecher Hyram. Jehal war satt, zufrieden und entspannt. Außerdem freute es ihn diebisch, dass Königin Shezira das genaue Gegenteil war. Sie schritt unruhig auf dem Dach auf und ab, die Stirn in tiefe Falten gelegt.

Er lächelte. »Hyram ist ein Mistkerl«, fügte er hinzu.

»Wusstet Ihr, dass er mich wegen Königin Aliphera her-
zitiert hat und mich dann, als ich mich pflichtbewusst ein-
fand, gefoltert hat? Ich wollte kein großes Aufheben machen, als es noch so aussah, als würde er eines sehr
langsamen und qualvollen Todes sterben. Ich dachte, die
Natur hätte für Gerechtigkeit gesorgt. Jetzt hingegen …«
Seufzend schüttelte er den Kopf. »Welchen Unterschied
kann *ich* denn machen? Hyram wird Eurer Herausforderung trotzen, ebenso wie seine Familie. Ihm wird sich Zafir
anschließen, Narghon und Silvallan. Und ich sollte es
auch. Ein Sprecher aus dem Süden ist längst überfällig,
und ich habe keinen Grund, Königin Zafir abzulehnen.
Wie schon gesagt, das Problem ist, dass ich nicht wichtig
genug bin.«

Königin Shezira hielt mitten in der Bewegung inne und
sah ihm direkt ins Gesicht. Auf ihren Wunsch hin waren
sie vollkommen allein auf der Galerie. Niemand, hatte sie
erklärt, sollte hören, was sie sich zu sagen hatten. Selbst
die Zimmer direkt unter dem Dach waren geräumt worden, und der Treppenaufgang wurde von ihrem zuverläs-
sigsten Reiter bewacht. Und einem von Jehal, sodass sich
die beiden gegenseitig im Auge behalten konnten.

»Ihr seid wichtig. Ich habe bereits König Valgar und
noch jemanden auf meiner Seite. Valmeyan ist nicht hier
und kann damit keine Stimme abgeben. Genauso wenig
wie die Syuss. Ich habe nur eine Frage an Euch. Was wollt
Ihr?«

Jehals Lächeln wurde breiter. »Das habe ich Euch doch
schon gesagt, meine liebste Königin. Das Problem ist, dass

ich nicht *wichtig* genug bin.« Er hielt ihrem Blick stand. Wenn sie zu beschränkt war, seine Worte richtig zu interpretieren, verdiente sie seine Hilfe nicht.

Sie war nicht beschränkt. Bedächtig nickte sie. »Der Ring des Sprechers. Ihr wollt mein Nachfolger werden, sobald meine Amtszeit vorüber ist.«

»Das wäre eine sehr verlockende Aussicht.«

»Und die naheliegendste Gegenleistung. Ja.«

»Und Ihr werdet Lystra zu Eurer Thronfolgerin bestimmen? Damit sie Eure Krone erbt, wenn Ihr Hyrams Ring nehmt, und sich nicht weiter über mein habgieriges Pack von Cousins zweiten Grades Sorgen machen muss, die nach dem Thron meines Vaters lechzen?«

Sie schürzte die Lippen. »Vielleicht. Wenn Ihr mir Euer Wort gebt, dass Ihr den Ring des Sprechers an Lystra weiterreichen werdet, sobald Eure Zeit um ist, und Almiri an ihrer Stelle zur Königin des Sandes und Steins gekrönt wird.«

Jehal nickte und heuchelte dann Besorgnis. »Einen Augenblick. Entschuldigt vielmals, aber ist das nicht genau dieselbe Zusicherung, die Hyram Euch gegeben hat? Sein Wort?«

»Nennt Ihr mich eine Lügnerin, Jehal?«

Er verschränkte die Arme. »Lasst es mich einmal so formulieren: Ich bin immer noch ein wenig verschnupft, dass Ihr mich vor zwei Nächten von Hyrams Tisch verwiesen habt. Es könnte sich einem der Eindruck aufdrängen, Ihr gebt Hyram mit seinen Anschuldigungen recht, dass ich König Tyan vergifte. Vielleicht vergifte ich Hyram ebenfalls? Aber wenn Ihr das glauben solltet, müsste ich mich doch fragen, wie viel Euer Wort wert ist. Ein Versprechen, das Ihr einem Prinzen gebt, mag Euch binden, aber einem Giftmörder gegenüber? Ich kann mir nicht vorstellen, dass es Euch viel bedeuten würde.«

»Wenn ich denken würde, dass in Hyrams Verdächtigungen auch nur ein Körnchen Wahrheit steckt, hätte ich Euch niemals meine Tochter anvertraut, Jehal.«

Ein Gefühl der Wärme machte sich tief in seinem Innersten breit. Jehal lächelte wieder. »Vielen Dank, Eure Heiligkeit. Ich kann Euch gar nicht sagen, wie viel mir Euer Vertrauen bedeutet. Ihr werdet mich also zu Eurem Nachfolger erklären, wenn Ihr Königin Zafir herausfordert? Vor allen anderen?«

»Ja.«

Jehal verbeugte sich. »Dann gehört König Tyans Stimme Euch, Eure Heiligkeit.«

»Gut. Das Geschäftliche ist hiermit beendet. Kommt mit mir zurück zum Fest.«

»Lasst mich noch ein Weilchen hier alleine sitzen, Eure Heiligkeit. Mein Kopf ist erfüllt mit Ideen, wie man Silvallan und Narghon gegen Hyram und Zafir aufbringen könnte. Euer Sieg wäre zweifelsohne noch glorreicher, wenn die beiden völlig allein dastünden. Ich werde bald zu Euch stoßen, Eure Heiligkeit.«

Shezira zögerte und nickte dann. Jehal sah ihr nach und sank dann langsam auf die Treppenstufen des Turms. Sobald er allein war, ließ er seine Augen wandern. Er blickte über die Zinnen des Turms der Abenddämmerung zum

Palast hinüber und bis zum hohen, schlanken Turm der Lüfte, der über allem thronte. Jehal lächelte.

»Sprecher. Endlich. Tut mir schrecklich leid, Zafir. Ist wirklich nichts Persönliches.«

Dann drehte er sich um und ließ den Blick über die Berge schweifen, beugte sich über die Brüstung und fragte sich verwundert, wie es sich wohl anfühlen musste, wenn einem einfach alles, was man sah, gehörte.

Er schaute nicht nach unten. Hätte er es getan, hätte er womöglich ein winziges Paar glitzernder rubinroter Augen gesehen.

49

Die Feste
der Alchemisten

Prinzessin Jaslyn sah den Rauch als Erste. Er hing wie ein sanfter Schleier etwa ein oder zwei Meilen vor ihnen am Himmel. Als sie ihren Begleitern zuwinkte und darauf deutete, bemerkte ihn Semian ebenfalls. Sobald sie näher kamen, konnte er die Überreste der Wagen am Boden ausmachen, außerdem das Glitzern von zertrümmerten Schwertern und Rüstungen.

Die drei Drachen teilten sich geschickt auf. Semian und Jostan tauchten tiefer herab, einer auf der rechten, der andere auf der linken Seite. Vidar und Prinzessin Jaslyn schossen höher in den Himmel empor. Während sie in der Luft ihre Kreise zog, glitten die beiden Ritter aus verschiedenen Richtungen über das Schlachtfeld, flogen ein weiteres Mal darüber hinweg und schlossen dann wieder zu Prinzessin Jaslyn auf.

»Wagen und Soldaten. Alle tot«, rief Reiter Semian mit lauter Stimme. »Drachenangriff.« Er wusste nicht, ob Prinzessin Jaslyn ihn verstanden hatte. Es gab eine primitive

440

Zeichensprache, die alle Drachenreiter beherrschten, mit der man solch komplizierte Sachverhalte allerdings nicht wiedergeben konnte. Das Beste, was er damit ausdrücken konnte, war: *Freunde. Tot. Drachenspuren.*

Jaslyn schrie etwas zurück, doch ihre Worte wurden vom Wind weggeweht. Sie machte ein Zeichen: *Wann?*

Eine Stunde. Zwei Stunden. »Ist noch nicht lange her.«

Gefahr?

Nein. »Wer auch immer den Angriff zu verantworten hat, ist längst über alle Berge.« Zumindest hoffte er das. Es gab keine Spur von Leben am Boden, und derjenige, der die Männer verbrannt hatte, konnte längst meilenweit weg sein.

Sie gab Semian zu verstehen, dass er landen sollte, und folgte ihm dann, während Jostan hoch über ihren Köpfen Wache hielt. Die beiden saßen ab und bahnten sich einen Weg durch die Trümmer. Ein Teil der Wagen war noch zu erkennen – an den versengten Achsen und Rädern. Der Rest war ein Meer aus verkohlter Asche und stellenweise so heiß, dass sie nichts berühren konnten. Mehrere Leichen lagen herum. *Nein. Leichenfetzen. Soldaten.*

»Das sind die Soldaten des Sprechers«, sagte Prinzessin Jaslyn. Erschrocken erkannte Semian, dass sie recht hatte. Die Garde des Adamantpalasts. Der Großteil der Männer war gefressen worden, und übrig geblieben waren lediglich die Hände und Arme und Beine sowie zerbeulte Rüstungen, die angekaut und wieder ausgespuckt worden waren. Die wenigen nicht zerfetzten Toten waren bis zur Unkenntlichkeit verbrannt. Einer der Soldaten war mit dem Skorpionbolzen der Garde gepfählt worden.

»Sie sind alle tot, Prinzessin«, sagte Semian, und sie nickte bedächtig. »Machen wir uns auf die Suche nach den Angreifern? Sie können noch nicht lange fort sein. Womöglich gönnen sie ihren Drachen eine Pause und lassen sie jagen.«

»Oder sie haben sich sofort aus dem Staub gemacht.« Jaslyn schüttelte den Kopf. »Wir halten uns an unseren ursprünglichen Auftrag. Wir werden den Alchemisten Bericht erstatten, wenn wir bei ihnen sind. Sobald meine Mutter Sprecherin ist, wird sie diesen Gräueltaten ein Ende setzen.« Sie ging zurück zu Vidar und kletterte auf seinen Rücken. »Wir fliegen von nun an auf drei Ebenen.«

Semian nickte. Drei Ebenen bedeutete, dass einer von ihnen knapp über dem Erdboden und die anderen beiden in viel höheren Lagen flogen, sodass Hunderte von Metern sie trennten und nicht alle auf einmal von Angreifern überrascht werden konnten. Dies war wohl Jaslyns Art, ihnen mitzuteilen, dass sie in Gefahr schwebten. Sie erhoben sich erneut in die Lüfte. Jostan schoss hoch in den Himmel, während Semian tief flog und Prinzessin Jaslyn irgendwo zwischen ihnen schwebte. Die Position in der Mitte war der sicherste Ort der Formation, doch die anderen mussten sich gleichzeitig blindlings darauf verlassen, dass ihre Augen jegliche Gefahr unverzüglich bemerkten. Semian versuchte, diesen Gedanken beiseitezuschieben, und konzentrierte sich auf den holprigen Pfad, der zur Feste der Alchemisten führte. An manchen Stellen war er fast nicht zu erkennen, verschwand in bewaldeten Tälern, schlängelte sich über glatte Steinplateaus und drängte sich unter uneinsehbaren Gebirgsvorsprüngen hindurch, als sei er absichtlich so gestaltet worden, dass er nur schwer zu finden und fast unmöglich zu verfolgen war.

Am späten Nachmittag führte der Weg Semian über einen hohen Pass und wieder hinab in eine saftig grüne Talebene. Ein abgelegenes Dorf lag unter ihm, schmiegte sich auf der einen Seite an einen rauschenden Fluss und war auf der anderen von Feldern mit weidendem Vieh umschlossen. Der Pfad folgte dem Fluss, vorbei an dem Dorf, und tauchte in ein breites Waldstück ein. Die Talhänge wurden steiler und rückten immer enger aneinander, bis Semian zwischen zwei vollkommen senkrechten Gesteinswänden flog, die nur noch hundert Meter voneinander entfernt lagen. Die rissigen und von kraterförmigen Löchern durchsetzten Felsklippen waren mit schwarzen und dunkelgrün schimmernden Flechten bewachsen. Winzige, schäumende Wasserrinnsale perlten über den Klippenrand und zerstoben am zerklüfteten Gestein in einem Sprühregen aus Gischt und Dunst. Aus ausnahmslos jedem Spalt reckten sich verkrüppelte Bäume und Büsche dem Tageslicht entgegen.

Die Felswände kamen stetig näher, und Semian konnte Matanizkans wachsende Unruhe spüren. Sie hasste es, in einer solch beengten Umgebung zu fliegen.

Auf einmal schloss sich die Gesteinslücke vollkommen. Am Fuß des Berges, wo die Felswände zusammentrafen, war eine Anhäufung von Steinbauten zu sehen, die sich in loser Anordnung an den steilen Abhang drängten. Hier und da konnte Semian Höhleneingänge ausmachen, schwarze Spalten, die in völlige Dunkelheit zu führen schienen. Der Fluss verschwand in einer von ihnen. Daneben befand sich das Drachennest, klein, aber unverkennbar. Kein einziger Drache war zu sehen.

Matanizkan schoss senkrecht nach oben. Es gab keinen anderen Weg. Die Gesteinswände schienen wie wild herumzuwirbeln, als der Drache einen Looping an den Felsklippen machte. Einen Moment lang hing Semian kopfüber im Sattel. Dann tauchte das Tier auch schon wieder zur Talsohle ab. Semian biss die Zähne zusammen und packte die Zügel. Irgendwie gelang es Matanizkan, trotz der Enge die Flügel auszubreiten und das Gleichgewicht wiederzuerlangen, während ihre Klauen über den Felsboden kratzten.

»Runter«, befahl Semian, und Matanizkan schien beinahe dankbar zu sein, endlich landen und wieder Atem schöpfen zu dürfen. Semian blieb im Sattel sitzen und ließ sie langsam zurück zur Talhöhe schreiten, hinauf zum Drachennest. Als er dort ankam, warteten bereits mehrere Alchemisten auf ihn. In ihrer Nähe standen auch Soldaten, und einige Skorpionbolzen zeigten in seine Richtung. Verhalten stieg Semian ab, hob den Kopf und suchte Jostan und Prinzessin Jaslyn, entdeckte jedoch keinen der beiden. So umringt von den Steinwänden konnte er sowieso nicht viel vom Himmel sehen.

»Reiter Semian im Dienste von Königin Shezira«, rief er. Die Soldaten entspannten sich, als er vom Drachen wegtrat. Einer der Alchemisten näherte sich.

»Keitos, Alchemist zweiten Grades.« Er verbeugte sich.

»Verzeiht, Reiter. Wir wussten nichts von Eurem Kommen, und wir leben in schwierigen Zeiten.«

Semian war nicht sicher, was Keitos damit meinte, fragte jedoch nicht nach. Sie entfernten sich ein paar Schritte von Matanizkan. »Ich bin die Eskorte von Prinzessin Jaslyn. Es gibt noch einen zweiten Drachenritter. Reiter Jostan. Sie werden in Kürze ankommen.« Er rang sich ein Grinsen ab. »Ein interessanter Nesteingang.«

Keitos nickte ernst. »Ihr habt zweifelsohne eine ungewöhnliche Landung hingelegt. Das ist wohl Euer erster Besuch. Dieser Ort bereitet Drachen gewisse Schwierigkeiten. Das ist einer der Gründe, warum wir unsere Feste an dieser Stelle erbaut haben, lange bevor wir die Drachen unterwarfen.«

Damals, als ihr noch Blutmagier wart. Den Alchemisten an die dunkle Vergangenheit des Ordens zu erinnern wäre allerdings unhöflich gewesen – zumal er zu Gast war –, weshalb Semian lieber schwieg. Sie warteten am Rand des Drachennests, während Matanizkan in sichere Entfernung gelockt wurde. Schließlich sah er Jaslyn und Jostan durchs Tal auf sie zufliegen. Sie hatten natürlich beobachtet, wie er beinahe gegen die Steilhänge geknallt war, und selbst die Prinzessin drosselte das Tempo und schwebte in tiefen Kreisen herab. Einer nach dem anderen vollführte eine elegante Landung und saß ab. Keitos ließ Semian stehen und begrüßte die Neuankömmlinge. Als der Alchemist mit Jostan und Prinzessin Jaslyn zurückkehrte, wirkte er angespannt. Jaslyn erzählte ihm gerade, was sie auf ihrem Weg gesehen hatten.

»Alle sind tot«, sagte sie, »und es war zweifellos ein Drachenangriff.« Sie blickte zu Semian. »Da stimmt Ihr mir doch zu, oder?«

Semian nickte. Keitos verbeugte sich tief. »Und die Wagen, Eure Hoheit?«

»Sind alle zerstört. Wie Ihr wahrscheinlich wisst, sind vor einigen Monaten mehrere Ritter meiner Mutter angegriffen worden.«

»Darüber wurden wir informiert, Eure Hoheit. Einer Eurer Drachen wurde nie gefunden.«

»Eine makellos Weiße. Wir suchen immer noch nach ihr.«

Keitos nickte energisch und führte sie zu einem halb verfallenen, aus Stein gebauten Langhaus. Semian entging nicht, dass das Dach undicht war. Alles dort war feucht.

»Wir verfügen über keine besonders wohnlichen Unterkünfte, Eure Hoheit. Es gibt ein paar Zimmer, aber …«

Jaslyn wischte seine Bedenken fort. »Wir werden nicht lang bleiben, Meister Keitos. Ich habe etwas bei mir, das uns Rätsel aufgibt. Sobald Ihr mir sagen könnt, worum es sich handelt, machen wir uns auch schon wieder auf den Weg. Ich hoffe, morgen beim ersten Tageslicht abzureisen.«

»Ein Rätsel?« Keitos blieb stehen, und seine Augen blitzten auf. »Wie ungewöhnlich. Ihr könnt natürlich mit unserer uneingeschränkten Hilfe rechnen. Verzeiht mir die Frage, Eure Hoheit, aber warum habt Ihr Euch die Mühe gemacht, hierherzukommen, wo doch viele unserer hochrangigen Meister zurzeit Gäste des Sprechers sind, um

Königin Sheziras Nachfolge beizuwohnen? Ich bin sicher, dass ihr Wissen in Bezug auf Elixiere ausgereicht hätte.«

»Es handelt sich um kein Elixier, Meister Keitos. Es sieht eher wie flüssiges Metall aus.«

Keitos verneigte sich. »Wir werden alles in unserer Macht Stehende tun, Eure Hoheit.«

»Gut. Und Ihr werdet Euch gleich heute an die Arbeit machen, und morgen früh werde ich dann mit dem eindeutigen Beweis in der Tasche abreisen, um Prinz Jehal für immer zu vernichten.«

Zum ersten Mal, seitdem sie den Palast verlassen hatten, bemerkte Semian, wie ein hauchdünnes Lächeln über Prinzessin Jaslyns Gesicht glitt.

50
Die Drachenpriester

Hyram stand am Fenster im Turm der Lüfte. Hoch oben auf dem Turm der Abenddämmerung konnte er unscharf zwei Gestalten hinter den Zinnen ausmachen, sonst jedoch nichts weiter. Da verband ihm Zafir mit dem schwarzen Seidenschal die Augen, und er war plötzlich *dort*, krallte sich, nur einen halben Meter von Jehal entfernt, am Mauerwerk fest. Die ganze Zeit über konnte er kaum etwas sehen, und erst am Ende erhaschte er einen flüchtigen Blick auf Jehal, als sich dieser über die Brüstung lehnte und auf die Stadt der Drachen hinabstarrte. Doch er hörte alles. Jedes einzelne Wort. Selbst nachdem Jehal vom Dach verschwunden war, und es außer den Sternen am Himmelszelt nichts weiter zu sehen und abgesehen vom Rauschen des Windes nichts weiter zu hören gab, blieb Hyram einfach stehen, schweigend und reglos. Er glaubte, sein Herz habe sich in Stein verwandelt. Sehr langsam schob er die Seide von den Augen.

»Sie wird die Viper zu ihrem Nachfolger erklären«, sagte er. Er traute seinen eigenen Ohren nicht. Shezira war ein

Teil der Familie gewesen. Es war unvorstellbar, dass sie einen solchen Frevel begehen könnte, und dennoch hatte er es gesehen. Hatte es *gehört*.

»Ich habe dir doch gesagt, dass sie sich gegen dich verschwören würde.« Zafirs weiche Hände berührten seine.

»Aber die *Viper*. Wie kann sie das nur tun?« Ungläubig schüttelte er den Kopf.

Zafir stand dicht neben ihm, nah genug, damit er die Hitze ihres Körpers spürte. Sie trug ein hauchdünnes seidenes Unterkleid, das sich in der Brise am Fenster an ihre weichen Rundungen schmiegte. »Deine Familie gab ihr das Versprechen, dass sie als Nächste an der Reihe wäre. Sie ist eine stolze und sturköpfige Königin.« Zafir schüttelte den Kopf. »Und sieh nur, wie viel sie ihm zu geben bereit ist. Sie macht ihn quasi zum König über ihr eigenes Reich, während er lediglich noch in aller Seelenruhe abwarten muss.«

»Ich hätte dafür gesorgt, dass eine ihrer Töchter nach dir Sprecherin wird. Von mir aus auch sie selbst, falls sie körperlich und geistig noch in der Lage wäre.« Hyram rang die Hände. »Warum? Warum musste sie mich so hintergehen? Ausgerechnet mit der *Viper* …«

»Es spielt keine Rolle, mein Geliebter. Welche Entscheidung auch immer du triffst, ich werde hinter dir stehen, und zweifellos kannst du dich auf deinen eigenen Clan verlassen. Wen hat Shezira auf ihrer Seite? König Valgar und König Tyan?« Sie schnaubte verächtlich. »Das reicht nicht.«

»Jehal wird Silvallan und Narghon überzeugen.« Er

schüttelte erneut den Kopf. Wenn Zafir ihn nicht im Arm gehalten hätte, wäre er unruhig im Zimmer auf und ab geschritten. Er hätte es voraussehen müssen. Wie dumm von ihm, Shezira von seinem Entschluss zu erzählen! Jetzt würde er für seine Torheit bitter bezahlen.

»Nein.« Zafir massierte seine Schultern und flüsterte ihm ins Ohr: »Ich kann dir mindestens einen versprechen, wenn nicht sogar beide.«

»Wie?« Die Entscheidung war noch nicht gefallen. Er konnte immer noch Shezira zu seiner Nachfolgerin benennen. Er konnte Zafir heiraten und seine letzten Jahre als König verbringen. Wäre das denn so schlimm?

»Vertrau mir, Sprecher.« Zafir entwand ihm behutsam den Seidenschal. »Ich muss meinen kleinen Spion zurückbringen.« Sie verband sich mit dem Seidenschal die Augen, stellte sich genau vor Hyram und lehnte sich ein wenig zurück. »Halt mich«, hauchte sie. »Ich verliere dabei manchmal die Kontrolle über mich selbst. Lass mich nicht fallen.«

»Ja, natürlich.« Ein fester Stoß, und sie fiele aus dem geöffneten Fenster. Der Erdboden lag dreißig Meter unter ihnen, und sie würde einen solchen Sturz nie überleben. *Genau wie Aliphera.*

Nein. Er konnte Jehal nicht gewinnen lassen. Er konnte seine Meinung nicht ändern. Nicht mehr.

»Halt mich fester.« Zafir drängte sich näher an ihn, schwankte leicht und rieb dabei sanft seine Lenden. Vielleicht tat sie es absichtlich, vielleicht aber auch nicht. Es interessierte ihn nicht, und er reagierte augenblicklich darauf. Seine Arme umfassten sie, zogen sie noch enger an sich. Seine Finger liebkosten ihre Haut durch den hauchdünnen Seidenstoff. Sie zitterte.

»Ist dir kalt?«

»Nein.« Sie nahm seine Hand und schob sie langsam über ihren Körper, bis sie ihre Kehle erreichte. »Wenn du Prinz Jehal einen Strich durch die Rechnung machst, wirst du der Mittelpunkt seines Lebens werden. All sein Handeln wird um den Hass kreisen, den er für dich empfindet.«

Hyram knabberte an ihrem Ohr und flüsterte: »Aber nicht lange. Du wirst den Mörder für seine Taten zur Rechenschaft ziehen und an den Galgen bringen.«

»Werde ich das wirklich? Ich habe Jehal die Elixiere gestohlen, die dich zum Mann machen, doch er ist der Einzige, der die Zusammensetzung kennt, und nur er weiß, woher sie stammen. Sag mir, Sprecher, was ist dir wichtiger? Ich? Oder Jehal? Oder die Elixiere? Würdest du sie für all das hier aufgeben? Wäre es das wert?«

Hyram gab keine Antwort. Vor zehn Jahren hätte er vermutlich gesagt, es seien Jehal und die Rache, die ihm am meisten bedeuteten. Vor zwanzig Jahren hätte er wohl gesagt, es seien Zafir und der betörende Geruch ihrer Haut. Jetzt hingegen ... Er schloss die Augen. Die Elixiere. Es waren die Elixiere.

Zafir hielt ihn fester umschlungen. »Ich weiß. Ich verstehe. Vergiss nur nicht, dass wir noch ein Weilchen auf Jehal angewiesen sind, bis wir herausgefunden haben, woher er sie bekommt.« Während sie sprach, flatterte ein kleiner goldener Drache mit Metallflügeln durchs Fenster und ließ sich auf dem Bettpfosten nieder. Zafir schob Hyrams Hand zu ihren Brüsten. »Schließ die Fensterläden. Was geschehen ist, ist geschehen. Königin Fyon ist Jehals Tante. Sie wird König Narghon auf Jehals Seite ziehen wollen. Das kann ich verhindern. Du kümmerst dich um Silvallan und deine Cousins. Das würde reichen.«

Hyram wollte den Knoten in der schwarzen Seide an ihrem Hinterkopf lösen, doch Zafir drehte sich geschwind um und nahm seine Hände in ihre.

»Lass es dort. Ich möchte uns mit den Augen des Drachen beobachten.«

Sie zog ihn aufs Bett, und während er an ihrem Kleid riss und in sie eindrang, vergaß er Jehal und die Elixiere, und in seinen Gedanken war nur noch Platz für Zafir. Mit der Seide, die ihre Augen bedeckte, war es sogar noch leichter, sich Aliphera vorzustellen, die unter ihm keuchte.

Mitten in der Nacht wollte er unbemerkt aus ihrem Bett schlüpfen, aber Zafir hielt ihn zurück und ließ ihn alles um ihn herum vergessen, bis die Sonne allmählich wieder über den Horizont kroch. Dann schlief sie ein, und Hyram lag mit weit aufgerissenen Augen und hellwach da, starrte an die Decke und in die zwei Paar rubinroten Augen, die ihn vom Bettpfosten aus ansahen. War in der vergangenen Nacht nicht nur *ein* mechanischer Drache im Zimmer gewesen? Er versuchte sich zu erinnern und musste feststellen, dass es ihm nicht gelang. Als er auf seine Hände schaute, zitterten sie. Nicht stark, aber genug, dass es ihm auffiel. Eine grenzenlose Angst packte ihn. Elixiere! Er brauchte schon wieder einen Schluck.

Er kleidete sich rasch an und hastete zu seinen eigenen Gemächern. Die Elixiere waren noch genau dort, wo er sie zurückgelassen hatte, und warteten auf ihn. Er nahm einen tüchtigen Schluck und besah sich den kümmerlichen Rest. Langsam, aber sicher neigten sie sich dem Ende zu. Am Anfang hatte er auch nicht so große Mengen gebraucht wie jetzt.

Am besten dachte er einfach nicht mehr darüber nach. Sobald all das hier vorüber, sobald Zafir die nächste Sprecherin war, konnte er seine gesamte Aufmerksamkeit auf die Alchemisten richten. Konnte herausfinden, woraus die Elixiere bestanden und woher sie kamen. Konnte so viel davon herstellen, wie er brauchte. Ja. So würde er es machen. Und er musste Zafir zur Sprecherin ernennen, denn wenn er es nicht tat, was wäre dann? Sie zu verlieren wäre im Moment gleichbedeutend damit, alles zu verlieren.

Das Elixier entfaltete seine Wirkung. Das Zittern ließ nach, und Hyram fühlte sich wieder stark. Er kleidete sich dem Anlass entsprechend und eilte zur Glaskathedrale, stellte sich dann vor den Altar und wartete. Er versuchte zu verdrängen, wie er vor vielen Monaten hier gelegen hatte, schwach und machtlos, während sich Königin Shezira über ihn beugte, kalt wie Eis und hart wie Stein.

»Lord Hyram.« Aus den dunklen Nischen der Kirche traten die Drachenpriester der Reihe nach zum Altar. Sie bildeten einen Kreis um Hyram und verbeugten sich wie auf Kommando. Niemals hätten sie es laut ausgesprochen, aber er konnte ihren Hunger nach ihm förmlich spüren, ihren glühend heißen Wunsch, dass er dem traditionellen

Weg der Sprecher folgte, auf dem von einem Drachen entzündeten Scheiterhaufen verbrannte und seine verkohlten Überreste als Futter für die Tiere zum Drachennest gekarrt wurden.

»Hohepriester Aruch.« Hyram verbeugte sich nicht. In seiner Funktion als Sprecher hatte er die Bräuche der Glaskathedrale respektieren müssen, doch als einfacher Lord Hyram würde er die Priester mit der Verachtung strafen, die sie verdienten. »Ich bin nicht gekommen, um abgefackelt zu werden, wenn es das sein sollte, was Ihr erhofft.«

Aruch rührte sich nicht. »Eure Lordschaft war dem letzten Geheimnis so nahe«, flüsterte er. »So nahe. Näher als jeder andere Sprecher seit der Zeit der Narammeder. Ihr wurdet verdorben, Lord Hyram. Verdorben von der Hand einer Frau. Welche Tragödie! Ihr hättet einer von uns werden können.«

»Oh, bitte, alles lieber als das. Reißt mir die Organe bei lebendigem Leib heraus und bringt sie zum Drachennest. Selbst dieses Schicksal wäre angenehmer, als einer von Euch zu werden.«

»Eure Worte zielen darauf ab, uns zu verletzen, aber Ihr könnt unseren Schuppenpanzern keine Wunde beibringen, Lord Hyram. Wir bemitleiden Euch, jetzt und für alle Zeiten.«

»Ihr könnt noch etwas anderes für mich tun, Aruch, *falls* Ihr ein wenig Zeit erübrigen könnt. Ich gedenke die Frau zu heiraten, die Ihr dermaßen verachtet.«

»Das wissen wir. Wir haben alle Vorbereitungen getroffen. Und wir verachten niemanden, und jeder ist in unseren Mauern willkommen. Immer.«

»Nun, viele von uns werden zu Euch strömen, und das schon früher, als Ihr es für möglich haltet. Die Hochzeit wird in Kürze stattfinden. Morgen bei Tagesanbruch. Alle Personen von Bedeutung sind bereits hier, also warum warten?« Ja. Es war eine impulsive Entscheidung, aber sie fühlte sich richtig an. Zieh die Hochzeit vor, selbst wenn es sich nur um einen Tag handeln sollte. Schrei es in die Welt hinaus. Die Fronten sollen geklärt sein. Sollen sich seine Feinde ruhig vor aller Welt formieren, wo er sie sehen konnte. Antros hätte dasselbe getan, und Shezira ebenfalls. So soll es sein. Hyram drehte sich um und trat aus dem Kreis der knienden Priester.

»Es soll Menschen geben, die hier sogar Trost finden. Vielleicht erinnert Ihr Euch?«, murmelte Aruch, als Hyram an ihm vorbeischritt.

Hyram schnaubte. »Einigen mag es gelingen, anderen nicht. Der Ausgang wird interessant sein, nicht wahr?«

»Euer Wille geschehe, Lord Hyram. Euer Wille geschehe.«

Als Hyram aus der Glaskathedrale eilte, erhoben sich die Priester lautlos und kehrten in die Schatten zurück.

51

Wiedergeburt

Sie ließen die Wagen brennend zurück. Die Soldaten waren alle tot und zerquetscht. Nadira beobachtete, wie die Leichen zu winzigen Punkten zusammenschrumpften und schließlich selbst die Rauchwolken nicht mehr zu sehen waren. Sie hatte überlebt, und das erfüllte sie mit Stolz. Sie hatte einen Ehemann gehabt, vier Kinder, die Pocken. Sie hatte sich im Seelenstaub verloren, war von Drachen angegriffen und von ihren Reitern vergewaltigt worden, und hatte alles überlebt. Sie dachte lange über das Überleben nach, während die Drachen weiterflogen, und sie dachte über den Soldaten nach, den sie getötet, dem sie mit einem Stein den Kopf zertrümmert hatte, bis nichts mehr von seinem Gesicht übrig gewesen war. Ein sonderbares Gefühl war zurückgeblieben, eine innere Leere, die sie nicht einordnen konnte.

Sie hatte nicht den blassesten Schimmer, wo genau sie sich befanden, abgesehen davon, dass sie immer noch irgendwo im Weltenkamm herumflogen. Die Berge, an die sie gewohnt war, erinnerten sie an riesige, hoch aufragende Monster, die sich böse Blicke zuwarfen, allerdings durch tiefe, breite Täler einen gebührenden Abstand wahrten. Hier hingegen schien alles zusammengequetscht zu sein. Die Gebirge drängten sich dicht aneinander, stapelten sich zuweilen gar übereinander. Die Täler glichen schmalen Schluchten. Niemand konnte hier leben. Das jedenfalls glaubte Nadira, bis sie das Dorf sah.

Schneeflocke und der Aschgraue flogen darüber hinweg, drehten dann ab und schnellten in die Höhe. Nadira konnte ihre fieberhafte Aufregung spüren. Kein einziger Gedanke drang zu ihr, doch sie wusste, dass die Tiere gefunden hatten, wonach sie suchten. Die Drachen verbrachten den restlichen Tag mit Jagen, fraßen sich voll und rollten sich anschließend auf einem winzigen Felsvorsprung zum Schlafen zusammen. Nadira lehnte sich zaghaft an Schneeflockes Schuppen. Die Luft hier oben war bitterkalt, doch an manchen Stellen war das Tier viel zu heiß, um es zu berühren.

Kemir stand auf, spannte den Bogen und verschwand. Sie verstand Männer wie Kemir. Er war stark. Er brachte das Essen nach Hause. Er hielt sie am Leben und gab ihr ein Gefühl der Sicherheit, und im Gegenzug blieb sie in seiner Nähe. Wenn er sie bat, schloss sie die Augen, stellte sich vor, sie sei weit weg, und gab sich ihm hin. Soviel Nadira wusste, hatte die Welt für eine Frau wie sie nicht mehr zu bieten, und das hier war das Beste, was sie von ihrem Leben erwarten konnte. Sie sollte sich glücklich schätzen.

Eine Stunde später kam Kemir mit leeren Händen zurück, sah sie an, zuckte entschuldigend mit den Schultern und verschwand dann wieder. Nach einer Weile rappelte sie sich auf und folgte ihm. Er stand am Rand des Felshangs und blickte zu den gegenüberliegenden Bergen. Fernab von den Drachen spürte Nadira, wie sich die eisige Luft rasch einen Weg durch ihre Kleidung bis zu ihrer Haut bahnte. Zitternd schmiegte sie sich an Kemir.

»Hier oben gibt es keine Nahrung«, sagte er. »Wir werden heute Nacht mit leerem Magen zu Bett gehen.«

Er sprach nicht viel, und normalerweise war sie froh darüber. Die Drachen redeten sogar noch weniger. Manchmal sagte die Weiße etwas zu ihr. Der Schwarze redete, als existierten sie überhaupt nicht. Anfangs hatte es Nadira mit großer Angst erfüllt, dass sie die Tiere in ihrem Kopf hören konnte. Jetzt erwachte in ihr ebenfalls eine unsägliche Wut, wenn die Drachen in Zorn gerieten. Abgesehen davon nahm sie kaum etwas wahr. Sie waren eine schweigsame Gesellschaft. Ihr gefiel das, nicht jedoch an diesem Abend.

»Hunger ist für mich nichts Neues. Das hier ist es, nicht wahr? Sie haben gefunden, wonach sie suchen.«

Kemir nickte.

»Gut.« Eigentlich hätte ihr dieser Umstand Angst einjagen müssen, doch dem war nicht so. Stattdessen spürte sie echte Vorfreude.

»Vielleicht. Vielleicht auch nicht.« Kemir zuckte mit den Achseln. »Wenn sie ihr Ziel erreicht haben, weiß ich nicht, was aus uns wird. Sie lassen uns womöglich gehen. Oder sie fressen uns.«

»Das glaube ich nicht. Wir werden einen Weg finden, um ihnen weiterhin von Nutzen zu sein.«

»Wir sollten wieder weglaufen. Diesmal würden sie vielleicht nicht nach uns suchen.«

Nadira legte ihm die Arme um die Schultern. »Komm zurück zu den Drachen. Mir ist kalt.« Wenn sie sich unterhielten, redete Kemir meistens über seine Fluchtpläne. Sie war nicht sicher, wie ernst es ihm damit war. Sie hatten es einmal probiert, und dabei war es geblieben.

Er schüttelte sie ab. Schmollend ging Nadira allein zurück zu den Drachen und rollte sich zum Schlafen zusammen. Kemir folgte ein paar Minuten später. Er legte sich neben sie, hellwach, und starrte zu den Sternen empor.

»Ich wurde in einer Outsider-Siedlung geboren«, sagte er. »Ich habe dort bis zu meinem fünfzehnten Lebensjahr gelebt. Dann tauchte der König der Felsen auf. Damals war er noch ein Prinz. Ich war nicht zu Hause. Ich hätte es sein sollen, aber ich bin mit einem meiner Cousins herumgestreunert. Als wir zurückkamen, war unsere Siedlung dem Erdboden gleichgemacht. Alles lag in Schutt und Asche. Wir hatten niemanden mehr außer uns. An dem Tag, als wir beide uns zum ersten Mal begegnet sind, hatten sie ihn gerade getötet. Ich kann nicht weglaufen. Noch nicht. Ich will zusehen, wie alles in Flammen aufgeht. Sie wissen das, Schneeflocke und der Aschgraue. Sie wissen, dass ich bei ihnen bleibe.«

Der Aschgraue hatte zu schnarchen begonnen. Das Geräusch war so tief, dass Nadira es kaum hörte, sondern eher als sanftes Erzittern des Berghangs wahrnahm.

»Reiter sind auch in meine Siedlung gekommen«, sagte sie leise. »Sie lag gut versteckt im Wald. Wir haben uns alle in Sicherheit gewiegt. Wir waren eingeschlossen von Bäumen. Nirgendwo in der Nähe gab es einen Landeplatz für Drachen. Das hat uns aber nichts genützt. Der Wald war nicht dicht genug. Sie haben uns aufgespürt und niedergebrannt. Dann sind die Drachen herabgeschossen und haben alles plattgewalzt. Die Reiter haben schließlich den Rest von uns, der beim ersten Angriff nicht ums Leben gekommen ist, erbarmungslos gejagt. Alle sind getötet oder versklavt worden. Ich habe nicht zum Sklavendienst getaugt. Zu alt, zu hässlich, zu was auch immer. Sie haben aber meine Jungs mitgenommen, jedenfalls die, die sie nicht umgebracht haben. Ich habe sie gesehen.« Ihre Augen funkelten. Das war die eine Erinnerung, an der sie sich festklammerte, der Anblick ihrer beiden Jungen, einer acht, der andere zehn Jahre alt und beinahe schon ein Mann, die gewaltsam fortgeschleppt wurden. Sie hatten geweint und sich zusammengekauert, und dennoch war es auf eine gewisse Art eine glückliche Erinnerung, denn zumindest bestand die Möglichkeit, dass sie noch am Leben waren, selbst wenn sie an das Ruder einer taiytakischen Galeere gekettet waren.

»Sie haben getan, was sie immer tun«, flüsterte sie. Kemir starrte weiterhin mit ausdruckslosem Gesicht in den Himmel, weshalb sie sich näher an ihn heranschob, den Kopf an seine Brust schmiegte und ihm mit den Fingern durchs Haar strich. »Als sie mit uns fertig waren, haben sie alle Frauen getötet, die zu alt waren, um verkauft zu werden. Ich war eine Ausnahme. Sie brachten mich in ihre Burg und kamen zu mir, wann immer sie Lust verspürten.

Nach ein paar Tagen muss ich sie wohl gelangweilt haben. Sie haben mich zurück zu der Stelle geschafft, an der sie mich gefunden hatten, und ließen mich in der kalten Asche zum Sterben zurück. Die anderen lagen immer noch dort. Ihre leblosen Körper waren bis auf die Knochen abgenagt. Vermutlich hatten sie angenommen, dass mich ein Schnäpper findet, bevor ich eine andere Siedlung erreichen könnte.«

Kemir murmelte etwas und zog sie an sich.

»Die Schnäpper mussten wohl bis oben hin vollgefressen gewesen sein. Aber danach wurde alles nur noch schlimmer.« Es wurde schlimmer, weil sie nutzlos war. Sie war zu alt, und niemand wollte sie. In den Siedlungen hatte eine Frau, die allein auf sich gestellt war, bloß eine Möglichkeit: Sie wanderte unermüdlich weiter, blieb nie lange an einem Ort, verkaufte ihren Körper, um zu überleben, beging kleine Diebstähle, bis sie gefasst und an eine Bande Seelenstaub-Schmuggler verkauft wurde. An den Rest erinnerte sie sich nur verschwommen. Sie hatte alles getan, was von ihr verlangt worden war. Einfach alles.

»Was auch immer es kostete, um an mehr Seelenstaub zu kommen«, hauchte sie und verspürte auf einmal ein heftiges Verlangen in sich aufsteigen. Allein an Seelenstaub zu denken, selbst nach all der Zeit ... »Und dann hatten sie ebenfalls genug von mir und warfen mich erneut den Schnäppern zum Fraß vor. Oder sie wollten, dass ich erfriere.« Sie lachte verbittert auf. »Schnäpper mögen mich anscheinend nicht besonders. Bin wohl zu mager. Kein echtes Festmahl. Ich dachte schon, Halluzinationen zu haben. Da war auf einmal ein riesiger weißer Drache. Und dann war dort Kailin, der Knappe. Und dann kamst du, und dann ist Kailin, der Knappe, fortgegangen, und ich war immer noch am Leben, und selbst der Seelenstaub ist verschwunden, wenn er denn überhaupt ganz verschwinden kann.«

Und sie hatte überlebt.

Kemirs Brust senkte und hob sich gleichmäßig. Er war eingeschlafen. Nadira rollte sich zur Seite und legte sich neben ihn, betrachtete die Sterne, spürte die Hitze des schlummernden Drachen auf der anderen Seite von ihr. Sie strich mit der Hand über Schneeflockes Schuppen. Sie hätten weglaufen sollen. Das wussten sie beide. Sie hätten verschwinden müssen, als Schneeflocke den Aschgrauen gefunden hatte. Genau in dem Moment, als die Drachen abgelenkt waren, hätten sie es vielleicht geschafft. Doch sie hatten zu lange gezögert. Jetzt würden die Drachen sie nicht mehr ziehen lassen, aber das störte sie nicht. Wenn überhaupt vermittelte es Nadira das Gefühl, etwas Besonderes zu sein. Es gab schlimmere Orte.

Schneeflocke war wohlig warm. Nadira spürte die Entschlossenheit der Drachen, selbst jetzt, im Schlaf. Diese zähe Beharrlichkeit hatte sie am Vortag noch nicht wahrgenommen. Und sie war ansteckend. Auch Nadira wollte etwas *tun*, wusste jedoch nicht was. Niemals zuvor hatte sie ein Ziel vor Augen gehabt, hatte nie die Zeit für so etwas erübrigen können. Nicht zu sterben, nicht aufgefressen zu werden, nicht zu erfrieren oder vor Erschöpfung umzukommen – das war alles gewesen, worum sich ihre

Gedanken gedreht hatten. Plötzlich musste sie sich über solche Dinge keine Sorgen mehr machen.

Kemir hatte ein Ziel. Die Drachen hatten ein Ziel.

Nadira hatte den ganzen langen Tag darüber nachgegrübelt, während die Berge immer höher und steiler, zerklüfteter und rauer geworden waren.

»Ich will helfen, die Drachenritter zu töten«, flüsterte sie. Sie wusste nicht, ob ihre Worte für Kemir oder Schneeflocke bestimmt waren, oder ob sie einfach mit dem Wind sprach. »Jeden Einzelnen von ihnen«, fügte sie hinzu. »Ich will sie alle töten.« Sie war von sich selbst überrascht. Dies war kein Ziel, das sie erwartet hatte. Vielleicht war es auch überhaupt nicht *ihr* Ziel. Vielleicht hatten die Drachen sie beeinflusst, genauso, wie Nadira wütend wurde, wenn sie wütend wurden. Oder Kemirs Rachedurst hatte auf sie abgefärbt. Letztlich spielte es keine Rolle.

Nadira kauerte sich zusammen und schloss die Augen. Sie machte sich klein und kuschelte sich an Schneeflocke. Die Drachen träumten, und durch ihre Träume wusste Nadira genau, was sie schon bald erwarten würde.

Ja. Es gab viel schlimmere Orte.

Teil 4

Das Zurückgeben der Asche

Es gibt einen letzten Preis, den der Drachenreiter zahlen muss. Wenn ein Drache letztlich stirbt, verbrennt er von innen heraus, sodass alles unter seinen Schuppen zu Asche und Staub zerfällt. Nur die Schuppen überdauern. Sie sind leicht und stabil, und weder Feuer noch Hitze können ihnen etwas anhaben. Deshalb benutzt man sie gerne für Rüstungen. Wenn ein Drache verstirbt und nur die Schuppen übrig bleiben, muss der Reiter sie aufsammeln und zurück zum Nest des Drachenkönigs bringen, von dem das Tier stammt. Somit kehrt der Drache zu seinem Geburtsort zurück. Allein aus der Asche, sagen die Alchemisten, kann ein neuer Drache geboren werden.

52

Die Alchemisten

Jaslyn war schon einmal bei den Alchemisten gewesen. Damals war sie dreizehn. Lystra war elf, Almiri sechzehn Jahre alt und sollte schon kurz darauf mit König Valgar verheiratet werden. Sie waren mit ihrer Mutter und Lady Nastria auf dem Rücken zweier Drachen gekommen, die beide inzwischen längst verstorben waren. Jaslyn rief sich große, dunkle Höhlen, runzlige alte Männer und feuchte Steinwände in Erinnerung, ebenso wie eine unerträgliche Almiri. Ihre Mutter hatte sie durch endlose Tunnel zu einem Ort geführt, der nie die Sonne gesehen hatte und lediglich von einigen wenigen Laternen erleuchtet wurde. Das Brausen eines unterirdischen Flusses hatte sie überallhin begleitet. Dann waren sie in eine riesige Höhle getreten, und ihre Mutter hatte sie auf die purpurfarbenen Flecken an den Wänden aufmerksam gemacht.

»Daher rührt unsere Macht«, hatte sie gesagt. »Von diesen winzigen Pflanzen. Die Alchemisten brauen aus ihnen die Elixiere, und die Knappen geben sie unseren Drachen. Die Drachen sind uns untertan und gehorchen unseren

Befehlen. Ohne diese Pflanzen sind wir schwach. Behaltet das im Gedächtnis – immer.«

Jaslyn hatte jede einzelne Minute, die sie dort verbringen musste, gehasst, aber am meisten hatte sie der Gedanke gestört, dass ihre Drachen ihr nur aufgrund irgendeiner kleinen Pflanze gehorchten. Sie sollten es *ihretwegen* tun. Weil sie sie *liebten*.

Heute war sie älter und klüger, doch das Gefühl von damals war nicht verschwunden und traf sie wie ein Schlag in die Magengrube, sobald sie gelandet war. *Ich hasse diesen Ort.* Sie blickte zitternd zu den Höhleneingängen und war geradezu erleichtert, als Keitos sie stattdessen durch das Durcheinander aus Steinhäusern führte. Er verbeugte sich und nickte und murmelte Plattitüden, die Jaslyn nicht wirklich verstand, und brachte sie zu einer armseligen, kleinen Hütte, in der ein alter Mann auf einer Bank saß und durch ein Stück Buntglas ein Blatt betrachtete. Sie blieben am Türrahmen stehen und warteten, doch der Greis schien sie nicht zu bemerken, sondern sah wie gebannt auf das Blatt. Er war leichenblass, und nur ein paar weiße Haarbüschel bedeckten seinen Schädel.

Schließlich räusperte sich Keitos.

»Ich weiß, dass Ihr hier seid, Meister Keitos.« Der alte Mann sah nicht auf. »Ich weiß auch, dass Besucher bei Euch sind. Drei Drachenreiter. Ich habe gespürt, wie sie gelandet sind. Wer auch immer Ihr seid, Ihr werdet Euch noch ein wenig gedulden müssen.«

»Das ist Prinzessin Jaslyn, Meister Feronos, die Tochter von Königin Shezira, unserer nächsten Sprecherin. Die bald unsere Herrin sein wird. Reiter Semian hat sie beglei-tet, der ebenfalls in Königin Sheziras Diensten steht.« Jostan war im Drachennest zurückgeblieben, um dafür zu sorgen, dass man sich gut um die Tiere kümmerte.

Der alte Mann seufzte. Er starrte noch einige Sekunden auf das Blatt, legte es dann weg und sah seine Besucher an. »Prinzessin Jaslyn. Ja. Ihr seid schon einmal mit Eurer Mutter hier gewesen. Vor fünf Jahren, im Winter, als wir alle im Schnee versanken. Ja, ja. Ich erinnere mich.« Er stand nicht auf oder verbeugte sich oder zollte ihr irgendeine Art von Respekt. Jaslyn war ein solches Verhalten nicht gewohnt. »Solltet Ihr nicht im Palast sein?«

Jaslyn starrte ihn verwundert an.

»Meister Feronos ist der Weiseste von uns allen, was die Kunde von Steinen und Metallen betrifft«, sagte Keitos nervös und schlurfte in den Raum. »Ihre Hoheit hat etwas mitgebracht, das sie vor ein Rätsel stellt, Meister. Eine Flüssigkeit, die Metall gleicht.«

»Eine Flüssigkeit, die Metall *gleicht*, oder eine Flüssig-keit, die Metall *ist*?«

»Prinz Jehal vergiftet damit womöglich Sprecher Hyram oder König Tyan. Vielleicht sogar beide. Und jemand woll-te es benutzen, um meine Mutter zu vergiften«, fauchte Jaslyn. Sie stieß Keitos beiseite und streckte dem uralten Alchemisten den Tontopf hin, der immer noch mit Wachs versiegelt war.

Eine knotige, zitternde Hand nahm ihn entgegen. Fero-nos hatte nicht damit gerechnet, wie schwer das Gefäß war.

Es glitt ihm aus den Fingern, und Jaslyn fing es in letzter Sekunde auf, bevor es auf dem Boden zerschmetterte.

»Ahhh.« Der alte Mann nickte. »Das kenne ich. Auch wenn ich es vor sehr, sehr langer Zeit das letzte Mal gesehen habe. Es überrascht mich nicht, dass Ihr nicht wisst, was das hier ist. Nicht viele könnten es Euch sagen. Ihr müsstet mein betagtes Alter haben, um Euch daran zu erinnern.«

»Ihr habt es noch nicht einmal geöffnet, alter Mann.« Jaslyn ballte die Hände zu Fäusten. »Wie könnt Ihr wissen, worum es sich handelt, wo Ihr es doch nicht geöffnet habt?«

Schweigend stellte Feronos den Tontopf auf den Tisch und brach das Siegel. Sehr vorsichtig öffnete er das Gefäß. »Ein Metall, das silbrig glänzt und eine wasserähnliche Struktur aufweist. Und sehr schwer ist. Das ist einmalig. Schwer zu finden.«

»Das *weiß* ich.« Jaslyn stampfte mit dem Fuß auf. »Woher stammt es? Wer hat es gemacht?«

»Niemand hat es *gemacht*, Mädchen. Man kann es nicht *machen*. Was seine Herkunft betrifft …« Er zuckte mit den Schultern. »Nicht aus den Reichen, die wir kennen, das versichere ich Euch. Wir hatten mal ein wenig davon. Es kam von jenseits des Meeres, glaube ich.« Er legte die Stirn in Falten. »Hm … wer hat es gleich noch mal aufbewahrt? Hier jedenfalls war es nicht. Irgendwo im Westen. Der alte Irios hatte etwas in Shazal Dahn, aber er weilt längst nicht mehr unter uns. Ist schon lange tot.«

Der Alchemist schien mit seinen Gedanken abzudriften. Keitos biss sich auf die Lippe. »Unsere Feste in den westlichen Wüsten …«, sagte er widerstrebend. »Halten wir für gewöhnlich geheim.«

»Aber das liegt …« Jaslyns Blick glitt zu Semian. »Das liegt in Sprecher Hyrams Reich!«

»Das war vor langer Zeit«, flüsterte der alte Mann.

»Aber es ist ein Gift, nicht wahr? Es ist *Gift*?«

Er zuckte mit den Schultern. »Trinkt genug davon, und Ihr werdet erkranken. Wie bei den meisten Dingen. Irios arbeitete gern damit, doch es brachte ihn um den Verstand. Man behauptete, das flüssige Metall wäre verantwortlich gewesen. Seeleute brachten es ihm. Manch einer bezeichnet es als die Krankheit der Alchemisten. Ich würde es hohes Alter nennen. Er konnte nicht aufhören zu zittern. Schließlich ist er einfach in die Wüste spaziert und nie mehr zurückgekehrt. Das jedenfalls hat mir jemand erzählt, wenn ich mich recht erinnere. Vielleicht ist das aber auch nur dummes Gerede. Allerdings ist es kein Gift. Außer man möchte zehn Jahre warten. Nein. Dann ginge es schneller, der Zeit einfach ihren Lauf zu lassen.«

Jaslyn hielt sich krampfhaft am Tisch fest. Die Welt um sie herum schien sich zu drehen. »Nein. Es *ist* Gift. Die Krankheit der Alchemisten. So hat es auch Almiri genannt. Und König Tyan, ja, er liegt nun schon seit fast zehn Jahren im Sterben, und Hyram ist seit über einem Jahr krank. Und es wird immer schlimmer. Es *ist* Gift. Und *Jehal* steckt dahinter.« Sie ballte die Faust. »Er bringt sie langsam um, damit sie nicht ahnen, dass sie ermordet werden. Hyram hatte die ganze Zeit über recht, und niemand glaubt ihm!«

Behutsam stopfte Meister Feronos den Pfropfen zurück

in das Töpfchen und stellte es auf den Boden. Er schien ein wenig enttäuscht zu sein. Jaslyn eilte aus der Hütte und atmete tief die frische Luft ein.

»Hoheit!«

»Reiter Jostan!« Sie sah ihn überrascht an. »Ihr solltet doch im Drachennest bleiben, damit Ihr Euch darum kümmert, dass man sich bei der Pflege von Vidar genau an meine Anweisungen hält.«

»Hoheit, weitere Drachen sind in der Nähe. Die Weiße ist gesichtet worden.«

Jaslyn blinzelte. »Was? Hier? Bei den Alchemisten?«

»Nein. Aber zwei Drachen sind wenige Stunden, bevor wir ankamen, von einem Dorf aus gesehen worden. Ein schwarzer Kriegs- und ein weißer Jagddrache. Es kann sich nur um unsere Weiße handeln. Es gib keine *anderen* schneeweißen Drachen.«

Sie schnaubte. »Und wer hat Euch das erzählt, Reiter Jostan? Ein Narr, der schon zu tief ins Glas geschaut hat? Ein Bauer? Oder war es der Dorftrottel?«

»Eure Hoheit, ein Hauptmann der Adamantinischen Garde. Eine ganze Legion beschützt die Feste der Alchemisten.«

»Das ist mir neu. Außerdem habe ich bei unserer Ankunft keinen einzigen Soldaten der Garde gesehen.«

»Sie kampieren im Wald, im Schutz der Bäume.«

Jaslyn schüttelte den Kopf. »Das spielt jetzt keine Rolle. Wir müssen augenblicklich zum Palast. Geht zum Nest zurück und bereitet alles für unsere Abreise vor. Königin Shezira steht kurz davor, einen Pakt mit Prinz Jehal zu schließen. Wir müssen zurückkehren, bevor der nächste Sprecher bestimmt wird. Wir müssen *auf der Stelle* aufbrechen.«

Jostan wirkte angespannt. »Eure Hoheit, sobald die Drachen gefüttert und alle Vorkehrungen getroffen sind, wird die Sonne fast untergegangen sein. Ich flehe Euch an, schlagt Euer Lager nicht mitten in der Nacht draußen in der Wildnis der Berge auf, während andere Drachen in der Nähe sind. Wir wissen nicht, ob sie uns freundlich oder feindlich gesonnen sind und was sie wollen. Wenn einer von ihnen allerdings die Weiße ist … Bleibt hier, Hoheit, in der Sicherheit der Feste. Wir können morgen beim ersten Tageslicht losfliegen und dennoch rechtzeitig ankommen.«

»Reiter Jostan hat recht«, sagte Semian von hinten. »Wir werden mit Euch fliegen, wenn das Euer Wunsch sein sollte, und Euch mit unserem Leben verteidigen, aber es ist unklug, derart überstürzt abzureisen.«

Jaslyn knurrte verärgert und ballte die Hände zu Fäusten, musste sich jedoch eingestehen, dass die beiden Reiter im Recht waren. Sie stürmte zurück in die Hütte und schnappte sich das Töpfchen mit Gift. *Das Gift der Viper.*

»Also schön. Beim ersten Tageslicht. Keine Sekunde später.« Sie warf ihren Umhang um die Schultern, machte hastig auf dem Absatz kehrt und schritt ungeduldig über das Gelände, ohne genau zu wissen, wohin sie ging. *Nastria hätte mich begleiten müssen. Es gibt zu viele Geheimnisse. Warte, warte, warte! Wir sollten* sofort *abreisen. Ich muss zu meiner Mutter. Welchen Vorteil könnte Jehal daraus ziehen, sie so zu vergiften, dass sie in zehn Jahren stirbt? Warum sollte er das tun?*

Und warum ist die Weiße hier?

53
Das erste Tageslicht

Ein tiefes, dröhnendes Summen erfüllte die Glaskathedrale. Hyram und Königin Zafir standen zu beiden Seiten des Altars. Sie trugen mit Juwelen besetzte Drachenmasken und lange Gewänder aus goldenen und silbernen Blättern, die sich wallend über den Boden ergossen. Eigentlich hätten sie vollkommen still dastehen müssen, wie Statuen, während die Sonne aufging und das erste Tageslicht durch die Fenster fiel.

Shezira beobachtete sie aufmerksam. Bei der Heirat mit Antros hatte sie dieselbe Tortur über sich ergehen lassen müssen. Sie hatte fast eine halbe Stunde wie erstarrt in der gleichen Pose verharren müssen, und abgesehen von der Geburt ihrer Töchter war es die schwerste Prüfung, die sie je abgelegt hatte. Antros hatte natürlich die ganze Zeit über herumgezappelt. Zafir hingegen war jetzt so still, als sei sie aus Stein gemeißelt. Hyram, dachte sie, zitterte nur leicht.

Das Summen der Priester schwoll allmählich an. Die Sonne hatte fast das Fenster erreicht. Shezira warf einen Blick über die Schulter. Jehal saß zusammen mit König

Tyan irgendwo in einer der letzten Reihen. Tyan befand sich in einer seiner stöhnenden Phasen, und sie konnte ihn selbst über das Brummen der Priester hinweg hören. Selbst wenn er etwas zu sagen versuchte, war er längst über den Punkt hinaus, an dem ihn jemand verstand.

Shezira hatte es sich zur Aufgabe gemacht, König Tyan zu besuchen und ein wenig Zeit mit ihm zu verbringen. Er schien sie zu erkennen. Er konnte nicht reden und sich kaum bewegen, und wenn er es dennoch einmal tat, zitterte er so stark, dass er alles in seiner Umgebung umwarf. Doch sobald sie ihm in die Augen sah, konnte sie das Gefühl nicht ganz abschütteln, dass er immer noch irgendwo dort steckte, vollkommen allein und verrückt vor Verzweiflung. Nach diesen Besuchen hatte sich ihre Wut auf Hyram in Luft aufgelöst. Sie hatte Jehal sogar vorgeschlagen, dass er Hyram freiwillig etwas von seinen geheimen Elixieren abgab und sie Frieden schlossen, aber Jehal hatte nur mit dem Kopf geschüttelt.

»Niemals«, hatte er geflüstert. Er tat alles in seiner Macht Stehende um herauszufinden, wie Königin Zafir sie ihm entwendet haben könnte. Seines Erachtens war sie für alles verantwortlich. Eine eiskalte Boshaftigkeit steckte in ihr. Eine echte Drachenkönigin.

Shezira betrachtete sie nun über den Altar hinweg und versuchte, das alles in ihr zu sehen, kam jedoch nicht über die Tatsache hinweg, wie jung Zafir war. *Zu jung für eine Sprecherin.*

Schließlich kroch das erste Tageslicht herein und ließ den Altar aufleuchten. Die Priester stellten das Summen ein und bildeten einen Kreis um Hyram und Zafir, wedelten mit den Armen nach oben und unten, streckten sich gen Himmel und bückten sich zur Erde und dann wieder zurück zum Himmel. Welche Symbolik all diesen Ritualen innewohnte, wussten wahrscheinlich nur die Priester, dachte Shezira. Niemand nahm die Drachenpriester mehr besonders ernst.

Die Priester wichen zurück und warfen sich auf den Boden, ließen Hyram und Königin Zafir allein in der orangefarbenen Morgensonne stehen. Die Masken waren verschwunden. Sie reichten sich die Hand, ihre Finger berührten sich, und alles war vorüber. Sie waren nun verbunden, in der Glaskathedrale zu einer Einheit verschmolzen, die niemals getrennt werden durfte. Hyram war jetzt wieder ein König.

Als die Könige und Königinnen im Anschluss inmitten eines Pulks von unbedeutenden Prinzen zu dem riesigen Frühstücksbankett schritten, holte Almiri ihre Mutter ein.

»Wie steht es mit König Valgar?«, fragte Shezira. Sie wussten beide, dass sie sich nicht nach seinem Wohlbefinden erkundigte.

»Fest entschlossen. König Tyan?«

»Ebenso.«

»König Narghon?«

»Wird alles tun, worum Fyon ihn bittet, und Fyon hatte schon immer eine Schwäche für ihren Neffen. Silvallan ist die harte Nuss. Er hat gute Gründe, es sich mit Hyram und Zafir nicht zu verscherzen, aber wenn sich Hyrams Cousins von ihm abwenden sollten, wird Silvallan mit dem Strom schwimmen. Was sagen Sirion und sein Hofstaat?«

Almiri schürzte die Lippen. »Sie haben sehr wenig gesagt.«

»Ja.« Shezira funkelte Hyram, der einige Meter vor ihnen ging, finster an. »Er hat sie in eine schwierige Position gebracht. Er war ihr König, bevor er zum Sprecher ernannt wurde, und führt sich auf, als sei er es immer noch. Aber er ist nicht derjenige, der die Sache ausbaden muss. Wenn er seinen Kopf durchsetzt und Zafir als Nachfolgerin bestimmt, wird er im Palast bleiben. Sirion wird weiterhin auf dem Thron sitzen und die Krone behalten, doch Hyrams Schatten wird nicht verschwinden. Was wird Sirion tun? Er ist ein ehrenhafter Mann, das weiß ich. Hyram bricht einen Pakt, den ihr Großvater geschlossen hat. Man muss ihm deutlich zu verstehen geben, dass ich, falls es hart auf hart kommt, auch ohne ihn und Silvallan gewinnen werde. Es wäre jedoch viel besser, wenn die Drachenlords geschlossen hinter mir stünden.«

Almiri lächelte. »Hyram ist nicht ganz bei Trost. Zehn Jahre Frieden und Harmonie sollten nicht von einem einzigen Fehlurteil überschattet werden. Lass Zafir die niederträchtige Hexe sein, die sie zugegebenermaßen auch ist. Wer weiß schon, was sie sonst noch in die Elixiere gibt, mit denen sie ihn füttert? Und sie behauptet, sie von Prinz Jehal zu stehlen, aber ist das wirklich wahr?«

»König Tyan ist immerhin nicht auf wundersame Weise genesen.« König Valgar beobachtete sie. Shezira stupste Almiri an. »Geh zurück zu deinem Gatten.«

»Da ist noch etwas, Mutter.«

»Ja?«

»Prinz Dyalt braucht eine Braut. Ich weiß, dass Hyram vor gut einem Jahr wegen Lystra angefragt hat.«

»Ja, und ich habe ihm gesagt, dass Lystra bereits vergeben ist. Ich dachte, Dyalt sollte nun eine Syuss-Prinzessin heiraten.«

»Das stimmt, aber sie ist umgekommen. In einem See ertrunken. Du weißt ja, wie sich die Syuss aufführen, wenn sie Wasser sehen. Außerdem ist Dyalt der jüngste Sohn des Königs und deshalb ein Anwärter auf den Thron. Sein Vater glaubt, er könnte eine viel bessere Partie machen als eine Syuss, und ich denke, du solltest Dyalt Jaslyn zur Frau geben.«

Shezira schnaubte verächtlich. »Würden sie sie nehmen? Da könnte ich sie gleich in die Wüste schicken.«

»Du hast Valgar mit mir und Jehal mit Lystra gekauft. Jaslyn ist deine Tochter und die aussichtsreichste Kandidatin auf deinen Thron. Dyalt könnte ihn sich durch eine Heirat unter den Nagel reißen, und wenn du zur Sprecherin gewählt wirst, werden sie sich interessiert fragen, wer von uns dein Erbe antritt.«

»Wirklich?« Shezira versuchte, ein Lachen zu unterdrücken.

»Die Hoffnung stirbt zuletzt. Mutter, sie würden sie nehmen.«

»Dyalt ist vierzehn. Jaslyn ist viel zu alt für ihn.«

Almiri lachte und schüttelte den Kopf. »Mutter, wie alt ist Hyram? Und wie alt ist Zafir? Mach ihnen ein Angebot!«

»Nein.« Shezira schüttelte den Kopf. »Nein, das kann ich nicht.«

»Warum, Mutter? Warum?«

»Weil das viel zu offensichtlich wäre und Hyram auf jeden Fall Wind davon bekäme.« Sie verzog das Gesicht. »*Du* unterbreitest ihnen das Angebot. Ich habe noch keine Entscheidung getroffen, wer meine Nachfolgerin wird, aber lass sie ruhig in dem Glauben, es sei Jaslyn. Tu es für den Frieden der Reiche. Wenn sie den Pakt einhalten, und nur wenn sie den Pakt einhalten.«

Almiris Augen blitzten auf. Lächelnd drehte sie sich um und ging an der Seite ihres Mannes weiter. Shezira blieb allein zurück. Manchmal wunderte sie sich über ihre Töchter. Waren sie alle, was sie zu sein schienen, oder gelang es ihnen, einen Teil ihrer Selbst zu verbergen, selbst vor ihr? Es wäre ein geschickter Schachzug, Sirions jüngstem Sohn Jaslyn zur Frau zu geben. Jaslyn würde wahrscheinlich nie wieder ein Wort mit ihnen wechseln, aber Dyalt konnte schlecht ablehnen.

Die aussichtsreichste Kandidatin auf meinen Thron? Shezira kicherte still in sich hinein. *Zuallererst müsst ihr mich loswerden.*

54

Das Feuer im Inneren

Die Drachen erhoben sich in die Lüfte, sobald der Himmel hell genug zum Fliegen war. Die Gebirgsgipfel leuchteten, als würden sie lichterloh brennen, während die Hänge immer noch in dunkle Schatten gehüllt waren. Schneeflocke und der Aschgraue wussten ganz genau, wo ihr Ziel lag – ganz im Gegensatz zu Kemir. Er versuchte zwar angestrengt, das Tal der Alchemisten auszumachen, sah es jedoch erst, als Schneeflocke zwischen zwei Bergen hindurchflog und an einem schmalen Felsvorsprung senkrecht in die Tiefe sauste.

Gesteinswände stürzten an beiden Seiten vorbei. Kemir versuchte zu atmen, aber der Wind war eisig, presste ihm die Luft aus den Lungen, und Tränen schossen ihm in die Augen. Er sah, wie der Erdboden auf ihn zuflog und verschwommene Gestalten umherhuschten. Dann erschauderte Schneeflocke, und Kemir schloss die Augen, da der Wind mit einem Schlag aussetzte. Die Luft begann zu knistern. Schneeflocke raste über die Siedlung hinweg und steckte alles in Brand: baufällige Steinhäuser, Bäume, kleine Innenhöfe, Männer, die schreiend davonliefen, während die Flammen nach ihnen leckten.

Sogar Drachen befanden sich dort. Schneeflocke legte sich scharf in die Kurve und flog in ihre Richtung. Drei Gestalten warfen sich flach auf den Boden, als sie über sie hinwegflog und die Erde versengte. Wie aus einem Munde spuckten Schneeflocke und der Aschgraue Feuer auf die drei Drachen unter ihnen. Die Tiere hoben die Flügel schützend vor ihren Körper.

»Können Drachen brennen?«

Nur unsere Augen. Bald werden schon drei weitere unserer Art frei sein. Der Aschgraue landete im kärglichen Drachennest, zerschmetterte die Gebäude mit seinem Schwanz und brannte alles nieder, was aus den Häusern floh. Die drei angeschirrten Drachen beobachteten sie, wachsam und argwöhnisch, verhielten sich ansonsten jedoch völlig ruhig. Schneeflocke blieb am Himmel und zog ihre Kreise.

Ich kenne die Drachen aus der Zeit, bevor ich erwacht bin. Ich erinnere mich an sie.

Kemir blickte hinab, während Schneeflocke ein weiteres Mal über die Tiere hinwegflog. Es waren Jagddrachen, das konnte er mit Sicherheit sagen. Ansonsten glich ein Drache dem anderen: Alle drei hatten dunkelgraue oder schwarze Schuppen mit bisweilen aufleuchtenden, metallischen Blau- oder Grüntönen. Genau wie die Drachen im Lager in den Bergen.

Verblüfft zuckte er zusammen, als seine Augen zu den drei Gestalten wanderten, die Schneeflocke verbrannt hatte. Anstatt reglos liegen zu bleiben und im Dreck vor sich hinzuschwelen, standen sie auf einmal auf und liefen weg. Einer von ihnen schien leicht zu humpeln.

»Das kann doch nicht …«

Schneeflocke nahm sie erneut unter Beschuss, und wiederum warfen sie sich auf den Boden. Dieses Mal hatte Kemir eine bessere Sicht auf die drei. Es waren Reiter. Alle drei steckten in Rüstungen aus Drachenschuppen, was erklärte, warum Schneeflockes Feuer ihnen nicht den Garaus gemacht hatte. Zwei von ihnen trugen große Schilde, die sie über sich hielten, um die schlimmste Hitzewelle abzuwehren. Kemir ließ sie nicht aus den Augen, während Schneeflocke an ihnen vorbeischoss. Sobald der Drache über sie hinweggeflogen war, sprangen die Reiter auf und liefen erneut los.

»Reiter Rotznase!« Kemir verschlug es den Atem. »Heute *ist* aber mein Glückstag. Lass mich runter, Schneeflocke. Lass mich runter! *Sofort!*«

Nein. Sie flog zurück zu den Gebäuden. Der Großteil dessen, was brennen konnte, stand bereits in Flammen. Kemir versuchte, den Blick auf die drei Reiter zu heften. Zwischen den Trümmern gab es immer noch ein paar Männer, die auf den Beinen waren und in den Schutz der großen Höhlen rannten. Schneeflocke landete inmitten der Ruinen, und Kemir verlor die Reiter hinter einer Rauchwolke aus den Augen. Es war schwierig, noch etwas anderes zu tun, als sich an Schneeflocke festzuhalten, während sie ausschlug und sich auf die Überlebenden stürzte und mit ihrem Schwanz um sich peitschte und alles abfackelte, was in ihrer Reichweite war, bis schließlich alles still wurde.

»Lass mich *jetzt* runter.«

Der Drache schien ihn überhaupt nicht zu hören, sondern trabte zu der größten Höhle, aus der ein Fluss entsprang. Vorsichtig tappte Schneeflocke durchs Wasser. Der Eingang war zwar groß genug für sie, doch schon bald verengte sich die Höhle. Schneeflocke zwängte sich so weit wie möglich hinein und spuckte Feuer in die tiefe Dunkelheit.

Gedanken. Ich kann Gedanken erspüren. Viele. Viele sind entkommen. Viele sind noch am Leben.

Sie müssen alle verbrennen. Der Erdboden erzitterte, als der Aschgraue vom Nest aus zu ihnen stürmte. Die beiden Drachen untersuchten alle Höhlen und räucherten dann eine nach der anderen aus.

Sie sind immer noch hier. Ich kann sie spüren. Der Aschgraue scharrte über den Boden. *Lass sie unser Feuer schmecken!*

Ich kann sie nicht erreichen.

Dann werden wir warten, und früher oder später verhungern sie.

»Lass mich runter! Ich gehe rein und hol sie für euch raus.« Das Letzte, was Kemir von den drei Reitern mitbekommen hatte, war, wie sie zu der Höhle gerannt waren, die dem Drachennest am nächsten gelegen war. Er hatte ihre Leichen nicht entdeckt, was bedeutete, dass sie sie erreicht hatten. Das oder der Aschgraue hatte sie gefressen.

Schneeflocke stampfte frustriert auf. Schließlich ließ sie sich auf alle viere fallen, und Kemir glitt an ihr hinab. Nadira blieb auf dem Drachen sitzen und warf dem Söldner einen finsteren Blick zu, als missbilligte sie seinen Vorschlag. Er beachtete sie nicht weiter und rannte zu der Höhle, in der er die Reiter vermutete. Doch dann zögerte er. Drei gegen einen. Klang nicht gerade vielversprechend.

Er kroch langsam hinein. Draußen erreichte die Sonne den felsigen Grund nur, wenn sie im Zenit stand. In der Höhle selbst wurde es sehr schnell sehr dunkel. Kemir berührte die Wände und tastete sich vorwärts. Sie waren warm und trocken von Schneeflockes Atem, was ihm verriet, wie weit ihr Feuer vorgedrungen war. So wie es auch den Menschen hier drinnen als Anhaltspunkt dienen würde. Sie wüssten genau, ab welchem Punkt sie in Sicherheit waren.

Nach etwa dreißig Metern verengte sich der Gang und wurde zu schmal für einen Drachen. Nach weiteren dreißig Metern waren die Wände nicht mehr warm. Alles war pechschwarz, abgesehen von dem kleinen Kreis Tageslicht hinter ihm, doch sobald Kemir die Augen zusammenkniff, konnte er in weiter Ferne Lichter erkennen, matte, weiße Lichtpunkte von der Größe von Stecknadelköpfen, die mehr wie Sterne und nicht so sehr wie Lampen oder Fackeln aussahen. Kemir bewegte sich vorsichtig, suchte bei jedem Schritt mit der Fußspitze nach sicherem Halt, schlich lautlos weiter. Die Stecknadelköpfe wurden heller. Es waren Lichter, einwandfrei Lichter. Er fragte sich verwundert, wie viele andere Menschen in der Höhle versteckt waren.

In dem Lichtkegel, der ihm am nächsten war, erhaschte er einen undeutlichen Blick auf ein Gesicht. Kemir hob den Bogen, doch die Gestalt trug keine Drachenritterrüstung. Im nächsten Moment verschwand das Gesicht wieder. Das Licht huschte hüpfend weiter.

Kemir ging nun schneller, schob sich leise durch die Dunkelheit zum Licht. Wem auch immer er folgte, derjenige blieb beim nächsten Licht stehen und nahm dieses mit. Und das nächste und das übernächste. Kemir war nun nah genug herangekommen um zu erkennen, dass die Lichter kleinen Laternen glichen, wobei ihre Flammen jedoch von einem kalten Weiß waren. Außerdem roch er weder Rauch noch Öl. Der Mann, der sie trug, war kein Soldat und schien unbewaffnet zu sein. Kemir zog ein Messer und sprintete die letzten Meter, die noch zwischen ihnen lagen. Der Mann hörte ihn erst im letzten Moment und drehte sich gerade um, als Kemir sich auf ihn stürzte. Die beiden gingen zu Boden, und die Lampen flogen in hohem Bogen durch die Luft. Blitzschnell drückte Kemir dem Mann das Messer an die Kehle.

»Bitte, bitte, bitte …« Der Mann weinte vor Angst. Ein unguter, stechender Geruch breitete sich aus.

»Drei Drachenritter sind hier entlanggekommen, nicht wahr?«

»Ja. Ja. Aber ich weiß nicht, wer sie sind. Bitte, bitte, töte mich nicht.«

»Wohin sind sie gegangen?«

»Das weiß ich nicht.« Kemir drückte ihm das Messer fester an die Kehle. Der Mann kreischte auf. »Tiefer! Ich weiß es nicht. Ins Torhaus.«

»Ins Torhaus?« Kemir spürte, wie sich eine plötzliche Kälte in ihm breitmachte. »Wie viele andere Menschen sind hier unten?«

»Das weiß ich nicht!«

»Rate!«

»Ich weiß es nicht, ich weiß es nicht. Ich bin nur ein einfacher Diener. Bitte …«

»Einer? Zwei? Zehn? Hundert?«

»Hundert? Wahrscheinlich mehr. Aber ich weiß es nicht. Bitte.«

Hundert? Kemir riss die Augen auf. Langsam ließ er das Messer sinken. »Soldaten?«

»Ja.«

»Wie viele?«

»Das weiß ich nicht. Eine Hundertschaft? Eine Legion? Ich weiß es nicht!«

Eine Legion? In diesen Höhlen? Das konnte nicht wahr sein. Dennoch, selbst ein Dutzend oder nur ein halbes Dutzend würde ausreichen. Kemir packte den Mann am Schlafittchen und riss ihn hoch. »Einer der Drachenritter heißt Reiter Semian. Richte ihm aus, dass Kemir, der Söldner, der für sein kaputtes Bein verantwortlich ist, draußen auf ihn wartet.«

Er ließ den Mann gehen, hob eine der vielen Lampen auf und machte sich auf den Weg zurück zum Höhleneingang. Doch er beeilte sich nicht. Vielmehr war er sich nicht einmal sicher, ob er überhaupt zurückwollte. Die Neuigkeiten würden den Drachen nicht gefallen. Wenn sie die Menschen hier aushungern wollten, mussten sie sich auf eine lange Wartezeit einstellen. Und bisher hatten sie Kemir nicht gerade mit einer engelsgleichen Geduld beeindruckt.

55
Die beiden Sprecher

In der Mitte des zehneckigen Tisches lagen der Speer und der Ring des Sprechers. Hyram hatte sich schon vor einer geraumen Weile erhoben. Alle anderen beobachteten ihn und warteten insgeheim darauf, dass er sich setzte. Einige Drachenlords sahen gelangweilt aus, manche ungeduldig, und der Rest war einfach verärgert, dass es so lange dauerte. Hyram zitterte an diesem Morgen wieder. Nur ein bisschen, aber Shezira war es nicht entgangen. Entweder ließ die Wirkung der Elixiere nach, die seine Krankheit im Zaum hielten, oder sein Vorrat ging allmählich zu Ende.

Hyram gegenüber saßen der amtierende Großmeister Jeiros und Hohepriester Aruch, an jeder anderen Seite des Tisches ein Drachenkönig oder eine -königin und ein Ritter. Das war alles. Zwei Seiten waren leer. Die Syuss hatten wenige Drachen und waren bloß der Höflichkeit halber zum Palast geladen worden, und der König der Felsen hatte sich seit über einer Generation äußerst rar gemacht.

Wie gebannt starrte Shezira den Ring an. Sie konnte einfach nicht anders. *Dann also wir sieben.* Ihre Hände umkrallten die Tischplatte. Seit zehn Jahren wartete sie auf diesen einen Tag. Sie hatte alles richtig gemacht. Selbst diese lächerliche Angelegenheit mit Königin Zafir schien nichts weiter als eine letzte Prüfung zu sein, um herauszufinden, ob sie sich des Ringes als würdig erwies. Hier am Tisch, während sie die Augen nicht von dem Kleinod lösen konnte, konnte sie sich beinahe einreden, dass Hyram sie nur testete, nichts weiter, dass Zafir überhaupt nicht existierte.

Schließlich nahm Hyram Platz. Jeiros erhob sich und hielt eine Rede. Aruch folgte seinem Beispiel. Es waren genau dieselben Ansprachen, die alle zehn Jahre gehalten wurden. Jeiros predigte von der Verantwortung und der Last der Aufgabe. Shezira kannte die Worte in- und auswendig, doch jetzt, wo sie für *sie* bestimmt waren, saugte sie jedes einzelne in sich auf. Als vor zehn Jahren Hyram an ihrer Stelle gewesen war, hatte sie sie einfach nur langweilig gefunden. Dieses Mal verursachten sie bei ihr eine Gänsehaut. Während Aruch von Demut und der Gnade des Drachengotts sprach, rollte sie im Gegensatz zu Jeiros, der neben ihr saß, nicht mit den Augen, sondern fragte sich verwundert: *Ist es wahr? Könnten es die Priester sein, die die Drachen in Schach halten? Schlagen die Elixiere nur an, weil die Priester es so wollen?* Törichte Gedanken, die sie an jedem anderen Tag milde belächelt hätte, erschienen ihr auf einmal tiefsinnig.

Sie zwickte sich in den Arm. *Du bist die Königin des Sandes und Steins, die Königin des Nordens, keine einfältige Prinzessin, die zum ersten Mal ihren Drachen erblickt.*

Als Hyram erneut an der Reihe war, sprach er über alles,

was er in seiner Amtszeit im Palast vollbracht hatte. Er redete von Frieden und Wohlstand, von der unübertrefflichen Stärke der Adamantinischen Garde, vom unschätzbaren Wert der Kontinuität. Dann bestimmte er mit derselben Stimme, mit der er eine Bestandsübersicht des Waffenarsenals der Garde gegeben hatte, Königin Zafir als seine Nachfolgerin, und setzte sich. Shezira brauchte einen langen Moment, um zu begreifen, was er gerade gesagt hatte, dass er es tatsächlich getan, ihren Pakt gebrochen hatte, dass das alles doch kein Test war.

Sirion steht hinter mir. Ebenso wie Valgar. Und Jehal und König Narghon. Und auch Silvallan wird für mich stimmen, sobald er einsieht, dass Zafirs Anliegen hoffnungslos ist. Die Stille zog sich eine Sekunde hin, dann noch eine. Jeder Blick war auf sie gerichtet. Hyrams Mund stand einen Spalt offen. Seine Augen leuchteten vor banger Erwartung. Mit einem Schlag erkannte Shezira, dass sie immer noch nichts gesagt hatte. Am anderen Ende des Tisches starrte Jeiros auf seine Füße. Zwei Schriftrollen lagen vor ihm. Er griff nach einer.

»Nein«, flüsterte Shezira. Erst nach einer weiteren Sekunde hatte sie ihre Stimme wieder im Griff und erhob sich anmutig. Nichts an ihr sollte übereilt oder wütend wirken. Ihre Stimme würde Ruhe ausstrahlen, wenn möglich eine sanfte Güte. Als wollte sie ein unartiges Kind tadeln. Jeiros sah sie an. Er hatte nun die Schriftrolle mit den Worten in der Hand, die Hyrams Nachfolger zum nächsten Sprecher weihen würden. Sie begegnete seinem Blick und schüttelte den Kopf.

Seufzend legte Jeiros die Schriftrolle wieder auf den Tisch und nahm die andere hoch. Aruch, der neben ihm saß, erhob sich ebenfalls. Sie sahen müde aus, bemerkte Shezira. Beinahe gelangweilt. Auf einmal begriff sie, dass jeder diesen Ausgang der Dinge vorausgeahnt hatte. Als hätten sie das alles einstudiert. Aber gewissermaßen hatten sie ja in den vergangenen Tagen auch nichts anderes getan.

»Gibt es noch weitere Herausforderungen?«, wollte Jeiros wissen. Als niemand etwas sagte, fuhr er fort: »Sieben Mal ist die Weihe eines Sprechers angefochten worden. Drei Mal ist die Herausforderung fehlgeschlagen. Von den vieren, die ihren Anspruch durchgesetzt haben, haben drei die Reiche in Aufruhr versetzt. Königin Shezira, zum Wohle der Reiche, wollt Ihr Eure Anfechtung nicht doch noch zurückziehen?«

»Nein, Großmeister, das werde ich nicht.«

»Dann soll es so sein, Eure Heiligkeit. Wie lautet Eure Herausforderung?«

»Hyram, es gibt einen Pakt zwischen unseren Clans, der vor vielen Generationen geschlossen wurde. Wenn Ihr gegen ihn verstoßt, ist das ein Affront gegen uns alle. Weisere Männer und Frauen als ich haben vor langer Zeit bestimmt, dass nur ein regierender König oder eine Königin das Amt des Sprechers übernehmen darf. Sie haben diese Entscheidung getroffen, weil sie wussten, dass sich ein Sprecher erst beweisen muss, bevor er oder sie über die Neun Reiche herrscht. Königin Zafir sitzt zugegebenermaßen auf einem Thron und wird womöglich eine ausgezeichnete Sprecherin abgeben – in zwanzig Jahren, wenn sie ihre Stärke unter Beweis gestellt hat. Ich fordere Euch auf, den Pakt zwischen unseren Clans zu achten und mich als Eure Nachfolgerin zu bestimmen.«

»Und wer wäre *Euer* Nachfolger, Shezira?«, zischte Hyram und funkelte Prinz Jehal böse an.

Jehal lächelte zurück. »Jemand, der weise und fähig ist, Hyram, und mehr für seine Ehre tut, als die Beine bereitwillig zu spreizen.«

Hyram sprang wütend auf. »Viper!«

Shezira bedachte sie beide mit einem zornigen Blick. »Prinz Jehal, das ist ein heiliger Augenblick. Zeigt etwas mehr Respekt.«

Jehal drehte den Kopf von einer Seite zur anderen. »Und warum?«

Hastig rollte Jeiros in der darauffolgenden Stille das Pergament auf und las den Text laut vor: »Falls das Wort des Sprechers vor den versammelten Königen und Königinnen der Neun Reiche angefochten wird, möge, wie zu Zeiten von Narammed festgelegt, folgendermaßen vorgegangen werden. Die Versammlung wird sich zurückziehen und am morgigen Tag wieder zusammenfinden, bei Tagesanbruch, wo ein neuer Sprecher gewählt wird, entweder durch das Wort des Sprechers oder – wenn der Herausforderer seine Stimme nicht zurückzieht – durch die Wahl der Könige und Königinnen der Neun Reiche.«

Jehal stöhnte und sank auf die Tischplatte. Für einen kurzen, erschrockenen Augenblick fragte sich Shezira, ob er vergiftet worden sein könnte, doch da hob er schon wieder den Kopf. »Muss das denn wirklich sein? Ein *weiterer*

Tag, an dem wir uns wie aufgeschreckte Kaninchen verhalten? An dem wir nicht zu essen wagen, uns von gefährlich hohen Orten fernhalten und die ganze Zeit von unseren bewaffneten Drachenrittern umzingelt sind?« Er
verbeugte sich vor Shezira. »Wie Ihr schon sagtet, Eure
Heiligkeit, das ist ein heiliger Moment, und ich entschuldige mich für meine vorausgegangenen Worte. Aber lasst
uns die Sache sofort hinter uns bringen, während wir alle
hier und zweifelsohne am Leben sind. Keine weiteren
Albernheiten mehr. Wir wissen doch alle, auf welcher Seite
wir stehen.«

Shezira runzelte die Stirn. »Ich habe Verständnis für
Euren Wunsch, Prinz Jehal, aber er würde nicht der über-
lieferten Sitte entsprechen.«

Lady Nastria beugte sich zu ihr und flüsterte: »Ihr solltet zustimmen, Heiligkeit.«

Shezira sah sie verwundert an. *Weshalb?*

Nastria zog sie näher zu sich. Ihre Worte kamen so leise,
dass Shezira sie kaum verstand. »Weil Prinzessin Jaslyn
jeden Moment von den Alchemisten zurückkehrt, und
wenn sie das tut, ist Prinz Jehal erledigt. Benutzt ihn jetzt,
Heiligkeit, und lasst ihn anschließend fallen.«

»Seid Ihr sicher?«, formte sie mit dem Mund.

»Todsicher, Eure Heiligkeit.« Nastria richtete sich wieder auf und drehte sich zum Tisch um.

Shezira folgte ihrem Beispiel. *Perfekt.* Es fiel ihr schwer,
ein Lächeln zu unterdrücken. Sie blickte erst Hyram und
dann Jeiros an. »Ich stimme zu.«

Hyram lächelte sie an. »Nein. Ich sage, wir warten.«

Jeiros sah zu Königin Zafir. Und Zafir nickte. Jeiros schien sich unwohl in seiner Haut zu fühlen. »Verzeiht vielmals, Lord Hyram, aber das ist eine Sache, die allein den Königen und Königinnen der Neun Reiche obliegt. Ihr habt kein Mitspracherecht mehr.« Er wich Hyrams Blick aus. »Hat jemand einen Einwand vorzubringen?« Alle schwiegen, und er seufzte. »Also schön. Königin Shezira, Königin Zafir, Ihr werdet der Reihe nach einen Monarchen aufrufen, der Euer Anliegen unterstützt. Wen auch immer die Könige und Königinnen bestimmen, wird der nächste Sprecher.« Als er geendet hatte, sah Shezira rasch zu Zafir. *Das ist deine letzte Chance, dieser Farce ein Ende zu setzen und dich nicht zu blamieren.* Doch Zafirs Gesicht war zu einer Maske erstarrt. Sie hielt Sheziras Blick für einen Moment stand, und ihr Ausdruck gab keinerlei Emotionen preis. Langsam ging sie auf Hyram zu und stellte sich vor ihn. Shezira nahm ihren Platz neben dem Alchemisten und dem Priester ein.

Jeiros verbeugte sich vor ihr. »Königin Shezira, Ihr seid die Herausforderin. Welchen König oder welche Königin ruft Ihr an Eure Seite?«

»König Valgar.«

Valgar machte sich nicht einmal die Mühe, etwas zu sagen. Er stand einfach auf und kam auf Shezira zu. Jeiros verneigte sich über den Tisch hinweg vor Königin Zafir. »Welchen König oder welche Königin ruft Ihr an Eure Seite?«

Zafir schwieg. An ihrer Stelle antwortete Hyram. »König Sirion. Meinen Cousin.«

Sirion stand genau neben Hyram, was bedeutete, dass er nicht sah, was Shezira sehen konnte. Er sah nicht Sirions angespannten Gesichtsausdruck, das Weiß seiner Knöchel. Als Sirion nichts sagte, drehte sich Hyram langsam zu ihm um.

»Es tut mir leid, Cousin. Ich habe immer gespürt, dass die Krone nicht wirklich mir gehört, dass ich für dich nur als Platzhalter fungiere und auf diesen einen Tag warte. Aber ein Pakt ist ein Pakt. Ich muss für Königin Shezira stimmen.«

Die wohlige Wärme des Sieges durchströmte Königin Shezira. Zwei von zweien. Hyram wirkte entsetzt, sein Gesicht war vor Schreck wie gelähmt. Selbst Jeiros sah überrascht aus. Die Einzige am Tisch, die nicht fassungslos schien, war Königin Zafir. *Vielen Dank, Jaslyn. Endlich einmal hast auch du dich nützlich gemacht.*

»König Tyan«, sagte sie. Obwohl sie es mit aller Kraft zu vermeiden suchte, lag in ihrer Stimme ein Hauch von Siegesfreude.

Jeiros verbeugte sich vor Prinz Jehal. »Als König Tyans Prinzregent habt Ihr das Recht, in seinem Namen zu entscheiden.«

»Ja.« Jehal grinste. Er stand auf, lehnte sich über den Tisch und sah Hyram direkt in die Augen. »Alter Mann, Ihr habt mich verleumdet und sogar gefoltert. Nichts wäre mir lieber, als zusehen zu dürfen, wie alles, was Euch lieb und teuer ist, vor Euren Augen in Schutt und Asche zerfällt.« Er warf Shezira einen Blick zu. »Eure Heiligkeit, werdet Ihr nun Euren Nachfolger bestimmen? Hier und jetzt? Ein Pakt, so wie der, den Hyram gerade zu brechen versucht? Wozu auch immer ein solches Abkommen gut sein mag.«

Shezira nickte. »Euch, Prinz Jehal. Ich bestimme Euch zu meinem Nachfolger.« Die Worte hinterließen einen bitteren Beigeschmack in ihrem Mund. *Aber wenn Nastria recht behält, kann ich diesen Pakt jederzeit lösen. Wenn ich abdanke, kann Valgar mir nachfolgen. Almiri wird seinen Thron bekommen, und Jaslyn und Lystra könnten immer noch Königinnen werden. Falls du mir zusehen solltest, Antros, hoffe ich, dass du nun lächelst.*

Als Jehal zu Hyram blickte, war sein Lächeln so breit, dass es von einem Ohr zum anderen ging. »Wie gefällt Euch das? Ohne Euren Verrat wäre mir das hier nie gelungen. Ihr habt Eure Verbündeten betrogen. Eure eigenen Cousins haben sich gegen Euch gewandt. Welchen möglichen Grund könnte *ich* haben, mich auf Eure Seite zu stellen? Denkt einen Moment darüber nach. Denn genau das werde ich nun tun. Ich wähle Königin Zafir.«

Shezira zuckte nicht einmal mit der Wimper. Sie konnte es nicht. Jehals Worte hatten sie von innen heraus erstarren lassen. Sie hörte, wie König Silvallan für Zafir stimmte, ebenso wie König Narghon, doch das alles schien so weit weg zu sein, dass Shezira sie kaum verstand. Sie konnte nicht denken. Für einen Moment schien die Welt völlig zu verschwinden, und als sie schließlich wieder zurückkehrte, hatte Jeiros seine Rede schon fast beendet. Er hatte die zweite Schriftrolle geöffnet, und Zafir war die neue Sprecherin der Reiche.

56

Ungeschehen

Als Jeiros geendet hatte, nahm er den Ring von der Mitte des Tisches, verbeugte sich vor Zafir und steckte ihn ihr an den Finger. Der Reihe nach knieten sich die Monarchen vor ihr nieder und küssten den Ring.

Nastria beobachtete, wie ihre Königin einen Kniefall machte und den Ring ebenfalls küsste. Besonnen und würdevoll, genau wie eine Königin sein sollte. Es war das Beeindruckendste, was sie je gesehen hatte. *Selbst in der Niederlage einen solchen Edelmut zu beweisen.*

Edler, als sie je sein könnte.

Jemand würde dafür bezahlen müssen, entschied sie. Welchen Befehl auch immer Königin Shezira ihr auftragen würde, jemand würde dafür bezahlen. Wäre sie ein Mann und besäße die Kraft eines Mannes, hätte sie Prinz Jehal womöglich auf der Stelle mit bloßen Händen zu töten versucht. Wie die Sache jedoch lag, würde sie wohl einen subtileren Weg wählen müssen.

Für den Bruchteil einer Sekunde fragte sie sich, ob das Zerwürfnis zwischen Jehal und Hyram tatsächlich bestanden oder ob es sich bloß um eine ausgefeilte Farce gehandelt hatte, die allein für diesen einen Augenblick des Verrats aufgeführt worden war. Schwer vorstellbar, aber sobald Hyram in der Nähe war, schwebte stets König Antros und sein unglückseliges Hinscheiden mit im Raum. Steckte das etwa dahinter? Hatte er deshalb den Pakt zwischen ihren Clans gebrochen?

In den endlosen Stunden, die nun folgten, ließ sich Königin Shezira nichts anmerken. Nastria wollte die Königin beiseitenehmen und ihr ins Ohr flüstern: *Es kann ungeschehen gemacht werden. Zafir wurde gewählt, aber noch nicht gekrönt! Bevor ihr Hohepriester Aruch in der Glaskathedrale vor allen versammelten Drachenrittern nicht den Adamantspeer überreicht, kann es ungeschehen gemacht werden.* Doch für diese Worte bot sich die ganze Zeit über keine Gelegenheit. Sie waren nie allein. Also beobachtete Nastria stattdessen Prinz Jehal und Königin Zafir.

Es gab Wettkämpfe und Aufführungen, eine Darbietung der Tapferkeit und des Könnens der Adamantinischen Garde, ein Reitturnier auf Pferden für die rangniedrigeren Ritter und eines für die Drachenritter, in denen sie ihre Flugkünste unter Beweis stellen konnten. Königin Zafir betrachtete das Schauspiel mit derselben ausdruckslosen Maske, die sie schon in der Halle des Sprechers getragen hatte. Jehal hingegen war aufgedreht, euphorisch, berauscht von seinem Sieg. Die beiden tauschten jedoch keine Blicke aus. Keinen einzigen.

Jaslyn. Prinzessin Jaslyn besaß den Schlüssel. Sobald sie mit dem Fläschchen voll flüssigen Silbers von den Alchemisten zurückgekehrt war. Mit verdammenden Worten, unterschrieben und versiegelt von den Meisteralchemisten der Feste, die es als Gift auswiesen. Immerhin war einer von Jehals Rittern mit Tiachas weggegangen. Sie würde ihn finden und zu Meister Kithyr zerren, und dann würden sie die wahren Abgründe von Jehals Verrat aufdecken. Die Königin würde ihr Glauben schenken müssen, ebenso wie der Rest von ihnen.

Und dann sah sie, wie Jehal Königin Zafir im Vorbeigehen etwas ins Ohr flüsterte. Für einen Sekundenbruchteil bekam Zafirs Maske einen Sprung, und ihre Augen leuchteten wie elektrisiert auf. Im nächsten Moment war alles schon wieder wie weggewischt, und was auch immer Jehal ihr gesagt haben mochte, konnte nicht mehr als ein einziges Wort gewesen sein. Aber Nastria hatte nicht auf seinen Mund geachtet, sondern auf seine Hände. Und während dieses Sekundenbruchteils, im lärmenden Gewühl der Ritter und Lords, war Jehals Hand zu Königin Zafirs Oberschenkel geglitten und hatte einen Augenschlag zu lange dort verweilt. Und durch diese Berührung fiel es Nastria wie Schuppen von den Augen, und sie erkannte, dass Hyram das größte Opfer von ihnen allen war.

Sie grinste. Ihr blieben noch vier Tage bis zur Zeremonie in der Glaskathedrale. Genügend Zeit. Immer noch lächelnd folgte sie Prinz Jehal.

57
Die Höhlen

Die Morgendämmerung erreichte den Grund der Schlucht erst spät, und als die ersten Sonnenstrahlen herabfielen, regnete es gleichzeitig Feuer. Jaslyn stand wie benommen und völlig fassungslos da, als die Feste der Alchemisten explodierte. Kurz zuvor hatte sie zwei Drachen ausmachen können, einen fast schwarzen und einen makellos weißen. *Ihre* makellos Weiße! Da riss Reiter Semian Jaslyn auch schon zu Boden und legte sich schützend auf sie. Selbst die Luft schien in Flammen aufzugehen. Alles, woran die Prinzessin denken konnte, war der weiße Drache und wie lange sie nach ihr gesucht hatten, und im nächsten Moment versengte glühende Hitze ihr Gesicht. Ihre Rüstung aus Drachenschuppen hatte ihr das Leben gerettet, und als sie die Lider wieder aufschlug, hatte sie ihr Augenlicht nicht eingebüßt. Und sie sah die beiden Drachen, die das Nest der Alchemisten niederbrannten und die anderen drei Drachen in eine Feuerwolke einhüllten.

Vidar!

Jaslyn wollte losstürzen und sich zwischen sie und ihren

kostbaren Vidar werfen, egal, was es kostete. Doch Reiter Semian zog sie zurück.

»Die Höhlen«, hörte sie sich rufen. »Wir müssen zu den Höhlen!« Während des Laufens warf sie einen Blick über die Schulter. Vidar hatte sich keinen Zentimeter gerührt und schützte seinen Kopf mit den Flügeln, war ansonsten jedoch wie erstarrt. Solange die Angreifer in der Luft blieben, war das alles, was abgerichtete Drachen taten, und Jaslyn wusste, dass sie den Kopf unten lassen und sich allein mit Zähnen und Klauen und peitschenden Schwänzen verteidigen würden. Erst *dann* würde Vidar es ihnen heimzahlen.

Auf der Weißen saß ein Reiter. Nein, zwei. Jaslyn verengte die Augen zu Schlitzen und versuchte, die Gestalten zu erkennen. Sie runzelte die Stirn. Der Dunkle hingegen schien keinen Ritter zu haben. Was unmöglich war. Sie musste sich getäuscht haben.

Die Drachen kehrten zurück. Diesmal musste man Jaslyn nicht extra auffordern, sich auf den Boden zu werfen, und sie erinnerte sich auch daran, das Gesicht mit den Armen zu schützen. Ein zweites Mal überflutete sie ein Flammenmeer. Sobald die Drachen über ihre Köpfe hinweggeflogen waren, sprangen die drei auf und rannten weiter. Endlich erreichten sie die nächstgelegene Höhle.

»Weiter«, keuchte sie. »Es wird Markierungen an der Wand geben, sobald wir tief genug sind und uns in Sicherheit befinden. Und Lampen. Alchemistenlampen.« Sie hasteten in die Dunkelheit und tasteten sich stolpernd an den Felswänden entlang. Der Höhlenboden war uneben und heimtückisch, doch letztlich erreichten sie den Punkt, an dem sich die Höhle verengte. Und kurze Zeit später erfühlte Jaslyn die Markierungen an der Wand, die ihnen bedeuteten, dass keine Gefahr mehr bestand. Auf dem Boden herumkriechend fand sie die Kiste mit Laternen, und als sie eine aufhob und ihr einen festen Schlag versetzte, entzündete sich allmählich eine kalte weiße Flamme. Sie reichte sie Semian, nahm dann eine weitere für Jostan und eine letzte für sich selbst mit.

»Das war unsere Weiße«, sagte Jaslyn, sobald sie den ersten Schock überwunden hatte. »Lystras Hochzeitsgeschenk. Was tut der Drache nur hier?« Erwartungsvoll sah sie die beiden Ritter an, doch sie waren offensichtlich ebenso verwirrt wie die Prinzessin. »Was ist mit dem anderen? Das war keiner von unseren. Wem gehört er?«

Immer noch keine Antwort.

»Wer ist auf ihnen geritten? Wer war auf dem Rücken des Schwarzen? Ich habe zwei Reiter auf der Weißen gesehen, aber keinen auf dem Schwarzen. Wer sind sie?«

Semian grunzte. »Als man die Weiße zuletzt gesichtet hat, war ihr Knappe bei ihr.«

»Ein Knappe würde nie seinen eigenen Orden angreifen.« Jaslyn hielt ihre Lampe hoch und spähte in die Dunkelheit. Da zuckte ein orangefarbener Blitz am Höhleneingang, und ein heißer Windstoß erfasste sie. »Wir müssen wieder raus. Wir müssen zu Vidar und Matanizkan und Levanter. Es sind drei von uns gegen zwei von ihnen. Wir töten die Reiter und zwingen sie zur Landung.«

»Eure Hoheit, es wäre unser sicherer Tod, wenn wir jetzt

nach draußen gingen.« Jostans Tonfall war ruhig, aber bestimmt.

»Feigling!« Jaslyn machte einen verärgerten Schritt auf ihn zu.

»Reiter Jostan hat recht.« Zumindest hatte Semian nicht vergessen, den Blick unterwürfig zu senken. »Die Alchemisten verfügen über eigene Verteidigungsstrategien. Wenn wir allein dort hinausgehen, werden die Drachen uns töten, noch bevor wir unsere eigenen Tiere erreichen.«

»Sie haben Vidar angegriffen!«

»Sie haben die Sättel und das Zaumzeug niedergebrannt, damit wir nicht auf den Drachen reiten können, Eure Hoheit. Vidar wird nicht verletzt werden. Er ist zu kostbar.«

Eine geraume Weile starrte Jaslyn zum Höhleneingang. Geräusche drangen von draußen zu ihnen, doch sie schienen von sehr weit weg zu kommen, als seien die Drachen nun woanders beschäftigt. *Wenn wir uns beeilen, haben wir doch sicherlich eine Chance!* Sie versuchte, sich ins Gedächtnis zu rufen, wie weit sie laufen müssten, um von der Höhle zum Nest zu gelangen. *Selbst in Drachenschuppen wäre es möglich, oder?*

Es würde allerdings nichts nützen, wenn ihre Sättel und das Zaumzeug zerstört waren, und Semian hatte wahrscheinlich recht. Sie wäre genauso vorgegangen, wenn sie den Angriff verübt hätte. Jaslyn stieß einen langen Seufzer aus und drehte sich um.

»Nun gut. Wir gehen weiter. Alle Höhlen sind miteinander verbunden. Wir werden also zwangsläufig auf die

Alchemisten und die Soldaten stoßen, die hier stationiert sind.« *Prinz Jehal steckt hinter allem. Er muss erfahren haben, warum ich hier bin. Er weiß, dass ich ihm wegen des Gifts auf die Schliche gekommen bin. Egal, ich werde der ganzen Welt zeigen, was er getan hat, und dann wird ihm niemand mehr den Rücken stärken. Mutter wird zur Sprecherin geweiht. Sie wird ihn vernichten, und dann kehrt Lystra wieder nach Hause zurück.*

Der Weg durch die Höhlen war beschwerlich, und es ging nur langsam voran. Der Lichtschein der Lampen reichte gerade einmal aus, damit sie ihre eigenen Füße sehen konnten, und obwohl der Boden und die Wände glatt waren, schlängelten sich die Tunnel an einigen Stellen steil den Berg hinab. Hin und wieder mündete der Gang in einen Schacht, der senkrecht nach oben führte. Metallsprossen waren in den Fels gehämmert, doch das Klettern in voller Drachenschuppenmontur war beinahe unmöglich, und Jostan entglitt seine Lampe, die am Boden in tausend Stücke zerschlug. Dann erreichten sie eine Stelle, die so schmal war, dass sie den Großteil ihrer Rüstung zurücklassen mussten. Jaslyn versuchte, nicht daran zu denken, wie sie aussehen mochte: Sie trug immer noch ihre gepanzerten Handschuhe, den Helm und die Stiefel, während der Rest von ihr in einfachem Rehleder steckte und ein flammend roter Streifen ihr Gesicht zierte, wo sich die Flammen einen Weg durch ihr Visier gefressen hatten.

Es kam ihnen vor, als wanderten sie schon den halben Tag durch die Höhlen, doch als sie schließlich kurz innehielten und lauschten, hörten sie das Rauschen von Wasser irgendwo vor ihnen und wussten, dass ihr Ziel nicht mehr weit war. Ein paar Biegungen später sahen sie Licht, das Plätschern des Wassers schwoll an, und als Nächstes wäre Jaslyn beinahe über den Rand eines Abgrunds gestürzt. Semians Hand packte sie gerade noch rechtzeitig an der Schulter.

Die Alchemisten hatten ihre Tunnel entlang eines unterirdischen Flusslaufes gebaut. Jaslyn ließ sich auf Hände und Knie nieder und tastete sich am Rand der Schlucht entlang, bis ihre Finger fanden, wonach sie gesucht hatten: eine Leiter, die im Stein verankert war. Das Wasser brauste dreißig Meter unter ihr, und der Spalt im Fels war so schmal, dass sie gelegentlich die andere Seite mit dem Rücken berührte, während sie die Leiter hinabkletterte.

Unten angelangt hing ein hölzerner Steg über dem wild tosenden Fluss. Kleine Nischen waren in die Wände gehauen, und nachdem die drei etwa zehn Minuten weitergegangen waren, befanden sich auch Lampen in den Wandvertiefungen, die die Schlucht in ein gespenstisch weißes Licht tauchten. Reiter Jostan blieb bei der ersten beleuchteten Nische stehen und schnappte sich die Laterne.

»Jemand muss hier entlanggekommen sein und die Lampen entzündet haben«, sagte er. »Es kann nicht mehr weit sein.« Dann rümpfte er die Nase. »Riecht noch jemand etwas?«

Jaslyn und Semian blieben stehen und schnupperten. »Rauch«, sagten sie gleichzeitig. Jaslyn war verunsichert, was sie davon halten sollte. Rauch bedeutete Feuer, und ihr erster Gedanke galt den Drachen, aber nach der langen Wanderung konnten sie doch nicht so nah an einem der Höhleneingänge sein, oder?

Ihr zweiter Gedanke galt einer Feuerstelle zum Kochen. Sie war hungrig.

Kurze Zeit später, an einer engen Stelle der Schlucht, trafen sie auf die Alchemisten. Es gab keine Lampen mehr, der hölzerne Steg endete unvermittelt, und eine Stimme erscholl in der Düsternis über ihnen.

»Wer seid Ihr?«

»Reiter Semian, Reiter Jostan und Ihre Hoheit Prinzessin Jaslyn, im Dienste von Königin Shezira«, rief Semian. Seine Stimme hallte von den Höhlenwänden wider.

»Haltet die Lampen hoch, damit wir Eure Gesichter sehen können.«

Jaslyn hob ihre Laterne. Am liebsten hätte sie den Dummköpfen, die sie aufzuhalten wagten, eine scharfe Erwiderung entgegengeschleudert, aber sie riss sich zusammen. Sie war müde, hungrig, hatte sich bei all den unzähligen Stürzen blaue Flecken und Schürfwunden zugezogen, und die Verbrennung in ihrem Gesicht schmerzte.

Der Geruch nach Rauch wurde stärker.

Im nächsten Augenblick tauchten Lichter über ihnen auf, und Jaslyn konnte einen Haufen Soldaten in voller Rüstung auf einer hölzernen Plattform ausmachen. Sie warfen eine Strickleiter herab. Als Jaslyn oben ankam, bemerkte sie, dass es sich nicht um irgendwelche Soldaten handelte – es war die Adamantinische Garde.

»Eure Hoheit.« Der Hauptmann verbeugte sich. »Ich

werde einen Mann vorausschicken, damit es keine weiteren Missverständnisse gibt.« Damit meinte er wohl, dass die anderen Wachen über ihr Kommen verständigt wurden.

»Wie viele Soldaten der Garde sind hier?«, fragte sie.

Der Hauptmann verbeugte sich erneut. »Vor dem Angriff waren wir fast hundert Mann, Hoheit. Jetzt bin ich mir nicht mehr so sicher.«

»*Hundert*? Warum seid Ihr dann noch hier und nicht draußen und kümmert Euch um die Drachen? Es sind doch bloß zwei!«

»Eure Hoheit, wir haben gekämpft, aber der Reiter auf dem weißen Drachen war sehr gewitzt, und der schwarze Drache …« Er nahm einen tiefen Atemzug. »Eure Hoheit, es gab keinen Reiter auf dem Kriegsdrachen. Wir haben einen Schutzwall aus Schilden gegen das Feuer gebildet, aber sie sind nicht in der Luft geblieben. Der schwarze Drache ist gelandet und hat unsere Mauer zerstört. Er hat uns mit Zähnen, Klauen und seinem tödlichen Schwanz angegriffen. Wir haben zwischen einem Drittel und der Hälfte unserer Männer eingebüßt.«

»Ich habe dort draußen drei Drachen.«

Der Hauptmann schüttelte den Kopf. Er sagte kein Wort, aber seine Augen bedeuteten ihr, dass es für ihre Drachen keine Hoffnung mehr gab.

»Was ist los, Hauptmann?«

Der Soldat seufzte. »Eure Hoheit, Eure Drachen sind jetzt bei den anderen. Sie versuchen, uns auszuräuchern.«

58

Das Messer
an der Kehle

Manchmal hatte Jehal das Gefühl, er müsse platzen. Manchmal war er von seiner eigenen Gerissenheit schier überwältigt. Er hatte beide, Hyram und Shezira, gegeneinander ausgespielt, und sie wussten immer noch nicht, wie ihm das gelungen war.

Er kleidete sich mit Bedacht. Zwei Lagen. Die obere ließ ihn wie eine Wache der Adamantinischen Garde mit ihrem schweren, gesteppten Umhang in den auffälligen Farben und ihrem Helm aussehen. Wenn er all das ablegte, würde man ihn womöglich in der Dunkelheit für einen Kammerpagen halten. Kammerpagen mussten häufig des Nachts Botengänge erledigen. Das wusste er aus eigener Erfahrung. Immerhin hatte er Kazah schon unzählige Male welche machen lassen.

Der Mond ging gerade unter. Er wusste nicht, wie spät es war, aber er hatte mehr als die halbe Nacht mit Warten verbracht, und wenn er noch länger wartete, bliebe ihm nicht mehr genügend Zeit, um seinen Plan durchzuführen.

Ein letztes Mal legte er sich die weiße Seide vors Gesicht und betrachtete die schlafende Zafir durch die winzigen rubinroten Augen seines taiytakischen Drachen. Sie war allein. *Gut.*

Nein. Er starrte sie an und entkleidete sich dann wieder langsam. *Zu gefährlich. Ich muss den morgigen Tag abwarten. All die anderen Könige und Königinnen müssen erst abgereist sein.* Selbst als er nackt war, schob er sich die Seide nicht von den Augen. Stattdessen ließ er den kleinen metallenen Drachen durch Zafirs Zimmer flattern und sich neben ihren Kopf setzen. Sanft zwickte er sie ins Gesicht, bis sie sich rührte. Als sie den Drachen sah, lächelte sie.

»Es ist mitten in der Nacht.«

Der Drache nickte. Während Zafir unter ihr Kopfkissen griff und ihren eigenen Seidenschal hervorholte, warf Jehal einen Blick über die Schulter. Zwei rubinrote Augen funkelten ihn in der Dunkelheit an.

»Du bist nackt«, flüsterte sie.

»Ich wünschte, du wärst es ebenfalls.«

»Ich wünschte, ich könnte dich berühren.«

Jehal seufzte. »Bald, meine Geliebte. Sobald Hyram aus dem Weg geräumt ist.«

Ihr Lächeln erlosch. »Die Wirkung der Elixiere lässt nach.«

»Das kann nicht sein. Sie müssten ausreichen, um seine Beschwerden einen weiteren Monat zu lindern.«

»Ja. Du hast ihm zu viel gegeben, also habe ich sie gestohlen und mit Wasser verdünnt.«

»*Was?*«

Zafir rollte mit den Augen. »Ich will es so schnell wie möglich hinter mich bringen, Jehal.«

Jehal knurrte und ging wütend in seinem Schlafgemach auf und ab. »Warum hast du das nur getan? Er sollte erst wieder erkranken, wenn Gras über die Geschichte gewachsen ist.«

»Du willst den *Grund* wissen?« Zafir klang verächtlich. »Hast du auch nur den kleinsten Schimmer, wie ekelerregend das alles für mich ist? Manchmal, wenn er mit mir fertig ist und in sein eigenes Bett zurückgeht, muss ich mich übergeben, damit die Übelkeit verschwindet.«

»Aber jetzt bist du die Sprecherin – außer du vermasselst es noch in den nächsten paar Tagen. Das wolltest du doch immer!«

»Nein, Jehal, das wolltest *du* immer. Ich wollte nur dich. Hyram widert mich an. Ich muss mich unter ihm winden und stöhnen und nenne ihn den König meines Bettes, wo ich ihm eigentlich nur den Hals umdrehen möchte. Und er weiß etwas. Keine Ahnung, wie er darauf gekommen ist, aber er weiß etwas.« Sie runzelte die Stirn. »Etwas, das er heute Morgen noch nicht wusste. Er hat auf einmal Fragen gestellt.«

»Fragen?«

»Über dich. Jemand hat ihm zugeflüstert, wir könnten eine Liebschaft haben, Jehal. Er glaubt es natürlich nicht, kann sich den Gedanken jedoch auch nicht ganz aus dem Kopf schlagen. Er hat Männer vor meiner Tür postiert. Vor der Sache war er ein schrecklicher Langweiler, jetzt ist er unerträglich. Du musst ihn loswerden, mein Prinz. Ich habe die Nase voll. Du hast bekommen, was du wolltest, und jetzt gibst du mir das, was *ich* will.«

Jehal warf den kleinen rubinfarbenen Augen, die ihn vom Bett aus beobachteten, lüsterne Blicke zu. »Nichts würde mir größere Freude bereiten, meine Liebste. Das kannst du mir glauben. Allein der Gedanke daran …« Er schaute an seinem Körper hinab. »Nun, du siehst es ja selbst.«

»Willst du etwa nicht hier sein? Neben mir liegen und meine Haut spüren?«

»Ich würde gerne mehr als deine Haut spüren.«

»Gemeinsam unter seidene Laken schlüpfen?«

»Du weißt, dass ich das will.«

»*Dann komm her*! Sofort!« Sie schlug die Bettdecke beiseite und entkleidete sich langsam. Als sie nackt war, legte sie sich zurück in die Kissen und strich mit der Hand lasziv von ihrem Hals bis zu dem weichen Haar zwischen ihren Beinen. »Muss ich dir etwa zeigen, was du zu tun hast?«, hauchte sie und lachte dann, als Jehals taiytakischer Drache in die Luft flatterte und aufgeregt umherschwirrte, um einen besseren Blick auf sie zu erhaschen.

»Wir müssen warten, meine Geliebte. Bis es sicher ist.«

»Nein.« Unvermittelt setzte sich Zafir auf, schnappte sich Jehals mechanischen Drachen aus der Luft und warf Jehal einen Kuss zu, bevor alles dunkel wurde und er sie nur noch gedämpft hören konnte.

»Was tust du da?«

»Wenn ich dich nicht haben kann, sollst du mich auch nicht haben. Mir reicht's. Ich fessele dein kleines Spielzeug und stopf ihn unter mein Kopfkissen. Dann werde ich die Seide von meinen Augen nehmen und mich wieder schlafen legen, und falls du jemals wieder etwas von dem hier zu Gesicht bekommen möchtest, solltest du Hyram und deine kleine süße Gattin aus dem Weg räumen. Und zwar schnell, mein Liebster, oder ich werde die Angelegenheit selbst in die Hand nehmen.«

Jehal wartete einen Moment ab, aber er hörte nichts weiter als Zafirs gleichmäßigen Atem. Nach einer weiteren Minute schob er die Seide von den Augen und holte tief Luft. Sein Herz raste, in seinem Kopf drehte es sich wie wild, und er konnte nicht entscheiden, ob dies auf seine Lust oder seine maßlose Wut zurückzuführen war.

Hyram aus dem Weg räumen. *Sie ist zu ungeduldig.*

Wäre es möglich? *Wenn sie es selbst in die Hand nimmt, wird sie meine Pläne vereiteln, und alles wäre umsonst gewesen.*

Wäre es *möglich*?

Er ging zurück ins Bett und versuchte zu schlafen, aber in seinem Kopf drehte es sich unaufhörlich weiter. Gedanken prasselten auf ihn ein und verpufften so schnell, dass sie ihm regelrecht durch die Finger glitten. Wäre es *möglich*?

Da kam ihm ein Gedankenblitz, und er erkannte, dass es tatsächlich möglich war. Und im nächsten Moment war er eingeschlafen.

59
Geduld

Kemir hielt einen Ast in den Händen und schnitzte lang-
sam und bedächtig einen Pfeil daraus. Irgendwo in seiner
Nähe ging Nadira ungeduldig auf und ab. Selbst aus der
Ferne konnte er die Entschlossenheit der Drachen spüren.
Die ungeheure Konzentration, mit der sie ihr Ziel verfolg-
ten, flößte ihm Angst ein.

Als die Alchemisten in ihren Höhlen verschwunden waren, hatte die Drachen ohnmächtiger Zorn ergriffen. Blind-
wütig waren sie eine Weile draußen hin und her geeilt, hatten die wenigen noch unversehrten Gebäude in Schutt und
Asche gelegt und waren auf der Suche nach einem weiteren
Eingang am Felshang entlanggeflogen. Schließlich hatten
sie sich wieder beruhigt. Jetzt waren riesige Scheiterhaufen
vor den Höhleneingängen errichtet. Die Drachen hatten sie
entzündet und bliesen den Rauch systematisch die Tunnel
hinab. Das Beängstigende war, dass alle fünf Tiere, ohne die
kleinste Verschnaufpause, schon seit zwei Tagen an der
Arbeit waren. Zwei der neuen Drachen hüpften von einem
Feuer zum anderen und pusteten den Rauch in die Höhlen.

Die anderen drei flogen ununterbrochen zum Wald und wieder zurück, rissen Bäume aus und sorgten für Nachschub. Alle paar Stunden schoss Schneeflocke aus dem Tal in die Lüfte. Manchmal nahm sie Kemir und Nadira mit. Sie flog dann über den Gebirgszug und suchte fieberhaft nach Rauch, der aus winzigen Felsspalten drang. Sobald Schneeflocke einen Riss im Gestein fand, verschloss sie ihn und zog dann stundenlang am Himmel ihre Kreise, auf der Suche nach weiteren. Kemir wusste genau, was sie da tat. Er hatte es ebenfalls schon getan, auch wenn seine Opfer Ratten und Kaninchen gewesen waren.

Der Aschgraue trottete nun schwerfällig an ihnen vorbei und zog mit dem Schwanz einen zwanzig Meter langen Baum in Richtung der Höhlen. Der Drache warf dem Söldner einen gierigen Blick zu. *Kemir, ich bin hungrig. Wer von euch hat mehr Fleisch auf den Rippen?*

»Ich.« Kemir machte sich nicht einmal die Mühe, den Kopf zu heben.

Im Dorf war niemand, Kemir, und wir müssen essen.

»Dann zieh los und geh jagen.« Wenn die Drachen nicht die Feuer schürten, aßen sie. Während der ersten beiden Tage hatten sie sich auf das Vieh im Nest gestürzt und alle Männer gefressen, die sie getötet hatten. Heute waren sie zurück zum Dorf am Eingang zur Schlucht geflogen. Es schien sie überrascht zu haben, dass es wie ausgestorben dalag. Die Dorfbewohner konnten nicht weit gekommen sein, aber offensichtlich waren sie umsichtig genug gewesen, um sich aus dem Staub zu machen, sich zu verstecken und den Großteil ihrer Tiere mitzunehmen.

»He, Aschgrauer«, rief Kemir. »Weißt du was, ich bin auch hungrig. Wie schmeckt eigentlich Drachenfleisch?«

Der Drache hielt in seiner Arbeit inne und drehte sich zu Kemir um. Es war unmöglich, etwas in einem Drachengesicht zu lesen, aber Kemir gewann den Eindruck, als würde er lachen.

Auf einmal erstarrte der Aschgraue. Er ließ den Baum fallen, stellte sich auf die Hinterläufe und starrte gebannt zu den Höhlen.

Kemir erhob sich ebenfalls, doch er konnte wegen der umherliegenden Trümmer und des Rauchs nichts sehen. »Was ist los?«

Der Aschgraue begann zu laufen. *Unser Plan mit dem Rauch ist aufgegangen. Sie kommen raus!*

60

Der Meuchelmörder

Zwei Drachen schossen nebeneinander über die Spiegelseen. Sie versuchten, sich gegenseitig abzudrängen, und
schnappten nach dem anderen, immer auf der Suche nach
einer Schwachstelle. Drei weitere folgten in einer Linie. Als
sie durch die Luft auf Jehal zugeflogen kamen, kniff er die
Augen zusammen und versuchte auszumachen, um wen
es sich im Einzelnen handelte. Ab und an blickte er kurz
zur Seite. Hyram beobachtete die Drachen, Königin Zafir
ebenfalls. Ja, beinahe alle sahen ihnen zu. Das Rennen ging
in die letzte Phase.

Eine Person sah den Drachen allerdings nicht zu. Inmit-
ten einer Gruppe Botenjungen, die abseits zwischen den
Wachen standen, sprang einer nicht johlend auf und ab. Er
war weit mehr an Zafir – und ihm – interessiert. Jehal
lächelte leise in sich hinein. Er war nicht sicher, auf wessen
Geheiß der Junge spionierte, auf Hyrams oder Sheziras.
Vielleicht für beide. Aber letztlich spielte es keine Rolle.
Wichtig war nur, wer der Junge in Wirklichkeit war.

Die Drachen kamen näher. Vor einer Stunde hatten sie

sich von den Diamantwasserfällen in die Lüfte geschwungen. Zehn gewaltige hölzerne Rahmen, jeweils dreißig Meter hoch und dreißig Meter breit, waren auf den Ebenen der Hungerberge und um die Seen errichtet worden. Zehn Rahmen, je einer für die Könige und Königinnen der Reiche, und der letzte für die Sprecherin und ihre Gäste. Eigentlich hätte sich Jehal auf den Ebenen befinden sollen, beim Rahmen von König Tyan, doch er hatte sich still und heimlich hierher geschlichen. Er hatte sich alle Mühe gegeben, unbemerkt zu bleiben, der Junge war ihm aber dennoch gefolgt.

Um ihn herum schrie die Menge. Er spähte übers Wasser und versuchte zu erkennen, ob noch mehr Drachen kämen, was jedoch nicht der Fall war. Bei dem Rennen ging es darum, durch alle zehn Rahmen zu fliegen. Vom Boden aus wirkten sie riesig, vom Rücken eines rasenden Drachen aus wurden sie auf einmal ganz klein. Unfälle waren unvermeidbar. Manchmal erwischte es einen Drachen, meist jedoch einen Reiter. Aber gleich vier ... Kurzzeitig war Jehal wehmütig zumute. Er hatte schon an diesen Rennen teilgenommen und wusste genau, wie verbissen die Reiter um ihre Plätze kämpften. Es musste einen besonders guten Wettstreit über den Ebenen gegeben haben, und einen Moment lang wünschte er sich, er wäre dort gewesen und hätte es mit eigenen Augen gesehen.

Er schüttelte sich. Die beiden Drachen, die um den ersten Platz rangen, hielten immer noch Kopf an Kopf auf den letzten Rahmen zu. Sie würden das Ziel in weniger als einer Minute erreichen. Es war an der Zeit, dass er ging. Er stahl sich davon, während alle das Ende des Rennens ansahen, und sein Verschwinden fiel beinahe niemandem auf.

Aber nur beinahe niemandem. Als er in Richtung des Wäldchens huschte, hörte Jehal, wie das Grölen der Menge anschwoll, und dann einen Aufprall, als einer der Drachen oder gar beide gegen den Rahmen knallten. Er spürte einen Hauch von Verärgerung in sich aufsteigen. Man würde noch in Jahren über dieses Rennen sprechen, und er hatte es verpasst!

Er sah sich im Wald um. Da schälten sich zwei Gestalten aus dem Unterholz. Hastig bedeutete ihnen Jehal, sich bedeckt zu halten. »Noch eine Minute«, flüsterte er, während er an ihnen vorbeischlenderte. »Verkleidet als Botenjunge.« Er blieb einen Moment stehen und hielt den weißen Seidenschal vor die Augen. Zafir war bereits auf dem Weg und entfernte sich hastig mit zwei Reitern im Schlepptau von der Tribüne. Sie gab sich große Mühe, geheimnistuerisch zu wirken. Er steckte die Seide wieder in die Tasche und verbarg sich zwischen dem Farn und den Brombeersträuchern.

»Habt ihr es?«, fragte er. Einer der Männer reichte ihm einen großen Sack. Gerade wollte er die Männer daran erinnern, wie gefährlich ihr Opfer war, doch da hörte er bereits Zafir den Waldweg entlangkommen. Sie ging nur wenige Zentimeter an Jehals Versteck vorbei. Er hielt den Atem an und wartete.

Und wartete.

Er stand kurz davor, erneut die Seide hervorzuholen, als

der Botenjunge endlich auftauchte und lautlos den Pfad entlangschlich. Angespannt machte sich Jehal zum Sprung bereit.

Der Junge musste über einen sechsten Sinn verfügen. Als sich Jehal und seine Männer auf ihn stürzten, wirbelte er bereits mit einem Messer in der Hand herum. Die Waffe sauste herab, und einer von Jehals Männern stöhnte und schwankte bedrohlich. Im nächsten Moment hatte Jehal dem Jungen den Sack über den Kopf gestülpt.

»Es ist eine Frau!«

»Das *weiß* ich. *Haltet sie fest!*«, zischte Jehal. Sie war gefährlich schnell, jedoch keine ebenbürtige Gegnerin für drei starke Männer. »Passt auf ihre Hände auf. Und entreißt ihr das verdammte Messer!« Einige Sekunden lang rangen die vier in verbissener Stille miteinander, doch dann verpasste Jehal der Frau genau an der Stelle einen festen Fausthieb, wo er ihr Gesicht vermutete. Der Kampf war beendet. Gemeinsam wickelten sie einen weiteren Sack um ihre Hüfte, damit sie die Arme nicht mehr bewegen konnte.

»Verflucht!« Der verwundete Mann sah an sich herab und starrte auf seine Hände. Sein Hemd war blutgetränkt. Er stand noch einen Moment taumelnd da, sank dann zu Boden und verschwand im Farnkraut.

»Bleibt hier«, knurrte Jehal. »Und kümmert euch um ihn.«

»Er ist tot, Hoheit.«

»Ja. Bedauerlicherweise. Aber er ist ein Reiter von Furia. Wir können seinen Leichnam schlecht zurücklassen, oder?

Kümmert euch um ihn und folgt mir anschließend.« Sorgfältig suchte er die Frau nach versteckten Messern ab, überprüfte ein weiteres Mal, ob die Fesseln an ihren Armen fest genug saßen, und legte ihr eine Schlinge um den Hals. Dann zog er sie durch den Wald. Sobald sie das Bewusstsein wiederzuerlangen schien, zerrte er mit aller Kraft an dem Seil, und sie stürzte. *Auf dein Aussehen kommt es mir gewiss nicht an – nicht dass du jemals eine Schönheit gewesen wärst. Es reicht schon, wenn du noch ein Weilchen am Leben bleibst und laufen kannst.*

Am Vortag war er schon einmal im Wäldchen gewesen, um zu überprüfen, wie lange der Fußmarsch dauerte. Unweit vom Ziel des Drachenrennens gab es eine seit Langem unbenutzte Schmiede. Mit einem Keller. Zu dem Zeitpunkt war sie ihm als der perfekte Ort erschienen. Da hatte der Weg vom Hinterhalt bis zur Schmiede aber auch nicht annähernd so lange gedauert.

Endlich, nachdem er die Frau eine halbe Ewigkeit hinter sich hergezerrt hatte, erreichte er die Hütte. Er schob die Frau über die Schwelle und warf sie die Kellertreppe hinab, bevor er die Tür hinter sich schloss. Dann erst zog er ihr den Sack vom Kopf und schüttete ihr einen Eimer Wasser ins Gesicht. Jehal lächelte und machte eine übertrieben höfliche Verbeugung.

»Lady Nastria. Königin Sheziras Feldmarschall. Wie schön, dass Ihr mir endlich einmal Gesellschaft leistet. Auch wenn ich gestehen muss, dass die Einladung ein wenig grob war.«

Sie sah ihn an. Ihre Lippe war aufgeplatzt, das Gesicht

blutverschmiert und mit Schürfwunden übersät. Ein Auge war so geschwollen, dass sie es kaum öffnen konnte. Sie spuckte einen Zahn aus und machte den Mund auf.

»Schreit von mir aus, wenn Ihr wollt, aber niemand wird Euch hören. Das ist es doch, was Frauen letztlich tun, nicht wahr? Nach Hilfe rufen?«

Nastria schloss den Mund. »Verräter«, zischte sie undeutlich.

»Verräter? Ich? Weil ich Eurer Königin mein Wort gegeben und es dann gebrochen habe? So wie Hyram, nicht wahr?« Er lachte. »Verräter? Ihr kennt mich nicht, Feldmarschall. Überhaupt nicht. Nein, nein, das hier ist kein Verrat. Ich will lediglich ein Unrecht aus längst vergangenen Zeiten wiedergutmachen.« Seufzend schüttelte er den Kopf. »Ich habe Euch beobachtet. Wollt Ihr wissen, wie mir das gelungen ist?« Ohne eine Antwort abzuwarten, holte er die weiße Seide hervor und drückte sie ihr auf die Augen. »Seht! Seht genau hin! Ein kleines bisschen Zauberei, die mir jemand geschenkt hat. Und tut nicht so, als seid Ihr geschockt. Weiß Königin Shezira eigentlich von Eurem Blutmagier?« Er riss die Seide wieder weg. »Ihr wisst doch hoffentlich, dass ich Euch mein kleines Geheimnis nur gezeigt habe, weil Ihr den heutigen Tag nicht überleben werdet?«

Sie blickte ihn trotzig und gleichzeitig mürrisch an. »Was wollt Ihr, Jehal?«

»Trinkt.« Er reichte ihr einen Becher. »Wasser. Ich dachte, Ihr wärt womöglich ein wenig lädiert, sobald Ihr hier seid. Ihr habt vorhin einen meiner Reiter getötet.«

Nastria betrachtete den Becher und drehte den Kopf weg.

»Lady, wir beide wissen, dass gutes Gift teuer und lange nicht so einfach zu beschaffen ist, wie manch einer denken mag. Wenn ich Euch töte, wird es mit Stahl geschehen.« Er holte ein Schwert aus der Kellerecke und zog es aus der Scheide. »Das hier gehörte meinem Vater, als er es noch halten konnte.«

»Nur los! Benutzt es, Jehal. Euer Schicksal ist längst besiegelt, und Ihr könnt es nicht ändern.«

»Ich würde eher den Adamantpalast zerstören, als eine Künstlerin wie Euch zu ermorden. Aber da ich es mir nicht leisten kann, dass Ihr mir weiterhin wie eine Klette folgt … Ein weiblicher Feldmarschall. Ich habe mich oft gefragt, wie es für Euch sein mag, von Reitern umgeben zu sein, die alle so viel stärker sind als Ihr. In voller Rüstung könnt Ihr doch kaum aufstehen. Aber Ihr seid schnell, das muss man Euch lassen. Und Ihr könnt etwas, das sonst keinem anderen Reiter gelingt: Euch als Dienstbote verkleiden und unbemerkt durch den Palast schlüpfen. Manchmal seid Ihr Lady Nastria, der Feldmarschall. Manchmal seid Ihr ein Kammerpage, ein Küchenjunge, eine Magd. Ich bewundere Euch, wirklich. Wir beide sind uns sehr ähnlich.« Er lächelte. »Wenn man will, dass etwas anständig gemacht wird, muss man es selbst tun.«

»Wie lange?«

»Wie lange was?«

»Ihr und Zafir.«

Jehal lachte. »Schon sehr lange, Feldmarschall. Lange

genug, sodass wir uns manchmal auf eine Art anschauen, wie es nur Verliebte tun, egal wie sehr wir es vermeiden wollen. Es freut mich, dass Ihr diejenige seid, die alles durchschaut hat. Wahrscheinlich habt Ihr bereits Hyram unterrichtet.«

Nastria zuckte mit den Schultern.

»Nun, ich würde mir albern vorkommen, wenn Ihr es noch nicht getan hättet.« Er reichte ihr erneut den Becher. »Bitte.«

Sie spuckte aus und warf ihm einen verächtlichen Blick zu.

»Nein, Ihr *habt* es Hyram erzählt, das weiß ich genau. ›Eure Frau und die Viper, Lord Hyram. Lasst sie nicht aus den Augen.‹ Das waren Eure Worte. Er hat es nicht besonders gut aufgenommen. Seine Welt bricht auseinander, nicht wahr? Er ist wieder erkrankt. Die Elixiere haben ihre Wirkung verloren. Zafir ist jung, und er ist alt. Und dann war da die Abstimmung. Ich wünschte inständig, ich hätte seine Gedanken lesen können, nur ein einziges Mal. Ich hätte alles gegeben, um zu erfahren, was ihm in diesem Moment durch den Kopf gegangen ist.«

»Ich habe Dinge in Erfahrung gebracht, Prinz Jehal. Über die Taiytakei. Dinge, die Ihr nicht wisst. Sie sind nicht die Freunde, für die Ihr sie haltet.«

Jehal lachte. »Armer Feldmarschall.« Er reichte ihr den Becher ein weiteres Mal. »Werdet Ihr das hier nun trinken oder nicht?«

»Nein.«

Er nickte. »Es wäre eine herbe Enttäuschung gewesen,

wenn Ihr es freiwillig getan hättet. Wahrscheinlich gibt es nichts, womit ich Euch locken könnte, damit Ihr Eure Königin verratet und in meine Dienste tretet? Jemanden mit Euren Fähigkeiten an meiner Seite zu wissen wäre mir sehr viel wert. Aber natürlich müsste ich überzeugt sein, dass Ihr es auch ernst meint.«

Nastria starrte ihn einfach nur an. Er kannte diesen Ausdruck. Hass.

Er seufzte. Dann musste er es wohl mit roher Gewalt versuchen, und dennoch, in gewisser Hinsicht war ihm das lieber. Als er Nastria den Mund aufriss und ihr den Inhalt des Bechers in die Kehle kippte, wusste er, dass er auf eine eigentümliche Art unzufrieden gewesen wäre, hätte er ihren Widerstand zu leicht gebrochen.

Sie kämpfte und spuckte aus, konnte jedoch nicht verhindern, dass sie zumindest einen kleinen Teil des Wassers schluckte. Allmählich ließ ihre Gegenwehr nach. Ihr Kopf sank schlaff auf die Brust. Jehal wartete, bis sie leise schnarchte, schüttete dann den Rest des Bechers auf den Boden und stellte das Schwert seines Vaters ab.

»Ich habe Euch doch gesagt, dass es kein Gift ist, Feldmarschall. Auch wenn Ihr schon bald wünschen werdet, es wäre Gift gewesen.«

61

Die Glutsoldaten

Jaslyn liefen Tränen übers Gesicht. Egal wie sehr sie sich die Augen rieb, es brachte keine Linderung, denn der Rauch war überall. Semian hatte ihr gezeigt, wie man durch ein feuchtes Stofftuch atmete, und dennoch musste sie immerzu husten. Selbst in der riesigen Haupthalle wurde die Luft allmählich unerträglich. Und es war ungemütlich heiß, trotz des eiskalten Wassers, das durch die Höhlen floss. Früher oder später würden die Drachen einen Weg finden, sogar den Fluss aufzuheizen.

»Zurück, Hoheit«, krächzte Reiter Jostan. »Dazu besteht wirklich keine Veranlassung. Geht zurück in die höher liegenden Höhlen. Bleibt bei den Alchemisten. Hier werden Soldaten gebraucht.«

Sie wusste, dass er recht hatte. Außerdem trug sie nur noch die mageren Überreste ihrer Rüstung. Dennoch, als sie die Gestalten um sich herum durch den Rauch hatte eilen sehen, wusste sie, dass ihr Platz an ihrer Seite war. »Wollt Ihr etwa langsam und erbärmlich in diesem Rauch verenden, Reiter Jostan? Wenn ich schon sterben muss,

525

soll es ein schneller Tod sein, und zwar mit frischer Luft in meinen Lungen.«

»Die Glutsoldaten werden die Drachen besiegen, Hoheit«, sagte Semian leise. »Auf die eine oder andere Weise.« So nannten sie sich selbst, die Soldaten der Adamantinischen Garde. Jaslyn war der Name noch nie zuvor zu Ohren gekommen, aber sie erkannte ihre Waffen. Keine Schwerter oder Äxte oder Dolche, sondern nur riesige Schilde, groß wie Männer, und monströse Armbrüste, die mit Bolzen schossen, die so lang wie ihr Bein waren und von drei Soldaten gleichzeitig durch die Höhlen geschoben werden mussten. Skorpione.

»Wie viele Soldaten sind es, Reiter Semian?«

»Das weiß ich nicht, Hoheit.«

»Dann ratet. Sechzig? Siebzig?« Während sie die Gänge entlangstolperten, wurde der Rauch immer dicker und die Luft heißer. Jaslyn hatte nicht den blassesten Schimmer, wo sie sich befanden. Sie folgten einfach den Soldaten, und falls sie sich verlaufen sollten, würden sie wahrscheinlich nie wieder den Weg zurückfinden. Was kein besonders ermutigender Gedanke war.

»Ungefähr, ja.«

»Gegen fünf Drachen. Also zwölf Soldaten pro Tier. Glaubt Ihr allen Ernstes, dass zwölf Männer einen Drachen besiegen können, Reiter Semian? Ganz zu schweigen davon, dass es zu Anfang hundert von ihnen und nur zwei Drachen waren, und sie selbst da nicht viel ausgerichtet haben.« Nach ihrem ersten Zusammentreffen in der Höhle war Jaslyn nicht in die Nähe der Garde gelassen worden.

Es sind besondere Soldaten, hatten die Alchemisten gesagt. Die Besten der Besten, von Geburt an allein zu dem Zweck ausgebildet, die Feste zu verteidigen. Sie konnten keine Frau, nicht einmal eine Prinzessin, in ihrer Mitte gebrauchen, wurde Jaslyn erklärt. Und obwohl sie vehement darauf bestanden hatte, mit der Garde zu sprechen, war es den Alchemisten immer wieder gelungen, sie davon abzuhalten. Sie verboten es ihr natürlich nicht ausdrücklich, doch das Ergebnis war dasselbe.

Egal wie besonders sie sein mögen, sie können nicht gewinnen. Jaslyns einzige Hoffnung lag darin, sich womöglich während des ganzen Durcheinanders davonstehlen zu können. Oder sich nah genug an Vidar heranzuschleichen, damit der Drache ihre Stimme vernahm.

»Vermutlich ist es *tatsächlich* eher unwahrscheinlich, Hoheit«, sagte Reiter Semian widerstrebend.

»Sie werden nicht gegen die Drachen kämpfen, Hoheit«, fügte Reiter Jostan hinzu. »Sie werden die Reiter töten.«

Jaslyn schüttelte den Kopf. Reiter Jostan hatte nicht recht verstehen wollen, was alle anderen bereits wussten und die Alchemisten mit einer Engelsgeduld erklärt hatten, um keinerlei Missverständnisse aufkommen zu lassen. Die Drachen handelten auf eigene Faust. Es gab keine skrupellosen Reiter, die Vidar und Matanizkan und Levanter Befehle erteilten, sondern nur höchst aggressive Drachen. Trotz allem, was Jostan gehört hatte, glaubte er immer noch fest daran, dass sich dort draußen Männer befanden, und sie einfach nur diese Männer umbringen mussten, um die Welt wieder in Ordnung zu bringen.

»*Ein* Reiter würde schon genügen«, knurrte Semian, der die Tragweite des Geschehens richtig einschätzte. Jaslyn hatte sein Gesicht beobachtet, als man ihm die Nachricht überbracht hatte. Jemand *war* dort draußen, und Semian kannte den Mann. Nur ein Söldner, hatte er gesagt. Eine der weniger klugen Ideen ihres Feldmarschalls. Er hatte eine abschätzige Handbewegung gemacht, aber seine Augen hatten gefunkelt.

Die drei erreichten den Fluss, dem die Soldaten wohl folgten, um ins Freie zu gelangen. Als sie die riesige Haupthöhle verließen und in das Tunnelsystem einbogen, wurde der Rauch immer dichter, und eine sengende Hitze lag in der Luft. Jaslyn spürte den brennend heißen Wind auf ihrer Haut, der unaufhaltsam von draußen hereinblies. Schon bald ging ihnen das eiskalte Wasser bis zur Hüfte, und sie spritzten sich das kühle Nass auf die Arme und ins Gesicht, um nicht zu verbrennen. Sie brauchten längst keine Lampen mehr. Die Höhlen und der Rauch waren in ein flackerndes orangefarbenes Licht getaucht.

»Sie haben am Höhleneingang Feuer entzündet, nicht wahr?« Der Gedanke kam ihr erst jetzt. »Und wie kommen wir dann raus?«

»Der Fluss, Hoheit«, sagte Reiter Semian.

»Sie werden schwimmen? In voller Drachenschuppenmontur?« Sie konnte sich ein Lachen nicht verkneifen, doch der beißende Rauch ließ ihr schallendes Gelächter in einen Hustenanfall übergehen.

»Hoheit, sie tragen keine Drachenschuppen.«

»Wie bitte?« Sie setzte sich ans Flussufer, spritzte sich

Wasser ins Gesicht und ließ es die Kehle herabrinnen, bis der Husten allmählich abklang. Als sie wieder aufblickte, hatten sie in der Düsternis die Soldaten aus den Augen verloren. Aber sie waren längst nicht mehr auf ihre Hilfe angewiesen, denn nun hatten sie den Fluss, der sie führte.

»Sie tragen keine Rüstung, Eure Hoheit.«

»Dann werden sie sterben, noch bevor sie aus dem Fluss klettern! Das ist sinnlos! Heller Wahnsinn!« Jaslyn drosch mit der Faust aufs Wasser ein. Sie waren so weit gekommen, hatten all die Qualen auf sich genommen, nur um sich jetzt wieder einen Weg durch den Rauch zurückkämpfen zu müssen. Wahrscheinlich würden sie sich in der Haupthöhle verirren, und selbst wenn nicht, würde der Rauch sie am Ende ins Jenseits befördern. Ohne eine Rüstung würden die Soldaten nicht lang genug durchhalten, damit *irgendjemand* heimlich an ihnen vorbeischlüpfen könnte.

»Vielleicht nicht ganz so sinnlos, wie Ihr denkt.« Reiter Semian begann, seine Rüstung abzustreifen. »Eure Hoheit, es bleibt uns wohl nichts anderes übrig als zu schwimmen.«

»Und *wohin* schwimmen, Semian?«

»Am Feuer vorbei aus dem Höhleneingang, Hoheit.«

»Und dann? Glaubt Ihr etwa, wir könnten uns einfach den Fluss hinabtreiben lassen, ohne dass die Drachen uns bemerken würden?«

»Genau das denke ich«, sagte Semian. Er hob seinen Schild hoch und steckte zwei Finger durch ein Loch, das in die Drachenschuppe gebohrt war. Dann zeigte er Jaslyn die beiden Laschen daneben. »Wenn die Zeit kommt, legt Ihr Euch auf dem Rücken ins Wasser, Hoheit. Haltet Euch an den Riemen fest und drückt Euren Mund an das Loch. Der Schild geht nicht unter, und Ihr könnt atmen. Schwimmt nicht, sondern lasst Euch treiben. Lasst Euch von der Strömung mitreißen.«

»Wenn die Zeit kommt?«

Semian legte den Rest seiner Rüstung ab und watete tiefer ins Wasser. »Falls die Glutsoldaten aus irgendeinem Grund scheitern sollten, werde ich versuchen, die Drachen abzulenken. Wenn ich nah genug an Matanizkan herankomme, damit sie meine Stimme hört, wird sie mir vielleicht noch gehorchen. Ihr werdet wissen, ob es mir gelungen ist. Dann werdet Ihr Euch auf den Weg machen.«

»Sie werden Euch kriegen.« Jaslyn starrte ihn eindringlich an. In den Rauchschleiern konnte sie jetzt nur noch den Umriss seines Kopfes und der Schultern ausmachen, die aus dem Wasser hervorschauten. Auf einmal verstand sie, dass er dies allein ihretwegen tat. Das war kein Plan, den die Alchemisten geschmiedet hatten, das hier war *sein* Plan. Er wollte sie retten. Bei dieser Erkenntnis wurde ihr ganz schwindelig. Beinahe hätte sie ihm befohlen, nicht zu gehen, hielt dann jedoch inne. Höchstwahrscheinlich würden sie alle so oder so dran glauben.

»Wenn ich schon sterben muss, will ich die Regeln wenigstens selbst bestimmen«, sagte er. Das waren ihre eigenen Worte gewesen, als sie darauf beharrt hatte, die Soldaten zu begleiten und einen Fluchtversuch zu wagen.

Semian war nun fast vollständig entkleidet, trug lediglich ein Schwert an der Taille, ein Fläschchen an einer Kordel um den Hals und einen Schild von der Größe einer Tür. Jaslyn beobachtete sprachlos, wie er sich rücklings ins Wasser legte und den Schild über sich zog.

Heller Wahnsinn! Sie biss sich auf die Lippe und sah zu, wie er gehorsam in den Tod ging.

62
Der Zerfall

Die Treppe zum obersten Geschoss des Turms der Lüfte hinaufzusteigen fiel ihm schwerer als noch vor einer Woche. Als Hyram die Hälfte hinter sich gebracht hatte, machte er eine kurze Pause und schöpfte Atem. Er blickte auf seine Hände. Sie zitterten. Er konnte das Beben auch in seinen Beinen spüren, und allmählich beeinträchtigte es ihn sogar wieder beim Sprechen.

Fällt es mir schwerer aufgrund der Krankheit oder der Dinge, die ich nun weiß?

Nein, das stimmte nicht. Er *wusste* gar nichts. Er hatte lediglich einen Verdacht.

Nein, das war ebenfalls nicht ganz richtig. Er *wusste*, dass Prinz Jehal ihm seine Stimme gegeben hatte. Er *wusste*, dass Jehal seinen Pakt mit Shezira gebrochen und Zafir zur Sprecherin gewählt hatte. Und er *wusste*, was Jehal gesagt hatte, dort in der Halle des Sprechers.

Er wusste ebenfalls, was man ihm ins Ohr geflüstert hatte: dass Jehal und Zafir ein Verhältnis hatten. Anfangs hatte er sich strikt geweigert, das Gerede zu glauben.

Dann hatte er die Quelle des Gerüchts ausfindig machen wollen. Er konnte nicht mit Gewissheit sagen, wer es in die Welt gesetzt hatte, aber es schien seinen Ursprung im Turm der Abenddämmerung zu haben, was bedeutete, dass es von Shezira stammte. Er hatte es als missgünstige Verleumdung abgetan, einen letzten verzweifelten Versuch, Zafir in ein schlechtes Licht zu rücken und die Entscheidung der Könige und Königinnen zu kippen. Doch das hätte nie funktioniert. Silvallan wäre es egal, und Narghon würde sich über die Neuigkeit womöglich sogar freuen.

Es ist zu spät, Shezira. Ich könnte es nicht mehr ändern, selbst wenn ich wollte.

Hyram setzte seinen mühsamen Fußmarsch die Treppe hinauf fort und erreichte schließlich sein Ziel. Normalerweise herrschte im Turm ein lebhaftes Treiben, und Dienstboten hasteten lärmend zwischen den Etagen hin und her, aber heute war alles ruhig, und der Turm wirkte beinahe verlassen. Die Tür zu den beiden obersten Stockwerken wurde bewacht. Die Soldaten ließen ihn sofort eintreten, aber sie waren nicht immer hier gewesen. *Ich muss sie im Auge behalten. Ich muss wissen, wohin sie geht. Ich muss wissen, was sie tut und wen sie trifft.*

»Mylord.«

Hyram blieb abrupt stehen. Er war derart in Gedanken versunken gewesen, dass er Zafir überhaupt nicht bemerkt hatte. Sie saß in dem kleinen Vorzimmer, das ihre Privatgemächer vom Treppenaufgang trennte.

»W-Was tust du hier?«

Zafir erhob sich. Sie senkte sittsam den Blick und zeigte ihm, was sie in Händen hielt. »Sticken, Mylord.«

»Sticken?« Hyram schüttelte den Kopf. »Und i-ich bin nicht dein L-Lord.« Gleich nach der Hochzeit hatte sie sich angewöhnt, ihn mit dieser Anrede anzusprechen. Anfangs hatte es ihm gefallen, aber jetzt wirkte es, als sei sie seine Dienerin. Beinahe hätte man glauben können, sie wollte eine Mauer zwischen ihnen errichten.

»Ist es nicht das, was du willst? Soll ich etwa nicht ruhig in meinem netten Turm der Lüfte sitzen und Däumchen drehen, während du über die Reiche herrschst?«

»Eines dieser R-Reiche gehört dir, Zafir. Das musst du nicht aufgeben.«

»Die anderen Könige und Königinnen erwarten es aber von mir. Dieses Opfer muss ein Sprecher nun mal bringen.«

»D-Du könntest es a-anders machen …« Er stockte. Das war Unsinn. Und nicht der Grund, weshalb er all die Stufen heraufgekommen war. »D-Du hast mich hergebeten, meine Königin. W-Wegen der Elixiere?«

»Ja.« Lächelnd bat ihn Zafir in ihre Gemächer. Vom Vorraum aus führte eine weitere Treppe zum höchsten Zimmer des Turms, dem Ankleideraum der Königin. Den Rest des Stockwerks nahm ein großes, nach allen Seiten hin offenes Audienzzimmer ein. Oder besser gesagt Schlafzimmer, in das es sich in jüngster Zeit verwandelt hatte. Zafir schnippte mit den Fingern. Ein Mann kam mit zwei Kelchen herbeigerannt. *Für einen Diener ist er sehr groß und unbeholfen*, dachte Hyram. Auch das Gesicht war ihm fremd.

»Dein Dienstbote ist n-neu.«

»Man kann ihn kaum einen Dienstboten nennen, My-lord. Er ist eben erst angekommen und hat dir ein Geschenk mitgebracht.« Sie nahm die Kelche und reichte Hyram einen, bevor sie sich wieder setzte und mit ihrer Stickarbeit fortfuhr.

»Ein G-Geschenk? Ich weiß von keinen R-Reitern, die in der Nacht in m-meinem Nest gelandet sind.«

»*Deinem* Nest, Mylord? Und ich habe nie behauptet, dass er auf dem Rücken eines Drachen gekommen ist.«

Hyram schnupperte an dem Kelch, den Zafir ihm gege-ben hatte. Er riss die Augen auf. »D-Du hast also *doch* mehr!«

»Ja, Mylord. Trink. Wir haben nun genügend. Ich habe mit Prinz Jehal eine Übereinkunft getroffen.« Hin und wie-der blickte sie beim Reden zu Hyram hoch, aber zumeist waren ihre Augen starr auf ihre Finger und die Nadel ge-richtet, mit der sie den Stoff durchbohrte.

»Die Viper.« Allein seinen Namen zu hören glich einem Dolchstoß. »W-Welche Art von Ü-Übereinkunft hast du getroffen, Mylady?«

»Eine, die mir sehr gelegen kommt.«

»Es gehen G-Gerüchte um, Zafir.«

»Gerüchte, Mylord?« Sie hielt mitten in der Bewegung inne und blickte wie ein Unschuldslamm zu ihm hoch. Für einen Moment fragte sich Hyram bestürzt, was er da tat. Er hatte doch alles, oder nicht? Alles, was er wollte. Warum es mit haltlosen Anschuldigungen verderben?

Aber es war die Viper, und aus diesem Grund musste

er es wissen, selbst wenn es alles zerstören würde. »Ja, Mylady. Gerüchte. Über dich und J-Jehal.«

»Der Jehal, der meine Mutter ermordet hat?« Sie sah ihn eindringlich an.

»Das habe ich n-nicht vergessen, Mylady.«

»Trink dein Elixier, Mylord. Erst einmal solltest du wieder ein wenig zu Kräften kommen.« Lächelnd erhob sie sich und ging auf ihn zu. »Ich habe tatsächlich eine Übereinkunft mit Jehal. Wenn du es wünschst, werde ich dir alles erzählen.« Flüchtig berührte sie seinen Arm, bevor sie sich hinter ihn stellte und die Hände auf seine Schultern legte. Hyram seufzte und nahm einen kräftigen Schluck, während ihre Finger seine Muskeln bearbeiteten. »Du musst erschöpft sein.«

»Ja.« Hyram setzte den Kelch an die Lippen und leerte ihn. Beinahe augenblicklich spürte er, wie das Gebräu durch seinen Körper strömte, heiß und kraftvoll.

»Das ist die Abmachung, die ich mit Jehal getroffen habe. Es wird keine Elixiere mehr für dich geben. Nie wieder.« Ihre Hände hörten nicht auf, ihn zu massieren. »Deine Krankheit wird einfach ihren Lauf nehmen, so wie bei König Tyan. Ich werde Sprecherin sein, Jehal mein Liebhaber. Und zu gegebener Zeit wird er mein Nachfolger werden. Und du, Mylord, wirst schön am Leben gehalten, als Gefangener deines eigenen Körpers, der gezwungen ist, das alles mitanzusehen.«

Ein taubes Gefühl breitete sich in Hyrams Kopf aus. Er musste sich die Worte zwei- oder dreimal im Geiste vorsagen, bis er begriff, dass ihm kein Fehler unterlaufen war und Zafir jedes einzelne Wort ernst gemeint hatte. Er sprang von seinem Stuhl auf und wankte auf sie zu. Irgendetwas lief schrecklich falsch. Das Zimmer drehte sich. Er konnte seine Arme und Beine kaum spüren. Als ob … Er wollte Zafir packen, aber sie machte einen Satz zurück, fauchend und kratzend wie eine wütende Katze.

»Fass mich nicht an! Fass mich nie wieder an!«

»D-Die K-Krankheit …«

»Wird schlimmer, nicht wahr? Ja, Mylord, dieses Elixier funktioniert ein wenig anders. Es beschleunigt alles. Ich bete zu unseren Vorfahren, dass du ebenso nutzlos wie König Tyan sein wirst, und zwar schon bald.«

Er hatte einen Dolch am Gürtel. Irgendwo. Erst nach drei Anläufen schlossen sich seine Hände um den Griff. »D-Du … d-du …«, keuchte er, »w-widerliche … b-boshafte …« Ein Stuhl stand zwischen ihnen, aber Hyram hatte jetzt den Dolch in der Hand. Ein riesiger Druck baute sich in seinem Kopf auf.

»Ich? Und was ist mit dir, Mylord?«, fauchte sie und hüpfte hinter einen Tisch. »Du hast Königin Shezira verraten, deine mächtigste Freundin. Du hast den Pakt deines Clans gebrochen. Und wofür? Was war ich für dich? Du vögelst in meinem eigenen Bett mit mir und stöhnst im Schlaf den Namen meiner Mutter. Ich war nichts weiter als eine Projektion, die deine Erinnerungen auffrischt. Oh, und die Elixiere, die darf man natürlich nicht vergessen.«

Hyram taumelte um den Tisch herum und stürzte sich auf sie. Zafir sprang ihm leichtfüßig aus dem Weg. »I-Ich … h-habe … d-dich … g-geliebt …«

Sie grinste abfällig, und Hohn lag in ihren Worten. »Du liebst nur dich selbst, Mylord.«

»Ich h-habe A-A-Aliphera geliebt.« Er fühlte sich schrecklich betrunken und glaubte, sein Kopf müsse jeden Moment explodieren. Zafirs Gesicht verschwamm, war nur noch undeutlich zu erkennen. Er wollte den Arm ausstrecken, es packen und zu blutigem Matsch verarbeiten, aber seine Arme und Beine schienen aus Blei zu bestehen. Dann wiederum kam es ihm vor, als sei es überhaupt nicht Zafirs Gesicht, sondern Jehals, der ihn auslachte. Er stolperte eine paar Schritte vorwärts und ließ das Messer durch die Luft sausen. Zafir war zu schnell für ihn.

»Nun, dich hat sie jedenfalls nie geliebt, Mylord. Sie hat dich verachtet. Du hast sie angewidert.« Sie sprang just in dem Moment auf ihn zu und spuckte ihm ins Gesicht, als er sich erneut auf sie stürzte. Er spürte, wie der Dolch an ihrer Kleidung hängen blieb, und Zafir leise aufheulte. Hyram machte ein paar torkelnde Schritte, während Zafir sich wegwand. Sie fluchte, und er hörte, wie etwas krachend zu Boden fiel. Der Druck in seinem Kopf war unerträglich. Die Welt verlor allmählich an Farbe. Er drehte sich um. Zafir krabbelte über den Boden, versuchte aufzustehen, hielt sich die Seite.

»Du hast mich verwundet«, zischte sie.

»Ich w-werde … m-mehr tun, a-als dich nur zu v-verwunden, d-du H-Hure.« Er verwandelte sich in Stein, aber in seinem Innern loderte ein prasselndes Feuer. Seine Sicht verschlechterte sich, während er über Zafir hinwegstieg, bis er nur noch ihr Gesicht klar erkennen konnte und alles andere zerfloss. Er schien zu zersplittern, in winzige Teile zu zerbrechen. Er hob den Dolch, um ihn Zafir ins Fleisch zu rammen, da prallte etwas mit voller Wucht gegen ihn, und alles wurde dunkel. Er konnte sich nicht bewegen und nichts sehen, aber aus irgendeinem Grund konnte er Stimmen hören. Er hörte, wie Zafir nach ihren Wachen rief. Und er konnte die Viper hören.

63
Das Geheimnis am Fluss

Kemir beobachtete das Geschehen aus der Ferne. Männer tauchten aus dem Fluss auf, rissen ihre riesigen Schilde hoch und versuchten mühsam, ihre lächerlichen Armbrüste aus dem Wasser zu ziehen. Sie trugen keinerlei Rüstungen. Als er die Augen zusammenkniff, konnte er vielmehr erkennen, dass sie überhaupt nichts anhatten. Sie waren jedoch bemalt, mit wilden Mustern bedeckt, die dem Wasser getrotzt hatten.

Er runzelte die Stirn und spannte lustlos den Bogen. Sie waren verrückt. Ein oder zwei Sekunden lang fragte er sich, ob die Muster auf ihren Körpern eine Art von Blutmagie waren, damit das Drachenfeuer ihnen nichts anhaben konnte. Allerdings tatsächlich nur ein oder zwei Sekunden, denn in der nächsten streckte Schneeflocke ein Dutzend Soldaten mit einem einzigen Feuerschwall nieder.

Dann schoss der Aschgraue auf sie zu, und Schneeflocke wich zurück und überließ sie ihm. Die anderen drei Drachen, die sie im Nest vorgefunden hatten, hielten bei dem, was sie gerade taten, inne und beobachteten das Spektakel.

Noch während sich der Aschgraue um die restlichen Soldaten kümmerte, kam einer der neuen tapsend näher, schnappte sich einen Leichnam und schlang ihn mit einem Bissen hinunter. Der Aschgraue drehte sich um und fauchte lautstark. Für einen kurzen Moment, während die Drachen in Angriffsposition gingen, waren die verbliebenen Wachen vergessen. Dann senkte der andere Drache den Kopf und schlich unterwürfig fort.

Binnen einer Minute waren alle Soldaten tot. Es gelang ihnen nicht einmal, eine einzige Armbrust aufzustellen. Kemir war nicht sicher, ob sie es überhaupt versucht hatten. Es machte fast den Eindruck, als hätten sie ihr Schicksal akzeptiert und zögen es vor, schnell im Kampf zu sterben, als langsam zu ersticken. Er streckte sich und schlenderte gemütlich zum Schlachtfeld, für den Fall, dass es noch etwas zu erbeuten gab. Nichts Besonderes wahrscheinlich, da die Männer alle nackt waren, aber vielleicht stieß er auf einen Ring oder Talisman an einer Kette. Andererseits wäre es natürlich sinnlos, die Toten hier zu berauben. Selbst wenn er etwas fand, was wollte er dann damit tun? Er starrte zum Fluss, in dem Leichen und Schilde trieben. *So unnütz ...*

Einer der Schilde bewegte sich. Zuerst glaubte Kemir, seine Augen würden ihm einen Streich spielen, doch als er stehen blieb und genau hinschaute, sah er Füße, die unter den Drachenschuppen hervorlugten. Und strampelten.

Langsam zog er einen Pfeil aus seinem Köcher und spannte den Bogen. Er schoss den Pfeil genau in die Mitte des Schildes. Selbst aus einer so kurzen Distanz bohrte er sich nicht tief in die Schuppe, aber es genügte. Das Wasser schäumte und spritzte, und auf einmal kletterte ein Mann am anderen Ufer ans Land. Kemir riss einen zweiten Pfeil heraus und starrte sein Gegenüber verblüfft an.

»Du! Mörder!«

Reiter Semian starrte zurück. Abgesehen von einem langen, dicken Hemd, das ihm bis zu den Knien ging, und einem Gürtel, in dem sein Schwert steckte, war er nackt. Er hielt immer noch seinen Schild fest, und ein Fläschchen hing an einer Kordel um seinen Hals. In der einen Hand hatte Kemir einen Pfeil, in der anderen seinen Bogen. Semian war nur wenige Meter entfernt, aber der Fluss war dennoch zu breit, um einfach hinüberzuspringen. Kemir grinste.

»Du bist ein toter Mann.« Den Blick fest auf den Reiter gerichtet, legte er geschickt den Pfeil an die Bogensehne. »Du kannst mich mit deinem Schwert nicht erreichen, müsstest aber andererseits viel weiter weg sein, damit ich dich verfehle. Was ist nur los mit dir? Bist du ein solcher Feigling, dass du nicht wie die anderen deinem Schicksal ins Auge sehen wolltest? Oder war allein das der Zweck des Ganzen? Sollten sie alle sterben, all die *unbedeutenden* Soldaten, sodass du, ein *Reiter*, weiterleben kannst?« Er spannte die Sehne.

Semian sprang hinter seinen Schild, und Kemir konnte nur noch seinen Kopf sehen. »Für wen arbeitest du, Söldner? Wer hat dich gekauft?«

»Niemand.« Kemir lachte. »Zum ersten Mal seit viel zu vielen Jahren. Ich begleiche lediglich eine alte Rechnung.«

Er hätte fortfahren können – hätte dem Reiter erklären können, warum er Schneeflocke half, wie Drachenritter seine Familie, seine Freunde und alles, was ihm lieb und teuer gewesen war, zerstört hatten. Beim Töten eines Mannes gab es gewisse Gepflogenheiten, und eine davon lautete, dass man seinem Opfer darlegte, warum es sterben musste.

Aber andererseits hatte Semian keinerlei Zuvorkommenheit verdient, also ließ Kemir den Pfeil einfach losschnellen.

Semian riss den Schild hoch, der mächtig erzitterte, als sich der Pfeil genau vor seinem Gesicht in die Drachenschuppe bohrte.

Kemirs Arm schnellte in die Höhe und schnappte sich einen weiteren Pfeil. Im selben Moment machte Semian einen riesigen Satz in die Mitte des Flusses. Noch in der Luft drehte er den monströsen Schild und schleuderte ihn Kemir entgegen. Als er seinen zweiten Pfeil auflegte, duckte er sich gleichzeitig und wirbelte zur Seite, doch der Schild war so groß, dass er die Spitze des Bogens traf und ihn Kemir fast aus der Hand gerissen hätte. Er ließ den Pfeil fallen und wäre beinahe gestürzt.

Sobald er das Gleichgewicht wiedererlangt hatte, kletterte der Ritter bereits die Uferböschung hoch.

»Das nächste Mal musst du besser zielen, Söldner!«

Kemir zögerte. *Messer oder Pfeil?* Pfeile waren treffsicherer, aber Semian war vielleicht schon zu nah.

Er griff dennoch nach einem weiteren Pfeil. *Keinen Schild, hinter dem er sich diesmal verstecken kann.* Semian zog sein Schwert, stürzte sich auf Kemir und ließ die Waffe herabsausen. Als Kemir den Pfeil abschoss, streifte die Schwertspitze seinen Bogen. Der Pfeil schwirrte durch die Luft, verfehlte sein Ziel, und im nächsten Moment hatte der Reiter seinen Gegner erreicht. Kemir stellte sich Semian in den Weg. Beide gingen zu Boden und kugelten miteinander ringend zurück zum Fluss. Kemir hatte Semians Handgelenk gepackt und drückte das Schwert auf die Erde. Seine andere Hand glitt zur Kehle des Reiters. Semian ließ das Schwert los und schlug Kemir mit der Faust ins Gesicht, und zwar so hart, dass seine Sicht verschwamm. Sie rollten in entgegengesetzte Richtungen. Kemir sprang auf die Beine und zog seine Messer. Semian hatte sich ebenfalls wieder erhoben. Er war nun unbewaffnet. Sein Schwert lag genau zwischen ihnen.

»Das letzte Mal warst du von Verbündeten und Drachen umgeben. Jetzt bin *ich* es.« Kemir legte den Kopf in den Nacken und brüllte: »Hey, Schneeflocke!«, bevor er Semian mit einem breiten Grinsen bedachte. »Zeig mir, welcher von ihnen dein Drache ist, damit ich dich an ihn verfüttern kann, nachdem ich dich getötet habe.«

»Ich sehe keine Verbündeten«, sagte Semian. Er machte einen Schritt zurück. Das Fläschchen an der Kordel hing immer noch um seinen Hals. Im nächsten Moment zog er es über den Kopf. »Ich sehe nur dich.«

»Dieses Mal habe *ich* die Drachen auf meiner Seite.«

Semian ließ Kemir nicht aus den Augen, während er den Stöpsel aus dem Fläschchen zog. Kemir machte einen Satz auf ihn zu. Semian wich zurück.

Kemir schüttelte den Kopf.

»Ts, ts! Keine speziellen Elixiere von deinen Freunden, den Alchemisten? Die hättest du trinken sollen, bevor du hier rauskamst.« Semian war jetzt noch weiter von seinem Schwert entfernt.

»Das ist Gift, Söldner.« Behutsam hob er das Fläschchen an die Lippen und leerte es in einem Zug.

»Wird es ein langsamer, schmerzvoller Tod sein?«

»Ich denke schon.«

»Also könnte ich dich immer noch aufschlitzen und zusehen, wie du qualvoll verblutest?«

»Oh, du musst mich falsch verstanden haben.« Semian warf einen Blick zu den Höhlen. »Es tötet keine *Menschen*.« Er ging in Angriffsposition. »Ich bin unbewaffnet. Wirst du dein Glück mit den Messern versuchen, Söldner? Oder hast du womöglich was Besseres zu tun?«

64

Die Fangzähne
der Viper

Kalte Luft strich Hyram übers Gesicht. Er öffnete die Augen. Er lag ausgestreckt auf dem Rücken, und Jehal kauerte über ihm. Sie befanden sich irgendwo draußen im Freien. Es war Nacht, und er war dem Tod entkommen, wenn auch nur knapp. Als er die Hand ausstrecken und die Viper am Hals packen wollte, konnte er sich kaum bewegen. In seinen Armen und Beinen kribbelte es. Das Leben war noch nicht in sie zurückgekehrt.

»Ihr zittert, alter Mann.« Jehal redete sanft und leise, als schliefe jemand ganz in ihrer Nähe. »Ist Euch kalt? Oder müsst Ihr Euch übergeben? Was von beidem ist es?«

»I-Ich habe Euch nichts zu s-sagen, V-Viper.«

Jehal lächelte. »Da bin ich aber erleichtert! Wenn Ihr es Euch in den Kopf gesetzt hättet, mir lang und breit erklären zu wollen, welch schrecklicher Mensch ich bin, hätte ich mich vielleicht einfach vom Balkon gestürzt. Ich würde alles tun, um Eurem schwachsinnigen Geschwafel zu entgehen.«

546

»I-I-Ihr werdet …« Sein Mund arbeitete nicht mehr richtig. Sein Gesicht wurde taub.

»Nicht damit durchkommen? Ist es das, was Ihr sagen wolltet? Ihr müsst wohl den Verstand verlieren, alter Mann. Das bin ich nämlich längst. Wisst Ihr denn nicht, wo wir sind? In Eurem Palast, alter Mann. Ihr seid von Euren eigenen Wachen umgeben.« Stirnrunzelnd schüttelte Jehal den Kopf. »›Da ist unser Lord, so betrunken, dass er nicht allein gehen kann.‹ So einfach ist das.« Er lachte. »Natürlich sind wir Freunde, seitdem ich Eure Sprecherin unterstützt habe, nicht wahr? Ob wohl einer der Soldaten, an denen ich gerade vorbeigekommen bin, dabei war, als Ihr mich unter der Glaskathedrale gefoltert habt?« Jehal streckte den Arm aus und holte etwas aus den Schatten neben ihm hervor. »Das hier wolltet Ihr schon seit geraumer Zeit wissen.« Er hielt ein kleines, rundes Fläschchen aus dickem Rauchglas hoch. Dann zog er einen Sack aus den Schatten. Als er den Inhalt der Flasche über den Sack goss, kam eine glitzernde silbrige Flüssigkeit zum Vorschein. »Ja, ich *habe* Euch vergiftet. Genau genommen habt Ihr bereits zwei wundervolle Gifte in Euch. Zu Anfang ein bisschen Nachtschattenkraut. Dann einen kleinen Stich mit einer in Froschblütensaft getauchten Nadel.« Jehal hielt eine Nadel vor Hyrams Gesicht. »Das habe ich Euch vor ein paar Minuten gespritzt, als Ihr Euch gerührt habt. Es sollte eigentlich schon wirken. Wenn Ihr ganz zu atmen aufhört, habe ich eine falsche Dosis berechnet und würde mir sehr töricht vorkommen. Wenn nicht, werdet Ihr Euch in wenigen Stunden erholt haben.

Ich liebe Froschblütensaft. Das hier hingegen …« Liebevoll strich Jehal über das Fläschchen mit der silbernen Flüssigkeit. »Das ist etwas ganz Besonderes. Es handelt sich um ein Dampfgemisch. Selbst in sehr geringen Dosen wird es langsam Euren Verstand zerstören. Sehr, sehr langsam. Wenn man die Dosis erhöht, tritt das Ergebnis natürlich schneller ein.«

Mit diesen Worten hockte sich die Viper rittlings auf Hyram und zog ihm gewaltsam den Sack über den Kopf. Hyram wollte sich zur Wehr setzen, doch er war so schwach, dass seine Bemühungen nicht der Rede wert waren. Gleichzeitig versuchte er, nicht einzuatmen, was ihm ebenfalls nicht gelang.

»Ihr könnt es nicht riechen«, sagte die Viper. Hyram spürte, wie der Rest der Flasche über seinen Kopf geschüttet wurde. »Ich musste nur ein kleines Schälchen davon ein Jahr lang in Eurem Zimmer deponieren, das war alles. Das und jemand, der es von Zeit zu Zeit umrührt. Es bildet sich nämlich nach einer Weile eine Art Schaum an der Oberfläche, der der Entstehung von Dämpfen entgegenwirkt. Aber ansonsten ist das Gift perfekt, findet Ihr nicht auch?

Haben die Probleme mit Euren Kammerpagen nicht vor ungefähr einem Jahr begonnen?« Hyram erkannte allein durch den Klang der Stimme, dass Jehal grinste. »Sie sind andauernd verschwunden, nicht wahr? Ich vermute, dass Ihr Euch nichts dabei gedacht habt. Alle paar Monate ein neues Gesicht. Habt Ihr das denn nicht bemerkt? Nein? Schande auf Euer Haupt, alter Mann. Ihr solltet Eure Kammerpagen immer genauestens im Auge behalten. Sie sind fast unsichtbar und kennen dennoch all Eure Geheimnisse. Sie wissen, wen man in sein Bett lässt. Sie wissen, mit wem man mitten in der Nacht spricht. Sie schlafen im selben Zimmer wie wir. Sie kennen jede noch so kleine Eigenheit unserer Schlafgewohnheiten. Sie atmen dieselbe Luft wie wir.« Die Viper kicherte. »Also musste ich ständig für neue Kammerpagen sorgen, bevor die Dämpfe bei ihnen ihre Wirkung zeigten. Keine Sorge, man kümmert sich gut um sie. Oh, aber andererseits ist es Euch vermutlich egal, denn sie sind Euch ja sowieso nie aufgefallen, oder? Nein, Ihr seid im Moment wahrscheinlich sowieso viel zu sehr mit Eurer eigenen misslichen Lage beschäftigt. Das kann ich gut nachvollziehen.«

Die Stimme der Viper klang auf einmal weiter entfernt, als sei er aufgestanden.

»Macht Euch nicht die Mühe, Euch zu bewegen oder laut zu rufen, alter Mann. Ich hoffe, Ihr habt mittlerweile gelernt, dass der Biss einer Viper tödlich ist.« Er lachte. »Wenigstens ist Euch ein kleiner Sieg vergönnt gewesen. Vermutlich wart Ihr es, der Königin Sheziras weißen Drachen gestohlen hat. Da es weder ich noch Zafir waren und ich aufrichtig bezweifle, dass König Valgar den Schneid für eine solche Tat besitzt … Aber Ihr? Aus welchem Grund? Ihr konntet wohl den Gedanken nicht ertragen, dass ich ein solch erlesenes Geschenk erhalte. Und jetzt wird Shezira nie davon erfahren. Wie jammerschade!« Er tätschelte Hyram die Schulter. »Gute Nacht, alter Mann, und lebt wohl. Ich werde Euch jetzt allein lassen, doch seid unbesorgt, Ihr seid von Eurer Adamantinischen Garde umgeben. In Kürze wird Zafir kommen und Euch den Sack abnehmen, und dann wird sie Eure ergebenen Männer herbeirufen, diejenigen, die Ihr vor ihrer Tür postiert habt. Sie werden Euch zurück in Euer Bett tragen, damit Ihr dort Euren Rausch ausschlafen könnt. Schlaft in Frieden. Morgen früh, wenn Ihr mich wiederseht, werdet Ihr nicht einmal mehr wissen, wer ich bin.«

Die Viper ging aus dem Zimmer. Hyram hörte, wie seine Schritte allmählich verhallten. Er versuchte, den Kopf im Sack zu drehen, verrenkte ihn so weit wie möglich, um die Dämpfe nicht einzuatmen, die er sowieso nicht roch. Als er den Sack ganz wegziehen wollte, fühlte es sich an, als würde er sich mit toten Speckschwarten schlagen. Seine Arme droschen auf ihn ein, schienen einen eigenen Willen zu haben. Sie gehorchten seinen Befehlen nicht mehr. Seine Finger konnte er überhaupt nicht bewegen. Er versuchte zu schreien, aber alles, was er herausbrachte, war ein heiseres Röcheln. Hier draußen auf dem Balkon würde ihn niemand hören.

Froschblütensaft. Er hat mich gelähmt.

Er trat mit den Füßen um sich. Wenigstens das gelang ihm noch. Zwar hoffnungslos unkoordiniert, aber zumindest konnte er sie bewegen. Nach ein paar Minuten war es ihm gelungen, sich einige Zentimeter vorzuschieben. Erschöpft gab er auf. Wenn überhaupt wurde die Taubheit schlimmer, und je mehr er sich anstrengte, desto tiefer atmete er die Dämpfe ein.

Shezira. Zeit und Raum verschwammen. Er war nicht

einmal mehr sicher, wo er sich befand. Irgendwann hatte er das Gefühl gehabt, als zögen ihn starke Arme hoch. Sie mussten ihm auch den Sack vom Kopf gerissen haben, denn er konnte wieder Sterne sehen. Und Gesichter.

Shezira. Sie war die Einzige, der er noch vertrauen konnte. Die Einzige, die ihm helfen konnte. Selbst nach all den Dingen, die sie sich angetan hatten, nach allem, was er ihr angetan hatte, würde sie das Richtige tun. Sie besäße die Stärke, die ihm fehlte.

Er versuchte sich zu wehren, aber die Gedanken drangen nicht über sein Bewusstsein hinaus, während der Rest seines Körpers in friedvoller Benommenheit schlummerte.

»Shezira …«

65
Rauch und Gift

Kemir drehte sich um und rannte los, sprintete in Richtung der Höhlen und Drachen. »Nicht!«, schrie er. »Aufhören! Fresst die Soldaten nicht auf!«

Er kam zu spät. Natürlich kam er zu spät. Reiter Rotznase hätte ihm nichts verraten, wenn auch nur die geringste Gefahr bestünde, dass Kemir das Unheil aufhalten könnte. Alle Drachen hatten blutverschmierte Schnauzen. Es lagen immer noch ein paar Leichen am Fluss, aber es waren sicherlich viel mehr Tote gewesen. Kemir ballte vor wutentbrannter Verzweiflung die Hände zu Fäusten. *Keine Rüstung, kein Schwert. Ich hätte ihn aufschlitzen sollen.*

Und das war genau der springende Punkt. Das war der Grund, *weshalb* Reiter Rotznase es ihm auf die Nase gebunden hatte. *Weil ich ihn hatte. Weil er mir für einen kurzen Augenblick, ohne ein Schwert in der Hand, völlig ausgeliefert war. Weil ich ihn diesmal hätte aufschlitzen* können. *Und jetzt bin ich zu spät dran und lass ihn auch noch entkommen. Verdammt!* Die Erkenntnis ließ ihn erneut die Hände ballen und laut aufschreien.

»Sie sind vergiftet«, rief er, als Schneeflocke und der Aschgraue innehielten und ihn neugierig beäugten. Die anderen drei Drachen verstanden ihn nicht. Sie taten immer noch alles, was man ihnen befahl, egal ob der Befehl von einem Reiter auf ihrem Rücken oder einem anderen Drachen in ihrem Kopf kam.

Schneeflocke spuckte einen halben Ritter aus. *Wie können sie vergiftet sein?*

»Keine Ahnung.« Kemir zeigte zurück zum Fluss. »Dort war ein Reiter. Er ist im Fluss an Euch vorbeigetaucht. Er hat es mir gesagt.«

Der Aschgraue hob den Kopf und schnaubte eine Feuersalve in den Himmel. *Vielleicht hat er gelogen.*

»Ja, vielleicht.« Kemir zuckte mit den Schultern. »Wartet ab und findet es heraus, wenn ihr wollt. Oder macht euch auf den Weg und sucht und fragt ihn. Zuletzt habe ich ihn ein paar hundert Meter in dieser Richtung gesehen, hinter den Felsen dort. Er wollte zum Wald. Er kann nicht weit gekommen sein.« *Er hat Sollos ermordet.*

Die Drachen schwiegen. Der Aschgraue stampfte mit dem krallenbesetzten Fuß auf und brachte die Erde zum Erbeben. Als er und Schneeflocke schließlich in Richtung der Bäume trotteten, erzitterte das gesamte Tal. Die anderen drei Drachen kehrten zu den Feuern vor den Höhleneingängen zurück. Kemir blickte nervös zu den steilen Felshängen, die sich bedrohlich über ihnen abzeichneten, und fragte sich, ob sie womöglich durch die Erschütterung auf sie herabstürzen würden. Sobald er überzeugt war, dass keine Gefahr drohte, rannte er hinter

Schneeflocke her. *Das hätten sie tun sollen. Nicht Feuer, sondern Steine. Den ganzen Gebirgszug zum Einsturz bringen. Wäre das überhaupt möglich?*

Er erreichte die Stelle, an der er auf Semian gestoßen war, schnappte sich seinen Bogen und legte einen Pfeil auf – nur für alle Fälle. Der Aschgraue und Schneeflocke waren nun am Waldrand und erhoben sich plump in die Lüfte.

Er ist dort. Nicht sehr weit weg. Ich kann seine Gedanken spüren. Ihm ist kalt, sehr kalt, das ist alles, was ich weiß.

Wo?

Irgendwo. Genau dort, wo ich nichts mit Sicherheit sagen kann.

Dann fackel ihn ab. Fackel alles ab.

Fackel alles ab.

»Der Fluss«, rief Kemir. Semians Schild war verschwunden. »Er muss im Fluss sein.« Aber im Fluss trieben so viele Bäume, dass die Drachen das Wasser aus der Luft wahrscheinlich gar nicht sahen. Kemir stand am Waldrand und blickte ihnen nach. Am liebsten wollte er selbst die Verfolgung aufnehmen. *Um Sollos endlich in Frieden ruhen zu lassen.*

»Denkt dran, ihr wollt ihn lebend!«, brüllte er, als die erste Feuerfontäne auf die Bäume herabprasselte. Semian hatte längst sein Schwert zurück, und Kemir würde den Ritter vielleicht erst entdecken, wenn er ihm zufällig über den Weg stolperte. Und wollte er tatsächlich einen verzweifelten Reiter jagen, während zwei Drachen über ihnen unkontrolliert Feuer spuckten? Nein, vermutlich nicht.

Er holte tief Atem. Wenn Reiter Rotznase die Wahrheit in Bezug auf das Gift gesagt hatte, und *wenn* alle Drachen davon gegessen hatten und *wenn* sie alle starben, was wäre dann? In einem Tal voller wütender Soldaten und Alchemisten festzusitzen war mit zwei mordgierigen Drachen an seiner Seite nicht besonders übel gewesen. Aber ohne sie wäre auf einmal *er* der Gejagte.

»Verdammt«, knurrte er. »Dann eben wann anders, Reiter Rotznase. Falls die Drachen dich nicht kriegen, werde ich immer noch eines Tages in den Schatten auf dich warten.« Er setzte sich und beobachtete Schneeflocke und den Aschgrauen, die den Wald niederbrannten. *Irgendwann werden sie einfach aufhören. Das ist das Problem mit den beiden. Keine Geduld. Sind alle Drachen so?*

Auf einmal schlingerte der Aschgraue in der Luft. Er drehte scharf ab, flog beinahe geradewegs auf Kemir zu und landete schwerfällig neben dem Fluss. Noch bevor er zum Stehen kam, rollte er sich schon ins Wasser. *Heiß! Zu heiß! Ich brenne im Innern!* Der Aschgraue drückte den Kopf ins eiskalte Wasser, nahm einen großen Schluck und spritzte sich dann das kühle Nass über den Rücken. Im nächsten Augenblick dampfte er leicht.

Kemir wich zurück.

»Das ist das Gift, du blöder, gieriger Drache! Das geschieht, wenn Drachen sterben. Sie verbrennen innerlich.« Er rang verzweifelt die Hände und sah sich hastig nach Nadira um. Es war nicht verwunderlich, dass der Aschgraue das erste Opfer war, immerhin hatte er wahrscheinlich mehr als alle anderen Drachen zusammen gefressen.

Aber Kemir hatte nicht angenommen, dass die Wirkung des Gifts so schnell einsetzen würde. Wie lange war es her? Zehn Minuten? Die Alchemisten in den Höhlen hingegen wüssten vermutlich ganz genau, wie lange es dauerte, bis das Gift wirkte. Und sie aus den Höhlen kommen und jeden erledigen konnten, der dumm genug war, hier herumzulungern.

Er sprang auf einen Felsbrocken und ließ den Blick über das Tal gleiten. »Nadira!«, rief er. Er sah sie nicht. »Schneeflocke!«

Aschgrauer. Hier, das wird dich kühlen. Schneeflocke landete, kauerte sich neben den Aschgrauen und übergoss ihn mit Flusswasser. Die drei Drachen vor den Höhleneingängen schienen gesund und munter zu sein. Noch.

»Schneeflocke! Hast du von den Toten gegessen?«

Ja.

»Wie viele?«

Ich zähle keine Bissen, Kemir. Aber was spielt das schon für eine Rolle? Das Gift steckt in mir.

»Aber nicht so viele Soldaten wie der Aschgraue.«

Viel, viel weniger.

»Vielleicht so wenige, dass dir dasselbe Schicksal wie ihm erspart bleibt.« Erneut hielt Kemir im Tal nach Nadira Ausschau. Dieses Mal sah er sie, nicht weit entfernt. Sie saß mit dem Rücken gegen einen Baum gelehnt und bürstete sich das Haar. Für einen kurzen Moment fragte sich Kemir verwundert, wo sie die Bürste gefunden hatte. »Nadira!«

Aschgrauer! Du musst wach bleiben! Kemir konnte die Verzweiflung in Schneeflockes Gedanken fühlen, ebenso wie ihre tiefe Traurigkeit. Sonderbarerweise jedoch kaum Wut. *Kemir, ich kann es nun auch in mir spüren. Ich muss die Alchemisten rasch vernichten, solange mir noch genügend Kraft bleibt.*

»Nein! Du solltest wegfliegen, solange du es noch kannst.« Er winkte Nadira zu sich. In der Nähe der Höhlen hatte sich einer der anderen Drachen ins Wasser gelegt.

Ich kann den Aschgrauen nicht zurücklassen. Er wird in eine Art Kältestarre fallen. Das ist unser Weg, die Hitze in uns in Schach zu halten, wenn sie übermächtig wird. Wenn sie ihn in diesem Zustand allein vorfinden, werden sie ihn wieder mit ihren Elixieren füttern, und dann ist er verloren.

»Oder sie kriegen euch beide. Oder das Gift tötet dich. Du weißt doch gar nichts über seine Wirkung. Du weißt überhaupt nichts. Wir müssen verschwinden.«

Ich verstehe deine Angst, Kleiner Kemir, aber ich werde nicht fliehen. Es gibt noch zu viel zu tun.

»Dann bleib hier und geh in den sicheren Tod! Oder werde wieder versklavt. Ich für meinen Teil will keins von beidem.« Kemir erhob sich, trottete zu Nadira und nahm ihre Hand. »Komm schon! Wir müssen los. Und zwar sofort.«

Das Gift steckt in mir, Kemir, und es wird geschehen, was geschehen wird. Wenn ich sterben soll, werde ich wenigstens in der Schlacht gegen meine Feinde umkommen. Ich bin ein Drache, so sind wir nun einmal.

»In der Schlacht?« Kemir warf entrüstet den Kopf in den Nacken. »Sie werden nicht herauskommen und gegen dich kämpfen, du einfältiges Geschöpf! Sie werden warten und zusehen, wie du verendest. Sie werden sich in ihren Höhlen verstecken und erst herauskommen, wenn du zu schwach bist, um dich aus eigener Kraft hochzuhieven. Nennst du das etwa einen Kampf?« Er schrie nun regelrecht, war von einem Gefühl des Verlusts erfüllt, das er nicht einordnen konnte. »Flieg hinauf ins Gebirge! Such einen See in der Nähe eines Gletschers und tauch hinein! Wenn das die Hitze nicht vertreibt, schafft das auch sonst nichts. Aber wenn du kämpfen willst, dann kämpf gegen das Gift an.«

Nein, Kemir, Ich werde beim Aschgrauen bleiben.

Kemir stampfte mit dem Fuß auf. »Wenn dich das Gift nicht tötet, kannst du zurückkehren und es erneut versuchen! Du kannst den Aschgrauen befreien, sie alle befreien. Falls du stirbst, bist du tot, und all deine Träume sterben mit dir.«

Schneeflocke starrte ihn an. Für eine Sekunde glaubte Kemir, sie wolle ihn fressen. Er konnte die Gedanken in ihrem Kopf lesen, die anschwellende Wut und Begierde, ihre Unentschlossenheit. Dann, ganz langsam, nickte sie.

Es liegt nicht in unserer Natur zu fliehen, Kleiner Kemir, und ich verstehe nicht, warum du deine eigenen Artgenossen verrätst. Aber ja, du hast vielleicht recht. Lass uns verschwinden. Sie senkte den Kopf und berührte mit den Schultern den Boden. Kemir kletterte auf ihren Rücken und zog Nadira hinter sich her.

66

Die Nacht der Dolche

Almiri schlich auf Zehenspitzen durchs Zimmer. Sie zitterte am ganzen Körper und war ganz verschwitzt, weil sie die Treppe hastig heraufgelaufen war. Und wegen all der Dinge, die gerade eben geschehen waren. Sie hielt eine Kerze in der Hand. Die Flamme flackerte wild und warf tanzende Schatten an die Wände. Almiris Hände bebten. Sie eilte zum Bett ihrer Mutter und kam sich auf einmal wieder wie ein kleines Mädchen vor, ein Kind, das sich nach tröstenden Worten sehnte, die ihr nur selten zuteilgeworden waren.

Shezira wälzte sich im Schlaf unruhig hin und her. Almiri kannte solche Träume. Sie hatte ihre eigenen Träume, in denen sie zu Hause im hohen Norden war. In denen jemand an ihr Fenster klopfte und das Klopfen anschwoll. Und dann wackelten die Zimmer und schwankten gefährlich. Die Bilder fielen von den Wänden, Kerzen kippten um, Decken bekamen Risse, Balken zerbarsten. *Burgen stürzten ein, die Erde platzte auf.*

Sie kniete sich ans Bett und stupste ihre Mutter sanft an. »Eure Heiligkeit …«

Shezira wand sich verzweifelt weg. *Jemand war in ihrem Schlafgemach. Mitten in der Nacht. Ein Verbrechen ...*

Almiri gab nicht auf. »Mutter!« Dieses Mal hörte Shezira ihre Tochter. Mit weit aufgerissenen Augen setzte sie sich auf.

»Almiri?«

»Ja. Mutter, du musst aufwachen.«

Schreie. Das Klirren von Schwertern. Männer. Verstecken ...

Shezira rieb sich übers Gesicht, blinzelte und beschirmte die Augen mit der Hand gegen das Kerzenlicht. »Almiri«, wiederholte sie. »Was tust du hier?«

»Mutter, jemand wollte den Sprecher umbringen.«

»Hyram ist tot?«

»Nein, Mutter.« Almiri versuchte, ihre Stimme ruhig klingen zu lassen, aber sie konnte ihre Anspannung nicht verbergen. »Königin Zafir. Jemand hat einen Mordanschlag auf Königin Zafir verübt.«

Sie lag auf dem Boden, in der Dunkelheit. Wagte nicht zu atmen. Gepanzerte Stiefel vor ihren Augen. Grausame Worte und gezückte, blutüberströmte Schwerter.

»Sie hatten wohl keinen Erfolg?«

»Nein, Mutter. Sie wurde verwundet, aber nicht getötet.«

Shezira kicherte. »Wie schade!«

»Mutter! Das ist kein Witz.« Almiri kam ihre eigene Stimme schrill vor. Sie wollte laut schreien.

»Wer war es?«

»Man sagt, es war ein Reiter, als Botenjunge verkleidet. Es heißt, es sei dein Feldmarschall gewesen.« Almiri sah, wie ihre Mutter plötzlich eine Eiseskälte überkam und ihr

Gesicht erstarrte. *Wie lange ist es her, seit du das letzte Mal Angst verspürt hast, Mutter?*

Ihr eigener Gatte, ein König, der aus dem Bett gezerrt und mit einem Schwert an der Kehle zu Boden geworfen wird.

»Nastria?«

»Ja, Mutter.«

»Nein!« Shezira schleuderte ihre Decke fort und stand auf. »Nein, Nastria hätte so etwas nie getan. Nicht ohne meinen Befehl.«

»Ja, Mutter. Das heißt es ebenfalls.«

»Diener!« Shezira blickte Almiri forschend an. »Das habe ich nicht befohlen. Du siehst verängstigt aus, Tochter. Warum?«

»Weil …«

Das Schwert wird nach oben gerissen …

Weil ich es bin. Weil ich entsetzliche Angst habe. Wie gelähmt bin. Aber das konnte sie nicht sagen. Nicht vor ihrer Mutter. Shezira würde es nicht verstehen. Sie würde es nicht einmal versuchen.

»Weil die Adamantinische Garde unseren Turm eingenommen hat, Mutter. Valgars Reiter sind entweder tot oder in Gewahrsam. Sie haben meinen Ehemann aus seinem Bett gezerrt.« … *doch es saust nicht herab. Die Füße verschwinden und nehmen ihn mit sich. Sie bleibt allein zurück in der Dunkelheit, immer noch wie erstarrt, wagt nicht zu atmen.* »Als er sich gewehrt hat, schlugen sie ihn wie einen gewöhnlichen Dieb. Ich habe mich unterm Bett versteckt. Ich habe sie reden gehört. Sie haben mich im Dunkeln nicht gesehen.«

Die Diener trudelten ein, träge, rieben sich den Schlaf aus den Augen. Shezira warf ihnen einen finsteren Blick zu. »Kleidet mich an!«, fauchte sie. »Weckt meine Reiter. Weckt einfach jeden. Tochter, deine Worte machen keinen Sinn. Warum sollten Hyrams Wachen so etwas tun?«

Almiri saß auf dem Bett und hielt den Kopf mit den Händen. Egal, wie sehr sie es versuchte, konnte sie es doch nicht länger zurückhalten: »Es ist nun Zafirs Garde, Mutter. Dein Feldmarschall hat einen Mordanschlag auf sie verübt. Man hat sie *gesehen*. Sie ist geflohen und wurde beobachtet, wie sie in unseren Turm kam. Aber sie ist nicht dort, Mutter. Wenn sie sie nicht finden, werden sie hierherkommen.«

»Davon bin ich überzeugt, vor allem wenn sie auch gesehen haben, wie *du* hierher geschlichen bist.«

»Was hätte ich denn tun sollen, Mutter? Es war dunkel. Ich habe nicht geschlafen und mit angesehen, wie sie Valgar verschleppt haben. Und dann bin ich losgerannt. Sie haben unsere Reiter getötet!«

Shezira streckte die Arme aus, um angekleidet zu werden. »Ja, das hast du schon gesagt.«

»Wo *ist* Lady Nastria, Mutter?«

»Verschwunden.«

Was ist das, Mutter? Ein Hauch von Angst? Du fürchtest dich, nicht wahr? Du erinnerst dich also doch, wie sich Angst anfühlt, trotz all der vielen Jahre.

»Verschwunden«, wiederholte Shezira und runzelte die Stirn.

»Würde sie …?«

»Nein, Tochter, das würde sie nicht. Sie wäre niemals derart hirnlos und dumm.«

Jemand kam ins Zimmer gerannt und warf sich vor Sheziras Füße.

»Eure Heiligkeit …«

»Was?«

»Die Soldaten des Sprechers hämmern gegen die Tür, Eure Heiligkeit. Sie verlangen …«

Shezira winkte ihn mit einer raschen Handbewegung fort. »Sag ihnen, dass ich mich ankleide und sie Einlass erhalten, sobald ich fertig bin. Sag ihnen, dass die Person, nach der sie suchen, nicht hier ist, sie sich später jedoch gerne selbst davon überzeugen können. Sag ihnen, dass meine Reiter nicht als Erste die Schwerter zücken werden. Und erinnere sie daran, dass ich mehr Ritter habe als König Valgar.«

Ein weiterer Diener erschien. »Eure Rüstung, Heiligkeit?«

»Befinden wir uns etwa im Krieg? Sei nicht albern.« Sie winkte auch ihn weg.

»Mutter …«

»Genug, Almiri. Die Wachen mögen seit Neuestem ihre Befehle von Königin Zafir erhalten, aber während der letzten zehn Jahre haben sie Hyram gehorcht, und alte Gewohnheiten lassen sich nur schwer abschütteln. Denkt er wirklich, dass ich gegen sie in den Krieg ziehen würde? Das wäre lächerlich. Ich werde persönlich mit Hyram sprechen, und falls er beabsichtigen sollte, jeden zu verhaften, dem sein törichtes Benehmen missfällt, dann soll er es gefälligst selbst tun. Nein, Tochter, irgendetwas ist hier im Gange. Hyram wird König Valgar freilassen, und Zafir wird den Familien der getöteten Reiter eine Entschädigung zahlen. Dafür werde ich sorgen.«

Endlich war sie fertig angekleidet. Sie scheuchte ihre Dienerschaft fort, marschierte aus dem Zimmer und in die Tiefen des Turms der Abenddämmerung. Mit Almiri dicht auf den Fersen rauschte sie die Treppe in die große Vorhalle hinab. Ein Dutzend Reiter befand sich bereits dort, einige von ihnen in voller Rüstung, andere noch in ihrem Nachtgewand, doch alle bewaffnet. Der Großteil von ihnen stemmte sich gegen die Flügeltüren, die ins Freie führten und mit einem mächtigen Balken verriegelt waren. Die Reiter schrien die Soldaten auf der anderen Seite an, die wiederum mit lautem Fluchen antworteten, sodass Almiri vor lauter Stimmengewirr kein einziges Wort verstand. Als die Königin das Ende der Treppe erreicht hatte, schnappte sie sich einen Speer und knallte ihn auf den Boden. »Öffnet die Tür!«, rief sie. »Lasst sie herein.«

»Mutter, geh nicht raus!« Almiri hätte Shezira am liebsten am Ärmel zurückgehalten, aber das hätte ihr nichts weiter als bittere Verachtung eingebracht.

Die Reiter verstummten. Shezira funkelte sie böse an. »Worauf wartet ihr?« Sie zeigte auf die beiden Ritter, die ihr am nächsten standen und es sogar geschafft hatten, ihre Rüstung anzulegen. »Ihr kommt mit mir. Der Rest ...«

»*Mutter*!« Almiri kreischte nun fast. Es war ein Fehler, eine Königin anzuschreien, aber sie konnte sich nicht länger zurückhalten.

Shezira wirbelte zu ihr herum. »Königin Almiri ist unser Gast«, sagte sie laut und deutlich. »Sorgt dafür, dass die Adamantinische Garde das versteht. Und ich bin nicht König Valgar, sondern die Königin des Nordens, die Königin des Sandes und Steins, der hundertfünfzig Drachen den Rücken stärken. Sorgt dafür, dass sie auch das begreifen.« Sie warf sich ihren Umhang um und schritt zur Tür. »Warum ist die Tür immer noch geschlossen? Muss ich sie etwa selbst öffnen?«

Sie hätte den Balken eigenhändig entfernt, hätte ihn nicht einer ihrer Reiter hastig weggeschoben. Die Türen schwangen auf. Draußen erwarteten sie Dutzende Männer der Adamantinischen Garde, in voller Rüstung und mit gezücktem Stahl in Händen. Sie verstummten und wichen rasch zurück, als Shezira auf sie zumarschierte. Nach all dem tumultartigen Geschrei trat eine unheimliche Stille ein. Almiri sah ihrer Mutter nach, wie sie in die Düsternis der Nacht schritt. Tränen stachen ihr in die Augen.

Du begehst einen Fehler. Mutter, diesmal begehst du einen Fehler.

Sie behielt ihre Gedanken jedoch für sich, und während Shezira in der Dunkelheit verschwand, stahl sie sich lautlos davon.

67

Jostan

Für eine geraume Weile, die sich unendlich lang anfühlte, war der Rauch schier unerträglich. Jaslyn saß in einer der Höhlen am Fluss, hatte ein nasses Stück Stoff vor den Mund gedrückt und versuchte, sich nicht zu Tode zu husten. Nicht zu husten war beinahe unmöglich, und sobald sie dem Drang nachgab, sog sie unausweichlich Unmengen an heißem Rauch in die Lungen, was alles noch hundert Mal schlimmer machte. Jostan saß neben ihr. Das erste Mal, als sie den Hustenreiz nicht unterdrücken konnte, hatte er ihr die Arme um die Rippen geschlungen und dann seine Lippen auf ihre gepresst. Jaslyn hatte sich gewehrt und ihn weggedrückt, in dem Irrglauben, er habe den Verstand verloren, doch er hatte sie gar nicht küssen wollen. Er blies Luft aus seinen Lungen in ihre und ließ die Prinzessin im nächsten Moment sofort wieder los. Seine Luft stank zwar ebenfalls nach Rauch, aber wenigstens war sie kühl und feucht, nicht beißend und trocken. Nachdem Jaslyn die Fassung zurückgewonnen hatte, kniete er sich demütig vor sie.

»Vergebt mir«, flüsterte er.

»Das könnte Euch den Kopf kosten«, keuchte sie. Doch der Hustenreiz war verschwunden, und außerdem war der einzige Mensch, der ihre Ehre verteidigen konnte, Semian, und auch der war verschollen.

Bei ihrem zweiten Hustenanfall tat Jostan genau dasselbe wie zuvor, und Jaslyn musste sich eingestehen, dass sie sogar seine Nähe genoss. Und anstatt sich gegen seinen Übergriff zur Wehr zu setzen, hätte sie ihn am liebsten näher zu sich herangezogen, um endlich jemanden zu haben, an dem sie sich festhalten konnte, sei es auch nur für die letzten Stunden ihres Lebens. Nach einem kurzen Moment schob sie den Reiter jedoch wieder weg, entschlossen, allerdings sanfter als das letzte Mal. Danach setzte sie alles daran, nicht mehr husten zu müssen. Zu guter Letzt lag sie mit geschlossenen Augen am Fluss und spritzte sich teilnahmslos Wasser ins Gesicht, sobald ihre Haut zu prickeln und stechen begann. Das Wasser schmeckte köstlich. Sie versuchte sich einzureden, dass Jostan nicht neben ihr war, und konzentrierte ihre Gedanken darauf.

»Prinzessin! Ein schwacher Luftzug«, sagte er auf einmal. »Spürt Ihr ihn ebenfalls?«

Sie hob den Kopf. Er hatte recht. Eine sanfte Brise wehte wie ein leises Flüstern aus den Tiefen der Höhlen über den Fluss.

»Was hat das zu bedeuten?«, wollte sie wissen.

»Das bedeutet, dass die Feuer Luft aus den Höhlen ziehen. Die Drachen schüren die Flammen nicht mehr, Eure

Hoheit.« Er konnte seine Freude kaum zügeln. »Die Glutsoldaten haben gesiegt!«

Jaslyn wäre am liebsten in Tränen ausgebrochen. Hierherzukommen, war schrecklich töricht gewesen. *Sie* war schrecklich töricht gewesen. »Es tut mir leid, Jostan. Ich weiß, wir hätten bei den Alchemisten bleiben müssen.« Die Glutsoldaten waren tot. Jaslyn hatte es nicht mit eigenen Augen gesehen, aber die spitzen Schreie und das Brüllen der Drachen waren in allen Tunneln zu hören gewesen.

»Nein, Prinzessin. Das bedeutet, dass die Drachen verschwunden sind. Die Glutsoldaten haben gewonnen.«

»Die Glutsoldaten sind tot, Jostan.« Das Sprechen kostete sie große Mühe. Ihre Kehle war rau und brannte, und jedes Wort erschwert durch den Rauch.

»Ja.« Sie bemerkte ein Lächeln auf seinen Gesichtszügen. »Und die Drachen haben sie gefressen.«

Sie verstand ihn nicht recht. »Wie könnt Ihr Euch darüber bloß freuen, Reiter Jostan?« Mühsam rappelte sie sich auf.

Er runzelte die Stirn und blickte sie forschend an. Zweimal öffnete er den Mund und setzte zu sprechen an, um ihn im nächsten Moment sofort wieder zu schließen. Beim dritten Anlauf kamen die Worte schließlich heraus. »Es tut mir leid, Eure Hoheit. Ich dachte, Ihr wüsstet es.«

»Wüsste was, Reiter?«

»Dass die Glutsoldaten …« Er konnte sie nicht ansehen. »Hoheit, die Glutsoldaten haben Gift geschluckt. Bei dem Fläschchen, das Reiter Semian um den Hals hatte, handelte es sich ebenfalls um Gift. Drachengift.«

»Wovon redet Ihr?« *Drachengift? So etwas gibt es nicht. Davon hätte ich gehört.*

»Die Glutsoldaten, Eure Hoheit, sind freiwillig in den Tod gegangen. Sie wussten, was sie erwartet.«

»Gift?« *Oder konnte es wahr sein?*

Er senkte den Kopf.

Und dann traf es sie – viel zu spät. »Vidar!«

Jostan starrte zu Boden. »Und Matanizkan und Levanter. Es tut mir leid, Hoheit.«

»Es tut Euch leid?« Für einen Moment war sogar der beißende Rauch vergessen. *Es tut Euch leid? Was kümmert mich Eure Entschuldigung! Mein Vidar! Ihr habt meinen Vidar vergiftet. Meinen anmutigen, eleganten, wunderschönen, perfekten Vidar …*

Der uns töten will, ermahnte sie sich. *Besser gesagt, der uns töten wollte.* Nein, es wäre besser, nicht weiter darüber nachzudenken. Hätte sie Vidar geopfert, um ihr eigenes Leben zu retten? Nein. Um Jostan zu retten? Semian? Nein. Um irgendjemanden zu retten? Sie wusste es nicht.

»Ich muss ihn sehen!« Sie war bereits aufgesprungen.

»Nein, Eure Hoheit. Wartet! Es ist nicht sicher.«

Sie schrie ihn an. »Ihr habt meinen Vidar vergiftet! Ich will ihn sehen!«

»Wir müssen warten.«

»Worauf warten?«

»Auf Reiter Semian, Eure Hoheit. Er ist hinausgegangen, um sich umzuschauen. Sobald sie alle tot sind, wird er zu uns zurückkommen.«

»*Sobald sie tot sind?!*« Jaslyn kochte vor Wut. Hätte sie Klauen gehabt, hätte sie Jostan in Stücke gerissen. »Sie sind also noch am Leben?« Ihr Gesicht war nur wenige Zentimeter von seinem entfernt. »Es muss etwas geben, um das Gift zu neutralisieren. Vergiftet von mir aus die Weiße, wenn das vonnöten ist, aber nicht meinen Vidar. Nicht meinen Vidar!« Doch es gab nichts. Die Alchemisten hatten kein Gegenmittel. Warum sollten sie auch? Und selbst, wenn sie etwas besäßen, hätte es Stunden gedauert, zu ihrem Versteck zu gelangen, und weitere kostbare Stunden, um zurück zum Höhleneingang zu wandern.

Jaslyn wirbelte herum und rannte los, ohne auf den dichten Rauch zu achten, aber Jostan zog sie zu Boden. »Eure Hoheit!«

»Vidar!« Sie schrie und kämpfte und zerrte an ihm. »Mein Vidar! Iss sie nicht! Nein!« Doch Jostan war stark, viel zu stark für sie, und ließ sie nicht los. Sie befahl es ihm, verfluchte und beschimpfte ihn, bevor der nächste Hustenanfall sie packte, aber seine Arme gaben sie nicht frei, und all ihre Bemühungen waren vergeblich. »Vidar«, flüsterte sie. Tränen rannen ihr das Gesicht herab. Jostan hielt sie immer noch fest an sich gepresst, auch wenn seine Arme nun sanft – und plötzlich willkommen waren. Jaslyn lehnte den Kopf an seine Brust und weinte bitterlich. Hier in der todbringenden, schwelenden Finsternis wollte sie keine Prinzessin mehr sein.

Sie krochen den Fluss entlang, bis sie den riesigen Scheiterhaufen am Höhleneingang erblickten, und warteten dort eine Stunde, vielleicht sogar länger, bevor Jaslyn entschied, dass sie die Ungewissheit nicht länger ertrug. Dieses Mal war sie umsichtiger und passte einen günstigen Augenblick ab um loszurennen, sprintete am Flussufer entlang und sprang schließlich ins kalte Wasser, als die Hitze des Feuers unerträglich wurde. Sie hörte, wie ihr Jostan hinterherschrie, wagte jedoch keinen Blick über die Schulter. Nachdem er sie endlich eingeholt hatte, waren sie bereits außerhalb der Höhle und trieben paddelnd an den Feuern vorbei.

»Kopf runter!«, rief Jostan, und im nächsten Moment waren sie in Freiheit, und die Luft war auf einmal kühl und köstlich frisch. Sie fühlte sich so berauschend klar an, dass Jaslyn so tief wie nur möglich einatmete. Für eine Sekunde hatte sie sogar Vidar vergessen.

Und dann sah sie ihn. Dreißig Meter vom Fluss entfernt, flach auf dem Bauch liegend, mit geschlossenen Augen. Reglos.

»Eure Hoheit! Wartet!« Aber das konnte sie nicht, und diesmal versuchte Jostan auch gar nicht, sie aufzuhalten. Jaslyn hievte sich aus dem eiskalten Fluss, rannte so schnell sie ihre Beine trugen zu dem Drachen und ließ sich an seinem Kopf zu Boden fallen. Vidar war verschwunden. Sie konnte bereits die Hitze spüren, die ihn von innen heraus verbrannte.

Jostan kam auf sie zu, bemerkte dann ihren entsetzten Gesichtsausdruck und blieb wie angewurzelt stehen.

»Ist er …«

Jaslyn schüttelte den Kopf. Sie brachte kein Wort über die Lippen.

»Ich ... ich sollte nach den anderen sehen, Hoheit. Seid bitte vorsichtig. Die anderen ... Sie könnten ...«

Er hätte die Prinzessin zurück in die Höhle bringen müssen, und das wussten beide. Sie hätte dort bleiben müssen, bis all die anderen Drachen gefunden waren. Er hätte sie niemals entkommen lassen dürfen, und ihre Mutter würde ihn für seine Unaufmerksamkeit wahrscheinlich zur Verantwortung ziehen. Aber für diesen einen Moment liebte Jaslyn ihn mehr als jeden anderen Menschen auf der Welt, und das aus dem einfachen Grund, weil er sie allein ließ.

68

Der Balkon

Jehal blickte durch die Augen seines taiytakischen Drachen und beobachtete, wie sich die Flügeltüren des Turms der Abenddämmerung öffneten und Shezira in Richtung von Hyrams Gemächern stürmte. Er verzog das Gesicht. *Wie der Pfeil vom Bogen eines Meisterschützen*, sinnierte er. *Blitzschnell, tödlich und vollkommen vorhersehbar. Und falls Hyram nicht geweckt werden kann, was wirst du dann tun, meine mächtige Königin?* Er legte den einen Seidenschal ab und band sich den anderen vors Gesicht, um mit den Augen des kleinen Drachen zu sehen, den er über Hyrams Bett postiert hatte. Die Adamantinische Wache hatte Hyram aus Zafirs Zimmerflucht in seine eigene getragen und zu Bett gebracht, genau wie die Befehle ihrer neuen Herrin gelautet hatten. Inzwischen sollte er sanft schnarchen. Jeder würde annehmen, dass er betrunken gewesen war.

Das Bett war leer.

Erst nach mehreren Sekunden und einer gründlichen Durchsuchung des Zimmers traute Jehal seinen Augen.

Hyram war verschwunden. Trotz all der Giftmischungen musste Hyram erwacht sein und sich aus dem Bett gehievt haben. Der Drache fand ihn wenige Minuten später, draußen auf dem Balkon, wo er über der Brüstung lehnte. Sein Gesicht war aschfahl und ausdruckslos, und er zitterte am ganzen Körper. Jehal musste sich zusammenreißen, um nicht laut loszulachen. Hyram hätte überall landen können. Wie die Dinge standen, glich es einem Wunder, dass er noch nicht über die Brüstung gefallen und unten am Boden zerschmettert war.

Das bringt mich aber auf eine Idee.

Er riss sich die Seide vom Gesicht und tastete nach seinen Stiefeln. »Kazah! Hilf mir beim Ankleiden.« Wenn Shezira Hyram fand und Hyram tatsächlich einen anständigen Satz zusammenbrachte, wäre es möglich, dass die Wahrheit doch noch ans Licht kam. Er sollte wohl Angst haben. Oder wenigstens verärgert, alarmiert, besorgt sein – etwas in der Richtung. Aber beschwingt? *Kein gutes Zeichen.*

Dieser Gedanke verstärkte jedoch nur sein Hochgefühl. Er grinste Kazah an. Wie auch immer die Sache ausging, er würde die aufregende Zeit auf jeden Fall vermissen, sobald dies alles hier ein Ende nahm.

Shezira traf vor Hyrams Wohnturm ein und erwartete allen Ernstes, seine Gemächer im Sturm erobern zu müssen, wozu sie auch bereit war – selbst im Alleingang. Stattdessen wurden bei ihrer Ankunft die Türen aufgerissen, was sie einen Moment zögern ließ. Aber Hyram war kein Mörder. Was auch immer er ansonsten getan haben mochte, trotz all seiner Vertrauensbrüche, er war kein Mörder.

Dennoch. »Bleibt in meiner Nähe«, flüsterte sie den beiden Reitern zu, die sie begleiteten.

Im Innern des Turms wartete ein alter Mann auf sie, der so verknöchert und bucklig war, dass selbst Isentine im Vergleich zu ihm jugendlich aussah. Es dauerte einen Augenblick, bis sie ihn erkannte.

»Wortmeister Herlian?«

Er verbeugte sich so gut es ging. »Eure Heiligkeit.«

»Ich verlange, Hyram zu sprechen.« Sie konnte dies nun einfordern, auch wenn die Wache womöglich anders darüber denken mochte.

»Er ist … Eure Heiligkeit, er ist nicht mehr er selbst.«

Shezira schnaubte verächtlich. »Er ist kein Sprecher und kein König mehr. Ich kann jederzeit in sein Schlafgemach marschieren, Wortmeister. Egal, wer er jetzt ist.«

Herlian verneigte sich erneut. »Eure Heiligkeit, ich würde nicht im Traum daran denken, Euch davon abzuhalten. Er hat nach Euch gerufen. Oder wenigstens Euren Namen gesagt. Aber es geht ihm nicht gut, Heiligkeit. Sein Verstand ist benebelt. Er redet von Euch und Antros und Aliphera und Drachen, und das alles macht keinen Sinn.«

»Er sollte aber eine Antwort parat haben, wenn ich ihn frage, warum seine Soldaten an meine Türen gehämmert haben.«

Herlian zuckte mit den Schultern. »Ich werde Euch zu ihm bringen, Eure Heiligkeit.«

Hyram flog. Er saß auf dem Rücken eines Drachen, hoch am Himmel, und der Wind pfiff um sein Gesicht. Er kannte den Namen des Drachen nicht. Das Tier gehörte jemand anderem. Hyram wusste jedoch nicht, wer sein Besitzer war. Womöglich sein Bruder. Antros. Der Riese in seinem Leben, in dessen Schatten er stets gestanden hatte.

Vielleicht lag es am Wind, dass er weinte, vielleicht aber auch nicht, denn immerhin hatte ihm Aliphera das Herz herausgerissen und vor seinen Augen in tausend Stücke zerfetzt, indem sie sich mit dem verwegenen Prinzen aus dem Süden vergnügt hatte, diesem Tyan. Sie hatte Antros gewollt, doch Antros war nicht zu haben gewesen. Sie hätte *ihn* stattdessen nehmen sollen, aber nein, o nein, sie hatte ihn verschmäht, und jetzt war er völlig allein, wie eine leere Schale, bar jeglicher Gefühle.

Nein, das war nur die halbe Wahrheit. Schon seit geraumer Zeit hatte er keinerlei Gefühle gespürt, und jetzt waren sie zurück, alle, Jahrzehnte und Jahrzehnte des Schmerzes, alle auf einmal.

»Hyram.«

Der Drache sprach zu ihm. Das musste es sein. Es war unmöglich, dass jemand bei ihm war, hier oben am Himmel. Außer vielleicht, wenn plötzlich *tatsächlich* ein weiterer Drache aufgetaucht war, der neben ihm herflog und auf dessen Rücken das verängstigte kleine Mädchen aus dem Norden saß, das Antros zu heiraten gedachte. Keine Augenweide, aber sie hatten Drachen, viele Drachen.

»Seid Ihr betrunken?«

Er musste lachen. Wenn er doch nur betrunken wäre!

Das wäre wenigstens ein Weg, den Schmerz abzuschütteln, ihn zu verschnüren und zurück in die Schachtel zu werfen, aus der er entfleucht war. *Geht zurück, wo Ihr hingehört. Nach all der langen Zeit sollte ich nicht hier draußen sein.*

»Ihr seid es, nicht wahr? Schon wieder betrunken.«

»Nein!«, schleuderte er dem dummen Mädchen auf dem Drachen entgegen und wünschte inständig, sie würde ihn allein lassen. »Geht weg!«

»Ich werde gehen, sobald Ihr mir erklärt habt, warum Eure Adamantinische Garde Valgar verschleppt, seine Reiter getötet und an meiner Tür gehämmert hat.«

»Die Garde?« Er hatte nicht den blassesten Schimmer, wovon sie sprach. »Fragt den Sprecher. Er wird es wissen. Immerhin sind das seine Männer.« Er grinste. »Mein Bruder wird eines Tages zum Sprecher gewählt.« Dann blickte er weg. Wie töricht von ihm! Das Mädchen würde Antros bald heiraten. Natürlich wusste sie von dem Pakt.

Der Drache unter ihm legte sich auf einmal in die Kurve und pflügte durch die Luft. Hyram schwankte und hielt sich mit aller Gewalt am Geschirr fest. Aus irgendeinem Grund hatte er sich nicht angeschnallt. Er wusste nicht, weshalb er etwas derart Wichtiges vergessen haben könnte. So etwas würde nur Antros tun, auch wenn er es nicht vergessen hätte. Er tat diese unvernünftigen Dinge mit voller Absicht und nannte Hyram dann spöttisch einen Feigling. Und kam immer damit durch.

Das Mädchen packte ihn. Er konnte sich nicht einmal an ihren Namen erinnern, aber sie musste von ihrem eigenen

Drachen gesprungen und auf dem Rücken seines Reittiers gelandet sein, und jetzt zerrte sie an ihm.

Hyram taumelte stark und stolperte zur Balkonbrüstung. Shezira fing ihn auf, kurz bevor er auf den Boden knallte, und ließ ihn wieder los, als er sie mit aller Gewalt von sich schob.

»Wenn Ihr nicht verantwortlich seid, wer dann?« Aber sie konnte in seinen Augen sehen, dass er ganz woanders war, weit, weit weg.

»Geht von meinem Drachen runter«, brüllte er sie an. »Fort mit Euch! Bleibt auf Eurem eigenen!« Sie wich zurück. »Ja, das ist besser. Geht zurück, wo Ihr hingehört. Geht weg!«

Ihre Nackenhaare stellten sich auf. Sie hatte Hyram schon sehr oft betrunken erlebt. So jedoch noch nie. »Hyram? Wenn Ihr die Wachen nicht geschickt habt, wer war es dann? Zafir?«

»Zafir?« Er sah Shezira völlig ausdruckslos an, als hörte er den Namen zum ersten Mal. »Prinz Tyan hat mir das hier angetan. Und dieses kleine Miststück Aliphera, mit ihren funkelnden Augen und dem eiskalten Herzen. Sie hat es getan. Und Antros, der immer die Sonne versperrt, egal wo ich stehe. Ihr könnt ihn ruhig haben. Nehmt ihn und lasst mich in Frieden, Ihr alle.« Er taumelte erneut.

»Aliphera ist tot, Hyram. Tyan ist verrückt. Antros ist vor fünfzehn Jahren gestorben. Wovon redet Ihr?«

»Vom Tod.« Für einen kurzen Moment ruhten seine Augen auf ihr. »Vom Tod, Shezira. Das Leben gleicht einem Rad, das durch die Zeit rollt, und manchmal bleiben kleine Dinge daran hängen. Sie bleiben am Rad kleben und tauchen wieder auf, wenn man am wenigsten damit rechnet. Es tut mir leid, dass ich Euch an sie verraten habe. An Aliphera und Tyan.« Er streckte den Arm nach ihr aus, riss dann jedoch die Augen weit auf, und sie wusste, dass er zurück an jenem Ort war, der von ihm Besitz ergriffen hatte. Eine Tür schloss sich hinter seinem Gesicht. Er würde nicht mehr zurückkommen.

Shezira schüttelte den Kopf und schürzte die Lippen. »Ihr meint Jehal und Zafir, nicht wahr? Es tut mir auch aufrichtig leid, Hyram. Es tut mir für Euch leid, aber dafür habe ich im Moment keine Zeit. Was auch immer sie ...« Hyrams Gesicht war vor panischem Entsetzen wie erstarrt. Er starrte an ihr vorbei.

»Verschwindet! Verschwindet!«

Etwas flatterte an ihr vorbei und flog zu Hyram. In der Dunkelheit konnte sie nicht ausmachen, was es war. Vielleicht ein Vogel, doch er glitzerte golden und machte ein sonderbares Geräusch beim Fliegen, das sich mehr wie ein Klappern von Metall als ein Flattern von Federn anhörte. Er schwirrte um Hyrams Kopf.

»Weg da!« Er schlug mit den Armen, stolperte auf die Brüstung zu.

Shezira machte einen Schritt auf ihn zu. Irgendwo im Turm war entsetzlicher Lärm ausgebrochen. Der immer näher kam.

»Weg da! Verschwindet von meinem Drachen!«

Er würde fallen.

»Hyram!« Sie stürzte sich auf ihn, versuchte, seinen Arm zu fassen zu bekommen. Er kreischte und wich vor ihr zurück, hielt direkt auf die Brüstung zu. Sein Kopf und die Arme krachten über die Balustrade, verschwanden in der Dunkelheit. Seine Beine wurden nach oben gerissen. Das alles schien sehr langsam vonstattenzugehen, so langsam, dass Shezira nicht verstand, warum sie ihn nicht hatte retten können. Und dann war er fort. Er gab keinen einzigen Schrei von sich, aber Shezira hörte wenige Sekunden später den dumpfen Aufprall, als er am Boden aufschlug.

Menschen kamen in Hyrams Schlafgemach gerannt.

»Mörderin!«, rief eine weibliche Stimme. Es war Königin Zafir. »Sie hat meinen Mann ermordet!«

Zum ersten Mal seit vielen Jahren wusste Shezira nicht, was sie tun sollte. Sie stand wie festgefroren da und starrte über die Balustrade. Hinter ihr konnte sie hören, wie ihre Reiter sie zu verteidigen versuchten. Es waren jedoch nur zwei, und Zafirs Übermacht war erdrückend. Im nächsten Moment war alles vorbei.

Jehal schob die Seide von den Augen. Dann legte er sich wieder ins Bett, während Kazah ihm die Stiefel auszog. Der Prinz blickte voll tiefster Zufriedenheit zur Decke.

Ich gewinne.

69
Der Gletscher

Sie wurde immer heißer. Kemir konnte es spüren. Sie waren nicht weit gekommen, bevor Schneeflockes Rücken zuerst unangenehm, dann schmerzhaft und schließlich beinahe unerträglich wurde. Er hatte einen Fehler begangen, dachte er. Sie *lag* im Sterben, und es gab nichts, was sie dagegen tun konnten.

Zumindest werden wir ein gutes Stück weit weg sein, sobald sich die Alchemisten aus ihren Höhlen trauen. Und werden stattdessen wohl langsam erfrieren oder verhungern.

Aber damit konnte er leben. Es war ihm lieber, hier draußen zu sterben, nach einem Kampf gegen die unwegsame Natur, als in irgendeinem Kerker zu verrotten. Nadira würde die Angelegenheit vielleicht anders sehen, aber jetzt konnte sie sowieso nichts mehr tun. Sie hatten es versucht, er und Schneeflocke. Sie hatten es versucht und waren gescheitert, und dieses Gefühl war viel besser, als wenn sie es überhaupt nicht versucht hätten. Mit diesem Gedanken konnte er als glücklicher Mann sterben.

Schneeflocke flog immer höher, tauchte tief in den Weltenkamm ein. Die Gebirgszüge und Täler wurden wilder und zerklüfteter, die Gipfel ragten immer steiler zum Himmel empor, bis sich auf einmal ein schmales Tal öffnete, in dem ein azurblauer See lag. Schneeflocke ließ sich hinabfallen, bis sie scharf über das Wasser glitt. Ihr Flugstil war unberechenbar geworden. Sie peilte das Ende des Sees an, wo sich ein Gletscher über den Gebirgshang erstreckte und riesige graue Eisbrocken träge ins leuchtend blaue Wasser trieben. Als sie ihr Ziel erreicht hatte, landete sie unsanft in der Nähe des Ufers. Noch während sich Kemir und Nadira aus dem eiskalten Wasser kämpften, hastete Schneeflocke bereits in die tieferen Lagen des Sees, zu den schroffen Eisklippen des Gletschers. Wahnsinn erfüllte nun ihre Gedanken und mischte sich mit ihrer Wut. Sie hatte allerdings keine Angst. Sie wusste, dass sie sterben würde, aber sie fürchtete sich nicht.

Leb wohl, Kleiner Kemir.

Kemir wrang seine Kleidung so gut es ging aus. Die Luft hier oben war so kalt, dass die nassen Pelze bereits von einer dünnen Eisschicht überzogen waren. »Kämpf um dein Leben, Drache«, zischte er. »Wenn du lebst, kannst du alle Drachen der Welt befreien. Aber wenn du stirbst, wer soll es dann tun?« *Ganz davon zu schweigen, dass unsere Überlebenschancen ohne dich hier oben gleich null sind.*

Sie sank ins eisige Wasser. Als sie den Kopf noch einmal herausstreckte, stieg augenblicklich Dampf von ihr auf. Sie musste jedoch seine Gedanken gelesen haben, denn mit einem letzten Keuchen spuckte sie Feuer und setzte die Bäume am Ufer in Brand. Schenkte ihnen Wärme und

Feuer und wenigstens eine kleine Chance zu überleben. Dann bedachte sie Kemir mit einem letzten Blick und legte den Kopf schief. Ihre Gedanken fühlten sich verschwommen und wie aus weiter Ferne an, gleichzeitig ein wenig verwirrt, als läge die Antwort auf seine Frage auf der Hand. *Du, Kemir. Du wirst es tun.*

Kemir lachte. »Das glaube ich nicht, Drache.«

Er zog Nadira zum Wäldchen und sah sich nicht um. Hinter ihm versank der Drache, ohne dass sich das Wasser gekräuselt hätte, und war im nächsten Moment verschwunden.

Epilog
Die makellos Weiße

Wo ist sie?« Almiri war soeben gelandet. Sie war in voller Rüstung und hatte fast fünfzig Drachen mitgebracht: Sheziras Tiere aus dem Lager in den Purpurnen Bergen und einen Trupp Reiter ihres Mannes. Sie begann, die schwere Rüstung abzulegen, mit der sie ansonsten kaum einen Schritt hätte zurücklegen können.

Mit einem Blick auf die Höhlen verneigte sich Reiter Jostan. »Sie ist beim Leichnam, Eure Heiligkeit.«

Almiri rümpfte die Nase. Das Tal stank immer noch nach Rauch. Die Alchemisten trauten sich nun aus den Höhlen. Einige waren abgereist, doch die meisten waren geblieben, um ihr zerstörtes Zuhause wieder aufzubauen.

»Habt Ihr alle anderen gefunden?«

»Nein.« Jostan klang ernst. »Wir haben vier Drachen gefunden. Der fünfte wird vermisst. Die Weiße.«

»Die vier, die Ihr gefunden habt, waren sie alle tot?«

»Ja, Eure Heiligkeit.« Dann lächelte er zögerlich. »Wir haben sogar Reiter Semian gefunden. Oder besser gesagt, er hat uns gefunden. Nackt und halbtot vor Kälte, aber er hat sich rasch erholt. Es war ja auch kein großes Problem, ihn warm zu bekommen.«

»Es fehlt also noch einer. Und die Reiter? Diejenigen, die die Drachen hierher geführt haben?«

Jostan zuckte mit den Schultern. »Sind auf dem Rücken der Weißen verschwunden. Semian hat beobachtet, wie sie weggeflogen sind, tiefer in den Weltenkamm hinein. Er sagt, es waren zwei. Ein Mann und eine Frau. Der Mann arbeitete früher einmal für …« Er beendete den Satz nicht, doch Almiri wusste, was er eigentlich hatte sagen wollen: Königin Sheziras Feldmarschall. Für die Mörderin, die einen Anschlag auf Sprecherin Zafir verübt hatte, die lieber gestorben war, als sich lebend gefangen nehmen zu lassen, und die womöglich einen Krieg angezettelt hatte.

Jostan biss sich auf die Lippe. »Semian hat leider das Glutgift geschluckt, Eure Heiligkeit. Sein Verstand ist …«

»Ich muss ihn sprechen.«

Jostan war die Angelegenheit anscheinend unangenehm. »Ja, Eure Heiligkeit.« Er zog sich zurück und eilte in Richtung der Höhlen.

Almiri ließ sich Zeit mit ihrer Rüstung, obwohl sie nicht lange bleiben konnten. Das Drachennest der Alchemisten war winzig, und alles Vieh, das für die Drachen der Besucher gehalten wurde, war längst aufgefressen. Almiri war unschlüssig, was sie ihrer Schwester sagen sollte. Sie hatte ein paar Tage gewartet, in der Hoffnung, dass Jaslyn von sich aus zu ihr käme, doch das war sie nicht.

Schließlich konnte sie es nicht länger hinauszögern. Sie ging zum Höhleneingang und den toten Drachen, die davorlagen. Der Boden um die Tiere war von der Hitze bereits versengt. Almiri erkannte Matanizkan, Levanter und Vidar wieder, die alle drei im Bergfried geschlüpft und aufgezogen worden waren. Jaslyn saß mit übereinandergeschlagenen Beinen am Fluss und so nah bei Vidar wie möglich, ohne sich zu verbrennen. Sie war klitschnass. Schweiß, dachte Almiri, bis sie bemerkte, dass sich Jaslyn mit der hohlen Hand Wasser aus dem Fluss schöpfte und über den Kopf goss.

Sie ließ sich neben ihrer Schwester nieder. Die Luft war sengend heiß, das Atmen fiel ihr schwer. Kein noch so kleines Lüftchen wehte.

»Ich kann nicht näher heran«, sagte Jaslyn leise.

Almiri kochte allmählich unter ihrer Flugkleidung. »Du musst ihn zurücklassen«, sagte sie voll Unbehagen. »Er ist tot. Wir werden sicherstellen, dass du seine Schuppen bekommst.«

»Ich will sie mir höchstpersönlich nehmen, sobald er abgekühlt ist.«

»Ich ...« Almiri stand auf. Die Hitze war unerträglich. »Können wir zurück zum Drachennest gehen?«

»Hol dir Wasser vom Fluss.« Jaslyn spritzte sich etwas ins Gesicht. Sie machte keinerlei Anstalten aufzustehen. Seufzend setzte sich Almiri wieder.

»Wir mussten uns den Weg aus dem Adamantpalast mit Gewalt erkämpfen, Jaslyn. Nachdem sie Mutter und Valgar gefangen genommen hatten. Von hundert Reitern haben es nur zwanzig zum Nest und unseren Drachen geschafft. Wir haben so viele wie möglich mitgenommen. Ich bin auf Mistral geflogen. Man sagt, dass Mutter Hyram ermordet und unser Feldmarschall einen Mordanschlag auf die Sprecherin verübt hat. Sie wollen Mutter und Valgar vor Gericht stellen. Sie werden hingerichtet werden. Man wird ihnen nicht einmal den Drachensprung gestatten.«

Jaslyn rührte sich nicht.

»Unsere Mutter ist im Gefängnis, Jaslyn. König Valgar ebenfalls. Valgar besitzt nur knapp hundert Drachen, aber du ...«

»Du bist die Älteste. Mutters Reich gehört dir.«

»Nein.« Almiri schüttelte den Kopf. Manchmal fiel es ihr schwer, nicht verbittert zu sein. »Nein, Mutter hat dich zu ihrer Erbin bestimmt, und sie hat dich verlobt. Mit Prinz Dyalt, König Sirions jüngstem Sohn. Du musst ihn benutzen. Du und Sirion verfügt gemeinsam über fünfhundert Drachen. Du kannst gegen sie kämpfen. Du musst sie dazu bringen, dass sie Mutter wieder freilassen. Das Reich braucht dich, Jaslyn. Mutter braucht dich.«

»Mutter hat noch nie jemanden gebraucht.«

Almiri biss sich auf die Lippe. »Dann brauche ich dich, Schwester.«

Jaslyn schwieg lange. Dann atmete sie tief ein. »Die Drachen waren nicht tot, als wir sie gefunden haben. Hat man dir das erzählt?«

Almiri schüttelte den Kopf.

»Sie waren noch am Leben. Wenn auch erstarrt. Und weißt du was? Kurz bevor mein Vidar gestorben ist, hat er das Bewusstsein wiedererlangt. Irgendwie ist es ihm gelungen, aus seiner Starre zu erwachen. Er war schon halb tot, als er erwacht ist, und er hat mit mir gesprochen. Er hat mit mir *gesprochen*, Almiri. Ich habe seine Gedanken hören können.«

»Drachen sprechen nicht, Jaslyn.«

»Doch, das tun sie. Wenn man ihnen kein Gift verabreicht. Sein Sprechen hat sich angefühlt, als würde er die Worte aus meinem Kopf ziehen. Er hat mir viele Dinge erzählt, die mir neu waren. Über unsere Drachen. Er war wunderschön, bevor das hier mit ihm geschehen ist, aber als er sprach … Ich hätte ihn gerettet, wenn ich gekonnt hätte. Ich hätte beinahe alles für ihn getan. *Selbst wenn es ein Gegengift gäbe, würde ich nicht wieder zu dem werden wollen, was ich früher war.* Das hat er gesagt.«

»Du hast gesehen, wozu ein einziger befreiter Drache imstande ist. Schau dich doch um! Wir haben keine andere Wahl, Jaslyn, wir müssen es tun.«

»Du wusstest es, nicht wahr? Du wusstest einfach alles. Was wir ihnen antun. Warum hat mir nie jemand etwas davon erzählt?«

Almiri scharrte mit den Stiefeln über den Boden. »Du bist keine Königin, Jaslyn. Nur eine Prinzessin. Und es gibt Geheimnisse, die selbst vor Königinnen gehütet werden.«

»Er hat mich gefragt, warum ich so traurig bin. ›Weil du sterben wirst‹, habe ich geantwortet. Da hat er mit allerletzter Kraft den Kopf gehoben und mich angesehen. *Und du wirst mir folgen*, sagte er. *Eines Tages. Der Unterschied zwischen uns beiden besteht allein darin, dass ich heute sterbe und morgen wiedergeboren werde. Du nicht.* Das war alles. Eine Stunde später war er tot. Ist das wahr? Werden Drachen wiedergeboren, wenn sie sterben? Oder ist das ein weiteres Geheimnis, das nicht für die Ohren einer Prinzessin bestimmt ist?«

»Wenn es so sein sollte, ist es wohl auch nicht für die einer Königin bestimmt.« Almiri kaute auf ihrer Lippe. »Ich weiß es nicht, Schwester, aber wenn sie tatsächlich zurückkehren, dann wird es irgendwann einmal einen neuen Vidar geben.«

»Das ist mir bei seinem Tod auch als Erstes durch den Kopf geschossen. Vielleicht wurde genau in diesem Augenblick ein neuer Drache in irgendeinem Nest geboren.« Jaslyn stand langsam auf. »Aber wird er sich an mich erinnern, Almiri? Das glaube ich nicht.« Sie gingen nun Seite an Seite, wie gute Schwestern.

»Ich will keinen Krieg, Jaslyn. Niemand von uns will das. Aber so können sie nicht mit uns umspringen.«

Jaslyn hörte ihr nicht zu. »Wenn es wahr sein sollte, wird sich die Weiße an uns erinnern. Sie wird sich an uns alle erinnern.«

Sie würden sterben, langsam aber sicher. Nadira wusste nichts davon, und Kemir brachte es nicht übers Herz, es ihr zu sagen, doch er konnte die Augen vor der Wahrheit nicht verschließen. Er hatte sie nun fünf Tage am Leben gehalten, seit Schneeflocke unter der vereisten Oberfläche des Sees verschwunden war. Viel länger würden sie jedoch nicht durchhalten. Das Wetter hatte es bisher gut mit ihnen gemeint, aber der Wind und die Regenfälle waren im Weltenkamm sehr unbeständig. Eines Tages würde sein

Vorrat an Pfeilen knapp werden, oder sein Bogen würde zerbrechen. Oder einer von ihnen würde sich verletzen oder erkranken. Er erlegte nicht genügend Tiere, und sie besaßen weder die richtige Kleidung noch einen Unterschlupf, der sie warm hielt. Hundert Dinge konnten falsch laufen, und früher oder später würde eines davon passieren.

Sie mussten von hier fort. Er versuchte, Nadira sanft beizubringen, dass Schneeflocke nicht zurückkäme, dass ihre einzige Chance darin bestand, zu verschwinden und in tiefere Lagen zu wandern. Ein Boot, dachte er. Oder wenigstens ein Floß. Wasser fand im Gebirge immer den schnellsten Weg hinab.

Nadira schrie ihm ins Gesicht. Kreischte entsetzt, dass Schneeflocke auf *jeden* Fall zurückkäme. Er wich zurück. Noch einen Tag, sagte er sich. Noch einen Tag, und dann würde er von hier weggehen, mit ihr oder ohne sie. Er konnte sie zum Mitkommen zwingen, das wusste er, aber er würde ihr die Entscheidung selbst überlassen. Sie konnte bleiben und sterben, falls das ihr Wunsch war. Das hätte Sollos an seiner Stelle getan.

Als sich dieser letzte Tag seinem Ende neigte, bahnte sich Kemir mühsam einen Weg zurück zum See und hatte das bisschen Nahrung bei sich, das er erjagt und am Erdboden aufgesammelt hatte. Die Wälder hier oben waren rau und feindlich und warfen kaum etwas Essbares ab. Er war hungrig. Sie waren beide hungrig. Sie würden alles aufessen und dennoch hungrig sein.

Er erreichte ihr notdürftig aufgeschlagenes Lager an der

anderen Seeseite, und auf einmal stellten sich ihm die Nackenhaare auf. Er konnte Nadira nirgends sehen. Der Wald war still, abgesehen vom Wind und dem immerwährenden krächzenden Stöhnen des Gletschers. Er starrte zum See. Und plötzlich, eine Sekunde, bevor das Wasser zu schäumen begann, spürte er das Feuer und die unerschütterliche Beharrlichkeit ihres Bewusstseins.

Kleiner Kemir, ich habe Hunger.

Die Drachen kehren
zurück in:

DRACHENTHRON
Der König der Felsen

Peter V. Brett

Manchmal gibt es gute Gründe, sich vor der Dunkelheit zu fürchten …

… denn in der Dunkelheit lauert die Gefahr! Das muss der junge Arlen auf bittere Weise selbst erfahren: Als seine Mutter bei einem Angriff der Dämonen der Nacht ums Leben kommt, flieht er aus seinem Dorf und macht sich auf in die freien Städte. Er sucht nach Verbündeten, die den Mut nicht aufgegeben und das Geheimnis um die alten Runen, die einzig vor den Dämonen zu schützen vermögen, noch nicht vergessen haben.

978-3-453-52476-7

Peter V. Bretts gewaltiges
Epos vom Weltrang
des »Herrn der Ringe«

Das Lied der Dunkelheit
978-3-453-52476-7

Das Flüstern der Nacht
978-3-453-52611-2

Erzählungen aus Arlens Welt

Der große Bazar
978-3-453-52708-9

Leseproben unter: **www.heyne.de**

HEYNE ‹